中关村纪事

柳怀祖　边东子　蔡恒胜　等著

中国出版集团
東方出版中心

图书在版编目（CIP）数据

中关村纪事 / 柳怀祖，边东子，蔡恒胜著．一上海：东方出版中心，2021.1

ISBN 978-7-5473-1707-5

Ⅰ．①中… Ⅱ．①柳… ②边… ③蔡… Ⅲ．①回忆录－作品集－中国－当代 Ⅳ．①I251

中国版本图书馆CIP数据核字（2020）第198759号

中关村纪事

著　　者　柳怀祖　边东子　蔡恒胜
策　　划　刘佩英
责任编辑　冯　媛
封面设计　钟　颖

出版发行　东方出版中心
地　　址　上海市仙霞路345号
邮政编码　200336
电　　话　021-62417400
印 刷 者　上海盛通时代印刷有限公司

开　　本　890mm × 1240mm　1/32
印　　张　13.875
字　　数　232千字
版　　次　2021年1月第1版
印　　次　2021年1月第1次印刷
定　　价　68.00元

1978年学部委员留影

1978年春天，近百名学部委员合影于中国科学院门前（当时有117名在世）

第一排自左起：钱三强、童第周、华罗庚、李昌（左五）、俞大绂（左六）、李连捷（左七）、蔡翘（左十一）

第二排：茅以升（左四）、张孝骞（左七）、周培源（右三）、裴文中（右六）

第三排：殷宏章（左二）、赵忠尧（左三）、贝时璋（左四）、卢嘉锡（左五）、吴仲华（左六）、汪德昭（左八）、钱学森（左九）、严济慈（左十一）

第四排：陈世骧（左四）、诸福棠（左七）、钟惠澜（左八）、蔡邦华（左九）、傅承义（左十一）

第五排：黄秉维（左二）、侯祥麟（左五）、顾功叙（右三）

后排：苏步青（右七）、柳大纲（右五）、王淦昌（右三）

中关村科学院宿舍楼的第一代人李佩先生和第二代人合影(摄于2008年5月)

序　一

60 多年前北京的中关村还是一片农田和坟地。20 世纪 50 年代初开始，中国科学院在这里建设了一些现代科学的研究所和宿舍。经过十几年的建设，到 60 年代中，已初具规模。这里为祖国科学技术特别是新技术的发展作出了很大贡献。当然，中关村的发展也和全国其他地方一样，经历了风风雨雨。20 世纪 60 年代中开始，经历了十年"文化大革命"的浩劫。同样，中关村也经历了 20 世纪 70 年代末开始的改革开放。改革开放 40 年后，今天的中关村有了翻天覆地的变化，日新月异地发展着。一幢幢现代化的高楼大厦拔地而起，一年不来，就有不识之感了。然而中关村北区的 13、14、15 楼这三栋 50 年代中建成的三层灰砖楼依然如故。看起来它们与周围现代化的大厦显得不那么协调，甚至有点破旧寒酸。但它们却见证了中关村 60 多年的沧桑巨变，忠实记录了新中国 70 年科学技术发展的曲折历程。

20 世纪 50 年代中，这三栋灰砖楼建成后，这里集中居住了一批为新中国现代科学各学科奠基的第一代科学家及科技管理者。这里是 1955 年我国第一批学部委员(院士)居住最集中的地方。他们与生活在祖国其他地方的那一代科学家一样，大多是为发展祖国的科学技术放弃了国外优厚的生活和工作条件，毅然回到疮痍满目的中华大地的祖国优秀儿女。几十年来，他们默默无闻、踏踏实实地把毕生的才华和精力奉献给了我们的祖国。他们不但自己身体力行，而且为祖国培养了几代人才。即使在各种运动中遭到种种不公正对待，他们也毫不动摇，依然忠诚于祖国，忠诚于祖国的科学事业，担负起振兴中华的历史重任，使祖国的科学技术有了长足的进步，岿然屹立在世界民族之林。这些老一代科学家无愧是我们民族的脊梁。

60年前这三栋楼住的人虽属不同学科，却都是熟人，大人间、孩子间也都很亲密。岁月沧桑，当年居住在这里的老一代绝大多数已驾鹤而去，第二代很多也已过古稀之年，早已离开这里，有的还在大洋彼岸定居。他们中间一些人旧地重返，花了大量时间和精力寻访这三栋灰砖楼中那个时代的长辈和当时的伙伴，组织编写了这本回忆60多年前灰砖楼真实故事的书，其中有很多事是鲜为人知的，以使这些灰砖楼的第三代、第四代人能了解他们的先辈在共和国诞生后的年代，在这些灰砖楼里是如何为了祖国今天的繁荣昌盛辛勤工作的。希望能激励他们继承前辈的这种对祖国、对中华民族的忠诚和热爱，为了祖国明天更美好，为中华民族的伟大复兴而努力。

希望此书的出版在深情怀念老一辈科学人不懈的人生追求的同时，也能给今天千千万万的年轻学子以启迪。愿更多的后来人兢兢

业业、踏踏实实地学习和工作，让我们祖国的科学技术之树根深叶茂，永远长青。

周光召院士

（周光召院士，前全国人大常委会副委员长，1987年至1997年任中国科学院院长，中国科学技术协会第五、第六届主席。）

序　二

柳怀祖、边东子、蔡恒胜先生会同我国一批老一辈科学人的子女及后辈们，数年后重新编撰出版这本《中关村纪事》，我甚为高兴。

中关村地区半个多世纪以来的发展，见证了中国科学技术事业从无到有、从生根萌芽到枝叶繁茂的发展历程，见证了我国从“向科学进军”到提出“科学技术是第一生产力”、再到提出“科教兴国”和“建设创新型国家”的光辉轨迹。60多年前，伴随着中国科学院的成立，国家在中关村这片荒芜的土地上开始建设一批自然科学的研究所。在这里，聚集了一大批我国基础学科的创建者和奠基人，凝聚了一大批技术研究的先行者，他们在当时工作和生活条件十分困难的情况下，甘于贫苦，乐于奉献，不计名利，即便在“文化大革命”十年浩劫中承受冤屈、遭受迫害仍矢志不渝、坚持工作。新中国的原子能、火箭、计算机、材料和生物等众多学科和新兴技术研究从此起步。从这里，走出了我国科学技术领域一大批学科带头人、资深专家和青年骨干。当时工作、生活在中关村的老一辈科技工作者，为“两弹一星”事业的成功，为新时期国家经济、社会发展，作出了杰出的贡献。

我本人作为“文化大革命”后首批来到中关村的研究生，曾有幸与书中的一些老前辈、老同志有过接触，他们中有的还曾是我当年的老师。我亲眼看见他们严谨的工作、勤奋的治学，亲身体会他们待人的诚恳、对青年人的热情帮助与悉心指导，亲身感受他们高尚的人格、坦荡的胸怀。细品书稿，与他们交往的情景历历在目，一如昨日，令我难以忘怀。

关于学界泰斗、知名科学家的事迹，人们已经了解很多，但是给社会公众印象最深的，大多只是他们一丝不苟的治学态度，刻苦钻研的科学精神，严谨求实的学术作风。在很多公众脑海里，这些学术巨擘大多千人一面，本书汇集其子女及后辈对众多老一辈科学人的回忆，往事钩沉，情真意切，很多都是常人难以了解的细节，让我们在继续深入了解他们学术成就的同时，更真切地感受到：他们有的才华横溢，有的爱徒心切，有的舐犊情深，有的快乐潇洒等。在学术研究之外，他们都拥有属于自己的心境，活出了各自的精彩。这对我们深刻地了解他们，深深地景仰他们，深入地学习他们，必将大有裨益。

当前，国内外形势正在发生深刻复杂的变化，我国的发展正处于重要战略机遇时期。尽管我们的物质生活条件已大大改善，但是在今天，认真学习和发扬光大老一辈科学人为国家振兴而努力工作的坚定信念，甘于奉献、不畏清贫的高尚情怀，仰望星空、脚踏实地的工作作风，仍然具有十分重要的时代意义。

是为序。

白春礼院士

（白春礼院士：原中国科学院院长、党组书记。中共第十五届、十六届、十七届中央委员会候补委员，第十八届、十九届中央委员会委员。）

中关村回忆

原中国科学院院长路甬祥为本书题词

前　言

十年前，一群科学家的后代因深感老一辈的家国情怀应当传承下去，共同撰写了一部回忆文集，名为《中关村回忆》，由上海交通大学出版社出版。第九届全国人大常委会副委员长，曾任中国科学院院长的“两弹一星元勋”周光召院士，和刚刚卸任的中国科学院院长兼党组书记白春礼院士不仅大力支持，而且为该书作序，曾任中国科学院院长的路甬祥院士也为该书题词。该书出版后，影响很大，受到了关心中国科技发展的各界人士的关注，收获了不少好评，尤其是在科学院系统，甚至争相传阅，一度售空，不得不加印。

自此后，倏忽已是十年，随着时代的前进，国际国内形势的重大变化，科学和科学家的作用更加受到党和国家的重视。中关村的三栋“特楼”13、14、15楼还被北京市列为首批历史建筑。也因此，在媒体上掀起了一波介绍中关村和中关村“特楼”的高潮。中关村这些老旧的，已是桑榆晚年的灰砖楼，竟比它们的青春韶华更为社会所关注。虽然媒体的介绍大都客观公正，但也有些内容属误传或误解。因此，有必要对当年的那本书作一番更新，以对读者、对前辈、对后代负责，亦可用以纠正社会上流传的谬误。而这十年间，又新联系到一些老朋友，各方又提供了一些新资料，一些过去“上不告父母，下不传妻儿”的机密（尤其是有关“两弹一星”的内容）也解密了。这也为修订，增补此书奠定了基础。

2021年，中国共产党将迎来建党百年，为表庆祝，同时也是为了让读者对中国共产党在中国科学发展中所起的领导和组织作用有所了解，本书还收录了张劲夫、谷羽、卫一清等党政干部子女的文章。

因为此书既是原书的传承，又是一部推陈出新之作，而不仅仅是简单的再版。因此，除了向支持原书出版的各位朋友再次鸣谢外，还要特别感谢为新书提供资料的新老朋友，杨西、沈文玮等，以及中国科学院原党组副书记方新女士和东方出版中心领导刘佩英女士、责任编辑冯媛女士。同时，为了尊重此书的传承关系，本书仍沿用了周光召院士、白春礼院士的序言（仅个别词句有所调整），也是为了表示对老领导的谢忱。

柳怀祖　边东子　蔡恒胜

目 录

（按照当年各位老科学家在中关村灰砖楼居住门牌号排序，可参照附录——居住示意图）

001 快乐潇洒的法杨公
——我的父亲杨承宗 / 杨家雷

013 顾准一家在中关村13楼
/ 顾南九（高梁）（执笔） 顾淑林 顾逸东 顾秀林 顾重之

024 我的父亲母亲
——边雪风、斯季英 / 边东子

033 我最尊敬的父亲卫一清
/ 卫华民 卫耀民 卫艺民 卫美梅 卫京娟 卫京萍

038 点滴怀念我们的父亲黄秉维
/ 黄克平 黄以平 黄永平

046 从长城牌铅笔到反物质
——忆父亲赵忠尧 / 赵维志

050 父亲牵着我的手
——忆我的父亲钱学森 / 钱永刚

061　我的父亲秉志 / 翟启慧

070　洁白的百合花献给父亲陈世骧 / 陈受宜　陈受钧

075　怀念亲爱的父亲钱三强 / 钱思进

088　回忆我的爷爷贝时璋 / 贝泠

094　一个大写的人
——怀念父亲邓叔群
/ 邓泳　邓庄　邓煌　邓颐　邓钢

119　难以忘怀的想念
——忆父亲童第周和母亲叶毓芬 / 童时中

134　李善邦——一个中国科学家的故事 / 李建荣

139　蔡邦华与浙江大学的不解之缘 / 蔡恒胜

152　我的父亲顾功叙 / 顾宗平

161 难忘中关村 难忘亲爱的父亲陈宗器 / 陈雅丹

179 悼念父亲王淦昌 / 王遵明

186 缅怀我们的父亲赵九章
——为纪念父亲九十寿辰而作 / 赵燕曾 赵理曾

192 一生常耻为身谋
——忆父亲柳大纲 / 柳怀祖 朱敏慧

207 我的父亲高原 / 高永新

213 做科学家的朋友
——记我的父母杨森、许少英 / 杨小林

221 回忆我的父亲叶渚沛
/ 叶淑珊(执笔) 叶良侠 叶凯蒂

230 珍藏心底的纪念
——忆父亲林镕 / 林稚兰 林慰慈(执笔) 林静慈 林平苹

253 忆郭老二三事 / 郭汉英

267 回忆父亲张劲夫 / 张小杭

273 我眼中的母亲——谷羽 / 胡木英

281 我的父亲力一记事 / 力丽　沈英丁（执笔）

292 从点滴看竺可桢 / 竺安

314 往事的回忆
——怀念亲爱的父亲吴有训 / 吴希如

321 严济慈与中国科学界 / 严武光　严陆光

333 回忆父亲华罗庚 / 华光

342 回忆父亲卢嘉锡 / 卢咸池　卢象乾

355 我们的父亲朱光亚 / 顾小英　朱明远

370 我们的父亲陈芳允和母亲沈淑敏
/ 陈晓东(执笔) 陈金凤

376 怀念叔父叶企孙 / 叶铭汉

385 我的老师和师母
——郭永怀、李佩夫妇 / 顾淑林

396 附录一:居住示意图

398 附录二:中关村“特楼”全记录

416 跋

420 后记

快乐潇洒的法杨公

——我的父亲杨承宗

杨家雷

杨承宗(1911—2011)

放射化学家。1911 年 9 月 5 日出生，2011 年 5 月 27 日去世。江苏省吴江县(现苏州市吴江区)人。1932 年毕业于上海大同大学。1934—1946 年任职北平研究院镭学研究所。1947—1951 年在法国巴黎大学镭学研究所师承伊莱娜·约里奥-居里夫人研修放射化学，获博士学位。在天然放射性元素分离、分析方法及其应用方面有许多开创性研究成果，是新中国放射化学奠基人。曾任中国科学技术大学校长，二机部五所副所长，安徽省第五、第六届人大常委会主任，安徽省科协主席。1980 年创办全国第一所新型模式的自费走读大学——合肥联合大学并任首任校长。2001 年被授予“何梁何利基金科学与进步奖”。

我们弟兄姐妹五人除了学习努力和工作勤奋之外，还各个吃苦耐劳、勤俭节约、乐于助人。我在近五十岁时，以公派访问学者的身份到美国，生活水准虽远低于美国的贫困线，却快乐安详。我以前认为我们有这样的品德，要感谢母亲的言传身教。但仔细想想，这些品德不仅仅源于母亲，应该讲更源于父亲，因为母亲是被动的，是屈服于家庭经济环境的压力，而父亲是家庭经济环境的制造者。

自我记事起一直到我离开中国的四十多年中，我的父母一直生活在紧巴巴的经济环境中。从父亲在法国巴黎居里实验室，师从赫赫有名的伊莱娜·约里奥-居里夫人，到同时身兼中国科学技术大学的副校长、合肥联合大学的校长和安徽省人大常委会副主任，父母的经济状况一直没有宽裕过。对此，可能很多人无法理解，但我们作为儿女的是再清楚不过了。

小时候我记得的第一件事，就是盼望在法国巴黎的父亲早日回国，因为我们知道母亲一个人越来越难以维持我们弟兄姐妹四个人的生活和上学的费用了。在战火纷飞、兵荒马乱的年代，远在法国的父亲和我们几乎失去了联系，在没有经济来源的情况下，母亲只好靠拆了东墙补西墙来勉强维持。当再也没有墙可拆时，她开始变卖她的一点首饰；首饰卖完了，卖家中稍值些钱的东西；等到家徒四壁再也没有东西可变卖时，只有举债维持最低的生活水准以及供给我们上小学、中学和大学的学费。

全家人是年年盼，月月盼，天天盼，终于在 1951 年夏秋之交盼到了父亲回国。可是当事业有成、潇洒英俊的父亲见到我们的时候，我想他一定傻眼了，他一定没有想到面对他的是一大堆等待他来偿还的债务。我们的母亲除了借债以维持在苏州的五口之家之外，还借债为我们的祖父和姑妈偿还赊欠政府的款项。很快，父亲“潇潇洒洒”地把他从法国带回来的、心爱的和唯一值钱的一架德国高级照相机、一只名贵手表及一些身外之物变卖了。从此之后，喜爱摄影的父亲就再也没有一架像样些的照相机，直到 1993 年我送给他一架 Olympus 的傻瓜相机。

1951 年秋天，父亲和我们只带着随身行李北上到北京安家。本想家里有了挣工资的父亲，全家可以从此无忧无虑地生活。谁知父亲每月 1 000 斤小米的工资，根本无法应付这一大家子在冬天北京寒冷的生活。我们穿的是不分男女老幼的蓝色厚棉制服，妹妹和我与父母一同挤在由两副铺板合成的铺板床上睡觉（把一块木板架在两条长凳子上的床叫铺板床）。我记得母亲经常讲，不明白为什么在我们搬进这宿舍前，原子能所特地来人把可以烧火取暖的火炕拆了，否则我们四个人睡在土炕上可以舒畅些。

在我小小的头脑里曾经百思不解的是，父亲在法国五年，得到了居里夫人亲自签发的博士学位，现在回来了，怎么我们过的日子仍然与他在法国时差不多？后来研究所的工作人员送到家中好多个箱子，其中有五个完全一样的大铁箱子，说这些是父亲在法国时专门用来装替所里买的仪器的箱子，所里不知如何处理，就送还给父亲。由这些箱子点点滴滴地引出了父亲的故事。

父亲给我们讲他在居里夫妇的支持下，购买和运回国这么多用于放射性研究的仪器是很不容易的，因为当时西方世界对这些将在社会主义的新中国进行原子能研究的仪器设备是严格禁运的。在美国时，我在《人民日报》的海外版上读到一篇钱三强伯伯写的文章，他讲到为了建立国家的原子能事业，他从国库中提出外汇交给他人买仪器……我也记得父亲讲过，他是先用钱伯伯托人带到法国的美元买仪器，然而这笔在当时中国看来贵如黄金的外汇，用于购买研究原子能的仪器设备仍是不够的。为了购买更多的、用于建立新中国原子能事业急需的仪器设备，父亲是倾其所有。

后来又听父亲讲，在他回国前居里夫人正式安排居里先生和父亲会见。在会见中，身为保卫世界和平委员会主席的居里先生要父亲转告毛泽东主席：中国要反对原子弹就应该也研制原子弹。为了冲破西方政府对新中国的禁运政策，居里夫人不仅亲自写了证明信，还派专人护送父亲到马赛码头，运送这批仪器上船回中国，保证了全部仪器设备安全顺利地运回到新中国。

国家没有辜负居里夫妇的厚望，从全国各地有名的高校抽调高材生来到父亲的放化组工作，父亲亲自授课、设计实验流程，共同探索放射化学的奥秘，创建新中国的原子能化学事业。放射化学队伍从无到有，原子能研究所蓬勃发展。当原子能所大楼里逐渐容纳不下这支新生的放射化学队伍时，在各级领导的全力支援下，在原子能所大楼的旁边，父亲创建了新中国第一个放射化学实验楼（爱称“放化小楼”）。父亲更是日夜辛劳、全身心扑在这个小楼里，从小楼的整体设计到做实验坐的凳子，都有他的良苦用意。父亲从法国海运带回来的全部仪器设备也都安放在这个小楼里。1956 年，就在这个小楼里，他们用自己制造的一套直径为 5.08 厘米（2 英寸）、长度为 2 米的玻璃筛板、脉冲柱台架试验装置来提取铀酸钾矿中的铀，取得比较满意的结果，为开创新中国的原子能事业立下了汗马功劳。

我记得每年春节，父母都会邀请小楼里的年轻人来我家共度新春佳节，每年到我家来的人数大幅度递增，直到家中的客厅无法容纳。1958 年父亲被调离原子能所到中国科学技术大学从事教学工作，我不知父亲怎么舍得离开那个比亲生儿女还亲的小楼。但我确实知道，他是高高兴兴地去赴任的。他一到中国科学技术大学，马上投入到为新中国培养原子能化学尖端人才的工作之中。

至于那些大铁箱子，后来父亲分别给了我们五个子女。分给我的箱子不仅陪我度过在北京一零一中学的三年和中国科学技术大学五年的住宿生活，它还随着我结婚一起进入婆家。“文化大革命”期间又先后分别陪伴我丈夫汉昕和我在两个干校好几年，最后又转到我的女儿小圆手中。这个比女儿年龄大几十岁的铁箱子，经汉昕油漆之后，又陪伴她在中国科学技术大学度过五年的住宿生活。这些大铁箱子成了父亲给我们每个子女最珍贵的财产和纪念品。

我们这个多子女的大家庭，经济上常常入不敷出，母亲十分劳苦，但全家总是其乐融融，特别是父亲快乐洒脱。父亲出自内心的开怀大笑极有感染力，我们住在中关村 13 楼时，好几次我应敲门声去开门时，来人都说没事，只因路过我家窗口听到父亲的笑声，想知道法杨公有什么事这样开心(为区别音同字不同的从英国回国的杨澄中先生，大家都亲切地称呼父亲为法杨公，杨澄中先生为英杨公)。

我家不仅是当父亲在法国时需要借贷，就是这个法杨公父亲回国之后，我们仍无法完全靠他的工资生活，仍需借贷。有一次，父亲和我在路上遇见王淦昌伯伯，王伯伯对父亲讲他将得到一笔钱(好像是在北京大学或清华大学讲课的钟点费)，等他收到之后就可以借给父亲，去支付在原子能所预订的御寒棉衣制服的费用。我这才知道，我们这位快乐的父亲也需要借钱来维持家庭。

虽然父亲需要借钱来维持自身的家庭(除了我们这五个子女的七口之家外，父亲必须每月寄钱给年老的祖父和单身的姑妈)，但他从来不拒绝向他伸手求援的亲戚、朋友、同事和学生们。这可是母亲的一大困惑和烦恼。平时，母亲总是需要精打细算才能平衡家庭的收入和支出，可是这难以维持的平衡，经常因为父亲把钱突然借了出去，而出其不意地失去。为此，她就必须绞尽脑汁，进一步地精打细算，才能把家庭的收入和支出维持在更低水平的平衡上。

在 20 世纪 50 年代，特别是 50 年代初期，全国的生活水准都很低。各家有各家的难处，许多人在自己无法解决时，理所当然地想到父亲。想象这位快乐的法杨公，一定有能力帮助。事实上，不管父母的经济压力多么沉重，父亲几乎是对人们的要求有求必应。也许正是有这样的好名声，从 50 年代初，到 80 年代末我离开中国时为止，向我的父母借款之事从不间断。所谓借贷实际上也就是相送，父母从来不记，更不去要回，有些当事人可能早已忘却。可我知道还真有不少人记得，事隔几十年后来相还的。每逢父母收到这些不知贬值了几十倍的还款时，总是特别高兴地夸奖此人有良心，说：几十年了他们要不提，我们已经记不起来了，真难为他还没有忘记。

1965 年，我这个完全不懂政治的人参加东北一个工厂的“四清”工作，因为不懂又不会，只好全身心的投入，竟然没有注意到已经很久很久没有收到父母的来信了。在“四清”工作结束前几天，收到的母亲来信让我大吃一惊。母亲在信中告诉我很长时间不能给我写信的原因，是父亲的右眼睛动了两次手术，他现在还住在医院。而母亲本人在看望父亲时，在医院附近被一个骑自行车的人撞倒，摔在地上，导致右臂膀骨折，也只好住进医院里。

回到北京后，我才知道父亲眼睛发生问题的原因。50 年代初，为了取得近代物理研究成果的核物理学家们，开展了中子物理研究所急需的、稀有的中子源——放射性氡同位素研究；也为了使协和医院里的医务人员和病人们不再遭受放射性的伤害，父亲在当时没有任何放射性防护设备的条件下，亲自单独操作遭受放射性照射最强烈的、最危险的步骤。曾参与此次修复工作的朱润生女士，在题为《半个世纪前的往事》一文里详尽地写道：“在工作中，杨先生真正做到了身先士卒。其中最为危险和困难的一项工作是将盛装镭溶液的玻璃瓶重新与整个系统连接，而玻璃瓶已经老化变脆。这时必须打开保险柜，在伸手可及的距离上，在镭溶液高强放射性的直接照射下，进行玻璃的熔接。我们四人中有一位是玻璃工，但是杨先生说，这项工作太危险，不分配给我们之中的任何一个人，而是由他自己动手来完成。在操作时，他嘱咐我们不要站在他旁边，而要站在他的背后，这样可以用他的身体为我们挡去一部分射线。我站在他的身后，只能看见他的肩和背。时间不长，杨先生就已完成了这项工作，但在这短短的时间里，那为我们遮挡射线的宽厚的肩和背却给我留下了极为深刻的印象。”（朱清时主编：《杨承宗教授九十华诞纪念文集》，中国科技大学出版社，2000 年版）

终于，原子能所的中子物理学家们得到了研究急需的放射性氡源，协和医院的工作人员和病人们不再遭受放射性的伤害，而父亲最接近装强放射源镭溶液的玻璃瓶的那只右眼睛，因此受伤而且越来越坏。

在共和国的第一颗原子弹爆炸前夕，父亲要向国务院的高层主管汇报准备的情况。他夜以继日地连续在二机部五所内工作了很长一段时间，没有一点点间隙让他回到位于北京西郊的中国科学院宿舍作必要的休息和整顿。有一天早晨，他在五所的宿舍里起床后，突然发现右眼一片漆黑，看不见任何东西。为了使汇报正常进行，他没有及时去医院。一直等到第三天汇报完毕后才去就医，虽然医院马上安排手术，终究由于耽误时间太长，手术成功率低而失败，不得不接受成功率更低的第二次手术。尽管第二次手术成功，勉强保持住右眼的一点视力，但病情并不乐观，医嘱要求必须定期返回医院检查。

后来，因为“文化大革命”中的许多事，这只为国家的原子能事业立了大功的右眼最终无法保住。左眼受右眼的牵连，隐性白内障很快发展，导致在好几年的时间内，父亲几乎失去视力。令我敬佩的是，我的父亲不仅在失去一只眼睛后仍是快乐洒脱的，就是在几乎双眼失明时依然笑声朗朗，不断地发明一些对他行之有效的方法，来继续从事教学和研究。在他担任中国科学技术大学副校长期间，又创建了共和国的第一所自费走读大学——合肥联合大学（现名合肥学院），并承担校长的重任，直到突然要他退休离开。

合肥联合大学是在父亲晚年时首创的，是在他手中完成的最后一件大事。只有极少数的人知道，当父亲提出创建合肥联合大学的建议时，虽然他的思维尚且敏捷，但双目几近失明。就是这样的一个又盲又老的人，还担负着中国科学技术大学副校长和安徽省人大常委会副主任的双重重任（听父亲说，他当时还担任了安徽省科协主席之职）。而我的母亲自从北京搬迁到合肥后，不久就重病缠身，急需家人的看护和照顾，整个家庭的基本生活，全靠妹妹家翔和妹夫泽清的小家庭支持。

父亲秉承法国居里夫人实验室求实的科学态度，以科学家特有的敏锐、深邃、严谨、务实和一丝不苟的科学态度，带领着一群志同道合者，独辟蹊径，实施了一系列高等教育改革。以崭新的、充满生命力的办学模式，冲破了共和国几十年来办学的老教条、老框框。

苦尽甘来。随着父亲一只眼睛的复明，他更深入地探索着合肥联合大学未来的办学道路。全校教职员工们正鼓足干劲要向更高的目标进军。

谁能想到就在这时，令父亲和当年一起创建合肥联合大学的同事和朋友们想象不到的事情突然发生了。有一天，两位地方高官很唐突地来到父亲家中，以父亲的年龄为理由，要求父亲立刻离开合肥联合大学校长的岗位。

事情发生的紧急程度，甚至超出了十年前再三请求他担任合肥联合大学校长之时，年近八旬的老父亲一点点思想准备也没有。谁能想得到：十年创新、拼搏的结果，竟是导致一向血压偏低的父亲饱尝了血压升高的滋味。

我们专为此事问过父亲，请父亲猜测这突然被“解雇”的原因。父亲说，在他被“解雇”前几天，地方要把一批外单位的、接近离退休年龄的当地干部，安插到合肥联合大学。因为合肥联合大学是合肥市中行政级别最高的两个单位之一，从合肥联合大学离退休无疑会享受到较高级别的生活待遇。父亲考虑到合肥联合大学的特点是年轻、经济基础薄弱，所有的开创者们都一直坚持勤俭办学的原则，大部分的教职员工都是兼职的。父亲坚持合肥联合大学一贯的勤俭办学方针，断然拒绝了安排这批要从合肥联合大学暂时过渡的地方干部们。

父亲一生高风亮节，光明正大、快乐潇洒的他再一次说：“事情做出来就好，别的什么也没有去想。”

母亲节衣缩食一辈子，到了合肥不久，慢慢地卧床不起，她自己没有公费医疗的待遇，还需雇保姆专门照料她，所有的费用均出自父亲几十年不变的工资。80 年代中期，大家的经济状况开始好转，稍知我家底细的朋友们劝父亲向学校申请困难补助，但深知父亲为人的子女们知道他老人家是不会这样做的。为了父亲，特别是病中的母亲能过稍松心的日子，我们五个子女尽力帮补。但不明真相的朋友们，在有困难时仍旧向这位副校长求援，快乐的父亲仍一如既往地、心甘情愿地尽力支援。我不知现在，当父亲的收入仅能与卖茶叶蛋的摊贩相比之时，这个循环是否还在进行下去。我只知道 1998 年中国科学院卖职工福利房时，父亲的全部积蓄仅够应付购房款的一半，余下的一半由我们五个子女共同凑齐。

1994 年底我回国探亲，住在中关村 14 楼父亲的宿舍里，我以为在中国生活了近 50 年的我仍会习惯于中国的生活。不料 14 楼中的暖气供应不足，数九寒天室内温度从摄氏 16 度下降到了 13 度，最低到过 10 度、11 度。我渐渐地有些顶不住了，虽然身穿毛衣皮袄，再加上毛裤厚呢裤，还是冻得心发慌，什么事也干不下去。父亲看到了我的窘相，他走过来掀起他穿在外面的大棉袄，我看到的他用一根宽布带，把里面的棉背心如同裤腰带一样地结在腰围。他指着宽布带笑着对我说，这是他的发明，可以保持身体暖和，我们两个人相视大笑。这一幕我永远无法忘怀，想想一个为了祖国、人民、事业，贡献了自己的一生，包括自己所有的年华、才能、智慧、积蓄，甚至他的一双眼睛的国家功臣，全国一流大学的副校长，早已是桃李满世界的著名科学家和教育家，到了八十多岁竟要用一条宽布带捆着的棉背心驱寒保暖，每当想到这一幕我总是两眼泪汪汪。但父亲还是发自内心地快乐和感恩，他为能回到北京，又住到 14 楼而真诚地感谢着每个曾帮过他忙的人。

我很感谢父亲的朋友们替作为共和国放射化学奠基人的父亲连学部委员都不是而打抱不平，我自己也认为此位非父亲莫属。但父亲却毫不在意，依然开怀大笑，依然讲他因为国家和人民给予的很多荣誉而受宠若惊，超出了他所想所求。

长期以来，不管父亲四周的政治、经济、工作、地理、气候等环境怎么剧烈变化，他自身的健康状况如何突变和渐变，他都能几十年如一日地快乐和潇洒。

父亲本着天生的爱，广博的爱，无私的爱，爱祖国、爱人民、爱事业、爱他周围的每一个人，心甘情愿地把自己的一切施出去。

父亲活得快乐潇洒，同时得到人间最高的祝福——健康和长寿。

顾准一家在中关村 13 楼

顾南九（高梁）（执笔）　顾淑林　顾逸东　顾秀林　顾重之

顾　准(1915—1974)

学者，思想家，经济学家。毕业于上海立信会计学校。1957 年发表《试论社会主义制度下的商品经济和价值规律》，第一次提出了在社会主义条件下实行市场经济。后来，他两次被打成“右派”，仍然坚持理想和信念不动摇。在逆境中，他写下了《希腊城邦制度》和《从理想主义到经验主义》等著作，对革命胜利后所遇到的问题进一步进行了思考和探索。

刚到中关村

我们家是1957年春节后(大概是2月中旬寒假期间),从建筑工程部宿舍搬到中关村的。今天的13楼,当时排26楼,旁边的14楼当时是8号楼,1958年秋天我们搬出之前改为今天的牌号。我们住13楼一单元106号(最东头的一层)。

1955年夏我们家从上海迁到北京。刚到北京时,父亲顾准在中共中央党校学习,母亲汪璧在建筑工程部。父亲1957年初结束党校学习,调中科院任综考会副主任,我们就从建工部宿舍搬到了中关村。中关村宿舍比建工部宿舍面积大了不少,里面的设施也高级多了。

当时全家8口人:父母、祖母和5个孩子。1957年初,老大顾淑林上初三,老二顾逸东上五年级,老三顾南九上二年级,老四顾秀林即将上小学,老五顾重之还在幼儿园。

刚到中关村时,首先的感觉是比较荒凉。当时那个大院,只有四周的楼房盖了起来,中间还是一片空地,荒草长得比小孩子还高,像灌木丛一样;院子外面路南(今中关村南区)是荒地,有许多柏树圈围成的坟地;西边供销社(今科贸大厦)旁边还是一片白薯地。其次是周围的人们比较"洋气"。我们刚从上海到北京时,感觉北京比较"土",但在中关村"海归"科学家们面前,自己就成了"土包子"。邻居们互相之间很客气,彬彬有礼,妇女们互相称"太太"。每天傍晚,楼上某家就响起叮叮咚咚的钢琴声。清晨楼上地板嗡嗡响,大人说这是“吸尘器”的声音，是从外国带回来的。扫地可以用机器，过去从来没听说过。这样的消费水平，比国内一般人超前了 20 多年。

1957 年夏，大姐顾淑林在北京 56 中学得了金质奖章，保送上了 101 中学读高中。中学离家很近，但大姐还是选择了住校。

下面三个孩子在保福寺小学（今中关村一小）就学，校址就是今天的融科大厦（1958 年秋才搬到今天的一小校址），当时是个真正的庙宇，庙宇的名字就叫保福寺。正殿和偏殿用作教室，光线不太好，黑黢黢的。还记得校长的名字叫王金陵，少先队的总辅导员是个刚退伍不久的军人，高大英俊，听说他给高年级（五六年级）上课的时候，发现学生睡觉时会把粉笔头掷过去，打得很准，但是平常对同学很和善。学生来源主要是两部分：中科院子弟、居住在周围的农家子弟。中科院的子弟们普遍比农民子弟学习好，但同学们之间相处很融洽，相互间十分友好，老师也没有歧视谁的意思。记得母亲曾经说过，保福寺小学对农民子弟和知识分子子弟一视同仁，风气好。

保福寺小学对面是生物所、声学所和大操场。现福利楼，新科祥园一带，当时还是一片麦田。再往南、往东，都是村舍和平房宿舍。天气不冷时，晚上时常在大操场放映电影，那是大人和孩子们共同的快乐时光。

父亲在综考会工作，经常工作到很晚，有时夜里九十点钟我们小孩子都睡下了，外面小汽车灯光一亮，祖母就说，你们父亲回来了。母亲在建工部（百万庄）上班，来回路途较远，每天上班要早起，晚上经常赶不上回来吃饭，十分辛苦。1958 年是“大跃进”年，所有的人都在加班加点工作，我们几个孩子经常在傍晚的时候，穿过灌木丛一般高的荒草地，走到中关村公共汽车站去迎候母亲回家。当时 32 路中关村车站还没有移到今天的位置，离家不算太远。

父母亲在家里共用一个书房。如果晚上两人都在家的话，常见他们两人面对面坐在书桌前用功。孩子们也不常去纠缠父母，家人常常是各干各的，家中的大小事情都由祖母安排，井井有条。

总之，刚住到中关村时，我们家里是一种太平而忙碌的气氛。

中苏黑龙江流域联合考察

1957 年春夏，父亲出过三次差，一次是去海南岛（和综考会主任竺可桢一起考察雷州和海南橡胶种植农场的情况），一次去新疆。第三次是去苏联，然后到黑龙江，即中苏黑龙江流域的联合考察，就是这次出差出了问题。

从父亲自己写的“历史交代”，以及已得到的各方材料中，得知这次出差的大体情况：

苏联打算开发黑龙江流域，要在黑龙江左岸主要支流和黑龙江干流兴建若干水电站。在干流修电站，选址和库区淹没等问题关系到右岸，必须和中国方面合作。在苏方建议下，1956 年五六月间在北京举行了中苏合作考察的谈判会议，成立了联合考察组。

联合考察组中方组长竺可桢，带领中方考察队共 18 人（包括副组长顾准、水电部冯仲云、唐季友，以及吴传钧、冯景兰、王守礼、杨宣仁等）。苏方考察队以苏联生产力委员会主席涅姆钦诺夫院士为首，共 25 人。7 月 6 日两队会合于苏境内的海兰泡，乘坐苏联“拉左号”船顺流而下，进行为期三周的黑龙江流域联合考察，途经海兰泡、伯力、海参崴（苏）、佳木斯、鹤岗、哈尔滨（中）。

在考察过程中，中苏两方在关于干流电站选址的问题上出现了分歧。苏方对选择上游某地的方案感兴趣。中方则提出在下游萝北县境内太平沟建坝的方案。考察队的水电部工程师唐季友积极主张后一方案。太平沟是黑龙江流经小兴安岭峡谷的南口，地形地质条件良好，可能的装机容量为 100 万—270 万千瓦，但如果贮水水位过高，则苏联一侧淹没损失稍大。如果选择上游方案，则中方淹没损失大，装机容量也较小。竺可桢在事先的预备会上也同意唐季友的意见。

新中国成立以来，中苏两国一直是盟友关系，我国当时确实也得到了苏联不少的帮助。当时，不管在宣传上，还是在人们的意识中，都把苏联看作老大哥、我们的榜样（尽管苏共 20 大后党内看法已有所改变），所谓“苏联的今天就是我们的明天”；那时苏联人讲的话好像“圣旨”一般。“反苏”更是个不得了的政治错误。

不少国人有崇洋媚外心理，当时和今天都是一样的，只不过当年是崇苏媚苏，今天换成了崇美媚美而已。

一方面是某些中国人崇苏媚外，另一方面就是某些苏联专家的自大与骄横（当然不是指所有在华苏联人）。据父亲日后的回忆文字，苏方的涅姆钦诺夫在考察途中对我方领队人、科学院副院长、高龄科学家竺可桢极其傲慢……这种傲慢态度不仅对竺可桢如此，对我方其他考察团员也是如此。在这种情况下，苏方提出的上游方案，几乎就是不容置疑的方案。

作为中方负责人之一，父亲认为坝址选择方案的讨论是关系到双方权益的问题，他支持太平沟方案，也支持唐季友工程师对选址问题提出不同于苏方的意见。某日中苏双方讨论坝址问题，唐季友发言称：上游方案，发电量小，中方淹没损失大；太平沟方案，发电量大，缺点是苏方淹没损失大。综合比较，主张太平沟方案。但是该主张遭到某些成员的反对。

此后一直到今天，在黑龙江干流修电站的事情始终没有实现。

中苏联合考察20年后的1978年11月，老四顾秀林在离开黑龙江生产建设兵团返京之前，曾经前往鹤岗市萝北县太平沟乡，在当地干部的帮助下，找到了当年开挖的坝址勘探沟现场。20年过去，宽深各一米的探沟在树木草丛中完整保存，沟宽沟深尚存半米多，从山坡蜿蜒向下，一直到达江水边。当地人甚至还记得勘探队到达和寻址、挖沟的那件事。

顾准自己回忆："我……请示聂总，并在取得聂总指示后，在考察工作的整个过程中，采取了遭到某人的坚决反对、被诬为反苏的立场。……在太平沟问题上……我对之担负了政治责任，我当然要毫不犹豫地为之而斗争。”

考察组6月底回北京。还在考察途中，顾准的“反苏行为”，显然已被某党员副组长报至北京。父亲刚回家，老朋友林里夫（时任中科院经济所所长）就上门，两人关在书房里谈了很久，看来林已经知道内部精神了。

父亲当了“右派”

其实，即使父亲没有黑龙江考察一事，他的“右派”帽子也是跑不了的。1956年经济学界曾就“价值规律作用”问题进行了热烈的讨论，多数意见还不能逾越斯大林《苏联社会主义经济问题》的理论框架。父亲当时兼经济所研究员，他认为苏联人提出的“社会主义基本经济规律”体系不过是“钦定的规律”，是“不能反映再生产实质”的东西，研究经济规律要从现实出发而不是从现成的理论教条出发。他认为真正贯穿于经济运动全过程并反映其本质的，还是以经济核算制为基础的价值规律，计划的制定也不能违背价值规律这个基础。为此他下了很大功夫、几易其稿，写了《试论社会主义的商品生产和价值规律》一文，文中否定了苏联的理论框架，主张可以在所有经济领域和各种程度上发挥价值规律的作用，直至“任令价格浮动调节生产消费”。这在当时是最鲜明的“离经叛道”观点。此文发表在《经济研究》1957年第3期，很快招致来自经济学界的尖锐批判。

7月份反右斗争全面展开，父亲还没有来得及向组织汇报黑龙江考察情况，就开始挨批判。批判拖得很久，我们在中科院的档案看到，父亲最后在“右派登记表”上签字的时间，是1958年某月某日。当时，这些事大人没有告诉我们。

水电部唐季友工程师也被告了状。据唐22年后的回忆：他刚回部里就被叫到副部长办公室，被劈头盖脸地训斥一通，并被责令多次检讨，险些当了“右派”。随后被调至吉林，在长春定居。

从1957年后半年开始，父亲就不像过去那么忙着天天上班了，大部分时间是坐在书房看书，或者和孩子们在屋外窗下的小片地上种花，甚至有时间来管家事了。母亲爱花，但是一直只能在家里养几盆仙人掌什么的。那年父亲在窗外栽种过几株玫瑰；还买了竹竿，把种了玫瑰花的那一小片土地围起来，整整齐齐的竹篱笆，很像园丁的作品。不过我们没有等到看玫瑰开花。

1958年春，父亲要“下放劳动”了，地点是河北赞皇农村。他走前，4月份的一个星期天下午，全家到五道口的照相馆照了唯一的“全家福”照片。父亲这一走就是七八个月，当他于1958年底回北京时，我们家已经搬到百万庄建工部宿舍了。

1958年的印象

1958年春“大跃进”，记忆中那是一个热火朝天的时代。小学生们上街宣传除“四害”、讲卫生、打麻雀等。搞绿化，参加挖树坑，著名的中关村林荫道，就有我们的一份贡献。记得1958年暑假期间粮食高产运动，保福寺小学也搞了半亩地种冬小麦，目标是亩产 4 万斤，全校在假期紧急动员搞积肥。动员大会上有的老师甚至激动得流了眼泪。此后全校师生掀起了“冲天的革命干劲”，低年级同学在林荫道上拾马粪，互相竞赛；高年级同学和老师们去掏大粪，然后摊在操场上晒成粪干。半亩地挖了个大坑，全部填上肥料。播种应该是 9 月底，我们已经搬家，此后就不知道这个高产试验田的消息了。几年后在中学碰到小学的同学打听，说是半亩地打了 200 斤小麦（这在当时也是很不错的成绩了）。

1958 年秋季开学时，新校舍盖好了，保福寺小学搬至今天的中关村一小所在地，校名也改了。

1958 年夏，家里发生了若干变故。父亲下放后，母亲在单位忙，天天很晚才回家；大姐顾淑林住校基本不回家（当时暑假期间在学校里参加化工试验小组，日后 101 中学还出了一本小书《我们试制成功了环氧树脂》）。保姆走了，只有祖母在家做饭和照顾几个小的孩子。一天雨后的傍晚，70 多岁的祖母去屋外照看开花的向日葵，不小心滑倒，右大腿骨折，我们几个小孩手足无措，是路过的一位叔叔帮忙叫来救护车，送祖母到积水潭医院住院治疗。这样，家里白天只剩下大哥顾逸东带着下面的三个弟妹，做功课、玩耍、学做饭，自己管理自己，感觉还挺不错。不久后，上海的大姑来北京照顾我们和在积水潭医院住院的祖母。大姑走后，8 月底小姑带着两个孩子（我们的表妹表弟）来到北京，小姑夫所在志愿军部队从朝鲜班师回国，他们在北京会合，也都到中关村 13 楼来过。

父亲当了“右派”，我们在 13 楼住不下去了。母亲向所在单位建工部要了百万庄的房子，小姑帮我们张罗了搬家的种种事项。这样，我们在 1958 年 9 月初，新学期刚刚开始两周时，搬离了中关村 13 楼。我们在中关村 13 楼居住，从头到尾差不多有一年半的时间。

此后的情况

百万庄宿舍是两室一厅，60—70 平方米，全家如果聚齐，睡觉就要架行军床。父亲从 1958 年到 1961 年都在外地，先后在河北和河南的农村、院属清河农场和商都农场劳动，在家时间很少。1959 年他在河南商城参加修水库劳动，正值农村“反右倾”征过头粮，农民口粮难以为继，他自己和周围的人都得了浮肿病，还要干重活，这一经历给父亲的印象太深刻了。

从“文化大革命”起，父亲和家庭就断绝了往来。父亲在农村，屡次被批斗。一次“革命群众”批他是“老反革命”，他火冒三丈，大声说“我是老革命，不是反革命”，在被人推搡压制中，硬是昂头梗着脖子说：“我就是不服。”1969 年下干校的前两年，曾有多名外调人员来找他，要他提供过去共事过的同志、今日“走资派”的历史情况，他都据实回答或提供文字材料，绝不说违心的话。有外调者要他提供假证，甚至威胁殴打，父亲都是一口回绝。他曾说过：“我没有害过一个人。”外调勾起了他对自己革命历史的系统回忆，据此写下了 25 万字的“自述”，是很有价值的史料。尽管受到了如此不公正的待遇，但在他留下的字里行间可以看到，他仍对自己曾参加过的伟大革命斗争充满了感情，对国家未来的建设和腾飞充满了期待。

“文化大革命”中，父亲戴着“右派帽子”，屡遭不幸，孤身一人，扛住了常人难以想象的精神痛苦。在批斗和监督劳动之余，父亲心无旁骛，发奋读书研究。他计划从中西文明的比较中探讨中国现代化建设的道路，研究范围涉及经济、历史、哲学、政治各领域。但可惜的是，这一计划才开头，父亲就于 1974 年因癌症去世。所留下的文章笔记，系统整理出书共 100 多万字。

母亲于“文化大革命”前调财政部，“文化大革命”期间因父亲的问题被冲击批斗，于 1968 年春去世。此后，我们 5 个兄弟姐妹中有 4 人远赴外地，下乡进厂，直到 1979 年才在北京团聚。所幸祖母以 94 岁高龄，看到引为自豪的儿子终获昭雪、孙子们都回北京，放心而去(1979 年)。如今唯一值得告慰父母的是，我们兄弟姐妹们长大后，没有背离父母追求真理的精神，在各自的岗位上，为人民、为国家尽自己的努力去做工作。

我的父亲母亲

——边雪风、斯季英

边东子

边雪风(1905—1970)

浙江诸暨人,1928 年入党,曾在印度尼西亚进行革命活动。在延安主编,《中国工人》,历任汤元县副县长,东北总工会组织部长。1955 年从红十字总会调中国科学院地质研究所任党组书记,副所长。

我的父亲边雪风(1905—1970),母亲斯季英(1912—2011)都是浙江诸暨人。诸暨山清水秀,曾经出过著名的美女西施和画家、诗人王冕,但是父亲和母亲却来自两个不同的家庭。父亲是“世代家传”的贫农,只读过两年书。后来,他到上海当了一名排字工。凭着囊萤映雪式的自学,竟然自学成才,成了报纸的编辑和作家。

父亲在大革命时期就参加了中共领导的农民和工人运动。1927年,蒋介石背叛革命,大批共产党员被屠杀。那些革命意志不坚定的人脱党了,甚至叛变了,而父亲却在白色恐怖的血雨腥风中,于1928年毅然加入了中国共产党。他还受组织委托,赴南京营救被捕的同志,在途中,他写了这样一首诗:

赠友人

车行过白下,翘首故人情。
凄凄燕子矶,巉巉石头城。
云压江天黑,山高道路明。
起居须谨慎,屈指听鸡鸣。

这首诗充分表达了他相信黑暗终将过去,革命一定会成功的坚定信念。

1928年,父亲参与领导了家乡的农民暴动。暴动失败后,受党组织委派,他赴印度尼西亚(当时称“荷属东印度”)的苏门答腊,在华侨中进行革命活动，掩护职业是《新中华报》副刊编辑。他还常常以“全非”的笔名发表文章，抨击殖民统治，介绍中国的革命和文化界的动向，在当地华侨中影响很大。直到前些年，还有人写文章在印尼的侨报上回忆当年他办的报纸。

我的外公斯道卿是江南著名画家，西泠印社早期会员，尤擅画墨兰，被称为“诗书画三绝”。蔡元培曾为他的画题过词。他文武双全，辛亥革命时，曾任新军团长，与蒋中正等配合，率先攻入清朝杭州巡抚衙门，生擒浙江巡抚增韫，为光复杭州立下汗马功劳。他曾一度担任过天台县县长，后因不满当时军政界的腐败，弃官而去，靠卖画为生。

我的母亲自幼在农村的外婆家成长，因不忍看社会底层的苦难，受父亲忧国忧民思想的影响，又被共产党人的英勇斗争鼓舞，因而在中华艺专学习时，就积极寻找共产党，并于1934年加入共青团，担任了“左联总发行”也就是“左翼作家联盟”的秘密交通员。

就在母亲在上海从事地下工作时，因上级组织被破坏，父亲在苏门答腊遭荷兰殖民当局逮捕，受到残酷的虐待。但是父亲坚贞不屈，他曾写诗明志：

狱 中

铜锁铁门可若何，昼长夜暗任蹉跎。

闷来窗下数回步，怒向高空一曲歌。

有眼须看新世道，无心再恋旧山河。

风尘报我苦经历，初志到今仍不磨。

这首诗充分表现了共产党人坚贞不移的初心，直到今天仍然具有深意。

父亲于 1935 年被荷兰殖民当局驱逐出境后，回到了上海。当他得知党中央已经到了陕北，即奔赴西安，准备进入陕北。同时在中共党员，杨虎城秘书宋绮云（小说《红岩》中“小萝卜头”的父亲）任总编的《西北文化日报》当编辑，从事革命工作。西安事变后，组织安排他赴延安，先是在马列学院学习，后主编《中国工人》，毛主席曾亲自为《中国工人》写了发刊词。

就在这时，母亲也来到了延安。原来，因叛徒出卖，她于 1935 年在上海被捕，被判 10 年重刑，后因抗战爆发，国共两党达成无条件释放政治犯的协议，她才被释放。在诸暨短暂休养后，母亲毅然决然奔赴延安。临行时我的外公曾写诗为她壮行：

送小女季英赴延安

非为饥寒远出游，高堂岂是望封侯。

国危遭劫贫民众，世乱无功壮士羞。

衰老愧予违素志，殷勤嘱尔赴同仇。

立志改造尔曹事，不现大同誓不休。

这首诗被延安陕北公学刊登在校刊上，鼓舞着有志青年奔赴抗日战场。母亲在陕北公学（后改为延安大学）法学院毕业后，担任过延安八路军荣誉军人学校教员和边区的小学校长。由于工作业绩突出，她于1941年在延安被授予“工作中的模范妇女”奖状。

1945年，父亲和母亲在延安结婚，蔡畅亲自为他们主持了婚礼。解放战争初期，他们双双奔赴东北，参与建立东北根据地。父亲任汤原县副县长，小说《林海雪原》描写的剿匪故事，就发生在那一带。后来，他还担任过东北总工会组织部长等职，母亲则在东北总工会任处长。

新中国成立后，父亲和母亲曾在红十字总会和卫生部等单位工作。1955年，父亲调中科院地质研究所，成为该所第一任党组书记、副所长。母亲也于1957年调中国科学院北京微生物研究室（即中科院微生物研究所的前身）担任领导小组组长。

那时，父亲身体不好，长年患有心脏病、胃病、高血压等多种疾病，但是一有重要任务，他就会忘记病痛。大约是1957年，有一天半夜，突然有人急促敲我家大门，原来是地质所的人在青海野外考察时遇到了土匪袭击，有人还负了伤。得知这个消息后，正在犯胃病的父亲不顾病痛，立刻在寒夜中赶到所里去了。

作为党政领导干部，父亲热心为科学家服务。据著名地质学家施雅风回忆，50年代中期，地质所还很穷，野外考察没有汽车，只好骑马、骑骆驼，甚至徒步跋山涉水，不仅效率很低，而且辛苦且危险。

于是父亲在院里的一次会议上提出要为地质所配备汽车，有人对此很不满意，说边雪风连配汽车这样的事也要找院领导解决，是小题大做了。可是院领导却认为这个要求提得很好，党组织就是要为科学和科学家服务。记得1957年，我就曾在沙滩松公府夹道的地质所院内，看到了许多崭新的解放牌大卡车和苏联嘎斯69吉普车。但我不知道原来地质所能有这样“高大上”的装备，还有父亲的一份功劳。

父亲尊重知识分子，关心知识分子。他曾顶着压力，发展张文佑院士、叶连俊院士入党。直到21世纪初，叶连俊先生还在党员大会上回忆自己入党时的激动心情，并特别强调是第一任党组书记边雪风介绍他入党的。父亲经常在我面前，赞扬地质所的科学家，如侯德封、张文佑、刘东生、李璞、叶连俊、尹赞勋、涂光炽等。

父亲还曾带着我从当时我们住的沙滩中老胡同，到中关村看望彭琪瑞先生。彭琪瑞曾在美国任教，1956年回国后到地质所任研究员。但这时他又想去香港，父亲想做他的工作，希望他能留下来。父亲带我去，可能是想营造一种家庭氛围，便于彼此谈心吧。彭琪瑞先生和他的儿子热情接待了我们。这是我第一次来到中关村，我才知道，彭琪瑞先生想去香港只是希望儿子能上一所好大学。后来父亲联系了北师大，学校也曾表示同意接收，彭先生和他的儿子都很满意。但此事后来又横生枝节，办不成了。彭琪瑞先生就带着儿子去了香港，父亲为此非常遗憾，对“搅局”的人非常愤怒。不过，彭先生到香港后，仍潜心研究地质，取得了不少成果。1979年因病退休后，他将全部科研资料和书刊都捐给了中科院地质所，1985 年逝世前，他还留下遗嘱，将积蓄捐赠给了家乡——湖南湘阴县兴办小学。那里的人民将这所学校命名为“琪瑞学校”。彭琪瑞先生是一位爱科学，爱祖国的科学家。

1957 年 11 月，我的母亲刚调到微生物研究室时，领导班子内部不团结。知识分子出身的领导干部和有革命经历的老干部因工作经历和文化背景不同，彼此有看法，甚至影响了工作。母亲做了大量细致有效的工作，不仅让双方团结在一起，还和他们成了莫逆之交。因为她工作努力积极，1959 年被评为中国科学院“三八红旗手”，并参加了“全国三八妇女建设社会主义积极分子大会”。

父亲喜欢和知识分子交朋友，不仅是地质所的科学家，我家搬到中关村后，和著名科学家汪德昭、郭永怀、陈家镛、郭慕孙、杨嘉墀为邻，彼此的关系都很好。两弹一星元勋、革命烈士郭永怀住在我们楼上，父亲和他关系非常好，两人无话不谈。李佩老师就曾经讲过，“老郭和老边关系非常好。”

中国第一颗原子弹爆炸成功后，父亲还特意拿了郭沫若题写的一首诗给郭永怀看。这首诗是父亲在印尼介绍过的郭沫若《哀时古调》两首之一。而郭沫若为父亲题写这首诗的时间正是第一颗原子弹爆炸成功的 1964 年 10 月 16 日。

郭沫若为边雪风题诗原文：

天风吹，海浪流。满怀悲愤事，聊以寄筌篌。神州原来是赤县，会看赤帜满神州。朋友，朋友，努力事耕耰！

“文化大革命”期间，父亲一度受到不公正对待。国家科技大奖获得者刘东生先生曾经对我说，“你父亲救了我们。”

原来，1968年，父亲和一批所谓的“反动学术权威”“走资派”如郁文、侯德封、刘东生等关在地质所的“牛棚”里。当时规定“牛鬼蛇神”只能吃5分钱的菜，也就是熬白菜、煮萝卜，还要从事体力劳动，身体根本顶不住。于是父亲就挺身而出，仗义执言，指出这种做法不符合党的政策。自此，关在“牛棚”里的人才被允许吃得好一些，其他待遇也得到了一定改善。父亲在那个时候敢于站出来说话，是要冒很大风险的，没有胆魄和舍身保护科学家的精神是做不到的。

“文化大革命”时期，母亲因为在上海做地下工作时，曾和江青一起关在上海公安局拘留所，了解她的表现，因而在延安和在“文化大革命”期间两度揭发江青，认为她有叛变的嫌疑。因而于1969年被秘密关押。尽管在狱中饱经磨难，但她一直保持着乐观向上的生活态度，也从没有改变自己的信仰。

打倒“四人帮”之后，尤其是在改革开放时期，她更积极地投入到工作中，离休后还资助家乡的贫困学生，尽自己所能为人民、为社会作力所能及的好事。她创造的“叶画”，曾被中央电视台、《人民画报》等媒体广为介绍。她的文章曾多次获奖。在85岁生日时，写了一首诗《八五抒怀》：

八五春秋多坎坷，铁窗磨难两度过。
如今重新识自己，为民奉献恨不多。

99岁高龄时，她曾著文《勇往直前》在所刊上发表。文中写道，“期望我们党保持清正廉洁的作风，在反腐败的斗争中，取得新胜利。我坚信，我们党所开创的伟大事业一定能够成功。在建设社会主义的道路上，任何人、任何势力也不能阻挡我们前进，中国共产党一定会领导我们勇往直前。”

虽然父亲和母亲已经离我而去，但他们“初志到今仍不磨”的坚守，他们“为民奉献恨不多”的情怀，我一定继承并努力践行下去，以无愧于他们的期望。

我最尊敬的父亲卫一清

卫华民　卫耀民　卫艺民　卫美梅　卫京娟　卫京萍

卫一清(1915—1988)

生于山西省赵城县。在山西大学采矿系学习，抗日战争时期，任中共汾西县委书记，晋绥边区地委书记。1949 年调总参组织动员部，后调任中科院地理所副所长、党委书记，中国科学院党组成员、副秘书长，国家地震局副局长、顾问等职。

我的父亲卫一清,1915 年出生在山西省黄河边赵城县的一个赤贫的农民家里。父亲本姓贾,四岁就失去了双亲,由 12 岁的小姐姐抚养。父亲上面还有两个哥哥,大哥为了生存当了兵,生死不明,小哥哥也不知到哪里去了!

小姐姐也只是个孩子,无法抚养只有四岁的弟弟。为了生存,只好把父亲卖给了村里的赵姓地主,而得到的“报酬”只是四个烧饼。赵姓地主的独子得了严重的肺病,没有孩子。父亲就被过继给地主的独子做了孩子,随人改姓了卫。不久,他的这个“父亲”就去世了。我们的父亲只好跟着养母生活。

不幸的是,我们的父亲也被传染上了肺病。在以后抗日战争、解放战争、抗美援朝战争、社会主义建设,以及为“两弹一星”事业而奋斗的历程中,肺病一直伴随着他。最后,他也逝世于心肺衰竭。

我们从幼稚园到大学都是住校,每周回家一天。我们几乎没有和父母共同生活的经历。每周唯一一天回家,因父亲没有周日,也见不到父亲。父亲陪我们一起过假日,只有两次,一次是我们小学时,带我和弟弟去中山公园,我们那时住在南长街,中山公园就在我们住宅的对门。第二次是我上大学去西安,父亲在香山住院时,请假带我们去了一次潭柘寺。这就是我们青少年时期的回忆。

父亲于 1949 年调到总参组织动员部。为抗美援朝组织兵员,父亲跑遍全国各省,组建各省的武装部。1953 年停战时,在总结汇报的大会上,因过度疲劳肺病复发,突然大口吐血,被紧急送往医院急救，当时情况非常危险，单位连棺材都准备好了。父亲就是这样不要命的工作的。

中国科技大学成立时，没有设立地球物理系，在父亲等人的坚持下，最终成立了代号为“13 系”的地球物理系。接着，父亲又马不停蹄，赶到四川紧急招生，让新生赶上了最后的开学日期。在名声赫赫的国防部五院当中，就有很多人是被这批紧急招收来的学生。他们成了“两弹一星”事业的中坚力量。

为了研制我们自己的人造卫星，父亲和赵九章、杨嘉墀、钱骥等人于 1958 年 10 月赴苏联考察。本来，他们想乘 17 日的飞机赴苏，但是张劲夫副院长催促代表团快走。因此，他们 16 日就登上了飞往苏联的飞机。让人唏嘘不已的是，他们本想乘坐的 17 日的苏联民航“图—104”式喷气客机，在苏联境内的楚瓦什共和国失事，机上以当时文化部部长郑振铎为首的中国文化代表团全部遇难。父亲他们躲过一劫。

父亲是个敢于承担责任的人，只要是对国家有利的不同意见，他都敢于提出。转业到科学院后，更是如此。特别是 1957 年，他在反右斗争高潮时，写过一篇关于如何团结、改造、使用知识分子的文章，提出要尊重知识分子，被邓小平定为党内学习文件。在反右时，他确实保护了很多高级知识分子。地球物理所的所长，全国人大常委会委员赵九章先生，就非常赞同他的做法。从未做过饭的赵伯伯，亲手做了一盘饺子给他。他们是一对非常默契的搭档，他们认为，那些抛弃国外优厚待遇，毅然回国为国家做贡献的科学家们，是爱国的，要为他们提供最宽松的研究环境和条件。父亲非常尊敬这些为国努力的科学家们！他非常了解，只有努力团结这些爱国的科学家们，才有可能尽快改变我国科学落后的状况。我们家的客厅，是他们经常交流的场所，赵九章伯伯、傅承义院士、钱骥院士、周秀骥院士、曹记平等都是我们家的常客。

1957 年，毛主席亲自批准了 581 卫星工程项目，组成了以钱学森为组长，赵九章和卫一清为副组长的领导小组。从此，父亲和钱学森先生，赵九章先生的联系就更多了。在成立 581 卫星工厂；组建国防部五院；如何将地球物理研究所，分成应用地球物理研究所，大气物理研究所，并将一部分分到国防部五院，支持五院的组建等问题上，他们一起反复讨论研究。那时我经常看到父亲坐在书房写东西，一写就是一夜。

1962 年，父亲成为科学院党组书记处成员兼副秘书长，和各方面的联系更繁忙了。科学院上海分院、兰州分院、广州分院等，几乎全国各地都要跑。此后，他又受命将邢台地震时，以周总理亲自挂帅任组长，父亲为副组长的国务院地震小组，组建成国家地震局。为了国防部五院的组建，他带病去找七机部的部长王秉璋，他的老战友副部长章凡等，那时他刚从医院出来，是由我陪他去的。

1966 年，“文化大革命”开始了。父亲努力组建的应用地球物理研究所成为中国科学院的“重灾区”。人大常委会委员、第一位提议

研制人造卫星的功勋科学家、地球物理研究所所长赵九章含冤而逝。父亲本就身体不好，加上不要命的工作，在被批斗后，也曾有过放弃生命的念头，幸亏很多工人暗暗地照顾他，使他有了坚持下去的信心！

父亲“被解放”后，最关心的仍是科学院的情况。1976 年唐山大地震，已经被任命为地震局副局长，但还未正式恢复工作的父亲，立刻骑着自行车从中关村赶到在万寿寺的地震局了解情况，至于家里的情况他根本来不及管。这就是他们那一代人的责任心。那天他很晚才骑车到家，一直没有吃饭，想的都是下一步该怎么办？那几天他每天自己骑车去万寿寺地震局。已经近 70 的人了，又有多年的创伤和疾病，每天几十公里骑自行车往返，没有对事业的忠诚和责任心，是很难做到的。

父亲离休了。可是他离而不休，又开始承担编纂《当代中国丛书》中的《当代中国的地震事业》一书。

晚年，他已经是“顾问”了，完全可以休息了。可是，他却很少休息，仍是努力工作。因为过于劳累，造成了三次心肌梗死，前两次闯了过来，但第三次却没有过去，1988 年 4 月 8 日他终于倒下了。国家和人民，给予了他应有的评价。单位、战友、同事，也给予了他高度的赞誉。总参、科学院、国家地震局、国防科委、七机部等部门和几百人，向他告别。看着在党旗下面静静安卧的父亲，我在想，他终于可以休息了！

点滴怀念我们的父亲黄秉维

黄克平　黄以平　黄永平

黄秉维(1913—2000)

地理学、综合自然地理学家。1913 年 2 月 1 日生于广东惠阳县。1934 年毕业于中山大学地理系。1955 年被选聘为中国科学院学部委员(院士)。2000 年 12 月 8 日逝世。曾任中国科学院地理研究所所长、名誉所长、研究员、中国地理学会理事长。1964 年被罗马尼亚科学院授予通讯院士。1979 年被选为美国地理学会会员。1980 年被英国皇家学会授予名誉通讯会员并担任国际山地学会顾问。1987 年获国家自然科学奖二等奖。

父亲黄秉维1913年生于广东惠阳，自小受家庭和中国优秀传统文化的影响很深，喜欢读那些充满正气的名章名句——“不仕王侯，高尚其事”“忘怀得失，以此自终”……

父亲自小热爱祖国。那时生活动荡，家里想让父亲考入邮局或海关工作。那时的邮局和海关都是由外国人把持，收入高，工作稳定，是许多人向往的“金饭碗”。可就在他通过了严格的考试，即将端起这个“金饭碗”时，忽然意识到在这个地方，一切都是洋人说了算。中国人即使混个一官半职，还是要看外国人的脸色行事。他受不了这种洋气！于是毅然决然地砸掉了“金饭碗”，下决心走科学救国之路。从此，他排除重重困难，刻苦攻读，在两年时间内连跳五级，考入了中山大学预科。

在中国科学院1955年选聘的学部委员中，绝大多数自然科学家都是海外留学归来的，但父亲却是在中国土生土长的“草根院士”。这当然和中山大学开放的办学思想，以及老一辈科学家的信任与培养分不开，但最根本的还是源于他自己的不懈努力和不断进取。

1934年，父亲从中山大学地理学院毕业，进入地质调查所工作，这是当时中国地学界学术水平最高、实力最雄厚的研究单位之一。不久，他就初露锋芒，修正了德国地理学家——当时的权威人士李希霍芬(F. F. Richthofen)对中国海岸性质提出的观点。

过去，人们认为南岭是我国一条重要的地理分界线，丁文江先生曾对此提出过疑问，不过一时还拿不出能让众人信服的证据。1935年的一天，他在开学术会议时，看到一个年轻人竟然对葛利普的某些观点提出了质疑，而且有根有据，很有说服力，立刻对他产生了深厚的兴趣。而这个不怕天，不怕地，不敬畏大权威的小小人物就是我们的父亲黄秉维。

于是丁文江嘱托父亲解决南岭是否是重要的地理分界线这个问题。为了找到确凿的证据，父亲花了半年多的时间对南岭进行了全面考察，足迹遍及江西、湖南、广东、广西等省。他还从气候、土壤、植被等多个角度、多个层面进行考察，认定南岭只是一条分水岭，不是一条自然地理分界线。他的结论现在已经被证明是正确的。

1938年底，父亲受竺可桢聘请，赴浙江大学教授地理。那时正值抗战时期，浙江大学西迁至遵义附近的湄潭，那里生活环境和教学条件非常艰苦，但父亲不畏艰苦，努力教学，他还亲自编写讲义，亲自刻写蜡纸。因为他教学认真，学生非常喜欢上他的课。中科院冰川所所长施雅风院士、遥感所名誉所长陈述彭院士都是他的学生。施雅风院士就曾回忆说，在浙大，学生都可以随便去黄秉维教授那里查阅书籍。

1946年，父亲还考察了长江三峡，评估三峡建水库后的淹没损失，并且写成了详细的报告。他是早期考察三峡水库建设的专家之一。1947年，他又考察了钱塘江上游乌溪黄坛口水库和新安江街口水库。

人们都说父亲是一位目光远大，视野开阔的科学家。早在20世纪50年代后期，父亲就提出要把综合研究地表的物理过程、化学过程与生物过程，作为自然地理的主攻方向。当时在世界上没有多少人重视这个提议，过了近30年，赤潮、温室效应、厄尔尼诺现象、沙漠化、沙尘暴等灾害在世界肆虐，并且越来越严重时，才引起那些发达国家科学界的重视。

早在1972年，地理所讨论科研计划时，父亲就建议将“温室气体致暖问题”列入其中，以后他又发表了《如何看待全球变暖问题》等一批论文，让人耳目一新。

进入20世纪80年代后，父亲根据长期的实验结果，发表了《确切地估计森林的作用》一文。他在文中指出：“森林有防止土壤侵蚀，调节河水流量，提供木材和其他林产品的作用，强调保护森林和植树造林的确是当务之急，我完全赞成，却不赞成过分夸大森林的作用。现在有一些议论，几乎认为‘森林万能’，只要有了森林，便万事大吉。这是缺乏科学依据的。”

他认为，在干旱的草原和荒漠，降水量很少，而森林的生长是需要很多水的，在干旱地区，由于树木的蒸腾作用，一棵树就是一台“抽水机”。那种以为增加森林面积，就能增加本地区的降雨量，大漠荒原也会变成江南鱼米之乡的观点，是缺乏根据的。

1994年，父亲又提出了“陆地系统”的概念，这是他对于中国地理学研究的又一个重要贡献。他认为：人类的生产和活动主要集中在陆地上，任何研究都不应当脱离陆地。地球系统是一个复杂开放的巨系统，其中包括陆地、海洋、大气三个子系统，它们是相辅相成的。但是相对而言，陆地子系统最复杂，却最不被重视，研究深度和广度都不及海洋和大气子系统。因此，人类必须重视研究“陆地系统”。有人认为，这是以父亲为代表的一批地理学家，用系统工程的观点，对中国地理学研究的战略构想，也是一种倡议和期望。

父亲把科研当作自己的生命。“文化大革命”中，父亲曾受到不公正对待，一度还“下放”到“五七干校”劳动。但是情况稍有好转，他就立刻投入到科研工作中。1977 年 10 月，他 64 岁时，曾经这样说：“我要把 64 岁当 46 岁过，大干一场！”

1981 年，他已经是 68 岁的老人了，还亲自登临长白山进行考察。他生活简朴，视名利如浮云，更不爱“当官”。他当过地理所的副所长、代理所长，可是为了集中精力搞科研，他多次婉辞所长的任命。直到 1960 年，由于工作的需要，他才接受了中国科学院的任命，担任了地理研究所所长。

父亲曾经在年近花甲时，剖析中国古代士大夫的退隐思想，认为其中有积极因素，也有消极内容。对那些沽名钓誉者，是一剂良药；对为祖国，为人类作贡献的人，要“治亦进，乱亦进”。这也许就是他为什么以前一直不愿“当官”，直到 1960 年才同意出任所长的原因吧。

我清楚地记得，那是1983年的一天，中科院的一位副院长到我家来看望父亲。父亲对他说，自己各种兼职和头衔已达50多个。因此希望辞去全国人大常委的职务，也不再当人大代表。那位副院长开始并不支持。直到最后，看父亲辞官的决心已经很坚定，才说："你要辞去人大代表，我说都不说。你要辞掉全国人大常委会委员，我可以帮你说说。"

不久之后，父亲终于如愿以偿，辞掉了全国人大常委会委员，但仍是全国人大代表。父亲这样做，并非完全受中国古代士大夫"隐逸"思想的影响。相反，他关心国家命运。就在辞去人大常委会委员的这一年，他实现了多年的愿望，加入了中国共产党。此后，又多次获得"优秀共产党员"的称号。那时，一些人怀疑共产主义能否实现，称之为"信仰危机"。我清楚地记得，1999年父亲曾针对这种情况，坚定地对我讲："共产主义社会是人类最好的社会。人是最聪明的，一定会想出办法实现共产主义。我相信共产主义一定会实现。"表现了一名共产党员的坚定信仰。

熟悉父亲的人都说，他的人格魅力令人折服。20世纪50年代初，中国科学院成立地理研究所筹备委员会，父亲担任筹委会副主任。当时有一位著名地理学家没有被列入筹委会委员之中，他误以为是父亲阻挠，才未当上委员。实际上其中另有隐情，并不是父亲反对。父亲讲："这些我都知道，但我就是不说，不解释，事情总会搞清楚的。”

就这样，父亲一直背着这口“黑锅”，从不自辩。直到20年后，事情真相得以澄清，误会消除了，那位地理学家才恍然大悟。于是他和父亲又成了好朋友。

父亲尊重人，他认为，人只有工作的分工不同，没有高低贵贱之分。地理所有一位清洁工，打扫完卫生后，喜欢和父亲坐在一起聊天，父亲虽然很忙，可是却从不嫌烦，就像朋友一样和他促膝谈心，他们的关系非常融洽。

有一年在石家庄。有一位服务员看父亲穿着简朴，以为是随从人员，对他很不礼貌，态度也不好。后来知道了父亲的真实身份，来向父亲道歉。父亲劝告他，今后不要再以衣冠取人，要全心全意、踏踏实实地为人民服务。

“活到老，学到老”是父亲一直践行的原则。他酷爱读书，有时在院图书馆看书看到下班时间都全然不知。图书馆的工作人员知道他嗜书如命，也不来打搅他，而是默默地陪着他，直到他把书合上，站起身走出大门，才关门休息。改革开放后，院里在三里河地区建了一批高档住宅，请著名科学家住到那里去。但父亲考虑再三，最后决定不搬了。原因就是那里离科学院图书馆太远，不利于他读书查阅资料。因为父亲博览群书，有人还送给他一个绰号“两脚书架”。父亲能做出这样大的贡献，能修炼出这样人人敬佩的人品和美德，一生坚持读书是很重要的原因。

2000 年 12 月 8 日，我们敬爱的父亲永远辞别了人世，他在病中还惦念着科研，惦念着家人。我至今还常常在梦中见到他老人家，但我更要学习他的精神和品德，让他老人家放心。

（边东子代笔）

从长城牌铅笔到反物质

——忆父亲赵忠尧

赵维志

赵忠尧(1902—1998)

核物理学家。1902年6月27日生于浙江诸暨。1925年毕业于东南大学。1930年获美国加州理工学院博士学位。1948年当选为中央研究院院士。1955年被选聘为中国科学院学部委员(院士)。1998年5月28日逝世。曾任中国科学院高能物理研究所研究员、副所长,中国科学院原子能研究所副所长,中国科学技术大学教授、近代物理系主任,中国核学会名誉理事长。主持建成我国第一、第二台质子静电加速器,为在国内建立核物理实验基地作出了重要贡献。

看了《解放日报》刊登赵启正先生等所著《一位与诺贝尔物理学奖失之交臂的人》一文，又引起了我对父亲赵忠尧先生的深深思念。我把父亲的论文选集放在书桌上，望着父亲年轻时的相片，陷入沉思。父亲曾有过怎样的理想、抱负？年轻的时候为了“工业救国”，他把在国外读书节省下来的钱在德国买了一台铅芯机带回上海，制造出我国的长城牌铅笔。

美国“发现号”航天飞机，于1998年6月3日把由中国等国家合作研制的阿尔发磁谱仪（AMS）送上太空，其任务就是寻找宇宙中的反物质。人类最早发现的反物质是正电子，父亲正是第一个捕捉到正电子的科学家。

早在1929年，父亲就发现了“正负电子湮没效应”的实验现象，但在理论上的解释晚了一步，被后来做出实验的西方科学家安德森捷足先登，拿下了诺贝尔物理学奖。父亲为此颇感遗憾。此后他在实验的同时又加强了理论学习，多年来一直如此。

父亲从未在晚上11点半以前睡过觉。可在“文化大革命”的“特殊”年代，看红皮书绿皮书（物理评论）也成了他的一条罪状：理论脱离实际，而且此人还看洋书。可父亲却始终不渝地坚持学习，因而我的妹妹维勤也深受父亲的影响，从事原子核理论的工作，现在已是带博士生的研究员了，父亲为此而十分欣慰。

搞实验的人一定要会动手。在我们家，从维修自行车到修理各

---

* 此文原载1998年7月24日《解放日报》。

种电器，都是父亲亲自动手。父亲要求我弟弟维仁在上初中时就学习拍照片，拆装收音机等。后来，弟弟也没辜负父亲的期望，在清华大学自控系毕业后，从事计算机工作，现在也是高工了。

父亲很重视对青年科技工作者的培养。20 世纪 50 年代我们家住在中关村时，周末或节假日，父亲就要请组里的年轻同志到我家来聚聚。谦和热情好客的母亲就准备一些瓜果及小点心，让大家放松一下。师生融洽，一起切磋学术上的问题。有时也做一些消遣性的游戏，如解九连环、打桥牌等。近 80 岁时，他老人家召集我们几个孩子在一起，说要同我们这些年轻人一起讨论一下他的研究重点，内容有高能加速器等，我们都大为惊讶，而又十分钦佩。

父亲在生活上勤勉简朴，他从不抽烟、喝酒、暴饮暴食，也不吃零食，而且比较注意运动。他夏天游泳，冬日滑冰，还爱爬山，喜欢骑自行车。在清华园，他骑车上下班；在昆明西南联大时他骑车买菜、买粮，送我上学，还推车带弟妹出大西门“躲警报”。敌机频繁轰炸春城时，西南联大部分教职工疏散到离城较远的乡间去住。这时父亲要骑车十几里地到系里去授课。一次他骑车带我进城，返回时，不知是因为太劳累了，还是我长大变重了，我坐在自行车的前梁上，父亲数次从后座跨腿上车，均未成功，最后只好推我回家。从这一天起，我再也不让父亲骑车带我了。我感到自己长大了，不能加重他的负担了。我永远忘不了，从这天起我告别了童年。而父亲又挑起骑车带弟妹的担子。直到父亲 70 岁那年，我们全家总动员，才缴了父亲“自行车的械”，再也不让父亲骑自行车了。

说到自行车，记得 1992 年在高能物理所举办的庆祝父亲 90 寿辰的学术报告会上，李政道博士还曾风趣地说：“那年在昆明，我去文化巷赵老师家讨教专业方面问题，正好碰上赵老师用自行车推了一箱自制肥皂准备去送货。与赵老谈完回家后我就想：搞实验物理的人还得自制肥皂，推自行车送货上门，太辛苦了，我还是搞理论物理吧！看来我还真是选对了，有了今天的成就，我还得谢谢赵老呢！”

1995 年 10 月，“何梁何利基金委员会奖”给了父亲 10 万港币的奖金，还有鲜花与奖状，父亲十分高兴，他把奖金全部捐献给了科学院数学物理学部，作为科学基金，以奖励有成就的青年。

父亲 93 岁时，耳朵还挺好，手脚也还灵活，只是视力大不如前了。依靠多角度转动台灯，连放大镜都用上了，这对于和书本打了一辈子交道的父亲来说，真是一件苦恼的事。他目光中显露出渴望多看点书的心情，深深地打动了我。

父亲离我们而去了，但他老人家永远活在我们心中。

父亲牵着我的手

——忆我的父亲钱学森

钱永刚

钱学森(1911—2009)

应用力学、工程控制论、系统工程科学家。1911 年 12 月 11 日生于上海，籍贯浙江杭州。1934 年毕业于交通大学。1939 年获美国加州理工学院航空与数学博士学位。1957 年被选聘为中国科学院学部委员(院士)。1994 年被选为中国工程院院士。中国人民解放军总装备部科技委高级顾问。中国力学学会、中国自动化学会、中国宇航学会、中国系统工程学会名誉理事长，中国科学院学部主席团名誉主席，中国科学技术协会名誉主席。曾任第七机械工业部副部长、国防科学技术工业委员会副主任、中国科学技术协会主席和全国政协副主席。2009 年 10 月 31 日病逝于北京。1956 年获中国科学院自然科学奖一等奖，1986 年获国家科技进步奖特等奖，1991 年被授予“国家杰出贡献科学家”荣誉称号，1999 年被国家授予“两弹一星”功勋奖章。

小时候，我敬佩父亲，因为父亲好像一棵大树，我是歇在大树上的小鸟，有繁茂的枝叶遮挡，不必担心风雪骄阳；父亲又好像一座大山，我是依傍着大山的小草，有了大山的滋养，才能无忧无虑地生长。

那是 1955 年 9 月 17 日。父亲的大手牵着我的小手，与母亲、妹妹一起登上了“克利夫兰总统号”邮轮。我那时才 7 岁，还不能理解“回国”的意义。只知道父亲走到哪里，我就跟到哪里，父亲带我去的地方一定很好、很美。

我们在船上的舱室是三等舱，很小。送别的人赠的花篮在舱室里都摆不下，只好摆到船舱的过道上。可是没有多久，父亲就牵着我的手，走进了一个很大、很漂亮的船舱。这是头等舱。那时，我以为是父亲买了头等舱的票。后来才知道，原来，当初轮船公司禀承当局的意愿，以“头等舱的票已经售完”为理由，想阻止父亲回中国。但父亲在困难和障碍面前，从来不会回头，他毅然决然地带着我们踏上万里归途。还是同船一位有侠义之心的美国女权运动领袖，得知我们全家挤在狭小的三等舱中，出面和船长交涉。她愤然说，“你们就让这样一位世界著名的科学家住在三等舱吗?”这样，我们才住进了头等舱。

归国的航程遥远、漫长，但我们并不寂寞。我和妹妹在船上玩，看海景。父亲常常和各种各样的人交谈，其中有男有女，有披着金发的外国人，也有满头青丝的华人。直到 25 年之后我才知道，他们当

* 本文由钱学森的儿子钱永刚先生口述，钱永刚的好朋友边东子先生整理。

中有数学家许国志和他的夫人蒋丽金。许国志后来为我国开展系统科学的研究作出了巨大贡献；蒋丽金在感光化学领域取得了重要成果。他们成了一对夫妻院士。而父亲在船上与他们的邂逅和交谈，对他们回国后的科研方向，起了至关重要的作用。可见，那时父亲就想到了如何发展中国的科学，也证明了他的眼光远大、宽广。

我们的船停泊菲律宾的马尼拉时，我看到有侨胞特意到码头上来看望父亲，可我不知道他们都谈了些什么。2005年，父亲收到了一封信，寄信的是一位名叫“林孙美玉”的老侨胞。她在信中满怀深情地回忆了那次在马尼拉和父亲的谈话。

林孙美玉问父亲：“您为什么想回到中国？”

父亲回答：“我想为仍然困苦贫穷的中国人民服务，我想帮助在战争中被破坏的祖国重建，我相信我能帮助我的祖国。”

当父亲得知林孙美玉是一位高中教师时，诚挚地说：“非常好，中小学老师非常重要，因为这是一个社会发展的基础。青年是社会的未来，他们必须受到好的教育，以培养他们的潜能和创造力。”父亲还说，“基础非常重要，培养好年轻人是一个国家进步的基础。不要瞧不起你的工作，你是在塑造年轻人的灵魂。”

林孙美玉在信中说：“您真是给我上了美妙的一课！听了您的话，我感到前所未有的幸福。这样谦逊、这样理解人的话语，在当今物质世界里真是再也难以听到。”“现在回忆这件发生在55年前的事，我仍然感到意义深远。”

我们来到北京后，先在北京饭店暂住了一段时间，不久就落户到了中关村14楼。那时，我对中国的一切都很新奇。我们住在中国科学院最好的住宅里，足足有五间房子，还有卫生间和厨房，可是做饭既不是煤气，也不是电炉，而是烧煤，但父亲和母亲都很愉快，因为这里毕竟是自己的国土，自己的家。

记得回国之初，吃早饭时，桌上摆着冒着热气的牛奶，大人叫我们喝，我们不敢，因为在美国喝的牛奶是凉的，不加热的，桌上的牛奶在我眼中不是"真"牛奶。我跟妹妹交流着，被懂英文的朱兆祥叔叔听到，引起大人们一阵大笑。

从这件小事上可以看出，我那时对中国还很不了解。加上刚从美国归来，我基本上只会讲英语，与同学老师交流很困难，更不要说听课、学习了，因而很需要父亲的大手牵着我的小手走过这段艰难之路。可这时的父亲却非常忙，他正为组建中国科学院力学研究所奔波。在他的领导下，力学所发展之快，超出很多人的预料。他还参加了《1956—1967年十二年科学技术发展规划》的制定。他给科学家们讲电子计算机，讲火箭与导弹的原理，这些在当时的中国还很少有人了解。

那时，他为了工作，不仅经常废寝忘食，还要出差。到哪里去，去多长时间，不仅不告诉我，连母亲也不知道。有时几个月都找不到人。回家时，又常常穿着厚厚的大皮袄、大皮靴，活像我在画册中看到的爱斯基摩人。那时，我只知道，他是一个研究飞行器的科学家，具体在做什么，别说是我，就连母亲也不清楚。那时保密制度非常严格，就连周恩来总理的夫人邓颖超有时也把我父亲和钱三强的工作弄混。父亲做解释，她哈哈大笑说："都怪恩来，从来不告诉我你们具体是干什么的，我才会弄混……"

直到二十多年之后我才知道，父亲那时是为了研制导弹和卫星，而奔走于北国大漠、西域荒原。那时候的条件和现在有天壤之别，国家的财力物力非常匮乏，就那么点钱，又要做那么大的事，许多试验必须做到一次成功。因而方方面面都要考虑得很周到，很细致。为什么后人这么敬重"两弹一星"的功臣？就是因为当时的环境和条件远远不能和现在比，完全是凭着他们的智慧、勇气和奉献"拼"出来的。

父亲的工作这样繁重、忙碌，自然也就无力关心我的学习和生活。也就是说，从那时起，父亲的大手很少再牵着我的小手漫步人生路，但他却用另一只无形的手，继续引领着我，这就是他那潜移默化的影响。这种影响是多方面的。父亲是一个多才多艺，眼界非常宽，看得非常远的人。他曾经多次提出，科技创新人才要具备两个能力：一是形象思维的能力，二是逻辑思维的能力，这两种能力都需要后天的培养、教育。他自己就是这么走过来的。父亲上中学时，爷爷让他学理科，但在寒暑假让他学画画、学乐器、学书法。因此，父亲青少年时期在形象思维方面所受到的训练，要远远大于其他人。当父亲把自己的这段家教故事告诉冯·卡门教授时，他赞叹地说："你的父亲了不起!”

除了形象思维,当然还有逻辑思维能力的培养,而能让这两种思维方式都得到训练的,是书。读书是我们家的“家风”,我从这个家庭里受到的最大影响是对书的热爱。父亲是一个非常爱读书的人,他读书的范围非常广,早在高中一年级,他就读了介绍相对论的书。在交通大学读书时,他读过俄国马克思主义早期传播者普列汉诺夫的《艺术论》。父亲和母亲很重视培养我的读书爱好。回国的时候,尽管行李很多,父母还是给我和妹妹带了不少精美的图书,尤其是科普读物。在父亲的影响下,在这种家风的熏陶下,我也养成了爱读书的习惯。现在只要有喜欢的书,不管有用没用,都买回来读,毫无功利目的。这对我的成长起了很大的作用。

由于父亲无形的影响,也由于发挥了主动性,再加上同学和老师的帮助,我很快就适应了国内的学习和生活。父亲晚年时,有一次和我聊天,他很感慨地说:“你小的时候我工作特别忙,就顾不上你了。如果我们一个星期就做一道题,不论数学、物理、化学的,相信到你高中毕业时,全国的大学任你挑。”

可惜,时光不会倒流,就算是能够倒流,他仍然会那样忙,也不会有时间和我一起做题。他的这番话,只能说明他从内心深处是关心我的,只是因为忙,实在无法顾及。

十年动乱时期,我正在上高中。那时的大学都“停课闹革命”了,哪里有大学可上?我不甘心荒废时光,正好部队到学校来征兵,我就参军去了。父亲对我的选择只说了句："你如果真的想去，你就去吧！闯一闯，好好干！"

这时，我已经是一个能自己选择人生道路的青年了。相对而言，我已经长高了，父亲的身材不再显得那么伟岸了，可是在我的眼中，他却如风暴中的一座山，屹立不动，给亲人和朋友以力量和信心。从父亲的话里，我读到的是信任、鼓励、期望。在部队，我没有靠父亲的名望、地位和关系去谋点儿什么"特殊照顾"，但是他的话一直支撑着我度过那段在十年动乱的阴霾下，并不平静的戎马生活。

等到1977年恢复高考时，我已经快30岁了。如果倒退10年，凭我平时的成绩，考上个名牌大学是不成问题的。但是10年了，我的外语都"还给"老师了，能不能考上，真的没有把握。但我不甘心，仍然要试一试。我想到，父亲一生都在不断地学习，不断从新的知识里汲取营养。他非常欣赏清华大学的校训"自强不息，厚德载物"。我更要不服"老"，凭着在部队做技术工作，数理化还有些底子，再加上从小爱读书，有些"童子功"，总算考上了大学。尽管和父亲不能比，他进入交大的时候才18岁，但是他还是很为我高兴。

我从没有利用父亲的"关系"为自己谋过什么好处，他也不允许我这样做。他只是用他的话语、他的风范鞭策我、鼓励我，为我树立人生的榜样，给我指点着人生的方向。不过，也有一次，我非常意外地受到了他老人家的"荫庇"。那是1986年，我"自费公派"到美国加州理工学院攻读硕士学位。这一年，我38岁，而父亲在这个年纪已经是这所学校的教授兼喷气推进中心主任了。这所学校会不会收我这样的“大龄青年”呢？他们又会用什么样的题目来考我呢？当时心里真的没有把握。可是没有料到，他们根本就没有让我考试，就批准我入学了。据说30多年前，父亲从美国的监狱中出来，加州理工学院的校长安慰我父亲说：“不要消沉，工作吧。不为政府，为孩子。孩子将来上加州理工学院免试。”1955年我们回国时，校长又对父亲说：“我说过的那句话还是算数的。”这很可能就是我免试的原因。从这件事上，也可以看出当时父亲在美国的影响如何深远，以及大多数美国知识分子都具有的善良和正直。

1982年，父亲退出了第一线，他年纪大了，他的腰有些弯了，手也不那么有力了，而我的手也不再是被父亲牵着的小手了。“大手牵小手”，已经成了遥远而甜蜜的回忆了。但是我很快就感到父亲仍然在“牵”着我前行，不是用他的手，而是用他的行为，他的精神。父亲不但“退而不休”，而且他那科学家富于探索的热情更加高涨，更加炽烈，甚至焕发出了青春的活力。他关注的范围更宽广，更深了。他不仅涉猎于音乐、绘画、电影、文学、生命科学、技术美学、现代农业，而且有研究、有心得、有创见。

他积极倡导信息技术的研究和应用，大大地推动了军队信息化建设。他提出的“知识密集型大农业”理念，已经在西部地区的“沙产业”中成为现实。那些被认为是“不毛之地”的沙漠，现在成了盛产沙棘、沙枣、黑番茄的“沃土”。

他提出了建设“山水城市”的理念。如果能够实现，中国的大都市将一改“混凝土森林”的形象，而成为有绿色景观的宜居城市。

有一次，父亲在翻看介绍他生平的图书时，对我说：“这些书都是说我这个好那个好、这个行那个行，对人没有启发性。我不是天才。要说说我为什么能取得那些成就，要说说里头的道理和规律性。”

我想，父亲能够取得成就的一个最重要的原因，是他善于用系统科学的理论观察和分析问题。的确，相比之下，父亲更关心系统科学的发展。他在这方面进行了深入思考，做了大量工作。他提出了“复杂巨系统”“开放复杂巨系统”等新概念、新理论。他还在通信、著文、谈话和与朋友交流时，讨论这些问题，介绍他的想法。

父亲倡导的系统科学不仅在航天领域，在许多重大的国防科研项目中，得到了广泛的运用，取得了丰硕的成果，在其他领域里也结出了硕果。比如，他认为从系统科学的角度来看，地理学要处理的是一个“开放的复杂巨系统”，他的看法得到了我们住在中关村时的老邻居——中国科学院地理所黄秉维院士的大力支持。黄秉维院士依据系统科学的理论，提出了“陆地系统”的概念。这一学术思想在中国地理学界引起了很大反响。

随着时间的流淌，能研制出卫星、火箭的父亲也不可避免地年迈了，有时甚至不得不卧床了。尤其是他的听力衰退得非常厉害。以前，他是个“铁杆广播迷”，中央人民广播电台每天一早一晚的“科学知识”和“新闻联播”，是他必须要听的节目。为此，我们家吃饭的时间都要为广播节目让路。直到电视机已经普及到千家万户，许多家庭已经没有了收音机时，父亲仍然在收听广播。据说，喜欢听广播，不爱看电视的人，大都是形象思维能力强的人。可是到了晚年，他已经听不见广播了，只好无奈地说："咱们支个电视吧。"

于是，我在他的房间里支起了一个电视。他问："多少钱？"

我没有告诉他，只说："这是我孝敬您的。"

父亲是一个非常节俭的人，用公款买的东西，他要严格审查，看看是不是符合规定，如果不符合规定，或是太贵，他就会拒绝使用。电视机是我"孝敬"他老人家的，又没有告诉他多少钱，他才会欣然接受。给父亲买台电视机，不仅是为了让他能够继续关注他所热爱的一切，也是想回报几十年来，他引领我走过人生之路的那份深深的、难以回报的恩情。

他晚年虽然卧床了，但他的头脑不仅没有"卧床"，而且更加关注那些影响国家前途的大事，尤其是中国的教育。他多次和我谈到这个话题。他认为中国的学校没有形成培养创造性人才的机制。他说过："讲科技创新首先要进行形象思维，要善于联想，提出假设后再用严密的逻辑思维证明。要是连'假设'都没有，何来'证明'？现在许多家长也让自己的孩子学，但很功利，弹钢琴、学声乐，都是为了考级、升学时加分。我们那时候哪有级啊？我父亲要我学画画，学到哪儿算哪儿。"

而我们现在的教育，从小学到中学，就是那么点语文、音乐，再加一点课外活动。有时连课外活动都被繁重的功课占去了，形象思维的训练非常有限。父亲能有骄人的成就，和他从小受到的形象思维训练，和以后受到的创造性思维训练有着密切的关系。为了给国家培养创造性人才，西安交通大学的“钱学森实验班”正在以父亲提出的“大成智慧教育”理念作指导，培养创新型人才。现在，我也会去那里帮帮忙，尽自己的义务。

2009 年 10 月 31 日，父亲永远离开了我们。他再也不会牵着我的手走人生之路，再也不会用语言给我讲述人生的哲理。但我总感到，他过去是一棵大树、一座山，现在又如一颗恒星，有一种永存的、无形的“引力”。这就是他的学识、他的风范、他的思想、他的精神。我会继续在他的“引力场”中前行。

我的父亲秉志

翟启慧

秉　志(1886—1965)

字农山,原名翟秉志,满族。1902年以秀才身份考入河南大学堂,1903年考中举人,1904年入京师大学堂,1909年赴美国留学。1914年发起组织中国科学社。1918年获美国康奈尔大学士学位。1921年创建了我国第一个生物系。1922年在南京创办了我国第一个生物学研究机构——中国科学社生物研究所。1927年创办北平静生生物调查所。中华人民共和国成立后,至1952年任复旦大学教授。中国科学院成立后,他先后在水生生物研究所和动物研究所任室主任和研究员,1955年被选聘为中国科学院学部委员(院士)。曾任全国政协第一次会议特邀代表,第一、第二、第三届全国人民代表大会代表。

我的父亲秉志(1886—1965),字农山,原名翟秉志,曾用名翟际潜,1886 年 4 月 9 日生于河南开封,1965 年 2 月 21 日在北京逝世。

父亲于 1903 年应乡试中举,这是中国最后一次科举考试。1904 年父亲入读北北京大学的前身——京师大学堂预备科,1908 年毕业。1909 年,他考取第一批庚款留美生,负笈远游,就读于美国康奈尔大学,主修昆虫学,辅修脊椎动物学。1913 年和 1918 年,他先后获得学士学位、博士学位。他在我国近代昆虫学史上创下多个"第一":第一个在美国正式发表昆虫学论文的中国人,第一个以昆虫学论文获博士学位的中国人,我国近代发表第一篇医学昆虫著作的人。

1915 年,父亲当选为美国 Sigma Xi 荣誉学会会员,这是 1886 年在康奈尔大学成立的,后来发展为国际性组织,只有热心学术的优秀学者才能入选的学会。1918—1920 年,父亲在韦斯特解剖学与生物学研究所(The Wistar Institute of Anatomy and Biology)研究脊椎动物神经学,同时在宾夕法尼亚大学进修。留美 11 年,由于他勤奋好学,在生物学的许多领域都打下了广泛扎实的基础,因而回国后能够触类旁通进行范围广泛的研究工作。

早在 1914 年,为创建祖国的科学事业,实现"科学救国"的宏愿,父亲与任鸿隽、赵元任等留美同学共同发起组织了我国最早的学术团体——"中国科学社",以"联络同志共图中国科学之发达"为宗旨。父亲为中国科学社五名董事之一。他们还集资创办了我国最早的学术刊物《科学》杂志。

1920年，父亲回国，担任了南京高等师范学校（简称“南高师”，即现在南京大学的前身）农业专修科教授。当时，国内大学都没有生物系，全国也没有一个生物学研究机构。有的学校有“博物系”，包括生物与矿物，教学内容简单肤浅。

1921年，父亲在南高师白手起家创建了我国大学中的第一个生物系。初建时，经费不足，他就用自己的薪金去订购仪器。以前一些学校的博物系都以高价购买日本标本，父亲利用暑假，亲自率领学生赴沿海地区，采集动物标本，首开采集本国标本之先河。经过多年努力奋斗，南高师—东南大学生物系从无到有，由小到大，培养了一大批杰出的生物学人才，为祖国生物学事业的发展奠定了基础。

1922年，父亲与植物学家胡先骕在南京创建了我国第一个生物学研究机构——中国科学社生物研究所，他亲任所长兼动物部主任。由于初创时经费短缺，父亲不仅不拿研究所的薪金，还经常捐出自己在大学任职的工资，为研究所添置仪器设备，研究人员也均由大学教师义务兼职。为了在生物学上有所贡献，为国争光，父亲在极其艰难的条件下，带领同仁忘我苦干，倡导和培育了勤俭刻苦、努力有恒的优良学风，在教育界和学术界有口皆碑。

若干年后，中国科学社生物所有了经费资助，研究条件逐步改善。除原有的资源调查、分类学、形态学的研究外，父亲又拨出大量经费，增聘专职研究人员，建立了生理学和生物化学两个研究室，进行动植物生理、生化和遗传学方面的研究。至抗日战争之前，该生物所发表于本所专刊上的论文达数百篇，国外学术机构要求交换的达600余处，斐然的成绩，让各国生物学界刮目相看。中国科学社生物研究所为祖国科学在国际上赢得了应有的地位，这不能不归功于父亲的艰苦奋斗精神和卓越的领导才干。

1925年，父亲应邀赴厦门大学创建动物系，担任系主任，仅在那里工作两年，就建立了具有相当规模的动物标本室，为我国海洋湖沼生物科学的发展奠定了基础。

1928年，他又和植物学家胡先骕共同创建了我国第二个生物学研究机构——北平静生生物调查所，任所长兼动物部主任。当年，这两个生物学研究机构被称为“南北两所”，成果累累，人才辈出，在学术界颇有声望。

1934年，以父亲为首的一批动物学家们发起成立中国动物学会，父亲被推举为会长，同时还担任新创办的《中国动物学杂志》总编辑。

1935年，他当选为中央研究院评议员，1948年当选为中央研究院院士。

父亲在旧社会为了祖国生物学事业的发展和人才培养操劳了大半辈子，在他花甲之年，迎来了新中国的诞生。从1950年起，他先后在中国科学院水生生物研究所和动物研究所任研究员，还继任复旦大学教授至1952年。由于解放后静生生物调查所由中国科学院接收，其动物部与植物部分别成为动物研究所和植物研究所的前身。

因此，父亲就成为动物、植物两所的奠基人和首任所长。为了集中精力研究科学，他多次婉拒周恩来总理请他担任中国科学院副院长的邀请。他真诚地向周总理举荐了更合适的人选。充分展现了父亲胸怀坦荡、淡泊名利、推贤举能等优秀品质。

在50多年的科研生涯中，父亲硕果累累。他广泛钻研动物学各分支学科，在神经学、解剖学、生理学、形态学、分类学、古动物学等领域都有很深造诣。

20世纪20年代，他曾对江豚、白鲸、虎等脊椎动物进行解剖学和组织学研究。其中对江豚内脏的解剖和虎大脑的研究，尤为深入细致，成绩卓著。

他曾对白鼠与野生黑鼠上颈交感神经节中大型神经细胞的发育进行详细并富有创见的研究。

他对哺乳动物大脑皮层的功能钻研很深。他发表的关于哺乳动物大脑皮层功能的综述，是一篇富有启发性和指导性的重要文献。

他在1920年至1930年代初期，对我国山东、浙江、福建的沿海，以及长江下游的动物区系进行了大量调查和研究，收集了大量标本，积累了宝贵的资料，为开发我国沿海和长江流域的动物资源奠定了重要基础。

他对腹足类软体动物的调查和分类，也有重要贡献。他对我国广大地区的水生和陆生螺类，进行了大量研究，鉴定了数十个新种，仅新疆与甘肃就记述了16个新种。

他在古动物学方面卓有成就。对昆虫、软体动物、龟类、鱼类的化石的研究中，鉴定的新科、新属、新种超过半百。其标本采自全国各地，包括第三纪的上新世、渐新世、始新世和白垩纪、侏罗纪等时期的化石。

他于1928年发表的《中国白垩纪之昆虫化石》，报道了在早白垩纪化石中属于12个目的昆虫中的12个新属、13个新种；详细研究了我国白垩纪昆虫的分类与分布，证明我国具有极为丰富的中生代昆虫区系，填补了中生代昆虫研究的空白，在国际上具有重要地位。1933年北平博物学会授予他荣誉奖章和奖状，以表彰他在古动物学研究方面的突出成就。

新中国成立后，父亲考虑科研、教学与渔业生产的需要，对既有经济价值，又是模式硬骨鱼的鲤鱼进行系统的实验形态学研究。他把形态结构与生理功能通过各种实验有机地联系起来，并从进化观点阐明生存竞争、适应环境等问题，充实和提高了鱼类生物学的理论基础。除发表近10篇学术论文外，完成了《鲤鱼解剖》和《鲤鱼组织》两部专著，这是父亲晚年的重大研究成果。

从事科研50多年来，父亲共发表科研论著近70篇（册），为相关学术领域的发展留下重要篇章。

父亲具有高度的政治责任心和满腔的爱国热情。早在青年时期，他就立志一生要为国家民族尽责效力。他最深恶痛绝的是对国家大事不关心不尽力的人。在旧社会，政治腐败、外患日迫、民不聊生，他为国家命运和人民前途忧心忡忡，反复阐明“科学救国”理念，强调要从根本上挽救国家之危急，一要普及教育，二要发展科学，并深刻论述了发展科学与民族复兴之间的重要关系。

抗日战争期间，父亲被困上海。他不仅改名蓄须，保持民族气节，而且以笔做刀枪，经常在报刊上发表义正词严的文章，揭露敌人的滔天罪行和汉奸的丑恶嘴脸，激励人民的抗战斗志。

1950 年抗美援朝战争开始，父亲急国家之所急，将抗日战争前节衣缩食在南京购置的四处房产全部捐献给国家，尽自己的一份责任。

作为学部委员，父亲非常认真地履行自己的职责。在学部成立之初，他就积极提出促进科学发展的各种建议，包括科学应全面发展，基础理论与实用科学应两者并重；科学院应与高等院校以及产业部门密切合作，组成全国性的科学研究网；应早日建立研究（生）院，为国家培养大量专家；应保证科学家有充分时间进行研究工作；对脱离专业的专家，应助其归队；我国应在首都建立健全的科学图书馆及自然历史博物馆；应抓紧科学精密仪器的研制，做到自给自足，无须外求等等。如今这些建议都已成为现实。

作为全国人大代表，他写了许多提案，上至国家法令，下到百姓生活，涵盖很广。从 1952 年开始，他反复提出“消灭钉螺根治血吸虫病”的建议，为此还分别上书毛主席、朱总司令、周总理，直到 1956 年中央防治血吸虫病小组成立。1954 年，父亲等 5 位科学家提出《建立自然保护区和保护野生动物提案》，并推动了我国第一个自然保护区——广东鼎湖山自然保护区的建立。

父亲一生孜孜不倦追求学问，他认为天下最有价值的就是学问。权势、地位与金钱都可能丧失，唯学问可以长久。

父亲的治学态度十分严谨，一丝不苟。他对待工作极度认真，精益求精。他认为从事研究工作，必须具备“五心”，就是“决心、信心、恒心、耐心、细心”，还必须有“不怕困难、不怕麻烦、不怕失败”的“三不怕”精神。他也经常如此教导学生和助手。

父亲反复强调，科学家的治学精神应为“公、忠、信、勤、久”。他说，“公”即大公无私，公而忘私。科学家决不能以学问为奇货，把知识当私有。“忠”即忠于所事，对所从事的科学事业要死心塌地、毫不动摇，只有这样才能获得成功。科学真理，要以最忠诚的精神，努力追求，否则毫无所成。“信”即信实不欺，科学工作丝毫不能有虚伪矫饰，是即是，非即非，绝对不能自欺欺人。“勤”即勤苦奋斗，科学研究必须勤勉努力，不能贪图轻松安逸，绝不能凭侥幸和偶然。“久”即终生坚持不懈，持之以恒，才可能有所成就。

父亲认为，公、忠、信，尤其是信，是科学道德问题，研究科学的人，必须要有高尚的科学道德。勤、久则是成功的关键。

父亲还终生坚持“日省六则”，即“心术忠厚、度量宽宏、思想纯正、眼光远大、性情平和、品格清高”。这正是他一生为人的真实写照。

总之，父亲秉志是当之无愧的我国近代动物学的开山祖师，他对我国动物学发展的贡献集中在三个方面：一是创建生物学研究机构，为我国开展生物学研究准备了基本的条件；二是为发展我国生物学造就了一大批专门人才；三是他亲自开拓了许多研究领域，为后继者打开了登上动物科学殿堂的大门。

洁白的百合花献给父亲陈世骧

陈受宜　陈受钧

陈世骧(1905—1988)

昆虫学家。1905 年 11 月 5 日生于浙江嘉兴。1928 年毕业于复旦大学生物系。1934 年获法国巴黎大学博士学位。1955 年被选聘为中国科学院学部委员(院士)。1988 年 1 月 25 日在北京病逝。历任中央研究院自然历史博物馆及动物研究所研究员,中国科学院实验生物研究所昆虫学研究室研究员兼室主任,中国科学院昆虫研究所、动物研究所研究员、所长、名誉所长。《中国动物志昆虫纲鞘翅目铁甲科》获 1989 年国家自然科学奖二等奖。

父亲离开我们已经十七年了，可是十七年前刻骨铭心的那一刻，对我们而言都像发生在昨天。

1988年初的那个周末，为了协调《动物志》的研究，父亲整整两天都在忙着找当事人谈话，在此之前他已经感冒好多天了，我们曾劝他去医院，可他总放心不下《动物志》的编写，说协调好了就去。那天早晨他还在担心："协调的双方虽已口头答应，会不会执行呢……"八点四十分，接他去医院的车来了，他说，不是九点多才走吗？是的，九点十分，父亲去了，就在去医院的路上。父亲走得匆忙，走得猝然，没有给我们留下只言片语，但是他对科学的执着追求、刚正不阿的人格、严谨治学的精神永远留在了人间！

在我们的心目中，父亲是慈祥、可亲的，从来不曾责骂过我们，总是在言传身教中，告诉我们如何做人，如何做学问。1951年，父亲执行国家任务去了朝鲜前方，母亲和我们都非常担心。后来父亲告诉我们，他们每到一地都住在志愿军军营。一次，他们刚转移，美军就炸毁了那个营房，另一次，在山路上，前面的军车翻到山沟里。我们问他怕不怕，他说："怎么不怕，可是国家需要，怕也一定要去啊！"50年代初，他到北京就任中科院昆虫所所长。他邀请了钦俊德、马世俊、龚坤元、熊尧等先生到所里主持开展生态、生化和毒理等方面的工作，大大提高了全所的学术水平。图书馆订书籍、杂志，学会办学报，父亲也总要亲自过问，他说人才和信息是办所的根本，有了一流的人才，才有一流的工作，信息不通，不知道别人在干什么，怎么赶超国际水平呢！60年代初，母亲自参加工作以来就没有提过级，觉得无论如何应该轮到她了，可是父亲却对她说，你这次不能提，僧多粥少，名额有限，我先提升了自己的老婆，如何服人？就这样，直到“文化大革命”后退休，在法国留学多年的母亲还是六级副研究员。父亲对我们说，我也觉得亏待了你妈，但是当了所长就要为全所考虑，自己的事，就不能多想，这样才能使人信服，才能办好所。

“文化大革命”后期，中科院组织了编写生物史小组，在讨论到遗传规律时，有人竟认为不存在基因并反对将相关研究结果写入书中，为此，争论得非常激烈。母亲劝父亲不要与原本关系不错的同行伤了和气，再者，恩格斯说过生命是蛋白体存在的形式，在那个年代，搞不好就会被扣上反恩格斯的帽子，甚至上升到反马列，反革命。但是父亲却坚持着，他说，如果不将真实的科学介绍给大众，就是犯罪！果然，有人向领导反映了“陈世骧的反恩格斯言论”，幸亏秦力生同志已经主持工作，结果以学术争论中的不同观点了结了此事。

父亲是一个敦厚的长者，对年轻人关爱备至，时常有人上门或来信请教问题和请他修改论文，他总是认认真真地回答和修改。有时改得很多，甚至修正观点，作者真诚地希望在论文上加上父亲的名字，但是父亲坚决拒绝。他说，给后辈改稿子提点看法是应该的，培养人才不一定非是自己的学生。通过改论文，能提高他们的水平，也是培养人才的一种方式。父亲最反对只改了几个字，甚至只看了一遍就把自己的名字加上的行为，他认为这是变相剥削。前年，一个相识多年的年轻院士朋友在偶然间知道我的父亲是陈世骧，他对我说，当年他还是复旦大学学生时曾给父亲写过信，父亲认真地回信与他讨论问题，使他很感动。在参加学术活动的时候，常有人对我们说在教科书上读到父亲的工作，在讲课中提到父亲的观点，每次，我们都有一份深深的感动，虽然他老人家不在了，他的思想永在。

父亲所从事的专业是个传统专业，有人认为系统分类学太老了，没有什么价值，父亲却很不以为然。他常说，“系统分类中有许多问题值得深入研究，系统分类学与物种的进化密切相关，物种进化中更有许多未知环节。没有落后的专业，只有落后的技术，传统专业要用新技术来充实，解决以往不可能解决的重大问题，怎能说没用?”父亲一直希望能与我们在系统分类学及物种演化中运用分子生物学和生物数学（现在已发展为生物信息学）的方法合作，可惜因为我们都忙于完成自己的课题而未能如他老人家的愿，成为永远的遗憾。

父亲非常重视学习生命科学新知识，了解新进展。图书馆是他最爱去的地方，在他每次生病住院的时候都要我们到图书馆帮他借新期刊。父亲五十多岁时自学了高级生化，“文化大革命”后学了分子生物学，虽然他的研究不见得用得上这些知识，但是他说，一个生物学家必须掌握生物学的基本知识，了解生命科学的重大进展，才能开阔思路，想得更远。

父亲极其谦和、朴实，厌恶虚荣和奢华，生活很简朴，为数不多的几套西服只在参加国宴、接待外宾和出国访问时才穿。我在中关村上班时，时值冬日，有位同事对我说，“上下班常见一老头，头戴一顶怪怪的黑毛线帽，身穿中式棉袄，外加一件皮背心，人家说是个学部委员，原来是你爸”。父亲就是如此，凡生活事，简单、实用便好。

父亲酷爱足球，也爱打网球和下围棋。在上海的时候常带我们一帮小孩在岳阳路 320 号大楼后的草地上踢皮球，与冯德培伯伯打网球时，常许我们以糖果，让我们帮着捡球。到北京后，主要以摆围棋谱为乐，也常和我们一道唱歌，除了几首法文歌外，最爱唱的是“我的家在松花江上……”唱起来很投入，往往一连唱两遍。父亲虽然是生物学家，可文学底子不薄，喜爱古典文学，最爱读《古文观止》，读起来朗朗有声，摇摆着身子，沉浸在古文悠远的意境中。

我们没有为父母立碑，他们的纪念碑立在后辈、后学们的心中！

生命来自海洋，根据父母的愿望，父亲和母亲已经回归大海，回到生命来自的地方。父亲，您的生日快到了，谨献上一束洁白的百合花，祝您老人家生日快乐，在天上！

怀念亲爱的父亲钱三强

钱思进

钱三强(1913—1992)

核物理学家。1913年10月16日生于浙江绍兴,籍贯浙江湖州。1936年毕业于清华大学。1940年获法国国家科学博士学位。1955年被选聘为中国科学院学部委员(院士)。1992年6月28日逝世。曾任第二机械工业部副部长,中国科学院原子能研究所研究员、所长,中国科学院副秘书长、副院长、特邀顾问、数学物理学部主任,中国物理学会理事长,中国核学会名誉理事长,全国自然科学名词审定委员会主任等职。1985年获法国总统授予的法兰西军官级荣誉军团勋章。1999年被国家追授"两弹一星"功勋奖章。

父亲走了，匆匆地走了。走得这样急，几乎所有的亲朋好友甚至连他自己都没有预感到。当他5月底住进医院时，人们都以为与以往几次一样，经过一段时间的治疗和休息，他会度过疲劳，恢复较正常的活动，继续做他想做而未做的事情。6月中，在他病情稍有好转时，他还带口信给身边同事，嘱托再过几天待病情更稳定，医生允许后，就邀到医院来谈谈他正关心的几件工作。父亲在生前的最后这段时间里，仍然思维清晰，但是他的心脏未能承担起重荷，在6月下旬几次出现反复，病情愈来愈严重。就在逝世前几小时（即6月27日晚6时许），他在病床上还幽默地对母亲说："今天感觉还可以，你先回家吧！我在8点左右还有最后一次战斗（指大便），就没事了。"没想到，就是这次"战斗"再次引起心力衰竭，抢救无效，于28日零时28分永远离开了我们。当母亲和姐夫赶到医院，已晚了3分钟。父亲在心脏停止跳动前十几分钟还对深夜赶来抢救的主治大夫说："钱大夫，这么晚还打扰您来，真对不起了。"这是父亲留下的最后的声音。

父亲走得这样急，使他的同事们感到极其遗憾。因为他病情恶化，医生不得不采取断然措施，谢绝探视，即使是他身边最亲近的同事。这样，父亲想的很多事情只好永远留在心里，他是带着许多没来得及交待的工作和没来得及说的话匆匆地走的。家里父亲的办公桌上，摊满了夹着许多小条的待阅待写的文稿，摆着许多等待回复的信函，还有一袋袋为浙江科学技术出版社准备的资料和照片。当我们赶回家中目睹这一切，仿佛看到父亲还在伏案工作，我们积攒多时的话，有些还是他听了一定会非常高兴的好消息，都没来得及向他老人家叙说，这使我们终生感到惋惜和遗憾。

父亲突然去世是我至今难以接受的事实。每当看到父亲的遗像，他的音容笑貌就浮现在眼前，特别难忘的是父亲和我最后的离别。那是他去世前 9 个多月（1991 年 9 月初）的一个星期六，我探亲即将期满，第二天就要离开北京。中午我和孩子们一起和父亲吃了母亲做的炸酱面。在吃面之前，父亲刚满两岁的小孙子还和他姐姐一起给爷爷唱了生日快乐歌。傍晚时分，祖孙三代在街心公园照相后，我们就要启程进城回孩子们的姥姥家，准备第二天一早从城里去飞机场。父亲再次嘱咐我和我爱人把孩子养育好后，和孩子们亲吻告别。我们下楼后，父亲在窗口向我们挥手，我几次转身请他回去休息，他却一直站在窗口目送我们。我们走了一百多米就要转弯离开视野时，当我最后一次向窗口望去，看见他老人家还站在那里看着我们，带着无限的希望和深情。每当回想起这催人泪下的情景，父亲对我们的谆谆教诲就萦绕在耳边，很多教诲是和他的坎坷一生紧密相连的。尤其是，当我们在父亲去世后才得知他遭受过的许多不公正待遇时，使我们对父亲更加怀念，也对父亲严格教育我们（包括他以身作则的榜样）有了更深刻的理解。

下面主要回忆父亲教我们如何走人生之路，包括节选一些他在过去 20 多年中写给我的语重心长的长信有关对父亲“做事认真负责、实事求是、相信人民”的缅怀记叙在《怀念亲爱的父亲钱三强》[1]。

一、鼓励我们德智体全面发展

父亲对我们的严格教育是从我们很小时候就开始了。我和我两个姐姐上小学时都是住校，每逢周末，有些领导干部的孩子是乘父母的办公用车回家的，而父亲则基本不这样做。记得我小学四年级时，有一次父亲在下班后路过学校时用车把我捎回家，我那天出校门时显得特别高兴。当时他就感觉出某种苗头，从此再也不来接我了，让我像往常和大多数同学一样，乘公交车上下学。父亲时时注意不让我们滋长任何特殊感，总是教导我们应和同学们比学习和品德，而比享受比特殊化是没有出息的。在日常生活上，他也是这样要求我们的。我上中学以前穿的衣服大部分是两个姐姐穿过留给我的，有不少裤子是女裤改的。我上中学后骑的自行车是父亲1948年回国后在旧货铺买的，他在1964年把车交给我时说：“在40年代末50年代初我几乎天天骑着它，还骑它进中南海开过会。现在这车还挺结实，你拿去物尽其用吧！”就是这辆比我岁数还大的自行车一直伴随我到1980年读研究生二年级。

我二姐民协对父亲关心我们的学习感受最深。“文化大革命”前二姐上中学时，学习有些吃力。那时父亲很忙，平时很少有空闲过问

1　请参阅《中国科学报》（海外版），1993年1月25日；或《钱三强文选》，浙江科学技术出版社，1994年12月版，第355—359页。

她的学习，只能在星期天来帮助她。父亲经常利用周日下午单独询问二姐的学习，特别是物理课。二姐的语文也需要努力，尤其是作文。为此，父亲给她买了许多范文和辅导书。她特别记得，在她完成初中毕业考试的语文部分后，父亲在她回家的途中迎接她，问她作文的题目及她写的内容。当他得知二姐没有跑题后才放心。

父亲在品德和学习上严格要求我们，在其他方面也支持我们身心健康成长。比如，他给我们买篮球、排球等等，让我们课余和同学们一起玩，锻炼身体，增进团结。再就是买书，父亲自己爱买书、藏书，这也潜移默化地影响了我们。凡是有益的书他从不阻拦我们买。正是家里这些古今中外的精神食粮，使我们对知识产生了浓厚的兴趣，在十年“文化大革命”的混乱时期里走着艰苦自学的路。

二、长期教诲我们不能依赖父母，要走自己的路

记得 1968 年的一天，父亲把我们姐弟三人叫到他的卧室，先讲了他在“文化大革命”中的处境和他对当时政治形势的理解，然后谈到我们子女。他明确地说：“人生的路是每个人自己走出来的，别人不能替代哪怕半步；我过去尽量不，今后更不可能也绝不会使你们再有与众不同的条件了。你们要特别清楚这一点，从今以后应努力把自己锻炼成对人民对社会有用的人。”当时这些话对我来说还只是一些原则，后来的实际生活（特别是在山西农村插队的三年半）才使我真正体会到什么是自己走路。父亲通过在我插队期间给我写的 100

多封信，苦口婆心一点一滴地纠正着我在人生之路中出现的种种偏差。

我初次走出学校门，长期远离父母进入农村社会，时常遇到一些困难和矛盾（例如在劳动与学习的关系上，在交友问题上，等等）。在我向父亲倾诉后，他写道："你最根本的还是怎么对待脑力劳动和体力劳动的问题，因而产生了不少烦恼、冲动……希望你冷静一下，不要太伤心。自己一个人在外面，要特别注意。以后我尽量帮助你，常与你联系，但是主要的还是你自己学习。"

有几次，在有些知识青年通过不同的途径参军或回城时，我的思想波动较大，总幻想着父母能早日从"五七干校"回北京，并能帮助我找到工作。为此，父亲又连写了几封长达九、十页的信，反复帮我分析矛盾，一个主题始终是："我们过去曾经多次告诉你，一个人的将来主要靠自己，你在这方面总是有不少幻想。""事实上，'特殊'对我来说已成为过去，现在我仅仅是个普通的'五七干校'学员，并且是被称为同志但还要受到批判的人。"在当时的历史条件下，父母的状态确实或多或少地影响着子女。父亲在了解到这些后，一方面安慰我，另一方面仍反复告诫我，一定要自己努力，不能自暴自弃。"人自助，他人才能助之。不要完全躺在人家的身上，希望你深思！"滔滔四五千字的信，他最后语重心长地说："这封信想了几天，写得长了。希望你多读几遍。像这样的长信，以后大概也许不会太多了。望你努力进步！"

当父亲听到我在农村劳动有所进步，受到表扬，并和干部群众的关系有所改善时，他又及时给予鼓励。当我在给他的信中表示“要干活就干好”时，父亲1971年10月3日从干校给我的回信中希望我“终生守着这条准则”，并写道：“我这一生也无其他长处，也只有‘做什么就好好地去做’这一条。”

因为受家庭影响，我从小喜欢理科，插队期间抽空自学的课程也主要是数学和物理，但是由于当时的社会条件，我一直没能接受正规的物理中等和高等教育。直到1976年底“四人帮”倒台、“文化大革命”结束、恢复了本科生和研究生的统考制度后，我才有机会试着报考科学院理论物理所的研究生。自从报名以后，父亲就反复告诫我：“这是公平竞争，只能靠自己的本事，说情的事我们绝不会去做。”并且一再嘱咐我，像过去几次面临人生路上的关口一样，做好两手准备：考取了，愉快地开始新的学习；考不取，安心在本单位工作，如有志气明年再报名再考。1978年夏考试揭晓后，我虽被录取，但入学成绩并不理想。父亲安慰我说：“自学出身能考取还是值得肯定的；但决不能由此松一口气，要努力争取更好的成绩。”经过一年的追赶，我在第一学年期末考试中有一门主课考了第一名。父亲听了很高兴，但仍提醒我，从考功课到做科研还有好长的路，考得好并不一定意味着可以做好科研，所以千万不能放松。

1980年我出国攻读学位前，父亲的态度还是与以往一样：“我们绝不会为你提供任何方便的。如果你自己愿意并有勇气去申请国外学校的奖学金，我们也不反对。还是希望你做好两手准备：国外学校录取了，就去；不录取，在国内攻读学位也很好，国内不少导师的水平一点儿也不比外国的差。”我是在极其矛盾的心情中离开北京赴美求学的：一方面像一般青年一样想去开阔眼界；另一方面又担心再次面临着孤军奋斗的局面。父亲仍像十年前我在农村插队时那样，经常飞鸿给我鼓励，使我渡过了一次次精神上和感情上的危机。经过近五年的艰苦奋斗，我终于在 1985 年 5 月通过了论文答辩，获得了物理学博士学位。我在博士论文的前言中深有感触地写道：“最后，我愿意由衷的感谢我的父母、姐姐和姐夫们在我整个学业中对我的支持。他们始终在精神上和物质上鼓励和支持我。没有这些，我很难想象整整五年孤独地学习在异国他乡是多么艰难。”父亲看了我的论文后来信说，“看到以上这段我们很感动。其实我们觉得你的毅力还是让我们非常高兴的。希望你不断地加油吧！”

三、最后的教诲和我终生的遗憾

取得博士学位只是证明在导师指导下的工作能力。为了积累真正的独立工作的经验，父亲赞成我进行博士后研究。我在近几年参加了高能粒子物理实验的一些国际合作，努力提高研究能力，逐渐能独立工作并在国际合作中负责某一部分的工作。父亲在 1992 年 2 月(即他去世前四个月)给我的最后一封信里写道：“思进搞的是‘大科学’的部分工作，因此几十人甚至上百人共同署名的工作也成为习惯了。但自己的工作部分仍是很重要的，因为缺了它，整体工作的意义也会变得小了。这确实需要更多地了解‘个体’和‘集体’的意义。希望你与各国合作者们的关系搞得顺利些。”他一方面鼓励我继续在国际合作中发挥应有的作用，积累更多的经验；另一方面希望我和国内的导师时常联系，在回京探亲时，和国内的同行多进行交流。1990年末我在北京时，去科学院高能物理所做学术报告前，父亲还和母亲一起在家里听我预讲了一遍，提出正式演讲时应注意的事项。

在我整个学业和工作过程中，父亲的教诲和他自身的榜样无时无刻不在鞭策着我，但一种异样的感觉也总伴随着我：即父亲的名声和威望使我笼罩在他的影子里。例如，我被人们介绍时，经常不是讲我，而是先讲“这是某某人的儿子”。我一直想摆脱这个影子，尽力不主动讲自己的父母是谁，同时努力增强自己的工作能力，积累独立工作的经验。从去年（1991 年）底开始，经过长达六七个月的评审，在众多候选人的激烈竞争中，在评审机构完全不知道我和父亲关系的情况下，一个位于美国的著名国际高能物理实验室终于于 1992 年 6 月通知我，认可并聘任我为该实验室的研究员（相当于大学中的教授）。我多么希望把这个好消息告诉父亲啊！这是他二十多年来教诲我们独立走自己的路的结果。我想他听到了这个消息一定会非常高兴。但我还没来得及向他报喜，就传来了他和我们永别了的噩耗。每当我想起这个终生的遗憾，就抑制不住内心的万分悲痛。

在父亲去世后的第二天我赶回家时，母亲安慰我说：“父亲家里的办公桌还是保持着他生前的样子,你有什么话就对父亲的遗像讲吧,就像父亲还坐在那儿静静地听着,说不准他还能听见。”我想说:“亲爱的父亲,您走得这样匆忙,连我马上就要告诉您的好消息都没来得及听见就匆匆地走了。在坎坷的路上操劳了一辈子,您放心地安息吧!我们晚辈一定牢记您的谆谆教诲,以您为榜样,做正直的人、做严谨的事业,在我们的人生道路上为社会和为您未竟的科研事业贡献应尽的微薄力量。”

后记

此文原稿撰写于1992年秋父亲去世后不久,转眼间16年过去了。这期间,过去父亲在世时鲜为人知的一些他的经历陆续披露出来,使我们了解到父亲坎坷的后半生不是只从“文化大革命”开始的,而早在1958年开始就多次受到政治上的冲击和批判。(葛能全著:《钱三强》,山东友谊出版社,2006年版)从而大致得知父亲在我国第一颗原子弹成功试验之后的第三天,没能参与任何庆功活动就消失于人们视野之外的缘由。

尽管父亲的后半生和祖国的命运一起起伏动荡,但他总是心怀坦然,以能为祖国和人民做了有用的工作而欣慰。正像他1983年1月在我攻读博士学位的中途勉励我的信中所述:“到2000年以后,我国将在世界上进入比较先进的行列,这个日子的到来是经过多少人100多年来受帝国主义的压迫后艰苦奋斗得来的,你祖父和我们这一代人都是在这场斗争中努力过的。近十多年来你们这一代受了不少委屈，但打倒‘四人帮’以后，形势还是转得比较快，到 2000 年你大约 50 岁，你是可以看到和参加到这个百年斗争的洪流中去的。你祖父和我们都是对社会做过一些有益的工作，虽有不少缺点，但是问心无愧。希望你们也能做到问心无愧，并对社会做出有益贡献。”

在我经过 5 年努力于 1985 年取得博士学位后，正值父亲 72 岁本命年，他在信中提到“孺子牛精神”，又鼓励我：“你不久就要过生日，我们远距离也很难给你送什么有意义的东西，但是还是送一个‘牛’吧，因为今年是‘牛’年，你正好今年得到 Ph. D.，这说明你是用了‘牛’劲的。今年你又开始做 Postdoc 工作，在新的领域，也需要‘牛’劲才能有所得，有所发展。”“根据我们俩（指他和我母亲）50 年做科学工作的经验，‘孺子牛’确是保证‘出成果’，因而也是‘成人材’必需有的精神。愿你一辈子发扬孺子牛的精神，给人给社会多，取之于社会的少，这样才是一个正直的人。你的祖父是这样的人，我们也是学着做这样的人。”

父亲去世后，尽管仍有人对他的功过持有异议，但祖国和人民多次给予父亲公正的评价。1999 年 9 月，父亲被追授予“两弹一星”功勋奖章；原科学院老领导张劲夫不顾 80 多岁高龄，撰写长篇文章《请历史记住他们》（载于 1999 年 5 月 6 日《人民日报》），有针对性地记述了“我国研制原子弹和氢弹，三强起了重要作用，功不可没”。“如果没有他做学术组织工作，如果不是他十分内行地及早提出这些方案和课题,你怎么赶上和超过别人?”

非常遗憾的是,父亲20世纪五六十年代积累的几十本日记和工作笔记及相册,“文化大革命”中被抄走后,至今没有被归还。父亲去世后的十余年中,经过多方努力,包括温家宝总理亲自过问此事,至今仍无结果。但我们并不丧失希望,仍期盼着父亲的宝贵心血资料能最终物归原主,这也是父亲生前的一个遗愿。

尽管父亲的遗愿仍待实现,但可以告慰的是,祖国和人民一直怀念他:继1999年被追授予“两弹一星”功勋奖章后,21世纪初,温家宝总理先后三次看望我母亲,缅怀父母做过的工作,勉励我们后辈向他们学习。2005年9月,温总理在中秋节前看望我母亲时说:“为国家做出贡献的人是不能忘记的。”2007年8月,再次在看望我母亲时说:“三强和您,中国人都不应该忘记,也不会忘记。”2008年8月,温总理第三次看望我母亲时深情地回忆起16年前我父亲去世当天的情景:“三强先生去世那天晚上,已过了12点,我去了医院,向他的遗体告别……”(温总理那时担任主管科技的中央书记处书记,是当时午夜以后第一时间赶到医院的领导,我们非常感激)总理最后勉励我们年轻人:“什么叫(科学家的)本色?就是求真、特别较真,有时候有点犟,不计较生活,热爱科学,热爱祖国……您(我母亲)是杰出的老一辈科学家,为国家科学事业做出了贡献,年轻人应该向您学习。”我想,父亲九泉之下会为此欣慰的。

16年来,我们姐弟三人也都尽力按照父亲的遗愿努力生活和工作着。大姐祖玄在父亲去世前后经过不懈的努力在 40 多岁时获得法国博士学位，接着继续在马赛粒子物理研究所做研究。二姐民协和我现在都在祖父执教过和父亲就读过的北京大学任教，于 2001 年和 2003 年先后分别被聘为化学学院和物理学院的教授和博士生导师。我自 1994 年起参加了位于日内瓦的欧洲核子中心的世界上最大的大型强子对撞机上由 39 个国家约 3 000 位物理学家组成的 CMS 国际合作组。最近(2008 年 7 月)，我当选为 CMS 国际合作组的理事会(Management Board)成员，为期两年，代表 CMS 国际合作组中的 18 个 CERN 非成员国，将参与整个国际合作组的领导管理工作。该对撞机从今年起将至少运行 20 年。今后的工作仍十分艰巨，但遵循着父亲“为社会为科学服务”和“认真做事”的教诲，我们将一如既往地努力，争取不辜负他的殷切期望。

回忆我的爷爷贝时璋

贝泠

贝时璋(1903—2009)

生物学家。1903 年 10 月 10 日生于浙江镇海,2009 年 10 月病逝于北京。1921 年毕业于上海同济医工专门学校医预科。1928 年获德国图宾根大学自然科学博士学位。1948 年当选为中央研究院院士。1955 年被选聘为中国科学院学部委员(院士)。中国科学院生物物理研究所研究员、名誉所长。曾任浙江大学教授、生物系主任、理学院院长,中国科学院实验生物研究所、北京实验生物研究所、生物物理研究所所长,中国科技大学生物物理系主任,中国生物物理学会理事长、名誉理事长。中国生物物理学的奠基人。鉴于他长期从事实验细胞学研究取得的卓越成就,德国图宾根大学又于 1978 年、1988 年和 2003 年三次授予其博士学位。中国国家天文台将 1996 年发现的第 36015 号小行星命名为“贝时璋星”。

2009年10月29日，爷爷贝时璋在睡梦中安详辞世，享年107岁。那刻我身在异国他乡，窗外是连绵的秋雨。但我知道在那层层乌云之上，浩瀚的宇宙里，以爷爷名字命名的那颗小行星，依然闪耀。一切就好像他幼年时读到的李白的名句："夫天地者，万物之逆旅也；光阴者，百代之过客也。而浮生若梦，为欢几何？"

科学艺术相得益彰

爷爷虽然是科学家，但在他身上，科学与艺术相得益彰。爷爷1903年10月10日出生在浙江镇海憩桥镇一个普通渔民家里，7岁开始到私塾念书，练得一手好字。18岁时，他远渡重洋，到德国攻读医科，后改学生物。从那时起，爷爷开始喜欢古典音乐，尤其是贝多芬、巴赫和莫扎特的作品。我最初对音乐的印象，就是家里老式唱机里流淌出的《蓝色多瑙河》和《天鹅湖》。上小学后我开始学钢琴，爷爷每天下班回来都要听我练琴，直到1988年我们搬走。现在想起来，小孩子刚开始学琴时弹奏的曲调是何等单调，但印象里他从来都是兴致很高地聆听。后来我逐渐入门，他还经常会在客人来访时让我弹奏一曲。记得有一次一位记者来采访，爷爷特意谈到了欣赏音乐对大脑的益处。除了西方古典音乐，爷爷对东方音乐和艺术也很着迷。他最喜欢的是京剧，特别喜欢梅派的《贵妃醉酒》和程派的《锁麟囊》。年轻一代的京剧演员里，他比较欣赏李维康。

20世纪80年代，中国科学院成立了书法协会，爷爷也是会员之一。我至今都记得有一次他带我到三里河一个大礼堂去看书法展览。他那次的参赛作品,写的是一幅“科学艺术,相得益彰”。他为了参加比赛,在家里练习了很久。我还记得他把那大张宣纸折成小块,以便计算每个字的大小。至于作画,他虽然不会,却很懂得欣赏。有一次他去拜访著名国画家朱启瞻,获赠一幅《红梅图》。他回来即挂在客厅的南墙壁上,还幽默地跟我讲,“朱老说梅花只可以向上,不能够向下”。我不解,问为什么。他答说:“向下者,倒也。‘倒梅’即倒霉了,哪还能送人啊!”

20 世纪 90 年代以后,爷爷的腕力逐渐不如从前,所以他的题词也逐渐从传统的毛笔转为硬笔书法。作为他学习和工作的座右铭,“业精于勤,行成于思”应该是他最后几幅毛笔书法之一。1995 年我大学毕业回到北京工作,他为我题写的就是这八个字。1998 年生物物理所成立 40 周年大庆,每个员工都得到纪念品若干,其中一个小记事本的扉页上,就是这幅座右铭。

“学问要比胜似我者,生活要看不如我者”

爷爷一生对物质生活要求不高。演电视剧《四世同堂》时,他给我讲抗战时期他为了不做亡国奴,携家随浙大西迁贵州的故事。有个电影《流亡大学》,就是讲他们这一代师生的抗战故事。奶奶曾打趣说,他们从贵州回迁杭州途中,看到有一个炸臭豆腐的小摊,爷爷和一群浙大师生围过去购买家乡特产。当时爷爷穿着一件破旧的棉袄，差点被当作卖臭豆腐的摊贩。那个时代的教授，物质生活上是很匮乏的，可丝毫没有降低他们精神生活的质量。“学问要比胜似我者，生活要看不如我者”，这正是爷爷一辈子做人和做学问的写照。

爷爷因为高寿，所以很多年来采访他的人纷纷询问长寿的秘诀。其实在我看来，他淡泊名利、宁静致远的心性，结合着对科学和真理的执着追求，是最简单又最有效的长寿良方。特别是1995年奶奶去世以后，他更是以书为伴，在奶奶的单人床上堆满了参考书籍和论文稿件。我还记得1998年我把自己第一次在国际期刊上发表的文章拿给他看时的情景。他那时已经95岁高龄，但依然思路清晰。看过我的文章后，还与我讨论一些实验设计的问题，另外又叮嘱我要严谨和谦虚。2004年我获得博士学位，2005年回国探望他，他还详细询问所学的专业和作论文期间从事的课题。他认为分析仪器的进步，对科研工作会起到很积极的推进作用。但一个分析化学工作者，不能够只将眼光停留在自己的领域，而要通过阅读文献以及其他交流手段，做到学科交叉，才能够处于领先地位。他还鼓励我要在科研工作中树立克服困难、勇往直前的信念。至今，他的谆谆教导，犹在耳边。

就在爷爷去世前一天，他还召集了6位科研工作者在家里开会。原因是他读到关于2009年诺贝尔医学奖的信息，觉得与北京大学林克椿先生在20世纪80年代发表的论文有异曲同工之妙。于是他请了这些科研工作者到家里开会，畅谈自己对研究的设想。他的一生，都在追求科学和人生的完美结合，能够以这样的形式落幕，应该是一个很完美的结局了。

2009年年初，我开始为一家德国公司工作。5月份时得到一个去总部进修学习的机会，中间有一个周末在德国。与其他同事选择到周边国家旅游的机会，我联络了爷爷获得博士学位的图宾根大学，他在那里生活了5年多。凭借校方提供的资料，我找到了他当年在动物系和生理系上课的大楼，还寻找到了位于内卡河畔的古树参天的小公园。当我坐在公园里休息时，眼前浮现的是爷爷啃着面包当午饭的情景，泪水情不自禁地流下来……回到美国后，我把当天拍摄的照片打印出来，还在每张照片下方加了标题和注释，然后附上我的信，一起邮寄给他。爷爷收到以后看了照片跟我父亲说，照片上很多地方看起来还是老样子，只是“年代久矣，不复返焉”。他说，能有我这个后代“去了我当年学习的地方，她一定已经悟出我的心愿”。

今天，我整理他以前的照片，看到一张20世纪20年代他和一个德国同学在学校的合影，背后的大楼似乎就是我镜头里的同一幢大楼。一时间真感觉“夫天地者，万物之逆旅也；光阴者，百代之过客也”。爷爷曾讲，他幼时在私塾读到李白这篇文章，对生命的起源激起了无尽的遐想。正是这些以及后来到汉口的洋学堂去读中学的经历，使他得以接触西方自然科学，并以科技救国为己任，踏上了他一生长达80多年的科学探索。

他去世前一天与其他科研工作者讨论到最后还提到“我们要为国家争气”，这句话成为他留给中国科技界最后的遗言。爷爷生于晚清乱世，经历了中国从贫弱到富强的崛起，作为 20 世纪的见证人，他把他的思想和希望，留在了年轻一辈的科研工作者心里。

一个大写的人

——怀念父亲邓叔群

邓泳　邓庄　邓煌　邓颐　邓钢

邓叔群(1902—1970)

微生物学家。1902年12月12日出生,福建福州人。1923年清华学堂毕业。1928年获美国康奈尔大学森林学硕士学位和植物病理学博士学位。1948年被选聘为中央研究院院士。中国科学院微生物研究所研究员、副所长。1955年被选聘为中国科学院学部委员(院士)。

1970年5月初的一天，在被称为“特楼”的中关村14楼102号的一个房间内，只有几件经数十次抄家劫余后的破旧家具，邓煌、邓钢和他们的母亲围坐在一起静静地聆听着一位卧床老者虚弱的声音。也许意识到生命将尽，他强忍着撕心裂肺的内、外伤痛，断断续续地回忆起自己的童年：“我是严祖母用米糊喂养大的，严祖母背着襁褓中的我给人帮工挣钱养家；当我稍大时严祖母白天带我去劳动——上山砍柴、种菜、挑水、挖竹笋，晚上在油灯下教我读书写字；再长大些后便把我送入私塾学习，并以祖传狮座水晶印和民族英雄岳飞、林则徐等人为民族强盛献身的事迹教导我：要像水晶一般地坚贞纯洁；要像雄狮一般地为振奋中华勇猛拼搏。还把我立为福州市第一山房的产权所有人……”

这位老者便是我们的父亲邓叔群。1902年12月，他出生于福建省闽侯(现福州市)一个清贫多子女的中学教员家庭，六个孩子中他排行老四，刚出世就为严氏收养为孙，取名严农荪，意谓农家的子孙后代。父亲七岁时，严祖母突然过世，从此他不但失去了童年的欢乐，更失去了经济来源，被迫终止了学业，被生父领回改名为邓叔群。

父亲13岁时独自一人远离福州家乡，千里迢迢来到北京，在留美预备学校——清华学堂里度过8个春秋之后，漂洋过海来到美国的康奈尔大学求学。5年后，他获得了广博的知识，载着全美最高科学荣誉——PHI-KAPPA-PHI和SIGMA-XI两枚金钥匙证章，怀着“科学救国”的鸿鹄大志回到了贫穷落后的祖国。

父亲童年的孤苦伶仃和家境的贫困使他形成了不苟言笑、生活简朴、吃苦耐劳以及不善于处理人际关系的孤僻性格。但他幼年受到的民族英雄精忠报国的教育却使他视自己的生命是为中华民族的强盛而存在的。父亲不仅是一位为国争光、享有国际盛誉的优秀科学家,在我们子女的心目中,他更是这样的一个人:

一、终生恪守自己的座右铭

父亲的座右铭是:威武不能屈,贫贱不能移,富贵不能淫。

1. 威武不能屈

母亲曾经告诉过我们一件事,1933 年的一天,父亲收到福州爷爷的电报,说叔叔邓拓被当局逮捕入苏州反省院,让父亲想法救出来。父亲当时在(南京)中央研究院就职,闻讯后他立即托人打听,得到的结果却是:"你弟弟犯的是共产党的案子,恐怕不好办,劝你还是别管的好,否则会给你自己惹麻烦的。"父亲听后很生气,说:"我不管我弟弟犯的是什么案子,我只知道他是个好人,没做祸国殃民的事,凭什么把他关在监狱里?!我光明磊落不怕惹麻烦!"父亲当晚就找了当时的中央研究院院长蔡元培请他出面营救,并让母亲变卖陪嫁首饰及值钱物品用于疏通。几经周折,最终将邓拓保释出狱。

邓泳至今清楚地记得:在父亲从中央研究院借聘到甘肃省(约 1940—1945 年)期间,一天家(兼作父亲办公室)里来了一个人找父亲，我像往常一样给来人端上一杯茶。当来人离去后，父亲情绪激愤，把我叫到跟前说："以后这个人再来，你不许给他倒茶！应该连大门都不许他进！"这时正好父亲的助手周重光（新中国成立后任浙江省林科所所长）走进来，父亲指着桌上的两张表格气愤地对他说："这是岷县国民党县党部刚派人送来的，他们软硬兼施非得让我加入国民党，最后非得给我留下这表格，表格上他们还填上了我的名字，还说让我自己看着怎么办。好吧，我自己就这么办！"父亲说着就抓起表格撕成几片，感觉还没解气，又将碎纸片揉作一团扔进废纸篓，一边还说："就这样的党，把国家和老百姓搞成这样，想强迫我加入？休想！我就这样自己看着办了，看他们能拿我怎么样?！我不怕！"

邓泳还清楚地记得：在 1949 年 5 月上海解放前的一天晚饭时，父亲对母亲说："朱家骅（时任中央研究院院长）亲自来上海动员正研究员以上的人去美国或台湾，院士可以带家属一起走。我决定不走。"几天后，我当时就读的上海位育中学老师张士魁（上海市国民党青年军大队长）一大早手里拿着我的周记本走进教室怒吼："邓泳，站起来！谁教你这样写的？你家里一定有共产党！"因为受父亲言行的影响，我在周记中写了"国家经济衰落，民不聊生……"之类的话。张士魁大发雷霆当众训斥我一番，并当场把我的周记本撕得粉碎丢到地上。我很害怕，晚上就将此事告诉了父亲，父亲听后镇定地说："别怕，事情是冲着我来的，因为我不肯去台湾。今天有个姓张的，大概就是你们学校的张士魁，腰上还挎着手枪到办公室找我，见面就问'你是邓泳的父亲？你是中央研究院的院士？现在不少院士已经去了台湾，你为什么还不走？'他还想骗取我一张照片，我没给他，他又威胁说：'你不去台湾是敬酒不吃吃罚酒，你会后悔的，一切后果你自己负责……'然后气呼呼地转身走了。"听父亲说后我更紧张，害怕给家里惹来大祸，父亲见状便安慰我说："你怕什么？坚强些！我们没做错事，我们理直气壮！事情有我顶着呐！"幸好没过几天学校内就传出，张士魁已奉命去台湾了，我们全家这才松了一口气。

我们也都记得：在"文化大革命"中，曾经因工作严重失职而被父亲严厉批评过的某些人怀着不可告人的目的积极跻身于父亲的专案组并成为骨干和掌权者。他们以叔父邓拓的"罪名"为起因，又给父亲罗列了种种莫须有的罪名，多次私刑拷打、残酷折磨这位年逾花甲的老人。

但即便如此，直到最后一息，父亲都从未以任何形式承认过横加给他的诬陷。

2. 贫贱不能移

1964 年暑假，邓颐收到了清华大学的录取通知书，这份通知书触动了父亲近 50 年前对清华学堂的记忆，这也是邓颐平生唯一的一次听到父亲对自己青少年时代的回忆：

"现在我们俩也算是清华校友了，可我上清华时却没法和你相比。小时候家里没钱让我上学，我只好一有空就跑到学校站在教室门外听里面老师讲课，还生怕老师赶我走。到了11岁时我总算是获得了在福州一中的免费旁听生的资格。后来听说北京的公费学校清华学堂来福建招生，我就瞒着家人报了名、参加了考试，直到录取名单被张榜公布后家里才知道。但家里因出不起路费而不让我去北京。后来我一个哥哥帮我说情，到入学最后期限时你爷爷总算松了口并替我筹到路费。当时我还不满13岁。”

“其实清华学堂的建立是国耻，它是用庚子赔款建立的留美预备学校，但学习和身体都合格的毕业生却可以公费到美国留学五年。家里没钱供我上学，为了求学我只能考清华。清华是八年学制，初等科和高等科各四年。刚到北京入初等科时，我只会说福州话，语言上的障碍是一大困难，经济上的困难是另一大困难。因没钱我好几次都差点失学，生活中时时事事都面临着困窘：身上只有在福州老家穿的单薄衣服，到了冬天冻得瑟瑟发抖，双手裂口渗血只能用布条缠上；脚上穿的只有唯一一双黑布鞋，鞋前头磨破了露出脚趾，只能用纸从里面堵上再用墨汁从外面涂黑，有些体育运动就没法参加；没钱买学习用具，只能捡拾同学用后丢弃的纸本和铅笔头，铅笔头太短就用废纸卷把它接长了再用。幸好学校每年都开运动会，只要得到名次就能得到奖品，奖品就是本子和铅笔，所以我每年都积极参加，用绳子把鞋捆在脚上参加短跑……”

“第一年的暑假所有同学都回家了。福建同学萨本栋也拉着我回家并主动借给我回福州的货舱船票钱，但刚一进家门就遭到你爷爷奶奶劈头盖脸的一通骂，因为你爷爷根本无力支付我的路费，那次差点没让我再回学校。从此我假期再没回过福州老家。每到假期同学们回家我就到北京香山西柳村小学去义务教书，几年后还去给清华低班同学辅导英文。”

“1923年到了美国康奈尔大学，入学考试后我插班进入农学院林学系二年级学习。每年的寒暑假我都去郊区的农场打工，我的木工手艺就是在那儿学会的。在暑假干农活时，为了节省衣服我都是光膀子，所以身上都会晒脱一层皮，那是非常疼的呀！但是干活有工钱，除自己花还可以接济福州家人。”

“每学期我都精心、紧凑地安排课程，因此只用了三年的时间就获得了农学学士学位和林学硕士学位。最后的两年时间就用来全力攻读植物病理学博士，最终荣获全美最高科学荣誉学会PHI-KAPPA-PHI和SIGMA XI的两枚金钥匙证章，这在当时的中国留学生中是很罕见的，尤其是PHI-KAPPA-PHI更是极为罕见的。”

父亲的讲述给了邓颐极大的震动：人穷志不能穷，父亲竟是以如此坚韧的毅力从一个贫苦的孩子成为著名的科学家！

3. 富贵不能淫

父亲的收入不算低，但他一向生活俭朴，从不图物质享受，他对国家只作贡献不计报酬，对于向他求助的人从来都是慷慨解囊相助。他不但自己这样做，也以自己的实际行动来影响我们，教育我们要去努力帮助身边需要帮助的人。新中国成立后他三次自动提出减薪。他把为《植物学报》等多种刊物审稿所得审稿费全部交了党费。1960—1962年他受林业部委托培训了50名森林病理学研究生，从编写讲义到讲课，从室内实验到野外实习，无不亲自设计，亲自参加，历时两年半，但结业时却谢绝了上千元的酬金，仅留一张师生合影照片作纪念。在国家三年自然灾害时期，他不但从不享受国家对高级知识分子的特殊照顾，更不许母亲和我们子女沾他特殊照顾的光。一次邓泳回京探亲，母亲准备用父亲的照顾票带她去吃顿饭，父亲听后便批评邓泳："现在是国家困难时期，你该是什么态度？何况你还是共产党员！"与此相反的是，父亲将全家节省下来的粮票、布票都拿去支援了他人，就连后来在"文化大革命"中将他置于死地的专案组某骨干及其家属都曾受到过他多次物质上的帮助。父亲一生获得过很多荣誉，但对于从早年起就决心把自己的一生献给人民的他来说，荣誉不意味着目的，他从来都自称只是一名"科学工作者"，把自己所有的荣誉证书、证章都放在衣箱箱底，不让我们看到，以免助长我们的虚荣心。但令我们极其遗憾的是，父亲早年获得的象征全美最高科学荣誉的两枚金钥匙证章以及中央研究院颁发的纯金院士证章在"文化大革命"中均被抄走无踪影，而我们子女中却有人从未亲眼看见过它们。

二、终生以中华民族强盛为己任

父亲终生牢记幼时严祖母的教诲，以精忠报国的民族英雄岳飞为楷模，以中华民族强盛为己任，时刻牢记“国家兴亡，匹夫有责”。

父亲1915年入清华时的作文考试题目是“入清华有感”。他在答卷的第一句就写道：“清华的建立是我国的国耻”。这篇作文深得国语老师的赞赏，他不但一下记住了父亲的名字，而且专门找到父亲鼓励说：“未料你小小年纪却有如此深挚的爱国感，好好在清华读书，将来为中华民族做事……”这也正是父亲的意愿和终生目标。

1919年北京爆发了轰轰烈烈的“五四运动”，父亲积极地投身其中，并从中更进一步地激发了他的民族自尊心，增强了“科学救国”的信念。40多年后父亲回忆这段往事时对当时的许多细节还记忆犹新。

清华毕业、赴美留学前父亲坚定地选择了农林业作为自己的终生专业，为的是要解除广大农民的贫苦。虽然当时不少同学劝告他学农林会吃苦，但他仍选择了以生物科学盛名的美国康奈尔大学，并决心在仅有的五年留学期间学到尽可能多的、最先进的科学知识。

在康奈尔大学，有一次一名高大的美国学生在公众场合嘲笑中国学生是“东亚病夫”，这使父亲的民族自尊心受到了严重伤害，愤怒之下他将该学生拦腰抱住，将其身体横过来旋转，该学生被转晕了，不停地求饶并承诺以后再不嘲笑中国学生。身材矮小的父亲用智慧战胜了高大的对手，围观的美国学生惊呆了，而中国学生个个扬眉吐气。父亲在40年后给邓颐讲述这件往事时仿佛回到了当年，仍是那么激动和自豪。

自1931年“九一八”后，父亲就日夜不安、义愤填膺。当得知“七七事变”时，他更是悲愤得不思进食，连连怒吼道：“岂能做亡国奴？颅可掷、血可流，国土不可丢！”邓泳和邓庄都还记得那一天，因为她们以前从没有见过父亲发那么大的脾气；母亲叫父亲吃饭并劝他：“你在这儿生气有什么用？饭总得吃啊！”父亲却把母亲一把推开说：“国家都要亡了，你还有心吃饭？你愿意做亡国奴？！”后来有一天有人敲门说是为赴前线的战士来募捐的，他立即将自己的衣服和手头所有的现金捐了出去。那段时期他经常自己唱，同时也教全家人唱的歌曲是《义勇军进行曲》和“九一八血痕尚未干，东三省山河尚未还……”

1937年11月，中央研究院奉命从南京紧急撤往内地。父亲让母亲带邓泳、邓庄和当时的一个小妹妹随集体撤离，而他自己则准备了枪支毅然留在南京继续在实验室中工作，准备与入侵的日寇拼命。12月日军逼近南京城，在中央研究院的强行命令下，他才无奈地登上了最后一列连车顶上都趴满人的火车离开南京。中央研究院迁移到广西后，父亲再也忍耐不住了，他打算在广西加入五路军到抗日前线去，但终未能成行，他甚至懊悔年轻时未曾习武而不能去与日寇血拼。

1939年父亲的第一部专著《中国高等真菌》(614页，英文版)就是他在战火不断蔓延的险恶环境里、夜以继日地将他回国后十年来的真菌研究工作进行的总结。在该书扉页上他沉重而赫然地写下了

"在极其艰难的工作环境中,怀着极其痛苦的心情,谨以此书纪念难忘的1931年9月18日,日本入侵东三省"的悲壮之语,向世人庄严地宣布了他将永记日寇侵华之仇。这本专著中他首次发现的5个新属、121个新种,不但向世界宣告了中国真菌学"零"的突破,而且为世界真菌资源档案增添了新纪录。

1949年底,父亲被借聘到东北筹办新中国的高等农林院校期间正值朝鲜战争,当祖国需要筹款"捐献飞机大炮"的时候,他毫不犹豫地捐献出了多年积蓄所购得的南京私宅(现南京29中学校址);在全校动员大会上他带头第一个在现场为前线志愿军无偿献血;在反细菌战中他荣获朱德总司令签发的奖状;他还参加了赴朝慰问团亲赴朝鲜前线慰问作战将士。尽管父亲早年是从美国学成归来的,但在他的心中永远是祖国的利益、中华民族的利益高于一切。

邓庄自1956年考取中国科学院以父亲为导师的研究生之后,至1966年的10年间,追随着父亲并成为父亲最得力的业务助手。她见证并亲历了父亲自1955年回归中国科学院工作后,为全面发展我国的真菌学而做出的奠基者的贡献。当时日本政府提出愿派专家来华协助编写《中国真菌志》,虽然被周恩来总理斩钉截铁地拒绝了,但此事深深刺痛了父亲的民族自尊心。他立即在微生物所组织和主持了中国真菌专志编写工作的讨论,亲自拟定了近期和长期的工作规划并安排了具体的分工。他本人更是夜以继日地鉴定着从全国各地采集来的真菌标本,以积累用于编写专志的基础资料,他曾连续三天三夜鉴定了微生物所真菌标本室多年积压的几百号真菌标本。1979年出版的《中国真菌总汇》(戴芳澜主编)中所报道的全国已知真菌中,50%是由父亲描述、定名的。

在从事真菌分类研究工作的同时,父亲明确地提出了“全面发展真菌学”的战略思想,坚决抵制了他人的冷嘲和阻挠,坚持开展了真菌为国民经济建设需要服务的科学研究,充分开发真菌在工业、农业以及医药上的应用。例如:1958年应天津造纸工艺研究所的要求,他指导了利用真菌酶解发酵制造纸浆的研究,一年之内通过了中间生产实验,获得成功;同年,轻工业部向他提出黑木耳是矿工和纺织工人必不可少的食品,他立即将人工种植黑木耳列入食用真菌研究课题。在他的指导下,利用虫生真菌防治农林害虫的研究、利用外生菌根真菌荒山造林的研究、食用真菌和药用真菌的生物学及其人工培养的研究工作也都陆续全面地展开了,其中包括现在已经大规模种植的灵芝、黑木耳、侧耳、香菇、银耳、草菇、猴头菇等20余种大型真菌。我国人工栽培的第一株灵芝就是父亲于1957年从福州鼓山亲手采来的野生灵芝菌并亲自指导纯种分离、人工培养试验成功的,然后又指示邓庄立即在北京市劳动人民文化宫里举办讲习班、散发菌种、传授推广人工培养技术。

为促进和发展应用真菌学的研究,父亲于1963年在真菌种类繁多、菌种资源丰富、地处热带的广州创建了中国科学院中南真菌研究室(即现广东省微生物研究所)。为了同样的目的,在1957—1965年的九年间他亲自跋山涉水、采集研究、到民间走访调查,系统地搜集了一切他所能够搜集到的国内外有关药用真菌的资料,为中医鉴定出可用于中药的真菌种类,编出了近40万字、附600多幅彩图的《蘑菇谱——中国的食用菌和毒菌》巨著(此著作未来得及印刷"文化大革命"开始,文稿被中科院微生物所造反派抄走、剽窃、损毁)。在所有上述工作中,邓庄都是亲身参加者且充分发挥了父亲业务助手的作用。

2009年4月13—15日期间,中、美多家报纸和媒体都报道了这样一条新闻:美国康奈尔大学将数千份珍贵的真菌标本归还中国,中国国务委员刘延东出席了13日在康奈尔大学举行的中国真菌标本捐回仪式。这些珍贵的真菌标本是由中国著名的菌物学家和植物病理学家邓叔群在1928年归国后的十年间在中国各地的森林、田野和沼泽中采集的。这批菌物标本共2 278件,其中57件在中国是绝无仅有且被视为无可取代的。日本侵华期间,为使这批宝贵的研究材料免遭战争的洗劫,邓叔群将其寄往美国康奈尔大学等处保存,迄今已70余年。"文化大革命"前父亲曾对邓庄详细讲过此事:那是在中央研究院从南京不断向内地的迁移过程中,为了保护这些中华民族的同时也是全球科学界的珍贵财富,经中央研究院领导同意,父亲将部分标本的副本寄往尚未参战的美国,交由他的母校康奈尔大学保存。然而在"文化大革命"中父亲为此背负上"里通外国、卖国"的罪名并付出了沉重代价。2009年11月7日,在北京中科院微生物研究所举行了“康奈尔大学中国菌物标本赠回仪式”。邓颐和邓钢有幸到会亲眼看见了这些七八十年前浸透父亲心血的珍贵标本。经过康奈尔大学长达 70 年之久的精心保管，这些珍贵的标本都安然无恙，现在它们完整地回归中国故土，父亲的在天之灵一定会为此感到欣慰。

三、终生以事业为第一生命

父亲为国家昌盛而废寝忘食，几十年如一日地苦干实干，从不考虑自己和家人。

1940 年，父亲拒绝了受聘于国民党政府机构的官职，从中央研究院借聘到甘肃省 5 年，举家从重庆搬迁到黄河上游的大支流洮河流域卓尼定居，以实现他整治西北林业资源和生态环境、治理黄河泛滥、减少百姓受灾的理想。卓尼是个在当时地图上都找不到的人迹稀少的林区，生活条件极其艰苦而不安全，既有出没的野兽、土匪，又有易怒械斗的少数民族，交通只有依靠马和牛。为了保护人身安全，我们全家住在“碉堡”里，粮、油、盐和生活用品都要到百里外的岷县用牛车拉回来。父亲多数时间是进入原始森林里工作，每次去少则十几天，多则几十天。我们学龄子女根本无学可上，只有每次当父亲勘查森林回来时，才会抽时间教我们地理、历史、英文、写毛笔字和作文。我们白天帮助母亲砍柴、打水、洗衣、种菜、养鸭、放羊，晚上在油灯下自学。我们年仅 9 岁的一个姐妹，因到洮河边提水被山洪夺去了生命，连尸体也没能找到。父亲虽然承受着巨大悲痛，但丝毫没有影响他继续留在甘肃治黄减灾的决心。

1948 年秋，父亲早年的学生沈其益教授（新中国成立后任北京农业大学副校长、研究院院长）受中国共产党东北解放区党政领导李富春同志委派来到上海动员父亲去东北解放区筹办农林大学，培养高等专业人才，他欣然接受了。那时正值上海湿冷冬季，他气管炎发作。在日夜咳嗽带血、彻夜难眠的情况下，他废寝忘食地抱病边编写教材边打字，为自己赴东北做教学准备。在不到半年时间内一整套大学林学教材就装订成册、等待启程。邓泳和邓庄至今仍记得父亲当时拼命工作的情景。

1949 年底父亲被借聘到东北，除刚考取大学的邓泳外，父亲带领一家人离开上海中央研究院宽敞舒适的寓所来到荒凉的沈阳郊区，任首任教育长。他对邓泳说："我把你留在上海，就是把你交给了共产党，遇事多依靠组织！"到了东北，他谢绝了组织上对他的照顾，将邓庄和年仅 9 岁的邓煌寄宿于学校，自己带着母亲和邓颐三口人住在一间教室里，睡在课桌拼成的"床"上，一日三餐买饭票在集体食堂就餐，自己则废寝忘食地一头扎进了建校的艰苦创业中。

1955 年回归中国科学院后，父亲肩负的社会活动和职务越来越多（全国政协委员、林科院顾问、中国林学会常务理事、中国植物学会常务理事、中国植保学会理事等），可用于科研的时间几近全无。但是他始终牢记自己是一名科学工作者，首要职责是在科研领域做出贡献。他以事业为第一生命，家对他而言，首先是他的第二办公室，其次仅仅是个为了继续工作而不得不停下来吃饭和睡觉的地方。因此他从来没有多余的时间"浪费"在我们孩子身上，即使我们的升学、报志愿他也都从未过问过。连在上下班往返的路上、在吃饭的饭桌上他也都是在考虑着工作，母亲有时专门为他做了他爱吃的菜，饭后问他味道如何，他竟不知道自己刚刚都吃了些什么。

邓煌清楚地记得：1960 年的一个冬夜，母亲把我从梦中唤醒，让我给父亲打电话，告诉他已经半夜两点，该回家睡觉了。我起床给父亲通了电话，当听到他常规的答话——"知道了，等我把工作告个段落"之后我又入睡了。不久电话铃把我吵醒，父亲说："办公楼的大门已经锁上，我出不来了。"我说："找值班人员开门么！""他睡着了，我不想打扰他。告诉你妈，今晚我不回来了，我在沙发上休息。你别忘记明早上学前给我拿包饼干来。"母亲听我转达后恼火地说："有谁像你父亲这样，干起活来没白天没黑夜，不吃饭不睡觉，总以为自己是个累不病、压不垮的铁牛，人老了怎么能够跟年轻时候比，他想做的事多着呢，就连他下辈子都干不完……"其实，难怪母亲有怨言，逢年过节放假整个办公大楼所有的门都贴上了封条，唯独他的实验室不让贴，他要照常去上班工作。

1964 年，父亲因患脑动脉硬化症、高血压，医生建议他停止工作去疗养，在母亲的劝说下，他只休息了 10 天又开始工作了。母亲责怪他："国家规定你每年可休假一个月，你全都放弃了，现在医生要你疗养，你为什么不再休息几天？”父亲问：“你听谁说每年可休假一个月？”母亲答：“是医生和邻居告诉我的，他们都奇怪你为什么没有告诉过我？”

父亲几十年如一日争分夺秒地工作，在弥留之际，他强忍着内伤带来的剧痛，还期盼自己能够康复、能够继续为中华民族工作，他没有顾及被“造反派”扫荡一空的财物，而是痛心丧失了整整四年的工作时间以及凝聚着几十年心血的手稿资料，因为他有宏图大志，他想要做的事情还有很多很多：“我要把《蘑菇谱》重写出来，要实现微生物炼油、探矿，荒山造林，我要……”这就是他留给家人的最后遗言。

四、笔尖下的真情

父亲虽然平日显得不苟言笑、性格孤僻。但实际上他的内心世界充满了丰富的情感，他喜欢体育运动，喜欢欣赏古典音乐和文学艺术，也喜爱做诗谱词，他会触景生情、提笔成章即兴写出英文诗句，然后将它们配以美国经典民歌的曲调而形成一支意义全新的歌曲。遗憾的是父亲写下的诗和歌词都是新中国成立前完成的，现大多数不复存在，仅遗存不足二十首，而新中国成立后繁忙的工作又致使父亲辍笔。这些诗和歌词是他真实深刻的心灵的自画像，不但展现出了父亲对祖国和人民深挚的爱、为民族强盛而无怨无悔地献身于艰苦的农林事业的栩栩如生的形象，也展示了他对自己的母校深深的眷恋和对自己家人深沉的爱。由于父亲留下的诗和歌词都用英文写就，而父亲的英文修养深湛，虽然我们的翻译水平远远不及，现仍决定将它们中的几首重译出奉献于读者(曲调此处均省略)。

1.《带我返回亲爱的清华》

这首诗写于1923年他就读美国康奈尔大学后不久。身处异国他乡的孤独之境以及种族歧视的美国社会现状，使父亲深切地思念他曾学习、生活了八年的母校：

带我返回那亲爱的清华，那里我度过了难忘的校园时光，
潺潺的溪水在暮光中低声细语，荷花池为校园增添了美丽芬芳。
偕同伙伴我登上月光下的小山，畅谈和欢笑驱尽了所有的愁烦，
时光不再复返但记忆永远铭刻，啊，再给我一次曾拥有的愉欢。
带我返回我亲爱的母校，在那里朋友们轻松欢乐地相聚，
在那里年轻无邪是我们的所有，在那里生活在质朴纯真地延续。

2.《勇士们前进》

这首歌词写于1939年4月。受中央农林部的委托，父亲率队到云南、西康、四川原始林区调查，但他始终心系沦陷的国土和抗日志士，在进入林区之前他写下了：

我们的故乡在扬子江，在那遥远遥远的地方，
我们的心永远牵系那里跳动，那里是我们曾经生活的地方。

荒凉的西部不再宁静，轰炸声在不停地回响，
莫踌躇竭尽全部力量，收复我们可爱的家乡！
让民族雪恨之情汹涌，誓死绝不能做亡国奴，
血肉能拯救深重国难，勇士们重整旗鼓前进！

3.《洪坝露营曲》

这首歌词写于1939年7月。父亲率队进入人烟稀少的大渡河流域的洪坝原始林区勘查森林资源，他们不顾烈日、风雨，跋山涉水、忍饥挨饿、风餐露宿地在森林中工作、生活了四五个月。在原始林区极其艰苦的条件下，用来驱寒的酒水是极宝贵、来之不易的。父亲以他这首充满想象力、豪情洋溢的歌词给大家以精神安慰，鼓励大家坚持工作下去：

为洪坝的营帐斟满酒杯，让呐喊声响彻整个山腰！
伫立着为她的名字*祝酒！任每位忠诚的营员放歌。
为所有辛劳的时光干杯，为在绿林中的日子干杯，
为快乐的林业工作者干杯，也为铭刻在心的露营生活！
为了落叶松，为了冷杉木，为了华贵巍峨的云杉木！
为了山丘，为了山谷，为了一路潺潺的溪水！
为了白雪，为了冰霜，为了抚慰大地的太阳！
为了歌曲，为了篝火，为了雨天驱寒的酒水！

哦，为心灵永远斟满酒杯。

（注：*指洪坝原始林区。）

4.《中国森林工作者进行曲》

这首歌词写于1940年4月。继调查洪坝原始林区之后，父亲再次率队进入人烟稀少的滇西、川北原始林区调查。为了鼓舞同行的年轻人克服艰难险阻，继续工作，同时也流露出对当时林业工作状况的担忧，父亲写下了：

我们跨越高原前进，踏入那云杉和松林。

不论阴雨还是艳阳，我们始终振奋欢欣。

啊，我们必须努力奋进，拯救衰落的原始林，变荒山为绿茂林地。

让我们以真诚之心，团结一致渡过难关，竭力提高林业地位。

困难时刻坚定信念，胜利终将属于我们。

以坚强意志和勇气，献身我可爱的民族。

5.《木里之歌》

这首歌词写于1940年6月。父亲在人烟稀少的滇西、川北原始林区调查时，虽然工作、生活条件十分艰苦，但面对祖国的大好河山，父亲情不自禁地写下：

木里的大地上坐落着白色的庙宇，庙宇中群聚着以糌粑为粮的僧侣，

漫山遍野生长着茂密的冷杉树林，牦牛群在林间绿地上悠闲地游移。

沐浴着自然美景和芬芳清新空气，我心旷神怡不禁唱起欢乐的歌曲。

如瀑布的巨响轰鸣，我的思绪飞入云霄，我的思绪飞入云霄。

6.《卓尼赋》

这首歌词写于1943年10月。在父亲的建议和亲自领导下，以保护森林、合理利用森林资源为目的的林场在条件恶劣、偏僻荒凉的甘肃省卓尼建立起来，父亲对倾注自己心血的林场充满深情，他歌颂它自然的美，同时发出无奈的叹息：

春季的卓尼光鲜绚丽，鸟儿叽喳溪流似水晶，
碧蓝天空衬托着嫩叶，冬眠的鸟兽迎来欢欣。
夏季的花朵竞开吐艳，大雨催促着嫩叶转绿，
急流自山中翻滚而出，回响打破山谷的宁静。
成熟的秋季最为甜美，缤纷色彩使林木耀眼，
落叶随风飘撒在大地，柔和月光下霜花眨眼。
冬季造访卓尼披雪装，在清冷的星光下闪光，

冰封的河水艰难流动，风声哀鸣横扫古林木。

你，林木环抱的小小卓尼，却充满着罪过与不幸*，

大自然母亲造就了你，你永远铭刻于我记忆。

（注：* 指此处不但土匪强盗出没，而且在当地豪绅指使下天然森林惨遭破坏。）

7.《卓尼》

这首歌词写于 1943 年 11 月。位于甘肃卓尼的林场建立起来了，但条件恶劣、偏僻荒凉。父亲为鼓励林场全体员工坚守岗位，献给他们：

勇敢的绿色森林人，岷山的森林工作者，

在拼搏中充满信心，坚守新开辟的领地。

不畏惧北风的寒冷，不惧怕边陲的大雪，

请用你沸腾的热血，固守这光荣的职业。

8.《思念菲菲》

这首歌词写于 1944 年 5 月。为了减轻黄河对其下游地区的灾害，父亲带领全家在黄河上游的大支流洮河流域安家、建立林场。菲菲是父母亲第三个女儿的小名，她在一次到河边提水时被山洪卷走，连尸体都未能找到，时年九岁。听着耳边每日滔滔不绝的洮河水流

声，父亲始终心如刀绞。为了在黄河上游建立一种有利于农林牧生产的生态系统，他将自己最心爱的一个女儿永远地留在了那里：

哦，冷酷无情的洮河，你的洪流带走了我心爱的菲菲。

人们看见她在你的急流中挣扎，但你却让她永不再回到我身边。

你去了，你去了，母亲在哭泣着呼唤你。

回来吧，回来吧，哦，菲菲，我幻想着你的归来。

当我策马沿着河岸追赶，脑海中只有你，菲菲，我失去的孩子。

每当我忆起搜寻菲菲的情景，泪水总是克制不住夺眶而出。

9.《如果我是一只鸟》

这首诗于 1946 年 9 月写于上海。父亲一直盼望中华民族的独立解放，但在回国后的近二十年里，他目睹了蒋介石国民党政权日益腐败、热衷内战、横征暴敛。即使抗日战争胜利了，大半国土上也仍是怨声载道、民不聊生。他内心深处的苦闷和气愤使他从失望到绝望，于是他写下了：

我是只奇鸟，独自飞翔云霄。不怕雷电风雹，自在逍遥。

离开污尘浊世，飞向海空长啸，

我听到那自由的呼声向我召唤。（我遵循你的指示唯命是从。）*

（注：* 1948 年底当他废寝忘食抱病编写教材，准备去东北解放

区服务时，将此诗最后一句“我听到那自由的呼声向我召唤”改成了“我遵循你的指示唯命是从”，表达了他跟随共产党走的决心。）

这就是我们的父亲，岳飞精忠报国的壮烈史诗激励着他一生为民族的强盛而献身科学、教育，并创造出光辉业绩，但父亲因为是“三家村黑帮”邓拓的胞兄，在本可大展宏图之时却被以种种莫须有的罪名残酷迫害。吞噬了他的生命和工作。但人们没有忘记他，没有忘记他那呕心沥血无私奉献的精神，也没有忘记他那一身正气、为民族富强而拼搏的赤子之心。1978 年 7 月，中国科学院党组在北京八宝山革命公墓礼堂为父亲举行了隆重的骨灰安放仪式；1991 年，美国真菌学报主编、世界著名真菌分类学家、美国康奈尔大学真菌学名誉教授 R. P. Korf 总结了康奈尔大学 120 余年来对真菌学有突出贡献的 41 位真菌学家并刊登照片以示纪念（Mycotaxon，40 卷，107－128，1991），其中唯一的东方人就是邓叔群；原国务委员、中国科学院党组书记张劲夫同志为父亲题词：“怀念为开拓我国真菌科学做出卓越贡献的科学家邓叔群同志，学习他的高尚品德和优良学风”；捷克的真菌学家和我国的真菌学家将他们发现的一个新属和八个新种的真菌学名以父亲的名字命名；父亲诞辰 100 周年时在福州市和中科院微生物所分别举办了隆重的纪念活动；父亲亲手创建的广东省微生物研究所建所 40 周年之际，父亲的塑像也同时落成揭幕；父亲早年的学生、助手和同事们纷纷写文怀念父亲，学生们还将自己的著作奉献给父亲的英灵……

在我们子女心中，父亲不仅是科学界的泰斗，更永远像一颗坚贞纯洁的水晶、一头为振奋中华而勇猛拼搏的雄狮、一棵苍劲挺拔的不老松！父亲，你是一个大写的人！

难以忘怀的想念

——忆父亲童第周和母亲叶毓芬

童时中

童第周(1902—1979)

实验胚胎学家。1902 年 5 月 28 日出生。浙江鄞县人。1927 年毕业于复旦大学生物系。1930 年获比利时比京大学科学博士学位。1948 年被选聘为中央研究院院士。中国科学院副院长、发育生物学研究所研究员。中国实验胚胎学的创始人。1955 年被选聘为中国科学院学部委员(院士)。1979 年 3 月 30 日去世。

父亲虽已逝去近30年，但他的治学为人之道，却时时萦绕在我的脑际，久久不能忘怀。

20世纪80年代初，我去天津出差，惊奇地发现在某个企业的一面墙上赫然写着“思想要奔放　工作要严密”两行大字，落款为童第周。当时行程仓促，匆匆把它抄了下来。后来才知道这是父亲接受《中国青年报》记者采访时的谈话，发表在1979年3月10日上的《思想要奔放　工作要严密——记著名生物学家童第周教授对青年的一席话》。20天之后，他就与世长辞了。可以说，“思想要奔放　工作要严密”是他一生做学问的座右铭，也是他取得成功的秘诀和法宝。

父亲非常勤奋好学，读书对他来说如同吃饭穿衣一样重要。记得在他晚年，有一次晕倒在办公楼的楼梯上，经医生诊断是由于血管硬化和劳累所致，建议他卧床休息。然而，他是享不惯“清福”的人，在床上躺不住，要起来看书，但看几分钟就头晕。那几天我看他坐立不安，问及原因，他说：“不能看书是最痛苦的事。”于是他把看书的时间化整为零，但就是离不开书。买书是他的一大爱好，他经常去外文书店，与经理很熟，经理常把新版的生物学方面的书给他单独留出。“文化大革命”期间，他被扣上了“反动学术权威”的帽子，进了“牛棚”。一家人从中关村14楼四室一厅的房子里被轰了出来，最后被迫迁移到一间仅有9平方米的小屋内，一张大床、一张小床、一张书桌，只能放得下一张椅子，并且只有挪动椅子才能走路。原来几大书柜的书，匆匆选出一部分，塞满了床底下，其他的书不准放到研究室，送给研究所也不要，只好装入旅行袋，由我骑自行车分几次去西单论斤卖掉。父亲从“牛棚”出来后，急于上马他已构思好的新的研究课题，却找不到所需的某些外文书刊，为此他感叹不已。他马上着手自费订购外文书刊，又成了外文书店的常客，如饥似渴地了解国际上的研究动态。他经常说：“研究成果的水平与基础知识（包括最新信息）之间的关系犹如金字塔，有广阔的知识面，才能使研究成果具有更高的水平。”

父亲常说：“世界上没有天才，天才是用劳动换来的。”在科学界，再“正确”的理论和设想，如没有实验的验证都是不予认可的。从事实验胚胎学的研究，需要掌握极其精细的实验技术，父亲是一位实验高手，早在比利时留学时，就因攻克了难度极高的剥除青蛙卵膜的手术而使欧洲同行惊叹。抗战时期在四川某大学的一次科研成果展示会上，展出了由他嫁接的、能在水中漫游的双头金鱼，而引起轰动。他在晚年进行核质关系研究时，已是七十高龄的人。我曾问过父亲：“你已七十多岁了，在显微镜下做细胞核移植这种精细手术，手不发抖吗？”他说：“经常做这种工作，已习惯了，熟能生巧嘛。”他几十年如一日地战斗在科研第一线所造就的基本功，在七十余岁时仍能运用自如，可谓是“宝刀不老”。金鱼一般在早晨六时产卵，实验是一批接一批地进行的，往往要工作到下午一两点钟，一口气就干八九个小时；做完实验，匆匆回到家，喝下一碗稀饭（他胃不好，这是他经常的饭食），又匆匆赶回实验室，观察胚胎发育中的每一个细微的变化。

一天下来连青年人都叫苦不迭，更何况是七旬老人。看到他劳累一天下来的疲惫神态，我们子女们都心痛地劝他：“年纪大了，要多注意身体，指导指导就行了，具体工作让学生们去做。”但他总是摇摇头说：“我自己不动手，就弄不清问题的实质和症结所在，怎么去指导人家？不亲自实践，就不能获得真知。”他认为：“科学家不亲自动手，便成为科学政客了！”

在“四人帮”横行的疯狂岁月中，他被关进了“牛棚”。其罪名不仅是“资产阶级反动学术权威”的代表人物，甚至还莫须有地加上“漏网地主”“里通外国”“镇压学生运动的刽子手”等罪名，经受了心灵和肉体上的双重折磨和摧残。从“牛棚”出来时，他脸部浮肿，步履蹒跚。但他很少向人谈及这段经历，而是迅速投入到日思夜盼的研究工作中去。当时社会还很乱，所里的人，不是忙于“闹革命”，就是接受“改造”，没有做研究工作的气氛。一整套工作无人帮忙，实验用的小白鼠，由父母二人自己饲养，还要为小白鼠配饲料。1974 年，随着所谓“批林批孔”运动的开展，父亲和他的研究工作又成了攻击中心，被迫暂停。这个时期，他饭吃不下，觉睡不好，血压上升，从医院带回了一张又一张诊断书。我们知道，不让他干工作是最令他痛苦的事。他话很少，周围的人既为他的健康担心，也担心他能否经受得住这样的打击。在北京无法继续开展工作了，他决定离开北京，带着课题组部分人员到外地去“开门搞科研”。“他们这样搞无非是不让我们工作，那可不行，他们说他们的，我们干我们的。”

父亲非常推崇毛主席提倡的“百家争鸣”思想和方针。有一次，一位某大学的生物系主任来访，他们在一番寒暄之后，两个人就一些学术问题进行了切磋和探讨，我虽弄不明白，但听得出在某些问题上有分歧，但气氛是那样的热烈和亲切，留吃午饭后才分手。过后我问父亲，在学术上他和你的见解好像不一样。他说，是不一样，在科学研究上，由于对问题的认识有一个过程，常存在一些不同的见解和学派，而遗传学问题又是自然科学中争论最多的学科，例如，在核质关系上，遗传学和胚胎学两家在认识上是有分歧的。学术上的交流和争论是有益的，可推动研究工作的深入，收到取长补短、互相提高的效果，否则不利于科学事业的发展。

父亲考虑问题的思路非常开阔，他经常强调一个人的视野不能太窄，要注意学习和运用相关边缘学科的知识和方法。拨乱反正后，科学技术的发展受到了空前的重视，请父亲去讲学的邀请络绎不绝。记得有一天，我听到广播中报道父亲在某地讲学中大谈学习辩证法的重要性。我为此问父亲，人家想听你讲生物学的发展，你为何谈辩证法？他说：“唯物辩证法是一种普遍真理，一个人不应只把自己的思维局限在某一学科或专业之内，辩证思维方法对揭示事物的内在规律和本质是一种很有效的方法，而这一点恰恰为许多科技工作者所忽视。”他接着说：“在解放初，华岗同志（当时山东大学校长）指导我读唯物辩证法等书，对后来研究工作很有启发。科技工作者懂得辩证法，可以减少研究工作中的片面性，少走弯路。我是想把自己运用辩证法的心得体会告诉大家。”他对哲学的运用心得，汇集在他所著的《生物科学与哲学》(中国社会科学出版社，1980)一书中。

20世纪70年代初与美籍学者牛满江的合作把他及他的研究小组推到了风口浪尖上。纯学术上的质疑，他并不介意，因为这本身就是研究探索性的工作，但来自其他方面的干扰和掣肘是他最头痛的，使得他不得不花费大量的时间和精力去应付。父亲为人低调，不喜欢宣传张扬，而媒体对他的采访和宣传越来越多，使他感到非常不适应。他一再声称“我现在迫切希望不要把我宣传得太多，越宣传压力越大，反而做不好工作”。有一次他竟然冒出一句使我吃惊的话：“看起来我可能要倒霉。”事实正如他所料，在他去世之后，他们的研究小组申请课题经费遇到了麻烦，同时学术杂志上对父亲核质关系的研究也提出了质疑，这本来无可厚非，但文章中使用的词句远远超出了学术争论的范畴。这种令人压抑的气氛，我们作为子女也多少能感受到。直到1996年英国的克隆羊多莉诞生后，情况才慢慢有了转机，父亲在克隆和核质关系方面的研究才逐渐被认可。

父亲对人对事的认真态度有时似乎给人以严肃有余的印象。实际上他平时平易近人。作为教育家，他在大学任教多年，为我国培养出了一批优秀的生物学人才，并持续地关心着他们的工作。但他从来不以老师自居，而以朋友相处。他曾说：“一个人不可能永远是别人的老师，因为时代在前进，但他却可以永远成为别人的朋友。”然而，他对于自己的老师蔡翘教授(军事医学科学院副院长)却尊敬有加，给老师拜年，是每年春节必不可少的一项重要的活动。父亲为人坦诚，与各类学人交往甚广，不仅在自然科学界有众多朋友，甚至在文学艺术界、社会科学界也有他的不少朋友，例如，画家吴作人、国学大师吴则虞、新加坡华人作家周颖南、被称为民国四公子之一的张伯驹等。在父亲的诗《寄华公》中，既体现了与好友华罗庚的友谊及对他身体状况的关心，又体现了对他敬业精神的赞誉。“1975 年，华罗庚同志在东北传授运筹学时，心脏病猝发，病愈后作诗慰问：舟车全国苦奔波，多少生活客里过，为叫生产逐浪高，不惜病躯日夜磨。”（《科学家诗选》，1984）

父亲小时候，在我爷爷（前清秀才）的私塾中受过正统的中华文化的熏陶。他常喜欢用一种特定的韵律来吟诵古诗，有空时还要作一些古体诗，来抒发情感，我们目前收集到的就有 30 首。有抒情的，也有咏志的。例如，在“文化大革命”期间身陷“牛棚”中的诗《示儿》：“仿陆放翁：死去原知万事空，但恨未见城乡同。桥梁通往天堂日，欢呼勿忘替乃翁。”抒发了他当时的心境：虽身处逆境，但仍关心国家“城乡同”的大事，并且以“欢呼”表述他对国家的前途充满信心。在粉碎“四人帮”后写的《有感之二》：“年华似水向东流，转眼已过七十秋。壮志未随白发衰，事业岂因‘臭九’休。”“我亦枯木遇春风，意气飞扬与众同。誓将余生献祖国，共为科学攀高峰。”（《诗刊》1978－2）则表达了他在第二个“科学春天”中，仍念念不忘攀登科学高峰的决心。他喜欢听京剧，在家里买了许多京剧的唱片，春节在人民大会堂的新年联欢会上，他总是去欣赏京剧名角的戏。到北京之后，他还喜欢上了中国字画，节假日一有空他就光顾北京琉璃厂的文物一条街，因经济条件所限，名家精品买不起，但价格适中的还是陆续买了一些，在客厅中轮流挂出。他在看了一本中国绘画史后跟我们说，三国武将张飞，居然也是一位画家，看来《三国演义》的描写过分夸张。我的二伯父工作于中华书局，专注于对唐代作家韩愈的研究，于1969年去世，留下了大量手写的文稿，当时正处于"文化大革命"时期，将这些对古文的研究视为"四旧"，属"横扫"之列，他的子女感到难于处理。父亲认为这些研究成果颇有价值，尽管当时自己已是自身难保，但还是把这批文稿接了过来，并请有关专家审阅、校订，还请人重新抄写，把这批珍贵的文稿完整地保留了下来。其中《韩愈文选》于1980年由人民文学出版社出版，并于1985年第二次印刷，总发行量近13万册；《韩集校诠》（上、下册）于1986年由中华书局出版。

在回忆父亲的同时，我的脑海中总是时时呈现出母亲的形象。因为她不仅是一般意义上的贤妻良母，更令我们全家肃然起敬的是，她还是一位默默耕耘且卓有成效的科学家。母亲的一生主要从事教育和科学研究工作，是我父亲几十年科学研究生涯中配合最默契的合作伙伴。她还满腔热忱地参与各种社会活动，历任第四届全国政协委员，北京市海淀区第四、第五、第六届人大代表，北京市民盟宣传部副部长等职。

协助父亲成就事业，是她的最大心愿，为此她甘愿付出她的一切。为了使父亲在攀登科学高峰中无后顾之忧，她成了父亲最得力的“后勤部长”，家里的一切都不用父亲操心，不仅对孩子们的生活、教育做出全面适当的安排，甚至父亲的衣食住行和起居，也安排得妥妥帖帖。为调理有严重胃病的父亲的饮食，她费尽心思。春天为他炖童子鸡吃；父亲喜欢吃一些如红薯、芋头之类的土特产，母亲不仅做得可口，还“限量供应”，以免胃不适应；什么时候该吃药了，就把药片和水送到父亲手上。

母亲不仅有条不紊安排好了自己的“小家”，还把童家的亲戚朋友这个“大家”做了妥善安排。新中国成立后，在父亲的兄弟姐妹八人中，我家的景况算是最好的。对家族中亲友的困难，母亲总是挂在心上，每月拿到工资后的第一件事，就是给那些陷入困境的亲友寄钱、写信问候。事实上，各家的情况，我母亲最了解，并总是主动做出妥善处理，以免父亲为这些家事分心。在父亲侄女的一篇回忆文章《我心中最完美的女人》(《校友通讯》，山东大学青岛校友会办，2006)中，对此作了生动的描述：让她到北京供她上高中，而“使我绝处逢生”；她不幸得了当时难以治愈的肾炎，90 多斤体重水肿到 160 多斤，在伯父母多处求医和精心调理下而“救了我一命”；帮她沟通和消释与男友间的误会，成全了她美满婚姻，等等。

母亲对父亲的支持是全方位的，不仅体现在生活和家务上，首先体现在科研上。母亲和父亲几十年形影不离，朝夕相处，共同度过了四五十年的教学与科研生涯，他们常做着同一个研究课题，母亲是父亲科研工作上配合默契的益友，是他科学创新思路的重要支持者和实践者。尤其在每年近两个月的实验季节，由于实验材料的关系，实验工作是不分昼夜的。在这过程中，母亲除了全力投入研究工作外，还要精心安排好父亲的生活。他们的学生们回忆说："童、叶两位老师在科研工作中终生亲密合作，他们一直勤奋地进行实验工作，从不离开实验室第一线，从实验设计到具体的实验操作都是亲自动手。二老的一生可以说是在实验室中度过的。""我们清楚地看到，童先生和叶先生的事业是分不开的，自始至终叶先生在支撑着。"

父亲所从事的实验胚胎学研究，是通过实验来探索生命的奥秘，因而实验的设计、实验的技巧、实验的精确度等成为其中的关键环节。而母亲恰恰是一名实验好手。父亲对她的评价是："她工作非常突出，观察仔细，甲是甲，乙是乙，反复观察。统计也非常仔细，她总是反复计算，以求绝对准确。""在搞细胞核的移植工作时，她移植技术很熟练。"细胞核移植和细胞融合是在显微镜下进行的极为精细和准确的操作，他的学生说："我们曾先后培训过好几十个人，但能熟练地操作的仅有 4—5 人。"

在"四人帮"横行的那段不堪回首的岁月中，父亲被作为"资产阶级反动学术权威"的代表人物被关进了"牛棚"。而身陷"牛棚"的父亲则记挂着也属"专政"对象，且患有严重高血压、心脏病的独居的（五个孩子都在外地）母亲，能否经受得住这种打击，于是写诗"寄毓芬"："放逐囚禁不需哀，人生自古多变幻。四十年来共欢居，也应自是慰心怀。且忆年年实验节，长夜工作共达旦。独居不堪寂寞时，重整旧作以自解。”

母亲于1932年毕业于南京中央大学，并留校任助教，由于社会的动荡，直到1941年才在同济大学任讲师。她1954年就开始招收研究生，在科学院工作时还兼任中国科技大学副教授。一生中由她个人或与他人合作发表了57篇科研成果论文；翻译胚胎学专著三本；写下了四本详尽与系统的讲义，有的讲义沿用至今，为建立山东大学胚胎组奠定良好基础。与她共事的同资历的老师和研究人员早已升为教授，其间她至少有三次机会，但都失之交臂。因为父亲一直是她的“顶头上司”，名单报到他那里，总是把升级的名额留给别人。他们的学生回忆说“客观而论，叶老治学严谨，工作勤奋，著作颇丰，学术水平很高。后来，因童老在职称提升中屡把叶老排除在外，竟引起了群众为叶老鸣不平”。父亲曾对他的学生说：“在我领导之下，我的学生和家人要准备‘吃点亏’。”为此，母亲与我们说起来一直感到很委屈，但对父亲却从未有过埋怨。她能顾全大局，为了父亲的事业和工作，宁愿自己做出某些牺牲。当然我们对此是非常理解的，并且更增加了我们对母亲的敬重。在母亲去世的悲痛日子里，父亲多次说道：“我太对不起她了，她工作成绩很出色，但由于我却未能升为教授。”后来，他们的实验室里只剩下父亲一个人了，但他一直保留着母亲生前用过的桌椅和实验用具，每天都要仔细擦拭一遍，好像母亲仍与他在一起并肩工作。在家里吃饭时，都特意在饭桌上多摆一副碗筷。母亲的分量，只有父亲心里才掂量得清楚。

母亲的去世对我们这个家庭影响太大了，家里的气氛一下子因缺少活力和朝气而变得凝重了。而对父亲的打击则是双重的。父亲的笑容少了，更多的是埋头工作。尽管我们子女们经常劝他注意身体、保重身体，但这哪能替代母亲对他那种细致入微的关照和心理上的慰藉。我们看得很清楚，父亲的衰老进程加速了。父亲有一次去海南出差，带回一些“相思豆”，放在他的写字桌上，以寄托对母亲的思念。对父亲而言，失去的不仅仅是一位生活上的伴侣，更重要的是人生旅途上信念相同、性情相投的非常难得的知音。母亲去世后的第一个春节，父亲写了一首感人肺腑的怀念诗：“年年春节夜，家人聚一室。举杯乐团聚，不识忧与戚。今年春节夜，三人独少一。日月有盈缺，对景莫抑抑。”（注：三人是指当时常住的父、母、小弟。）

在第一次科学大会后，随着全国掀起的“学科学”热，来自全国各地的信像雪片飞来，堆满了他的桌子。其中提出了各式各样的问题，他一一作答，常写信至深夜。据我们统计，有一个月，仅邮费就用去了约 21 元（8 分钱一封信）。我们劝他不必如此认真，他却说：“人家尊重你，你不应该摆架子，不回复是不礼貌的。”（后来这类信件由研究所统一处理）记得有一对年轻夫妻，因为孩子不像父亲，夫妻间发生了矛盾，来信询问鉴别方法，父亲写了一封较长的回信，解释了生物遗传的隐性和显性的问题，还劝说：夫妻间相处最重要的是互相尊重、互相信任，否则即使不为孩子的事，也会因其他的事而闹纠纷。

见信后夫妻二人言归于好，并深感惭愧，特回信表示感谢。与此形成对照的是，我在外地学习、工作24年中，仅收到过一封父亲的家信（因工作忙，都由母亲给我们写信）。他总是这样，处处先替他人着想。给我印象特别深刻的另一件事是，在父亲逝世的追悼会之后，在向遗体告别时，我见到一位老人，对遗体施以超过90°的深深的三鞠躬，他失声痛哭，悲痛欲绝，在二人搀扶下迟迟不肯离去。这位深情的老人是谁？原来他就是那位与我父亲合作多年的老渔工。父亲不仅在生活上关心他，而且在他生病时总是去探望，还把药给他送去。

父母都是好客之人。14楼的住房面积大些，房间也多些。父母的一些朋友、同事或学生来北京办事或路过时，父母经常会请他们到家中小住上几天。平时有同事或学生来拜访，总是要留他们在家里吃顿饭。在一次回家探亲时，我做了个统计，一个星期七天中，约五天有客人，把保姆忙得不可开交；在节假日，尤其是在完成某一重大课题时，父亲常请课题组成员到家里欢聚，母亲还会拿出她的拿手好菜款待他们。

1949年之前，家里经济拮据，但为了使家庭有一种和谐亲切的气氛，增添生活情趣，母亲学了不少厨艺。在传统节日时自己动手做酒酿、汤圆、粽子、月饼等；又自制一些小食品作为点心，例如花生糖、麻花、牛骨髓炒面（开水一冲就可吃）等。做“脆皮鸡”（鸡肉嫩而皮香脆）更是她的一绝，往往得到客人们的交口称赞。父母都是浙江人，过春节有吃汤圆的习惯。为此家里特意备了一个小石磨。每当春节前夕，父母都会张罗着制作汤圆，整个过程由母亲亲自掌控。母亲的烹调技术相当不错，尤其是宁波菜。凡是一些重要的客人到家里吃饭，一般都是由母亲亲自下厨掌勺儿，保姆则打打下手。制作宁波汤圆是母亲的拿手好戏。汤圆粉是用糯米经水磨而成的，干磨粉太粗，不好包也不好吃。一般先要将买回来的糯米浸泡在水中一段时间，待泡软后才放入磨盘研磨。经常是父亲首先开磨，他累了便由我们替换。研磨的过程是有讲究的，糯米一次放多少，什么时候加水，加多少水才能使磨出的粉细腻，这一切都在母亲的亲自指导下进行。另外，母亲还负责汤圆馅（猪板油＋黑芝麻粉＋绵白糖＋瓜子仁等）的制作。每当汤圆制作完毕，父母都会让我们分送一些到楼下的贝时璋伯伯和赵忠尧伯伯家，这也是每年春节的惯例。他们两家也都会将自家制作的风味小菜送上来给我们品尝。每当回想起当时的情景，那种其乐融融的感觉不知不觉又回到了身边。

母亲心地善良，待人诚恳，无论住在哪里，总是与邻居融洽相处，从未吵过架。她与保姆总能和谐相处，用一个就一直用下去，因为她把保姆当作自己家人一样看待。从青岛到北京来工作，带来一个保姆，一直用到“文化大革命”，那时认为请保姆是一种“剥削”行为，才不得不让她离开，但保姆流着眼泪不肯走。在此之前，母亲曾多次劝这位保姆在北京找对象，自己成个家；后来她在北京成了家，还不时来我家走动。后来又请的一个保姆，也是一干多少年不变。保姆对她总是充满称赞之词。周围邻居总是问我们，为什么你们一个保姆能用这么长时间？这主要是因为母亲能从思想上平等对待，在行动上尊重对方。

在青岛期间，我们家的生活是紧张、充实而有序的。白天各自忙碌着，晚饭（总是一家人聚齐后才开饭）后半小时内，大家聚在一起聊聊家常和新闻，然后到各自的书桌前，我们做作业，母亲写她的教案，父亲则“埋入”书堆中。这也是一个充满亲情的和谐之家，两人在工作和生活上总是那么协调。我多次见到父亲给母亲洗头、梳头；在每次出家门前，母亲都会替父亲理顺衣服。节假日，父母常在实验室度过，但只要有空，还是会带我们去公园、百货公司或电影院。母亲是凝聚这个和谐家庭的核心。

父亲的外貌及举止极其平凡，朴素无华，平时他不喜欢夸夸其谈，也很少有什么豪言壮语，他以实际行动对我们进行着无声的教育。在生活中，类似于上述的事例不胜枚举。“办事要公道，为人要正直”是他待人处事的基本准则。

李善邦——一个中国科学家的故事

李建荣

李善邦(1902—1980)

我国地震科学事业的开创者。广东兴宁人。1925 年东南大学物理系毕业。1930 年建起中国自办的第一个地震台北平鹫峰地震台,并用他设计制造的仪器装备了第一批地震台站,构成地震台网。编辑《中国地震目录》,撰写《中国地震》,全面论述了中国地震并兼及全球的地震资料。

20世纪初，在广东粤东北客家山中有一户客家人，他家的长辈们正瞧着一个赤着脚在田埂上到处乱跑的瘦弱的小男孩。这孩子虽然瘦弱但天赋聪明，家里人多么希望有一天这孩子能为他们光宗耀祖。

他没有辜负长辈的期望，20岁那年居然考取了当时还很稀少的一所大学——南京东南大学(现在南京大学的前身)。这家人并不很富裕，整个家族好不容易为他凑足了盘缠，让他踏上了求学之路。

进入东南大学物理系学习，4年的时间让他从一个农村的土小子，变成了一个满腹物理化学知识、能说外国话的学生。毕业之后经朋友举荐，在南京谋了一个中学物理教师的职位。虽然吃粉笔灰的差事并不很富足，但比起农村的生活那已经是天壤之别，他本想就此安身立命。可谁知道生不逢时，当时正值北伐战争关键时期，硝烟弥漫，战云密布，南京城里到处是孙传芳的败兵。一天在街上碰见一群正在抢掠的兵痞，父亲吓得魂飞魄散，而且他又染上了当时很难治愈的肺病，咳嗽带血，万般无奈，向朋友借了盘缠仓皇逃回了广东老家。

此时的中国可谓国难深重，民不聊生。就在如此惨淡的时刻，1920年中国的甘肃又发生特大地震，房倒屋塌死伤无数，震惊世界。当时在北洋政府地质研究所工作的著名地质学家翁文灏率人亲临现场考察。看到如此惨烈的地震灾害，翁先生决计要在中国开展用仪器观测地震活动的事业。他找到清华大学教授叶企孙，希望他推荐一个人来专门从事此项工作，没有别的要求，只要物理好、英文好。

叶教授搜肠刮肚，突然想起他在东南大学任教时那个来自广东的小伙子正好符合要求，于是急发电报。

1927 年仓皇逃回老家以后，他总算交上一点好运，虽然不是衣锦还乡，但大学生在粤北的农村并不多见，不久以后就在县中学当上了教务主任，并兼任物理和英语教师。1929 年与一位善良的女学生结为连理，建立了幸福的小家庭。妻子是富家小姐，经丈母娘的调养，父亲肺病居然痊愈，小日子过得真是红红火火。突然间看到教授的急电，一时不知所措。地震为何物，他一无所知，如何是好？新婚妻子说：你去吧！

于是，顾不上过春节，他抛下怀着身孕的妻子，只身来到北京，从此便开始了他为之奋斗一生的地震研究事业。

1930 年来到北京中央地质调查所受命，随即被派往上海徐家汇见习地震观测。那里有一个由外国人办的地震观测室，负责人是意大利人龙相奇。谁知道那个外国佬看不起这个来自广东的傻小子，什么都不教，只是让他熏烟纸(地震记录用的)。不得已，他只好自己到附近的图书馆去看书，当对地震稍知一二以后，又向外国老师请教。外国佬看这个小子居然会问自己一些问题，大为震惊，于是开始给他讲授一些知识，并让他进入自己的图书馆。学了没多久，却又被急调回北京，建立中国人自己的第一个地震观测台的事情在等着他。

地震台选址在北京城四十公里以外西山的鹫峰上。那个地方现在都很少有人光顾，别说 1930 年了。那时的北京还是一个破烂不堪、黄土满天的城市，出了西直门就没有洋汽车了。在西直门城楼下面有租驴的驿站，不管骑驴还是坐黄包车，无论哪种交通工具往返北京和鹫峰都不止一天（现在开车从西直门到鹫峰大约需要 1 个小时）。而鹫峰之上更是荒凉，野岭上有一座破庙秀峰寺，破庙旁是当时一位著名的大律师林行规的别墅。林大律师慷慨地捐出一块大约 100 平方米的地作为台址，于是中国人自己建造的第一个地震观测台建立起来了。在秀峰寺苍松翠柏的环抱中地震台的建设工作开始了。“忙了一个月，搞洋灰、钻、锉、磨，甚至于打铁也干了，最后总算把地震观测仪器装起来……”30 多年后他在回忆录中这般写道。

1930 年 9 月 20 日，国际标准时间 13 时 02 分 02 秒，鹫峰地震台记录到了第一个地震。从此中国有了自己的地震台。

这个地震台要什么没什么，电是肯定没有的，只能用蓄电池。他每个星期要骑着毛驴把电池背到几十公里外的清华大学去充电。到了晚上更是凄惨，除了听松涛的声音，就是狼嚎。可他也会自娱自乐，从城里买了一架小型天文望远镜，支在屋顶上看星星。

不久妻子也来了，他们就住在林大律师别墅的一间耳房里，晚上一起聆听松涛的声音。

不久地震台以国际通用格式编印的《鹫峰地震月报》和《鹫峰地震专报》便如期出现在全世界的地震观测网络中，到 1937 年，鹫峰地震台已经成为国际一流的地震台。而在那个时期，地震台的工作人员除了他，只有另外一个从山下北安河村招募来的技术员。

后来又发生了许多事情，如1937年抗日战争全面爆发，苦心经营了七年的地震台毁于战火。他和妻子逃难到了重庆。其间他忍受不了寂寞，和搭档一起深入交通闭塞野兽出没的四川、贵州、云南等地做地质考察，并做出攀枝花地区矿山的评价，新中国成立后攀枝花成为一座著名的钢铁公司。在重庆躲避日本飞机轰炸的警报声中，他又奇迹般地制造出中国造的第一个地震仪。这个中国造地震仪的原型甚至连罐头盒都用上了，新中国成立以后这个地震仪成为由他亲手组建的中国地震观测台网最初的装备。当然，20世纪60年代那个特殊的时期他也没有幸免，“反动学术权威”是把他关进“牛棚”的罪名，60岁他戒了烟，可在“牛棚”里他又抽上了。1976年恢复了平静，他也老了，于是他开始写书《中国地震》，写完最后一个字，他病倒了，再也没有起来……如今他的铜像矗立在鹫峰地震台原址。

这个科学家的名字叫李善邦，他就是我的父亲。我之所以写他，就是想让人家知道，科学的道路是很艰难的，但是他对自己做的事情充满了热情和兴趣。30多年前，在我要离开北京去云南插队之前，父亲对我说，你去那里会看到很多蝴蝶和热带昆虫，回来以后你会成为一个昆虫学家。我没有成为昆虫学家，可是我学会了很多、很多。

蔡邦华与浙江大学的不解之缘

蔡恒胜

蔡邦华(1902—1983)

昆虫学家、教育家。1902年10月6日生于江苏溧阳。1923年毕业于日本鹿儿岛高等农林学校动植物科。1955年被选聘为中国科学院学部委员(院士)。1983年8月8日在北京逝世。曾任中国科学院动物研究所研究员、副所长,浙江大学农学院院长,抗战胜利后担任过台湾大学农学院首任院长。奠定了中国森林昆虫学研究的基础。

今年(2007年)是父亲蔡邦华诞生105周年。我这是第一次写纪念父亲的文章,拿起笔心情就很沉重。有人讲:父亲似高山,母亲如流水。我眼中的父亲确是需要仰望的高山,他的一言一行影响着我的一生,伴随着我的成长,教导着我怎样做人、做事、做学问。同样,他那脚踏实地、注重科学实践的意愿与信仰也在影响和改变着周围的人们。

最近读到2006年5月7日《人民日报·用一生做好一件事——记国家科技进步奖获得者陈剑平》的文章,该文叙述了陈剑平,一个年轻的植物病毒防治专家的先进事迹。其中有一段是这样写的:

> 1985年,陈剑平从浙江农业大学毕业,老教授唐觉的临别赠言改变了他留校的主意。唐教授送给他的4个字"学以致用",是唐教授1941年毕业时,当时的浙江大学农学院院长蔡邦华先生送给他的,这4个字影响了唐老一生。也因为这沉甸甸的4个字,让陈剑平决心从事农业科学研究,来到了浙江省农业科学院。

父亲蔡邦华的"学以致用"影响了两代农业科学工作者,这也正是他一生追求科学实践的缩影和写照。

求学,探索科学救国之路

1902年10月6日,父亲出生在江苏省溧阳县。祖父是前清秀才，因此父亲从小受到了良好的家庭教育。在小学时，他跟兄长学习蚕体解剖，见到蚕体内部器官，感到极大兴趣。在考入江苏江阴南菁中学后，他用自修课桌饲养“芋青虫”，观察其生活史。博物老师见他对昆虫如此入迷，甚为赞扬。在老师和兄长的影响下，他抱定了学习昆虫学的决心。

19世纪末20世纪初，中国经历了鸦片战争和八国联军入侵，签订了一系列丧权辱国的不平等条约，半殖民地半封建的中国面临着被世界列强瓜分的危险。年轻时的父亲，想的就是如何通过自己一生的努力使中国强大，再也不受外国人的凌辱。“求变”是父亲这一代有志之士追求的目标。为此，父亲选择了科学救国之路。1920年中学毕业后，父亲即随兄东渡日本求学。在东京进修半年日语后，考入了鹿儿岛国立高等农林学校动植物科(即今鹿儿岛大学的前身)。在学习期间，他不仅注重基础课，而且还利用空余时间学习鉴定昆虫的方法。去日本前他曾在家乡采得桑树害虫“白蚕(蚕蟥)”，因在国内查不出学名，便带到日本四处求助。冈岛教授看到这个中国学生如此钻研，就主动帮他查找参考书，指导查考方法，不久就找到了确切的学名。

1924年父亲刚一毕业，就接到国立北京农业大学校长章士钊先生电邀，聘任他为国立北京农业大学教授，当时他才满22岁，成为20年代北京农业大学最年轻的教授[1]。他的学生都和他年龄相仿，有的

1　中国农业大学“百年学人之四十二”蔡邦华：20年代北京农业大学最年轻的教授（2005年7月28日报道）。

甚至年龄都比他大,如1949年12月成为合并后的北京农业大学校务委员会主任委员的乐天宇,革命烈士杨开慧的哥哥杨开智等。父亲对昆虫学的研究重点放在昆虫生态学和病虫害的防治。蝗害是历史上困扰中国农业发展的重要虫害,但对其分布状况和发生环境一直缺少详尽的调查研究。1927年他再度赴日,在东京帝国大学农学部研究蝗虫分类,并在镝木外歧雄专家帮助下,对竹蝗做了详细的研究,在论文《中国蝗科三新种及中国蝗虫名录》中[1],记载了当时已知的52属112种,其中有他发现的三个新种。这是20世纪在蝗虫研究上中国人发表的最早的论文。1928年,父亲拒绝日本政府的无理要求,提前结束学业回国,应浙江省昆虫局邹树文局长之邀,在该局任高级技师,不久转入浙江大学农学院任教。1930年,他被学校派送到德国进修,开始在柏林德意志昆虫研究所和柏林动物博物馆研究昆虫学,并在德国农林生物科学研究院学习昆虫生态学。他借此机会对欧洲9国进行了旅行考察,随后进入慕尼黑大学应用昆虫研究院,跟随森林昆虫学家爱雪立希教授研究实验生态学。1932年,他参加了在巴黎召开的第五届国际昆虫学大会。

父亲和浙江大学的不解之缘

父亲是1928年转入浙江大学农学院任教的,那年也正是国立浙

---

1 Tsai Pang-hwa, Description of three new species of Acridids from China with a list of the species hithertosecorded. jous. Coll. Agr. Imip. Univ. Tokyo, 1926, X (2): 139 - 149.

江大学正式命名成立的一年。1930 年，他被浙江大学派送到德国进修，回国后继续在浙江大学任教。因当时的郭任远校长在学校的党阀作风，父亲与梁希、金善宝等 60 多位农学院教师一起于 1933 年愤然辞职，离开浙大，转入南京中央农业实验所。这期间，父亲主要从事螟虫生态和防治的研究，曾应用气候图法对三化螟和飞蝗的发生分布区域进行了预测，发表专著和论文十余篇，其中《螟虫研究与防治之现状》被当时教育部指定为农学院参考教本。他于 1937 年又回到杭州，担任浙江省昆虫局局长。

1938 年，在竺可桢校长的邀请下，父亲重返浙江大学任教。1939 年 8 月浙大西迁到宜山时，由于战局紧张，对于学校何去何从一时众说纷纭。父亲已经接受了云南大学的邀请，准备去昆明，行李都装上汽车了，竺可桢校长果断决定，任命当时年仅 37 岁的父亲为农学院院长并经当时的教育部批准。竺可桢校长还授命父亲为西迁先遣队负责人，前往贵州选址，并赴重庆将竺校长的西迁决定告知当时的教育部部长以取得在经费等方面的支持。父亲回宜山后，提出校址设在遵义的方案。竺校长将此方案提交校务会议讨论后，最终决定浙大西迁贵州遵义办学，并在湄潭设立分部。浙大从宜山迁往贵州时，是由文理学院、工学院和农学院三个学院组成的。当时学校的核心领导为校长竺可桢和教务长张绍忠（荩谋）、三院院长——文理学院院长梅光迪（文）、胡刚复（理），工学院院长王国松（劲夫），农学院院长蔡邦华及师范学院院长郑晓沧等人组成的校务委员会。到贵州后，学校总部、文理学院的文科各系及工学院设在遵义，而农学院和文理学院的理科各系设在湄潭的学校分部。竺校长负责学校在遵义的大小事务(竺校长有事离开时，由工学院院长王国松代理)，父亲和胡刚复则负责学校在湄潭的大小事务。竺校长和父亲几乎每天都有信件和电文来往，不知现在浙大档案馆中能否找到？

很欣慰在本书出版前，我收到时任贵州湄潭浙江大学西迁历史陈列馆馆长雷伟先生发来的珍贵的历史资料影印件，包括父亲蔡邦华和张绍忠、胡刚复三人在1940年4月11日亲笔签名的有关湄潭、永兴考察筹建浙大分部的报告及绘制的草图，和竺校长、胡刚复等人列席湄中和浙大合并会议记录等资料，引证了竺可桢校长和当时浙大校级管理层对浙江大学西迁湄潭决策过程中所做的贡献。

我是1943年出生在湄潭的，同龄的有苏步青之子苏德新、卢鹤绂之子卢永亮，还有王国松之女王遵雯和李寿恒之子李福遵等。从名字上可以看出，后二人是在遵义出生。因当时年幼，对于湄潭的状况已没有多少印象，但经常从父辈们及哥哥姐姐那里听到湄潭的往事，特别是阅读到《竺可桢日记》的片段和浙大西迁的回忆文章后有了更深的感受。

父亲生前深深怀念抗战时期在遵义、湄潭的岁月，怀念他于1939年8月被竺校长临危受命担任浙江大学农学院院长长达13年之久的这段经历。

抗战前后，虽然物质条件极为艰苦，但精神上却是十分愉快。父亲作为浙大西迁和黔北办学时竺可桢校长的主要助手，除了把大量精力放在搬迁、建校及繁忙的行政工作外，还争取一切时机身体力行，就地开展科研工作，进行了西南山区的昆虫考察，出版了《病虫知识》期刊，主持开展了学术交流活动。在湄潭艰苦条件下，他和唐觉开创了我国五倍子的科学研究，查明了中国产的不同五倍子及产生不同五倍子的不同倍蚜种类和特性，为五倍子的人工生产提供了科学依据。

浙江大学在黔北办学的 7 年，在竺可桢校长的领导下，父亲与浙大师生同甘共苦，在极度恶劣的物质条件下，坚持了教学和科学研究，培养了一大批人才，学术上得到蓬勃发展，称为浙大历史上一个极为重要的发展时期。浙江大学迅速崛起成为国内著名的高等学府之一，甚至被来访的英国著名科学家李约瑟誉为“东方的剑桥”。

1945 年抗日战争胜利后，父亲与罗宗洛、陈建功和苏步青伯伯等人一起，赴台湾接收台北帝国大学，时间应是抗战胜利日本受降时的 1945 年秋天。当时知名文人江恒源曾写下送行诗：“秋风飒飒天气凉，送客携手上河梁。三子有行忽万里，为歌一曲湄之阳。南雍声华重回浙，三子俱是人中杰。树人已感百年功，更待琼花海外发。五十年前事可哀，悠悠遗恨满蓬莱。河山还我奇耻雪，战云消尽祥云开。三子之行何快哉，台澎学子乐天涯，乘搓使者天边来。”罗宗洛是著名的植物生理学家，1940 年曾应竺可桢之邀到湄潭任教，1944 年刚离开浙大，他和我父亲都是学生物的。陈建功和苏步青都是浙大数学系教授，而他们均是留日的。我看过他们在台湾的照片，后来也听父亲讲过他们的台湾之行，当时交通十分不便，从湄潭到重庆再到上海足足走了二十余天，再乘船去台湾又是一个星期，但他们十分兴奋，终于盼来抗战胜利、台湾回归祖国的一天。他们在台湾工作十分辛忙——罗宗洛负责全面工作，是接收后的国立台湾大学的首任校长；陈建功是教务长；苏步青负责理学院，父亲负责农学院事宜，他们分别成为台湾大学首任的理学院和农学院院长。

他们抓紧时间完成了任务。父亲说他们差点回不来，一方面台大要留他们，而当时的教育部部长朱家骅也不让他们回浙大。但是他们归心似箭，要回浙大，好容易获准，但搞不到船票，后来遇到在空军工作的浙大毕业生，在他的帮助下才得以回来。1980 年父亲率中国科学代表团到日本东京参加第 16 届国际昆虫学大会时，遇到台湾大学年轻的后辈同行，当提及接收台湾大学之事时，他们都亲切地称父亲为父亲。在两岸“三通”前，台湾方面曾通过国际粮农组织索取父亲的照片。2010 年 6 月我有幸访问台大时，赫然发现在国立台湾大学生农学院会议室里挂有父亲作为首任院长的照片。他们现任和前任院长都出面接待我这个普通退休人员，令我感动不已。大陆与台湾血浓于水，台大和浙大有此渊源，应该加强交流，发扬光大。

1945 年抗日战争胜利后，1946 年 6 月浙大农学院由贵州湄潭迁回杭州，在原址华家池重建校园。父亲又全力以赴地投入到浙大的重建工作中。至 1948 年 3 月底，浙江大学已发展成为拥有文、理、工、农、师范、法、医 7 个学院、25 个系、9 个研究所、1 个研究室的综合性大学。

1947 年，浙江大学广大师生参加反饥饿、反内战、反迫害的民主救亡运动，农学院学生于子三被害，整个于子三事件中竺校长都将父亲作为处理事件的主要助手。竺校长在浙江省保安司令部牢房中见到于子三被害的惨象后，当场晕倒。醒来后就嘱咐父亲和校医李天助去现场调查。父亲和李医生在现场查看后都认为于子三不可能自杀，因为所谓自杀用的玻璃片上并无血迹，而玻璃片也没尖角。保安司令部准备了两桌丰盛酒席，留他们吃饭，被父亲断然拒绝了。数日后，司令部人传话说："浙大教授真难对付！"1948 年 1 月 4 日，学生准备为于子三出殡，父亲赶到学校时，学校四周已被两千多军警、特务、流氓和打手包围。8 时多，打手们冲进学校，学生们进行了反击，抓获了十几名打手，受到军警围攻。正在讯问时，竺校长约父亲谈话。竺校长说："光天化日之下，军警包围学校，捣毁学校，浙大我办不下去了！"让父亲立即赶赴南京，向教育部长朱家骅请辞校长之职。父亲不顾个人安危翻墙而出，连夜乘京杭车直达赶往南京。车上遇《大公报》记者，于是把浙大遭受暴行的情况叙说了一遍。记者问："可否在报上发表？"父亲说："可以发表，但不要署我名字。"次日（1948 年 1 月 5 日）《大公报》将浙大"一四暴行"的消息传遍全国。在面见朱家骅时，朱劈头责问："于子三是千真万确的共产党，你们还要为他说话？"父亲回答说："于子三是农学院的好学生，我是农学院院长，不能不为他哀悼。”父亲陈述学校被军警包围、歹徒破坏，目前搞得无法生活、无法教学，代竺可桢校长前来辞职，并向教育部请示善后。为了避免事态扩大，当局派出要员前往杭州督处，使学校暂解危急。父亲回杭州后，向竺校长汇报经过。竺立即要他暂勿外出，因为省政府已来人查问：“《大公报》消息是否是蔡邦华发出的？”竺校长回答说：“不知道，但报上所载，完全是事实。”以上经过我多次听父亲讲叙过，《竺可桢日记》中也有所记载。

杭州临解放前，因竺可桢校长秘密离校，父亲再一次临危受命被推任为浙江大学校务委员会临时负责人，代行校长职务。公告贴在学校大学路的布告墙上，向全校师生员工公示。父亲为保护浙大、稳定师生员工的情绪、迎接解放作出了应有的贡献。为了加强安全，学校成立了应变会，由教授会主席严仁赓担任主席，苏步青为副主席。我记得父亲曾与梁希、马寅初在家中商谈“应变”事宜，如果竺校长不能再回浙大，父亲希望马寅初来接任校长职务。5 月 3 日杭州解放，浙江军管会于 6 月 6 日起派林乎加等军事代表二人，由严仁赓、陈立、许良英、包洪枢等 9 人组成接管小组，召集临时校务会议，指出“嗣后浙江大学是人民的学校，担负着培养人才的重大任务。目前工作仍由临时校务会议执行，但一切措施，应有军事代表签署始能生效力。”[1]父亲欣然接受党的领导，处理了竺校长离校后的校务工作。新中国成立前夕，为召开新政治协商会议，父亲参加了 7 月 13 日在北

1　浙江大学农学院在湄潭。

平举行的中华全国自然科学工作者代表会议筹备会。到会的除 285 名筹委中的 205 名外，还有党政领导、各民主党派代表及各界人士和新闻记者等近百人。周恩来等中共领导出席了会议。父亲被推为出席中国人民政治协商会议科学界的 15 名代表之一。在会议期间，周恩来总理曾经问父亲：是愿来北京工作，还是仍回浙大工作？父亲说，他与浙大有深厚的感情，还是回浙大。7 月 17 日，在北平科学会议期间举行的浙大校友会上，父亲见到了竺可桢。父亲和校友们纷纷发言恳切希望他能再回浙大，使竺甚为感动，回答时几乎不能言语。

1949 年 7 月 27 日，杭州市军管会发布命令，公布了浙大新的校、院、处领导人员名单。第一届校务委员会由刘潇然等 19 人组成，由 7 人组成常务委员会，刘潇然任副主任委员；孟宪承教授任文学院院长，贝时璋教授任理学院院长，王国松教授任工学院院长，蔡邦华教授任农学院院长，王季午教授任医学院院长，李浩培教授任法学院院长；严仁赓教授任教务长，范绪箕教授任总务长。1949 年 8 月 26 日，浙江省人民政府任命马寅初为浙大校长兼校务委员会主任委员。父亲终于完成了解放前后浙大的交接工作。在参加完第一届中国人民政治协商会议和开国大典后，仍回到浙大继续工作。对于浙大接管后停聘包括原理学院院长胡刚复等在内的 60 多名教授，以及一些职员的事，他只能很无奈地告诉竺可桢先生，竺感叹浙大接管情形与北大、清华、南开可谓全不相同也[1]。1952 年，全国高等学校院系调整，

1　竺可桢：《竺可桢全集》第八、第九、第十、第十一卷，上海科技教育出版社。

由教育部和华东军政委员会做出拆分浙大的决定。按教育部的方案：最强的文理学院基本整体转往复旦，浙江大学的农学院单独分出成立浙江农学院，而调整后的浙江大学成了一所仅留 4 个工科系的工科大学。此时，父亲奉命调到北京中国科学院昆虫研究所任副所长，不得不依依不舍地离开了浙江大学。父亲对浙大和浙大的莘莘学子怀有极为深厚的感情，他喜爱杭州，更热爱母校，母校送他到德国深造，他为浙大倾注了全部心血，也将他人生中二十余年最美好的岁月奉献给了浙大。

1982 年 4 月 1 日，在离开杭州近三十年后，他应母校的邀请参加校庆，刚到西子湖畔、孤山脚下，触景生情，他突然晕厥。我们陪伴着他，深切地理解他的感情。最终他还是坚持出席了大会，写下了“巍峨学府，东南之花；工农肇基，文理增嘉；师医法学，雍容一家。求是为训，桃李天下；东方剑桥，外宾所夸；民主堡垒，争取进化；美哉浙大，振兴中华”的校庆题字[1]。在浙江农业大学朱祖祥校长的陪同下，父亲乘车绕行华家池校园一圈。这使他回忆起 1946 年抗战胜利后，农学院迁回华家池，当年他作为农学院院长曾领导规划的“四面楼群，一池碧水”的远景。他亲自督建在池南品字形的后稷、神农、嫘祖三馆，以及附属的温室、西斋、学生宿舍等建筑，在战后艰难的条件下，恢复了教学和科研。之所以命名为后稷、神农和嫘祖，是鉴于中华民族绵延五千年的农耕文化，绝非任何外力入侵所能摧毁的。后

1　存于浙大校史馆。

稷、神农是黄河和长江流域历史悠久的农耕创始之祖，嫘祖则是传说中神农之妃，蚕桑的发明者。农桑代表衣食之本，所以三馆含有深刻的承前启后、绵绵不绝的农耕文明精神。华家池东北部有实验农田，包括水稻田、旱地作物、果园、蔬菜圃、桑园，与池边景物组成一个花园式的校园，鸟语花香，四季异香，是一个难得的生态循环良好的校园及读书求学的理想环境。曾有教授为华家池的优美环境作对联两则，其一云：三面楼群一池水，五千桃李满园春。其二云：碧水风光，堪比西子；读书求学，此是天堂[1]。看到如今碧波荡漾、树木葱茏、优美典雅的校园，他内心无比欣慰。是啊，他比竺校长幸运，还能在有生之年踏上养育过他的母校的土地，也为自己能在浙江大学工作过而感到光荣。参加校庆后的第二年，父亲就驾鹤西去了。

1　吴玉卫：《华家池的园林和农耕文化》，http：//wenku.baidu.com/view/4fe3cf163169a4517723a3ff.html。

我的父亲顾功叙

顾宗平

顾功叙(1908—1992)

地球物理学家。1908 年 6 月 25 日生于浙江嘉善。1929 年毕业于上海大同大学。1936 年获美国科罗拉多州矿业学院地球物理勘探专业硕士学位。1955 年被选聘为中国科学院学部委员(院士)。1992 年 4 月 14 日逝世。曾任地质部地球物理勘探所所长,国家地震局地球物理研究所所长、名誉所长、研究员。主要从事物理勘探和地震监测预报研究。中国地球物理学会和中国地震学会的发起人之一。1982 年获国家自然科学奖一等奖。

我们家在20世纪50年代中期从北京东城大佛寺搬到中关村，与四位地球物理学家一起入住中关村15楼，我们楼上是赵九章先生，楼下是李善邦先生，而陈宗器和傅承义两位先生住在我们西侧的门洞里。我父亲在中关村15楼住的时间最长，陈、赵、李三位先生都较早去世，傅先生则在80年代搬到黄庄小区。我父亲对中关村怀有深厚的感情，在这里他度过了近一半的人生，特别是新中国成立后他为开拓和发展我国地球物理事业，呕心沥血奉献的日子又大多居住在这里，在80年代组织上曾几次安排他搬到新建的高级公寓去，都被他婉言谢绝，他在中关村一直住到1992年——他生命的最后一刻。

父亲1908年6月25日生于浙江省嘉善县洪溪乡高浜村。自幼家境贫寒，勤奋好学，在亲戚的资助下于1926年考入上海大同大学理学系。1929年大学毕业后进入浙江大学物理系任助教，1933年考取清华大学公费留学预备班，1934年赴美留学，入科罗拉多州理工学院攻读勘探地球物理专业。1936年获地球物理硕士学位，同年入加利福尼亚州理工学院地球科学系从事科研工作。抗日战争爆发后，他中断了在美国的研究工作，1938年奉召回国，并绕道香港、河内抵达抗日大后方的昆明，在已搬迁到昆明的北平研究院物理研究所任研究员。在条件极其艰苦的大西南崇山峻岭中，用磁法、电法、自电等地球物理勘探方法从事了近八年的铁、铜和其他金属矿资源的地球物理勘探实践，开创了我国的地球物理勘探事业，并提交了许多有价值的开拓性研究成果。抗战胜利后，北平研究院迁回北京，我们全家也于1947年来到北京，父亲在物理研究所任研究员从事研究工作。

新中国成立后，父亲怀着满腔热忱，立即全身心投入到发展新中国的地球物理勘探为国家建设服务的伟业中去。他于1950年5月起出任中国科学院地球物理研究所副所长、研究员，主管物理勘探研究工作，后来又兼任地质部地球物理勘探的技术领导工作，历任地质部物理勘探局副局长、总工程师、物理勘探研究所所长等职，1955年被选聘为中国科学院学部委员(院士)。从50年代到60年代初，他一方面抓紧人员培训和物理勘探技术队伍的建设，为物理勘探在地质找矿中发挥突出作用提供人才保证；另一方面更以主要精力用于统管地质部系统的地球物理勘探(即物探)工作，首先在金属矿区和煤田地区，结合地质调查和钻探工作部署进行大规模的物探工作，其中在鞍山、包头、大冶、铜官山等地都取得了显著效果，发现和扩大了许多矿产地，全国各大型黑色、有色、稀有金属及非金属矿产基地无不留下他的足迹和汗水。与此同时，他还十分强调充分发挥物探能够探测地下深部油气地质构造的独特作用，于1956年在我国西部及华北地区几个含油气远景区安排了综合物探普查工作，并于1957年又提出将物探骨干力量调往东北松辽平原以及河北、山东，开展普查和评价油气地质构造并予以部署实施，从而较快发现了地下隐埋着的长垣、黄骅和东营等构造。1959年在长垣构造带上以物探地震反射法圈定的深钻井首次喷出工业油流，从而揭开了发现大庆油田的序幕，不久黄骅、东营也相继出油。我父亲作为“大庆油田发现过程中的地球科学工作”九位著名科学家之一获得国家自然科学一等奖。

1966 年 3 月河北邢台大地震发生后，我父亲曾随周恩来总理来到现场，目睹了数百个已成瓦砾的村镇和数以万计的伤亡群众，他的心颤抖了，他按照周总理“要把地震预报难关攻克”的指示，重新开始了又一段艰难的历程，即把主要精力转移到地震预报研究方面。他兢兢业业地学习总结各国地震预报的经验教训，为我国地震预报研究出谋划策，指导制定和实施研究规划，亲自深入开展重力与地震关系课题的研究，并培养指导研究生。1980 年他在美国召开的国际研讨会上所作的《中国地震预报的科学战略》学术报告，引起各国科学家的重视。他的基本观点是：实现地震短期预报必须开展基础研究，包括对地震发生及其前兆之间内在的物理过程进行实验研究，要尽力取得来自震源深处的综合信息，尤其是深地震反射波的探测；研究地震发生及其预报主要是物理学的问题，应采取物理学的思想方法及途径，推测和假定要尽可能的加以验证；为减轻震灾，地震部门应对地震潜伏地区进行地震综合信息的监测，布设高标准的观测台网。他晚年撰写成 30 万字的《地震预报》专著，在书中评述了实现地震预报难度极大的理由和对我国地震预报科学研究和工作部署的设想等方面的问题。

20世纪80年代以后，父亲虽然身体和精神尚佳，但毕竟年逾古稀，自觉力不从心，他就主动要求退居二线，把一些主要职务让给年轻人来担当。1984年他退居二线任国家地震局地球物理研究所名誉所长之后，干劲仍不减当年，每天按时到办公室上班，出席局、所各种重要决策会议和学术会议，指导地震预报科研和重点攻关项目。他不论白天在办公室或晚上和节假日在家中，都废寝忘食地看书和写作，继续积累国内外地球科学研究的新资料和新动态，他那为事业拼搏了一生的"智力机器"始终在起劲地运转着，直到生命的终点。在此期间，在完成了60余万字的《地球物理勘探基础》专著之后，临终前又撰写成30万字的《地震预报》一书初稿。

父亲学识渊博，在地球物理事业和学术上取得很高的成就并做出突出贡献，而他坚持真理、艰苦奋斗、实事求是、勇于创新的精神及胸襟坦荡、无私奉献的高贵品德更为大家称道。例如他始终坚持地球物理研究所加强基础研究以及和国民经济挂钩的应用基础研究的观点，不因政治气候的变化而改变，体现了他坚持真理、坚韧不拔的精神。在他抓地震预报科学研究时又能严格要求、敢于直言，提倡讲实话，不怕唱"反调"，虽然有时也会得罪一些人，但由于他是出于公心，无私地敞开自己磊落的胸怀，一直受到周围人们的尊敬和爱戴。

父亲一贯重视国际间的交流与合作，大量阅读和收集国外的技术资料，学习国外先进经验，并结合国内实际加以推广应用，做到洋为中用。早在 50 年代他曾多次出访苏联和东欧一些国家，在与苏联在华专家交往合作时，苏联专家对他能很快掌握俄语感到吃惊。学习借鉴苏联经验，我国较快地建立和完善了自己的地球物理勘探技术体系，并在大规模地质找矿中发挥了重要作用。60 年代初中法建交后不久即率团访问法国，在地球物理领域与西方发达国家作了初步的接触和联系。1974 年和 1978 年两次率中国地震代表团访问美国，为打开中国地球物理学者通向西方地球物理界的大门起到了关键作用，使中国的地球物理学家到美国及西方讲台上作学术报告成为可能。而后他又数次参加美国地球物理学会（SEG）年会，还率团访问加拿大、伊朗、日本、英国等国，从此国内外的学术交流越来越频繁。父亲在我国地球物理界扩大开放和促进国际交流方面起到了先导作用，特别是在晚年还致力于国际地球物理界的各种联系，为许多年轻人牵线搭桥，也为越来越多对中国感兴趣的外国地球物理学家进一步了解中国提供帮助。

父亲是中国地球物理学会的创始人之一，1947 年 2 月他参与发起创建了中国地球物理学会，先后任首届（1947 年）和第一届（1957 年）理事会常务理事，第二届（1963 年）和第三届（1980 年）理事会理事长，第四届（1988 年）理事会名誉理事长。他还先后担任《地球物理学报》编委会主委、主编和名誉主编。1977 年他参与发起和创建中国地震学会并创办《地震学报》，历任学会第一届理事长、名誉理事长和《地震学报》主编、名誉主编。1977 年他当选国际大地测量和地球物理联合会(IUGG)中国委员会主席,1988年荣获美国勘探地球物理工作者协会(SEG)荣誉会员。

父亲支持和鼓励我从事地质探矿事业,我报考地质勘探专业在很大程度上是受到父亲的影响。当我在贵州野外地质队工作时,父亲又经常写信关心和鼓励我,给我寄书籍和杂志,使我在艰苦的野外环境感到亲人的温暖,促使我在繁忙的工作之余坚持自学和知识积累。1963年至1964年前后,父亲曾患病住院一段时间,组织上考虑他年纪越来越大,身边无子女照顾,主动出面与我所在的单位——贵州省地质局,商调我回北京工作。鉴于我已是单位的年轻技术骨干,贵州局领导不同意调出,并把局的意见告诉我,希望我安心在贵州工作。当时我内心十分矛盾,既要服从领导的决定,可又该怎样向父母解释呢?父亲得知这个情况后,即来信告诉我他对此事的态度,他说:“我们当然希望你能调来北京,对我们二老有所照顾,但我认为你年纪尚轻,你的事业应该在基层,现在到北京可能不如在基层更能发挥作用。”他的一席话解除了我的疑虑,放下了思想包袱,使我继续安心在贵州工作。1967年我结婚后,我爱人在上海工作,和我两地分居,母亲多次要求父亲出面将我们一道调回北京,但父亲始终认为自己不应该为个人和亲属的私事去走门路和通关系,这是他一生遵循的原则。后来我因工作需要调到上海筹备海洋地质调查工作,使我们夫妻团聚,有人可能以为是我父亲起的作用,实际上他事先对此事一无所知,是我们自己联系,到上海后才告诉他的。也许现在有人会感到父亲这样做是过分清高,但我认为他从不搞“以权谋私”的高贵品德是永远值得当下许多人学习的。

父亲得知我到上海从事海上石油地质勘探是十分高兴的,由于工作关系,我经常有机会到北京出差,他每次都要详细询问有关我国维护海洋权益和海上石油勘探的进展情况。他还对我多次回顾他参与勘探和发现大庆油田的情景,并与我国海区的石油地质条件进行对比,他对我国海域油气勘探前景充满希望。他一再提醒我,到一个新单位从事一项新工作要特别注意学习,海上石油勘探又是一项高新技术产业,很多事情更要从头学起。那几年,我确实遵循他的教诲,排除当时政治运动的干扰,在紧张工作的同时,如饥似渴地学习许多新知识,为我能较好地完成任务和以后的发展创造了条件。在1983年我担任海洋地质局的领导职务后,父亲又不断告诫我:要戒骄戒躁,虚心谨慎;不要陷在琐碎的日常行政事务中,要抓住油气勘探的主业,特别是要注意运用国际先进的勘探技术和理论。他也多次介绍和推荐一些国外有关的资料和文章给我和我们单位。他的指导和帮助,他对海上石油勘探的关怀,都给予我很大的鼓舞。从某种意义上讲,我后来在海上石油勘探开发中取得的一些成绩与父亲的鼓励和帮助分不开。

父亲去世已有17年了,他的音容笑貌还时常浮现在我的脑海中。在繁忙工作之余,他在中关村楼前院内散步,到“四不要礼堂”看电影，去“福利楼”吃饭，在小邮局寄信，以及去附近的海淀一条街理发、购物，都是父亲经常的活动。他热爱中关村，与中关村结下了不解的情缘。我希望大家在回忆中关村时还能记得这位在中关村居住了近半生的老人，一位我国最早的地球物理学家。

难忘中关村　难忘亲爱的父亲陈宗器

陈雅丹

陈宗器(1898—1960)

我国地球物理学开拓者之一、中国地磁学的奠基人。中国地球物理学会发起人之一、首任理事长。浙江新昌人。1925 年东南大学物理系毕业。1929 年被中研院物理所派往“西北科学考察团”“绥新公路查勘队”,历时五年完成实测罗布泊等最早的西部科考。之后开展了国人最早自主地磁野外测量;参与并主持最早的三个地磁台的建立。1936 年赴德国柏林大学攻读“地球物理学”。1949 年上书中科院建议成立“地球物理学研究所”,1950 年被任命为地球物理研究所副所长、地磁室主任。1956 年任“国际地球物理年”中国国家委员会委员兼秘书长。组织领导了“日地关系”“古地磁”“磁暴预报”“电离层”“地电”等科学研究,参与领导第一个卫星小组“581 组”的筹建。

“我是科学院大院里长大的孩子，常想起那些清贫快乐的日子。”

——陈雅丹

地安门科学院第一宿舍

1952年我十岁时，由于父亲工作的需要，我们一家人随父亲从南京搬迁到北京，一开始住在地安门东皇城根科学院第一宿舍(原李石曾的旧宅)，和竺可桢伯伯、吴有训伯伯、赵忠尧伯伯、钱二强叔叔等住一个大院。

那是一个由几个平房四合院和三座新盖的别墅组成的园子，一进门有个小操场、有个小秋千，房前屋后种有南瓜、葡萄、夜来香等各种花草植物，后院还有个大假山。我和同学们常在那里疯跑、捉迷藏。母亲和赵伯母、吴伯母来往比较多，常串门，并参加了由刘清杨领导的妇女联谊会，一起去开会听报告。

父亲特别忙，整天夹着大皮包，回家后常工作到深夜，星期天也关起门来工作，一关就是一整天。为了集中精力思考，家里不许买收音机。一天，我在窗台上打苍蝇，父亲还批评我，嫌我吵。那时我年纪小，不理解父亲，后来才知道那是新中国成立不久，中国科学院建院初期，百废待兴，科学院的行政工作处于杂乱无序的状态，急需一位能干的、可靠的人来担纲，父亲被点了将，在郭沫若院长的亲自催促下担负起院办公厅副主任之职，他只答应干三个月，没想到一干就是五六年。当时科学院建制效仿苏联，级别在国务院各大部委之上，每年各大部委的计划都要先报到科学院审查，因此当时办公厅的权力也很大，要参加院长召开的院务会议，管的事情方方面面。因工作需要，父亲甚至还兼过总务科科长。直至1952年9月秦力生调任办公厅主任后，才分工明确、走上正轨。父亲改任管理局局长，分管基建处与器材处。

东皇城根的日子，春天般的明媚有活力，大人、小孩都忙着各自的事情。我忙着画我自幼喜爱的画，赵伯母的女儿、我的好朋友维勤忙着在我们东板桥小学“司令台”（操场的水泥台）上演她喜爱的话剧，后来又被选去演电影《祖国的花朵》。还记得何泽慧阿姨常带一岁的思改（即钱思进）来我家玩，她看我画画得好，特别嘱咐我“要把画的画好好保存起来，不要乱扔……”。还记得那个温馨的夏夜，在何阿姨家给五岁的小玄过生日，除了我、维勤和她的三个孩子，还邀请了从英国回来的当时还是单身汉的彭桓武先生，我们大大小小十几口人坐在小板凳上，惊喜地看着何阿姨从身后变戏法似的，一会儿变出一个洋娃娃，笑得乐开了花！

1953年的除夕下了一夜大雪，一大早我便蹲在家门口堆雪人，玩得不亦乐乎，一行人穿过院子到了身后都没察觉。猛听得一声“你父亲在家吗?”忙回头，只见黑压压一群大人正站在一米外的地方冲着我笑呢。啊！为首问话的正是郭沫若伯伯，我忙喊着父亲往屋里跑去。这件事折射出那个欣欣向荣的年代，科学院的领导层是一个团结有朝气的团队，而且郭伯伯身为院长来下级家请下级参加团拜，一点架子也没有。

中关村科学城

大约是1954年秋天的样子，我们家从地安门搬到中关村。一开始住在10号楼，不久就搬到15楼213号。

这是座规模宏大的在田野上拔地而起的科学城，占地比东皇城根第一宿舍大得多，甚至比在南京居住的九华山下的科学院大院还大许多，足见建国初期政府对科学的重视。我知道这里浸透着父亲的心血，是父亲诸多工作中的一部分。他曾说要把中关村的绿化工作搞好，使得科学工作者能在一个幽静美丽的环境里进行科研工作。他说到了也做到了，那时的14楼前有一个大花坛，种有白杨与冬青，群楼之间留有宽敞的空间，都种了树。

建院初期，父亲除了负责基建处还负责器材处，为进口先进科研器材，他立下了汗马功劳。那时国内的科研器材缺乏，连最起码的螺丝都难找到。为了突破美国对新中国的封锁，他想了许多办法，及时及早地进口了很多科研器材，对我国科研发展起到不可估量的作用。地球所地磁组的老人们至今念念不忘，他们说："多亏了陈先生有魄力进口了不少先进仪器，比如施米特标准地磁测量仪，他一下子就购买了四台，这种仪器观测的精度很高，是当时国际最先进的地磁测量仪。一次进口四台，没有任何国家买过这么多，连生产国德国自己也只留了一台，在中国地磁事业上，花这么多钱、费这么大力气也是不多见的。足见陈先生发展中国科学事业的决心与气魄。”

那段时间,他名义上主要的工作是地球所副所长兼地磁组负责人,在办公厅是兼职,但实际上由于院里工作忙,他大部分时间仍不得不在院里。然而再忙他每周总要抽出半天回所里。除此之外他还一直担任中国地球物理学会秘书长和“国际地球物理年”中国国家委员会委员和秘书长。身兼数职的他只有加班加点勤奋工作,以完成党和人民交给的任务。

他几乎没歇过星期天,难得在家里吃饭,就是在家吃也很少和我们说话,总是匆匆吃完了就钻到屋里写报告、批文件、看科研文献,由于怕影响工作,家里想买收音机也不让买。饭后在院里散步的人,很少见他晚上八点之前回过家。他的生活除了工作还是工作,物质生活和娱乐休闲对他来说几乎没有,他的内衣成了鸡丝状也顾不得换。过度的辛劳使父亲不满 62 岁就得了胃癌离开了人世。

如今办公厅和地球所的人都对他的早逝十分惋惜,常说:陈宗器先生工作的那个阶段,是干实事最多的!还有人说:他是活活累死的。

是啊,父亲的一生,是为祖国、为人民豁出命去、无私奉献的一生。

对父亲的了解有个过程

我对父亲的理解是随着年龄的增长,一点一点逐步增加的。尤其是在父亲离世近半个世纪后，2008 年为纪念他老人家诞生 110 周年，在编辑《摘下绽放的北极星——纪念著名地球物理学家陈宗器先生诞辰 110 周年》一书的过程中。面对各处搜罗来的原始资料，我抽丝剥茧般地将往事理出头绪，尽量还历史于原貌。过去年龄小，总觉得父亲不爱说话、不好亲近。现在才知道，原来父亲的一生为中国科学事业的发展做了那么多重要的事情。

在时局动乱的 20 世纪 30 年代，年仅 29 岁的父亲就远离亲人，勇敢地迈向大漠荒原。他参加了西北科学考察团第二批“戈壁组”和“绥新公路勘查队”，担任天文地形测量工作，前后历时长达五年半，艰苦的生活夺走了他满口雪白的牙齿。作为中国最早走向西部的考察者、西北考察团考察年头最长的学者之一，他的足迹遍布罗布泊、额济纳、柴达木等西部的蛮荒之地，考察的地域涵盖六个盆地、三个沙漠、三片以上的戈壁、五座以上的山脉和五片草原与绿洲，在这些科学数据几乎空白的地区，开辟了我国西北荒原地球科学事业。

1935 年他与他的亲密“战友”霍涅尔（Nils Hörner）在瑞典斯德哥尔摩首次发表了《交替湖——中亚若干河流之改变及湖海之迁徙》的论文，以大量实地考察的数据论证了湖泊的游移现象，这一研究成果，至今具有现实意义。由此，他成为国际地理界知名的罗布泊学者与中国最早研究河流变迁与生态环境关系的人。

父亲还是 20 世纪二三十年代全世界去楼兰考察次数最多的科学家。他在西北考察沿线的天文测定，填补了地图上不少空白，纠正了斯坦因地图中的多处错误。他与安博特的天文测量第一次为罗布泊地区提供了精确的经纬度和高程数据。他与那林（Norin）、霍涅尔（Horner）一起最终完成的孔雀河流域、罗布泊地区世界上第一幅实测地图，其精确程度被 1973 年美国“陆地卫星-1”所证实。他还是中国最早开始研究沙漠、沙风的学者。他对罗布泊地区的气象测量，是 70 多年前这一地区唯一完整的气象资料。

由于他在西北科学考察方面的卓越成就，瑞典国王授予父亲“皇家北极星骑士勋章”，这是专门颁发给瑞典以外成绩卓著的外国人的非常荣耀的嘉奖。

父亲还在 1936 年 3 至 6 月间，在我国东南沿海开展了国人自主的第一次地磁野外测量，之后又参与建立并主持了我国最早的三个地磁台：20 世纪 30 年代在国立中央研究院物理所丁西林所长领导下，作为主要负责成员参与紫金山地磁台的建立；自德国柏林大学攻读地球物理与地磁专业后，回国于 40 年代主持并建立了广西良丰地磁台；抗战胜利后又主持并建立了南京北极阁地磁台。

1947 年成立的中国地球物理学会也是父亲和翁文波、顾功叙等人发起的，由他担任首届理事长。这之后，他一直担任学会相关领导工作。

新中国成立后，在中国科学院成立前，父亲第一个提出“地球物理学研究所设立缘起和计划”，阐明地球物理学是国际先进国家新兴的综合学科，建议成立“地球物理学研究所”，并于 1950 年中科院地球物理研究所成立后，与赵九章先生、顾功叙先生共同被国务院任命为所长、副所长（父亲担任第一副所长兼地磁研究室主任）。

1956年1月陈毅副总理批示同意中科院参加“国际地球物理年”后，父亲又担负起“国际地球物理年”中国委员会委员兼秘书长工作，在留下的文件中，我看到许多父亲起草的地球物理年工作计划，直接报送给竺可桢主席，并与全国相关单位落实计划，成为此项活动具体的领导者、组织者。

在担任地球所及“国际地球物理年”领导期间，他极富前瞻性地认识到：“苏联人造地球卫星和宇宙火箭的发射成功，开始了征服宇宙的新纪元，标志着苏联在最重要的科学技术方面已登上世界高峰。我国为此项工作，做好充分准备，必须对于‘日地关系’问题及早积极开展重点研究，以适应形势的要求。否则，将来为星际航行需要宇宙空间的科学数据、日地关系研究成果等资料时，深恐届时还是一空二白，临时仍然措手不及。”他以地球物理年为契机，大力推动中国地球物理事业。

在日地关系方面早在1942年父亲就发表有开创意义的《日食、电离层及地磁之相互关系》的论文；之后又与刘庆龄合作发表了《磁偏角长期变化与太阳黑子数之关系》；50年代他领导开展了我国最早的太阳磁暴预报，又联络紫金山天文台、北京天文台、原子能所、电子所、邮电学院，提出并负责开展“太阳活动与地球物理相关现象的研究”。

1949年后，他在领导完善过去由外国人建的上海佘山地磁台的基础上，又亲自组织并委派陈志强先生具体落实筹建北京（白家疃）、广州、兰州、拉萨、武汉等地磁台，初步建成全国地磁基本台网。同时克服重重困难，主持筹建佘山和廊坊两个电离层观测站，与邮电科学院、武汉大学合作开展电离层的观测研究；并接收了原属原子能研究所的宇宙线观测项目；开展地电研究；邀请李善邦先生在白家疃建立地震观测室。在他的努力下，50年代末北京白家疃观象台已成为一个综合性的地球物理观象台。

因为国民经济和国防建设的急需，他亲自组织刘庆龄等同志将历年野外地磁测量成果编制成我国第一幅地磁图：《中国地磁图（1950.0）》，并组织大范围野外地磁测量工作，配合石油部在柴达木盆地找油。

他沿着自己的思路一步一步地实现着日地关系的研究，将古地磁、磁暴预报、电离层、宇宙线、地电等学科研究逐一落实，并参与我国第一个卫星小组“581”组的筹建，引领地磁向高空发展。

父亲的一生大公无私，把公家的利益摆在第一位，除了科研工作，他还多次不顾个人安危，关键时刻挺身而出、勇挑重担。抗战时期他既负责中央研究院物理所家属的撤退，又负责器材、图书的搬迁，奔波于独山、河池、贵阳金城江之间。在宜昌失守、情势十分危机的情况下，他被裹在难民潮中，一寸一寸地前进，风餐露宿、74天衣不解带，终于将家属、器材、图书安全送到大后方。抵达目的地重庆后他大病一场，胡子也全白了。上海解放前夕，原中研院上海办事处主任逃往台湾，国民党要求10个所所长都迁往台湾，大家都不想走，但对共产党又不甚了解，父亲又被公推为驻沪办事处主任出来维持局面，劝大家不要走，为新中国留下了大批宝贵的科研人才和器材。

父亲没评上学部委员，这使不少人不解。但父亲没怨言，继续严于律己、不计名利、兢兢业业地工作。“我希望能像一个穿布服的乡下人，胼手胝足辛苦一生……。”他以一生坚实的步履实现了他青年时代立下的无私奉献自己的誓言，为我们后代树立了杰出的榜样。

当我花了一年半的时间把对父亲的采访、资料汇集成册后，面对封面上那张清瘦严肃的面容，泪水禁不住盈满眼眶。我明白了父亲为什么那么忙，忙得连和家人在一起的时间都很少。我明白了父亲是在以他的生命，努力地一步一步实现着他的强国之梦。他把一切都奉献给了他挚爱的科学、人类和国家。

作为一位当之无愧的我国地球物理学科杰出的开创者、领导者、组织者之一以及地磁学科的奠基人，我明白了他的心。其实他内心深处，最钟爱的是他的地磁，地磁是他愿为之奉献终生的事业，这就是为什么再忙，也要每周抽出时间去坐落在西山脚下白家疃北京地磁台的缘由。那是他一手领导建成的非常现代化且十分美丽的百亩大院，有放置标准台的中国式亭子、绝对观测室，半地下的相对观测室，为了测得的磁信号准确无误，每一粒沙子、每一块砖都经过了严格的检测与筛选，那是他的心肝宝贝之地……

但是其他的事情他也要做、必须做。既然国家需要，那就是责任，义不容辞。在他的笔记本上有那么多他想看的科研参考书，他只得利用星期天，可星期天也常被占用。在我看来有些事是必须的，如与竺可桢先生研究地球物理年的事，与赵九章所长开会讨论所里的工作。但有些事就不一定是必须，白白浪费了许多宝贵的时间。

我不知道在父亲生命最后的时刻，在医院里一个人渡过的漫漫长夜里，父亲在想些什么？不久于人世的他，一定好想生命再延长一点，让他做完想做的事，一定好遗憾再不能参加他十分有兴趣的太阳和地球物理研究以及古地磁的研究。

在父亲留下的笔记中，看到的是他用红笔划去了的、带病完成的许多事，以及那么多计划去做可是再也无法完成的事。

与父亲的交流

我是父亲最小的女儿，是他留学回来后在桂林出生的。为了纪念难忘的罗布泊考察，他为我取名雅丹。

从有记忆起，父亲就很忙，少有时间和我们在一起。但他却能在百忙之中给我关心和照顾，使我在美好的瞬间感受到深深的父爱。

听大人们说，我一岁多时喜欢萤火虫，因为咬字不清，把萤火虫喊成了“丫辛岛”，于是父亲给我取了个“洋”外号——“丫辛岛”，下班后常喊着我的外号踏进家门。吃饭时父亲会给哥哥姐姐出各种有趣的鸡兔同笼这类的数学题，晚上，会架起天文望远镜教他们看星星。

好景不长，两岁时，日本人打来了，我们开始跟父母逃难。由于父亲要负责公家的事，一年的逃难生涯，母亲很辛苦，我在路上发高烧、抽筋，差点没挺过来。在大后方四川北碚时期我开始有记忆，记得父亲很忙，很少跟我这个小孩说话。外出测量一去就好些天。在物质匮乏的清贫日子里，他每次回来都会给我带点好吃的铁蚕豆、烤白薯……一次，我天真地说："爸爸每天去那座楼里（指办公楼）坐一坐，就可以拿到钱。"父亲听说后竟然带我去了他的办公室。我至今清楚地记得粗中有细的他给我的快乐和惊喜——我吃惊地看到父亲的大办公桌边，居然有一个小桌子！上面还放有一块小玻璃板，底下也衬着绿色的绒垫——与父亲的一样。

抗战胜利后，五岁的我随全家回了上海。父亲知我爱画，客人来了常会叫我出来，当场表演。有时想挂挂父亲的胜利勋章，他也会拿出来让我挂，看着我小小年纪神气地在屋里走来走去……这时尚容姐就会说："哈，爸爸的东西是从来不许别人碰的！对你真是网开一面！"后来，解放了，父亲常去北京出差，繁忙中总不忘买《连环画报》寄给爱画的我。那是年幼的我唯一反复研读的"范本"。

十岁开始我爱读书了，父亲看见了，便教我画表格，学会统计自己读过的书。表格的方法很实用，用这种方法我数十年坚持记录每天的生活，并每年统计一次以了解自己的时间分配是否合理。

也是在十岁那年，我看见每天傍晚西边总有一颗很亮的星，便问父亲，没想到父亲搬出了大星图反复计算后告诉我：那是金星，由于是行星，所以它的位置是随着季节变化的。那一次，他为我花去许多时间，他对科学那么严谨，使我很感动。

上初中后，一次我依照美国《家庭》画册的样子，按比例为我们中关村的家画了一张建筑平面图。母亲拿给父亲看，只见他俩指点着很高兴的样子，却并不夸奖我。这是他们一贯的做法，即使得了第一名或是画画获了奖，也只默默投来赞许的目光。他们不表扬也不批评我，任我自由成长，使我养成自信、自立的品格。

但是有件事情让父亲很不高兴。那是初中毕业时，我把又大又破的皮箱扔在学校不要了，父亲问了几次我也没去取回。父亲并不多说，只把脸一沉，说了句："你知道吗，一只皮箱 20 块钱呢，"便进屋去了。那时我还小，不懂事，但从没见父亲那样生过气，便知道自己错了。记得当时写了检查交给父亲，后来发现检查一直保留在父亲的本子里。在那个父亲离世前一年记的日记本里，我还发现他记下了专门召开家庭会议，讨论"陈雅丹生活作风散漫问题"一篇。他那样忙却不忘关心我这个小孩子。

1956 年，父亲担负起"国际地球物理年"的工作，更加忙碌了，半夜醒来，见父亲屋子的灯光总是亮着，深夜还时有电话来。14 岁的我实在心疼父亲，便偷偷将被子捂在电话上，想让他睡个好觉。第二天，父亲并没有批评我，只是慈祥地对我说：因为有时差，国际长途常会晚上来，谈地球物理年的事，捂上被子会误事的。

1958 年，他终因过度劳累病倒了。我周六回家，头一回看见父亲大白天躺在病床上。那天父亲特别慈祥，他把我叫到了床前，头一次和我说了那么多的话，他问起我学校的学习和生活，并将我们的班日记拿去看。记得他对我说："在旧社会艺人被看作三教九流，是被人看不起的。现在新社会艺人地位提高了，要是在旧社会我是不会让你学艺术的。"记得就是在那一次，他对我说，雅丹是罗布泊地区的一种风蚀地貌，为我取名雅丹是希望我像雅丹地貌一样经得起风霜。

他回忆起在桂林地磁台工作时发生的一件事：一天，他正在地下观测室观测，忽然发现有磁干扰，出来一看原来是几个农民在山上割草，于是，父亲没收了他们的镰刀。"现在想想，真不应该，那是他们养家糊口的重要工具，没收了，肯定会影响他们的生活。"父亲边回忆边显得很愧疚的样子。那正是反右后全民整风的时期、强调知识分子改造，父亲由衷的反省自己，希望自己的立场站到劳动人民这边来。

不久，父亲拿出一个外国友人送给他的塑料夹子给我，那是当时国内没有的，非常漂亮的天蓝色夹子，里面有一个白纸本。父亲笑着对我说："以后，你参加重要的宴会或活动时，可以拿着它，用它画速写。"父亲就是这样，话不多，一切尽在不言中。这个夹子我一直珍藏着舍不得用，因为那上面承载着父亲的爱和期望。

伯伯和伯母们

竺可桢先生是父亲最尊敬的先生和老师，关系也很好。从留下的信笺可以知道，早在 20 世纪 30 年代父亲在柏林大学留学期间，他们就有通信来往。1949 年 3 月上海解放前夕，国民党几次催促竺先生迁往台湾，竺先生不愿去，父亲及时给时在浙大的竺先生写信，请他来上海暂避，并亲自去上海火车站，将没有上海身份证受到刁难的竺先生接了出来，安排在岳阳路 320 号，多方予以关心照顾，帮助出主意，应对非常时期的许多问题。新中国成立后，竺先生在中国地球物理年与中国地球物理委员会委父亲以重任、来往频繁。每逢春节，竺先生与竺师母便会从城里来到中关村看望赵九章先生、父亲等人。

那时父亲在管理局的办公桌上，有两个厚厚的大本子，上面写着"国务院争取留学生归国委员会"，里面印着所有中国在国外的留学人员名单，写有他们的名字、学位、学历、工作情况以及国外的亲属所从事的职业。国务院责成中科院负责牵头实施，父亲是这个委员会的成员。为这事父亲给国外和国内的相关人员写过不少信，其中包括我的姑父——地磁学家林树棠。父亲常借用院部郭沫若院长的办公室开会研究这些问题，想方设法欢迎留学生回到祖国，参加新中国建设。

许多科学家在祖国的召唤下回来了，他们住在中关村宽敞明亮的住所里，每天由西向东步行穿过家属区去办公楼上班。那些新盖的灰色的办公大楼，孤零零矗立在荒芜的田野上，沉稳凝重，就像一个个坐地观天的壮汉，为了中国科学的腾飞，随时准备起身、奋勇奔跑。

科学家的夫人们结束了抗日战争、解放战争连年颠沛流离的生活，终于过上了安稳的日子。母亲们用她们自己的话：每天去“荡一圈”，买买菜、散散步，然后看报纸、做饭。她们默默地、毫无保留地、全方位地支持和照顾着丈夫的工作和生活。

20世纪50年代中期中关村的科学新城，是充实的、生机勃勃的。

住在同一幢楼西边那个单元里的顾功叙伯伯，有段时间几乎每天晚上都要来我家谈地球物理学会和学报的工作，一谈就是几小时。

地磁组的学生也常来。父亲和留学生谈话、向去西藏建地磁台的年轻人交代工作、安排野外测量……还有的请父亲指导论文。在病得很厉害，第一次动完手术后，父亲还曾帮胡岳仁、蒋伯琴多次修改论文（《太阳耀斑与磁暴的关系》《太阳自转对地磁场的影响》），地磁组的老人告诉我，父亲修改论文尽心尽力，也许他知道自己时日不多，为了地磁事业，愿把自己知道的倾囊而出，不像有的学者对学生的成果采取拿来主义，或者稍加改动就要署上自己的名字。在父亲生命的最后一年里，他拼命工作，手术后医生让他半休一个月，他一天也没休息，后又让他半休六个月，他只休息了半个月，就又去上班了。

那时父亲积极向党组织靠拢，每次提及所里的书记卫一清同志都十分尊敬。记得大约在父亲病重的最后半年里，为了照顾父亲的身体，所里的领导层会议常在我家开，因此经常见到赵九章伯伯、卫一清书记等。赵九章伯伯是父亲的老朋友，早在柏林留学甚至更早的时间，他们就认识。抗战胜利后，在南京成贤街时我们住一个院。

那时我和赵伯伯的小女儿赵理增才五岁多，就想跟着一块去中央大学附小上学。

那时母亲和赵伯母（赵忠尧夫人）、蔡伯母（蔡邦华夫人）、陈伯母（陈志强夫人）、楼上的柳伯母（柳大纲夫人）等关系很好。她们常在一起开会、学习文件、串门、聊天。母亲还担任过家属委员会福利委员。母亲有时到赵伯母家弹钢琴，用赵伯伯从美国带回的钢丝录音机录下来。赵伯母是个非常善良、慈祥的人，胖胖的样子十分可爱，我的两个小外甥小南、小北都亲切地叫她“胖奶奶”。“文化大革命”中赵伯伯被隔离了，赵伯母很担心着急，烧好红烧肉想送去又不敢去，她来我家说着说着就哭了，于是每次母亲都让小南去给赵伯伯送。父亲和赵忠尧伯伯、施汝为伯伯是东南大学1924—1925年物理系的同学，关系一直很好。1939年父亲从德国留学回昆明时，和同是中研院物理所同事的好朋友施汝为与在西南联大任教的赵忠尧又见了面，至今家里的相册中仍保存着父亲为他们两家拍的合影。我和赵维勤是八九岁时住在南京九华山认识的，还记得赵伯伯冲破美国封锁毅然回国的举动很轰动，很多人去赵伯伯家看望，九岁的我也去他家趴在门边看。我们就读的蓝家庄小学还专门给赵伯伯送鲜花。到北京后，我和维勤一个小学，常一起去坐落在王府井的儿童剧场看话剧、去北海公园玩。她弟弟维仁有一阵子，大冬天一大早就来我家跟赖在被窝里的我聊大天。后来维勤继承父业上了科技大学，我则受母亲影响学了艺术，记得春节见面时，我还为她画像。蔡伯母的女儿蔡小丽也是学美术的，一放假就会来我家，切磋艺术、看画册。

柳伯母也是个十分和善、脾气特别好的人。那时我住校，每周回一次家。记得一天晚上都十点多了，柳伯母来敲我家的门，说是她家昙花刚刚开了，要我去写生。那晚那朵昙花清香四溢、婀娜多姿，出尽了风头，而我寥寥几笔在速写本上妙笔生花，也博得了大人们的夸奖。

伯伯和伯母们善良、正直的品格从小熏陶着我们这些在科学院长大的孩子们，给我们以无形的良好影响。

“文化大革命”后，父亲虽然已经离世，却依然受到牵连，斯文哥哥被隔离审查。1969 年秋，斯文哥哥的单位 505 所要搬到陕西省长安县去了，68 岁高龄的母亲决定跟随正在挨整的独生子去。送别的那天，秋风瑟瑟，我望着母亲站在熙熙攘攘的人群中，穿着单薄的深蓝色呢大衣，手里拎着她最心爱的小皮箱，显得那么孤独与无助。

那一刻，我知道中关村的好日子，随着母亲的离去，再也不能复返了。不久，在赵伯母不幸离世后，母亲也离开了人世。

我怀念 50 年前在中关村的时光。怀念那里静静的朝霞和夜晚三座楼里久久不灭的橙色的灯光。它们淡定、醇厚，闪烁着人性美的光芒。

我常常充满敬意地想起，那些纯朴的科学家伯伯们的样子，他们身着洗得发了白的朴素得不能再朴素的布衣，每天沿着崎岖不平的砖石小路，穿过家属区向东走去，走向办公楼……他们那淡泊名利、求真求实的品格与睿智的目光深留在我的记忆中。

悼念父亲王淦昌

王遵明

王淦昌(1907—1998)

核物理学家。1907 年 5 月 28 日生于江苏常熟。1929 年毕业于清华大学。1933 年获德国柏林大学博士学位。1955 年被选聘为中国科学院学部委员(院士)。1998 年 12 月 10 日逝世。曾任中国科学院近代物理研究所副所长、苏联杜布纳联合原子核研究所副所长、中国工程物理研究院副院长、中国原子能科学研究院院长、第二机械工业部副部长、九三学社中央名誉主席等职。1982 年获两项国家自然科学奖一等奖,1985 年获两项国家科技进步奖特等奖,1994 年获首届何梁何利基金科学与技术成就奖,1999 年被国家追授“两弹一星”功勋奖章。

1998年12月12日，正在美国探亲的我从电话中得知父亲已于12月10日去世，我被这突然的消息震惊了，没有想到父亲会走得这样快。

1997年8月，父亲因被自行车撞成股骨、胫骨骨折住院5个月，备受痛苦的折磨。他以坚强的毅力与医生积极配合，90岁高龄仍每天坚持锻炼，最后骨伤竟奇迹般地痊愈了，而且走路连拐杖都不用，医生都没有预想到父亲会恢复得这样好，这与父亲长年坚持锻炼、生活有规律是分不开的。出院后父亲还是每天坚持在家中或院中散步，增强体力。看着父亲渐渐恢复，大家心中都感到无比欣慰，所以6月份我才决定赴美探亲。临走前父亲一再让我放心去，不要牵挂他，他一切都很好，还说："我年纪太大了，不然我也可以和你一起去探亲。"7月份我还与父亲通了话，当时他非常高兴，因为在医院两次检查身体情况都很好，他还希望我多寄些照片回来。想不到这是与父亲的最后一次通话，因为9月上旬父亲就因胃癌晚期住院，我们再也无法与他通话了，只能在与家人通电话时了解父亲的病情。我本想12月初回国，但由于女儿出差亚特兰大，只好等她回来，又延期至12月13日。没想到父亲竟突然离去，我未能见到他最后一面，没有尽到做女儿的孝心，感到无比悲痛。

父亲把他的一生都无私奉献给了他所挚爱的科学事业，晚年还为他最关心的激光惯性约束核聚变研究工作倾注了全部心血。即使

* 原载1999年1月4日的《光明日报》。

在他骨折躺在病床上的5个多月时间里，也还经常和他的学生讨论最近研究工作的进展情况，并提出自己的意见和看法。他的病房经常成为学术讨论会场，而且每天还要仔仔细细地阅读送来的资料，有的同事从国外回来看望他，他也会问起国外同行最新的发展状况。

父亲在核科学方面取得了有目共睹的成就，但他在科研工作中却从不满足。对很多学科他都十分感兴趣，如对化学、细胞学等。他认为这是拓宽知识面的有效途径。他虚心向别人请教，而不论此人职务高低，年龄大小。外孙女婿在美国贝尔实验室从事凝聚态物理学方面的研究工作，父亲经常让他把发表的论文寄给他看，有时内容不太清楚，他就把有关论文寄给中科院物理研究所从事此方面研究的有关专家看，然后把意见告诉他。“活到老，学到老”始终是他一生的座右铭。

父亲对青少年十分关心，他认为我们国家要站在世界先进科技前沿，必须对青少年进行高科技的普及教育工作，让他们从小就热爱科学，对科学产生兴趣。虽然他工作十分繁忙，但还经常抽出时间写些科学普及文章刊登在科普杂志上。为了向青少年宣传新能源，特意写了《取之不尽、用之不竭的理想能源——激光惯性约束核聚变》一文，向青少年介绍进一步探索聚变能的利用问题。他总认为向青少年宣传科学，树立为科学奋斗的精神，是老科学家的责任。

父亲在事业上是一位卓有成就的著名科学家，但在生活上是一个普普通通的人。生活朴素，平易近人帮助别人是他最高兴的事。

对人真诚、胸无城府、直言不讳是他做人的准则。除偶尔听听京戏外，父亲在我的印象中就是工作，节假日也不例外。每次去家中探望，他都是在伏案工作。有时想到一个问题会马上打电话请某某来讨论，而且是迫不及待地请他马上来。他对我们讲:“我只要想到一个问题就会冥思苦想，想想如何解决它，不这样我是不甘心的，一直想到有满意的结果才肯罢休。”他常说，我这个人并不聪明，但比较勤奋。“业精于勤，勤能补拙”是他的座右铭，也是他常用来教育激励我们的话。父亲在生活上没有过高的要求。家里用的桌子、书柜的油漆大都已脱落。有次我开玩笑地对父亲说:“咱家真是艰苦朴素，连小偷都不愿光顾，倒是挺安全的。”父亲笑着说:“那不是很好吗?”父亲对书却情有独钟，桌上、书架、床头，到处都堆满了书。而家中的伙食一向十分简单。有一年国庆节，子女都回家看望父母，我们提议是否到外面饭馆吃饭，省得在家做饭太麻烦。父亲却说外面吃饭很贵，还是在家吃。由于大家的坚持，父亲才很不情愿地破例到附近餐馆去吃了一顿饭。

父亲就是这样一个平凡朴实的人，物质享受对他来讲是毫无意义的。

记得在抗日战争年代，生活极端艰苦，我们全家七口人随浙江大学辗转迁到贵州省湄潭县，全靠父亲微薄工资维持生活。那时父亲得了肺结核病，这种病若营养跟不上非常不容易痊愈。有人劝父亲做点生意好补贴家用，被父亲断然拒绝。在国难当头的情况下，为支援抗日战争，父亲怀着一颗“天下兴亡匹夫有责”的赤子之心，将结婚时仅存的金银首饰全部捐给了国家。后来家中养了一只羊，以羊奶补充营养熬过了艰苦岁月。

父亲提出关于探测中微子的建议，使此一科学领域得到重大发展。吴有训教授十分赞赏父亲在中微子方面的工作，1947 年亲自代为申请范旭东奖金，父亲是获得该奖金的第二人，也是最后一人。他将所得的 1 000 美元分给经济上更困难和帮助过他的老师、同事、学生，而对刚从贵州迁到杭州生活的还很拮据的家，却没有拿出一分钱来给予补贴。

1956 年父亲被派到苏联杜布纳联合核子研究所工作，后任该所副所长。1960 年正值我国遭受三年严重自然灾害。当时我正在上大学，由于营养不良得了浮肿病。1960 年底父亲奉命回国前，将他积攒下来的工资 14 万卢布(旧币)全部交给我国当时驻苏大使刘晓，希望能为国家献出一点绵薄之力。父亲回国后并没有给家人及子女带来任何物质改善。

在两弹研制工作中父亲长年奔波在青海高原及新疆戈壁滩，很少回北京。按国家规定工资可以享受高原地区的补贴和特殊照顾。但他不仅不要补贴和照顾，而且每次从核基地回北京的差旅费都是自己掏腰包从不报销。当秘书要把车票拿去报销时，他说钱够花了，报它干什么。后来秘书背着他报销了，他知道后还很生气。

1978 年，父亲调到原子能研究所(后改为原子能研究院)工作，一干20年直至去世，其间一度担任所长。原子能研究院远在房山县，他以八十多岁的高龄至少每周去一次。当时还没有高速公路，去一次汽车要跑一个多小时。很多人劝他年龄大了，可以多做些指导工作，但他不以为然，说他是搞实验物理的，不到第一线怎么发现问题。就这样一直坚持到1997年8月，他被撞成骨折住院为止。20年间他不但对原子能研究事业萦绕心怀，而且对全院职工和他们的子女也感情深厚，不亚于家人。1982年他将获得的“反西格马负超子的发现”国家自然科学一等奖的3 000元人民币奖金全部捐献给原子能所子弟中学及小学。他在给院党委的信中写道：“发给我的奖金3 000元，我自愿全部捐献给原子能所中小学，愿祖国的娃娃们能茁壮地成长，为娃娃们的父亲减少些后顾之忧，好为原子能事业多做工作。”所党委收下后，连同成果奖中留在所内的2 000元一共5 000元设立了“王淦昌奖学金”，作为鼓励学生努力学习科学文化知识的奖励基金。1986年4月原子能研究院成立了“王淦昌基础教育奖励基金会”，由原子能研究院出资2万元，我父亲再捐4万元，总计6.5万元作为总基金。据统计，自1986年至1999年已有616人次获得此项奖金，其中许多学生在国际、国内竞赛及高考中获得优异成绩，如王绍昱同学在初中三年连续获奖，1991年获得国际奥林匹克数学金奖。

1984年父亲领导开辟了氟化氪准分子激光惯性约束聚变研究的新领域。氟化氪激光器能够实现打靶产生高温等离子体，能够为人类提供惯性约束聚变能源实现发电，最终在地球上实现人造小太阳，所以父亲亲切地称它为“小太阳工程”。父亲认为过去只顾埋头研究而忽略了宣传，所以外界对我国惯性约束聚变研究状况知之甚少。实际上我们有很强的实力，优秀的队伍，齐全的设备。有这样好的基础而不去充分利用和开发很可惜，而这项研究的开发利用却是一件需要很多经费的项目。当他认识到这点时，即使年龄已大，仍不断向来家中访问的客人进行宣传，有时还带他们到原子能研究院参观。这是他一生最后的夙愿。他向中央有关部门及领导呼吁希望能够筹集更多的经费。

父亲去世后，我们秉承他的遗愿捐款 50 万元设立“王淦昌物理奖”，奖励在惯性约束核聚变和粒子物理领域有突出贡献的研究人员。同时为他的家乡常熟市捐款 10 万元，用以发展当地文化教育事业。这也是我们对他的纪念和告慰。

缅怀我们的父亲赵九章

——为纪念父亲九十寿辰而作

赵燕曾　赵理曾

赵九章(1907—1968)

气象学家、空间物理学家。1907 年 10 月 15 日生于河南开封，籍贯浙江湖州。1933 年毕业于清华大学物理系。1938 年 10 月获德国柏林大学博士学位。1955 年被选聘为中国科学院学部委员(院士)。1968 年 10 月 26 日逝世。曾任中国科学院地球物理研究所，应用地球物理研究所所长、研究员，中国科学院卫星设计院院长，中国气象学会理事长，中国地球物理学会理事长。1985 年获国家科技进步奖特等奖，1999 年被国家追授“两弹一星”功勋奖章。

时光飞逝，不能想象，我们亲爱的父亲如果在世，已经九十岁了。

壮志未酬身先死，长使英雄泪满襟。父亲说过，有人说他活不过六十岁。真是不幸而言中。当他被迫离开这个世界，离开他所热爱的人们和他所热爱的事业时，他才六十一岁。

到如今，已经三十年了！

记得他常吟诵的诗句：

将军一去，大树飘零。

壮士不还，寒风萧瑟。

他的遗体，不知是在哪里火化的。在萧瑟的寒风中，他的灰烬不知飘向何方，荡然无存……

其实也不必存有形之物。人本来自尘土，最后归回尘土。活得再长，对于这无尽的天地，也不过是一瞬间。

然而，他的音容笑貌永远活在我们心中，他的慈爱永远温暖我们的心，无人可以夺去。上苍赋予父亲人性的光辉，是他留给我们永久的纪念。现在我们愿意把这份珍藏的纪念与大家分享。

1944 年的春天，一辆汽车载着我们一家四口，还有五六个旅伴，在云贵高原崎岖的山路上，艰难地爬行了一个星期。终于，我们从昆明来到了四川北碚，嘉陵江畔一个孤零零的小山丘上。几排平房，一个长着青竹和花草的小庭院，十几名职工。这就是当时的中央研究院气象研究所。

从此,父亲就把他的生命献给了这个所。它始而是气象研究所,继而发展成上千人的地球物理研究所,最终壮大分成了大气物理、地球物理、空间物理等多个研究所。

科学本是属于世界,属于全人类的。就其本质而言,只有世界性的高峰。正是怀着这样的胸襟,父亲的眼睛始终看着世界,瞄准着世界的高峰。他毅然离开了一个个已经熟悉的领域,勇敢地开拓着新的领域。20世纪50年代末,苏美卫星相继上天。人类第一次飞出了大气层,从浩瀚的太空来观察和探测我们所居住的这个奇妙的星球。这把父亲迷住了。他的心也飞向了这神秘诱人的太空,以花甲之年,再一次开始从事一个新领域的研究。

攀登世界科学高峰,并非是某人的特权或世袭领地,却需要庞大的队伍。父亲因此而"爱才如命"。很少听到父亲议论他人的不是,却常常听到他对长辈、同辈和年轻人的热烈的赞扬。记不清多少次,听到他欣喜地谈到某某青年做出了好成绩,或者谈到他与国内外名家交谈,送有才华的人去进一步深造。

愿父亲对事业和人们所付出的这份厚爱,长久地得到纪念。

人常说,严父慈母。我们的父亲却是慈父,又是良师益友。他从不打我们,甚至连重话也没有一句。只记得他温暖的手、慈祥的笑脸。我们对父亲是可以撒娇的。理曾小时候,每天早上要父亲讲一段西游记才肯起床。父亲笑着说她是"小霸王周通"。

在流离颠沛的战争年月，燕曾不能连续上学，但家庭教育从未中断。父亲是语文老师，教的是唐诗和书法。母亲是数学老师，教加减乘除。燕曾七岁时去一个乡村小学上三年级，不知考试为何物，也不知作文应怎么写。回来问父亲，父亲一句句教。老师问："这是你写的吗？"燕曾不敢作声。作文得了 80 分。父亲听了大笑，说："哈哈，父亲的作文只得了 80 分！"

父亲才不看重分数呢。他只看重真才实学。他对科学和文学的热爱在潜移默化之中感染了我们姐妹。他带着我们领略诗词中的美好境界，也带领我们进入奇妙的科学殿堂。父亲对我们的分数和名次，却不甚留心。考第一，他高兴；考第十一，他笑笑。我们庆幸有这样一位好父亲。他没把名利场中的竞争心贯注于我们心中。因为他自己就不求个人名利。他的宁静与淡泊保护了我们幼小的心灵，让我们充充足足地享受童真的欢乐，在窘困的物质生活中，度过我们无忧无虑的童年。

我们记得，父亲生前有过许多头衔。有的是他在事业上辛勤耕耘的回报，有的是出于某种形势的需要额外加给他的。但我们确知，这绝不是父亲孜孜以求的东西。

记得理曾刚出世之年，作为清华大学的教授，父亲的薪水只能勉强够一家人糊口。我们的内衣，烂成了一缕一缕，真是"衣衫褴褛"。父亲的长裤变成了短裤，为了补破口，母亲穿了一件奇怪的短袖棉袍。那两只失踪的袖子，大概也做了同样的用处。理曾的第一件衣服是用母亲的几只袜筒拼起来的。

我们搬家时，全部家当装了一辆小小的马车。父亲的老师吴有训公公说：“看见九章搬家时那点东西，我都要掉眼泪！”

可是，父亲脸上没有戚戚的愁容，有的只是坦荡的微笑。在理曾出世不久，1942 年的春节，父亲在我们租的一间半农村草屋门口，贴上了一副春联：

宁静以致远
淡泊以明志

幼年的我们，自然不知其中的深意。长大了才慢慢理解。如今回顾父亲的一生，更清楚这是他一生心思意愿的写照。

父亲有过一位有权势的近亲。但他从不利用这一点关系来为自己谋取私利。我们的父母对阿谀奉承之徒的鄙夷不屑，自幼在我们心中留下了深刻的印象。

父亲向往的生活，是回归大自然。大约在 20 世纪 60 年代初期，有一次，他在读辛稼轩的诗词时，不禁拍案叫绝。他对我们说：“快来看——‘管山，管竹，管水’，太好了！”如今燕曾在洛矶山下有了一个小小的庭院，种上了玫瑰、郁金香、芍药。每当念及父亲所说的“管山，管竹，管水”，心中怅然若失。要是父亲还健在，能远瞻巍巍雪山，近看园中花草，他该多么欣慰！

在这篇短短的回忆文章中，我们实在远远无法写出父亲各个美好的侧面。我们只想说，在女儿的心中，我们的父亲，是一位慈祥的父亲。

一生常耻为身谋

——忆父亲柳大纲

柳怀祖　朱敏慧

柳大纲(1904—1991)

无机化学家、物理化学家。1904 年 2 月 8 日生于江苏仪征。1925 年毕业于南京高等师范学校和东南大学化学系。1948 年获美国罗彻斯特大学博士学位。1955 年被选聘为中国科学院学部委员(院士)。1991 年 9 月 14 日逝世。曾任中国科学院化学研究所和青海盐湖研究所研究员、所长。

父亲1991年离开了我们，岁月流逝，但他谦和、慈祥的面容，时时在我们脑中闪现。父亲和很多中国老一代知识分子一样，从小受传统文化教育影响，新中国成立后受到了共产主义思想和中国共产党全心全意为人民服务宗旨的教育，成为一位共产党人。他把陆游的“一生常耻为身谋”作为自己的座右铭，并以此教育我们。

父亲1904年2月8日（农历癸卯年腊月二十三日）出生在江苏省仪征市的一个清末秀才家中，他的父亲柳承元是晚清的秀才，在县里的小学教书，主张革新，反对帝制。父亲的祖父是位开杂货铺的商人，虽然文化水平不高，但经商很在行，也很有毅力，他的杂货铺三次遭遇火灾，每次都得以顽强重建。他很赞成清末维新派的主张，还冒险收留过维新派人士避难。当时，柳家家境尚属小康。我父亲自幼体弱，四岁时其生母病故，两位哥哥大经和大纶均少年有成，十三四岁都考中了秀才，但不幸都不到三十岁就先后因病早逝。父亲成了当时家中唯一的男孩，所以他父亲、继母和姐姐大绶对他格外在意，不准他干这，又不准他碰那，生怕他有什么闪失，甚至怕养不大他，还送他到附近庙里当了一段时间小和尚。因而使他从小胆子很小。他自幼勤奋好学，六岁时就被送到私塾念书，念“四书”“五经”等孔孟之书，成绩名列前茅，他父亲还给他加读“尔雅”，使他从小受到儒家的教育。两年多后，他父亲又让他到县里比较现代些的小学继续学习，受到了史地、数学、自然等科学知识的初步教育。他九岁时经商的祖父病逝，家中仅靠他父亲当小学教员的收入维持，十分清贫。但他父亲还是十分鼓励和支持他继续念书，1916 年小毕业后，父亲考取了在扬州的江苏省立第八中学(即扬州中学)。

扬州中学在江苏省乃至全国都是十分优秀和有名的中学，培养出了不少优秀人才。父亲 13 岁时只身去了扬中。当时扬中规定，每个学生都要轮流值日，值日时要挑水和帮助伙房烧火，他在家中从小由继母和姐姐照应，见水就退，更不敢点火。但他很快就适应了，更重要的是扬中在废除科举后的新教育体制下，要学习数、理、化、法律、经济、地理、历史等现代科学知识。教自然科学的老师大多都是留学回来的青年教师，很多都用英文讲课，还购买了实验设备，使学生通过实验加深对科学知识的认识。父亲也在此受到了现代科学的启蒙教育，打下了现代科学的基础。扬中对体育也十分重视，体育课要跑八百八十码才算及格，这使父亲身体健壮了很多。当时正值抵制日货的爱国浪潮，他和扬中同学一起卷入了扬州抵制日货的爱国运动中，上街游行、贴标语、查日货，经历了一些爱国行动的历练。父亲在扬州中学德、智、体都得到了全面的成长。1920 年父亲 16 岁时以优异的成绩从扬中毕业，但因家中仅靠他父亲小学教员工资维持，无力负担他念大学。因而他只得以优异成绩考入了不但不要学费而且管吃饭的南京高等师范学校数理化部。这也是当时穷苦学生的一个很好的选择。著名气象学家竺可桢、物理学家吴有训、数学家熊庆来、教育学家陶行知、化学家张子高等都曾在这里任教。同学间十分亲密，互称“字”，而不是名。他们都称父亲的“字”为“纪如”。同窗情宜甚深，有的延至暮年，“文化大革命”中还私下互诉衷情。同班同学中有很多人后来成为新中国现代科学著名科学家，理化学科的奠基人，如赵忠尧、吴学周、施汝为等。1924年南京高师升格成东南大学，他们又多念了一年。因此他在1925年毕业于东南大学化学系。

父亲大学毕业后因家庭经济困难，还需负担两位上大学的弟弟，而没能出国，被王琎老师留在了东南大学当助教。1927年王琎老师又让他去上海吴淞中国公学当了一年教师。那一年经南京高师及东南大学同班同学樊平章（君穆）介绍，促成了父亲与当时在上海教小学的樊平章的妹妹樊君珊的婚事。随后父亲又随王琎老师到王老师任主编的中国科学社的《科学》杂志当编译员。1928年中央研究院成立后，王琎老师出任中央研究院化学研究所首任所长，他于1929年跟着王琎老师进了中央研究院化学所。可以算是中央研究院化学所创所的元老了。在1932年“一·二八淞沪抗战”后，1937年全面抗战前，他协助把全所图书、仪器、药品分装几百箱存放在中法和复旦两所大学，并陆续以这两所大学名义从上海运至香港，再由邢其毅先生将这些物品从香港转经河内，由滇越铁路运到昆明。抗战时期，他协助老同学、好友吴学周所长，在昆明的小西门重新建立了化学所的实验室，坚持进行研究工作，使化学某些方面的研究得以继续，没有中断。吴伯伯和我们家为邻，当时条件很差，但两家很亲密，第二代之间至今都很密切。抗战胜利后，1946年中央研究院选派父亲公费赴美国罗彻斯特大学研究院学习，他才得到出国留学的机会，并以优异的成绩于1948年获得博士学位。

新中国成立前夕，父亲在美国，当时一些朋友劝他留在美国，让在国内的母亲和我去美国。也有科学界的友人接夫人和孩子到美国去时，邀我们母子同行。当时父亲虽对中国共产党了解甚少，但带着对国民党腐败的深刻不满，看到了祖国大变在即，光明在即，而决心要回国。母亲也赞同父亲的决定。于是父亲谢绝了美国朋友们的挽留，放弃了美国优厚的工作和生活条件，于1949年初回到了上海，迎接新中国的到来。回国后，他十分坚决支持和协助同窗老友吴学周所长抵制国民党政府将中央研究院化学所迁往台湾。他还与当时在上海的中央研究院几个研究所的很多叔叔伯伯一起积极参加“应变护院”，抵制迁台，保护仪器设备，迎接解放军的到来。

新中国成立后，他对新中国充满了希望。全身心地投入到了新中国的建设事业，表现出了他对祖国的一片忠诚。新中国成立之初，在中央研究院、北平研究院等基础上组建成立了中国科学院。1952年他服从国家的需要，毅然和吴学周所长等很多化学所的同事一起从条件优越的上海搬迁到了到处是战争创伤、气候寒冷的东北长春。并放下了自己多年的研究方向，着手搞荧光料、土壤加固等国民经济紧迫需要的科研课题。1954年他又被调到科学院院部学术秘书处工作，同时协助曾昭抡和杨石先两位先生筹建中国科学院化学研究所。1956年初还参加了我国第一个科技发展规划即“十二年科学技术发展远景规划纲要”的编制。总之，只要国家需要，哪怕课题再小，学术含量再低,或者行政事务,他都心甘情愿地尽力去干。1959 年,他参加中国共产党后,更是完全听从党组织安排,让做啥,就做啥。

1956 年中国科学院化学研究所正式成立后,他受命担任副所长,主持日常工作,后又任代所长。50 年代中到 60 年代中的十来年,他除了化学所的领导工作外,又投身到祖国大西北的盐湖资源调查研究上,在这十年中,他六次进入条件极为艰苦的西北戈壁滩柴达木等地区,共达十八个月之久。那时他已是六十岁左右的老人了。当时西北戈壁地区的“宾馆”就是一个院子里简易的平房,加上板床,厕所就在屋外的荒地上用席子围起。到了野外条件就更差了,只能住透风的帐篷。当时又正值平定西藏达赖集团叛乱,野外还有零散的叛匪活动,十分危险。他全然不顾,带领由中国科学院化学所及地质、化工、轻工部门及有关高校的科技人员组成的中国科学院盐湖考察队年轻的同志们,去大柴旦等地一起风餐露宿,一起到戈壁里的一个又一个盐湖去调查研究。特别是在 1960 年至 1962 年国家三年经济困难时期,其他部门考察人员全部撤离了柴达木盆地,唯独他领导的化学所盐湖组坚持在原地工作。他大概是当时这样高龄的学者在西北戈壁滩工作最长的人了。1965 年他参与了在盐湖考察队基础上组建中国科学院青海盐湖研究所的工作,并受命兼任所长。为祖国大西北盐湖资源的调查和开发做了大量工作。1966 年从柴达木染上了黄疸性肝炎,回京治疗时正值“文化大革命”开始,竟被诬为“装病”,躲避“运动”。1976 年“文化大革命”结束后,他还打算再去西北戈壁的盐湖，但毕竟已过古稀之年，加之“文化大革命”的摧残，身体很差，实在力不从心，因而未能成行，成为他终身憾事。但他在病中仍与袁见齐教授一起向中央领导同志写信呼吁西北盐湖的开发。

他在 20 世纪五六十年代，还从事祖国十分急需的原子能化学和航空材料的研究工作。我们家由于各人工作性质的关系，在家从不谈各自的工作。他对这些工作更是守口如瓶，直到他逝世后，我们才知道。“文化大革命”结束后，他还是李先念同志领导下，最早参与我国环境保护工作的人之一。他还遵照王震同志要他抓一下腐植酸研究的批示，很认真地去抓腐植酸的研究和推广。

他为人忠厚、正派、诚恳、谦和、平易近人，最怕麻烦别人，为人处世十分低调，甚至使人感到他有些软弱。他不善言辞。“文化大革命”前中国科学院党组书记张劲夫同志曾对人说过：这个大纲同志，做了那么多事，就是讲不出来。父亲从不争名争利。中国科学院和国家科委的老领导武衡伯伯在父亲逝世后来看望母亲，谈到父亲的人格时，告诉我们，1954 年父亲和贝时璋、张青莲、施汝为伯伯等一些科技人员在中国科学院当时的学术秘书处工作。1955 年科学院学术秘书处参与了我国第一批学部委员的评定工作。武衡和钱三强两位伯伯当时是学术秘书处的负责人。武伯伯说，此间父亲曾两次向组织上提出，自己不够学部委员资格，恳请能从名单中去掉。武伯伯谈及此事时热泪盈眶，连声称：大纲是好人啊。这事，父亲在世时从未向我们谈起过。

父亲治学十分严谨，从不马虎。这是他的学生们所共同感受到的。他从不讲假话，也不会讲假话，不会“吹牛”，开会时总往后面坐。“大跃进”时，他就没讲过当时时兴的“豪言壮语”和“大话”。

父亲十分重视学术交流。无论“文化大革命”前与苏联的学术交流，还是改革开放后，他都主张并亲自邀请外国专家来共同工作。“文化大革命”前他自己就牵头与苏联专家一起去西北进行中苏联合盐湖考察，并派年轻人去苏联学习。改革开放后，他很早就邀请了不少国外科学家，尤其是华裔的科学家来化学所交流，还亲自选派、推荐了一些年轻人去国外学习。不少人现已很有成就。

父亲对培养青年学生十分热心。1958 年中央为更多更好地培养“又红又专”的尖端科学技术人才，决定充分利用中国科学院各研究所的力量，运用院校结合，所系结合方式，建立中国科学技术大学。建校时，父亲与很多科学家都认为，大学教育要打好基础，基础课教育十分重要，主张“大师”编教材，上基础课。建校初期，他对全校化学基础课内容的审定花费了很大精力，当时，他与施汝为、华罗庚分别主持了学校普通化学、普通物理、高等数学教研组。父亲还兼任学校化学物理系副主任（郭永怀先生兼主任）。几乎每月都去学校，具体指导。

父亲对年轻人十分关心和爱护，谦和平等，甘当人梯，是很多年轻科学家的良师益友。在年轻人遇到困难时，他总是挺身而出，给予呵护，“反右”时一位年轻科技人员有可能要被划为右派时，他就让这位年轻人出差，远离北京，使之侥幸逃离。这位年轻人后来成为院士。在青海时，一位年轻科技人员因家庭中的一些事，要被当地有关部门拘留时，他挺身保护，使之免受牢狱之灾，这位年轻人后来当了研究所的副所长，人们总是常常谈起父亲呵护他们的这些事。在一些科研项目中，他做了很多工作，却总是让别人，特别是年轻人署名发表文章。一些论文，直到逝世后重新编印他的科学论文集时，在他的学生和合作者的坚持下，才加入了他的名字，收入他的科学论文集中。因此，父亲在周围年轻的科学家中有很高的威信。对年轻学者在学术上的苗头尤为关注，并尽力给予帮助。如从台湾赴美学习的赵玉芬女士1975年在磷化学研究上崭露头角，就为父亲关注。1978年赵女士来北京访问，父亲见到她时，十分诚恳地对她说，欢迎你来我们这里工作。赵女士很感动，很快决定回国，到化学所工作，后来在研究工作上取得了很大成就，并被选为了院士。

父亲对下一辈亲友十分关爱，但决不无原则宠爱，从不帮助说情走后门，而是鼓励他们忠于职守，在艰苦环境中为国作贡献。

父亲待人坦诚，与人为善。“文化大革命”前一位学部委员出了问题，父亲奉命处理。他坚持了原则，又与人为善，顶住了“左”的压力，尽量减轻对那位科学家的影响，费了很大精力，才使之妥善解决，但那位科学家并不了解父亲的良苦用心，反而十分记恨父亲，父亲也不作任何解释。直到“文化大革命”中，父亲由于处理此事遭批判，这位科学家方知父亲当时为妥善处理他的事承受的压力及良苦用心，十分感动。“文化大革命”后，他特地向父亲鞠躬道歉，亦在当时传为美谈。

父亲虽不是很活跃的人，但对学术团体却十分热情和支持。从1963年起他就一直勤勤恳恳地协助杨石先理事长处理中国化学会的日常工作，积极组织学会的各项活动，推动学术交流和科普工作，还亲任“化学通报”主编，为中国化学会的工作付出了大量心血，得到学会同仁广泛的赞扬。1980年4月他还在中国化学会的会上与杨石先先生等一起呼吁为1957年被错划为右派的曾昭抡先生平反。

“文化大革命”中，父亲和一些老科学家始终坚信党。父亲始终坚持实事求是，讲真话，即使让所谓“证人”来和他“对质”，也不说假话。“证人”也只敢站在他背后“对质”。他十分刚强，一点也不软弱。“四人帮”的爪牙们为了要“揭发”父亲，母亲也同时遭隔离。这样一位几十年没有在社会上工作的家庭妇女被隔离，在当时中关村也算是第一位了。

母亲的父亲是清末崇明县衙里文书之类的小职员，其伯父是清末的举人，也算是“书香门第”之家了。她家里尚算开明，没让她缠脚，还让她去江苏苏州女子中学念书。其兄樊平章（君穆）是父亲在南京高师和东南大学的同窗好友，为人正直豪爽，毕业后赴法国学数学。父母的婚姻就是他一手促成的。母亲和父亲结婚后，就一直在家操持家务，没有再工作，到“文化大革命”时已几十年没有在社会上工作了。父亲从不管家里事，也从不管钱。家里一切都归母亲管。她常说，结婚后那些年每月拿到工资的第一件事就是给父亲两位在南京读大学的弟弟寄生活费和补贴仪征老人的生活费用。在上海寄钱时曾遭抢劫，也被人偷过和骗过。但母亲从不管父亲工作上的事情，只是偶尔帮助誊抄父亲写或译的文稿。母亲心地善良、性格开朗又乐于助人，自己的生活十分勤俭朴素。“文化大革命”中她被隔离后，与父亲一样，坚持实事求是，不讲假话。他们俩的表现在老一辈科学家友人中受到了普遍的赞扬。

父亲给儿孙辈讲解了他最喜欢的陆游的诗句：“一生常耻为身谋”，就是人一生最可耻的事就是为自己谋私利。父亲告诫，不准讲假话，不准害人。父亲的教诲永远留在了我们的心中。

“文化大革命”后，父亲已过古稀之年，且体弱多病。但他仍满腔热忱地投入科技界的“拨乱反正”。在科学的春天里，为祖国科学事业的恢复和发展积极工作。在他恢复化学所和青海盐湖所所长后为科学秩序的重新建立及学科的建设，付出了大量心血。同时，又对科学的普及和青少年学习科学等方面积极献计献策，尽力给予支持和帮助。他十分支持和参与 1977 年 8 月上旬，邓小平同志主持召开的全国科学和教育工作座谈会。这是小平同志再次复出后的第一次重要活动，也是小平同志提议召开科学与教育拨乱反正的极其重要的标志性会议。在这个会议上最令他震撼的是关于当年就恢复高考和召开全国科学大会的决定。1977 年底到 1978 年初他不顾年迈体弱，积极热情地参加了全国科学技术规划会议，参与了《1978—1985年全国科学技术发展规划纲要》的编制。1978年3月他积极参加“全国科学大会”，还尽力帮助在“文化大革命”中甚至“文化大革命”前被停刊的科技刊物复刊，特别是帮助和促进了1915年创刊的《科学》杂志的复刊。

经过了拨乱反正，他完全拥护小平同志关于领导干部年轻化的思想，深感应由年轻同志出任第一线的领导，20世纪80年代初，他主动提出从所长的岗位上退下来，成为中国科学院第一位退居二线的所长。在当时科学院内外引起了很大反响，受到了广泛赞扬。同时，“文化大革命”后正值出国热，他多次推让，主张让年轻同志出去见世面，说对国家科学事业更有好处。他的推让，在当时外事部门中传为佳话。

父亲一生简朴，不喜欢豪华，既不抽烟，也不喝酒，又不会打牌和跳舞，除了看书外，就是散散步。他在美国竟然没有学开车，他说，在美国时，除了国内有年轻学者首次赴美，他设法去接并帮助安顿外，很少离开校园，平时只是在校园里走走，散散步。他除了看书，别无爱好，高兴时也随口吟几句唐诗。每天晚上工作结束后总是把办公桌整理得干干净净。他最爱的是书，在我小时候就有了很深的印象。他从美国回来时，除了十几箱书以外只有一个十分简陋的收音机，还是110 V电压的，需带一个变压器才能用。他每月最大的花费也是买书。退休前，每月工资中都有固定数目的钱留在秘书那里付买书款。直到他去世,我们家甚至一直用那些他 1949 年回国时装运书的旧木箱贮存物品,没有像样的家具。父亲和母亲自己很俭朴,但周围的同事有困难,或者年轻人结婚、生孩子时,他们总是很慷慨。现在还常有父亲当年的学生,有的现在已是院士了,向我们谈及父母当年对他们的关心和热情资助。

父亲公私分明,对公家的东西更是非常爱护,记得“文化大革命”中,他和母亲都被隔离,家也被抄乱了,我们经济上也很困难。他的一位晚辈亲戚去插队时,穿走了他每年去青海穿的老羊皮工作服和大头皮鞋。他从“牛棚”回家后知道了,就让我们另买衣服,把老羊皮工作服和大头皮鞋换回来弄干净,收起来。他说,这是他在青海的工作服和鞋,是公家的,不能随便穿,只能他去盐湖时穿。直到他不能去青海后,让交回了公家。他极少用公车办私事,而且每次私用公家车他都按章付款,从不含糊。

“文化大革命”中我们全家被迫搬离了中关村原来住的 15 号楼,三代人挤在一起,家里到处堆着书,行走都很困难。“文化大革命”结束后被新华社记者发现,反映到了中央领导同志那里,在中央领导同志的直接过问下,国家机关事务管理局让我们家和童第周、张文裕、潘菽、赵忠尧伯伯等几家搬到北京三里河南沙沟小区。房子大多了,但父亲表示,离所里太远了,不方便,每天上下班,汽车接送太费油,坚持不搬。最后还是当时科学院领导郁文同志给母亲做工作,趁父亲在外地出差时搬的。父亲回来后很不开心,但木已成舟。他也只得认了。

父亲生前一直十分关心和帮助青年人的成长，临终前，在病床上还念念不忘大西北的盐湖，关心着西北的青年科学工作者，嘱托我们把他和母亲一生省吃俭用，仅有的数千元存款，加上仪征老家祖宅卖后的分得款全部用于西北的青年科技人才。二老去世后，我们遵照他们的遗愿，在化学所和青海盐湖所的支持和帮助下，以此为基础设立了“柳大纲优秀青年科技奖”，以鼓励开发西北的青年科技人员，父亲的学生徐晓白院士也将荣获的“何梁何利奖金”捐出了部分投入这个基金。这个小基金得到了科学院历任领导卢嘉锡、严东生、白春礼、施尔畏等先生的支持和关心，并分别亲任这个小小基金会的主任和副主任。倪嘉缵院士多年担任评审委员会主任，十分认真，亲自审稿，组织评审，评选公正透明。刘德江、李洪海两位先生从开始至今积极参与，十分投入、执着，为此付出了很大精力。近二十年来已有32位年轻学子获得此奖，他们中有些人后来已很有成就，还有人当选为院士。这个小小的基金为鼓励更多优秀青年投身祖国大西北的开发起到了推动和促进作用。

父亲是开创新中国现代科学技术老一代科学家中的普通一员，一生低调。但在他1991年9月14日病逝后却获得很大的哀荣。59位国内科学界的巨匠和领导组成了治丧委员会，当时的中国科学院院长周光召亲任治丧委员会主任。9月18日和19日在化学所的一楼大厅设立灵堂，悼唁的人络绎不绝。9月26日的遗体告别，原安排二百人参加，而那天竟来了上千人，八宝山的悼唁大厅外面都是人，不少人是从外地专程赶来的。国内外的学术机构和学术界人士发来了百余条唁电，深切哀悼他老人家。新华社和人民日报分别于1991年9月26日和10月4日发了消息，给予父亲很高的评价。1997年胡克源、马福荣、胡亚东和徐晓白等父亲的同仁，为缅怀他，将他的一些科学论文和部分未发表过的文章，其中包括一些由他直接指导完成，而未署名的文章，汇集整理并编辑出版了《柳大纲科学论文选集》。卢嘉锡老院长为此书作了序，诺贝尔奖得主李政道教授题写了书名。2004年他老人家百年诞辰时，中国科学院化学所和青海盐湖研究所、中国化学会、九三学社中央委员会、江苏省仪征市人民政府和柳大纲优秀青年科技奖理事会联合在北京举行了十分隆重的“柳大纲先生百年诞辰纪念会”，缅怀他一生为祖国，为中华民族的振兴，奋斗不息的精神。这些都使我们深受感动，亦深深感受到了他追求“一生常耻为身谋”的人格魅力。和其他很多老一代科学家一样，在他身上汇集的很多中华民族优秀知识分子和共产党人优良的品格，将永远留在我们心中。“一生常耻为身谋”也将成为我们和后辈的人生准则。

我的父亲高原

高永新

高　原(1915—2007)

1937年清华大学物理系毕业,曾参加“一二·九抗日救亡运动”。1959年初,任中国科学院长春机械研究所所长,1961年调北京,曾任技术科学部副主任,数理化学部副主任,新技术局副主任。

我的父亲高原(原名高葆琦)是河北省永清县人,1915 年 5 月出生。我的爷爷高施恩是哈佛大学医学博士,学成归来后无论是在北京协和医院工作,还是在天津自己开诊所,都给了父亲一个平等幸福、崇尚科学文化的家庭氛围。然而父亲却是一位疾恶如仇的热血男儿,他从小看不惯封建老家对妇女的歧视,在严厉的祖父母眼皮底下,为母亲留下了一碗面条。他不能容忍“洋人”在街上横冲直撞,驾着自家的老爷汽车与那些洋人一争高下。他也曾经报名参加宋美龄组建的中国空军,幻想驾驶着战机与日本鬼子拼个你死我活。

在清华大学求学的几年里,父亲不仅学到了科学知识,还受到了中国共产党的启蒙教育。我党地下党员蒋南翔、李昌、曹言行等同志都曾经是他的良师益友。1935 年爆发的“一二·九抗日救亡运动”是中国共产党领导的一次大规模的学生爱国运动。父亲与同学们不畏军警的阻拦和袭击并肩走上街头,向劳苦大众揭露日寇侵华暴行,号召人民团结起来一致抗日。他们向国民政府请愿,停止内战,一致对外,抗日救国。这场运动使父亲第一次体会到了人民大众的力量,看清了以蒋介石为首的国民党政府对日妥协、对内反共的丑恶嘴脸,从而把跟着共产党,参加抗日斗争,解放全中国的劳苦大众作为自己人生的奋斗目标。1937 年夏天,父亲大学毕业了,不久便悄然离开温暖的家,披着爷爷的旧大衣,按照地下党员的指引,从山西走进抗日根据地,毅然参加了八路军。

父亲参军后留在左权参谋长身边工作,这段时间他进步很快,不

到一年便加入了中国共产党。由于抗日战争的持久性和残酷性，仅靠大刀长矛和缴获敌人的枪支弹药已经不能满足战争的需要。按照党中央指示，八路军总部于1939年3月成立了军工部，建起兵工厂，开创了自己的军工事业。

柳沟铁厂是军工部组建的第一家兵工厂，该厂的前身是几家私营小厂集资合股开办的土法炼铁厂。由于经营不善，开工仅半年就入不敷出，濒临倒闭。4月1日军工部接管了该厂，改名柳沟铁厂，第一任厂长便是我的父亲高原。

父亲和工友以及海外归来的学子们一起白手起家共同创业，他们边建设边生产，夜以继日地工作，克服了重重困难，经过修理改造，终于使仅有的一台破旧炼铁炉燃起熊熊烈火，每月能生产22 500公斤生铁，平均每天制造出上千枚手榴弹和爆发管、拉管、信管、雷管等产品。他们还对多种产品进行了技术改造，哪怕付出流血牺牲的代价，也无怨无悔。例如手榴弹拉火帽的引药从火柴头（磷）改为用雄黄氯酸钾配制，外面包裹蜡皮，从而保证了拉火的可靠性，也提高了爆炸率。他们还改进了黑火药的配方比例和制造方法，增强了爆炸威力。弹壳也由圆柱形改为椭圆形，表面铸有凹凸方格花纹，增加了爆炸碎片，大大提高了杀伤力。百团大战以后，为加强我军的战斗力，遵照彭德怀副总指挥的指示，他们增加了小型炮弹的弹坯铸造，后来又陆续生产了较大口径炮的弹坯和八二迫击炮的弹坯。

为了扩大生产，制造更多的武器弹药，工厂派出了干部和技术工人到太行各分区组建小工厂，使每个军分区都能按照统一标准和规格生产手榴弹。同时到区县武装部向民兵传授和指导制作地雷的方法和爆破知识，开展“人人会做雷，家家有地雷”的爆破运动。

在那个工业落后，以手工操作为主的年代，随着工厂的扩大，产品种类的增多和数量的提高，工人也必然增多。工厂采用军事化管理，工人干部一视同仁，定工定岗，超额有奖，多劳多得，同时设立技术津贴补助，鼓励职工钻研技术，搞发明创造。由于赏罚分明，管理得当，职工们心情舒畅，干劲倍增，他们自觉自愿地加班加点超额完成各项生产任务。职工的家属以及柳沟的乡亲们把工厂的兴衰与自家的命运联系在一起，他们不但支持和督促亲人努力工作，更把保护工厂作为己任。在完成农业生产之余，他们挖煤，收集废铜烂铁为工厂提供燃料和原料。每当日寇来扫荡，就会有人来报信，全村出动，乡亲们牵着自家的毛驴，推着小车，协助工厂职工把拆卸的机械设备、原料成品等运进山中隐藏。日本鬼子扫荡后，又帮助运回工厂。就连老人孩子也会主动站到村口或山顶望风放哨。在抗日战争最艰苦最困难的时期，工友和乡亲们同甘共苦，从没有出现过叛徒和告密者。

有乡亲们的呵护，有全厂职工的努力，柳沟铁厂迅速壮大，成为军工部的支柱产业。不但圆满完成了上级交给的生产任务，还培养了一大批管理干部和技术工人，为新中国的军工事业打下了坚实的基础。抗日战争后期，根据形势变化，柳沟铁厂一分为三，分别迁往其他三个地方设厂。工厂的规模暂时缩小了，但更专业化，也更便于发展。

抗战胜利后，父亲高原调到长治市，负责筹建刘伯承兵工厂。之后，又奉调太行行署，任公路局局长，华北交通部工程处长，负责修建长治到邯郸前线的公路。他的团队用原始落后的设备，成功建造了当时最大的浊漳河公路桥，修复了从邯郸到北京的公路和石家庄到北京的铁路，为解放战争和党中央毛主席进驻北京，做出了贡献。

2007 年，父亲去世后，我曾经到山西柳沟去探访他工作过的地方。柳沟的老人们还记得父亲。他们说那时工厂很红火，父亲是很能干的厂长，经常在夜晚带着人去扒日本人的铁轨，也敢在鬼子扫荡刚刚撤离时就带着人去打扫战场，收集枪炮弹壳充当炼铁原料。

新中国成立后，父亲先在交通部任职，参加并指导了南京浦口码头、厦门集美海堤工程、海南岛秀英码头、湛江港、辽松运河、京杭运河等诸多交通基础设施的规划和施工建设。

1959 年初，中国科学院承担了包括"两弹一星"在内的很多重大国家科研项目。从全国各地抽调党员技术干部。父亲随同交通综合运输研究所建制，从国家计委调到中国科学院任长春机械研究所所长，后负责机械所与光机所的合并，扩大为长春光机研究所。1961 年又调到北京，任技术科学部副主任（严济慈任主任，赵飞克委员任副主任）。1962 年数理化学部（吴有训副院长兼主任）恽子强副主任病故，父亲再调至数理化学部任副主任。1965 年，为了加强科研成果转化成为国防科学新技术工业的工作，父亲又赴新成立的新技术局担任副主任。我们家也从10号楼搬到15号楼。但不久四清运动，“文化大革命”运动接踵而来，1966年夏天以后到1972年“文化大革命”运动中，父亲被“隔离审查”，在干校劳动。1972年恢复工作，任物理所领导小组副组长，年底调离中科院，回交通部任技术局长，兼任交通科学研究院院长。今天电动汽车的发展，有很多成果都源自他那时就支持开展的基础研究。

父亲是个严守纪律的人。他在新技术局曾协调两弹一星重大科研项目，他在物理所担任副组长期间，组建了安徽、武汉等地的新能源研究所。这其中的具体情况，和他作出的贡献，他从不向家人讲。

父亲是重情义的人，不管是在清华读书期间，还是在交通部、科学院工作期间，他与众多著名科学家并肩学习、工作，建立了终身不渝的友谊。

做科学家的朋友

——记我的父母杨森、许少英

杨小林

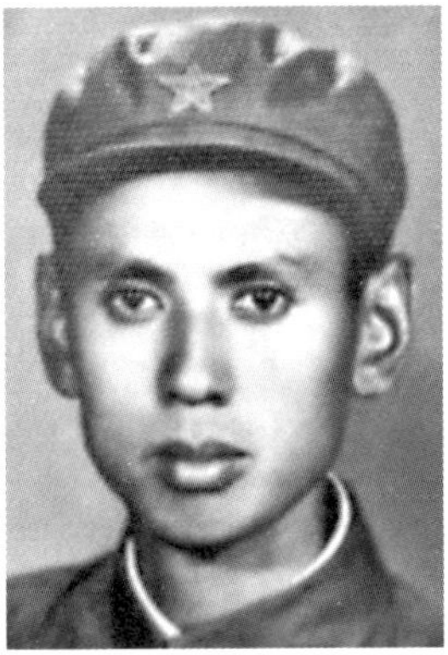

杨　森(1917—2011)

山东省荣成市人。1952年12月自中国人民解放军第九兵团驻山东曲阜留守处转业至中国科学院植物研究所，历任植物研究所人事干事、办公室主任、副所长等职。

中国科学院成立之初，中共党员干部非常少，仅有 8 人。为了加强党对科学事业的领导，团结知识分子，急需给科学院配备一批有一定文化水平的党员干部到各个研究所去。这其中就有我的父亲杨森和母亲许少英。

1954 年 3 月 8 日，中共中央批准科学院党组于 1953 年 11 月 19 日呈送的《中国科学院党组关于目前科学院工作的基本情况和今后工作任务给中央的报告》，并将这个报告与《中央对科学院党组报告的批示》在党内转发。这个批示可以说是中国共产党发展科学事业的基本政策，其中提出“党必须关心科学研究工作，从各方面为科研工作的开展创立有利条件”“团结科学家是党在科学工作中的重要政策”“大力培养新生的科研力量，扩大科研工作队伍，是发展中国科学事业的重要环节。”父辈们忠于党的事业，工作宗旨就是一切为科学工作服务。

我父亲是抗战时期的党员，1952 年 12 月从中国人民解放军第九兵团驻山东曲阜留守处转业到中国科学院植物研究所做人事干事。他后来回忆：“我们从九兵团下来以后，领导交待的很明确，就是到科学院去为科学工作服务，为科学家服务。我们当时有一些顾虑，我们这些人的文化程度低，到科学院怎么工作呀？但这是党的需要，当时全国刚刚解放，必须要找一批人去做党的工作。当时就是抱着这个思想，听党的话，为科学家服务，把工作做好。”

父亲到植物所时候，只有吴征镒[1]先生一个党员，吴老后来回忆，

1　吴征镒（1916—2013）植物学家，中国科学院院士（1955）。曾任中国科学院植物研究所副所长、昆明植物研究所所长、研究员，获 2007 年国家最高科学技术奖。

“1952 年底杨森同志调来了，我觉得非常亲切。”当时吴老是植物所的副所长，我父亲很多工作都要向他汇报。吴老比我父亲年长一岁，他们合作得很好。吴老的性格很温和，一心都在科研工作上。而我父亲的性格比较急，说话也比较冲，他俩有时会因对工作中的同一个问题有不同的看法而产生争执，用母亲的话说就是“秀才遇见兵，有理说不清”。父亲曾经回忆说：“有一次我跟老吴从北京动物园里的陆谟克堂[1]一起走，我给他汇报工作，他一边听，一边‘啊，啊，啊’的答应着。等走到动物园西大门，他问：‘老杨，你刚才给我讲的什么？’这个人真是有意思。他就专心考虑他的问题，所以我不怪他。一个搞学问的，不专心怎么行？”吴老也从不计较父亲的“冲”。就这样，吴老这个“秀才”和父亲这个“兵”结下了一生的友谊。吴老调任中国科学院昆明植物所所长后，到北京出差经常到家里看望我父亲。后来我去昆明出差，父亲也嘱咐我去看望吴老。2008 年 1 月，吴老获国家最高科技奖，父亲很高兴，一连几天，只要电视上播出，就一直看。

我父亲对科学家非常尊重，比如钱崇澍[2]先生，他称钱崇澍先生“钱老”，钱老称他“杨先生”。钱老很喜欢聊历史，也喜欢京戏。父亲也是一个戏迷，钱老就经常跟他聊京戏，还给他讲戏。有一次我陪父亲看“八仙过海”，他告诉我，钱老曾经给他讲“八仙过海”是个武戏，

1　1934 年中法文化教育基金会用庚子赔款的法国退款与北平研究院合资、在北京天然博物院花园（今北京动物园）内兴建的，以供北平研究院生理、植物动物等研究所之研究室及标本室之用的科研建筑，该建筑定名为“陆谟克堂”，以纪念法国生物学家拉马克（当时译为陆谟克）。

2　钱崇澍（1883—1965），字雨农。植物学家、教育家，中央研究院院士、中国科学院学部委员（1955），曾任中国科学院植物研究所长、研究员。

那时候他还没看过这个戏。

钱老的身体不太好，胃切除了。他生前和北大医院签了一个遗体捐献协议书，自愿死后把遗体捐给医院用作医学解剖。钱老去世以后，秦仁昌[1]先生找我父亲商量说："老杨啊，这么大一个科学家，这样做不合适，无论如何要取消。"所里研究后，就让我父亲去北大医院协商协议作废，经双方同意没有解剖。

钱老的家人和我父母的关系也很好，我和钱老的孙女钱志丽更是情同姐妹。

我父亲从1952年底转业到1982年离休，一直在植物所工作。曾任植物所所长的钱迎倩先生在所庆70周年时曾写文章回忆道，"一个研究所能不能出成果，其中关键之一是这个所有没有一只优秀的科技队伍。老一辈的科学家对培养优秀的青年科技人才是很重视的。植物研究所的历届领导当然也重视，但其中以杨森同志尤为突出。杨森同志是50年代从部队转业来植物所工作的，不管是他当办公室主任阶段还是在当副所长阶段，他特别重视对所内科技人才的争取和培养。20世纪50年代时，国家给中国科学院有特别优惠的政策，有几年允许各所到大学里去挑选应届毕业生，杨森同志经常亲自出马。此外，只要是老一辈科学家认为应重点培养的人才，作为主管人事领导的杨森同志总是千方百计地设法去做好工作，往往亲自动

1　秦仁昌（1898—1986），字子农。蕨类学家、植物分类学家，中国科学院学部委员（1955），中国科学院植物研究所研究员。

手或亲自出差去解决这些骨干的两地分居问题或其他方面的困难。为植物研究所做出了重大的贡献。”

我母亲曾是上海地下党党员，1948 年毕业于上海立信会计学校，1949 年上海解放后，任上海市财政局兼税务局局长顾准[1]在上海市财委地方工业处的秘书。1953 年初作为“技术归队干部”被调到中国科学院植物研究所真菌植病研究室，任戴芳澜[2]先生的秘书，后兼任研究室支部书记。

1953 年夏天，郑儒永阿姨和一批大学毕业生分配到植物所真菌植病研究室工作。戴老自己是室主任，所以让室里其他老先生先挑学生。因为郑阿姨是女同志并且家在香港，其他的老先生都不愿意要，挑到最后把她留给了戴老。戴老也不想接收她，我母亲就和他谈了一次话并批评他重男轻女，戴老当时正在争取入党，虽然没完全想通，但还是接受了批评，同意把郑阿姨留在研究组。

此后不久，我母亲找郑阿姨谈话，“戴先生是不得已才让你到他的工作组里面去的，首先戴先生一向不愿意带女学生，他认为女同志一结婚就不求上进，成不了才。其次你的照片是烫头发的，家又在香港，他说你是一个香港小姐，怕你不能吃苦，不能出差采集标本。”郑阿姨当即表态：“我对自己有信心，只要给我时间，一定会改变戴先生

1　顾准（1915—1974），字哲云。思想家、经济学家，曾任中国科学院经济研究所研究员，资源综合考察委员会副主任。

2　戴芳澜（1893—1973），字观亭。真菌学家、植物病理学家，中央研究院院士，中国科学院学部委员，曾任中国科学院应用真菌学研究所、微生物研究所所长，研究员。

对我的看法。”随后我母亲又鼓励她：“能跟戴先生工作和学习不容易，一定要好好干，一定要为我们女同志争气。”

正是这样，郑阿姨为了她所热爱的科研工作，为了这一句承诺，凭着一份执着与坚持，做到了“最好”，1999 年郑阿姨当选为中国科学院院士。郑阿姨为了“给女同志争气”，为了不影响科研工作，她和老伴黄河叔叔，没有要孩子，把两个人的人生岁月，几乎都献给了中国的科研事业。用郑阿姨自己的话说，她每天陪伴显微镜的时间，甚至超过了陪老伴的时间。

1999 年我母亲重病，住进了北大医院 ICU。当时医院病床很紧，郑阿姨得知后，帮忙找大夫，找病床。事后我打电话向她致谢，她跟我说，你不要客气，我和你母亲是好朋友。

我母亲在工作中，还非常关心老科学家。比如 1955 年 10 月戴老出访民主德国，在准备出国物品的时候，我母亲发现戴老连一件皮大衣都有没有，一问才知道，原有的皮大衣在 1942 年西南联大的时候，由于收入难以为继，被夫人送进了当铺。德国 10 月下旬至 11 月气温变化很大，为此我母亲专门给院里写了一份报告，院里给戴老特批了 500 元制装费。

1954 年 9 月中国科学院召开了第一届人事工作会议，我母亲因为知识分子工作做得好，在会上受到了表彰，还得到了颁发的 500 元奖金，我母亲将这笔奖金全部买了国债，用于支援国家建设。

1956 年 4 月 21 日中国科学院机关党委员会在北京召开发展党

员大会，接收戴芳澜、邓叔群、杨钟健、邓稼先等 35 位高级知识分子入党。这是中国科学院建院后发展的第一批高级知识分子党员。我母亲是邓叔群[1]先生的入党介绍人之一，另一位介绍人是植物所支部书记姜纪五，当时的《人民日报》还就此事进行了报道。邓老的儿子邓钢告诉我，他到现在还记得我母亲经常到他家去和他父母亲聊天的场景。我母亲调到中国科技大学以后，邓老凡在思想上有些想法或对政策有些不解的时候，还时常到我家里找我父母谈心。

1956 年 11 月，真菌室扩建为应用真菌学研究所并搬到了中关村生物楼，我母亲来到了中关村。那时候中关村正在建设，中科院办公厅的西郊办公室刚刚成立，“西办”事物繁杂，人手有限，我母亲他们就在工作之余与一些著名科学家夫人组成的家属委员会一起协助“西办”工作。有一次我母亲在中关村遇到了已经调到中国科学院经济所任研究员的顾准先生，得知老领导调到北京，非常高兴。我母亲曾经说，顾准先生非常爱他的孩子们，经常说“我的孩子各个都是顶呱呱的”。几十年后，《顾准日记》出版，我母亲是流着眼泪看完的。在 2009 年《中关村回忆》一书编写座谈会上，我和顾准的女儿顾淑林老师说起这些，也是唏嘘不止。

1958 年 6 月我母亲调到了新成立的中国科学技术大学，负责招生工作。其中一项主要的工作就是到各学校去“挖”优秀的应届高中

1　邓叔群（1902—1970），字子牧。真菌学家、植物病理学家、森林学家，中央研究院院士，中国科学院学部委员（1955），中国科学院微生物研究所研究员、副所长。

毕业生，动员、号召大家报考中国科技大学。柳怀祖先生曾经回忆："许少英老师到我所在的北京五十六中，动员、号召大家报考中国科技大学。她找我谈，用个好词，就是'启发'，她特别强调说：科技大学是为了培养国家急需的尖端科技人才，我们党自己创办的、抗大式的、新型的社会主义大学，办校方针是'全院办校、所系结合'。在她的启发下，我就响应党的号召，撤回了上清华大学的报名，重新填了志愿，报考了中国科大无线电电子学系。"

我曾经问柳先生，"您没上清华而选择上科大，后悔过吗?"柳先生回答说："从来没有，我们当时的信念就是响应党的号召。"

父亲母亲就是在"一切为科学工作服务、为科学家服务"的工作中相识、相知、相爱走到一起的。正是由于他们的工作和这些科学家朋友，使得我后来从事中国科学院院史研究工作受益匪浅。

回忆我的父亲叶渚沛

叶淑珊（执笔） 叶良侠 叶凯蒂

叶渚沛(1902—1971)

祖籍福建厦门，1902年10月6日生于菲律宾马尼拉市。1933年毕业于美国宾夕法尼亚大学。长期潜心于科学研究，善于运用多种科学和技术的综合观点，不断提出解决国家建设中许多重大课题的意见和建议。倡导了化工冶金学，创建了化工冶金研究所。任中国科学院化工冶金研究所所长、研究员。1955年被选聘为中国科学院学部委员(院士)。1971年11月24日逝世。

自小父亲最爱我，在我的心里他是属于我的。等长大了一点儿，才知道父亲不完全是我的，他的心是属于中国人民的。他每天早上四点起来就开始工作，一直做到深夜。年复一年无悔地奔忙着，二十年如一日。他是以什么为动力这样做呢？我百思不得解。后来我慢慢明白了。那是在中华人民共和国成立时，当他听到毛泽东主席在天安门城楼上，对全世界庄严宣布："同胞们！中华人民共和国中央人民政府已于本日成立了！"之时，父亲就上唐人街去买了中华人民共和国的国旗插在他办公桌上，当时他在美国任联合国的经济顾问，之后不久他便毅然辞职了。他对我母亲说他要回国了，我母亲和他们一岁的儿子还有肚里的我可以随同他一起去中国，如不去，父亲会留一笔钱给母亲，自己单身也要回国去建设社会主义。父亲在和母亲结婚时，就告诉母亲，他有一天会回到他的祖国，为中国人民服务。

父亲怎么会有这么强烈的爱国精神呢？这得从我爷爷叶独醒说起。我的爷爷原名叶镇锥，是一位老同盟会会员，年轻时因参加反清复明，失败后逃到了菲律宾，在菲律宾加入了同盟会，追随孙中山先生一起在海外闹革命。他经常抛家舍业，四处奔波，为革命讲演、募捐，筹措经费，有时还抽调自家布店的资金支援革命，以致那桩小店倒闭。孙中山先生曾经亲自写一块匾额，赠送给叶镇锥，并将他的名字改称"叶独醒"，意思是"众人皆醉我独醒"，来表彰他为革命做过的贡献。

父亲是 1902 年出生于菲律宾马尼拉这样的一个家庭中，他排行第二，自小爱读书，喜欢搞点小发明创造什么的，从小就决定长大要救国。他 17 岁那年赴美读书。本想学医，后改学冶金。他认为只有国家强大了，中国人才能站起来，才不至于受外国侵略和欺负，而国家要强大必须要有钢铁。爷爷闹革命把钱都捐给孙中山去买军火了，于是奶奶只能变卖首饰接济我父亲。但钱仍不够，父亲就参加了美国的国家民兵。一个月练兵两次，一年发两套衣服，这样衣服就有了。他上课记笔记，下课卖笔记，就有钱吃饭了，就这样半工半读完成了学业。他留在美国就业，1927 年他还参加了美国共产党。抗日战争爆发后，我父亲决定去中国延安帮助中国共产党发展科学技术，但还没有到延安，在重庆就被留了下来，为抗日做工作。父亲在重庆救了不少共产党人，其中也包括白求恩大夫。在“文化大革命”期间，父亲曾经拿出白求恩的借条给我看。白求恩大夫应加拿大及美国共产党派遣去延安，在路经重庆时，所带的药物沿途都被日本人轰炸火车时烧光了。我父亲看见白大夫就问他，延安战士在流血，你为什么还不去？白大夫告诉我父亲，外科医生没有药怎么去救战士呢？于是我父亲问他需要多少钱，他出了个数目。父亲在几天内登报启事，说他急需用钱，就把钱很快筹措好，送白大夫上延安去了。白大夫写借条是为了保护我父亲，如国民党戴笠特务来问，我父亲就可以说钱是借给白大夫的。抗日战争后期，有人在戴笠那出卖了我父亲，他才不得已离开中国返回美国。

然而，他虽然回到美国，但心还是留在中国。在父亲与母亲结婚时，父亲就对母亲说过多次，他总有一天要回到他的国家，为他的祖国和人民服务。母亲深深地爱上了这样一个有理想的青年人。在当时的年代，一个白人女子和一个中国男人的结合是需要很多勇气的。

新中国成立后，父亲第二次返回中国，他不但把母亲和哥哥带回了中国，还把在香港的叶家连同我祖母一起搬到北京定居。

我对小时候的事情记得不多，但有几件事记得清清楚楚。自我记事起，我父母就分房睡觉，我从没有多想过。长大了才明白，父亲每天早上4点就要起来工作，二十年如一日。只有在我们出去度假，他才接连睡上一两个星期，摇醒他吃早饭，再摇醒吃中饭。他平时根本没有时间陪我们玩。我母亲看父亲这样努力工作，她也就更加努力在北大教授学生英文。

父亲是我们的模范，是我们的榜样。在三年自然灾害时，很多人吃不饱饭，父亲所里派人到处去找吃的。一次父亲从所里拿来一只鹅，我可高兴极了，想着晚上有鹅吃了。可放学回家鹅没有了，我问鹅呢，原来父亲把鹅拿去给所里一位急需营养的女工了。所里几次去内蒙古打黄羊，我们听说要发黄羊肉，但一次也没有发到家里，原来父亲都让给别人了。父亲在所里有一辆华沙小卧车，听他司机说，他的级别可以有一辆新的高级车，可父亲说华沙还能开，不要去换新车。司机很不高兴，想说服父亲，不过他终究未能说服父亲换新车。司机怎么知道，我父亲绝不会为一辆车去多花中国人民一分钱。他不远万里来到中国就是为了建设中国的，小汽车好坏对他而言是无所谓的。一次寒假父亲去广州开会，我们全家也都跟着去了。要回来时，大水冲了铁轨，火车停运了，有人建议我们坐飞机回北京，父亲绝不让，那时飞机一般人很少乘，他不让我们有特权感，于是等了几天，水退了，我们才坐火车回家。

我从小记得父亲脾气不是很好，事过多年我才明白，父亲刚来中国时有许多不顺心的事。他一回国，就到重工业部工作，但重工业部一时没有具体给他工作。父亲很幽默地告诉他的朋友们说，等他死时，他要在他坟墓上写下“在这躺着的是叶渚沛，因无聊而死”。一直到有一次刘少奇主席问一位外国专家，能不能介绍一位冶金专家给中国，他推荐了父亲，这样父亲才真正开始实现他回国的理想，他早就为中国准备了多年的冶金资料。但工作不很顺利，有一天父亲从人民大会堂回来，他哭了。那时父亲没听懂一句中文，有人在他旁边告诉他说，“说你呐”——周总理在人民大会堂公开向叶渚沛道歉。原来多年来中国一直低价卖稀土金属给苏联，我父亲坚决反对，他说有一天中国一定会需要我们自己的稀土金属，不能廉价出售，但冶金部的官员们不听。为了这桩事父亲生了很久的气。

“文化大革命”中，父亲被批斗，进“牛棚”，但他从来没有抱怨。父亲从“牛棚”出来后，他开始为我们——他无辜的子女担心。他多年的工资，一分也没有存。工作这么多年，他给我母亲一小部分工资，其余的钱，化冶所里谁家有困难，他就把工资给谁。其实父亲在“牛棚”里就开始生病了。当时他要去看病，可没有所里的证明，医生不给他好好看，还有人居然讥笑他，后来父亲索性就不去治病了。我每天看着他肚子疼得不能坐起，把椅子放到桌子上，把打字机再放到椅子上，把肚子使劲地压在桌子上，站着工作。但父亲每天还是一早起来，他在赶时间，为了中国的钢铁及化工事业，他没有多少时间了。一直到他肠梗阻那天，我跟哥哥把他送到协和医院，主治大夫认出他是人大常委叶渚沛时，才把他收下尽力抢救，但癌症已经进入了晚期。病魔终于夺去了父亲的生命。

人总是要死的，对我们的父亲而言，最感遗憾的是自他 1950 年归国后，只有 16 年的工作时间，实在是太短暂了。因为，从他年轻时代开始，便把中国特殊的冶金与农业需求定为他的科研中心。他在国外几十年如一日地坚持这研究方针。终于有机会回到祖国，而“文化大革命”又最终剥夺了他实现理想的最后机会。

“文化大革命”中，父亲曾给毛泽东主席写过一封信。此信原文是英文，父亲出生于菲律宾，在美国受教育，没有正式学过中文，信当时是由我们子女翻译并到国务院侧门递交的。现保存原翻译。这是一封文字之间带着那时代的背景与一位老科学家面对无法抵制的政治洪流的最后呼唤的信，也是父亲叶渚沛对他一生的理想、追求与贡献的一种总结。他在信中说：

敬爱的毛主席：

就在刚解放的时候，我在困难的情况下回到了祖国，希望把我的一点知识和经验贡献在祖国社会主义建设中。作为一个爱国者和现代重工业技术的专业人员，对苏联专家提出的许多错误的和有害于我们冶金建设的建议，我不能保持沉默。我公开地给予反对，我知道这是冒险的，但我对党有无限的信任，所以 1953 年当我被称为“反苏分子”时，我给您写了一封信要求党组织对我个人的历史做深入的调查。

18 年后的现在我第二次给您写信，请求调查我的情况，并感谢您对于知识分子的政策使我认识到以前的错误。我更加感谢党的是，领导科学院的解放军明确地告诉我，党会给我合适的工作，使我能够继续为祖国社会主义建设贡献力量。对我来说合适的工作就是参加能够为祖国和人民献出我小小力量的“化冶”过程的研究工作。

……

研究过程问题需要有综合性学科的观点，而我的专长正表现在这方面。我坚信对祖国发展着的科学技术，自己能够做一些有价值的贡献。您是我们的伟大领导和导师，您能够明白一个年近七十，只剩不多几年工作时间的人，对浪费最后的生命感到的痛苦。为祖国进行科学研究工作就是我的生命，剥夺我在自己专业内用伟大的毛泽东思想指导研究的机会，我就等于是活着的死人。

我也想利用这个机会简单叙述二十年来我的科学工作和斗争，而我最终想要了解的是我（们的研究）所多年来的工作方向是否正确，我所是否对国家有存在的必要。我要写的大部分事情很容易得到二位以前直接领导我的老干部的证明，一位是科学院前副秘书长秦力生同志，一位是前技术科学部负责人赵飞克同志，他们现都在科学院。

……

由于年龄比较大，我强烈希望能在我的晚年继续对党和人民贡献一点微薄的力量。多年来，我一直想发展一些新生产技术，特别是不必用电力而用超高温碳热能生产电石和铝金属。我认为这些新技术不论技术上还是经济上都适合于我国。根据我对生产技术长期发展趋势的研究，超高温生产技术可能在国际上20世纪80年代或90年代被采用。从我目前初步完成的理论研究来看，这项工作是完全行得通的。

……

父亲在信中对自己20年来的工作以及所领导的化工冶金所多年来的工作作了总结，并请求上级能保留化工冶金研究所，这样便能有机会在晚年继续为祖国贡献他的力量。

父亲教育我们自立、自强，我们经历过苦难、曲折，通过坚持不懈的努力，终于获得了成功。哥哥现在是一位出色的实业家，我和妹妹

现在都在美国，我做慈善工作快 30 年了，如筹建老人院。这也是中国教给我的，对老人要孝敬。妹妹在大学任教。我们以此来告慰在天堂的父母。

珍藏心底的纪念

——忆父亲林镕

林稚兰　林慰慈（执笔）　林静慈　林平苹

林　镕(1903—1981)

植物学家、教育家。江苏丹阳人。生于1903年3月27日，1930年获法国巴黎大学国授理学博士学位。曾任教于北京大学、厦门大学等十余所我国著名高校，兼任系主任。组建和领导了我国多个科研院所。曾任中国科学院植物研究所副所长、代所长，中国植物学会副理事长兼秘书长，《中国植物志》主编。1955年被选聘为中国科学院学部委员(院士)。1957年当选中国科学院生物学部副主任、后任主任。我国真菌学研究的奠基者之一。对我国菊科植物分类和植物区系等研究做出了重大贡献。逝于1981年5月28日。

父亲的祭日 5 月 28 日又快到了，珍藏在心底的对父母深深的记忆之门再一次打开了。父亲林镕（字君范）是著名的植物学家、教育家。生前是中科院学部委员（院士）、生物学部主任、中科院植物研究所副所长、代所长、一级研究员、第三届人大代表，《中国植物志》主编。母亲经佩蘅是中关村医院的普通职工、海淀区政协委员。父亲宽厚、博学、律己、幽默，母亲直爽、能干、无私、热情，是两个性情完全不同的人，他们彼此深深地相爱着，相濡以沫地走过了近五十个春秋。父母的一生对我们姐妹来说是一本厚厚的一辈子读不厌的终身受益的书，也是我们的行为准则。这么多年过去了，许多事情依然清晰地印在我们的脑海里，历历在目。

闹中取静的父亲

我们家是个人口众多的热闹的大家庭，在中关村的常住人口最少的时候也有 8 人。父亲、母亲、奶奶、我们四姐妹，还有一个终身未婚的姑姑。第四代加进来后，曾达到 13—14 人。最年长和最年幼的相差 102 岁。我们是中关村的老住户了，1955 年住进 15 楼，1967 年被迫搬到 44 楼，1980 年落实政策后又搬到 13 楼。最挤的时候十多口人挤在 3 间屋子里，晚上连壁橱里都得睡人。父亲从来没有自己独处的空间，他的书房也是卧室，是间有两个门的穿堂屋。其实，他只占一个书桌，和他同卧一室的还有母亲、小妹和两个小外孙。我们这一代和第四代在孩童时期大都是孩子头，一拨拨的同学和小朋友在屋子里穿来跑去，热闹非凡。每到晚间，屋子里便挤满了来看电视的邻居和小朋友，因为我们家很早就有一台北京牌黑白电视机。更有甚者，父亲书桌上的工作电话成了“公用电话”。80 年代以前是没有私人电话的，公用电话也很少，我们家的电话是所里为方便父亲工作给安装的。由于母亲乐于助人，这部电话渐渐就成了公用的。附近几个楼的人，多数还是父亲不认识的，常在父亲耳边用电话不说，母亲还常要下三楼爬五楼地去免费传呼。而父亲就在闹声中读书、写作、做研究，丝毫不受影响，也从没表示过异议。这种情况一直持续到父亲有病，不大上班，母亲突然意识到这部电话的工作意义已经不大了，而这么多人(包括家里人)将其用作私人电话，要花公家多少钱啊？于是，年近 70 的她便自己跑到电话局把电话给撤了。受父亲闹中取静的影响，我们家第三四代的人大都能在电视、音乐的陪伴下或嘈杂的环境中读书、备课，也大都出自名校，仅孙辈中就有三人毕业于北大。

对事业有强烈使命感的父亲

父亲极勤奋也极负责任。他担任所领导期间(1953—1978)仅工作日记就有 58 本。他亲手书写的密密麻麻的植物分类学图文并茂的资料则多达 40 卷，仅菊科就有 37 卷。这些都是他为编写《中国植物志》，从 1929 年起即开始汇集国内外近百种书刊中有关我国菊科、旋花科、龙胆科的资料，经历了近 50 年整理和编辑而成的。现在这些资料已全部捐给植物所供编写植物志之用，可惜其中一本借出后遗失。据他的学生们说，他写的资料之完善，有些不需改动直接编进了植物志，有些在父亲去世20多年后的今天仍然在用，并为后人继续编纂中国植物志(菊科)和进行专题研究打下坚实的基础。所以学生们把他的这些资料看成是一份极其珍贵的科学遗产，并称其为“中国菊科分类大全”。父亲的著作颇丰，是国内外有影响的科学家。但有谁知道他的这些工作是在什么条件下完成的?

新中国成立后，父亲几十年没有节假日，没有星期天。他终日繁忙，行政工作和会议占用了他太多时间。他白天没有时间搞业务，就用晚上补回来，所以经常下班都抱一大摞标本回家。在家除了听新闻联播那半个钟头是他休息的时间外，他通常要持续工作6—7个小时，甚至一天当两天用，直到深夜一两点。每每我们半夜醒来，总会看到台灯下满头银发的父亲伏案工作的背影。家人心疼，有时会进行劝阻和干预。一次，他又在摆弄‘枯枝烂叶’(母亲对他的标本的昵称)。大姐说:“不就是给植物编个‘户口簿’吗?又不是您的菊科、龙胆科(父亲是这方面的专家)，少操点心，多睡点觉不好?”他说:“‘枯枝烂叶’也是我们几代人付出心血和努力换来的，有的先生为采集标本还丢了性命。……不要小看给植物登记造册编制‘户口簿’，它可是我国今后合理开发利用植物资源的基础和依据。……外国人想参加合编植物志，我们都没同意。我们再不快点出版，就赶不到前头了。……可惜我们中国的植物有半数以上是外国人抢先命名的。”他还说："做一个中国人，总要为中华民族留下点东西，增添点什么……"他在去世前几年，多次跟我们说："我的时间不多了，我已完成的事还不到我想干的事的十分之一，我得一天等于二十年才行，再不抓紧，恐怕就来不及了……"

父亲的另一特点是勤于思考，他写东西都是经过深思熟虑的，不轻易落笔，落笔即成文。他经常坐在书桌前沉思，有时能到忘我的境地，烟头烧到手指都没发觉。没搬来 15 楼之前，家住西直门大街 26 号，从西直门换车到家有一站多路，有时等电车的时间长，他就直接走回家。每当这种情况，都是过钟点儿近一个钟头还不见他的身影。那时父亲的胃病很严重，隔着 20 多米就能听见他打嗝的声音，后来手术切掉五分之四。等我们听到"哦喔……，哦喔……"的声音跑出去迎他时，他会不好意思地笑笑说："又走过头了，到了新街口才发现不对了。"其实，不说我们也知道，他是低着头边走边想事，直到碰壁，要不是新街口拐了弯，他能一直走到西四去。

他以滴水穿石般的毅力，常年见缝插针地抢时间，终于严重地损毁了他的健康。他给国家和后人留下的东西是用生命换来的。

常年和包子打交道的父母亲

最初父亲中午不回家在所里吃饭。食堂里是要排队的，他去食堂总有人给他让位，并直接把他推让到卖饭的窗口前："林老排前面！"这让他非常过意不去，他就等别人吃得差不多了再去。可这样还是不行,因为学生们把饭给端到办公室里来了,他又觉得太麻烦学生们了。回家跟母亲商量,母亲当机立断:“带饭吧!”带什么呢?米饭显然是不行的,那时没有微波炉,米饭凉了没法吃,带包子吧!20世纪六七十年代以前的中关村不像现在,那时没有超市,没有那么多小吃店、饭铺,没处买包子。这样,从第二天起,为了父亲能吃到当天的包子,母亲就每天清晨5点钟起来蒸包子,一年300天如一日。蒸好的包子用蒸过的白布包好,夏天父亲就吃凉包子,冬天父亲一进办公室就把包子放在暖气上,等到中午吃。从解放初期到1974年,20多年间,每年近300天,父亲的午饭都是包子,这是植物所尽人皆知的。父亲爱吃包子吗?不!父亲是江苏人,母亲是浙江人,连我们都是吃米饭长大的。但在父母两人的观念里,这是最不麻烦别人的唯一办法呀!

有时母亲为了犒劳父亲,会在晚上给他加一碗醪糟蒸蛋或银耳红枣粥,这时父亲开心极了,会笑着说:“还有这么好吃的东西呀!”

父亲的小轿车和公交车月票

搬到15楼以后,所里给父亲派了一辆小轿车接送他上下班。父亲觉得这太特殊了,也太浪费了。于是提出最好派个大点的车,把植物所住在中关村的老科学家们都邀上和他一起坐。所里很为难,因为所里派不出大点的车,而当时坐小车还得够级别呀。于是,父亲上班时就请司机老夏同志绕个道,把唐进伯伯、汪发瓒伯伯、钟补求伯伯或秦仁昌伯伯等捎上，反正他自己不独自坐车。父亲用车是极为严格的，绝不为私事用车，也不许家属用车，包括我陪他去医院看牙都是乘公交车。

“文化大革命”中，作为“当权派”的父亲免不了要受冲击的，也有过一些对他无中生有的大字报。父亲也曾委屈过、惶恐过，但也许是他德高望重和太有人缘了，无论把他当作走资派还是反动学术权威都批不起来。我们曾听说开他的批判会时，由于没什么人发言，一个钟头就散伙了，这在当时可不多见。当时许多单位的工作都瘫痪了，他是最先被“解放”出来的干部之一，为了“抓革命，促生产”，他时而飞昆明所，时而飞华南所，去做群众工作，非常劳累。但打从那时起，只要父亲在北京，他就不要小轿车，又开始乘坐公交车上下班，那时他已是70岁的老人了。“文化大革命”期间，车少、无序，公共交通拥挤不堪，他只得晚下班或站在车站上等到人少时再上车，即使是秋风瑟瑟或是漫天飞雪的天气。在他晚年，听说所里以林老用车的名义，又买了一辆丰田车，可他也只坐过一次，是去看病，那时他已经乘不了公交车了。

也许说来不让人相信，父亲非常看重的一件物品竟是他的旧公交车月票。晚年，即使上不了班了，他也随身带着，不时拿出来看看。后来变得很破旧了，我们要把它扔掉，他不让，说：“以后上班还要用呢！”“那！换个新的吧！”也不行，再说他就急了。现在我们也上年纪了，理解他了，这张旧月票寄托了他太多的东西：对办公室和老同事的想念；对重新上班的渴望；对继续完成他科研课题的期待。总之，月票在，希望就在啊！

父亲的稿纸和我们的伙食费

父亲桌上的稿纸和信封我们是绝对不能动用的。在父亲那里道理很简单，很干脆："你们不是科学院的职工，不得公私不分。"一次，三妹深夜备课，稿纸用完了想借用几张，第二天买了还。父亲还是不允，说："我这里的纸都是有中国科学院字样的，你不得用，你也买不到。"

我们四个上大学，一个北大、一个北理工、两个师大。按当时规定师大是国家负担学生伙食费的，加上大姐参过军，是调干生，可领取调干助学金。这样，家里只需要负担一个孩子就行了。可是我们的父母总是胳膊肘往外拐，这么简单的事，在我们家里又不按常理出牌了。这次是母亲的主意，父亲复议：大姐放弃调干助学金，连同两个上师大的都由家里负担。我和三妹成了各自学校里独一无二自付伙食费的学生，这在当时，同学们都不能理解，问："你们家怎么了？"可这事在母亲那里道理又非常简单，"人总是要吃饭的，怎么能让国家拿钱呢？"我们家很富吗？不！当时一级研究员的工资是360元，学部副主任有100元津贴，可父亲从一开始就把津贴推掉了，一分钱没领过。因为母亲说"一个人不能拿两份钱。"1956年父亲入党了，从此他又自动降薪20元。那时的中国，不论哪个阶层的人都没有

“外快”可拿。尽管父亲拿不足一级研究员的工资，可也要养活8张嘴。再加上母亲乐善好施，谁家有困难她都帮助或接济。当时附近的大妈、大婶们有困难时，流传的一句话是“找经大姐去”（“经大姐”是左邻右舍对母亲的亲切称呼）。所以我们家也不富裕，也得精打细算地过日子。新中国成立后父亲多次被派出国和接待外宾，在我们印象里，他只有两套西服和一件呢子大衣。平时还是穿母亲做的棉袄和洗得发白的卡其布裤子。现在这件打着三四块补丁的棉袄还放在我的箱子里留作纪念。后来，他那件大衣面上的毛都磨光了，母亲找裁缝给它翻了个面，他照样出国穿。80年代中期母亲曾跟我说：“在父亲生病之前，我都不知道该存点钱以备不时之需。”父母亲都去世后，清理他们遗物时，我们才发现，除了书籍外，他们真没有什么值钱的东西，存折里也真的没什么钱。最后，就连父亲的专业书籍（7种文字、1 500余册，包括1883年出版的，在国内外可能都是绝版、孤本的外文出版物）也遵照母亲遗言，无偿地捐给了植物所。而大姐放弃调干助学金的直接后果是，5年后她毕业时得拿大学刚毕业的统一工资（当时是统一分配，统一工资），比她没上大学前还低一级，直到20多年后调整工资时，才给她恢复过来。

宽厚、诲人不倦的父亲和仗义、古道热肠的母亲

父亲曾经在十多所大学里任教，50年代中期以后主要带研究生，教过的学生不计其数。他对学生永远是无私的，据学生们说，在

福建期间，他发现了一个新科——川苔草科在我国的分布，自己并没有成文发表，而是鼓励和指导学生去研究和发表。1974 年他又发现了一个新属——菊科紊蒿属，同样又是指导学生，并在自己做了深入研究后，共同署名发表。而他编写的那 40 卷图文并茂的资料，却常年无私地供学生和年轻人使用。2005 年（父亲去世 24 年后），在广州的一次国际植物学学术会议上，父亲的门生、现在是中科院植物研究所资深研究员的陈艺林（现年 80 岁，仍健在），作为会议的特约嘉宾，在会上作了题为 The Contributions from Academician, Professor Ling Yong on Plant Systematics and "Flora Reipublicae Popularis Sinicae"(Compositae)的书面发言，内容是介绍父亲在该学科领域的重大贡献，可见父亲在学生们心目中的位置。

父亲是个一身正气的人，他很爱护学生，同情学生运动。我们小时候就听说过很多他营救学生的事，北平、武功、厦门都有，最出名的是在武功。1938 年父亲在武功西北农学院任教时，蒋介石不抗日，反将参加抗日救亡运动的学生逮捕入狱。他冒着被牵连的危险，四处奔走营救，据理力争，力保释放，还亲自到监狱看望爱国学生。反动派迫于压力，最终释放了学生。因此父亲和其他三位一起营救学生的教授被当地群众誉为"武功四君子"。

我们亲身经历的几件事也很动人。在厦门大学时，父亲有个富家子弟的学生，不知为什么事，把一位工友打伤了，还伤得不轻，激起了公愤，母亲带我去看望过这名工友。这个学生待不下去了，跑到我们家，央求系主任——我们的父亲说情。正当父亲教训他的时候，母亲把我招呼了过去。要说明的是，每到这种时候，母亲必定早已是义愤填膺了。她叫我带着两个妹妹到父亲书房（平房）的窗户下边又唱又跳地喊："公理胜强权！公理胜强权！"等到父亲把学生送走，就开始对母亲不乐意了。"你这个人！他能来就说明他有悔意，不管怎样，学生是可以教育的。你这样做，叫他以后怎么见人哪？"师母——我们那位风风火火的母亲自知理亏，也就不作声了。

还有一件师生情深的事。大约是在 1948 年，父亲以前在厦大的一个学生万兆广，为躲避国民党特务的追捕，突然来到我们家（西直门大街 26 号）。母亲把他藏在浴室里边放箱子的黑乎乎没有窗户的小贮藏室里。不记得他是因为化了装，还是藏匿时环境恶劣，身上脏兮兮的。那时我们小，不懂事。我和妹妹们都不喜欢他，说他身上有鸡屎。可身为教授太太的母亲却不介意，只是嘱咐我们对谁都不准说。父亲对他也很好，很耐心地听他讲悄悄话。他在我们家大约躲了一个星期，就到解放区去了。临走前的晚上，母亲在灯下给他往棉袍和棉裤里缝东西。新中国成立后这个学生一直没有消息，曾经听见父母轻声交谈："万兆广是不是病了？还是牺牲了？"他们始终在惦记着他。

父亲没编的学生也不少。他来者不拒，诲人不倦，小到初中生，大到研究员，从生物学到外语都有。我年少时的几位同学，就喜欢向父亲提各式各样的问题，父亲总是不厌其烦地耐心解答，如今她们都是中科院的研究员。住对门的动物所的朱丽中跟父亲学法语，经常推门就进，父亲即使正伏案工作，也有求必应。父亲27岁时就是教授了，始终和学生们保持亲密的关系。他早年的学生贾慎修、马世骏比他小不了几岁，每年春节都要来看望他，所以就有了年长我们二十几岁的大师兄。

高风亮节、刚正不阿的父亲

抗战初期北平沦陷后，父亲和许多爱国正直的知识分子一样，为保持民族气节不给日伪效劳，拒绝出任伪北平大学农学院教授，把家眷从北平铁狮子胡同的花园式洋房安顿到成坊街41号租房暂住。最后不得不变卖家产，别妻离女，费尽周折，只身西撤到武功。他曾因不愿与国民党的达官贵人同流合污而失业的事，却从未有人知晓。

那是在日本投降之后的事了。抗战期间父亲由西北武功农学院辗转到达福建永安，为福建省研究院筹建动植物研究所，并任所长兼研究员，我们也与父亲团聚了。抗战胜利前后，父亲应聘厦门大学生物系主任和教授。后由于外婆没人照顾和父亲不堪应付厦大当局不断劝说他加入国民党的困扰（顺便说一句，母亲对这事的反应是“这个党可不能入”），而辞去厦大的工作。1946年迁到上海，在上海海关总署动植物检疫室工作。可没上几天班，他就把“东家炒了鱿鱼”辞职不干了。那天他很早下班，生气地对母亲说：“海关总署根本用不着我们科技人员检疫。只要给钱，任何动植物都能进关，吃亏的还是中国。国民党接收大员都贪污。”这时，为了生计，母亲只好出去工作，这是解放前母亲两次做中学英语教员的经历之一。解放前上海那种地方，年轻妇女受轻视、受污辱是屡见不鲜的。一天，母亲回家就哭，外婆一直在劝慰。不久母亲也辞职不干了。父母都失业了，我们也就都失学了。那时，一家人挤在上海步高里56号厨房间旁边外婆那十几平方米的小屋里。晚上，只有一张小床外婆睡，其他六口像沙丁鱼一样码在地铺上。

1946年秋父亲只身北上，应聘北平研究院（即中科院前身）植物学研究所研究员，半年后，我们（包括外婆）再次与父亲团聚，我们中断近一年的学业才得以继续。

记得临近北平解放时，家里来过一些人，极力劝说父亲“撤退”到台湾。父母因厌恶国民党的腐败，再次退掉了台湾大学的邀聘。他们俩带着一家人，平静地在炮声中等待北平解放。

父亲终年不知疲倦地工作，积劳成疾，胃病严重，经常呕吐。1950年朝鲜战争爆发，由于美军在朝鲜和我国东北使用了细菌武器，父亲毅然奉命带病赶赴东北，与其他生物学家一起日夜鉴定收集的样品（罪证），进行反细菌战的科学调查。回来后，他的胃就不得不切除了。

20世纪60年代初古巴导弹危机期间，中科院要派一个代表团访问古巴，准备让父亲当团长。当时他手头有项课题尚未完成，舍不得时间，就想请领导换其他人选。小妹知道了，对他说：“现在全国人民都在声援古巴，口号是‘要古巴，不要美国佬’。这个时候，你不去哪个国家都可以，就是不可以不去古巴，别人会以为你怕死。”父亲一听，当即决定：“那我一定去。”并由此和古巴科学院建立了良好的关系。

敢说真话的父亲

因为工作性质，父亲曾踏遍祖国的青山绿水，对祖国的大好山河有着深深的眷恋。1954—1958 年，他参与组织领导黄河中上游水土保持综合考察，并编写《水土保持手册》，亲自作序。他连续几年率队奔赴山西、陕西黄土高原和甘肃河西走廊，与年轻人一起进行野外调查和巡视，对根治黄河水害、开发黄河水利做出了积极的贡献。1956 年他参加制定我国科学技术发展远景规划，作为学部副主任，又领导制定了我国植物学学科发展远景规划，并身体力行，积极贯彻。但“大跃进”开始后，各地传来的信息，让他越来越不能宁静。他一次次外出考察回来，了解到云南放火烧山，沿海填海造田，新疆为大炼钢铁伐树，就变得气愤异常。有次他说：“内蒙古将大片草场改种庄稼，草原会沙化的。蠢事！”大姐劝阻说：“现在是大跃进，可不敢瞎说。”父亲说：“不懂科学，有一天会让我们尝到苦头的。等到北京刮起风沙时就来不及了！”果然，不幸被父亲言中，这些年北京持续的沙尘暴让我们吃尽了苦头。到徐水县放粮食亩产万斤的卫星见报后，父亲更生气了，说：“这是胡闹，没有光合作用，又不通风，哪来的高产？”50

年代还开展过除“四害”运动，麻雀也被定为一害。那时，北京市令各校停课一周，组织学生们打麻雀。学生们站在房顶上，哓！哓！哓地敲脸盆，吓得麻雀无处歇脚，不少累死、摔死在地上。我们是学生，当然得参加除“四害”大军。一天晚上大姐又要去掏麻雀窝，父亲知道了，说：“麻雀不能算四害，只知道麻雀吃粮食，就不知道麻雀还吃了不少害虫，自然界万物都有其自身的规律，破坏了生态平衡是要遭报复的！”后来毛主席也接受了科学家们的意见，在“四害”中用臭虫顶替了麻雀，为麻雀“平了反”。

多才多艺、幽默风趣的父亲

父亲是个才华横溢的人。他能写能画，对古诗词有很深的造诣，这也是外人所不知道的。他收藏有大量历代名人的诗集、词综、曲选，并在《林氏藏书词籍目录》中将其按词论、词律、词韵、词乐和词选编目。父亲另有一个号为“匀”，在《匀盦词藁及补遗》中，他在薄薄的毛边纸上用娟秀的小楷，汇总了他自己于抗日战争期间居陕、闽时期创作的六十余首词（均待发表），并装订成册。词中抒发了对痛失大好河山的愤愤不平，对国民党官僚不思救国、日日歌舞升平的不满和自己的报国之志，充分表达了他忧国忧民的意识。中央编译局的周懋庸教授读过他写的词，评价说：“他不仅是一流的科学家，也是一流的诗词大家。……现今中文系培养的硕士生、博士生能写古诗词而且写得好的可能也不多。而林老的词颇有宋词之风，展示了他深厚的文学功底。”只可惜那都是他1939—1946年间的旧作，新中国成立后，担子太重的他再也没有精力和时间继续创作他所钟爱的旧体诗词，实在是太可惜了。下面抄录他的词两首：

浪淘沙　闻西迁之警

归燕已无梁。何处宫墙。咸阳三月草如霜。古渡沙平留晚照，一片红桑。

箫鼓说兴亡。舞彻霓裳。马嵬西去路仓皇。如此山河如许恨，立尽昏黄。

人月圆

平戎原是书生业，采石卷惊涛。丰姿犹见，西风万马，明月征袍。

学书学剑，功名河朔，意气云霄。樱花三月，夷酋系首，共醉醇醪。

父亲还擅长书法、绘画和篆刻。他刻有各种篆体的、大大小小的印章20余枚，大部分是他的名、字和号。如今这些印章对世人都是无价之瑰宝了。同样遗憾的是，解放后，他再也无暇顾及它们，甚至连拿出来把玩的时间都没有。

父亲唯一没有完全丢弃的是绘画，那还是为给整理、出版中国植物志和其他文献绘制的植物形态图和解剖图。在他的40卷资料中充满了他手绘的植物分类图谱。学生们说他画的图与所里专业绘图员画的同样精美。在父亲野外工作期间留下的笔记本里，也留有他用铅笔勾画的祖国山水。但实际上，从50年代起他就完全没有业余生活了。

但在那个战乱、缺吃少穿的年代，父亲的画和他的幽默曾给我们的童年带来了无穷无尽的快乐。他会画漫画，有的类似丰子恺画的幽默画。那时，小妹小，母亲又忙，怕她摔倒时，就把她放在尿盆上，塞给她点儿东西吃，父亲画了张“一边吃一边拉”。有时我们饿了还没得饭吃，他就画张大饼充饥。最可乐的是“看咸鱼吃饭”。那时蔬菜少，且因随时准备躲空袭（警报），母亲来不及做，就经常弄点猪油和咸盐拌糙米饭吃。每每我们不乐意时，他就画条咸鱼挂在墙上，叫我们看一眼“咸鱼”吃一口饭，我们竟然会被他哄得不再“抗议”，有时反而会为谁多看了几眼，怕“咸鱼”被吃光而吵架。有时家里连猪油也没有了，父亲就会打趣地说：“噢！今天就吃空气炒饭吧！”父亲那时的画多数被我们作为贺年片，挨家挨户送给叔叔、伯伯们了，剩下的在辗转南北时丢光了。

父亲在做学问上聪明绝顶，在生活上却让母亲服侍的有点愚，但他挺会调侃自己的。地震时，我们都住在棚子里。一天他非要回楼里上厕所，母亲给了他一大串家里的钥匙。这下坏了，大半个钟头过去了，他还没回来。母亲急了，叫我去看看。我跑到楼上，只见他还没进得门去，手里攥着大把钥匙，不知该用哪一把。这是因为家里人口多，随时有人给他开门，他就没有用过钥匙。我说：“你怎么这么笨哪？不会试试?”他说:“牛顿还为猫开了两个洞,大猫走大洞,小猫走小洞。何况我!”

无私无尽奉献的母亲

解放前母亲基本不工作。她的文化程度不低,英语口语还很好,只是因为家里人口多,家务活太繁重了,无法出去工作。解放后她听了蔡畅大姐的话,“妇女经济上不独立,不算真正的解放”,就走出家门,除了担任公职,也做很多社会工作。1961 年,适逢国家三年困难,为了减轻国家负担,不少单位都在动员一些职工退职。这时刘少奇提出,“科学家的夫人可以回到家中照顾老科学家的生活起居,使他们能有更多的精力为国家多做贡献。”母亲单位的领导也动员母亲退职。母亲想不通,因为再有一年,她就可以办理退休手续了(退休每月可以领取退休金,而退职在当时是分文没有的)。这时父亲劝她说:“你应该想通啊！这是帮助国家解决困难啊！你退下来,可以把岗位留给生活有困难的人,相比之下我们家不算太困难,何必和别人争一个岗位呢!”母亲时年 54 岁了,却是个非常单纯的人,这么重大的问题,一个“先人后己”就把她征服了。她心悦诚服地退了下来,不但回归了自己的家,侍奉年近 90 岁的婆婆,操持全部家务,不让父亲操半点心,还把我们四个女儿的部分家务揽了过去,大部分外孙都在她的照料下长大。她有个非常合乎逻辑的推理,常乐此不疲地对她的朋友们说,“我女儿为人民服务,我为我女儿服务,就等于我为人民服务”。其实，她何止为我们服务啊！“文化大革命”时，有些人家大人受冲击，关进了“牛棚”，孩子在幼儿园，没人接送和照料，她也包揽了过来。

母亲退了下来，不光是回归了家庭，更多的时间是回归了社区。她先做楼委、居委会主任，后由于在群众中威信高，被选为海淀区政协委员。她有时天真、热情得像个孩子。整天在外边奔波，忙得不得了。她与街道办事处和居委会的同志们一起办医疗卫生站，当赤脚医生；开小卖部，解决附近居民买油盐酱醋的问题；还办过托儿所和电话传呼。此外还组织一帮无业妇女给大华衬衫厂做临时工，剪线头。赤脚医生的工作是上门服务，她管打针、送药和护理。也就是说在近 40 年前，她们已经开展了现如今社区医疗服务的工作，而比现在更超前的是不收出诊费。那时她已经年逾古稀了，又开始了风雨无阻地下三楼、爬五楼的服务。还必须提一句的是：她的这些活动都是无偿的，她自己分文不取，却有助于部分家庭解决生计和一些妇女就业。同时干这么多事她不累吗？可能吗！要知道在外忙活一天后，回家还有一“窝”外孙子等着哪！她的腿脚时常是肿的，有时晚上睡觉会疼得呻吟，但第二天清晨一觉醒来，她又精神抖擞地跑下楼了。

我们对母亲是佩服得五体投地。由于退职后心态好，她最大限度地绽放了自己的光和热，超水平地发挥了自己的作用。有时我们想也许这就是她人生最适合的位置。

谆谆善诱的父母亲

父母的爱是无私的。这种爱在祖国面前是“国家利益高于一切”。这是对我们的第一则教诲。记得抗美援朝时，大姐和我都报名参军，我刚15，姐姐17。我俩在一个学校——北京师范大学附属女子中学（今北京师范大学附属实验中学），我自知年龄小，大姐比我占优势，只要一个，就没我的份了，便央求母亲去说情。那时真是准备要上前线的，她却也果真去学校了，并表示学校不必多顾及她，她支持两个女儿都去抗美援朝。学校的回答是“你能送一个女儿已经很不容易了，老二太小了，再等几年吧！”我大学上的是生物系，毕业时第一志愿去了新疆，母亲不为我送行，而让姑姑送。几年后我回来探亲，母亲问我：“知道我为什么不去送你吗？……因为你去那么远，我怕控制不住，会在车站上哭，影响你情绪。其实你是可以留在北京的，植物所曾提出要把林老的女儿留在植物所，但你自己报了名，父亲和我就没有告诉你，也没留你。”母亲的大义和无私让我很吃惊，联想到当初大敌当前时，她义无反顾地送两个年纪尚幼的女儿去从军，不知内心是如何挣扎的。父亲对我的支持却是默默的。他非常忙，但他出国，每换一个城市，都会给远在新疆的我寄一张有该城市风景的明信片，并附上他的嘱咐。这在我们姊妹中，我可是唯一有这殊荣的。

在我们很小的时候，父母就把“有志者事竟成”的观念灌输给我们了，他们要我们有志气，不要一事无成。父亲还在不同的场合，多次告诫我们:“不要脚踩西瓜皮,滑到哪儿算哪儿。不要随波逐流。”1955年,大姐从部队转业分配到地方工作,想考大学,由于参军前她刚念到高一,又多年没摸过课本,没有信心。父亲用工整的小楷给她写了“有志者事竟成”几个字,以示鼓励,并帮她复习、补课。母亲开玩笑地把父亲的辅导(大学教授给中学生上课)说成是“杀鸡用牛刀”。这样,大姐在父亲的辅导和自己的努力下,一年后终于考上北大。只可惜父亲写的那张有纪念意义的字条,在“文化大革命”被抄家时弄丢了。

“做事要有始有终,不要虎头蛇尾,不要半途而废,不要等着别人擦屁股”;“自己事自己做,今天事今天做”;“要脚踏实地,不要好高骛远,不要这山望着那山高”等等,是每当我们稍有懈怠,父母就挂在嘴边的话。这养成了我们独立、实干、做事追求完美的性格。小妹学的是雷达专业,1960年做毕业设计时,没让她下军工厂,她很委屈,猜想是自家的海外关系剥夺了她的机会。父亲开导她说:“组织考虑事情总有它的道理。在学校做设计,可以得到老师更多的帮助和辅导,只要脚踏实地、有始有终,你会做得更好。”小妹觉得父亲的话言之有理,愉快地在学校完成了毕业设计。

“己所不欲勿施于人”“宁人负我,我不负人”是父母留给我们的又一则教诲。他们要我们诚实做人,善待他人。母亲更是用自己的行动把这些准则发挥得淋漓尽致,变成了先人后己和舍己为人。幼年时的一件事成了我们终身的教训。在福建永安上小学时,路边农家院有棵柚子树。秋天,金黄色的大柚子令人垂涎欲滴。有天下学,大姐带我去偷柚子,我们用竹竿刚打下一个柚子,院子里的主人和狗就追出来了。吓得我们撒丫子就跑,连书包都丢了。回到家,母亲变了脸,狠狠地教训了我们一顿,还逼着我们去赔礼道歉,并严肃地对我们说:"这就叫作'己所不欲,勿施于人'。"母亲的朋友很多,不分高低贵贱。譬如,我们家人口多,母亲终日在外奔忙,家里就得有帮工,这些帮工很多成了她的朋友。20世纪50年代,我们家先后用过三个年轻能干的阿姨,母亲觉得她们当保姆可惜了,为了她们将来有更好的发展和前途,在家里还没找到合适的人选时,就给她们介绍了正式工作(北京市玩具厂、植物园苗圃),她还给两个中年阿姨介绍了爱人,以便她们老来有个伴儿。还有一位孙婆婆成了她终身的朋友。孙婆婆是照顾小外孙们的全日制保姆,但除了孩子的事,其他家务还是母亲自己做,包括给父亲蒸包子。"文化大革命"时,母亲作为街道干部也受到冲击了。有人挑拨,要孙婆婆揭发母亲剥削,孙婆婆生气了,说:"经大姐5点钟起床,我8点钟起床,要我揭发她什么?"还要提一笔的是,我工作后第一个月的工资,没有寄给父母,没有寄给奶奶,而是寄给了20年前曾照看过我的保姆李妈。缠过足的李妈收到钱,兴高采烈大老远地跑来告诉母亲这件事,她哪里知道这正是母亲在我临赴新疆前交代的,要我报李妈的看护之恩。

其实父母的教诲何止这些,他们平静的一生充分做到了身教胜于言教。而他们的这些警句却永远告诫着我们,激励着我们,成为林家几代后人的座右铭。

父亲是名人，每逢他的祭日，就可以在网上看到纪念他的文章，但是没有人知道母亲。母亲非常崇拜父亲，她心甘情愿地包揽了一切家务，做父亲的坚强后盾，父亲才能一心一意地扑在学术和事业上。所以介绍父亲，就不能不提我们的母亲。其实母亲才是家里的主心骨，家里大小事情都是大主意母亲拿。除了父亲的学术和工作外，在很多为人处事等重大问题的决策上，无不有我们母亲的影子。父亲处事含蓄，母亲旗帜鲜明，他们俩相得益彰。可以说，如果没有我们的母亲，就不会有我们的对我国科研做出杰出贡献的父亲。在父亲的祭日，谨以此文纪念我们亲爱的父母亲。

忆郭老二三事

郭汉英

郭沫若(1892—1978)

现代著名作家、诗人、剧作家、历史学家、考古学家、古文字学家、社会活动家。四川乐山人。早年留学日本,后弃医从文。“五四”时期发表新诗《女神》等,成为新诗的奠基人。1926 年参加北伐,1927 年参加南昌起义,1928 年 2 月因被国民党政府通缉,流亡日本,从事中国古代史和古文字研究。中华人民共和国成立后,历任政务院副总理兼文化教育委员会主任、中国科学院院长、中国科学技术大学首任校长等职。

要了解郭老(郭沫若),单从学术角度来看就不简单,同时又必然要涉及特殊的社会政治背景。我是搞物理的,学识和能力都很有限,对于社会科学和政治更是外行,只能追述我所接触、印象较深的几件事。当然,大凡追忆都难免受到心理、观点和水平的限制,何况是几十年前的事情,对于有关问题有不同看法,是不可避免的。

父亲对子女是身教多于言教,即使言教,也往往是点到为止。他鼓励我们独立思考、注重方法。这种点到为止的家教方法,反而让我们印象深刻。

一

对郭老来说,新中国的成立是中华民族的新生。作为一个投身革命几十年、没有公开身份的共产党员,他发自内心地讴歌人民革命的胜利,满腔热忱地赞颂中华人民共和国的诞生和成长。

郭老是历史学家,他十分清楚,在新中国的躯体上不可避免地会存在旧中国遗留下来的种种痼疾,要清除、根治是非常不容易的。然而,新中国成立以后,他的政治地位变了,成了国家领导人之一。作为一名身份没有公开的执政党员,他的言行必须遵守党的纪律和规矩。即便 1958 年以重新入党的方式公开身份,情况同样如此。

郭老认为,人民抛弃了国民党反动派和蒋介石,选择了共产党和毛泽东,这是历史发展的必然,也体现了毛泽东的伟大。郭老对毛泽东由衷的敬仰,敬重毛泽东的胆略和学识,乃至诗词和书法。以后随着时代的发展，父亲的认识也逐渐深入。

早在1944年的《甲申三百年祭》中，他就指出，“李自成本不是刚愎自用的人”。“他很能纳人善言，而且平常所采取的还是民主式的合议制。”重用李岩这样的知识分子。要“能纳人善言”，“凡事皆众共谋之”，采取“民主式的合议制”，这是对共产党人，特别是领导人提出的希望，也是郭老的憧憬。党在延安整风时，把这篇不长的史论作为整风文献。当时，毛泽东说过：近日我们印了郭沫若论李自成的文章，也是叫同志们引为鉴戒，不要重犯胜利时骄傲的错误。

上大学不久，就赶上“大跃进”。那时开始上基础课，我又成了校足球队队员。上午上“跃进”课，下午练“跃进”球，晚上大炼“跃进”钢。一个周末的晚上，我疲惫地回家，特意带回小“炒炉”炒出来的“蜂窝钢”。父亲托着那块“蜂窝钢”，感慨地摇摇头，反问了一句：“这是钢吗？”

当时，在周总理和陈毅、聂荣臻副总理等领导的支持下，父亲和院党组书记张劲夫同志等人一起努力，成立了中国科学技术大学。父亲兼任校长，科学院主要研究所的所长兼任各系主任。他号召科技大学的全体师生要扎扎实实地学好基础课，努力攀登现代科学技术的高峰。在那个狂热时代，全力促成这样一所新型的大学，意味深长。

郭老深信科学社会主义学说，但如何结合中国实际建设社会主义新中国，他和其他的共产党人一样，并不完全清楚。他深知社会发展有其内在规律，要在一个几亿人口的大国，要在短短几年时间就从半封建半殖民地社会跨越新民主主义阶段，进入社会主义阶段，可能吗？随着革命和建设的展开和深入，很多问题和矛盾暴露出来。

二

“文化大革命”开始不久，一次同事们在研究室里议论说有个地方一位教师被当成了反革命，就是因为他说了一句“毛泽东思想也是一分为二的。”当时我曾表示这样做未免太过分，不料有人马上把此事汇报到军管会。不久，军管会在全所大会上宣布：研究所里公然有人为宣称对毛泽东思想也要一分为二的反革命言论辩解，对此我们要斗争到底。

面对军管会的咄咄逼人，我不得不做些准备，写了一个提纲。要点是：和一切事物和理论一样，毛泽东思想是发展的，是对立的统一，否则就不能自圆其说，就会把毛泽东思想僵化。周末，我把要点给父亲看了。父亲说，学习就要分析，不分析怎么能学得好？分析就是一分为二嘛。他又说：毛泽东思想是在中国革命的过程中产生和发展起来的，是集体智慧的结晶，由毛泽东作为领袖集其大成。中国革命和建设在发展，毛泽东思想也要发展，而发展的基本规律就是对立的统一嘛。现在有人把毛泽东思想绝对化，把毛主席的每句话尊为圣旨，这其实是在反对毛泽东思想。你们要学会分析，学会掌握真正的毛泽东思想。

三

周恩来一直是父亲最为敬重的一位领导。他在1946年内战爆发前期所作的《南京印象·梅园新村之行》中对周恩来有传神的描写："轩昂的眉宇，炯炯的眼光，清朗的谈吐，依然是那样的有神。对于任何的艰难困苦都不会避易的精神，放射着令人镇定、令人乐观的毅力。我在心坎里，深深地为人民，祝祷他的健康。"

早在1927年3月，蒋介石制造了"安庆惨案"，父亲随即奋笔疾书了讨蒋檄文《请看今日之蒋介石》。4月12日，蒋介石公开背叛大革命，父亲很快受到"通缉"。不久，父亲赶往南昌参加周恩来、朱德领导的八一起义。在革命处于低潮的南下途中，由周恩来、李一氓介绍加入中国共产党。1928年初，周恩来等决定让父亲赴苏，却因病错失机会。随后又决定先潜往日本。然而，他在日本受到严密监视，无法脱身。1937年抗战全面爆发，一直与地下党有联系的父亲冒险回国投身抗战，作为秘密党员，在周恩来和长江局的领导下工作。母亲于立群也是在周恩来、邓颖超等人的影响下，在革命队伍中成长起来的。1938年5月在武汉，邓颖超作为介绍人之一，书面通知母亲，她被吸收为党员，而另一位介绍人正是父亲——这位工作生活在她身边的秘密党员。

1941年11月，在祝贺郭沫若五十诞辰时，周恩来曾高度评价郭沫若，说他有三个特点，即丰富的革命热情、深邃的研究精神、勇敢的战斗生活，称郭沫若为“革命文化的班头”。

在重庆期间，周恩来经常来家里与父亲以及文化界的朋友聚会。正是由于与周恩来、邓颖超如此密切的关系，从小我和弟妹们就称他们为“好爸爸”“好妈妈”，我们也就被他们两位称为“好儿子”“好女儿”。不过，我从小傻头傻脑，从当年的照片上还看得出来：老舍先生一见我就叫“大傻子”；庶英伶俐乖巧、记性又好；世英最淘气、喜欢打抱不平，喜欢父亲叫他“小土匪”。

“文化大革命”中，民英、世英相继受迫害而死，给父亲和母亲带来极大痛苦。

四

“文化大革命”期间，江青想利用郭老在戏剧艺术上的声望，要他担任样板戏的顾问。父亲一直不赞成大树八个板戏的做法，在庭院中散步的时候，曾经不无幽默地说：现在不是“百花齐放”，而是“八花齐放”。他清楚江青的用意，拒绝了这番“好意”。后来赶上珍宝岛事件，江青又借口保护郭老的安全，请郭老搬进钓鱼台居住。理由是钓鱼台国宾馆防空设施好，再者可以随时听取郭老对样板戏的意见，并且把这两条理由通报给了有关的中央领导。父亲再次以年老耳背为由婉拒住进钓鱼台。自然，样板戏顾问的事也就不了了之了。这件往事现在说起来很轻松，可过来人都会知道，这在当时需要何等的胆识和勇气。

1974 年 1 月，在各部委召开“批林批孔”动员大会之前，总理来看望父亲，总理要我留在家里，帮助父亲准备材料，以备万一。

不久社会上又传出领导讲话，说郭沫若“对待秦始皇、对待孔子那种态度，和林彪一样”。其实，早在 1973 年，江青等就秘密组织写作班子，准备公开批判《十批判书》，并把暗箭射向周总理。

那时候，江青、张春桥先后来到家里。当时我在家里，为患重听的父亲传话。江青、张春桥指责郭老抗战期间写下的剧作和论著是王明路线的产物，是反对毛主席的。要父亲写文章，承认《十批判书》批判秦始皇、肯定吕不韦是错误的。江青一伙的居心叵测，使郭老反感、愤怒到极点。

郭老当然清楚江青和张春桥的来头，他深信历史自有公论。其实，父亲早就料到会有这样一天。“文化大革命”伊始，他就公开表示要烧掉自己的著作，辞去科学院院长。这是他对中国的“无产阶级文化派”的一种警示：他已经做好准备，愿涅槃得以再生。只是他没有料到，过了八年，不同的学术观点竟被提到如此的政治高度。

在“批孔”那一段时间里，由于对国家、对人民、对党的前途深切的忧虑和来自社会各方的巨大压力，父亲明显衰老下来。就在江青到家里纠缠了两个多小时的当天晚上，他的体温骤然升高，肺炎发作，病情一下子就到了十分危险的地步。

已经身患重病但仍坚持工作的总理十分关心父亲的身体，亲自嘱咐在父亲的书房和客厅铺上地毯，夜里要有人值班。

当时为了帮助父亲准备材料，学物理的我不得不“恶补”了一番。柳宗元的《封建论》当然也在恶补之列。然而，恶补之后，我大吃一惊。柳宗元作为杰出的思想家很不简单，他论述了从古代“封建制”到秦代开始的“郡县制”的转变，“非圣人之意也，势也”。然而，这并不是历史唯物主义。《封建论》中的“势”仅仅停留在政体的优劣上，没有涉及社会经济基础的转变必然引起上层建筑变更的大势所趋。当然，对于中国古代社会形态的研究，一直存在不同观点，现在更是这样。但这毕竟是与政治问题有所区别的学术问题。

不久，总理病重，父亲非常牵挂。1976 年 1 月 8 日，总理病逝的噩耗传来，父亲无力行走。他用颤抖的手写下一句古诗：“风萧萧兮易水寒，壮士一去兮不复还。”母亲以隶书写了两封信给邓母亲。一封以父母亲的名义率全家表示沉痛的悼念：“惊悉敬爱的周总理逝世，泪落如雨。总理一生伟绩，永悬日月，我们愿化悲痛为力量，以总理为楷模，努力工作奋斗到底。敬请节哀，为党的事业而保重。”另一封以她个人的名义向邓母亲表达深切问候。当时父亲已无法站立，但坚持让我搀扶着去向总理遗体送别，向邓母亲吊慰。“以总理为楷模，努力工作奋斗到底”——这是绝不妥协的决心。

1 月 11 日，北京百万人在寒冬中哀送灵车，父亲次日写下《纪念周总理》的挽诗：

革命前驱辅弼才，巨星隐翳五洲哀。
奔腾泪浪滔滔涌，吊唁人涛滚滚来。
盛德在民长不没，丰功垂世久弥恢。
忠诚与日同辉耀，天不能死地难埋。

同年清明，天安门人潮涌动，全国民众自发悼念敬爱的总理、声讨“四人帮”。我每次去北京医院探望父亲，他都要我绕路天安门。我很快发现父亲的诗句出现在大幅挽联上，也见到过不少便衣，有的在陪父母亲出游时我还认识。其中一位好意暗示会出事，劝告我别再来了。当我如实向父亲讲述所见所闻的时候，父亲的眼神流露出忧虑。他要我去告诉同在医院住院的已经是国务院工作组成员的王震同志。王老同样忧心忡忡。不久，自发悼念出事了，群众受到强力驱赶。父亲的心情可想而知了。

很快，油印的挽联挽诗集锦出现了。父亲要我找一本。那本千方百计找来的集锦长时间放在父亲的书房里。

五

父亲早年学医，翻译过英国科普作家威尔士的巨著《生命之科学》。虽然他的主要精力放在古代史的研究上，但身为科学院院长，他一直关心科学技术的发展，更关心我国科学家和科学工作者的境遇。

郭老十分欣赏战国时代先秦诸子百家争鸣的局面。50 年代他就提出:“凡是自由讨论的风气旺盛的时代,学术的发展是蓬蓬勃勃的;反之便看不到学术的进步。”(《三点建议》,1954 年 12 月 9 日《人民日报》)他期待着这样一个时代。

新中国成立以来,知识分子的阶级属性一直是个问题。公私合营之后,民族资产阶级“消失”了。“皮之不存、毛将焉附”,但仍然要按照“世界观”,把知识阶层归为“资产阶级知识分子”。60 年代初的广州会议,好不容易“脱帽加冕”,成了“人民知识分子”。其实,阶级属性并没有真正解决。尽管父亲已经在 1958 年由周总理和聂荣臻同志介绍“重新”入党,而“文化大革命”伊始,我在单位里仍然被红卫兵划为另类。

“五一六通知”和“十六条”颁布后,张劲夫同志靠边站,科研工作大多都处于停滞状态。科学院的运动由总理过问,总理联络员刘西尧主持日常工作,比起高校和其他一些机关来,中科院的情况还算好。

1969 年,刘西尧同志主持座谈会,要讨论关于爱因斯坦相对论的问题,我参加了。原来两年前,一位湖南的中学教师写了一篇彻底否定爱因斯坦相对论的文章,受到“中央文革”和陈伯达的支持,随后成立了“中国科学院批判自然科学理论中资产阶级反动观点毛泽东思想学习班”。那次会议是征求意见,打算在《红旗》杂志上发表文章,公开批判爱因斯坦的相对论。

父亲对此十分重视。早在日本留学时期，父亲就接触过相对论，听过爱因斯坦的演讲。他说，爱因斯坦的相对论，不是哲学意义上的相对主义。如果由《红旗》杂志发表这种文章，和“无产阶级文化派”[1]有什么两样？这样做会在世界上引起哗然，阻碍我们自己的科学技术的发展。

我理解父亲的心情。在当时的情况下，公开反对批判相对论难以奏效，而默认这种愚蠢的批判泛滥下去，后果将更为严重。父亲说，好父亲也知道这件事情，而且很关心。我告诉父亲，我已经和几位朋友设法打进那个“批判组”去，用孙悟空的办法，在内部斗。父亲笑了，提议不妨设法搞个内部刊物，允许不同的意见发表，这样做或许更稳妥。

父亲认为，科学的批判，密切联系实际的批判是会推动科学发展的，但是我们至今还缺乏这种批判精神。用哲学观点来判断科学的是非，是荒唐的；自上而下地来支持这类愚蠢的批判，就更加荒唐。他嘱咐说，你们参加这场辩论，要敢于坚持自己的观点。历史一再证明，一切无知的批判科学的人，是一定会受到科学嘲弄的。显然，好父亲和父亲的意思非常明确。

后来成为著名理论物理学家的闫沐霖教授，当时刚刚进“批判组”，又是负责人之一。我们一起议论多次，设法扭转以哲学批判代

1 “十月革命”后，俄国的某些领导人如波格丹诺夫等，散布反马克思主义观点，拒绝党的领导，宣扬摒弃文化遗产，否认文化传统，要建立所谓“纯粹的”无产阶级文化，被称为“无产阶级文化派”，受到列宁的批评。

替科学研究的状况。不久，在西尧同志的支持下，原来的“批判组”被一些搞自然科学的朋友打了进去。那场企图公开批判爱因斯坦相对论的闹剧被制止了，变成内部讨论。母亲为内部刊物题写了刊名。

在刊物的第一辑中收录了许多不同观点的文章，不仅有“批判组”的，还有北大、原子能所的。此外，引人注目的还有上海理科大批判组以“李科”为笔名的文章和北航的文章。上海的文章表明，对相对论的批判并不仅仅有陈伯达的插手。北航的文章同样有背景，那位湖南教师当时就被调入了北航。

1970 年，著名数学家和数学物理学家陆启铿先生刚到“批判组”，当时只有四十出头，他提出不应该只有一个狭义相对论，而可能有三个狭义相对论。1974 年，陆先生带领邹振隆和我在刚刚复刊不久的《物理学报》上，就此公开发表了第一篇文章。这时，批判组已划归物理所，成为十三室。周培源、彭桓武和胡宁等著名物理学家对发表此文表示支持，也有人立即反对。振隆和我多次向周老、胡公等请教。当时，华罗庚也在北京医院住院，父亲要我向华老请教。1970 年，我在上海遇见华老时就向他请教过，此后，华老一直非常重视。论文发表后，华老指出，论文在方法上不够简单。不久，华老写下手稿，要他的助手和我们一起组织以他的名著《从单位圆谈起》和相对论为主的讨论班。

父亲几次询问情况，提醒说，随着科学实践的深入，任何理论都会有所发展；基础科学研究一定要有批判精神，不要阈于现有的理论;要多向行家请教,要多听不同意见,特别是反对的意见。然而,随着“批林批孔”运动的持续不止,十三室的研究工作不得不全面停止,读书班也半途搁浅。当时,西尧同志调离科学院到国务院工作,在科学院主持工作的新领导的指示下,物理所突然派工作组到十三室进行“整顿”,试图把十三室定性为“裴多菲俱乐部”。依据的“关键材料”,不少来自上海理科大批判组。据称,我们有三条主要“罪状”:一是有人反对无产阶级司令部;二是打着批判相对论的旗帜行反对批判相对论之实;三是业务上搞资产阶级自由化。这段经历同样印证了我们关于“无产阶级文化大革命”较之“无产阶级文化派”有过之而无不及的议论,也印证了父亲从“文化大革命”伊始的担忧。

父亲得知此事后,要我去找郁文同志。郁文同志建议我直接去找那位曾在周总理身边工作过的院领导。那位领导刚刚恢复工作,在了解了包括华老、周老等老科学家对相对论研究一贯给以支持的全面情况后,态度有了转变。

现在谈起这些往事,感到可笑。可是,人们却不知道作为院长的父亲,那时在顶着压力,按照他的良知和周总理的意愿,打着“太极推手”。

2009 年 6 月 7 日,闫沐霖教授因读了我的追忆文章《华老与爱因斯坦相对论及其扩展——纪念华老百年诞辰》,特意写信给我,回忆当初“相对论批判组”的事情。他在信中说:

今天回想起来，作为周总理联络员的刘西尧同志当时对我们“小组”的指示起了非常关键的作用，促成了一次工作方向的转折。以后，随着陈伯达的倒台，这次转折的成果得到巩固和进一步发展。后来，在这个基础上“小组”成了物理所十三室。几年后，又成立了中科院理论物理研究所。

父亲直到晚年病重期间，对科技发展的大政方针、对科学家和领导干部的境遇等问题的关注一直在他心中念念不忘。1972 年，原子能所一部的 18 位科学家联名建议成立高能物理所。父亲了解后，立即表态支持。“批林批孔”中，华老身边仅有的两位年轻助手被军宣队通知立即回校，父亲闻讯，迅速向上反映；最后经过邓颖超办公室，问题才得以解决。1975 年初，父亲得知劲夫同志仍然在科学院印刷厂“监督劳动”，马上向有关同志提出自己的意见，劲夫同志得以在春节时与家人团聚。这类事情，只要力所能及，他都会尽力推动。

现在父母亲离开我们已经 30 多年了。我也过了古稀之年。回忆往事，我每每生出这样的感觉：时代造就了郭老，郭老也反映了这个时代。

回忆父亲张劲夫

张小杭

张劲夫(1914—2015)

安徽肥东人,1930 年就读于南京晓庄学校,1935 年加入中国共产党。曾参加过抗日战争、解放战争。新中国成立后,历任浙江省委常委,地方工业部副部长。1956 年任中国科学院党组书记、副院长,主持中科院工作。他正确贯彻党的知识分子政策,尊重知识,尊重科学家,深受科技人员的爱戴。1975 年后,历任国务院财政部部长,中共安徽省委第一书记、安徽省省长。1982 年起担任中华人民共和国国务院国务委员兼国家经济委员会主任。他是第八届候补中央委员、第十一、第十二届中央委员,中央顾问委员会常务委员。

1956年1月，周恩来代表党中央指示，“要用极大的力量来加强中国科学院，使它成为领导全国提高科学水平、培养新生力量的火车头。”1956年2月，父亲奉命由地方工业部部长调任中国科学院党组书记、副院长。1966年“文化大革命”开始后暂离工作岗位，1974年恢复工作，调离中国科学院。

父亲在中国科学院工作这十年，是中国科学院发展的黄金时期，是许多老“科学院人”至今难以忘怀、津津乐道的“黄金十年”。按照今天人们的眼光，父亲是标准的“外行领导内行”，然而这位“外行”却得到了内行们的认可和拥戴。父亲非常尊重科学、尊重人才，他以一个“小学生”的姿态走上新岗位，一上任就向科学家表示：“我不懂科学，来当学生，向大家学习，一起做好向科学进军的工作”；“我要做‘思想的桥’‘感情的船’，我们的底子差，只有靠大家，才能做好‘向科学进军’的工作”；“科学家是我们的‘国宝’，是‘纵通专家’，而我是‘杂家’，专起上传下达和‘连横’的作用”。

他对郭沫若院长以及李四光、竺可桢、吴有训、陶孟和副院长等科学家领导极为敬重。郭老是国内外知名的学者，又担任国家领导职务，国务活动繁忙，因此放心并放手让父亲主持科学院日常工作。而父亲则凡是科学院的重大事情，都亲自向郭老汇报，取得他的支持，彼此建立了深厚的友谊。在“文化大革命”初期郭老对局势很紧张，写信给父亲讲了自己的心情，父亲及时建议对郭老采取保护措施，得到中央的认可。

1957 年反右派斗争运动开始后，父亲非常焦急不安，他希望能保护好科学家的积极性，不让运动破坏“向科学进军”的计划，可要出台保护科学家的政策，就必须经过毛主席的亲自批准。

在那个人人自危的时代中，父亲踌躇许久，毅然顶着极大的风险去见毛主席。见到主席后，父亲说：“主席啊，我来向您请示，您不是让我们向科学进军吗？中国有句老话叫‘物以稀为贵’，向科学进军要靠科学家，中国现在还很少，现有的老科学家是‘国宝’啊！因此，我的意见是采取保护政策，不然向科学进军很难实现。”

主席听后十分惊讶：“你张劲夫竟敢提这样的意见?!”但思索后说，“好哇！有道理，‘物以稀为贵’，是嘛!”从毛主席处拿到“尚方宝剑”，父亲又找到总书记邓小平商定，随后中央下发文件，对刚刚从国外回来的科学家的问题，允许作为思想问题对待，对他们平时讲的一些不同意见，谈谈话就行了，不参加批斗，更不戴“右派”帽子。正是父亲的仗义执言，保护了一大批宝贵的科学家，使科学家们得以投身两弹一星事业。

当时中国科学院京外单位的运动是由地方党委领导的，在中央下发的这个文件中，明确规定院属单位的科学家划右派必须事先经院党组同意。沈阳金属所的葛庭燧先生，是搞金属内耗研究的，当时所党委向沈阳市委汇报了他有很多言论，要定他为右派。父亲听说后，马上坐飞机到沈阳去制止。他与市委讲，“中央有文件的，科学院的直属研究所的科学家我要负责，我们科学院不同意给他划右派。”

由于他凭中央文件据理力争，态度鲜明而坚决，终于使葛庭燧过了这一关。

说到父亲的无私无畏精神，还有一段他“斗胆”向毛主席进言的往事。这一次“护”的不是国宝，而是“四害”之一的麻雀。

1959年9月，刚从庐山会议回来的父亲就遇上了一个极有可能会“冒犯”毛主席的难题。麻雀作为“四害”之一，要消灭是毛主席亲自提出来的，而且，直到这次庐山会议，他仍坚持“麻雀还是要除”。然而，科学院中一些知名的生物学家则不同意消灭麻雀。他们认为麻雀吃稻谷，也吃害虫，有害也有益。主张“控制雀害，不能消灭麻雀”。在科学家的意见和提供的背景资料中，介绍了国外历史上消灭麻雀的严重教训。1950年，法国滥捕麻雀发生虫灾，造成农作物大歉收；1744年，普鲁士国王下令消灭麻雀，结果果子、树叶都被害虫吃光了。

父亲感到这确实事关国家重大利益，决定同意《科学简讯》（院党组向中央反映情况的内部刊物）发表生物学家的不同意见。1959年11月，父亲以个人名义写了《关于麻雀问题向主席的报告》。很快，毛主席在报告上批示：“印发各同志”。之后，父亲的报告被作为中央杭州会议上的一个文件。那正是“反右倾”运动风声鹤唳的时候，此举吉凶难测。1960年3月，好消息终于传来了，毛主席正式批示：“麻雀不要打了，代之以臭虫。”

听科学院在中关村的老人们回忆，有一段时间父亲在中关村搞了一个“二五常会”，就是每个礼拜二、五下午他抽出时间来，在中关村福利楼二楼的会议室，接待各个所、各个部门管事的人，甚至平常的工作人员也可以去。他主要听取意见、建议，他带几个人，当时能解决的问题就马上拍板解决，不拖。当时不能解决的，就拿回去研究，并很快给予答复。那个办事作风，大家真是佩服。所以那么艰苦的环境、条件，那么重的担子，什么都要从头来，从无到有，拼命工作，但大家从来不计报酬，也跟这些领导的作风有很大的关系。

父亲经常到中关村各个所视察，还组织大家每周义务劳动，他本人也亲自来参加劳动，还到集体宿舍蹲过点，在宿舍区里打扫卫生，美化环境，植树种花。

作为父亲的小女儿，我受到的最大教育就是“学习、学习、再学习!”“知识就是力量。”无论下乡插队，还是在工厂当工人，他给我写的每封信都谆谆教导我。这些亲切的话语深深地印在我的脑海里，落实在行动中：在农村的炕头上，我认真阅读各类书籍，联系写字；在工厂里，上各种学习班：数学、英语、制图……打下了良好的学习基础。1976 年我从河南调回北京，当时与父亲母亲分别已近十年，十分想与家人团聚，父亲却让我住在工厂的集体宿舍里，参加各种文化补习班，打下扎实的文化基础。在 1978 年，即恢复高考的第二年，我以优异的成绩如愿考入首都医科大学，改变了后半生的命运。这都得益于父亲对女儿的严格要求，是他老人家的高瞻远瞩，使我在逆境中没有迷失方向，最后终于走向胜利的彼岸。父亲对我的教诲，恩情似海！大学毕业以后，我努力工作，终于成为一名合格的人民医生。

我敬爱的父亲，离世快四年了，我非常怀念他！他那高尚的思想情操、亲切的音容笑貌，永远活在我的心里！激励我不断进步，走向新的人生！

我眼中的母亲——谷羽

胡木英

谷　羽(1918—1994)

原名李桂英，安徽省天长县人。1937年奔赴延安，1939年与胡乔木结婚，更名为谷羽。1956年任中国科学院计划局副局长，1958年兼任中科院新技术办公室主任，主抓国防科研。1960年，新技术办公室升格为新技术局，谷羽担任局长，为国防科研，尤其是“两弹一星”作出了不可磨灭的贡献。20世纪八九十年代，担任北京正负电子对撞机工程领导小组负责人，为工程的胜利作出了贡献。

“陌生”的母亲

从小时候起，我就与母亲接触不多。我 1941 年出生在延安，那时候正是困难时期，为解决困难，党号召开展大生产运动。她那时候在延安机关的供销社工作，在家里逮着空就赶快纺线。那段时期，我唯一留下的印象就是她纺线，我们在一旁帮她搓棉花条。

当时延安有一些人当了夫人就不工作了。但我妈她不肯闲待着。尽管条件很差，她也要工作。

后来，她去了山东搞土地改革（简称土改）。父亲则是整天忙中央的事，顾不上管我们，也不知道怎么管，就请了延安当地的一个小姑娘照顾我们。那个小姑娘管我们吃、睡、玩，还带着我和弟弟躲飞机、跑防空洞。我当时都快没有父亲母亲的概念了。

到了快要撤离延安的时候，母亲回来了。弟弟看见她说：“你不是我母亲，我母亲是山东母亲。”他那时还小，时间一久就认不得母亲长什么样子，只知道母亲在山东。我则是之前得百日咳，病了很长时间，她回来以后，我一见到她就伤心地大哭了一场。自己病了这么长时间，母亲也不在身边，感觉她不管我了，现在见到母亲，心里有委屈了。

撤退时，我和弟弟是跟着机关家属的队伍走的。我们开始是坐大窝篷，就是前后两只骡子，托着中间的架子，架上有一个席篷。我们跟谢老（谢觉哉）在一个篷子里。后来又变成坐在骡子或者毛驴的架窝子上，我和弟弟一人一边。这时候，父亲已经去陇东搞土改了，母亲是家属队的负责人，又是安排打前站，又是安排收容，一直跑前跑后的，也没专门照顾我们。一路上，虽然很辛苦，但是从来也没觉得她有什么为难的地方，她在我印象里都是很自立自强的人。

永远闲不住的人

从撤离延安到父母会合后，母亲基本上就作父亲的秘书工作，帮父亲收发文件。那时候她还有一个主要工作是主席批了的文电，需要传达给新华社，她在电话里一字一句念下来，确保对方核对完全无误，然后她把毛主席的文电很仔细地保管起来。新中国成立后要求把主席的有关文件交给档案馆的时候，母亲就全部上交了。

进北京后，特别是在中南海住下来后，生活相对安定了。她对秘书工作又不满足了，就要求干点其他工作。

刚开始，她参加筹备北京汽车装配厂，任副厂长。选址、确定工厂要生产什么，招聘人员……她工作特别热情。此外，她对人也很热心，和大家关系都很好，筹备组里的同事在生活、家庭上有什么困难，她都很热心帮助解决。大家也觉得她没什么架子，不像首长夫人。

一年多以后，这个项目改为附件厂，之后她参加了筹备轴承厂的工作。这是苏联援助的一个项目，她到处奔波选址。家里还有一张她风尘仆仆地在泰安车站的照片。

轴承厂的筹备工作告一段落。这时我父亲胃病严重，胃出血，需要做手术。我小弟弟也出生了，再加上她自己因当年在延安敌机轰炸受伤的病又犯了，只好中断原来的工作。她陪着父亲休养了一阵，弟弟也大了一些，她又闲不住了。一方面，因为父亲确实身体不好，经常需要照顾，所以母亲就想找一个离家近一点的工作；另一方面，她也希望能响应当时毛主席提出的“向科学进军”的号召。这样，她就到中国科学院工作。那时候中国科学院院部在文津街，出中南海北门过马路就到。从此，只要有可能，父亲就在晚饭前从中南海散步出北门接她一起回来吃饭。

认定目标就不会改变

母亲的性格与外婆从小教育她一定要自立自强有很大关系。她小时候女孩是要缠脚的，外婆就躲着家里人，不给她缠脚。母亲在学校成绩优秀，上安庆女中。高中部是免试上去的。她在学校很活跃，篮球、排球、短跑都是她的强项，因此她得了一个“小老虎”的外号。在安庆时，她已经接触了一些进步思想。后来安庆女中有一些变故，她瞒着家里考到北平安徽中学，因为她的老师介绍北平学习环境好。很快学校因经费不足停办。母亲又经老师介绍转北京女一中。她到北京后才告诉外婆。她就是这样一个自立的人。

她自己一个人来到北京，拿着老师的介绍信找到了女一中的孙荪荃，开始了女一中的读书生活。卓琳、于若木都是她在女一中的同学，她们很快成了好朋友。

这位孙老师是因为领导学生参加抗日运动被撤去了校长职务

的。她常在课堂讲爱国妇女解放的道理。通过她，我母亲认识了郭明秋、姚依林这些进步青年。因为母亲年纪小又是个女孩子，所以一些出头露面的事都让她来做。游行的时候，她总是冲在前头。后来因为身份暴露，只好转入地下。但是她还是把高中最后一年念完，参加了考试。我觉得，在学习方面，她一点不差，确实因为她要做的事情太多了，所以不能那么专心地读书，但是她还是努力拿到了学校的证书。

母亲非常自强自立，对自己人生的路是非常清楚的，而且认定了目标就决不会动摇，要想方设法地去实现。她的性格一辈子都没变。

自强不息的毅力

在“文化大革命”中，我的父母都受到了冲击，那时候母亲确实给了父亲很大的支持，总是鼓励他。因为父亲对形势分析得很多，忧心忡忡的。母亲就劝他，没什么大不了的，天塌不下来。父亲能熬过“文化大革命”，当然很关键的是毛主席要去看他，把他保护下来了；但是日常在家也是挺不容易，要不是他们俩互相支持着，真是挺难熬过来的。

“文化大革命”闹得正厉害的时候，弟弟被误打成“战犯”，造反派还逼母亲在开除弟弟的文件上签字，她一气之下突然偏瘫。幸好及时送到了北大医院抢救，才算保住了生命。因为要每天去做针灸按摩治疗，那时候家里已经没有了车，坐公共汽车也不方便。幸好，老家一个亲戚当时在家里是个老木匠，就用藤椅改装成一个轮椅，每天推她去北大医院治疗。效果还行，除了每天治疗之外，母亲就在家锻炼活动。

“文化大革命”期间，我和大弟弟都被下放到外地，只能春节、国庆节回来，陪陪父母，帮他们收拾一下。那时候，我母亲在家想方设法找事情做。她把家里的旧线袜子拆了，和父亲两人，一个往下拆、一个绕线球。她把这些旧线洗干净，再织成手套、背心什么的。1972年她被平反，组织安排她到科学院情报所工作，她把这些一扔，又全心投入工作。现在家里还留着她没有织完的线球。

“外行领导内行”

到了中国科学院情报所以后，她马上了解所里方方面面的情况，依然对人很热情热心，很愿意帮助人，下班回来就跟我们说所里的事情，告诉我们情报所将来会很有作为。“文化大革命”结束后，她又回到中国科学院计划局，我们又听她说科学院的种种规划前景，让我觉得那都是很了不起的事。她心里想的都是工作。我觉得她真是特别热心，对工作非常执着，永远对工作怀着美好远大的憧憬。

在科学院工作期间，她总是十分关心尊重科学家们。尽力满足他们的要求。比如毛主席提出除四害里的“打麻雀”一项，科学院的专家们有不同意见。他们写了些材料，通过张劲夫整理写了信，交给母亲，母亲赶紧请我父亲转交给主席。

在新技术局工作时，她常常忙得顾不上家。小弟弟和平中午回家都没饭吃，因为跟同班同学邓质方关系好，就每天到他们家吃饭。后来她碰到卓琳，还对卓琳说：“他总是到你家吃饭，我得给你饭钱啊。”卓琳说：“小孩嘛吃一口就完了，钱就不用给了，不过粮票得给啊！”那时老一辈之间多么和谐互助呀！

改革开放后，科学院响应号召以市场经济的方式推动科学技术转化为生产力，计划局成立了新技术公司，我参加了公司的成立仪式。只要是新的科技，她认为对国家、对科学事业有好处的，她都愿意干。那时候公司谁都不知道应该怎么办，最主要的是缺资金。她就想方设法跑银行，找领导谈，努力解决这些问题。

当李政道提出要搞电子对撞机的时候，她觉得是对国家发展科技有帮助的好事，一定要做。那段时间，她见到谁就跟谁讲这个事，想了很多办法，终于把电子对撞机项目做成功了。她对对撞机特别有感情，父亲病重的时候她老是陪着，心情也不好。有时候就让我陪着她去看看电子对撞机，看了这些她心里就会安慰一些。

虽然说她并没上过大学，但是她在科学院工作了这么多年，跟那些大科学家相处得都挺好，那些科学家对她也都挺尊重。她不但是领导者，还是这些人的朋友。这可能与她在工作中善于学习，具有很好的组织协调能力有关。因此，她还真成了名副其实的“外行领导内行”，而且这些内行还很“服”她。母亲去世后，有很多科学家来参加她的追悼会。

我们永远怀念她，怀念她自强不息，永远为党、为国家努力工作，永远向上的精神。

我的父亲力一记事

力丽　沈英丁（执笔）

力　一(1913—1996)

曾用名力伯皖，福建永福(今永泰)人。电讯工程及加速器工程专家。1935 年毕业于北平大学工学院电机系。1940 年至 1942 年在延安任陕甘宁边区自然科学研究会驻会干事。1942 年至 1949 年先后在陕甘宁边区及山东解放区通讯兵部队任工程师、试验室主任，电信工厂厂长。筹建华东新华广播电台。1955 年中国科学院原子能研究所第一任副所长兼苏联援建的中国第一台回旋加速器总工程师、1975 年任高能物理研究所副所长，中国核学会粒子加速器学会、核电子学与核探测器学会第一届理事长。

我的父亲力一是新中国第一代核物理学家，中国第一台回旋加速器的总工程师。这台加速器连同原子反应堆是苏联援助给中国的大型核物理科学实验设备，是中国当时核科学研究最重要的基础设施。与此同时，我的父亲又是一位资历很深的"老革命"。

父亲是42岁时从一位通信技术专家转行进入原子能技术研究领域的。从此，原子能科学就成了他后半生全身心投入的事业。他们那一代人是共和国原子能事业的开创者。由于他们筚路蓝缕式的艰苦奋斗，使这项事业从无到有，发展成了完善的核科研体系，并在此基础上建立了我国坚固可靠的核盾牌和强大的核工业体系。

中国原子能事业的发展，受到共和国第一代领导人的高度重视。早在20世纪50年代初，在制定《十二年科学发展规划》时，就被列为紧急发展的优先项目。

父亲虽然离我而去已经有二十多个春秋了，但他永远活在我的记忆中。让我没齿难忘的是父亲去世前的情景。父亲是1996年9月29日早上9点去世的，从他住院到去世的三个月时间里，我每天都去看他、陪他。一天，他沉默良久后对我说："对不起呀，力丽，我的女儿。"

看得出，这是父亲埋在心里很久的话，他说："我想过，我这辈子做的事，对得起党、对得起国家、对得起人民、对得起所有和我交往的人，唯独对不起你呀。我的女儿！"

这番话表达了他在子女成长的关键阶段，却无暇顾及教育和培养的歉疚。此时，看到他越来越消瘦的身子，我的泪珠不停地在眼眶里打转，想起和父亲共同相处的岁月，以及父亲平时对我的教诲，真是心如刀绞，也更加体会到了父亲对女儿深深的爱。父亲往日工作、生活的场景也一幕幕地在眼前涌现出来。

1955年1月，父亲接受党和国家的重托调到了一个新的工作单位，调动工作对他来讲是家常便饭，但这次的调动与以往的调动完全不同，母亲只知道新单位名叫“建筑技术局”，其他一切概不知晓。既不知道工作单位的地址，也不知道从事什么工作，只能看到出门时有车来接，出门之后什么时候回来就不确定了。家里人什么都不能问，也不许问，问了也没用。甚至，就连我出生时，父亲也因忙于工作，没能陪伴母亲。

母亲是随父亲从上海调到北京的，到北京后，曾任邮电医院的政治协理员(党总支书记)。母亲1938年就在潘汉年同志的领导下工作，是久经考验的秘密情报员。父亲的新单位在哪里，是做什么工作的？为了解开这个谜，母亲可没有少费心思。她想，既然新单位有“建筑”两个字，那就和当时被称为“建工部”的“建筑工程部”有关。于是她悄悄地到建工部打听，可是建工部回答说，他们根本就没有“建筑技术局”这个部门。母亲不甘心，她认为，建工部一定有这个单位，只是由于保密，不能对外透露。于是，为了既不违反保密原则，又能找到父亲，母亲这位“老特工”，甚至使出了做地下工作时常用的手段“打入内部”，实行“潜伏”。她通过多方努力，于1957年调进建工部，在《建筑》杂志编辑部当副主任。这下，建工部有什么单位就一清二楚了。但结果还是徒劳，因为在建工部确实没有这个神秘的“建筑技术局”。

直到1960年左右，母亲也调到了原子能所，这时她才恍然大悟，原来“建筑技术局”在这里，是原子能所初建时的代号。而她要找的人，就“潜伏”在这里，多年的寻夫之路终于有了结果。

父亲参与到原子能研究工作中，几乎带有某种宿命式的巧合。在延安时，老百姓和战士文化水平都不高，对科学知识了解得不多。有些人甚至用迷信的观点来解释自然界发生的现象。不仅自己吓唬自己，而且造成人心不稳，引起社会动荡。父亲作为《解放日报》“科学园地”栏目的通讯编辑，常常用各种笔名发表文章，介绍当时最先进的科学知识，用科学的观点解释自然现象，破除迷信思想。

有人说八路军是“土八路”，其实此话是带有偏见的，是对八路军的歪曲。父亲那时就在为八路军的高级指挥员讲解最先进的军事技术装备，甚至包括还未投入到实战中的雷达。

有趣的是，在1942年延安整风运动中，在接受组织审查期间，父亲还给看管他的同志讲无线电通信知识和雷达的工作原理。后来，这位同志担任了新中国军委雷达局第一任局长。

父亲不仅具有坚实的专业知识，而且有惊人的预见性。最有力的证明是他发表过的一篇文章。那是1942年，他在延安自然科学院时，曾以“苏虹”的笔名，为《解放日报》写了一篇题为《炮打原子》的文章。在这篇文章中，他以通俗易懂的文笔，介绍了原子核在受到中子轰击时会产生裂变,裂变形成的链式反应会释放出巨大的能量。用这个原理,可以得到取之不尽用之不竭的能源;用这个原理,也可以制造出威力巨大的炸弹,也就是我们今天说的原子弹。这篇文章发表于1942年2月,离哈恩和斯特拉斯曼发现核裂变仅仅4年。而在此文发表两个月后,费米才开始研究核反应堆;此文发表七个月后,美国才开始秘密启动制造原子弹的"曼哈顿计划"。而此时的延安根本顾不上与国外交流科技。父亲能在这样的半封闭状态下,做出这样的预见,简直是一个奇迹。这也证明了中国共产党人不仅在政治上、军事上功勋卓著,而且在自然科学上也具有远见卓识。

更让人叹服的是,在文章的结尾处,父亲甚至还预见到原子武器会在反法西斯战争中发挥巨大的作用。当时,有些同志还不能理解这篇文章的意义,在自然科学院的领导层中,就有人批评这篇文章"没有理论联系实际。"

直到很多年后。父亲最亲密的老战友于光远同志还好奇地问他。"在延安那种艰苦的条件下,你是怎样做出这个大胆和准确预测的?"

关于这篇文章,还有一件趣事。20世纪80年代,在"核电子与核探测技术学会"的成立大会上,前来祝贺的电子工业部科技司司长边拱同志在发言时,兴致勃勃地提到了这篇在延安窑洞里写就的文章。

原来,边拱同志在延安时,就认真研读了这篇文章,而且在一本俄文书的字里行间,认认真真地写下了学习笔记。后来随着时间的推移，他越来越佩服作者的高瞻远瞩。不过，他一直不知道文章的作者“苏虹”是谁。甚至就在这次会上，边拱同志介绍这篇文章时，仍然不知道坐在他身边的“核电子与核探测技术学会”第一届理事长力一，就是这篇文章的作者。后来，当他知道了这一切后，既感到意外，又非常激动、高兴。原来，我的父亲和他在延安时期就是军委三局共同战斗的老战友。现在他们又在原子能科学领域中共同奋斗，成为了并肩战斗的新战友。

中国科学院与“两弹一星”的研制与发展息息相关，很多研究所的建立和承担的任务也都是围绕着“两弹一星”展开的。父亲作为党内不多的科技专家，那时既是三机部（即核工业部，也就是后来的二机部）建筑技术局副局长，同时还担任科学院新技术局副局长。新技术局主要就是主管两弹一星等重要国防项目研制工作的。因此，我常听父亲说起中关村建设的往事，尤其是原子物理楼和放化小楼的故事。

中关村最早的建筑就是原子物理楼。在401工作的同志都习惯地称它为“应用部”，它是中国科学院新时期开始的标志。那时的中关村到处是乱坟和菜地，从动物园通往颐和园的公路两边也都是农田。原子物理楼就突兀在这大片的农田和村舍之中。站在原子物理楼上，可以清晰地看到当时的西直门城楼。

离原子物理楼不远，还建有一座白色的小楼，人们通常称它为

“放化小楼”。因为要进行核化学实验，难免有放射性物质。因此在拆除时，还动用了防化兵部队，不但拆下来的砖头、混凝土块，就连小楼里的尘土都要仔细收集起来。这还不算，还要挖地三尺，以免遗留放射性物质。所有这些废物和残渣碎土，都要严格密封后运走处理。现在化学小楼的旧址已成为一片绿地，留下的只是老一代科学家的回忆。

原子物理楼也遭遇了同样的命运。虽然有众多科学家上书，要求保留这一极具纪念意义的历史建筑，无奈历史文化遗产的价值还是抵挡不住对经济利益的考量。它最终还是在一片遗憾的叹息和痛惜的眼泪中被拆除了。

在建原子物理楼时，还有这样一件趣事。原子能所有一台质子静电加速器。它虽然是比较初级的加速器，简单得就像一个超大号的真空电子管，但它是赵忠尧先生费尽周折从美国带回来的。用于复杂高端的原子物理实验，它已难堪大用，但中国的许多核物理学家就是因为有了它，才接触到加速器，并得以进行相关的科学研究。在培养我国自己的核科研队伍时，它发挥了巨大的作用。因此，它在当时是弥足珍贵的，是名副其实的功勋设备。由此也可见那时中国“一穷二白”的落后状态。那时的中国就连一只小小的电子管都造不出来，中国的科学事业和现代工业起步之艰难，由此可见一斑。

原子物理楼建好后，本当是乔迁之喜，但面对这台静电加速器，人们感到的却是“乔迁之难”。原子物理楼是用混凝土整体浇筑而成，而且用的是高标号水泥和当时最好的建筑材料，坚固得像一座堡垒。那台功勋卓著的静电加速器足有10来米高。虽然在加速器的大家族中，它只能算是“迷你”型的，却无法进入已经建好的大楼里，更不要说安装调试了。面对这个大难题，人们最后只能把大楼的西墙拆掉一部分，待那台宝贝静电加速器运进去安装好后，再把破拆的墙体重新砌好。但囿于当时的条件，修补的部分没有能做到“天衣无缝”，这块墙体和整个大楼的墙体有明显的色差，看上去就像一块大补丁，直到原子物理大楼被拆，这块大补丁依然如故。

父亲那时不但要抓原子能所的全面建设和科研人员的工作安排，每个星期还要从房山的原子能所(401)到中关村的原子物理楼和放化小楼工作一天，协调和布置工作。父亲曾提到过，在“两弹”即原子弹和氢弹的研发过程中，有极严格的保密规定，科研人员对自己的研究成果要应用在什么地方是不能过问的，也不能向任何不相关的人透露研究的内容，很多科研人员甚至都不知道自己曾在两弹研究中作出过贡献。

父亲对当下流行的“某某弹之父”的提法非常不赞成。作为“两弹”、核潜艇动力堆及核聚变研发的技术负责人，他深深知道，所有成果的取得，都体现了党和国家的战略决心和坚定意志，是数万科研人员艰苦奋斗、辛勤努力的结晶。在这个过程中肯定会涌现出大批优秀人才。“两弹”等重大成果的研发成功不是灵光一现就能完成的，它是庞大而复杂的系统工程。哪一个环节出现问题都会影响到整个项目的进展。在当时中国所处的条件下，许多资源及材料都严重匮乏，而且当时时间紧，任务重。为了保证成功，必须发挥我们国家可以集中力量办大事的制度优势，动用全国所有的力量攻坚克难。很多时候为了攻克一个难点或疑点，都要通过大量复杂艰难的实验，还要进行海量的计算及论证，是要凭举国之力才能进行，远不是仅凭一位“之父”就能完成的。

我那时还小，住在原子能所的家属区，父亲从不向我们谈工作上的事情。印象最深的就是父亲下班后常常在家里开会，常有一批一批的科研人员到我家关起门密谈工作。父亲的生活中几乎没有什么假期。有时有人来家里和父亲汇报工作，父亲听着听着就闭上了眼睛。来人见此情况，就停止了汇报，不想父亲立刻睁开眼，并且说：“接着讲，接着讲。”

原来他并没有睡觉，只是抓紧时间，边听边养精神，“会休息的人才会工作”嘛。见此情景，来人不禁感叹道：“唉，他太累了。”

为了发展我国的原子能科研事业，党和国家除了动员那些在国外受到过良好科学教育的专家归国，并充分信任他们，委以重任外，还努力在国内培养人才。父亲就不止一次提到于敏院士是我们的

“国产一号专家”，他在氢弹的研制中做出过重大贡献。

不仅是科技人员，那时为原子能科研团队服务的人员也是各行各业中的翘楚。为 401 做西餐的大厨是新侨饭店的主厨，烤面包的师傅是莫斯科餐厅的大师。就连理发师也要从当时最牛的“四联理发店”中调。医务人员都来自国内各大知名医院，而技工更是在全国范围内到处搜罗。这些人为中国原子能事业的发展，默默无闻地做着贡献，却耽误了他们自己的成名和升级，但他们无怨无悔。他们的一些后代在多年后还向我讲述过他们的父母调到原子能所时，那种既有神秘感，又有使命感，既感谢组织的信任，又担心自己不能胜任的复杂心境。

父亲的战友、朋友、同事、同学都想劝他把自己的传奇经历写成回忆录，那将是一个知识分子在一般人难以想象环境中，用知识和智慧服务于革命事业的传奇。而且他从事的工作艰巨、庞杂，且神秘：在延安，他研制过战争中急需的通信器材，用散件攒成了延安第一台 X 光机，他还开过染坊，炼过石油，做过酒精，甚至还养过奶牛，做过棉花生意。为配合全国解放，父亲还曾在山东研制成功广播电台，让国民党被俘将领王耀武现身说法，讲国民党为什么必然失败，共产党为什么必然胜利的原因。气得蒋介石砸掉了收音机。不过，在他回忆往事时，对于一生中的“华彩乐段”——“两弹研制”，却少谈起。

无论是在战争年代，还是新中国的发展时期，他始终践行着他对

理想信仰的追求，很多与他共事过的人都对我说，你父亲是真正的共产党员，就连一些比较挑剔的老知识分子也对他的业务能力深表赞许。作为他的后代，我想讲一讲他的故事，以告慰所有为新中国做出贡献的前辈们。这即是我写这篇短文的初心。

从点滴看竺可桢

竺安

竺可桢(1890—1974)

气象学家、地理学家。1890 年 3 月 7 日生于浙江上虞。1918 年获美国哈佛大学博士学位。1948 年当选为中央研究院院士。1955 年被选聘为中国科学院学部委员(院士)。1966 年当选为罗马尼亚科学院外籍院士。1974 年 2 月 7 日逝世。曾任中央研究院气象研究所所长、浙江大学校长、中国科学院副院长、中国科学院生物学地学部主任、自然资源综合考察委员会主任、研究员。代表作有《东南季风与中国之雨量》《中国近五千年来气候变迁的初步研究》和《物候学》等。

两个月前，李佩先生找到我，要我讲一下竺可桢。当时我觉得比较为难，虽然竺可桢的事情我了解一些，但作为一个专题来讲，觉得千头万绪，不知从哪里讲起。如果按传记来讲，很多材料大家都接触过，没有多大意思。想来想去就从点滴讲起，这样不受拘束。现在就我感到有意义的，估计大家也愿意听的，一点一滴地给大家讲一下。

目前我所从事的工作，就是编辑出版《竺可桢全集》。这个工作从 2000 年开始，预计还要三五年才能完成。日记工作量大，他的著作大概是 500 万字，日记大概是 800 万到 900 万字；第二它难度要大得多，因为发表的论文都有铅印本，校对修改比较容易，而日记全部是手写的，有些字迹不太好认，再加上是六七十年以前的事情，当时的时代背景和人名难于搞清楚，所以参加这部分工作的，前后有 30 人之多，经编委编纂校对，交出版社编校，再经过几次双方的校对，才去付印。现在已进入最后阶段，已出 13 卷，总共将达到二十多卷，前 5 卷是他的论文、著作，从第 6 卷开始是他的日记。他的日记从 1936 年开始，因为 1936 年之前的日记丢失了。他在日记里也讲到，1936 年之前的日记，因为抗日战争爆发了，浙江大学内迁、逃难，很多书，包括他留在南京的一些日记。抗日战争结束以后，再回到南京，那些书和日记都找不到了。1927 年以前，即 20 年代初期，他执教于南京高等师范大学（后来的东南大学和中央大学）。在东南大学期间，发

* 本文为 2008 年 10 月 10 日竺安在中国科学院文化讲座的演讲，吕锡恩根据录音整理，竺安已作校对。

生了口字楼着火事件，他的日记在这次事件中损失了。至于他什么时候开始记日记，就不知道了。根据他在哈佛大学时的同学胡适、赵元任的日记看，他可能在1913年甚或更早便开始记日记了。赵元任的日记保存在UC Berkeley（加利福尼亚大学伯克利分校）的图书馆里，是从1910年开始的。

在80年代初期，曾编辑出版过一次《竺可桢日记》，但那时还有很多禁忌，又因为篇幅太大，只选用了三分之一。现在这八九百万字的日记是十分宝贵的史料。竺可桢不止一次在日记中写到英国小说家班内特（Arnold Bennett）的话："日记的第一要义就是真实，如果不真实，就毫无意义。日记和小说正好相反，小说的价值天长日久慢慢会减低，日记的价值越来越高，几百年之后，哪怕是很琐碎的事，都是很宝贵的材料。"也正因为这一点，竺可桢记日记记得很详细，很琐碎。经过一天的工作，人已经很疲劳，又要把一天琐碎的事记下来，这很不容易。所以班内特讲：记日记最大的障碍是与这苦累活作斗争。你很想休息，但又要记一天遇到的事，你就必须克服这种困苦。

一、认真精神

竺可桢在日记中，好多东西都要记。作为气象学家，天气、物候如桃树开花了、柳树长出叶子了、燕子从北方飞来了，他都有记录。这对于一个气象学家来说并不奇怪，但是还有很多记录，如参加一些比较大型的重要会议，三十几个人的名字全部记下来。大家奇怪，他的记忆怎么这么好？后来才知道，他有个随身笔记本，在会上哪些人报告，谁发言了，谁的发言从 10:00 到 10:45；下一个谁发言，从 10:45 到 11:25，他都有记录。再比如，作为一个气象学家、地理学家，他喜欢旅游，到什么地方、拍照片时的距离、光圈、速度都有记录。如果乘飞机出差或旅行，飞机几点起飞、飞行速度、飞行高度、看到什么样的云、云下面看到什么地方，他都有记录。可以这样说，只有具有充沛的精力和坚强的毅力的人才能做到这一点。举例：

1936 年 8 月 11 日，他从南京乘汽车到杭州，在汽车上他盯着车上的里程表，以此来算出从南京到杭州的距离，连见到几辆自行车等都记下来。日记原文如下表所示。

南京至杭州路程

时　间	地　点	表号数	距　离
6:43	珞珈路二十二号	17777	—
6:56	中山门	17782	5
7:23	汤山	17798	16
7:40	句容	17807	9
8:07	天王寺	17823	16
9:03	溧阳	17856	33
9:40	宜兴	17877	21
在此抛锚停　一小时余			
11:15	宜兴启程		
11:50	江浙之界		

续 表

时　间	地　点	表号数	距　离
12:15	长兴	17908	31
12:54	湖州	17924	16
13:30	三桥埠	17948	24
14:30	杭州市界	17977	29

自南京市界至杭州市界(市内不算)共见自行车 7 辆(1 在句容,6 在杭州市附近)、驴 3、运货车 6(句容附近)、公共汽车 8、小车 12、包车 4。

1963 年 11 月 13 日,从上海到北京,火车到南京时摆渡要两小时,因雾晚点约两小时,正点该什么时候到,实际什么时候到哪一站,一直到北京,他都记下来了。

1961 年,他作为科学院综合考察委员会的主任,到四川阿坝(2008 年大地震中心汶川的附近)地区考察,每到一个地方,何时到,走了多少公里(这是看公路旁边的里程碑算出来的),海拔多少,都有记录,原文如下表所示。

1961 年 6 月 3 日　星期六　从阿坝到米亚罗

晨,阿坝晴,霜,窗口－1℃,66%。			
7:50	阿坝	506 km	3 200 m
8:30		486 km	3 600 黄土在冰碛之上
8:46	麦尔玛	472 km	3 400

续 表

晨，阿坝晴，霜，窗口－1℃，66%。			
9:08	查理寺	468 km	3 140
9:38	阿里山头	445 km	3 820
11:05		400	3 040
11:15	龙日农场	392 km	3 460 m
12:45			
13:20		380	3 700
13:30	中壤[口]，阴坡林下	367	3 500
13:46	下壤[口]	360	3 470
14:20	刷经寺	333	3 280
15:30		326	3 200　1公升走 5 km
15:55		319	3 460
16:10		316	3 580
16:40	顶雪	311	3 800
16:55	鹧鸪顶峰	306	4 040
17:03		301	3 850
17:15	沟头	294	3 630
17:30		286	3 240
17:46		284	3 000
17:52	大郎坝	272	2 960
18:06	米亚罗	262	2 700

要是看原始记录，你就会吃一惊，字写得歪歪扭扭，非常难看，因为他考察是坐在吉普车里，在崎岖的道路上颠簸，从早到晚，一手拿

着高度表，看看海拔是多少，又要盯着公路边的里程碑，一手做记录，还要看前方到了什么地方。

这一年他 71 岁，我们想想，一个老科学家，在那么艰苦的情况下，从早到晚前后十多个小时，不是游山玩水，而是坐在车上认真工作，往往每十几分钟就要记录一次，可见一路上都必须全神贯注。

他记日记几十年如一日，没有一天懈怠，把看到的东西都记下来。我觉得，我做实验记录也没有那么详细，而他从阿坝到米亚罗，每一站的距离、海拔、所见都记下来了。坐飞机也是那样，手里拿着高度表，眼睛看着外面，看到的云形，底下过了黄河、西安等都有记录。他的这种认真精神非常令人钦佩。一般做好一两件事并不难，但是天天如此，几十年里，千万次地坚持下来，特别他是一个大科学家，就很不简单。我不由想到列宁讲过的一句话："不要轻视小事，因为大事是由小事积累而成的。"正因为他坚持做好每一件小事，所以成就了他在科学和教育上的诸多大事。

二、识才和爱才

改革开放以后，邓小平提出要尊重知识，尊重人才。现代化的社会主义建设，最需要人才，但是"尊重知识，尊重人才"讲起来容易，现在我们做得并不好。我们到底要什么样的人才？这个问题并没有很好的解决。"千里马常有，而伯乐不常有。"识才要有眼光，你没有这个眼光，人才站在你的面前，你未必认识。也不能有私心，有了私心就会产生偏见而不能正确判断。尊重知识，尊重人才，最重要的是在他还没有成名之前，你就能够识别，而且加以培养，给予支持。如果他已经出名了，已经有大成果，是知名科学家了，这个时候你再给他几百万的大奖，我觉得，这个意义并不是很大。

竺可桢当浙大校长时，在识才、爱才这方面做得比较突出。他爱护、关心、支持苏步青的故事尽人皆知。苏步青当时是浙江大学数学系的主任，也不过三十多岁。竺可桢 1936 年接任浙大校长，1937 年抗战爆发，学校被迫内迁，先到建德，然后到江西的泰和，后来又到广西宜山。苏步青在日本留学时娶了日本教授的女儿，小孩很多，1937 年在建德时已有五个小孩，都很小，逃难要搬家，那么多小孩非常困难。从建德迁到广西宜山时，苏步青把妻儿送回了老家温州。后来日本打到广西，浙大又从广西宜山迁到贵州遵义和湄潭。稳定下来之后，竺可桢对苏步青讲，把家眷接过来吧。苏步青讲，这要一大笔钱。竺可桢说，钱你不必担心，当即给了他 2 000 元，而且还找到当时浙江省主席朱家骅，要了他的手谕，就是“沿途军警不得盘查，一律放行”。因为他妻子是日本人，抗日战争的时候，中国的老百姓遭到日军残暴蹂躏，枪杀、放火、强奸无所不为，所以中国人对日本人非常仇恨，如果一不小心，让人家知道了她是日本人，很可能就被打死。竺可桢就想得这么周到，开了特别通行证，最后使他们安全地到达了贵州。后来在贵州，他们有了八个孩子，教授的工资不够维持这个家庭。有一次竺可桢从遵义到湄潭去视察，见苏步青在晒白薯干。竺可桢想，这样教授怎能做好工作？于是他便向教育部为苏步青申请部聘教授，校聘教授变成部聘教授，工资要翻一番，从原来的350元变成700元。他还让苏步青两个小孩到浙大附中去住校，住校伙食就不用花钱，可住校他家里棉被不够，又特批他们住在家里，在学校吃饭不要钱。后来，苏步青每次谈到浙大竺校长时，都非常感慨地说："竺校长是把我们教授当宝贝啊！"

另外一个例子是物理系的教授束星北。束星北是个天才科学家，有很多地方与别人不一样。比如我们要培养一个大科学家，一定要找一个有名的教授或者院士做他的导师，然后在导师下面进行四五年系统的研究，这是比较快的成才之道。但束星北完全不是这样，他在六年里换了九所大学。这一方面有经济方面的原因，他要打工挣钱养活自己，但还有更重要的原因：即一般大学是教授挑学生，有特别好的就加以重点培养。而束星北是学生挑教授，他头脑里有大量的问题，如果这个教授讲的不好，不能清晰地回答他的问题，他就换所大学。他在英国的爱丁堡大学拿到一个硕士学位，然后到了美国的MIT(麻省理工学院)又拿到一个硕士学位，并没有博士学位。这时正好发生了九一八事变，为了报国，他于1932年便回国了。回国后，他觉得从军是报效祖国的办法，便到军校去担任物理教官，但是他的脾气很急躁，说话耿直，跟蒋介石当面顶撞，批评蒋介石不抗日，就被解聘了。后来，他到浙大当教授，在浙大物理系待了20年。他的课讲得非常出色，现在很多当年听过他课的学生，如许良英、周志成、胡济民、任知恕等都很怀念他讲的课。二年级学理论力学，他要讲牛顿三大定律，许良英知道后觉得很泄气，认为牛顿三大定律已学过三遍，初中一遍，高中一遍，大一又学了一遍，现在还要学，就觉得没劲。但束星北讲了整整一个月，学生却觉得津津有味，兴趣盎然，受益匪浅。他引用的是日常生活中常见的例子，但问到里面的原理，许多人都答不出来。浙大物理系相对论的课，都是由束星北讲，一般物理系的老师都不大敢讲。他对物理的理解非常深刻、透彻。一般学生只知道记公式，什么 $F=ma$，$mv=ft$ 等，会解题就不错了，但束星北对物理原理达到了悟的程度。所以他讲课，根本不用讲义、讲稿，举的都是些日常生活中常见的例子，却有极深刻的内涵。

再一点，我们搞自然科学的人都知道，科学家有的理论研究非常强，但动手做实验较差。有的实验技术非常好，但理论方面较弱。就像李政道、杨振宁他们从事理论研究，而由吴健雄做实验给予验证。束星北不但理论物理、相对论、数学非常好，他的实验技术也非常好。抗战时期，国民党成立雷达研究室，由他做主任，他很快就将雷达安装起来。但不久抗战胜利，他就拆掉了雷达，因他反对打内战，国民党要把他抓起来，后经人通风报信，才逃过一劫。

这样一个天才，脾气比较大，吵架时，他会动手打人。有一次，在湄潭，物理系定了一批竹子，总务长把它买来，为什么事把它挪用了。束星北知道后，勃然大怒，去和总务长理论并打了他。束星北人高马大，又学过拳击，把对方的牙都打掉，事情闹大了。总务长要求赔礼道歉并且要他请两桌酒。最后，竺可桢到湄潭去处理这事，一方面，批评他打人不对，要他去给人家道歉，承认错误。一方面和总务长说，战争时期大家都很困难，要他请两桌酒，太难为人家了，请一桌酒就行了。后来总务长又提出，束星北不但要当面道歉，而且要书面道歉。竺可桢劝说无效，就叫束星北写了一个道歉书。席间，束星北念了这个道歉书，念完后，竺可桢就把道歉书拿过来揣在自己兜里了。你不是要求人家书面道歉吗？人家已书面道歉了，你并没说要拿到道歉书。竺可桢这样处理，没有使束星北的把柄落在对方手中，使束星北没有了心理负担。

后来，束星北在杭州又曾打过人。在校务会议上，有人提出，大学教授为人师表，打人还有资格做教授吗？浙江大学不能留他，因此在会上争吵不下。竺可桢认为束星北是个人才，不愿放走他，他说："我们用人是用他的学问，又不是用他的脾气，脾气不好还可以督促他改嘛！"就这样力排众议把束星北给留下了。

束星北的天才还表现在新中国成立以后。他讲话非常直，被打成极右分子、反革命分子，经过 20 多年的批判斗争、强体力劳改，后来，轻体力劳动——打扫厕所。就是打扫厕所，他也非常认真，把厕所扫得非常干净，一点气味都没有。改革开放以后，国家海洋所要解决海洋物理问题，要建海洋物理这个专业有困难，所长曾荣几次来动员他出山，他都没答应。后来，他被曾荣的真诚所感动，就说，你把所有关于海洋物理的书给我找来。所长就翻遍图书馆和资料室，给他找来三十几本这方面的外文书，他仅看了三个月，就说，行！我加入这个工作，接下来就办了学习班，从给科研人员夯实物理基础做起。

当时我国要发射洲际火箭，洲际火箭一射出去，就落入大洋。由于海水上下的温度、密度、黏度都不一样，要根据海洋物理的知识推算它的轨迹，从而知道它的距离和深度，我们才能在半小时之内，将火箭打捞出来。如果超过半小时，别的国家就能将其捞去。20 世纪 70 年代末，国家为此要拨款 100 万元给他，他不要，只要了一摞白纸。他根据自己的物理学知识和对海洋物理的了解，计算出了它的轨迹。我不记得是 1980 年还是 1981 年，我国第一次试射的洲际火箭，就是根据他计算出的轨迹，在半小时之内，将火箭打捞出来。束星北是立了大功的。

试想，一个人从 20 世纪 50 年代到 70 年代，经过 20 多年的批判斗争和人格上的侮辱，加上重体力劳动，又吃不饱，饥饿、疲累交迫，却能很快地把海洋物理钻通了，并培养出一批人才，建立起一定规模的队伍，解决了这一难题，而他过去并没有接触过海洋物理。这说明束星北的物理是学透了，否则很多东西早就忘记了。

第三个例子是个普通人。这个例子，当时我在浙大时根本不知道。50 年以后，他的儿子给我讲起来，我才知道有这么一回事。化学系有个器材保管员查长生，是高中毕业的学历，成绩非常好，因家庭困难，无力上大学，就在 1930 年代初找了一份工作，做化学系的器材保管员。因需要很多化学知识，为此，他去旁听化学系的课程，从一年级到四年级的课全部修完，当然，花了好几年的时间。所以，按实际情况，他也达到了大学化学系毕业的水平，这是一个自学成才很好的例子。抗战后，他随浙大迁到贵州，当时浙大的化学系在湄潭，有空的时候他也看看文献。当时因为战争的关系，药特别短缺。那时，国外发明了磺胺药(一种非常有效的消炎药)，他看到文献上的磺胺药后，就跃跃欲试并借器材保管之便，自己合成磺胺药。合成出来以后，这个东西到底是不是磺胺药，没有办法鉴定。那时连元素分析的条件都不具备，更不用说红外光谱、质谱了。他根据文献的方法多次提纯，认为自己合成的是磺胺药，但还是拿不准。恰在这时，他的小儿子得了痢疾，一天拉稀几十次，到医务室拿的药，吃了好几天也治不好，没办法，情急之下，他就把合成的药给儿子吃了，结果一吃就好了。竺可桢到湄潭后，听说这件事，有一个下午就跑到他家里去，动员他出来当教师，给学生讲课。他坚决不同意，竺可桢反复动员，他反复拒绝，最后，谈到天色已晚才离开。这反映竺可桢爱才、识才的一面，他不看你是硕士还是博士。你若单看他的学历，他只有高中毕业，但他有这个能力，他做出这个成绩了，就认为他是个人才。

看一个人到底有没有本事，还是要看真才实学。浙大有些教授，像谈家桢，他在美国加州理工学院获得博士学位，又做了一年博士后，还没有回国，就被竺可桢聘为浙大的教授，那时他只有 28 岁。还有一个吴征铠教授，化工系的，他是英国留学的，回来当浙大教授时只有 26 岁。竺可桢特别重视年轻的人才，不是看你的学位，最终要看你的学问、你的贡献。吴征镒和谈家桢后来都成为著名的科学家了。谈家桢虽然在 20 世纪 50 年代受到批判，但后来他成为遗传学的权威了。反过来，你的牌子很响，如果你对学生没有什么好处，他也不赞成聘他为教授。我这里可以举个例子：1948 年浙大哲学系主任谢幼伟聘了六十多岁的熊十力来做教授，竺可桢在 2 月 14 日的日记里记道："熊已六十余岁，虽对于国学、哲学造诣甚深，但对于学校能有多少贡献大是问题。发展一个大学最重要的是能物色前途有望的青年，网罗龙钟不堪之过去人物，只是养老院而已，由是可见谢幼伟之无眼光也。"

熊十力当时只 60 多岁，我们现在 70 岁、80 岁的人，只要是院士，大家都要请他去学校兼职。因为院士多了，学校的"地位"就高了。做一个兼职教授，一年就去一两个星期，实际上，也不起什么作用。

有些大学把哈佛大学的教授聘来，说是全职教授，但是人家是哈佛大学的全职教授，是要在校工作九个月，你把人家请来能在你这有三个月的时间？再说，这三个月也不一定全在这边。光图虚名，不讲实际，这种作风很不好。现在，包括大学和研究所，首先就讲，我们这个单位有多少个院士，可真正在他那里工作的院士没有几个，大多是兼职的、挂名的。

当年竺可桢是这样用人的，今天我们用人还应当这样。不是看表面，不是看你是哪一个名牌大学的博士。如果真正是年轻有为的，这个时候，你应该能判断他是人才，加以扶持，这才是好的领导应该做的。人家已经功成名就了，你再给他这个奖、那个奖，给他荣誉，这当然也有一定好处，但这不是最重要的。尤其应看到一点，院士也好、诺贝尔奖获得者也好，他们获奖的工作，往往是多年之前做的工作，他拿到诺贝尔奖的工作，是世界领先水平的工作。那么多年过去了，他的学术思想是否还在科学的前沿，那就很难说了。获得诺贝尔奖，或者做院士，是一种很高的荣誉，但是并不等于现在他还在科学的前沿。我觉得，这一点是现在很多人都没去想的。我们现在用人，就是要知道，他的工作是否处在科学的前沿，是否能开辟一个重要的新领域。

什么是对有希望的科学家的扶持呢？当然你给他实验条件、给他实验经费，给他优秀的学生让他指导，这也是很好的，但物质条件并不是最关键的决定因素。浙江大学当时在湄潭，物质条件极差，像有机化学实验需要冷凝水，而那里没有自来水，只能做个架子，上边放一桶水，下边放一桶水，装个橡皮管让水流下来，这样来做蒸馏实验。物理系做实验没有电，就弄个汽车发电机来发电。就是在这样生活极其贫困、实验条件极其差的情况下，浙大的教授还做出了许多成果。当然，现代科学，你若没有先进的仪器，很多东西就看不见。你若要把航天器送到轨道上去，没有三级火箭就不行。但是，在很多情况下，重要的是科学家的思想、观念，如果没有条件他可以创造条件。浙大的有些教授像苏步青、王淦昌、贝时璋、谈家桢，他们都讲他们这一生科研工作的黄金时代，是在抗日战争的湄潭时期。尤其是贝时璋，在90年代的时候，三次对我讲过此话。而那个时期，却是物质条件最差的时期。我觉得，科学家本身要有水平，能够看到科学前沿的问题，并加以思考，即使没有实验条件，也可以做些研究。20世纪40年代，王淦昌对当时科学界热点前沿问题——中微子的验证方法，十分关注。在没有实验条件的情况下，王淦昌想了个主意，可以证明中微子的存在，写出论文发表了。美国科学家根据他的建议，做了实验，证明确有中微子这种基本粒子，后来还得了诺贝尔奖，但是，观念是王淦昌提出来的。高水平的科学家能看到科学的前沿。

其次，非常重要的一点，就是要有学术争论、学术辩论，因为真理是越辩越明，也就是说金属和石头碰撞的时候，硬碰硬，才能打出火花。王淦昌和束星北这两个人经常辩论得面红耳赤是出了名的，有时候还会拍桌子，各人坚持自己的观点。但是辩论过了以后，彼此仍是极要好的朋友。有这种学术争论，学术研究才能上到更高层次。

李政道在浙江大学只读了一年，为什么这一年里，给他印象那么深刻呢？就是因为这种非常激烈的争论，当然还包括当时的束星北给他提了无数的问题。李政道也是不断提出问题，去问束星北，不断得到回答，产生思想火花。当时的浙大，的确有一种百家争鸣的风气。竺可桢没有以他为中心自成学派的观念，既没有重点支持他自己的专业——气象学研究（在浙大根本就没有建立这个专业），也不是说他是留美的，就支持留美的。他是根据谁有学问，我就支持谁。所以，不管是留美、留日、留德的，甚至没出过国的，只要你有学问，我就支持你，学术争论没有任何禁忌。

科学研究要兴旺发达，创造这样一种民主的气氛是非常重要的。浙大的湄潭时期，物质条件极差，但学术民主气氛很好。教授们心情舒畅，专心教学与研究，不论是谁，只要有了好的成果，竺可桢都极力鼓励。即使教授间有了矛盾，他也是尽力调解，从不打一派拉一派。束星北曾多次顶撞他，说他“没能耐（去弄钱）”，他仍是爱惜这个人才。那时的浙大，确有百家争鸣的局面。

现在比较倾向于一个院士下面带几个教授、副教授，下面再加几十个学生，形成一个学派。基本上，以院士的意见为主导，学术争论很少。不同的教授之间、不同单位之间开展学术批评的机会几乎没有。如果提了意见，就好像要把他打倒似的。这种风气，我觉得，对科学研究的发展是极其不利的。我们现在是权威说了算，这是我们科学不能很快发展的一个重要原因。

三、爱心

如果我们问一个初中的学生，你认为世界上什么力量最大？他会回答：原子弹、氢弹、地震、海啸，但是随着年龄增大、知识增多后，观念上就会有变化，就会看到精神的力量。

人类的两种感情——一个是恨、一个是爱，都可能产生巨大的力量。希特勒就专门讲恨，凡是有色人种他就恨，只要是犹太人他就恨。他认为，只有日耳曼人才是最优秀的人种，其他人种都应该消灭。所以，他建立那么庞大的军队，用大量的钢铁、汽油、飞机、大炮来消灭他认为应该消灭的民族，屠杀了几千万人。但恨的力量最终还是失败了。

爱，其实有更大的力量，这个力量是无形的，是巨大的。耶稣讲爱，释迦牟尼讲爱，孙中山也讲爱，这种爱出自人的内心，最后从里面发展为力量。

80 年代末 90 年代初，我在美国待了几年，参加过浙大校友会活动。大部分校友是 40 年代出国的，离开祖国 40 多年，离开母校四五十年，但是他们都很怀念母校，很怀念竺校长。他们每年有两次聚会，一次是地区性的聚会，一次是全北美包括加拿大的聚会。大家谈天说地，出些文艺节目，最后一个压轴戏是由一位同学，用绍兴口音模仿竺可桢讲话，大家听了乐开了怀。有些是双校校友(既是浙大校友，又是别的大学校友)，他们说参加别的校友会，大家穿得整整齐齐，热热闹闹，就像过年一样。而参加浙大校友会，就像回娘家一样，一种非常亲切温馨的感觉。竺可桢求的是学风，他的身体力行、他的人格魅力产生巨大的凝聚力，使校友们相聚后，感到非常亲近。

1985 年，我到美国去开会，顺便访问了老同学张镜湖，他是夏威夷大学的教授，我去看他，他说在夏威夷还有一个浙大校友周桐，当时只在外文系念了一年，因得了阑尾炎，竺可桢用校长专车将她送到贵阳，并且给贵阳医学院院长李宗恩(抗战胜利后任协和医学院院长)写了封亲笔信，请他给予关照。结果到了贵阳，手术做得非常好。这件事很多人不知道，我也是过了 40 多年才听说。

还有一个例子是我们浙江大学附属中学的一个同学，后来他也上过浙大。他初中二年级12岁的时候，暑假中得了副伤寒，这种病需要养一到两个月，等养好病后，开学已一个月，从遵义到湄潭没有长途客车，他就坐了一辆“黄鱼车”，走到半路，车抛锚走不了啦。正在这时，过来一辆卡车，在前面停下来了，竺可桢在这个车上，就问他，你是不是浙大附中的学生，因为他打了一个浙大附中童子军的领巾，一半紫红的一半白的。他说是。竺可桢问，你怎么现在才上学，已开学一个月了。他说，生病了。竺可桢说你走路还有好几十里路，上我的车吧。但他个子很小，爬不上车帮子，竺可桢就叫司机把这个小个子学生抱上去。到了湄潭以后，还问他学习能不能跟得上，叮嘱要加紧补习。2007年我到贵州的时候，他告诉我这件事，并说，比起现在，连教授都很难见到校长，若要见校长，要过三道关，才能约见到，何况一个娃娃学生。

1945年，浙大的一位教政治经济学的教授费巩要从遵义到重庆，竺可桢就请了一个过去的浙大学生邵全声护送他，在重庆摆渡过江时邵全声先把行李放到船上去，再回来接教授，发现教授不见了。他就向学校报告，说教授失踪了。后来国民党就诬称邵全声是谋财害命，把他抓起来了，竺可桢就到处打听，什么宪兵司令部、卫戍司令部、陈立夫办公室等等，都去跑过。从1945年到1947年这段时间里，在他的日记里提到这个学生有18次之多。竺可桢不断地打听消息并设法营救，几次给该生的父亲写信汇报情况。一直到1947年9

月经多方努力，他才被无罪释放。到 1958 年竺可桢又给周总理写信，请查费巩的下落，那时全国“大跃进”，审讯工作也“大跃进”，终于从对监狱里的特务的审讯中查出费巩是被中美合作所特务绑架，不久就被杀害，后用镪水毁尸灭迹。

在未做浙大校长前，自 1928 年，竺可桢一直是中央研究院气象所的所长（担任校长后仍兼任所长直至抗战末期）。该所的一个气象观测员在重庆过江时被淹死了。竺可桢每次到重庆，都要到郊外（去气象研究所的路上）去看看他的坟墓。竺可桢对人不看他的地位，而是怀有一种自然的爱心在里面，邵全声的事他关心了几年，当时邵全声已经毕业参加工作了，按理校长是不用管的。费巩的事他放在心上十几年。他的这种爱心和提倡的求是精神，不仅当年受过他教诲的学生受到感染，而且已融化到教师和每一个学生身上，形成了优良的学风，并影响到后来的学生，他们没有见过竺校长，但他们对竺校长十分崇敬，对母校十分热爱。前几年，有一些浙大的校友（20 世纪八九十年代毕业的学生）成了企业家后，都捐钱回报母校，有一人捐 3 000 万美元，另两人各捐 1 000 万美元。

四、自我批评精神

自我批评说起来容易，真正能做到的却是凤毛麟角。在运动中、在会议上比较容易，因为人人都要检讨一番，过关而已，往往并不是真心的。而在私人日记上记的真心话，就不大见到了。一个科学家要承认自己无知，更是难上加难。竺可桢却经常检讨自己，真有“吾日三省吾身”的精神。例如：

1955年11月7日日记：

十点至历史所与叶企孙、侯外庐谈开第三次中国科学史委员会，以定明年度计划……叶企孙告余说岁差不但是赤经、赤纬改变，黄经、黄纬也变。可知余之无知也。

1936年10月14日日记：

十一点偕振公、晓峰、仲翔、幼南、驾吾至博览会间壁招贤寺，贺布雷母亲七十冥寿。[补注]至今思之可耻之事。（布雷指陈布雷）

补注是他后来翻阅时写上的，可见他记了日记还时时翻阅，反省自己。

又如1962年9月6日，参加科学规划的地学组会议，因九点前参加另一个会议，到了规划会上才刚拿到规划的第二稿，未及细看就发言，闹了笑话，因为第二稿里已将支援农业部分扩充了很多。日记原文：

九点参加民族饭店综合组讨论会，讨论提纲二稿。我到民族饭店时才接到二稿，所以没有时间能仔细看，讨论时就提意见关于农业支援提的不够，但实际最后部分已大加扩充，我这如此粗枝大叶应该加以检讨。入党时马玉书同志给我一纸，说党有三大纪律八项注意，三大纪律是如实反映情况，正确执行党的政策和实行民主集中，八项注意有一项是没有调查就没有发言权，我既没有如实反映情况又随便乱发言，可耻之至。

这真是极其严厉的自我批评。

人必先承认自己的无知，而后才能进步，才能奋力学习，竺可桢正是虚心好学、不耻下问，所以能学富五车。又因为他时时刻刻检查自己的缺点错误，所以品德达到很高的境界。

往事的回忆

——怀念亲爱的父亲吴有训

吴希如

吴有训(1897—1977)

物理学家、教育家。1897年4月26日生于江西高安。1920年毕业于南京高等师范学校。1925年获美国芝加哥大学博士学位。1948年当选为中央研究院院士。1955年被选聘为中国科学院学部委员(院士)。1977年11月30日逝世。曾任清华大学教授、物理系主任、理学院院长(抗战期间同时担任西南联合大学理学院院长),中央大学校长,交通大学校务委员会主任,中国科学院近代物理研究所研究员、所长,中国科学院副院长、数学物理学化学部主任,中国物理学会理事长等职。

1977年11月30日的凌晨，在地安门中国科学院第一宿舍家中，父亲因突发致命的动脉瘤破裂，在短短的两个小时内永远离开了我们。当时在他的书桌上还堆满了学术杂志及文件资料，有不少未完成的亲笔给国外华人科学家的信件及对科学教育工作的建议等。1976年"文化大革命"结束，已经80高龄白发苍苍的父亲兴奋不已，就在他去世的头一天晚上，他还在为迎接他期盼已久的全国首次科技大会的召开而努力伏案工作着，而他却在春天到来前悄然离去！与父亲几十年相濡以沫、患难与共的母亲面对父亲的离去留下了心中永远的痛！在父亲去世的17年后，1994年5月母亲也随父亲而去。父亲和母亲一生经历艰难的年代，但无论在什么情况下，他们都为我们几个子女和我们的后代付出了无私的爱与关怀！而当他们进入老年之后，又正值我们几个儿女在自己的工作岗位上奔忙。弟弟再生抗美援朝志愿参军，一直在海军部队工作；妹妹湘如在航空学院毕业后，即被分配到西北闫良，一直在为我国的飞机制造事业奋斗着。他们生活与工作的条件十分艰苦，很少有机会能回北京的家。哥哥惕生自清华大学毕业后在部队进行放射医学研究，得了"放射病"而致伤残。只有我从北京医学院毕业后，分配在北大医院儿科工作，除去繁忙的临床工作外，还参与了"四清""五七干校"，下乡教学等，虽与父母同住，但很少有时间给他们以细致的关怀，甚至在一起谈话的机会都甚少。如今回忆起父母来，真有说不尽的辛酸眷恋和深深的自责与内疚。

抗日战争开始，我们家随清华、北大、南开三校从北京长途迁移到云南昆明。只记得父亲早已离家先行去筹备建校，是母亲带着我们4个孩子走的。昆明当时日本飞机轰炸频繁，“逃警报”是我们终生难忘的残酷经历。全家搬到乡下黎烟村一个大院，与梅贻琦、赵忠尧、余瑞璜、杨武之、任之恭等多位教授同院。我们就在村里小学上学。只记得当时的父亲愁容满面，忧国忧民，常常说“国家兴亡，匹夫有责”。他一身蓝布大褂，整日为西南联大理学院的工作奔忙，从乡下到城里去工作是步行或马车。母亲则为我们4个孩子和全家操劳。由于经济困难，父亲在工作之余，还亲自动手做一些家用的凳子等。母亲和其他教授夫人一起作刺绣衣服，卖给在昆明支援抗日的美国士兵，贴补家用，有时换点饼干、黄油给我们吃。母亲在油灯下制作刺绣的身影，我迄今还依稀记得！她却为此而患上了严重的眼疾。

在那段艰苦日子里哥哥惕生突然患病，必须手术，母亲带着他历尽千辛万苦到北平治疗。工作繁忙的父亲兼任严父慈母，把我和再生（4—6岁）带到他的工作地点大普吉（清华大学金属物理研究所）与他同住，2岁的小妹则由一位女保姆照顾。记得父亲在百忙之中还要给我们做饭吃（多半是煮挂面加一鸡蛋）。再生小时很淘气，被自行车撞轧过，猴子抓咬过，还患过严重的牙龈脓肿。我迄今仍记得父亲多次背着弟弟，牵着我走很长的路去城里给他治牙的情景。一路上还遇到过日本飞机轰炸而要“躲一阵”再走。在大普吉时，父亲经常因工作不在家，记得陈芳允、孙珍宝、王天眷诸位先生，均给过我们很多照顾。

父亲母亲是严父慈母，他们是善良正直的人。他们从来对子女都是慈爱有加！他们珍视友谊，真诚待人！记得在昆明小东城脚住时，我们在上联大附中、附小，一路上常可见到草席包裹的死尸，人民生活艰难。一天突然有人用担架送来张钰哲伯伯，他因大量胃出血病情危急，当时他的家在重庆，他独自一人在昆明凤凰山天文台工作。父母在家里对他进行了很长时间的精心护理，直到基本康复。抗日胜利离开昆明时，周培源伯伯把他收留的一位云南女孩亚莲托给父母，以后亚莲就成了我们家的一分子。新中国成立后父亲调到中科院工作，送她去学习，后来成为一名技术工人，并成家立业。多年来父母对待家里的每位保姆、司机和服务人员都是平等真诚的。记得父亲去世后，几位曾在家中服务过的保姆，专程回来悼念，在父亲遗像前放声痛哭！

抗日胜利后，父亲被任命为国立中央大学校长。学校复员回南京后，父亲首先拒绝了给他的高级别墅和一整套服务人员，让全家住进南京鸡鸣寺中央研究院萨本栋伯伯家楼下。当时我们都在中学读书，父亲坚决主张我们住校过集体生活，不允许我们有任何特殊化的待遇。记得再生住校时得了急性阑尾炎，还忍着痛去上课，差一点就穿孔变成腹膜炎了。当时国民党政府腐败，学生运动不断，国民党要镇压，父亲则想方设法保护进步学生。记得父亲在家里说过“一定要保护好学校，保护好教师和学生”。为了保护学生，他亲自去参加了学生“争民主”的大游行，并且走在游行队伍的前列！其实那时候父亲已经看透了国民党政府的腐败，决定辞去中央大学校长的职务，他自己找到当局领导，坚决不让任何人进校内抓捕学生！

解放前不久，为了拒绝去台湾，父亲带着全家“隐居”在上海福开森路“北平研究院镭学研究所”的楼上，和陆学善先生家住在一起。当时母亲正因胆石症所致严重黄疸住在医院里，家里十分困难。上海解放的当夜，我们曾听到一阵枪声，次日清晨出门看到许多解放军就睡在大街的人行道上，父亲当时真是无比感叹，对我们说：“这就是子弟兵啊！”解放后不久，父亲被任命为交通大学校务委员会主任；哥哥和我分别考取清华大学和北京大学，离开了上海的家，住校学习。

以后父亲被调到中国科学院，家又搬到北京地安门中科院第一宿舍。我清楚地记得父亲经常对母亲说，孩子们必须自力更生，努力走好自己的人生之路，决不能依赖父母。现在我们四兄妹没有一个在中国科学院所属单位工作。

母亲时常惦念多年在外工作的弟弟和妹妹，常常为此落泪。弟弟很小就参军，在一次高空作业中颅部受伤，以后得了“癫痫”，肢体也受过伤，但他一直坚持在东海舰队工作岗位上，并在艰苦的海岛环境，依靠自学在 20 世纪 60 年代初，完成了本科函授大学的学习，父亲为此而深感欣慰！妹妹分配到西北闫良后，曾怀过两次多胎子女，结果出生后均因条件艰苦而死亡，直到第三次怀孕，母亲坚决让她回到北京生产，才有了一儿一女。

父亲在中科院工作了27年，我知道他是在呕心沥血拼命工作。特别重视推动新的学科领域发展，重视国际国内科技工作的学术交流。他对我国科学人才的培养和发现给予了特别的关注，要求科学院出成果、出人才，同时还非常重视吸引国外华人科学家为祖国服务。父亲没有门户之见，他尊重科学，尊重人才，正直坦荡。在谈到他的同事与学生时，他都是由衷地谈他们之所长，我从来没有听到过他对任何人非议或埋怨，他只是严格地要求自己。

“文化大革命”时期，父亲已经是70岁高龄的老人。他和同院的竺可桢伯伯都被“靠边站了”。他们这些老科学家怀着满腔爱国之心却无法工作，心情郁闷。在“运动”席卷而来不久，传来赵九章伯伯去世的消息，父亲很长时间沉默不语。赵先生是清华物理系的高材生，我们都知道他还是一位“才子”。他多年前为父亲写的小楷条幅《丽人行》，至今还挂在地安门宿舍客厅。当得知叶企孙伯伯在“文化大革命”中受到迫害时，父母十分难过，想方设法去帮助叶伯伯。得知周总理去世时，我看到父亲在流泪。但父亲坚持读书，还在院子里自己动手种下了许多月季花，这些花在母亲与兄嫂的照顾下，直至现在，每年春天仍会艳丽地开放。“文化大革命”十年中，父亲的健康状况逐渐出现问题，曾几次在北京住院。我记得在医院中他还接待过美国回来的任之恭、陈省身等多位华人科学家。当我在“五七干校”及下乡教学时，我的大儿子一直由父母及哥哥照顾。当我的个人家庭生活与工作出现问题时，父亲曾给予我很多鼓励。他曾对我说："在中国，女性干好工作是要付出更多艰辛的！"在他去世的头一天，还在教我的大儿子用打字机打字，学英文。

"文化大革命"宣告结束时，80 岁高龄满头白发的父亲高兴极了，他走在中国科学院庆祝游行的最前面（这张照片刊登在 China Daily 上）。母亲还买了一只雌三只雄的螃蟹煮给我们吃！

父亲去世已经 32 年了，当年邓小平同志参加了他的追悼会。1994 年 5 月母亲也离我们而去，弟弟写了一首碑铭刻在她的墓碑上："历尽风雨艰辛，一生克己为人，迎送世间冷暖，慈母恩泽长存。"

父母留给我们的没有金钱与财产，而是激励我们终生的宝贵精神财富、高尚的情操和无声的榜样！教导我们做热爱祖国、淡泊名利、正直无私、努力追求知识和真理的人！

严济慈与中国科学界

严武光　严陆光

严济慈(1900—1996)

物理学家。1901年1月23日生于浙江东阳。1923年毕业于南京高等师范学校数理化部和东南大学物理系。1925年获法国巴黎大学硕士学位,1927年获法国国家科学博士学位。1948年当选为中央研究院院士。1955年被选聘为中国科学院学部委员(院士)。1996年11月2日逝世。曾任北平研究院物理研究所所长兼镭学研究所所长,中国科学院应用物理研究所所长、东北分院院长,中国科学院副院长、技术科学部主任、学部主席团执行主席,中国科学技术大学副校长、校长,全国人大常委会副委员长,中国物理学会理事长等职。中国现代物理学研究的开创人之一。1946年获国民政府为抗战胜利颁发的三等景星勋章。1988年获法国总统授予的军官级荣誉军团勋章。

父亲严济慈1930年底回北平，出任北平研究院物理研究所专任研究员兼所长，一年后又兼任镭学研究所所长，在连续光谱的研究中取得重大成果。1932年父亲参与创建了中国物理学会。1935年，父亲与法国科学家约里奥-居里(Joliot - Curie)、苏联科学家卡皮察(П. Л. Капица)同时当选为法国物理学会理事。从1930年定居北平到1939年，这是他一生从事科学研究的重要阶段。这个时期，他一共发表了53篇论文，除了两篇在《中国物理学报》上发表，其余都发表在法、英、美、德等国的权威学术刊物上。

这个时期，父亲的重大贡献同时还表现在他培养了中国未来一代杰出的科学精英。在他发表的一系列论文中，我们可以看到，与他的名字并列署名的一连串姓名，当时都是他的助手，准确地说，无一不是他的学生，他们都刚刚迈出大学的门槛。他们之中的陆学善、钟盛标、钱临照、翁文波、吴学蔺、方声煊、顾功叙、陈尚义、盛耕雨、杨承宗、钱三强等，所有这些跟随父亲从事过科学研究的年轻人，几年后都陆续出国深造，并在各自的专业领域作出了卓越贡献，成为我国物理学界的精英。

此外，整个30年代，中美、中英、中法、中比庚子赔款委员会选派学生出国留学，物理试题都是由父亲命题主考的，他从中发现了一批很有才华的青年，为他们及时提供了留学深造的机会。为什么由他来命题主考呢？因为考生来自各个大学，有清华的，有北大的，还有其他大学的。如果由某个大学教授命题，那个学校的考生就自然而然地占便宜了。于是,就让他这个不在大学教书,而在研究所工作的教授来命题。据父亲回忆,经他命题主考录取的一批留学生中,中英庚款考试录取者是钱临照、李国鼎、朱应洗(1934)、王竹溪、余瑞璜(1935)、彭桓武、王大珩(1936)、郭永怀、钱伟长、傅承义(1939);中美庚款考试录取者有龚祖同、顾功叙、吴学蔺(1933)、方声恒(1936);中法庚款考试录取者有钱三强(1936)等。他们后来大都成为优秀的科学家,成为中国科学界的栋梁。

1937年,国际文化合作会议在巴黎召开,作为中国代表,父亲第三次赴法。这次法国之行,除了出席国际文化合作会议和法国物理学会理事会外,父亲还顺便参加了他的导师夏里·法布里教授退休的庆祝会。他是夏里·法布里教授指导的外国学生的代表。

但是父亲还有另一个任务,就是把他的一名学生送到法国留学,这也是父亲为培养核物理研究人才的一项重大举措。这个学生毕业于清华大学物理系,之后在北平研究院物理所当助理员。父亲把他推荐到巴黎大学镭学研究所著名的居里实验室,给居里夫人的女儿伊莱娜·居里当研究生,从事核物理研究。这位青年学生就是日后著名的核物理学家钱三强。钱三强果然不负父亲的期望,不久即以"铀原子的三分裂和四分裂现象"的重大发现,而震惊世界。

1947年,父亲又将他的助手杨承宗举荐到约里奥-居里的实验室深造。杨承宗成功地用离子交换法分离出放射化学纯的镤233、锕227等放射性同位素,回国后成为新中国放射化学奠基人。

父亲在抗日战争期间，积极开展救国社会活动，并在科研制造上对无线电发报机、五角测距镜和望远镜的生产等都做出了重要贡献，因此于1946年获国民政府为抗战胜利颁发的三等景星勋章。1948年当选为中央研究院院士，担任中国物理学会理事长、北平科学工作者协会理事长。

1949年新中国的建立，让父亲欢欣鼓舞。作为一位科学家，他没有其他的奢望，他只想有一个安静的实验室，他要为发展新中国的科学事业作出自己应有的贡献。

但是，就在那年9月初，郭沫若到北平研究院物理研究所去看望父亲，这是他们的第一次握手。郭老和父亲畅谈了新中国发展科学事业的宏伟前景，继而提出要他参加中国科学院的组织领导工作。

在新中国成立后，父亲也担任过一些社会工作，像华北人民政府教育委员会的委员、中华全国自然科学工作者代表大会筹委会秘书长、九三学社理事之类的职务，这都是无法推辞的社会工作。但是，一旦要他离开实验室，专门从事行政管理工作，他却十分犹豫。

父亲当时还是很想在科研第一线做些实际工作，所以对郭老说："一个科学家一旦离开实验室，他的科学生命也就从此结束了。因此我希望您另觅人选，我也不擅长这方面的工作……"但郭老却说："你的话是对的。要说不擅此道，我何尝又是当院长的角色呢。不过假如因为我们的工作而能使成千上万的人进入实验室，那么我们的工作还是有价值的，甚至不亚于我们对科学的贡献，岂非是更大的好事！你以为如何?”郭老还暗示道,“这不仅是我个人的意见,也代表了党和人民对您的信任”。

父亲默然了,郭沫若所说的“使千万人进入实验室”的话,似乎深深触动了他。当年,他提携后学,将许多年轻学子送到欧美深造,不也正是为了中国科学事业的振兴吗？如今新中国的科学事业方兴未艾,确实需要千千万万的有志青年为之献身,为之奋进不息。为了使科学研究在中国这块土地上生根,有许多工作需要从头做起,除了实验室的研究工作,难道不也需要有人从事庞大的科学管理和制定发展科学的蓝图吗?

父亲这一天和郭沫若的谈话,改变了他的全部生活,是他一生的重大转折。郭沫若委婉地向父亲提出,希望他出任中国科学院办公厅主任,协助他从事中国科学院繁重的管理工作。

从这天起,父亲的科学生涯开始了新的一页,即从事科研的组织工作。1949 年 11 月中国科学院成立后,父亲即出任中国科学院办公厅主任兼应用物理研究所所长。

当时,刚刚成立的中国科学院根据国家建设的需要,把目光瞄准东北,决定在白山黑水之间建设新中国的科研基地,集中一批优秀的科技专家去开创共和国的科技事业。

从 1952 年到 1954 年,父亲和东北分院的领导人恽子强、武衡等同志一道,在敌伪遗留的废墟上建设新中国的科学大厦。

他们面对的是一个烂摊子。大连的“南满铁路试验所”是日寇掠夺中国资源的科技参谋部，收回时除了图书仪器尚且完整，没有一个中国科研人员。另一个设在长春的伪满“大陆科学院”，破坏得比大连“南满铁路试验所”更甚，少数中国职工正在饥饿线上挣扎。父亲以他科学家的敏锐目光察觉，东北分院缺乏的首先是人才，有了人才，才有实验室，才有科研成果，也才能为经济建设和国防建设服务。

他一面恢复旧中国遗留下来的科研机构，为建立新的研究所修缮房屋，补充仪器设备；另一方面，以更大的努力，极大的热忱，广聘专家学者。刚回国不久的金属专家李薰被请来了，负责沈阳金属研究所的建立。不久这个所组织人员下厂协作攻坚，为鞍钢、抚钢、本钢等钢铁企业解决了一批重大课题。石油专家张大煜，被父亲请来担任大连石油研究所所长，这个所在合成石油、页岩油的开发方面提出了新工艺、新技术，并积极建立和开展天然石油的基础研究和催化加工炼制等工作，奠定了我国石油工业建设的良好科学基础。他请当过自己助手的光学专家王大珩负责筹建长春中国科学院仪器馆，后来发展成长春光学精密机械研究所，在1953年熔制出中国历史上第一炉光学玻璃，造出第一台五十吨万能材料试验机。

东北分院很快聚集了一批国内第一流的专家，这些年富力强、学识渊博的学术带头人一个个挑起了科学研究的大梁。他们之中，有刘恢先领导的哈尔滨土木建筑研究所；物理化学家吴学周、柳大纲领导的长春综合研究所，即后来的长春应用化学研究所；刘慎谔、张宪武、宋达泉领导的东北林业土壤研究所……短短三年，东北分院各所在各自的学科领域里，做出了重要的成绩，形成了一些全国性的研究中心，并在国际上赢得了声誉。后来这些研究所还在中国科学院、产业部门和地方，分立了一个又一个专业研究机构。尤其是建国初期，全国科技队伍还比较弱小，中国科学院的研究所(室)不过37个，15个在北京，13个在华东——它们大都是北平研究院和中央研究院的机构经过调整而建立的，规模不大，多侧重基础研究；而东北分院的九个研究所，偏重技术科学的研究，因此它们的建立无疑对新中国科学事业的全局，以及促进科学研究为经济建设服务具有举足轻重的作用。

1954年秋，中国科学院成立数理化学部、生物地学部、技术科学部和哲学社会科学部，东北分院的建制撤销。父亲离开东北，回到北京。

1958年初，中国科学院的许多科学家和领导同志提出，要改变我国过去办教育的方式，要把教育和科学研究密切结合起来，利用科学院的科学家力量比较雄厚、各研究所实验设备条件较好的特长，创办一所新型的理工科大学。这就是中国科学技术大学诞生的由来。学校由院长郭沫若亲自任校长，他明确提出“全院办校，所系结合”的方针。父亲担任副校长，他和吴有训、华罗庚、钱学森、贝时璋等科学家纷纷登上讲台，到学校去讲课，成为我国教育界轰动一时的大事。

父亲自1927年从法国回来教过一年书，以后一直潜心科学研究，再没有到大学里教书，这次是过了31年又上讲台。中国科技大学有13个系，父亲负责给8个系500多名学生讲力学和物理。每周六小时，讲三次，每次两小时，在大礼堂里讲课，来听课的有六七百人。听说严济慈教授亲自讲物理，消息不胫而走，附近一些大学的年轻助教、学生纷纷前来，礼堂里挤得水泄不通。他以渊博的学识，精辟的见解，从物理的基本定律谈起，论述当前物理学最新的发展趋势，高屋建瓴，深入浅出，受到青年学生的热烈欢迎。这样，父亲在中国科技大学整整教了六年书。

对于怎样教书，父亲有自己的看法。他认为讲课是一门表演艺术。如果一个教师上了讲台，拘拘束束，吞吞吐吐，照本宣科，或者总是背向学生抄写黑板，推导公式，那就非叫人打盹儿不可。一个好的教师要像演员那样，上了讲台就要进入角色，一方面要用自己的话把书本上的东西讲出来；另一方面你尽可以眉飞色舞，进行一场绘声绘色的讲演。这样，同学们就会被你的眼色神情所吸引，不知不觉进入到探索科学奥秘的意境中来。怎样才能做到这一点呢？这就要求你必须真正掌握自己所要讲的课程的全部内容。中国汉字里的"掌握"这个词很形象，就是放在手掌之中把握住，也就是说要做到融会贯通、运用自如。讲课时能详能简，能长能短，既能从头讲到尾，也能从尾讲到头；既能花一年之久详细讲解，也能在一个月内扼要讲完。到了这种时候，就像杂耍艺人手中的球一样，抛上落下，变幻无穷，从容不迫，得心应手。要做到这一点，必须自己知道的、理解的东西，比你要讲的广得多、深得多。

教师对自己所教的课程掌握熟练，还要用自己的话去讲，才能做到少而精，深入浅出。如果你只会照书本讲，你讲一个小时，学生自己看半个小时就够了。好的教师，虽写过讲义，著过书，讲课时也不会完全照着自己写的书或讲义去讲。你只需把最精彩的部分讲出来就行了。

所以，父亲提出：讲课不能现准备、现讲授，要做到不需要准备就能讲的才讲，而需要准备才能讲的不要讲。

因此父亲讲课很特别，好像上舞台表演。因为一个人对一门课真正做到了"掌握"，得心应手，基础非常扎实，真能有你的体会，你就不用准备，再讲给别人印象也很深。他说，现在有些人做报告，报告稿子发给大家，还要念几个钟头，是很可笑的。这种稿子大概也不是自己准备的，是秘书准备的。

1966年，"文化大革命"一开始，九三学社就接到"红卫兵"的通牒，勒令解散。8月24日，"红卫兵"来到九三学社中央召开会议，父亲当时担任九三学社中央副主席，他和中央主席许德珩等人站着挨了一个上午的训斥，两个人相对无言。许德珩是同盟会老人，参加过辛亥革命，在五四运动中是学生领袖之一，担任过黄埔军校政治教官，一生从事中国的进步与民主事业。父亲从许德珩的表情和流露出来的一言半语中，深深体会到他对国家前途和命运的深深的忧虑。整个"文化大革命"期间，父亲基本上待在家里。就在这前途未卜的日子里，父亲写了一本高校理工科物理课程的教学参考书《热力学第一和第二定律》。书写完，出版社已经解散。他小心地将书稿保存下来，他相信总会有一天，科学会得到发展，知识也会受到尊重。果然，“四人帮”粉碎不久，这本书重见天日，很快畅销一空。

粉碎“四人帮”后，中国迎来了科学的春天。

1978 年，父亲出任中国科技大学校长，提出了“创寰宇学府，育天下英才”的建校目标，同时创办新中国第一个研究生院——中国科技大学研究生院，后来分为中国科学院研究生院和中国科技大学研究生院。父亲在他 80 高龄时，担任了中国科学院研究生院院长。

1979 年，中国科学院邀请诺贝尔奖获得者李政道教授到北京举办物理讲习班，父亲和李政道一道讨论了培养中国未来物理学家的问题。他们瞻望未来，决定实施一项培养跨世纪物理学家的计划，即 CUSPEA 计划（中美联合招考赴美物理研究生），由父亲担任 CUSPEA 委员会主席，作为中美物理学界学术交流与合作的项目。由于父亲的努力和李政道的推动，CUSPEA 计划实施十分顺利，我国一批又一批年轻有为的研究生赴美国大学攻读博士学位。

20 世纪 80 年代中期，父亲有一段时间很是焦虑不安。他从来就是一个泰山崩于前而面不改色的人，遇事不急不躁、冷静沉稳。究竟发生了什么事呢？他从有关方面获悉，我国某部门正在和外国谈判，打算将境外的核废料引进中国，在我国某地深埋起来。因为随着核工业的发展，不论是用于军事目的或者民用，核废料的储存已经成为许多国家头疼的问题。发达国家为了一己私利，纷纷将核废料转移到不发达国家，将祸水引入他国境内，而一些不发达国家出于各种目的，包括政治的、经济的、军事上的需要，也就同意了发达国家的要求。我国某部门所以同意这样做，不知道是出于什么考虑，但一笔相当可观的“埋藏费”大概是诱因之一吧。

父亲获悉这一消息，震惊之余决定阻止这一愚蠢的行为。他先是给中央领导同志写信，力陈引入核废料是危险的，必将贻害子孙、污染环境，后果不堪设想。接着，他又以全国人大常委会副委员长的身份，更主要的是以一个从事过核技术研究的科学家，向全国人大常委会提交了一份议案，要求国家最高权力机关干预这一事件，禁止任何部门从境外引入核废料，不管外国老板给多少美金也不得在文件上签字。

以父亲的责任感和远见卓识，我国引入核废料的计划终于胎死腹中，避免了一场后果不堪设想的灾难。当时担任全国人大常委会委员长的彭真同志对此给予了很高的评价，他在看望父亲时说：“坚持得很对。我们这些人不懂科学，没有注意到这个问题，你坚持自己的观点是对的。”父亲为我们祖国保持一片净土，不受核污染，立下了不能忘记的功绩。

1990 年，父亲 90 高龄时，收到了他新近出版的一本书——《居里和居里夫人》，这本迟迟问世的作品还是“文化大革命”前完成的。当时著名科学家竺可桢倡议科学家动笔写科普著作，父亲率先响应，拟定了这个他酝酿已久的选题，但是他的书稿交给出版社后，一场摧残科学、铲除文化的“文化大革命”席卷了中国。所幸的是，这本凝聚了他心血的作品却在他的 90 大寿之时，充溢着油墨的芳香，呈现在千万读者面前。

父亲严济慈的一生，可以说是完全融入了中国科学界和中国科学院，他在新中国科学技术发展的历史上，付出了辛勤的汗水，留下了光辉的足迹。同时，他为中国培养了几代科技人才。他的友人和培养的学生，也都是中国科学界的栋梁，很多成为学科的领军人物和中国科学院院士。

回忆父亲华罗庚

华光

华罗庚(1910—1985)

数学家。1910 年 11 月 12 日生于江苏金坛。1924 年金坛中学初中毕业,后刻苦自学,于 1931 年被调入清华大学数学系工作。1936 年赴英国剑桥大学访问。1938 年被聘为清华大学教授。1946 年任美国普林斯顿数学研究所研究员、普林斯顿大学和伊利诺伊大学教授。1948 年当选为中央研究院院士。1955 年被选聘为中国科学院学部委员(院士)。1982 年当选为美国科学院外籍院士。1983 年被选聘为第三世界科学院院士。1985 年当选为德国巴伐利亚科学院院士。1985 年 6 月 12 日逝世。曾任中国科学院数学研究所、应用数学研究所研究员、所长、名誉所长,中国数学会理事长,中国科技大学副校长,中国科学院副院长,全国政协副主席等职。代表论著为《堆垒素数论》《多复变数函数论中的典型域的调和分析》。荣获 1956 年首届国家自然科学奖一等奖。1990 年和王元共同获陈嘉庚物质科学奖。

父亲华罗庚1910年出生于江苏省金坛县(现为金坛市)。他在金坛接受了初等教育,得到韩大受、王维克和李月波等先生的悉心培养。初中毕业后到上海的职业学校学习了一年,由于家境贫寒不得已辍学,之后走上自学的道路。他从金坛的初中毕业生到清华大学的职工,从清华大学的职工到清华的教员,从清华的教员到英国剑桥大学的访问学者,归国后在西南联大做教授,后来成为国际知名的数学家。这一路,他得到伯乐熊庆来先生的提携,受到杨武之先生的指导,受益于清华不拘一格选人才的开明政策。在此我不多说细节,有兴趣者可读王元院士写的《华罗庚》一书。我想写一下给我印象深刻的几件事。

自学之路

1920年代,金坛市还是一个偏僻的江南小县,书籍缺乏。王维克先生是留法归来的,他家有不少藏书。父亲从他家借到一本大代数、一本几何和一本只有几十页的微积分教程,开始进入科学的殿堂。由于书少,父亲逼迫自己把书读透并形成了独特的学习方法——读书要由薄到厚,再由厚到薄。他曾和我们讲过:“有时我躺在床上闭上眼睛睡觉了,但其实我是在看书。想白天看的书,有些东西为什么作者这样想,为什么他想到了而我没想到,妙处何在。再从书上的内容扩展到书外去,争取读到尽可能多的东西。有了好的结果马上爬起来写下来,以免遗忘,然后再提纲挈领归纳总结成尽量少的东西，便于掌握和记忆。”

由于是自学，为了不落后于正规的学生，他说：“别人学习 8 个小时，我就要学习 12 个小时，以保证不比别人差。”在纪念华罗庚 90 诞辰的会上，钱伟长先生讲了他认识父亲的经过，钱先生有早读的习惯，早读时他发现远处有人已在早读，几天来他看到那个人一直比他早，他就早起些，结果那个人还是已在早读了，以后再早点，结果那人还是比他早。后来一打听，那人是华罗庚。此事给他留下了深刻的印象。

应用数学

父亲出国访问和在国外讲学期间了解到苏美对数学人才的重视，了解到数学应用于二战、应用于研发新兴科学技术和应用于经济理论研究的情况。新中国成立后，如何尽快改变我国一穷二白的面貌，增强国力，是国家面临的重要问题。1950 年代末，父亲开始考虑数学怎样为国民经济建设添砖加瓦。他认定数学是可以为国家建设服务的，所以在从事纯数学的研究工作的同时开展数学的应用研究。父亲和王元共同研究撰著了《数论在近似分析中的应用》，这是数论应用于实际的一个重要成果，国外称为华-王方法。60 年代初步完成了《关于经济优化平衡的数学理论》文章的撰写（手稿在“文化大革命”中被盗，后于 1984 年重新完成）。与此同时他一直探索数学如何直接为国家建设服务。开始他和他的助手结合实际，搞过线性规划的应用研究工作，研究矿体几何学的计算方法，设想过推广运筹学，也带学生们去工厂探索数学直接应用于工业生产的方法。

在探索的过程中，他感到数学工作者对实际情况不了解，当时教育又不够普及。为了做到决策科学、人尽其才、物尽其用、多快好省地建设新中国，他开始寻找适合我国国情的应用数学方法。该方法必须能让实际工作者、技术人员、工人易学易懂又易使用。他和助手们翻阅了大量资料和文献，最后从《关键道路法》和《计划评估技术》中化简去烦，用其精华，归纳写出了简单易懂的《统筹方法平话》。

统筹法

这是一个合理安排工作以达到节约人力、物力和时间的方法。

60 年代初，国家开始建设成昆铁路。这是一条联系西南、为三线建设服务的交通大动脉。多快好省地建好这条铁路是铁道兵一直在思考的问题。当时的铁道兵副司令郭维诚同志了解到有个统筹方法，就邀请我父亲面谈。父亲和助手将统筹图摊在地板上，花了十几分钟作了讲解。而后父亲说：不知你听懂了吗？只有这么一点简单的东西，不知行不行？郭副司令说：大概明白了。你的东西简单才好，不然我的干部、战士第一没时间听，第二他们也听不懂。当即决定邀请父亲去成昆铁路施工现场推广统筹法和帮助用统筹法安排施工。为了掌握第一手材料，更好地做好统筹施工的安排，他带着助手们到了施工现场开展工作。工作结束后父亲写信向毛主席作了汇报。1965年父亲从成昆铁路工地回京后即收到毛主席的亲笔信。

华罗庚同志：

来信及《平话》，早在外地收到。你现在奋发有为，不为个人，而为人民服务，十分欢迎。听到你到西南视察，并讲学，大有收获，极为庆幸。专此奉复。

敬颂

教安

毛泽东

一九六五年七月二十一日

"文化大革命"后，父亲作为廖承志率领的访日代表团成员访日。访日归来，他对我们讲，他与日本学者进行学术交流时，有日本学者告诉他：你的统筹法在我们日本许多地方被使用。

父亲年轻时由于伤寒病躺在床上半年之久，导致一条腿残疾了，好腿可以正常行走，而残腿要画一个圈。因为他是搞数学的，他笑称：有人说他走路是画圆和切线。1947年他在美国讲学时，动手术做了一个人工股骨头后才能正常行走，只是右腿比左腿长一点，故而走起路来有起有伏。在家里有时故意走得更夸张一点，边走边用家乡话笑言"船划过来了"。有一次的对话永远留在我记忆中，上小学时，一次牙疼，我手捂着脸腮，痛苦不堪。他看见后说：没出息，我也牙疼过，但与我的腿疼简直没法比，我从来没像你这样！

工地现场的工作非常艰苦，除了走路不方便外，父亲碰到的最大的困难是解大便。对于健全人来讲这不是问题，荒郊野外随便找个地方就解决了。但他因腿疾无法下蹲，只好攀着树枝或岩石半蹲着解决。回北京后铁道兵部队派人给他送来了专门设计制作的大便折叠椅，以便他再到现场时使用。这把椅子解决了父亲下基层的困难，以后他出差总带着这把折叠椅。从这件小事也可以看出统筹法是为成昆铁路的建设发挥了作用的。

优选法

这是一种用尽可能少的试验次数，花最少的投入尽快地找到最好方案的方法。

在成昆铁路工地，父亲看到由于雷管的质量问题，有的炸点没有爆炸，有两位年轻的战士为了排除哑炮牺牲了，当时他流下了热泪。如何能把这种情况概率降到最低？他想到这是一个产品的质量问题，如果生产一种产品有十道工序，每道工序合格率为95%，那么成品的合格率就不到60%了。一般产品的合格率意味着节约或浪费，而像雷管这类产品就意味着生命。如何解决？这促使他找到“优选法”。

我看到的第一个应用实例，是1970年在北京合成纤维厂。当时该厂生产的合成纤维是做渔网用的。用该厂生产的产品做成的渔网，开始和日本的渔网捕鱼量不相上下。但很快捕鱼量明显减少，后经研究发现该渔网经过几次捕鱼后，合成纤维表面出现了裂纹，裂纹中嵌入杂质后就会带有颜色，鱼就会躲避，捕鱼量当然就减少了。问题找到了，但一直找不到解决办法。父亲的助手到该厂宣讲优选法，一起讨论如何解决。生产该产品的最后一道工序是拉出来的热丝要在油中经过处理，油温可能会是主要矛盾。用优选法设计好试验方案，只经过几次试验，就找到了合适的油温，问题解决了。从此我们自己也可以生产高质量的渔网，节省了外汇，降低了成本。

推广“双法”

万事开头难，推广“双法”（统筹法和优选法）亦然。

1970 年中国科技大学下迁安徽合肥时，周恩来总理专门派两位同志来向父亲传达他的批示：

首先，应给华罗庚以保护，防止坏人害他。

次之，应追查他的手稿被盗线索，力求破案。

再次，科学院数学所封存他的文物，请刘西尧查清，有无被盗痕迹，并考虑在有保证的情况下，发还他。

第四，华的生活已不适合再随科大去“五七干校”或迁往外地，最好以人大常委身份留他住北京，实验他所主张的数学统筹方法。

此事请你们三位办好告我。

根据周恩来总理指示，1970 年父亲去上海重新试点。那年我大学毕业，路过上海看望父亲。他和助手陈德全、计雷冒着 7 月南方的酷暑在找项目，和父亲谈完话我就回北京了。过后才知道，由于上海当时“文化大革命”的特殊形势以及人们不了解数学如何应用，找项目费了一番周折，花了十多天终于找到了上海炼油厂一个炼油塔的改扩建项目。按以往的惯例，这项工程至少需要 25 天。上海市要求 15 天完成，后来厂领导又出了个难题——要求 10 天完成。父亲、助手和厂里的技术人员、工人群策群力画出统筹图，预计七天即可完成，后经大家共同努力仅用六天就完成了。该项目一分钟可生产一吨航空燃油，为国家多做了贡献，所有的人都很兴奋。父亲要离开了，当时天正下小雨，道路泥泞，车又无法开到近处，工人们硬是把父亲抬到汽车边，送他上了汽车。

从此，他后半生 20 年的时间大部分都投入到了应用数学的推广工作，走遍了祖国的 26 个省市自治区。父亲团队解决实际问题的能力和认真负责的工作精神、严谨的工作态度得到了社会的广泛认可。后来国务院开始将大型项目的咨询工作交给父亲的团队，他们做了“两淮煤矿长期规划”项目，做了“准格尔露天煤矿煤电运统筹规划”项目，都受到了好评。其中“准格尔项目”是利用日本政府贷款的项目。项目论证完成后，父亲的助手赴日，向日方做了一小时论证报告，即获通过。日方说：今后凡是经过华罗庚教授领导的团队论证的项目，我们都认可。可惜的是父亲 75 岁就倒在了日本东京的讲台上，否则他可以为国家做更多的工作。

推广“双法”的工作得到了毛主席、周总理和许多老一辈革命家的支持和肯定，也深受广大群众的欢迎。不了解内情的人都认为此项工作一定是顺风顺水，但其实也充满艰辛。要解决自己并不熟悉的不同行业、不同领域的问题，就要求数学工作者不断地学习新的知识，这其中的艰辛就不说了。在“文化大革命”中这项工作也和其他工作一样受到“左派”和“左倾”思潮的冲击。同时“四人帮”一直在窥测，并企图把它纳入其轨道，但没有成功。他们就设置障碍，进行破坏。一次父亲在外地工作时，突然听到有传言说他剽窃了陈景润的研究成果。父亲和他的助手急急赶回北京，大家一起翻看了我父亲发表的文章和著作，没找到任何问题。后父亲的助手找到陈景润，才知道是“四人帮”的爪牙迟群要他说：华罗庚剽窃了他的科研成果。陈景润肯定地说：华老师没有剽窃我的东西，华老师永远是我的老师。由于陈景润的否认，此事就不了了之了。这只是“四人帮”打击父亲和破坏推广“双法”的一个典型的例子。在推广工作中，一次叶剑英元帅专门通知我父亲，现在形势不好，“双法”的推广工作暂停一段，以后择机再动，由此可见当时工作环境的恶劣。

父亲一辈子投身数学事业，致力祖国和民族的兴旺发达，最后也实现了自己的诺言。

回忆父亲卢嘉锡

卢咸池　卢象乾

卢嘉锡(1915—2001)

物理化学家。生于福建厦门，祖籍台湾台南。1934 年毕业于厦门大学化学系。1939 年获英国伦敦大学哲学博士学位。1955 年被选聘为中国科学院学部委员(院士)。曾任中国科学院福建物质结构研究所所长，中国科学院院长、特邀顾问，第三世界科学院副院长，全国人大副委员长，全国政协副主席等职。1999 年获何梁何利基金科学与技术成就奖。

2001 年 6 月 4 日，慈祥的父亲卢嘉锡永远离开了我们。1951 年夏天，14 岁的大哥响应党的号召“参军参干(参加人民解放军、参加军事干部学校)”离家后，我们二人是父亲身边子女中年龄最大的。今天，我们把脑海中关于父亲的点点记忆写下来，希望通过一段段往事的回忆，让儿女眼中的父亲、一个真实的父亲的形象呈现在世人面前。虽然零零星星，仍希望对后人有所启迪。

父亲 1934 年毕业于厦门大学化学系并留校任教，1937 年夏天考取中英庚款公费生，到英国伦敦大学学院师从著名化学家、英国皇家学会会员萨格登(S. Sugden)教授从事放射化学和物理化学研究，1939 年夏获得博士学位。当时国内正值抗战期间，无法立即回国；再加他的公费留学期限未满，于是经导师推荐，于当年秋天前往美国，在加州理工学院教授、两次获诺贝尔奖的杰出化学家鲍林(Linus Pauling)的指导下做客座研究员，其间还曾到美国国防委员会马里兰研究室从事战时军事科学研究。二战刚结束，30 岁的父亲立即放弃国外优裕的生活和优越的科研条件，于 1945 年底回到祖国。从此，无论是在厦门、福州还是北京，他一直站在科学教育岗位上，为祖国贡献了毕生精力。

偶遇成挚友

1939 年秋，初到美国加州理工学院，好心的中国同学带着父亲在学校四处参观。来到一间实验室，一个亚洲人正低头做实验。一见这个人脸圆圆的、长得白白的，想到日本侵略者的铁蹄正在践踏祖国的土地，父亲愤愤地对陪同的中国同学大声说："他一定是个日本鬼子！"只见这个人抬起头来，看了父亲一眼，又神情冷漠地低下头继续做他的实验。见他似乎一点听不懂自己说的中国话，父亲更确信这是个日本人了。

没想到在周末中国留学生的聚会上，父亲又遇到了这个"日本鬼子"。看到两人相见时惊愕的表情，相识的中国同学赶紧过来介绍："你们还互相不认识吧，这位是钱学森博士，这是刚来的卢嘉锡博士。"两人攀谈起来，父亲才知道，那天钱学森博士做实验过于专心致志，竟然没有听清父亲"辱骂"他的话。结果，钱先生抬头看到来人矮矮胖胖的，竟也把父亲当成"日本鬼子"而不屑理睬！两个同样憎恨日本侵略者的海外游子不禁相向哈哈大笑。

从此，父亲与钱学森先生结成挚友。但是，数十年后父亲几次对我们谈起他与钱学森先生相识的这段"奇遇"时，总是奇怪地说："谁都知道我说话的嗓门特别大。他做实验怎么会那么专心，以至一点没听见我在'骂'他呢？"

从"不问政治"到参加农工民主党

父亲解放初就参加了中国农工民主党，那时我们都还不太懂事。长大后我们曾好奇地问父亲：你为什么要参加民主党派？为什么要参加农工党？他把事情的缘由告诉了我们。

早年，父亲是一个笃信"科学救国"、有正义感的知识分子。解放前，有人拉他参加国民党，他以自己“不问政治”推托回绝了。新中国成立后，党和政府信任父亲、尊重父亲，同时他又看到在中国共产党领导下国家面貌日新月异、人民群众政治热情高涨，过去“不问政治”的信条不知不觉中发生了变化。

1950 年朝鲜战争爆发后，台湾海峡局势一度也十分紧张，父亲受命率厦门大学理学院、工学院师生内迁到闽西龙岩，1952 年春迁回厦门。当时厦门只有民革、民盟和农工党 3 个民主党派地方组织，他们都积极与父亲联系，希望父亲参加他们党派。父亲知道各民主党派主要由知识分子和其他各界人士组成，都是共产党的友党，都有自己反对国民党反动统治的光荣历史。自己作为一个知识分子，既然拥护共产党，当然愿意参加民主党派。但参加哪个党派好呢？父亲费了一番思量。

民革主要是由原国民党军政人员和与国民党有各种渊源关系的人士所组成，而父亲解放前就拒绝参加国民党，亲朋好友中也没有与国民党有直接关系的。民盟是最大的民主党派，但是当时厦门的民盟成员中社会科学界的知识分子居多，父亲作为一个从事自然科学研究的知识分子，觉得自己与社会科学界人士学科方面的共同语言较少。相比之下，农工党虽然组织较小，但成员中自然科学界知识分子相对较多，与自己可能更容易实现思想上的沟通。

父亲有了初步想法，又经过一段时间的联系，对农工党有了更多了解。1953 年初，他正式加入了农工民主党。由于父亲的影响，他在厦门大学以及后来在福州大学和中国科学院福建物质结构研究所的一些同事和学生也先后加入了农工民主党，有的还担任了农工党中央和福建省委的领导职务。

"毛主席送的苹果"

1962年春节，我国尚未走出"三年困难时期"的阴影。父亲当时任福州大学副校长，虽然学校放寒假，他照样成天忙碌。一天，父亲从城里回来，喜悦的心情洋溢在脸上。他说："我今天见到贺敏学副省长，贺省长的'女儿'在北京上大学，学的就是化学，寒假回家，想请我帮着辅导一下功课。我答应了。"

第二天，父亲一早就进城给贺省长的"女儿"辅导功课去了。中午回到家，父亲满面笑容地拿出几个困难时期难得见到的苹果，招呼我们兄弟姐妹说："快来吃毛主席送的苹果。"看着子女们惊愕的表情，他忙说："贺省长的'女儿'在北京上学，她的苹果不就是北京毛主席送的吗？"

一天又一天，父亲每天上午都去辅导功课。一晃半个月过去，寒假已接近尾声，这天父亲回到家时说："辅导结束了，贺省长的'女儿'要回北京，她请我和你们的母亲去吃饭。"第二天，父亲果真带着母亲和大妹赴宴去了。

当天晚上，弟妹们都睡觉了，父亲还在灯下工作。咸池正在房间里准备开学用品，母亲走进来，抑制不住心头的激动，轻声说："你知道吗？那不是贺省长的‘女儿’，是毛主席的女儿呀！”原来，贺省长是毛主席夫人贺子珍的哥哥，毛主席的女儿因身体不太好，利用寒假到南方舅舅家休息；又想到大学即将毕业，希望抽点时间复习一下功课。父亲当时任福建省人委委员，与贺省长熟识，又是研究化学的，贺省长了解、信任父亲，就请父亲来辅导。母亲还说，本来当天是请我们全家一起去吃饭的，父亲不愿意过多麻烦人家，只带了母亲和大妹。咸池这才明白，为什么父亲这半个月心情特别舒畅，为什么父亲说他带回来的苹果是“毛主席送的”。

一直到半年多以后，父母亲才十分郑重地告诉大妹：那天请吃饭的是毛主席的女儿。妹妹的眼睛瞪得老大，愣了好一会儿，连声说：“对，对！长得跟毛主席真像！”

科学的春天

粉碎“四人帮”以后，党中央决定在 1978 年 3 月召开全国科学大会。这是全国科学界的一件大事，各省都由本省著名科学家组成声势浩大的科学代表团，由省领导率团参加。父亲原本名列福建省代表团，但在大会开幕前，领导约请父亲谈话，告诉他，中央建议由居住在祖国大陆的台湾省籍科学家组成台湾省代表团参加全国科学大会，并提名由父亲担任团长。很快，由来自全国各地的台湾省籍科学家苏子蘅、李辰、许文思、李河民、何斌、方舵等为团员，苏民生等台籍中青年科技工作者为秘书的台湾省代表团组建起来（苏子蘅 1980 年代曾任台盟中央主席，已去世；李辰、李河民后来都担任过全国台联副会长，现仍健在；苏民生曾任北京市台联会长、全国台联副会长，现已退休），父亲以团长的身份受到邓小平等中央领导的接见。开幕式那天，他坐在主席台上，亲耳听到邓小平同志庄严宣告："四个现代化，关键是科学技术的现代化"，我国的知识分子"已经是工人阶级和劳动人民自己的知识分子"、"是工人阶级自己的一部分"，听到中国科学院老院长郭沫若热情欢呼"科学的春天来到了！"

大会期间，分管科学技术工作的中共中央政治局委员、国务院副总理方毅同志由福建省代表团团长、福建省委林书记（父亲的老领导、老朋友，新中国成立后首任厦门市委书记）等陪同，特意到台湾省代表团参加讨论，并与父亲亲切交谈。方毅同志语重心长地对父亲说："你能够有今天，多亏了'文化大革命'中周总理'保'你呀。"

原来"文化大革命"期间，一次周恩来总理会见美籍科学家、父亲在加州理工学院时的同窗好友袁家骝和夫人吴健雄，他们在谈话中提起了父亲。会见后周总理让秘书了解情况，知道父亲还在受审查、挨批斗、扫厕所，于是总理亲自打电话给时任福州军区副司令的皮定均将军，指示"立即解放、安排工作"。当父亲听说是周总理在自身处境十分艰难之时出面"保"了自己，感动得不知说什么好，只是含泪连声说："是的，是的！"

在大会上，父亲的多项科研成果得到表彰。他深切感受到：正像多年热切盼望的那样，终于可以放开手脚，为发展祖国的科学事业施展才华、贡献力量了。

恢复中国化学会在IUPAC的合法席位

改革开放之初，我国科学界还被排除在诸多国际组织之外。1979年秋天，父亲率领中国化学会代表团参加IUPAC（国际纯粹与应用化学联合会）大会。其间，父亲以中国化学会代表团团长的身份先与大会主席协商，就联合会章程一些条文的解释达成共识；接着，父亲又亲自与参加大会的台湾化学会代表团团长、台湾大学陈教授（台湾省籍人士）和秘书长王先生（大陆籍人士，代表团实际决策人，其父曾任国民党政府外交部长）多次协商、反复交涉、据理力争，最终达成谅解。会上，大会主席根据中国化学会代表团和台湾代表团商谈取得的一致意见，郑重宣布恢复中国化学会在联合会的合法席位，并同意台湾的化学组织以“中国台湾化学会”的名义作为单独财务结算的地区性组织继续保留会员资格，实现了我国各专业学会恢复在国际组织中席位的突破，这也是今天被称为解决中国代表权问题的“奥运模式”的第一次成功实践。

会议期间，父亲以大陆台胞的身份与陈教授共叙乡情，也与王先生友好往来。一天在交谈时，王先生突然说：“邓副总理说过，不管白猫黑猫，捉住耗子就是好猫，我看大陆就是耗子捉的太少了！”（父亲清楚地记得，在多次的交谈中此君对毛主席、周总理等都是直呼其名，只有这次他尊称小平同志为“副总理”）。这年年底，父亲被评为全国劳动模范，应邀在人民大会堂新年茶话会上发言，他在发言中大胆直接引述了王先生这段辛辣讽刺的话语。出席茶话会的邓小平同志听了，哈哈大笑。见此情景，父亲一方面为邓小平同志的宽宏大度、平易近人所折服；另一方面他也从这爽朗的笑声中领悟到：在祖国大陆，“好猫不捉耗子”这段扭曲的历史已经一去不复返了！

1981 年 5 月，在改革开放的热潮中，父亲在中国科学院第四次学部委员大会上当选为中国科学院院长。他不带秘书随从、没有家属陪伴，一人来到北京(咸池是 1982 年研究生毕业留北大工作的)，担当起全国自然科学研究最高学术机构的领导重任。

师生情深

若要问：父亲最崇敬的外国人是谁？我们会毫不犹豫地说：是鲍林！孩童时代，我们就经常在饭桌上听父亲以十分崇敬的心情讲述他在美国加州理工学院时的导师鲍林教授。1957 年 11 月，父亲作为中国科学代表团顾问去莫斯科参加“十月革命”四十周年庆祝活动，写信回家时特别提到，鲍林教授当年夏天曾访问过苏联。当时中美完全隔绝，父亲为错过了一次难得的在国外与恩师谋面的机会感到十分遗憾。

鲍林教授是杰出的化学家，1954 年以“化学键本质的研究及其在复杂物质结构分析上的应用”获诺贝尔化学奖。可是，苏联科学界却一度把鲍林的“化学共振论”当作“唯心主义科学”进行批判。在

“一边倒”的年代，父亲作为鲍林教授的学生，所受到的压力不言而喻。父亲坚信科学、崇敬导师，他于 1961 年在《福州大学学报》创刊号上发表论文，充分论述了“共振论”的科学性及其在化学研究中的重要意义，同时也客观地分析了它的局限和不足；他还组织力量翻译出版了鲍林教授阐述“共振论”的主要论著《化学键的本质》。鲍林也是一位不屈的和平战士，曾经执笔起草了著名的要求停止核武器试验的呼吁书，与爱因斯坦等发起、联络全世界 2 000 多位科学家共同签名，1962 年因此获诺贝尔和平奖。但当时国内“左”的思潮正兴，有人指责西方国家的和平主义者“反对正义战争”。一次，几个年轻人来家请教问题，父亲留他们吃饭，饭桌上不知谁提起报上称鲍林是和平主义者，父亲马上不容置疑地说：“在美国，和平主义者是进步的”。

在加州理工学院，在鲍林教授的指导下，父亲熟练地掌握了从事晶体结构研究的 X 射线衍射法和电子衍射法等手段，先后承担并出色地完成了多项研究课题，也奠定了自己日后从事物质结构研究的坚实基础。鲍林教授曾称赞父亲是他“几个最出色的学生之一”。父亲特别注意观察体会导师的治学、思维方法，发现鲍林教授具有独特的化学直观能力：只要给出某种物质的化学分子式，他就能大体想象出该物质的分子结构模型。这无形中“催化”了父亲在大学时期就初步形成的“毛估”思维。后来父亲常以他所受鲍林教授化学直观能力的启发为例告诫学生：“毛估比不估好！”

研究工作之外，父亲还旁听鲍林教授讲授的量子化学课程（在1930年代末，这是一门新知识）并认真地整理课堂笔记，日久天长，工工整整地写下了几大本。1945年父亲离开加州理工学院前，正思忖着给恩师送什么礼品，鲍林教授却说："就把你那几本量子化学笔记留给我做纪念吧！"

1981年6月，80岁高龄的鲍林教授应邀到中国访问。机场见面，父亲第一句话就告诉他："I've just been elected as president of the Chinese Academy of Sciences（我刚当选为中国科学院院长）"，鲍林教授兴奋得当场与父亲热烈拥抱！回到美国后，鲍林教授找出他保存了近40年的父亲当年的量子化学笔记寄回中国。如今，这几本体现了父亲严谨治学精神，也饱含着鲍林教授与父亲深厚师生情谊的学习笔记，珍藏在父亲长期工作所在的中科院福建物构所。

性格乐观　笑对人生

熟悉父亲的人，无不称他是个乐天派，更忘不了他那幽默、发自肺腑的爽朗笑声。不论在什么困难环境里，他从不叫苦、绝不怨天尤人，总是以开阔的胸怀、带着笑容去面对。

1960年夏天我们家刚从厦门大学搬到福州大学时，学校的基建还在进行，全家连保姆共十口人挤在乙型宿舍一套不足70平方米的单元房里：父母亲带着小妹住一间，兼作父亲的书房；咸池、象乾一间，兼作储藏室，堆满了箱子和柜子；大妹、外姑婆及保姆一间；五弟、六弟一间，兼作饭厅，也是我们做功课的地方。父亲笑着说这个家就像一个大兵营。当时楼房下水道未接好，家里的抽水马桶不能用，大小便要去楼外农村池塘上木板钉成的简易厕所，走上去一步三摇，厕所没有屋顶，下雨天还得打伞。父亲笑称：这是野外训练！

“文化大革命”中父亲被打成“走资派”，被挂上写着“资产阶级学术权威卢嘉锡”（“卢嘉锡”三个字还用红墨水打了叉）的牌子上台批斗。由于父亲平日人缘好，不少普通群众尽力保护他，这个牌子是用纸板做的，不似其他物构所领导挂的木头牌子那么重，父亲戏称自己是受优待的俘虏兵，还幽默地说：造反派在台上批判发言，除了几句大话外讲些什么他也听不明白，真怕时间长了会睡着，因为他是有名的瞌睡虫！

父亲担任科学院院长后不久，院里成立“离退休科技工作者协会”，大家公推父亲任协会名誉会长，并请他在成立大会上讲话。父亲说，当年孔子自称“三十而立，四十不惑，五十知天命，六十耳顺，七十随心所欲”。他接着说，孔子在当时算长寿的，也只活了七十多岁，现在人的寿命长了，请你们研究一下，人到八十、九十该怎么办？几天后，协会领导向父亲汇报，结果出来了：“八十老当益壮，九十返老还童，一百从零开始”！父亲对这个答案很满意。一直到十年后，父亲在一些场合还几次推介这项在他主导下取得的“研究成果”，以此鼓励大家活到老、干到老、学习到老。有段时间，父亲还兼任科学院党组书记。一次他故作神秘地问我们：知道我当党组书记处理的第一件事是什么吗？看我们猜不出来，他笑着说：是分配住房，真是赶鸭子上架了。

1987 年初，父亲从科学院院长的位子上退下来。当时一家重要媒体在对外报道英文稿中错用了 Fire（解雇）一词，弄得父亲在国外的朋友、学生和学术界同行纷纷追问：卢嘉锡出了什么问题？为何中国第一位由科学家们选举出来的科学院院长被 Fire 掉？父亲听说后哈哈大笑说：没有关系，越 Fire 名气越大，官当得越大。后来，他担任了农工民主党中央委员会主席，并先后当选全国政协副主席、全国人大常委会副委员长，成了国家领导人。外人的疑团也逐步消除了。

正是父亲关心人、尊重人的真诚态度和乐观、豁达的性格，所有的人，不论是他的长辈、同龄人，还是学生、晚辈、下属，都愿意和他交友、交谈，也使父亲一直有股韧劲去面对挑战、克服困难、做好工作。

父亲离开我们十年了，但他的音容笑貌仍时时浮现在我们的眼前，他的言传身教、谆谆教诲更是铭刻在我们的心里。今后，不论面对什么样的环境，我们子女都要像父亲那样去做事、去做人、去爱人。

亲爱的父亲，您永远活在我们心里！

我们的父亲朱光亚

顾小英　朱明远

朱光亚(1924—2010)

核物理学家。生于湖北宜昌，籍贯湖北汉阳。1945年毕业于西南联合大学。1949年获美国密歇根大学博士学位。1980年当选为中国科学院学部委员(院士)。1994年被选聘为中国工程院首批院士。中国科学技术协会主席，中国工程院首任院长，全国政协副主席等。为中国核科技事业和国防科技事业的发展作出了重大贡献，1999年被国家授予"两弹一星"功勋奖章。

一、父亲与我们

父亲一生忙于工作，和我们是真正的聚少离多，直到他的晚年，才与家人有了多一些的相聚。望着父亲因长期操劳而日显苍老的身影，望着他平稳的步履，看着他沉思而冷静的面庞，想着他对我们的教诲与关爱，我们想把他在孩子心目中平实而深刻的点点滴滴，也许是感悟，或许是爱的回报，还有那无尽的思索，奉献给读者们。

在我们印象里，父亲平时言语不多，他对我们的教诲更多的是身教，而正是这种身教，让我们在其间感悟到他是怎样一个人。我们从他身上看到智慧而深邃的思想、勤奋而善于学习的精神、求真而务实的治学态度、严谨而精确的文风。他严于律己，宽厚谦和，平易近人，既严肃又乐观，幽默中透着睿智，并且具有朴实的为人处事原则和简朴的生活作风。

明远在回忆他的童年时这样讲述道：他朦朦胧胧的记忆是从生病开始的。他小时候老生病。父亲说，小弟（明骏）是喝牛奶长大的，而明远是吃中国奶粉长大的。这么说，当时国产奶粉的质量确实要差一些。身体底子没打好，所以明远小时候老是生病去医院。那时候街上没有出租车，只有带棚子的三轮车。冬天，父亲经常抱着捂得严严实实的明远搭三轮车去医院。上了小学，父亲鼓励明远锻炼身体，长跑、游泳、打乒乓球、洗冷水澡，身体才逐渐强壮起来。

明远到了上幼儿园的年龄，父亲和母亲调到了地处北京房山的原子能研究所工作，明远的幼儿园和小学一年级生活都是在那里度过的。当时，父亲和母亲都很忙，明远和弟弟在幼儿园都是全托，两个星期才回家一次。记得那时候，每天最期盼的就是周末回家。尽管已进入三年困难时期，但是父亲总能带回一些好吃的，让孩子们大吃一顿。当时全家住在五号楼中单元302房间，北面是当年为苏联专家修建的公寓，再往北就是幼儿园和小学。后来，父亲调到了核武器研究院，回家的机会就更少了。

1961年，全家搬到了花园路塔院一号。那时候的塔院一号，基本上被农田包围。院子的南面，是一座古塔，一到夏天，栖息了无数燕子，围绕着古塔飞旋鸣叫，颇为壮观。塔院也因此得名。从古塔再往南，就是土城和一条小河，绿树成荫，流水潺潺，一派田园风光。到了夏天的晚上，周围农田里的蛙鸣声震耳欲聋，像是一场没完没了的摇滚音乐会，吵得人睡不着觉。20世纪70年代，古塔被拆除，被一片民居取代，称为塔院小区。昔日田园风光被如今繁华闹市所取代，实在可惜。明远的小学时光就是在这里度过的。小学的名字有点怪，叫"北京九一小学"。我们住的那栋楼是五号楼，我们家住在中单元302室，是这栋楼最大的三套住房中的一套。五号楼里住的许多人后来都成了著名人物，其中有好几位是"两弹一星"元勋。我们楼下是程开甲，邻居是邓稼先，隔壁单元住的周光召。后来，在五号楼住过的还有王淦昌、彭桓武、于敏等人。记得小时候放暑假，五号楼的男孩儿们组成足球队同院里其他楼组成的足球队对抗，结果总是以五号楼队的大胜而宣告结束，因为五号楼队中有后来成为北京足球队主力队员的李维森和李维霄孪生兄弟俩，他们家住在我们家楼上。我们全家在这里一直住到1976年。这15年，是父亲工作最忙碌、最辉煌的时期，因为这段时间是“两弹一星”诞生的时期。

父亲的工作是绝密级的。院里其他叔叔、阿姨也一样。我们只知道父亲是研究物理学的，因为他的书架上摆的大部分是物理书。在家里，他从来不讲自己在做什么工作。我们只知道他经常去西北地区出差，而且一走就是几个月。他在搞原子弹、氢弹，是我们猜出来的。大概是1967年的一天，院子里的一群孩子聚在一起聊天。记不清是谁突然提出了一个问题，我们的父亲、母亲是做什么的？没有人能答出来。有人说，咱们回忆一下，是不是每次核试验，大家的父亲、母亲都不在北京？大伙儿一验证，果然，大家的父亲、母亲都在出差，而且都是去了西北地区。确认了这个事实，大家感到非常神圣，静静地坐了好长一段时间。记得我国第一次核试验成功后，《人民日报》发了号外，整个北京城一片欢腾。在学校，老师安排就我国第一次核试验成功写一篇作文。明远在作文里提到向我国的科学家学习、致敬。这篇作文被父亲看到了，他马上严肃地对明远说，核试验成功不只是科学家的功劳。你去看看新闻报道是怎么说的，那是人民解放军指战员、工人和科技工作者共同努力的成果。

作为一位实验物理学家，父亲做任何事都像做物理实验一样细致认真。解放军总装备部、中国科协、中国工程院机关的领导和工作人员，都对他批阅文件的风格深有感触。他批阅文件就像老师批改学生作业一样，不但修改内容，连病句、错字甚至标点符号都认真修改，而且字迹工整。看他的批示真是一种享受。许多机关干部至今都保存着他批示的手迹，留作纪念。

在日常生活中，父亲做事也像做物理实验一样认真严谨。他为他的每个衣服箱子都建立了登记卡片，箱子里放的是冬装还是夏装、军装还是便装，一目了然，找东西从来不会手忙脚乱。

父亲凡事喜欢亲自动手，家里的各种电器，包括电视机、录像机、洗衣机等，他都喜欢亲自动手摆弄。他把录像机的所有功能包括自动录像功能都利用起来，做到在看一个电视节目的同时，自动录下另一个节目；或者当人不在时，录像机可以自动把想看的节目录下来。尽管这些都是录像机已经具备的功能，但是很少看到有人能把这些功能充分利用起来。小时候，父亲带着明远亲自动手为客厅做了一个立式阅读灯。灯杆儿用的是窗帘杆儿，灯罩儿是父亲用粗铁丝和硬纸壳做成的。这个立式阅读灯，我们用了好多年。父亲还教明远自己动手装配半导体收音机。

父亲还有一个好习惯：凡事都有记录。他有一个大本子，是他每天的工作日志。明远曾经偷偷看过父亲在党的九大和十大上做的毛主席讲话的速记，是一种中、英文混合的方式，记录得很完整。大事是这样，小事也是如此。家里人用他的专车办私事，他都有详细记录：谁用的、去了哪里。到月底，他会让秘书按照这个记录去管理部门缴费。还有一件小事：每天早晨上班前，他都会检查一下家里的电表，并把数据记录下来。他从没有告诉过明远这些数据会有什么用处，但是这种严谨、细致、认真的日常习惯，对明远的成长带来了很大影响。

父亲有一个好记性，这是我们一直望尘莫及的。父亲的老秘书张若愚给我们讲过一个故事。有一次在外面开会，父亲让张秘书回家取一份文件。父亲告诉他：第几个保险柜，第几格，从左到右第几摞，从上往下数第几份，不要看内容，取来给我就行了。从这件事上可以看到父亲做事的条理性以及他超强的记忆力。小时候，父亲书桌抽屉里的铅笔、橡皮和铅笔刀，有时明远悄悄“顺走”一个，没告诉他，他马上就会发现。明远只好乖乖承认。

由于父亲和我们聚少离多，他在我们眼中，一辈子都在忙碌、在工作，但这不等于他对我们不尽责、不关爱。恰恰相反，正是那短暂闲暇中的关爱，给我们留下最深的印象以及人生中难忘的瞬间。

在我们的眼里，父亲是个非常耐心而又细心的人。小时候，我们姐弟三人的功课，特别是数学都是他亲自辅导。不会解的难题，都是他在百忙中抽出时间，手把手地与我们一起做，通过做题，教给我们思考的角度、做题的方法。在他循循善诱的启发下，我们懂得了举一反三的学习方法，懂得了如何去思考、解答难题。

至今，父亲那工整而清晰的字迹、算式仍让我们记忆犹新，它们已成为我们事业中的一种无形动力，激励我们去潜心探究学问。也正是这份特殊的关爱，让我们锁定了人生、专业、学习的奋斗目标。

有一次，小英不明原因地发低烧，几经检查，也未查出原因。人的身体有病，心情自然也比较郁闷。因为父亲总是很忙，所以这种事，一般我们也不去跟他讲，可不知怎么，还是被他观察到了。他就跟小英说："你每天什么时候发烧？有没有规律？要定时量体温，把每天的温度记录下来，积累数据，交给医生，以便医生参考，协助医生诊断。"小英说："是呀，怎么我们就没想到呢？只知难受，而没有从积极的方面入手。"科学家关心人的方式，真是有点特别。

父亲对我们的爱就像他一贯的做事风格一样是细致而入微的。这份爱不是用语言来表达的，而是体现在一点一滴的生活小事之中，就像泉水与小溪一样积少成多，最终汇聚成一份深情与厚爱。它是如此的厚重，以至于很难衡量出来，但能时时滋养我们的心田，让我们从点滴中感受到父爱的无私和亲情的无价。

二、父亲与师友

父亲虽然外表严肃，做起事情来一丝不苟，但在内心深处是个心思细腻、很重感情的人，特别是父亲每每提起或回忆起他与恩师吴大猷的往事，都会有一种滴水之恩当涌泉相报的深情，他的目光里都会流露出对恩师的款款深情。

父亲的恩师，是早在新中国成立前就蜚声中外物理学界的吴大猷先生。他们的师生情源于西南联大。可以说，在那战乱岁月里结下的师生情谊，是别有一番恩情的。那时不仅学习条件艰苦，生活上也很艰苦,所以师生之间是一种患难见真情的际遇。兵荒马乱的动荡生活,把大家都逼迫到一个窄小的生存空间,老师与学生的关系也更为密切起来。

这种亲密无间的情谊,一直延续下来。虽然日后父亲与吴先生被台湾海峡相隔,但这深厚的师生情谊是无法阻断的。1992 年 5 月,为祝贺周培源先生 90 寿辰,物理学界召开了一次学术大会,吴大猷先生和李政道先生等海外著名科学家专程来到北京。这是自父亲由美归国,与吴先生阔别 42 年后的再度重逢。父亲欣喜地见到了已 80 岁高龄的恩师,两人重叙师生情谊和别离之情,感慨万千。看着父亲与吴先生相对而坐、父亲身体微微前倾向恩师倾诉的照片,可想而知,那时他们都沉浸在何等的愉悦中,内心有多少挂念、多少关心、多少互勉啊! 吴先生了解到父亲在事业上取得的成就,作为老师,他为有父亲这样的弟子门生而深感自豪,哪一个老师不以自己学生的业绩为傲呢? 父亲也将一份专门准备的礼物——祖国大陆的一块珍贵化石送给吴先生,借此聊解恩师在海峡对岸的思乡之愁。

吴先生也了解父亲的业余爱好,他于 1994 年委托自己的学术秘书,从宝岛台湾带给父亲一台微型照相机。日后,它成了父亲的心爱之物。父亲每逢有闲暇,就用它为我们子孙辈们摄下珍贵的照片。

父亲对于吴先生的喜好更是念念不忘。他得知恩师年轻时在大陆见过一种叫“八仙壶”的酒具,后来辗转台湾与海外多方寻觅而终未得到时,就留意查询,终于购得。这别致的“八仙壶”确实有趣,你把它装满酒之后，无论怎样旋转、倾倒，酒都不会外溢，而且恰好能倒满八小杯，正好是一个吉祥数字。也许正是这壶中的学问，引起了吴先生这位大科学家的兴趣。1995年10月，明远去台湾参加一个国际计算机学术会议，父亲当即嘱咐他将“八仙壶”带给吴先生，父亲还为此专门写了信。明远回来讲，他代表父亲看望吴先生时，吴先生对他很亲切，就像对待家里人一样，还很关心地问及父亲的近况。明远把父亲托带的“八仙壶”送给吴先生，吴先生饶有兴致地当即把玩起这心仪已久的宝贝来。吴先生在明远离开台湾之际，将用了多年的“派克”牌钢笔深情地交给明远。明远回家后，把这支钢笔交给父亲，父亲脸上洋溢着如同又一次见到恩师的欣喜。明远向父亲谈及吴先生在台湾的生活状况，比较孤寂，乏人照顾，有诸多不便，父亲脸上又多了一丝担忧。当海峡对岸传来吴先生病重并仙逝的消息，父亲悲痛不已。因为不能亲往海峡那边为恩师送行，他就委托莫逆之交和终身好友李政道先生在吴先生的灵前代为祭奠，并向吴先生的亲属表示亲切慰问与沉痛哀悼。

这就是父亲和他的恩师在求学与流亡的战乱生活中以及后来留美时结下的师生情谊，这跨越历史的友谊，随着岁月的流逝而弥足珍贵，也随着岁月的延伸成为一段佳话。它在默默地告诉我们，什么是患难之交，什么是真正的情谊，在人的一生中，应该珍惜什么样的情感与友谊。

父亲与李政道，这两个被人们称为“科学巨子”的人，数十年来，一直保持着堪称“莫逆之交”的友谊。这种友谊不仅经受了时间的考验，而且愈加深厚。

父亲平时讲得最多的同学就是李政道，几乎每次李政道回国，父亲要么陪同会见，要么抽时间去见他。很多时候，母亲也一起去会面。所以在我们这些晚辈中，对李政道这个名字，以及他的夫人、孩子都耳熟能详。他们与我们不仅彼此熟悉，而且还有一种亲近感。这种亲近感让我们感受到科学家之间的真情。在此，我们特别想把李政道先生和父亲之间的友谊淳朴真切地表达出来，这也从一个方面映射了父亲那颗对于挚友永远真诚的心。

李政道先生这样娓娓道来：

我和光亚初次相识是近60年前的事。那时，他21岁，已从西南联大物理系毕业后留校做助教。我19岁，是联大物理系二年级的学生。1945年，美国在日本广岛和长崎投下原子弹。抗战胜利后，当时的“国民政府主席”蒋介石也想在中国制造原子弹，他请那时的“兵工署署长”俞大维想办法。俞大维向蒋提出，造原子弹，首先要向中国数理化方面的专家请教。在蒋的支持下，俞大维先生找物理学家吴大猷、化学家曾昭抡、数学家华罗庚去重庆商量。吴大猷、曾昭抡、华罗庚三位教授建议，除了专家教授外，必须在理、化、数三个领域中，各选两位杰出的年轻学者，与他们一起赴美考察、学习原子弹的相关技术。

经蒋同意后，吴大猷先生选了朱光亚和我。曾昭抡选了唐敖庆、王瑞酰，华罗庚选了孙本旺（后到美又选了徐贤修）。为了使我们对原子物理与核物理能增加了解，当时在昆明联大，吴大猷先生还特地为我们5位青年学子开了一门量子力学课。光亚和我在课内和课外建立了友情。

1946年夏我们赴美时，曾昭抡先生先赴美国，吴大猷先生因需去英国开会再转道去美，也未能同行。于是，华罗庚先生、唐敖庆、王瑞酰、孙本旺、光亚和我，一行6人，从上海坐船出发赴美考察、深造。在赴美的轮船上，在横跨太平洋的十几个日日夜夜同舱共处，光亚和我的友谊逐渐加深变厚，一直持续至今。

那时候我们也猜测到，美国不会向任何其他国家开放原子弹研制技术。到美国后，更证实了这一情形。同时在抗战胜利后，国内形势很快发生了巨变，我们这个考察组也就解散了。光亚随吴大猷教授转入位于安娜堡（Am Arbor）的密执安大学物理系读研究生。1949年秋，他通过了博士论文答辩。毕业后，1950年春，光亚毅然从美国回到中国，投入到新中国创业的热潮之中。

几十年后，每当回忆这段往事，我常说，当初蒋介石派出去学做原子弹的几位，只有光亚是派对了，他回国来是做原子弹了。选我是选错了，我没有学做原子弹，仅在纯物理的领域中工作。其他几位也都没有去做原子弹。

1946年，我从上海去美国，直到1972年9月才第一次回到祖国。

自1950年光亚回国后的20多年中，虽然我和他失去联系，但心中始终挂念他。值得庆幸的是，我和夫人(秦)惠君在1972年回到阔别了26年的祖国时，他专门来机场接我。一下飞机，我们就见到了他。1950年我们在美国分别时，两人都是青年，而那次再相见时都已进入了中年，真是悲喜交加、感慨万分。

那次回国，我和惠君在国内住了近一个半月，看了很多地方，看到了祖国的巨大变化，也有机会与光亚畅叙了往日之情。10月14日，周恩来总理接见我和惠君，谈了近4个小时，光亚在场陪同。

1976年10月“四人帮”垮台后，我每年都回来几次，每次都与光亚欢聚畅谈。每当我对祖国科学技术和教育的发展提出建议时，如对博士后流动站、完善自然科学基金制度和发展高能物理研究以及北京正负电子对撞机的建造等，都得到了他热情的支持和帮助。

1992年5月，我和惠君专程陪吴大猷老师从台湾来北京，参加我主持的中国高等科学技术中心主办的一个国际学术研讨会。研讨会期间，吴大猷老师、光亚和我师生三人在北京得以欢聚。这是光亚1950年回国后，吴大猷老师和光亚时隔42年后的重逢。那时，吴老师已是80高龄。光亚和我也已两鬓发白，都60多岁了。吴老师、光亚和我都激动不已。

光阴如流水，一去不复返。现在，我和光亚都已过了古稀之年，光亚已将八旬了。他几十年为祖国的原子能事业默默无闻、勤勤恳恳、踏踏实实地工作，为祖国的科学事业的发展、为中华民族的振兴做出了巨大的贡献,祖国是不会忘记他的。光亚极不平凡的成就,深入而无声,实至为珍贵。我想,杜甫的诗句“细推物理须行乐,何用浮名绊此身”正是光亚几十年工作和为人的写照。

李先生在纪念中国第一颗原子弹爆炸成功40周年时,又满怀深情地回忆了他与父亲的交往和友谊:

这次回国正赶上10月16日——中国第一颗原子弹爆炸成功40周年纪念日,使我不禁回忆起许多往事。

我知道研制原子弹、氢弹是国家的秘密,因此,尽管1972年以后我与国内的物理学家们来往密切,但我从没有私下了解这方面的事情。直到20世纪80年代以后,随着一些内情的公开,我才逐渐明白了其中的若干原因。中国“两弹”技术之所以能够迅速发展,从大的方面讲,是因为国家最高层的果断决策、强有力的组织领导;是因为全国人力资源、物质资源的集中使用和大力协作;而最直接的原因则是因为组织了一支很了不起的科学家团队,是他们完成了“两弹”科学技术的攻关。

这支科学家团队之所以“了不起”,既是因为其中包含了许多杰出的科学家,更重要的是这个团队整体效率很高,整体创造力发挥得特别好。记得曾经有人对比过中国、美国、苏联研制第一颗原子弹、氢弹的科学家团队,论名气,中国科学家团队的组成人员远不如美国、苏联，但在团队的整体效率上，中国却毫不逊色于两个超级大国甚至还要好。我觉得这是符合实际的。

从公开的资料中，我才知道，光亚在这个科学家团队中起了非常重要的作用。彭桓武先生称赞他“细致安排争好省，全盘计划善沟通，周旋内外现玲珑”，程开甲先生称赞他“深思熟虑，把握航道”，他的上级领导刘杰、李觉则说他是“杰出的科技帅才”。

中国古代有立德、立功、立言之说，在科技界也应该“立德”在先，然后再“立功、立言”。光亚身上的优秀品质，可以说是现代科学精神与传统美德的结合。他民主、协作、求实、创新、谦虚的作风，对于形成科学家团队的强大凝聚力、创造力是很重要的。正如古时诸葛亮所说：“良将之为政也，使人择之不自举，使法良功不自度”，光亚确实是科技界难得的领袖人物。他十分精心地组织王淦昌、彭桓武、郭永怀、程开甲、邓稼先、陈能宽、周光召、于敏、黄祖洽、陆祖荫等成千上万的祖国杰出科学家和工程技术人员进行了“两弹”研制，他在“两弹”的研制中是“科技众帅之帅”。

父亲与李政道之间的友谊，也延续到我们第二代人。记得有一次，李政道携家眷回国，父亲因为太忙，就委托明远安排一下，两家人一起吃个便饭。明远与李政道的大儿子李中清也很要好。明远深知，李政道先生与父亲都是那种不讲客套而很务实的人，加之友情又很深厚，所以，自然也是不在乎什么豪华饭店里的表面排场的，就选了与他们一家人下榻的住处相近的一间小餐馆，定了个包间，把两家人聚在了一起。这里既能容下我们两家人，又比较安静。我们大大小小两家人一共坐了两桌，彼此虽然初次见面，却毫不生分，而是一见如故，无拘无束。李政道夫妇待人真诚，平易近人，席间谈笑风生。两家人其乐融融，气氛好极了。

他们夫妇俩与父亲有着同样的为人，我们感受到了他们的崇高品格，我们也领略到了什么是经得住时间考验的天长地久的友谊。

我们的父亲陈芳允和母亲沈淑敏

陈晓东（执笔） 陈金凤

陈芳允(1916—2000)

无线电电子学与空间系统专家。浙江黄岩人,1916 年 4 月 3 日出生。1938 年毕业于清华大学物理系。原解放军总装备部科技委顾问、研究员。为我国无线电电子学做了开创性工作。1999 年荣获“两弹一星”功勋奖章。1980 当选为中国科学院学部委员(院士)。2000 年 4 月 29 日去世。

父亲是中国科学院院士,“两弹一星”功勋科学家,我国 863 计划的发起者之一。他以自己的亲身经历教育着我,这种身教重于言传的方式影响了我,并使我一生受益。父亲告诉我,作为一个从事科学研究的科学工作者最重要的有三点:第一点,也是最重要的一点,就是要有爱国之心,这是一切科学研究的根本,科学无国界,但从事科学研究的人是有祖国的,心中要有国家,这是科学工作者最需要明确的。在父亲的教诲下,我毕生为了国家的富强和发展,献身微电子行业。第二点是要努力工作,父亲一生兢兢业业,鞠躬尽瘁,献身科学的敬业精神不断激励着我奋发向上。第三点是淡泊名利,父亲从不追名逐利,一生只在他从事的领域执着地追求新的突破,这种精神也深深感染着我。父亲教导我不要跟在外国人后面一步一步爬行,亦步亦趋,要改变观念,要创新,跨越式发展。我从事集成电路设计工作,遵从父亲的教诲,每一个五年计划就跃上一个数量级,集成度从千门、万门、几十万门到几百万门,大幅度跨越,达到了国际水平。

2009 年,我们读到一篇关于原清华大学物理学教授叶企孙先生的文章,读后非常感动。沉寂了几十年之久的叶教授终于浮出水面,终于有人公开主持公道为其鸣不平。可以说没有叶教授,哪有清华物理系的辉煌,哪有“两弹一星”的功臣?作为小辈,我们穷词难表。但若我们父亲地下有知,也会感到欣慰。那是在“文化大革命”的 1967 年,一个晚上,父亲特地让我陪他一起去看望叶企孙教授,那时还是要冒着极大风险的。父亲为了不影响到别人,所以特地让我陪他去。叶教授终身未娶,没有子女,虽说桃李满天下,却都自顾不暇。晚年逢“文化大革命”倍受折磨,贫病交集,很是凄凉。他可是一代以身许国的知识分子典范啊。看完恩师回来,心情不免沉重,但也无奈。连我那1974年才嫁进门的媳妇也知道这事,同时也感受到我父亲儒雅宽厚和尊师重教的风范。

父亲不仅对叶教授满怀尊敬,对吴有训教授、严济慈教授、孟昭英教授等原物理系教授也一样尊敬有加,即使在晚年,父亲自己都已经70多岁了,但逢年过节都会尽量抽出时间去看望他们。在他心目中,他们始终是他的老师。如果没有他们当年的教诲以及开放的学术氛围和提供的实验室,并强调动手能力,不可能打下一个很好的基础。这些基础让学生终生受益并为新中国培养了一大批栋梁之材。我们的母亲也是如此,尊师重教。直到晚年,她已经70多岁,还要去看望贝老。并经常念叨大学的一位老师,老师去世以后,对其家庭还资助过一段时间。

父亲一生很节俭。我们经常看到他自己缝补衣物。他还有一手给自己理发的绝活。其实他和母亲两人都已是一、二级教授,在当时工资不低,而且只要了两个孩子。那么他们应该有不少积蓄?但事实不然。多年来,除了双方父母,他们还一直资助几位亲属和故旧;经常帮助单位生活困难的同事,甚至在经济上支持年轻人考试和出国留学深造。为社会捐款捐物,我母亲也一直是这么做的。然而,还有些人不理解,在“文化大革命”中还批她搞腐蚀拉拢。而我父亲的工资主要花哪儿去了，拿回家的钱很少，我母亲也一直不过问。当然我们更不知道具体数目，只是隐约知道一些。还有些是父母去世后从别人口里知道的。有一次我们回浙江老家，很过意不去老家的亲戚对我们特别客气，因为我们毕竟是一般的知识分子家庭。后来他们告诉我们当年父亲对他们的资助，及老家爷爷遗留下的一些家产，父亲也全部放弃。在父亲的葬礼上我们曾看见两个学生模样的人跟随在吊唁队伍最后，在父亲的遗像前深深地三鞠躬，然后就走了，没有和我们打招呼，估计也是父亲资助过的学生。

母亲对父亲不仅工作百分百支持，对他的为人也是百分百信任。而父亲对母亲也是百分百信任，由母亲处理家里所有事情。科学院建院和建所初期，父亲工作较忙，千头万绪。院里曾有一次住房调整，我们住10号楼，属甲楼。父亲按职务和职称可以搬到13号特楼去，回来和母亲商量，母亲回绝了。因我母亲本身也是研究员，对自己业务抓得也很紧，不想大动干戈。后来甚至带病工作，但从不要父亲担心和请假作陪，她一生坚强。母亲和父亲一样，在名利面前，也比较低调，能让就让，能迁就就迁就。在她身上体现了中国传统妇女和知识女性的双重美德。母亲生前担任生物物理所研究员，中国科大生物物理系副主任，生物物理学会秘书长，后期还帮着建立清华大学和南开大学生物系，工作繁忙，还包揽了全部家务，让父亲一心扑在工作上。父亲的出色成就与母亲的辛劳是分不开的。母亲1996年去世时，《中国科学报》登载的纪念文章的标题是《春蚕到死丝方尽》。母亲就像一只春蚕破茧，一丝一丝成就了别人，最后还捐献遗体用作医学解剖。父母感情很深。父亲曾经说过，如果没有母亲的全力支持，他的工作不可能取得今天的成绩。所以在母亲病重住院期间，父亲几乎每天下班以后都到病房陪母亲坐着待上好长时间。他一辈子考虑的是国家和工作，在母亲最后的岁月里，他才陪着母亲走过与病痛折磨的有限时光。父亲有大爱，爱祖国，爱工作，爱老师，爱学生，给家人的时间有限。尤其在考察和建卫星地面站时，更是常年在野外。晚年有了小孙女，非常疼爱，但是因为工作繁忙常年不在家。

父母去世之后，除了父亲20世纪90年代获得的何梁何利奖金10万元港币未动之外，只有很少的一点存款。剩下的就是工具书、书稿等，没有一样值钱的东西。而家具都很简陋，有的还是20世纪50年代建院时的家具。

在做人方面的风范，父亲母亲确实给我们做了一个好榜样，并影响我们的一生。

我们从小就懂得要靠自己，不依赖父母。改革开放以后，工作种类选择性更多一些。我爱人毅然去了外企工作，从经济上改善了自己。大女儿在国内工作出色；小女儿出国学习都是她自己考托福、GRE出去的，现在已是某公司地区经理。

父亲于2000年去世。2001年，国家天文台将1998年发现的小行星1998CF1（国际编号第10929号），经国际天文学联合会小天体命名委员会批准,命名为陈芳允星。直到 2009 年,10 年后,我完全退休以后,也继承父母低调处事的风格,经和国家天文台协商,不想麻烦原单位和惊动有关部门再举行仪式,而是简单直接取回授予的小行星命名证书和奖牌,珍藏待日后处理。

怀念叔父叶企孙

叶铭汉

叶企孙(1898—1977)

物理学家。1898年7月16日生于上海。1918年毕业于清华学校(今清华大学)。1923年获美国哈佛大学博士学位。1948年当选为中央研究院院士。1955年被选聘为中国科学院学部委员(院士)。1977年1月13日逝世。曾任清华大学教授、理学院院长、校务委员会主席,中央研究院总干事,中国物理学会理事长,北京大学和西南联合大学教授,中国科学院自然科学史研究所研究员。是我国当代物理学的先驱和奠基人。

我在五六岁时开始知道我有一位“三爷叔”[上海话称叔父为爷(ya)叔],他是我家上至祖父、下至年龄最小的我最推崇的人,是我们小辈心中的楷模。他每年回家一次,因为我在家中年龄最小,见到他时,只知按母亲的吩咐,上前叫一声“三爷叔”就退出,自己玩耍去了。一直到1938年10月,我进入初中二年级后,才有过一次跟他说了较多的话。那时他从天津到上海,在上海等候去香港的船。他一反过去的习惯,不住旅馆,挤在我家中,而且天天在家里,不外出。现在我才明白,他是在躲避日本人的追捕。有一天,我在家里玩小陀螺,在陀螺的表面涂上两种水彩画的颜料,然后转陀螺,看到颜色变了,感到很好玩。叔父恰巧看到我在玩,就参加进来。他提出,涂上两种不同的颜色,陀螺旋转的时候将出来什么颜色,可以预先猜一下,把实际看到的颜色记录下来。我管涂颜色,做完一次后把陀螺洗干净,再涂别的颜色。他跟我一起猜,旋转时将是什么颜色,然后我记录结果。这样大约玩了约一小时。我当时没有想过,他为什么有这样的闲趣。我那时候只知道他在天津生过一场大病。这一次一起玩陀螺,印象深刻,至今好像还在眼前。

我在家中最小,平常一直跟着母亲转,所以母亲有些事叫我帮她做。她不认字,让我帮她记账,因此我从小学五六年开始就知道家里的经济状况不好。抗战开始后,我家境况愈来愈困难,当时包括我在内的四个孩子上学的学费完全由叔父支持。

1942年夏,叔父从重庆来信,要我离开上海到内地去。当年10

月我跟两位姐姐一起离开上海，通过南昌日寇的封锁线，然后经桂林、贵阳在1943年1月到重庆，投奔叔父，从此我的学费和生活费全部依靠叔父。那时他在重庆任中央研究院总干事，相当于现在中国科学院的常务副院长，当时的中央研究院不设副院长，院长之下就是总干事。我在重庆进入中央大学师范学院附属中学继续我的高中学业。1943年夏，叔父辞去中央研究院职务，回昆明西南联合大学教书。我在1944年夏考入西南联大。叔父当时住在昆明门街71号，该处是西南联大的一个单身教授宿舍。这是一个大院，原来是唐继尧的住宅。大院有戏台等附属设施。正厅是一大间，一端是戏台。戏台对面是两层的结构，楼上一大间，住了陈岱孙、金岳霖、李继侗、朱自清和陈福田等五位教授，各居一个角落，拉起蚊帐，互不干扰。叔父、吴宓、温德、沈同等十多位教授分别住在正厅两侧的小房间。叔父住的一小间约十平方米。我到西南联大后住在西南联大学生宿舍。

清华大学北院七号

叔父在清华大学的住处是在北院七号。1925年他到清华工作，开始住在那里。叔父是单身，家里雇一位厨师，菜做得较好。一些家不在清华的年轻教授纷纷在北院七号搭伙。大多数参加北院七号饭团的都是一些刚从国外留学回来，抱着科教救国理想的年轻教授，大家志同道合，主张推进教授治校。吃饭时常交换对教育和学校的意见，逐渐在清华形成一股影响学校办学方向的力量。

1946年抗战胜利后西南联大解散，恢复清华、北大、南开三校。1946年秋清华在北京复课。叔父仍住在北院七号。北院位于图书馆北面，是在民国初年建成的，一共有十多套房子分布如“7”字形，一部分房子朝南，一部分朝西。我只记得除了叔父外，还有朱自清、温德、刘崇鋐等教授住北院。七号面向南，房间朝南三间，朝北两间，共四室一厅。朝南的中间一间是客厅，三十多平方米。东边朝南的一间是书房，通过书房进入朝北的卧室，书房约十多平方米，卧室二十多平方米。西边朝南的一间，通到朝北的一间，各约十五平方米。房子的北面，即背面有厨房和工友的住房。现在北院除当初朱自清住的那一套没有被拆除掉，其余都已全部被夷为平地，看不出一点遗迹。

据老清华人说，在抗战前，叔父的北院七号有较好的家具。抗战开始后，家具寄存在原来叔父雇佣的一位工友家中。后来这位工友也去了昆明，他的家属留在北平。因为邮政汇款时通时断，他的家属生活很困难，叔父说，就把家具变卖了吧，作为他们的生活费。抗战胜利后回北平，叔父什么家具都没有。幸好陈岱孙先生作为清华大学复员的先遣队，在1946年初回到北平。他帮助叔父购置了一些家具。在1946年10月回北平时，北院七号只有一些必需的家具：一张床，一张吃饭用的方桌，几把椅子，几只方凳，一套布面沙发，几个书架。叔父只用七号的客厅和东边两间，这些家具放在这三间内，显得空空荡荡。西边的两间一件家具也没有。这空着的两间，后来实际上成为清华大学机动的临时客房，学校搬来床和凳子。钱三强先生在1948年回国，到清华任教，但家仍在城里。教课时，他就住在这里，周末返回城里。他在叔父家住了约两个学期。叔父家还住过其他青年教师，先后有何成钧先生、孙良方先生。

我在清华住学生宿舍。叔父一向主张，作为学生，应该住学生宿舍。这样有利于同学之间的相互接触。叔父曾向我建议，最好挑两位不同系的同学住在一起，如不同学院则更好。他说，不同院系的同学住在一起可以更好地交流学习、扩大知识面。抗战胜利后学生宿舍是三人一间，自由组合，不论院系、年级。三人组合好就去管理学生宿舍的“斋务股”抽签，抽中哪一间就住哪一间，每年抽一次，搬一次宿舍。大家觉得这样比较公平。当时男生宿舍有新斋、明斋、善斋、平斋四处。值得一提的是，管理宿舍的“斋务股”就设在明斋，十分方便。虽然那时候不强调服务，也没有强调人性化，但实际上管理机构没有官气，办公地点也贴近同学。叔父主张我住学生宿舍，不希望我住他家的另一个原因是，他在学校内负有一定责任，经常有人到家里跟他讨论工作。叔父不希望我听到那些不该知道的事，更不希望我把听到的话随便讲出去造成不良影响。他从来不跟我讨论有关学校的事情，也不同我议论学校的师生。叔父工作忙，晚上常有人去找他，他自己也要备课、看书。他跟我约定，每两周去他家一次，谈谈家事。

我曾经在叔父家中遇见过一些教授，有一件事一直没有忘记。1948 年春，朱自清先生来叔父家讨论教学中的问题，临走的时候谈到时局艰难。朱自清先生忽然叹一口气说："不知道我能否活着看到时局好转的一天。"我听了十分惊讶。叔父说："当然可以，不用担心。"朱先生又叹气说："我恐怕不行。"说完就走了。当时从朱先生的外表看来，他是健康的，也没有听说他有什么病，不知为什么这样悲观。我没有问叔父原因，叔父也没有解释。没有想到，那年夏天朱自清先生就病逝了。回想起来，朱先生竟自己感到了先兆。

1949 年清华大学毕业后，我留校做了一年研究生，导师是钱三强先生。1950 年 7 月我随导师离开清华大学研究生院到中国科学院近代物理所工作。有时星期六回清华，在叔父家住一晚上。

1953 年院系调整，清华大学理学院合并入北京大学。叔父离开了北院七号，搬到北京大学镜春园 76 号。镜春园 76 号是民国以前建造的四合院。朝南的正屋较大，左右分住两家，各三室一厅，背面各有厨房和工友房。叔父实际上只用了一室一厅，另外两间堆放书籍。四合院的东西厢房各住一家。院子里的树木较高大，房子比较阴暗。各家都有卫生设备，但没有暖气，自己生火取暖。1954 年近代物理所搬到中关村，我常骑自行车到叔父家。

不拘一格提拔人才

叔父长期担任教育界、科学界的领导职务。他做事一直以恪守规章制度闻名，但是对于人才，则是知人善任，不拘一格地提拔。

1930年春，初中毕业的华罗庚在《科学》杂志上发表《苏家驹之代数的五次方程式解法不能成立之理由》，轰动数学界。同年，清华大学数学系主任熊庆来了解到华罗庚的自学经历和数学才华后，经叔父的同意，打破常规，聘华罗庚为清华大学数学系助理。有一份工资，华罗庚可以在清华园生活，得到了自学提高的机会，可以旁听课程，并提高英语水平。在那段时间里，华罗庚在国外杂志上发表了3篇论文。1933年，叔父召开会议，力排众议，破格提拔没有大学学历的华罗庚为助教。他说："清华出了个华罗庚是好事，我们不要被资格所限制。"

1936年清华出资送华罗庚到英国剑桥大学深造，跟随数学大师哈代做研究。华罗庚发表多篇论文，在世界数学界赢得了声誉，终成知名数学家。华罗庚曾说："道及叶企老，不觉泪盈眶，他对我的爱是说不尽的，而他的千古奇冤我竟不能设法寻根究底，殊难为人。"华罗庚有天才，但是如果没有熊庆来先生和叔父不拘一格对他破格提拔，多方培养，送到数学大师处留学，恐怕是"玉不琢，不成器"。

还有一个故事。1946年春，华罗庚、吴大猷、曾昭抡三位教授受政府委托，分别推荐数学、物理、化学方面的优秀助教各两名去美国深造。吴大猷先生从西南联大物理系助教中，推荐了朱光亚，但是还有一人他无法确定，他就找到了叔父，叔父当时是西南联大理学院的院长。叔父破格推荐了当时只是大学二年级学生的李政道。所以李政道曾经说,“没有叶老师和吴大猷老师,就没有我后来的科学成就。叶老师不仅是我的启蒙老师,而且是影响我一生科学成就的恩师!”1993年,我们在整理叔父的遗物时,发现了三张泛黄的考卷,上面写着“李政道：58＋25＝83”。我把这几张考卷拿给李政道看,他很激动。他说这是1945年他在西南联大时电磁学的考卷。电磁学的年终分数由两部分合成,一是理论考试部分,就是这份考卷,满分是60分,李政道的成绩是58分。第二部分是电磁学实验成绩的分数,满分是40分,他得了25分。两部分相加是83分。这份考卷用的是当时昆明的土纸,叔父一直保存着。

叔父还经常请学生到他家吃茶点,与学生交流。他询问每一位学生,了解每一位学生的情况。他很注意学生的特长。王淦昌原来是化学系学生,有一次,叔父在上课时,问一个问题,王淦昌回答得很好。叔父感到他的物理概念清楚,此后就经常跟他谈话,劝他转到物理系。大家知道,王淦昌后来是“两弹一星”元勋,核物理学大师。

在“两弹一星”23位功勋中,有10位是叔父的学生。其中6位是跟随叔父在清华大学物理系学习后毕业的,他们是：王淦昌、赵九章、王大珩、彭桓武、钱三强、陈芳允;2位是跟随叔父学习,在西南联大物理系毕业的：他们是朱光亚和邓稼先;还有王希季,他虽然是机械系毕业生,但叔父亲自给他上过课;周光召在清华大学物理系听过叔父讲课,也是叔父的学生。

对于叔父的为人，很难用几句话来总结。我现在抄录周光召先生写的文章《纪念叶企孙先生》的一些语句：“叶企孙以他毕生的精力，为我国科学事业和教育事业作出了杰出的贡献。……创办了清华大学物理系和理学院，建设了北京大学物理系金属物理及磁学研究室，培养了一大批物理高级人才，其中不少是国内外著名物理学家。他从事教学工作五十余年及教育领导工作多年，为我国物理学人才的培养和教育事业的发展做了大量卓有成效的工作，是我国著名的教育家之一。……他善于识拔青年，奖腋后进，深受师生们的爱戴。……是一位崇高的爱国者。……生活非常简朴，对国家、社会从无高的要求，但却为国家、社会始终勤奋地工作，无微不至地关心他人，把全部心血灌注于中国的科学事业和教育事业，把毕生精力与智慧贡献给国家与民族，为后辈学人树立了良好的典范。叶企孙先生的爱国精神、科学业绩和优良品格是永恒的。”

我的老师和师母

——郭永怀、李佩夫妇

顾淑林

郭永怀(1909—1968)

力学家、应用数学家。1909年4月4日生于山东荣成。1935年毕业于北京大学物理系。1945年获美国加州理工学院博士学位。1957年被选聘为中国科学院学部委员(院士)。1968年12月5日因飞机失事不幸牺牲,被追认为烈士。曾任中国科学院力学研究所研究员、副所长,第二机械工业部第九研究院副院长等职。我国近代力学事业的奠基人之一。担负国防科学研究的业务领导工作,为发展我国核弹与导弹等事业作出了重要贡献。1999年被国家追授"两弹一星"功勋奖章。

2010年9月下旬接到柳怀祖的电话，再次敦促我(我们姐弟)给这本书写下一点文字。早先我们已经多次婉拒过类似的邀请，一方面因为我家的事情已经给炒得沸沸扬扬，我们决定不参加进去，埋头做事；另一方面，回忆意味着再次经历内心的伤痛。心理学家的治疗方法是引导有痛苦经历的人诉说，但是这个办法在我这里彻底失效。那是永远无法逾越的痛。

柳怀祖说，“写13楼的太少”——我们家曾经住在13楼。我还是不为所动。柳怀祖又说，“郭永怀和李佩夫妇没有人写”——郭先生家也住在13楼，“是不是要写写他们?”谈到这里，我的回答只能是，也必须是:“要写。”

我们家住在13楼106号，郭先生家住在13楼204号。在我们住在13楼的短短1年多时间里，我们两家没有接触。我们家只和对面的杨承宗先生家有来往。我的祖母是苏州人，杨师母也是苏州人。当时祖母已经是70多岁的老人，身体、精神都还好，一辈子操劳的祖母还在操持我们8口人的大家，渐渐地和杨师母熟悉起来，我们从祖母那里不断听到对杨师母和杨家的美言。

郭永怀的名字进入我的人生是1964年冬天的事。在那之前，他是我们科技大学化学物理系的系主任，我是这个系的一介普通学子，我们远距离仰望他。我也没有机会上他的课，郭先生给力学系上课，没有在我们系开课。郭先生还直接负责我们系的爆震物理专业，这个专业只收20名学生，清一色男生。

1964年末我们五年级第一学期将要结束。学校通知说1965年有少量的研究生名额，我和几个同学正商量是否报名，年级辅导员韩非平找到我说，你不要去报考研究生，系里已经决定你毕业以后去力学所做郭永怀所长的助手。于是我没有报名，也没有太多的激动。由于家庭背景问题已经受过不少折腾，这个安排最终能不能成立，我并没有过高的期望。不久我随我们高速化学反应动力学专业共50名学生的实习队，离开北京到大连化学物理研究所做毕业论文。我们那个实习队在大连住的时间很长，寒假以前就出发了，在大连过的春节。我在卢佩章领导的研究室做大型制备级色谱柱气—固吸附分离规律的研究，也是这个研究室任务的一部分。我们工作得很投入，早出晚归，几乎全部时间都在实验室度过，到晚上10点到12点之间离开实验室时，研究所实验大楼还灯火通明。7月上旬我们结束工作回到北京，这时已经到了分配工作和举行毕业典礼的时候。我拿到的分配通知是去中科院力学所，果然如韩辅导员告诉过的。8月底我到力学所报到。力学所人事处张秀琴接待我，说，你去郭永怀所长那里。

郭先生和我的第一次谈话是在1965年9月初，我到力学所报到不久。他来到我的在他对面的办公室，我从桌子边站起来。他高高的个子，比我父亲还略高一点。戴着金丝边眼镜，我父亲常常戴的是黑边眼镜。郭先生开口讲话一口胶东口音，还带着笑意。这个口音是我熟悉的：我3岁到6岁的大部分时光在山东度过，尤其在胶东待的时间要长些，几乎也说山东话。他有一张厚厚的大嘴，朴实而亲切，开口讲话时笑意从嘴上放射到整个脸部。这个笑容和这个口音使我在他面前感到放松自如。

我们的谈话时间不长。他要我用一年的时间学习英语，安排我到科大研究生院上英语课，还要我通读朗道（Lev Landau）的理论物理学。我问他，工作上需要我做什么，他说你读完这些再谈。他嘱咐我集中精力学习，问我能不能30岁以后再结婚？我毫不犹豫地回答说能的。

周末回到家里，这个消息使父亲母亲既欣慰，又沉重。我们家正处在风雨飘摇中。父亲刚刚被社科院二次定为“右派”，正在等待处置，在家里很少说话。母亲对我说：“你长大了，好好去工作吧。如果工作需要，你可以和这个家少来往。”听到这些话我的心里百感交集。母亲像是要把我推出家庭，让我为国家效力，而她自己打算把这个家庭重担挑下去。我对此也不意外。父亲母亲都曾经有过为“大家”抛弃“小家”的抉择。据祖母说，父亲当年丢下高薪的职业追随共产党的时候，对祖母说的就是“国不保，家何在”。我们的母亲年轻时追求进步，只身从安徽歙县的富裕家庭出走，最后走上革命道路。可是面对善良的母亲和年幼的弟妹，我又如何忍心和家庭隔绝？我没有接着母亲的话说什么。

从1965年下半年到1968年底，我和郭永怀所长的直接接触极其有限。我们的谈话只有三次。第二次谈话，也是他到我的办公室。

我向他报告在大学学习量子力学的一些体会和疑问，这一次看来他很累，没有打算详细谈下去，只是说，我们会有时间讨论这些问题。不久，1966 年 6 月，“文化大革命”爆发。在那前后对我的安排也在逐渐变化。“文化大革命”刚刚爆发不久，有一次我们在他的办公室外面相遇，他问我，为什么没有坐在屋子里看书。我说我到 11 室去了。记得那时我已经开始参加游雄领导的 6405 任务小组的会议。郭所长嘱咐我，要坐得下来，“不要赶热闹”。1966 年 6 月以后我被正式通知调到 11 室，工作地点搬到了 11 室的小楼，我在主楼的办公室不复存在。这样，尽管我没有得到正式通知，当郭所长助手的安排事实上中止了，此后与郭永怀所长也没有了直接接触的机会。

间接地从力学所同事口中听到关于郭所长的事，有两件至今不忘。一是他治学严谨，对浮华不实的学风深恶痛绝。某人在与他谈工作时语焉不详，被他当面严厉斥责。二是政治上他实事求是不跟风。当时三年困难时期刚刚过去，郭所长在“大跃进”的几年从来没有发表事后经不起检验的跟风言语，力学所的同事对他尊敬有加。另外我们也都知道，郭夫人也是美国留学的，他们有一个女儿。郭所长非常疼爱女儿，有一次他们女儿的手划破流血，郭所长急得团团转。不久又得知他们的女儿到东北插队去了。据说他的女儿要求父亲像别的孩子的家长那样替她说情去部队当兵，郭所长的回答是我们不做这样的事。

1968 年 12 月，一个不幸的消息震惊了我们。那年的 12 月 5 日，郭所长从西北回来乘坐的飞机在北京机场失事，那是一架伊尔 14 飞机，机上郭所长和警卫员不幸遇难。

当天晚上所里安排我和另外一位女同志去陪伴郭所长夫人李佩先生。他们的女儿插队的地方通信不便，一时还通知不到，只有李佩先生一个人在家。走近 13 楼，这是自从我们家于 1958 年夏天搬离以后第一次回到这一带。默默地望着楼东边一层我们曾经住过的地方，此时人去楼空，母亲则已经在几个月以前永远离开了我们。还来不及想更多，我们来到郭所长家里。这也是我和郭夫人的第一次见面，没有想到竟是在这种情况下见面的。郭夫人李佩先生娇小、秀美，从神情看出她已经完全知道了发生的事情。她极其镇定，大家见到后几乎没说一句话，屋子里的空气像凝固了一样。

晚上我们留在他们家里过夜，我和李先生睡在同一个房间。整整一夜我的神经紧张到了极点。我一边默默地想，这个打击太大太突然，李先生可怎么挨过这一夜，一边准备着如果需要我为她做些什么我可不能反应迟缓，一定要保证她绝对平安。就这样时间一秒一秒地过去，一直到早上。那一晚上李先生完全醒着。她躺在床上几乎没有任何动作，极偶然发出轻轻的叹息，克制到令人心痛。这就是我第一次接触到的李佩先生！

据报道，郭所长的追悼会是 1968 年 12 月 25 日开的，我的印象已经不深了。在我的记忆中永远定格的一幕是开追悼会之前我们到医院向郭永怀所长的遗体告别的那一刻。在医院一间不大的房间里，郭所长躺在一张单人病床上，一幅大白被单把他的身体从头到脚盖起来。从颀长的体形上我们知道这就是我们的郭永怀所长，但是我们已经不可能见他最后一面。在被单的遮盖下，在这最后的床榻上还是不能放松、伸展开来。没有哭泣，没有言语。沉默表达着我们刻骨铭心的痛惜和敬意。

从此我彻底失去了在郭所长指导下学习和工作的可能性。郭所长离去以后我在力学所大院又工作了三年，为新建的七机部二院207所筹备车间。之后我到离城70公里的房山，在燕山石油化学总公司研究院做工程师共10年。1982年科学院招我回来加入新组建的科学院政策研究室。1992年远走欧洲荷兰，在联合国大学的新技术研究所做高级研究员。2000年12月回到阔别9年的祖国。在这个很长的时间里，郭所长的身影和教导始终和我在一起。我感激他对我的信任、期待和关爱。记得“文化大革命”已经如火如荼的时候，我已经在力学所车间劳动了，还间接地听说“郭所长有话，不要随便动顾淑林，她有用”。这个期待始终是我心底的亮光，是我不止一次在生命的十字路口极端的痛苦迷茫之中支持我不消极沉沦的力量来源。在治学方面，郭所长短短的一句话“要坐得住，不要赶热闹”，我记了一辈子。在国外工作的许多年，当我周末和晚上坐在空无一人的办公楼弥补知识和语言障碍感到辛苦和寂寞时，郭所长的嘱咐时常在耳边响起：“要坐得住！”

和李佩先生真正接近是最近几年的事情。她先找的我。

大约在2005年，我接到李佩先生的电话，问：“为什么不和我们联系?”我被问住了。的确，回国以后除了家人我几乎没有和任何人联系。经过若干年的远离，再回到日夜思念的又是充满痛苦回忆的故国，我心理上有巨大的障碍需要克服，同时和原来单位也有一些难处理的问题。我说是我不好，我在做自我心理治疗，快要越过去了。我给李先生简单讲了我的困境。过了两天再次接到李佩老师的电话，告诉我她已经把我的事和中科院的某位负责人谈了，她还为我的事对有关单位提出了批评。这件事对我的震动很大。李佩老师平和的心态和关心他人的宽广胸怀让我感到惭愧。不久以后我去她家看望李佩老师。隔了若干年，我又来到老13楼204单元。房间里的家具陈设依旧。他们的女儿郭芹已经去了。李佩老师从容淡定，美丽依旧，更加清瘦苍老了一点。她已经从中科院研究生院外语教研室主任的岗位上退休下来，过着忙碌的退而不休的生活。她关心中关村的社区建设，组织中关村老年活动中心的活动，关心老科学家们的家庭困难，帮助周围的朋友们，让他们生活得更好一些。从那以后我不时参加一点她在做的事，接触多了起来，对李佩老师开始有了更多的了解。

她为中科院离退休老干部定期组织报告会。李老师曾经要我帮她联系一个报告，题目是《经济结构调整》。我还直接参与过或者介入过的报告会有《自主创新》和《学风问题》。从这些题目上看得很清楚，李佩老师虽然年纪大了，她的眼光依然尖锐，丝毫没有因为年迈而脱离社会进步的脉搏。有一次我进到她的“办公室”，是她家居中的一间工作间。桌子上、沙发上、地板上堆满的报纸和书籍，让我窥见了她保持思想犀利的小秘密。李佩老师谦和地说，对不起，我来把沙发上的报纸挪开。又说，我保持阅读，才能不落伍。

近来有一件难忘的事。一次李佩老师及几位力学所的老朋友在我家小聚。闲谈中讲起我接触到的中科院研究生院的一项国际合作项目，我提出批评意见。几天以后，李佩老师来电话，口气带着责备：“你说的事情我问了他们（研究生院的领导），他们说的和你不大一样，你去和他们谈吧！”我又小小地震惊。一来吃惊李佩老师那么认真，闲谈中提到的事她一定要去反映，当时我还顶了一句：“当时您也没有问清楚呀。”二来感到愧疚，和李先生对比，我的态度就消极了。我立即与研究生院的领导约谈，带去了相关的文件，提出了几点建议，谈得很好。回来后把谈话的情况和带去的文件同样送交李佩老师，这次她很温和了。

我很认同 2003 年《科学时报》的一篇访谈，其中引用她的学生和同事对她的评价。确实如此，我眼里的李先生学贯中西，有很高的知性；对我们——犹如她在研究生院的工作中对待同事和学生——严格而从无疾言厉色，有尊严而绝无傲气。她从不长篇大论，任何时候都仔细倾听。她对自己做的许许多多的事看得很平淡，很少提起，全出于慈爱和责任。我问她，经过了那么多事，您怎么扛过来的？她的回答再简单不过：“我没做什么。活着，就要做一点有益的事。”

我是从郭所长的夫人开始接触的李佩，现在在我的心里李先生从师母变成了我的老师。

这两位老师——郭所长和李佩老师，有着共同的气质，他们是老一代优秀知识分子的典范。郭永怀 1909 年 4 月 4 日出生于山东省荣成县。1935 年北京大学物理系毕业，1939 年考取中英庚子赔款出国留学名额。1945 年在美国加州理工学院获博士学位后留任研究员。1946 年起在美国康乃尔大学任副教授、教授。受钱学森之邀，1956 年 10 月回国任中国科学院力学研究所副所长。1960 年起兼任第二机械工业部第九研究院副院长。他是中国力学事业的奠基人之一，在力学、应用数学和航空及核事业方面有卓越贡献。

李佩，江苏镇江人，1918 年出生在北京。中学就读于美国教会学校贝满女中，1937 年考入北京大学经济学系，1938 年至 1941 年在昆明西南联大学习，曾任西南联大学生会副主席。大学毕业后，李佩在重庆中国劳动协会工作，参与诸多进步活动，创办工人夜校和工人托儿所。1947 年李佩赴美国康奈尔大学工业与劳工关系学院学习工商管理。第二年，李佩与西南联大的学长郭永怀结婚。

虽然他们的出身不同——郭所长来自山东的农村，李老师来自北京的世家，但兼学中西，融会古典与现代、西方与东方的营养，使得他们一样地宽阔而谦和，高洁而平实。他们同样地挚爱祖国和人民，科学救国是他们孜孜以求的理想。郭所长当年为了回国不受阻挠，当着美国同事的面烧毁手稿的事在力学所早已广为人知，多年以后李佩老师的一句“我们年轻的时候出国是为了回国”，也令人振聋发聩。

和郭所长不同，李佩老师在50年代要照顾家庭，60年代至70年代中期又在政治运动中受尽折磨，她的品格和学识等到“文化大革命”结束以后才有用武之地，这时候她已经是将近60岁的老人。金子总是要发光的。李佩老师在中科院研究生院主持英语教学的十几年是她工作生涯中最有声有色的时期，她的同事和学生能讲出许多感人的故事，可惜我不在场。我现在看到的李佩老师是从岗位上退下来的老人，她的品格一样地在平淡中发光。在经历人生的大悲大苦以后，我感到她的境界、她的智慧和爱心，似乎更加升华了。在一次借用力学所小礼堂召开的关于学风问题的报告会上，望着李老师裹在一件宽大棉袄中的瘦弱的身影，我默默地祈愿：李佩老师永远美丽和健康。

附录一：居住示意图

13楼居住的科学家

- 1楼
  - 101 熊庆来（1893-1969）（先）
郑国璋（已故，不详）（后）
  - 102 屠善澄（1923-2017）
  - 103 汪德昭（1905-1998）
  - 104 边雪风（1905-1970）
  - 105 杨承宗（1911-2011）
  - 106 顾准（1915-1974）（先）
吴国华（1914-1989）（后）
- 2楼
  - 201 李树成（1912-1998）
  - 202 林一（1911-1990）
  - 203 陈家镛（1922- ）
  - 204 卫一清（1915-1988）
  - 205 郭永怀（1909-1968）
- 3楼
  - 301 沈光铭（80年代初赴美，不详）
  - 302 顾德欢（1912-1993）
  - 303 郭慕孙（1920-2012）
  - 304 杨嘉墀（1919-2006）
  - 305 刘崇乐（1901-1969）
  - 306 梁树权（1912-2006）

14楼居住的科学家

1楼

- 101 戴芳澜（1893-1973）
- 102 邓叔群（1902-1970）
- 103 罗常培（1899-1958）（先）
  黄秉维（1913-2000）（后）
- 104 赵忠尧（1902-1998）

2楼

- 201 钱学森（1911-2009）（先）
  施汝为（1901-1983）（后）
- 202 秉志（1886-1965）（先）
  陈世骧（1905-1988）（后）
- 203 钱三强（1913-1992）
  何泽慧（1914-2011）
- 204 贝时璋（1903-2011）

3楼

- 301 程茂兰（1905-1978）
- 302 钱崇澍（1883-1965）
- 303 尹赞勋（1902-1984）（先）
  陈焕镛（1890-1971）（后）
- 304 童第周（1902-1979）

15楼居住的科学家

1楼

- 111 武汝扬（1912-1997）
- 112 李善邦（1902-1980）
- 113 傅承义（1909-2000）
- 114 陆志韦（1894-1970）（先）
  马溶之（1908-1976）（后）
- 115 杨承宗（1911-2011）
- 116 恽子强（1899-1963）

2楼

- 211 蔡邦华（1902-1983）
- 212 顾功叙（1908-1992）
- 213 陈宗器（1898-1960）
- 214 陈垣（1880-1971）
- 215 林心贤（1916-1968）
- 216 叶渚沛（1902-1971）

3楼

- 311 王淦昌（1907-1998）
- 312 赵九章（1907-1968）
- 313 柳大纲（1904-1991）
- 314 高原（1915-2007）（先）
  吕叔湘（1904-1998）（后）
- 315 白介夫（1921-2013）
- 316 林镕（1903-1981）

附录二：中关村“特楼”全记录

中关村共有3座特楼，48套住宅，本书限于篇幅和出版时间，只能介绍部分住户。如果能“穿越”，能找到一个“虫洞”，让时光倒流，我们还会认识更多的科学巨擘，但这只能是愿望而已。我们能做到的，就是记录下在相关部门有记载的，截至1966年之前的所有住户，以便让读者和研究者对3座特楼有一个全面的了解。文中，中国科学院院士、中国工程院院士，只在姓名后加“院士”，不再分别标出。中央研究院院士只在文中说明。

13楼101

熊庆来（1893—1969），字迪之，出生于云南省弥勒市息宰村，中国现代数学先驱，著名数学家、教育家。他是第一个获法国国家博士学位的中国人，曾任云南大学校长。他被称为“名师的名师”，3座特楼中，赵忠尧、赵九章、钱三强、柳大纲都是他的学生。著名物理学家严济慈，享誉世界的著名数学家华罗庚，著名华人数学家陈省身，青年数学家杨乐、张广厚等也出自他门下。他爱才、惜才、育才的故事，已经广为流传。他被称为“当代伯乐”，名副其实。

13楼102

屠善澄院士(1923—2017)，浙江省嘉兴人。中国工程院院士，国际宇航科学院院士，曾任世界工程师组织联合会主席。他是卫星控制专家，他的著作《关于人造地球卫星的控制问题》，为后来我国的卫星控制系统提供了可贵的技术依据。他研制的卫星控制系统，曾经在我国多颗卫星中得到了成功应用。他还以高超的技巧挽救了濒临失效的人造卫星。在任国家863航天领域首席科学家期间，在中国载人航天是从飞船起步，还是从航天飞机起步的激烈争论中，他选择了符合国情，并为世界航天史证明是正确的飞船方案，奠定了我国载人航天胜利的基础。

13楼201

李树诚，曾任科学院力学所副所长，中国力学会副理事长。他是郭永怀的两位入党介绍人之一，另一位介绍人是钱学森。

13楼202

林一(1911—1990)，1935年燕京大学研究生毕业后回母校教学。抗战期间，曾从松树根中提炼出柴油和汽油的代用品，有力地支援了抗战。1947年赴美留学，获宾夕法尼亚大学博士学位。1956年回国后任中科院化学所研究员、研究室主任，由于他的贡献，不仅让我国国产硅橡胶的性能大大提高，并成功地用于东方红一号卫星，而且使我国出口纺织品的竞争力得到了提高，他也因此获得科学院科技进步一等奖。

13楼301

沈光铭(1923—2007),电子所研究员,曾留学美国。他归国时,《人民日报》1957年3月21日曾专门发了消息,标题是《三名留美学生施养成、沈光铭、高鸿业回国》。他曾任中国科学院电子所副所长。1980年定居美国,曾任旧金山市立大学工程系教授。

13楼302

顾德欢(1912—1993),电子所所长兼党委书记,曾是上海交大的高材生,考试成绩名列前茅。1936年入党。他能文能武,曾为开辟浙东抗日根据地做出过贡献。解放战争时期,他率部解放了江南名城绍兴、诸暨。新中国成立后,他为了圆搞科研的梦想,主动辞去浙江省副省长之职,到电子所当了所长兼党委书记,是党内的科技专家之一。

13楼103

汪德昭院士(1905—1998),被称为传奇般的人物。他毕业于北京师范大学,留学法国,是法国著名科学家朗之万的学生。1940年获法国巴黎大学国家博士学位。在法国,他很有成就,对东北解放做出过特殊贡献。回国后,他担任了声学所所长,由于有了他领导研制的声呐,外国的潜艇再也不敢随意侵入我国内海了。他被称为中国国防水声奠基人。他的音乐造诣很深,"西部歌王"王洛宾曾说,汪德昭是他的老师。他的夫人李惠年是著名声乐教授,儿子汪华,孙子汪延是各自领域的名家,汪延还是新浪网的创始人之一。

13楼104

边雪风(1905—1970)，书中有文详细介绍。

13楼203

陈家镛院士(1922—2019)，2017年，中国和以色列合作发射了“陈家镛一号”卫星，这是第一颗以中国科学家的名字命名的人造卫星，可见陈家镛的成就和影响。他曾任中科院化工冶金所(现过程工程研究所)副所长，湿法冶金研究室主任。“湿法冶金”不用传统的高温冶炼，而是用化学溶液对矿物进行萃取，特别适合处理难选、复杂、低品位的矿物。他因此为国家解决了许多难题。

13楼204

郭永怀院士(1909—1968)，书中有文详细介绍。

13楼303

郭慕孙院士(1920—2012)，曾任中科院过程工程研究所(原化冶所)所长，中国颗粒学会理事长，瑞士工程科学院外籍院士。1945年赴美国留学。1956年偕全家回国，参与筹建中科院化工冶金研究所，任我国第一个流态化研究室的主任。“流态化”，就是研究颗粒状物质在流体中的流动和化学反应。近年来,它已渗透到化工、石油、能源、冶金、原子能等许多行业。他成就斐然,影响很大,在这个世界上,只要是搞流态化的人都知道他。他有句名言:“我不愿把二流成果交给人民”。

13楼304

杨嘉墀院士(1919—2006),卫星和自动控制专家,毕业于上海交通大学。在哈佛大学获博士学位。1956年回国,曾任中科院自动化所副所长,北京控制工程研究所所长,中国空间技术研究院副院长,航天工业部总工程师。他的名字不大为人所知,他的功勋却彪炳史册。他不仅是23位“两弹一星功勋奖”获得者之一,而且曾和王大珩、王淦昌、陈芳允一起提出了著名的“863高科技计划”。

13楼105

杨承宗(1911—2011),书中有文详细介绍。

13楼106

顾准(1915—1974),书中有文详细介绍。

13楼205

卫一清(1915—1988),书中有文详细介绍。

13楼206

张文裕院士（1910—1992），男，高能物理学家，1957年被增聘为中国科学院学部委员（院士）。福建惠安人。他出身寒门，燕京大学物理系毕业。1938年获英国剑桥大学博士学位，回国后，任西南联大、四川大学教授。他发现了介子原子，并证明了介子是一种非强相互作用粒子。他在放射性同位素、宇宙线大气簇射和奇异原子研究方面，做出了开创性贡献。1956年回国后，任中科院原子能研究所研究员，宇宙线研究室主任、副所长。他为中国第一台正负电子对撞机的诞生，做出了重要贡献。1973年起任高能物理所所长。

王承书院士（1912—1994），女，物理学家，湖北武昌人，北京贝满女中毕业后，入燕京大学物理系学习。在密歇根大学获博士学位，后任该校研究员。她曾和著名理论物理学家乌伦贝克提出了“WCU方程”，即“王承书—乌伦贝克方程”。1956年回国时，曾写了一篇文章《又回家了》，抒发了回到祖国的喜悦心情。苏联停止援助后，提取铀235的气体散机被撂在工地，如何实现“级联”是一个重大问题。王承书凭着坚实的专业功底和不怕吃苦的精神，亲自到车间反复测试、反复计算，终于取得了相关数据，找出了既精确又简便的解决办法，为中国核发武器研制立下汗马功劳。

13楼305

刘崇乐院士（1901—1969），祖籍福州。昆虫学家，昆虫学创始人之一，1920年毕业于清华大学的前身——清华学校，后赴美国康奈尔大学学习，1926年获得昆虫学博士学位后回国，出任清华大学生物系教授兼系主任，创办了附属昆虫研究所并任所长。新中国成立后，曾任昆明分院副院长，兼中科院昆明动物研究所所长。20世纪50年代初，西方某些国家用重要战略物资紫胶遏制中国。紫胶在国防和食品、制药等工业中用途广泛。刘崇乐带领中苏联合考察队，在云南等地考察了紫胶虫，解决了紫胶虫的放养问题，打破了西方国家的封锁。

13楼306

梁树权院士(1912—2006)，化学家。广东中山人。1933年毕业于燕京大学。1937年获德国慕尼黑大学博士学位。中科院化学所研究员。1939年发表的博士论文《铁原子量修订》中的数值“Fe=55.850”，为国际原子量委员会长期采用。他曾开展了硫酸根、氟离子、钨、钼、稀土元素分析方法的研究，还研究过殷商古青铜的分析以及微量和痕量分析方法。他的白云矿稀土及稀有元素分析方法曾获奖。

14楼101

戴芳澜院士(1893—1973)，字观亭，湖北江陵人，真菌学家和植物病理学家。中央研究院院士，曾在美国康奈尔大学学习，获哥伦比亚大学硕士学位。1934年起，任新组建的清华大学农学院植物病理研究室主任。中华人民共和国成立后，戴芳澜历任北京农业大学植物病理学系教授，中国科学院植物研究所真菌病害研究室主任，中国科学院应用真菌学研究所所长。1959 年任中国科学院微生物研究所所长兼真菌研究室主任。1956 年加入中国共产党。他按照“国际植物命名法规”编写的《中国真菌总汇》是一部鸿篇巨制，直到他辞世，还没有定稿，最后由他的及门子弟完成。

14 楼 201

钱学森院士(1911—2009)，书中有文详细介绍。

14 楼 201(后迁入)

施汝为院士(1901—1983)，物理学家。他是中国近代磁学的奠基者和开拓者之一，出生于上海，毕业于国立东南大学(后更名为中央大学，现为南京大学)。1934 年获耶鲁大学物理学博士学位。曾任中央大学理学院物理系教授。他是中国科学技术大学物理系的创始人，中国科学院应用物理所所长。为中国的磁学研究作出了多方面的贡献。

14 楼 301

程茂兰(1905—1978)，河北博野人，天体物理学家，法国国家自然科学博士。曾任北京天文台筹备处主任，北京天文台台长，中科院数理学部天文委员会副主任委员。1925 年于北京法文预备学校(现北京 47 中学)毕业后赴法国勤工俭学。后在爱国华侨王守义帮助下，在里昂大学攻读研究生，在里昂天文台台长迪费教授的指导下，获得法国国家自然科学博士。二战胜利后，曾因掩护抵抗运动战士，受到法国共产党领导人接见。他在天文学方面发现很多，贡献很大。1949年担任法国国立研究中心研究导师，1956年获法国教育部颁发的骑士勋章。1957年，受周恩来总理之邀回国。他为北京天文台的建设呕心沥血，作出了巨大贡献。

14楼102

邓叔群院士（1902—1970），书中有文详细介绍。

14楼202

秉志院士（1866—1965），书中有文详细介绍。

14楼202(后迁入)

陈世骧院士（1905—1988），书中有文详细介绍。

14楼302

钱崇澍院士（1883—1965），浙江海宁人，植物学家。中研院院士，中科院植物研究所所长，中国植物学会理事长，《植物分类学报》《植物学报》主编。被称为中国植物学界的领军人物。

14楼103

罗常培院士（1899—1958），语言学家，语言教育家。字莘田，号恬庵。笔名贾尹耕，斋名未济斋。北京人，满族。1919年毕业于北京大学中文系。先后任西北大学、厦门大学、中山大学、北京大学、西南联合大学等校教授。中央研究院研究员。1950年6月，任中国科学院语言研究所第一任所长，中国文字改革委员会委员。

14楼103(后迁入)

黄秉维院士(1913—2000)，书中有文详细介绍。

14楼104

赵忠尧院士(1902—1998)，书中有文详细介绍。

14楼203

钱三强院士(1913—1992)，何泽慧院士(1914—2011)，书中有文详细介绍。

14楼204

贝时璋院士(1903—2009)，书中有文详细介绍。

14楼303

尹赞勋(1902—1984)，1919年入北京大学学习，后赴法国留学，获里昂大学地质学理学博士学位。1931年回国，到实业部地质调查所工作，兼任中法大学和北京大学讲师。1942年后任经济部地调所副所长、代所长。中央研究院院士。新中国成立后，先后任中国地质工作计划指导委员会第一副主任、北京地质学院副院长兼教务长、中国科学院地学部主任、中国科学院地质研究所研究员、中国地质学会理事长、中国古生物学会理事长等职。他对志留纪研究详细、深入，被称为“尹志留”。1975年，山西大同地区盛传，这里的火山是活火山，随时可能喷发，群众忽然争先恐后逃往外地。地方政府辟谣也不起作用，最后，尹赞勋向群众解释，才平息了群众的惊慌情绪。他还在“文化大革命”的困难时期，积极向中国地质学界介绍了大陆漂移和板块学说。

14楼303(后迁入)

陈焕镛院士(1890—1971)，植物分类学家。1913年进入美国哈佛大学，在此期间考取清华学校津贴生。1919年毕业，在哈佛获硕士学位。1920年后历任金陵大学教授，东南大学教授和广州中山大学教授、植物系主任、理学院院长。曾创办该校农林植物研究所并任所长。建成了我国南方第一个植物标本室。1954年中山大学植物研究所隶属中国科学院华南植物研究所后仍由他担任所长。现在，华南植物园已成为我国重要的研究热带、亚热带植物的基地，被誉为“中国南方绿宝石”。截至2015年，收藏标本100多万号。

14楼304

童第周院士(1902—1979)，书中有文详细介绍。

15楼111

武汝扬(1912—1997)，中科院自动化所党委书记，代所长。山西祁县人，1933年进入北京师范大学物理系学习，1936年毕业。出身于一个家境富裕的大家族中，这是一个传奇式的抗日家庭，三代，共十三人，投入抗日斗争或参加八路军。1956年12月任自动化所代所长，是著名的党内专家之一。1958年兼任中国科技大学首任自动化系主任。1962年和1977年两度出任中国科学技术大学党委书记、副校长。1979年调任科学出版社社长、党委书记。

15楼211

蔡邦华院士(1902—1983)，书中有文详细介绍。

15楼311

王淦昌院士(1907—1998)，书中有文详细介绍。

15楼112

李善邦(1902—1980)，书中有文详细介绍。

15楼212

顾功叙院士(1908—1992)，书中有文详细介绍。

15楼312

赵九章院士(1907—1968),书中有文详细介绍。

15楼113

傅承义院士(1909—2000),福建闽侯人,生于北京,地球物理学家,1933年毕业于清华大学。1941年获加拿大麦吉尔大学物理学硕士学位。1944年获美国加州理工学院地球物理学博士学位。中国科学院地球物理研究所名誉所长、研究员,中国地球物理学会创建人之一。在美国就对地震波有深入研究,成为国际地震波传播理论研究的先驱者之一,新中国成立前夕,他同赵九章、陈宗器等人一起坚决抵制“南迁”,也拒绝去美国。新中国成立后,地球物理所成立时,只有二三十人,其中物理探矿研究室只有七八个人,傅承义是这个室的主任。在傅承义的积极倡导下,开展了地下核试验的研究工作,不仅为侦测外国的地下核试验做了许多工作,还为中国成功进行地下核试验做出了很大贡献。他还提出过观测和预报地震的新理论。

15楼213

陈宗器(1898—1960),书中有文详细介绍。

15楼313

柳大纲院士(1904—1991),书中有文详细介绍。

15楼114

陆志韦院士（1894—1970），别名陆保琦，浙江省吴兴县人。语言学家、心理学家、教育家、诗人。中央研究院院士，曾任燕京大学教授、代理校长、校长。中国科学院心理研究所筹备委员会主任、中国科学院语言研究所研究员。1957年被增选为中国科学院哲学社会科学部学部委员（院士）。他还是中国文字改革委员会委员、汉语拼音方案委员会委员等。他在语言学方面的研究主要包括音韵学，现代汉语的词汇、语法及文字改革等多个领域。他在燕京大学任校长时，抵制了日本帝国主义染指学校，并因此被捕。1949年毛主席从平山来到北平时，他曾经去迎接，毛主席亲自为燕京大学题写了校名。

15楼114(后迁进)

马溶之（1908—1976），土壤地理学家。字月亭，生于河北省定县西南村。1933年毕业于燕京大学地质地理系。曾任地质调查所技正。新中国成立后，任中科院土壤研究所研究员兼所长，自然资源综合考察委员会副主任，中国土壤学会理事长，国际土壤学会会员。1957年被民主德国（原东德）农科院授予通讯院士。他还带领中科院黄河中游水土保持综合考察队，青海、甘肃、宁夏和内蒙古综合考察队进行考察，对中国的土壤分布做了详细的调查。对我国的改土治水，水土保持提出了非常中肯而有益的措施。他的关于黄河中游保持水土的建议，即宜林则林、宜牧则牧、宜农则农和改变陕北地区的农业制度，因地制宜造林种草的建议，今天看来都是十分正确的。

15楼214

陈垣院士(1880—1971)，字援庵，又字圆庵，历史学家、宗教史家、教育家。广东新会人。中央研究院院士，他博览群书，人称“没有哪门宗教是他不研究的”。毛主席称他为“国宝”，与陈寅恪并称为“史学二陈”。他以79岁高龄加入了中国共产党，被传为佳话。陈垣曾任国立北京大学、北平师范大学、辅仁大学教授，辅仁大学校长和京师图书馆馆长、故宫博物院图书馆馆长。新中国成立后，任中国科学院历史研究所第二所所长。1952起任北京师范大学校长，直至病逝。他是中国科学院哲学社会科学部学部委员(院士)。现在，北京师范大学立有他的塑像，还有一座大厦，叫“励耘学苑”，取自陈垣的“励耘书屋”，以示对老校长的纪念。

15楼214

高原(后迁进)(1915—2007)，书中有文详细介绍。

15楼314

吕叔湘(1904—1998)，江苏丹阳人。语言学家，语文教育家。长期从事汉语语法的研究，是近代汉语语法的开创人之一，1926年毕业于国立东南大学外国语文系，吕叔湘曾为中华书局编注《高中英文选》。他还为商务印书馆和生活书店翻译过《人类学》《初民社会》《文明与野蛮》等书。1936年赴英国留学，曾在牛津大学学习。由于抗战爆发，吕叔湘未待毕业就提前一年回国了。1938年起在云南大学任文史系副教授，和施蛰存、朱自清等人多有交流。1948年底，吕叔湘任开明书店编辑。新中国成立后，开明书店受命迁京组建中国少年儿童出版社和中国青年出版社。吕叔湘随开明书店迁到了北京。1952年任中科院语言研究所研究员，兼中国文字改革委员会委员。1955年被选聘为哲学社会科学部委员（院士），曾任语言研究所副所长、所长等职。

15楼115

陆元九院士（1920—　），自动控制专家。祖籍安徽省滁县。曾任中国自动化学会常务理事、中国航空学会常务理事、中国宇航学会理事、中国惯性技术学会副理事长、国际宇航联合会副主席、中国科学院技术科学部学部委员和国际宇航科学院院士等。1958年，陆元九和王希季等人，造出了中国第一枚探空火箭。中央大学（现南京大学）航空系毕业，1945年进入美国麻省理工学院航空工程系学习，师从著名惯性技术科学家德拉佩教授。1949年，陆元九获博士学位。1956年，冲破重重阻力回国，担任自动化所研究员兼室主任、副所长，对飞行器自动控制，尤其是稳定系统和惯性制导系统进行了深入研究。他领导开展了液浮陀螺的研制，参与了我国第一个液浮惯性器件研制基地的筹建，主持了我国第一台大型精密离心机的研制，还为我国的新型舰艇使用惯性导航系统制定了方案，培养了技术力量。20世纪80年代初，他会同有关部门编制了“航天工业部惯性器件专业十年发展规划”和“2000年前惯性技术专业发展纲要”。张劲夫副院长在《请历史记住他们》一文中，曾多次提到陆元九的贡献。

15楼215

林心贤(1916—1968)，他是林则徐的第五代嫡孙。在天津北洋大学学习时，曾带领学生参加“一二·九”抗日救亡运动。1938年1月加入中国共产党。历任察哈尔下花园发电厂厂长、晋察冀石家庄电灯公司经理、石景山发电厂厂长、电力部设计院院长等职。调中国科学院后，曾任长春机电所第一副所长、电工研究所所长兼党委书记，被称为“我党少有的又红又专的干部”。

15楼315

白介夫(1921—2013)，陕西绥德人。1938年毕业于绥德简易师范，同年进入抗日军政大学学习。曾任华北新华日报社通讯联络科副科长、特派记者。通化市市委书记，营口市市长、市委书记。1957年起任中国科学院大连化学物理研究所副所长，中国科学院化学研究所党委书记、副所长。他工作出色，敢于坚持真理，勇于修正错误。他在大化所曾做过一个决定：科技人员可以不按钟点上班，不必执行严格的8小时坐班制，在家看书也可以。打破了把科研单位当作行政机关管理的僵死模式，表现了对科技人员莫大的信任。1972年以后，曾任北京市科技局局长，北京市市委常委、北京市副市长、北京市第六和第七届政协主席。

15楼116

恽子强院士(1899—1963)，曾在南京高等师范学校(南京大学的前身)学习化学，1920年毕业后留校任教。在其兄长，中国共产党早期领导人、共青团创始人之一恽代英的影响下，1924年加入了中国共青团，次年转入中国共产党。1942年在苏北参加新四军，为新四军创办医学院并筹建制药厂。后赴延安，担任延安自然科学院副院长。解放战争时期，恽子强担任过华北工学院副院长。1949年起，恽子强任中国科学院办公厅副主任、编译局副局长、中国科学院东北分院副院长、数理化学部副主任等职。1951年7月，任中国科学院党组书记。

15楼216

叶渚沛院士(1902—1971)，书中有文详细介绍。

15楼316

林镕院士(1903—1981)，书中有文详细介绍。

目前三座特楼中，陆元九院士，郭慕孙院士的夫人，社会学家桂慧君教授，屠善澄院士的夫人，数学家桂湘云教授仍健在。

(边东子整理)

跋

距离“文化大革命”中被迫搬离青年时代所住的中关村科学院宿舍15楼313号已50年了。岁月沧桑，当年中关村科学院13、14、15栋灰砖楼住的老一代人而今大都已离开了人世。今天，在中关村新建的一座座大厦中，这几栋灰砖楼显得那样寒酸。当时住在这里的绝大多数人家也已搬走。当年一起的年轻朋友，也就是灰砖楼的第二代人也都已过花甲之年，且各在一方，从事着各种工作，其中有些也已小有成就，但唯独没听说有成为权贵和大款的人。第三代甚至第四代中关村人已成长起来，但他们已不知20世纪50年代灰砖楼的那些往事。

20世纪50年代，在“向科学进军”的号角声中，中国科学院在当时中关村的一片片农田和坟地上建造了一批研究所和宿舍。其中北区的13、14、15号三栋灰砖宿舍楼里集中居住了一大批新中国现代科学各学科的奠基人，他们大部分放弃了国外的优厚条件，回到祖国参加新中国建设。三栋楼共48个单元，20世纪50年代我国第一批总共254位学部委员(含哲学和社会科学学部委员)中，就有32位先后在这里住过，也就是说第一批学部委员中百分之十二的人在这里住过。1999年国家颁发的“两弹一星”功勋奖章获得者23人中有6

位，也就是其中四分之一的人当年在这里住过，比例之大，远远超过全国任何地方，同时，这里也住了一些优秀的科技管理人才。可见中关村曾是全国首屈一指的人才荟萃府第。

60多年前这三栋灰砖楼里住的主人研究的学科虽不同，相互之间却都很熟悉。一些不工作的夫人们更是经常一起学习，来往很多。下一代之间也常在一起玩，不少还是同学。大人间，孩子间都很亲密。当时同住15楼的蔡恒胜先生是老一代昆虫学家蔡邦华伯伯的儿子，也是我那时的朋友。他已在加拿大定居，但心系祖国，心系中科院。几十年的沧桑变迁，中关村这几栋灰砖楼的第二代人已各一方，联系甚少。恒胜兄十分执着，花了大量时间和精力寻访住在这三栋灰砖楼里那个时代的长辈和当时的年轻友人，并自己动手撰写怀念文章。后来又多次回国与我等一起寻找当年居住在这里的第二代人，并于2011年组织编辑出版了怀念父辈的《中关村回忆》一书，受到了广泛的赞扬。

2021年是中国共产党成立一百周年，中国出版集团东方出版中心希望我和边东子先生能将中关村这段可歌可泣的真实故事，再加充实重新出版，以让更多后人知晓。很多友人也都热情支持，从子女和后辈的角度讲述在中国科学院初创时期，老一辈科学家在研究工作与生活条件都非常困难的情况下，一腔热血、不计报酬、甘于清贫、不图名位、无私奉献、兢兢业业，克服现代人很难想象的重重困难，踏踏实实工作，坚韧不拔、精忠报国的真实故事，其中有不少是以前鲜为人知的事，赤子之心，昭然纸上。中关村这三栋灰砖楼的主人公只是祖国那一代科学人的一个缩影，全国这样的科学人又何止这些。正是他们这一代科学人的顽强奋斗和奉献才有了中国科技今日之崛起。他们不愧是我们中华民族的脊梁，炎黄子孙的精华。

有些当年的伙伴，因几十年的离散，已经联系不上，成了我们的遗憾，也是本书的很大缺憾。我们还找了当时虽不住在中关村这三栋灰砖楼，但与这些楼的主人关系十分亲密的郭沫若、竺可桢、吴有训、叶企孙、饶毓泰、严济慈、华罗庚、卢嘉锡、朱光亚、陈芳允、张劲夫、谷羽、许少英等几位伯伯、伯母的子女，也是我们当年的伙伴来写怀念父辈的文章。

近些年来，社会上流传的不少有关中关村灰砖楼里主人们的故事及轶事的文章和书刊，谬误甚多，有的甚至纯属荒唐的编造。为了呈现这些新中国现代科学开拓者的原貌，我们这些晚辈动情回忆并把父辈的真实故事写下来，留给后人。我们要告诉后人，他们是我们民族的优秀儿女，但他们也是一批有血有肉、有七情六欲的普通中国人。他们和全国的知识界人士一样经历了祖国20世纪后半叶的风风雨雨，即使在历次政治运动与“文化大革命”中遭到不公正对待，但他们依然无怨无悔地挺立着，毫无动摇，忠诚于祖国，忠诚于祖国的科学事业。

我参与了一些组织编辑的工作，看到了很多昔日所不知的父辈们当年为祖国的解放和强盛，为祖国科学技术的发展而努力奋斗的动人故事,感慨万千,更增强了我们再次编写和出版这本书的信念。希望本书的出版在深情怀念父辈科学家的同时,也给今日祖国从事各种工作和事业的人们以启迪,热切祝愿更多的后来人兢兢业业、踏踏实实为我们祖国的繁荣昌盛,为振兴中华做出更大的贡献。

柳怀祖

后 记

受怀祖兄之命，和他及恒胜兄一起，承担了《中关村纪事》的编辑工作，这是我的荣幸，更是我的义务和责任。因为成长在中关村，有幸和一批著名科学家生活在一起，而且无论是春风暖日，还是冰封雪飘，我都受到了他们的教诲与呵护，因此，更应当学习和传承他们的精神、品格和作风，自然也就更应当编好这部书。

中关村，是个绕不开又说不完的话题。研究现代科学在中国的发展，必须研究中关村，因为这里有为中国现代科学开辟鸿蒙的先驱者。

研究中华人民共和国的历史，必须研究中关村，因为中国科学院和新中国同龄，中国科学院的成长壮大与新中国的建设发展同步。

中国“向科学进军”，离不开中关村。因为许多著名科学家都是为着这个目标，冲破重重阻力回到祖国的，他们当中许多人都工作、生活在这里。

中国“两弹一星”的发展，离不开中关村。仅在3座特楼里，就有6位两弹一星元勋。其中，钱学森是导弹和火箭事业的领军人物，钱三强是中国核武器研究的领军人物，赵九章是卫星研究院的首任院长。可以说，“两弹一星”早期在科研上的领军人物，都住在中关村“特楼”。两弹一星元勋中，唯一牺牲在科研最前线的烈士郭永怀也是“特楼”的住户。此外，还有多位元勋居住于此，他们都是“干惊天动地事，做隐姓埋名人”的英雄。

中国的改革开放，更离不开中关村，因为在中关村出现了最早一批下海创业的科技人员，这里还建立起了第一个国家级高新技术产业开发区。

为新时代中国特色社会主义奋斗，同样离不开中关村。因为这里人才荟萃，是两院院士集中的地方，习近平总书记曾说，两院院士是国家的财富、人民的骄傲、民族的光荣。他们的创新精神、爱国传统和求真务实的作风，在今天尤其需要传承和发扬。

我们这部书并非是承载历史的鸿篇巨制，也不奢求成为记述中关村变迁的经典之作。它只是儿女们对长辈的追忆，而且这种追忆可能只是浮光掠影、雪泥鸿爪、零珠碎玉、片段剪辑，并不一定全面，也并不一定系统，但都是我们用最真诚的心、最绵长的情、最深切的爱写就的，是向先辈们奉上的真诚心意。同时，也希望对关心中关村、关注中国科学院、研究中国科学史的朋友有些益处，哪怕是一鳞半爪、一点一滴。毕竟，独具慧眼的天文学家，可以通过几颗星星的微弱光芒，破解浩瀚宇宙的奥秘。头脑敏锐的地质学家，可以从一块石子的形状，推断古老地壳的变迁。通过这些记忆的碎片，有心者也许能管中窥豹一般，看到中国科学家的风貌，了解他们的家风家教，感受他们的家国情怀。

同时，我们也希望读者从这些回忆中，感受到历史并非只有青铜般的冷峻，岩石般的坚硬，甲骨文般的难解。它是有情、有义、有温度、有感情的。它可以升华为精神，融化成热血，启迪出智慧，激发起力量。因而催人奋进，让后人在为国家强大、人民幸福的奋斗中，如那些可敬的前辈科学家们一样，披荆斩棘，砥砺前行。

圆满只在心中，遗憾常在身边。有人甚至说，美都是有遗憾的。这部书同样也有遗憾。因为年代较久，又经过历史上的风风雨雨，有些前辈和他们的后代已经联系不上了，虽然我们也曾努力寻找，但即使在今天这个网络可以覆盖几乎每个角落的时代，要找一个人，有时也如在茫茫大海中寻找一颗失落的明珠般困难。因此，有些本应当收入本书的人物，我们却未能如愿，但我们会继续寻找。

现在的出版社已经改制为企业，企业就必须追求经济效益，但作为文化企业，还要讲社会效益。这两者的关系如何权衡，就要看各家出版社的眼光和胸怀了。东方出版中心在新时代中国特色社会主义思想的引领下，以社会效益为先，精心出版这部经济效益未必丰厚的书，证明他们有担当、有眼光。真正有文化价值的书，不在于一时营利多少，而在于要经得起岁月的打磨、历史的考验，不仅让今人受到启迪，也让后人有所收获。我想，这大概就是东方出版中心的追求吧。谨向他们致以崇高的敬意。

边东子

“中国高铁丛书”

出版工作团队

总顾问

傅志寰	中国工程院院士，原铁道部部长

顾　问

钟志华	中国工程院院士、副院长，同济大学原校长
奚国华	中国第一汽车集团有限公司党委副书记、董事、总经理 中国中车集团公司原副董事长、党委副书记 中国中车股份有限公司原总裁
贾世瑞	中国中车集团公司副总经理

总策划

郑　健	中国铁路总公司总工程师，国家铁路局原党组成员 2015 年国家科技进步奖特等奖（京沪高速铁路工程）获得者

策　划

孙　章	同济大学老科学技术工作者协会会长，原上海铁道大学副校长
孙　星	北京铁道学会秘书长
兰　涛	上海铁道学会秘书长
金泰木	中车青岛四方机车车辆股份有限公司科技发展部副部长
张　树	上海科学技术文献出版社副总编辑（主持工作）

主　编

孙　章	同济大学老科学技术工作者协会会长，原上海铁道大学副校长

副主编

吴新民	原铁道部咨询调研组副巡视员，研究员

编撰团队

《走近中国高铁》

钱桂枫　中国铁路总公司工程管理中心副主任
蔡申夫　原铁道部工程设计鉴定中心主任
张　骏　中国铁路上海局集团有限公司建设处副处长，高级工程师
毛晓君　中国铁路上海局集团有限公司科学技术研究所工程师

《高铁线路工程》

郑　健　中国铁路总公司总工程师，国家铁路局原党组成员
　　　　2015 年国家科技进步奖特等奖（京沪高速铁路工程）获得者
王　峰　中国铁路总公司建设管理部主任
钱桂枫　中国铁路总公司工程管理中心副主任
许玉德　同济大学交通运输工程学院教授
毛晓君　中国铁路上海局集团有限公司科学技术研究所工程师

《高铁车站》

郑　健　中国铁路总公司总工程师，国家铁路局原党组成员
　　　　2015 年国家科技进步奖特等奖（京沪高速铁路工程）获得者
贾　坚　同济大学建筑设计研究院（集团）有限公司副总裁
魏　崴　同济大学建筑设计研究院（集团）有限公司轨道交通院总建筑师

《高速列车》

梁建英　中车青岛四方机车车辆股份有限公司副总经理、总工程师，教授级高级工程师，2015 年国家科技进步奖特等奖（京沪高速铁路工程）获得者
杨中平　北京交通大学教授
张济民　同济大学铁道与城市轨道交通研究院教授

《高铁牵引供电系统》

张明锐　同济大学电子与信息工程学院教授
张永健　中国铁路上海局集团有限公司供电处处长，高级工程师
王靖满　中国铁路设计集团公司项目总工程师，教授级高级工程师
吴严严　同济大学电子与信息工程学院硕士研究生

《高铁信号与控制》

陈永生　同济大学计算机系教授
罗云飞　中国铁路上海局集团有限公司总工程师室高级工程师
王先帅　中国铁路上海局集团有限公司电务处工程师
郭金信　中国铁路上海局集团有限公司电务处工程师
刘世太　中国铁路上海局集团有限公司电务处工程师
陈伟革　中国铁路上海局集团有限公司电务处处长，提待高工
吕永昌　中国铁路上海局集团有限公司电务处提待高工
姚远黎　中国铁路上海局集团有限公司电务段段长，高级工程师
胡细东　中国铁路上海局集团有限公司电务处副处长，高级工程师
吴伟东　中国铁路上海局集团有限公司电务处副处长，高级工程师
艾　武　中国铁路上海局集团有限公司电务处副处长，高级工程师

《高铁运营组织与管理》

徐行方　同济大学交通运输工程学院教授
蒲　琪　同济大学《城市轨道交通研究》杂志社社长，高级工程师
汤莲花　同济大学交通运输工程学院博士研究生

《中国高铁发展战略》

刘涟清　原上海铁路局局长，原铁道部（中国铁路总公司）中美铁路项目协调组组长
蒲　琪　同济大学《城市轨道交通研究》杂志社社长，高级工程师
孙　章　同济大学老科学技术工作者协会会长，原上海铁道大学副校长

《高铁经济》

姚诗煌　上海市科技传播学会原理事长，《文汇报》科技部原主任，高级记者

编辑顾问

叶　娟　中国中铁股份有限公司国际事业部总经理助理

中国铁道出版社版权中心原主任，国家铁路局原调研员

李中浩　中国城市轨道交通协会专家和学术委员会副主任，原铁道部电子中心主任

张跃玲　国家铁路局信息中心副主任，高级工程师

陈夏新　原京沪高速铁路股份有限公司高级工程师

范　明　中国铁道科学研究院（集团）有限公司通信信号研究所研究员

序一

傅志寰

我国已跨入了高铁时代。风驰电掣的高速列车给人们带来了快捷愉悦的全新感受，正如有诗云："银龙出京一路奔，转瞬之间入津门。齐鲁苏皖须臾过，品茗到沪尚存温。"四通八达的高铁不仅显著改变了人们的出行方式，也对经济社会产生了深远影响。

目前我国高铁里程已超过25 000公里，占全球高铁总里程的三分之二，每天开行5 000多列高速列车，运送超过600万乘客，2017年我国高铁累计发送旅客已突破70亿人次。这些令人炫目的"大数据"意味着无与伦比的业绩。我国高铁不但规模大，速度也快，最高时速达350公里，为世界之最。我国动车之平稳是有口皆碑的，网上曾流传一段视频：有乘客将一枚硬币立在高速列车的窗台上，竟8分钟未倒。

高铁不但改变着中国，也震撼了世界。我国已经积累了在寒带、热带、大风、沙漠、冻土等不同气候和地质条件下高速铁路建设的丰富经验，是世界上少数能够提供包括土建、高速动车组和列车控制系统等高铁全套技术的国家。

中国人喜爱高铁。但凡有机会，都愿与靓丽的高速列车合影留念，而且带着浓厚兴趣想进一步解开高铁之谜。"高铁为什么跑得那么快？""高铁为什么跑得那么稳？""高铁行驶安全如何保障？"这些问题，不但孩子要问，成年人也十分关心。近两年我在给中学生讲"高铁"科普时，每每都会有学生提出大量类似问题。

为了回答人们的问题，上海科学技术文献出版社组织一批资深专家教授，用一年半时间编写了一套内容丰富的"中国高铁丛书"，全套9册，书名分别是：《走近中国高铁》《高铁线路工程》《高铁车站》《高速列车》《高铁牵引供电系统》《高铁信号与控制》《高铁运营组织与管理》《中国高铁发展战略》《高铁经济》。这套丛书不但描绘了高铁的全貌，展示了车站、线路、信号、供电、列车等关键设施和装备，也介绍了高铁运营服务知识以及对经济社会发挥的独特牵引作用。与此同时，还讲述了世界各国高铁发展的故事。

“实事求是、深入浅出”是检验科普图书质量的重要标志。为了做到“实事求是”，作者们查阅了海量资料，反复筛选与求证，对我国高铁技术水平、发展历程作了符合实际的阐述，也纠正了一些网络上的不实传言。为了做到“深入浅出”，作者们力图用通俗生动的语言和精美的图片，揭示高铁技术原理和设计结构。一年多来，作为初次涉猎科普读物写作的他们，花了不少时间再学习，大家深知将科学专业术语转化成大众能听懂的“大白话”是一门艺术。

我受聘担任本丛书的总顾问，深感荣幸和愉悦。究其原因，不只因为我有参与高铁论证与建设的经历，还源于心系铁路、喜爱火车的深厚情结，中国高铁的快速发展也圆了我自己多年的梦想。

在本套图书付梓之际，衷心希望凝聚作者大量心血的“中国高铁丛书”，能给读者带来所渴望的知识与阅读的喜悦。

2019年1月

序二

郑 健

高铁，作为现代工业文明的崭新成果，发端于日本，发展于欧洲，兴盛于中国。经过五十余年的发展，高铁以其安全、快捷、环保、节能等技术经济优势赢得了各国青睐。我国从20世纪90年代初开始开展高铁的前期研究，经过几代铁路人的探索实践，特别是党的十八大以来的创新发展，取得了举世瞩目的历史性成就，能亲身经历、见证参与、组织推动我国高铁建设，倍感荣幸。铁路建设者昼夜兼程、风雨无阻，逢山开路、遇水架桥，用智慧、心血和汗水励精图治、砥砺前行，实现了中国高铁从无到有、从探索到突破、从制造到创造、从追赶到领跑的崛起！如今，“复兴号”奔驰在祖国广袤的大地上，迈出了从追赶到领跑的关键一步；四通八达的高铁网络给百姓美好生活带来了新福祉，给世界高速铁路发展树立了新标杆，为党和国家赢得了新荣耀！

遥想20世纪初，为了振兴国家实业，孙中山先生在《建国方略之二：实业计划》中提出修建10万英里（16万公里）的铁路计划，指出“国家之贫富可以铁道之多寡而定之，地方之苦乐可以铁道之远近计之”，“铁路常为国家兴盛之先驱，人民幸福之源泉，国家统一之保障”。中华人民共和国成立后，党中央国务院高度重视铁路建设。1978年10月，邓小平同志访问日本，在从东京前往京都的新干线高铁列车上深有感触地说：“就感觉到快，有催人跑的意思，我们现在正合适坐这样的车。”（中共中央文献研究室编《邓小平年谱（1975—1997）》（上）第413页）一代伟人的这句双关语暗示着中国的发展要有像新干线那样快的速度。同年12月召开的十一届三中全会拉开了改革开放的序幕。

40年的改革开放让铁路特别是高速铁路发展迎来了难得的黄金发展机遇。从20世纪90年代广深铁路开行准高速列车到世纪之交秦沈客运专线开通运行，从2007年实现第六次大面积提速到2008年京津城际高铁通车，从2010年12月京沪高铁创造时速486.1公里试验速度到2016年7月成功实现世界首次时速420公里交会，从“四纵四横”基本建成到“八纵八横”规划蓝图绘就，几代铁路人锲而不舍、坚韧执着，从未因道路曲折而半途而废，也从未因梦想遥远而放弃追求。从孙中山先生提出《建国方略》到今天，“复兴号”高铁动车组奔驰在祖国广袤大地上的情景，就是华夏儿女不忘初心、砥砺前行的生动写照；中国高铁能够领跑世界，就是中华民族追逐梦想、谋求复兴的时代象征。高铁精神，已成为象征着中华民族伟大创新精神的一座丰碑！

从1990年《京沪高速铁路线路方案构想报告》到2004年国务院批复的《中长期铁路网规划》明确将高铁建设作为铁路发展的核心，从中国高铁发展“三步走”战略谋划到工程建造、装备制造、列车运行控制等不同领域技术创新路径的实施，中国高铁经历了艰难的战略抉择、艰苦的探索实践和艰辛的开拓创新历程。2008年8月1日，中国第一条时速300公里以上的高速铁路——京津城际高铁开通运营。波澜壮阔的高铁建设在长城内外、大河上下展开，呈现出了史诗般的巨幅画卷！

一分耕耘一分收获。经过几代铁路人卧薪尝胆，迎来了与世界第二大经济体相适应的高铁网络体系的蓬勃发展：建成了2.5万公里的高铁网络，搭建了专业一流的研发平台，在高铁线路、桥梁、隧道、客运枢纽等重大工程方面积累了丰富的实践经验，全面掌握了在各种复杂地质、地形及气候环境下修建不同速度等级高速铁路的成套技术，建造了以京沪高铁为代表的一大批世界级的标志性工程，拥有了完整的中国高铁技术标准体系，打造了中国高铁品牌，形成了规划设计、工程建造、装备制造、运维服务等方面的比较优势，总体技术水平已迈入世界先进行列，成为推动世界高铁发展的重要力量！

不断延伸的高铁网络对经济社会发展产生了深刻的影响。如何衡量高铁对经济社会发展的“溢出效应”，如何评价高铁效应在国家发展、国际交往、地缘政治中的作用，需要坚实的高铁经济理论作为支撑。2012年原铁道部设立了高铁经济重大课题，从政治经济、社会文化、生态环境等多维度探究高铁效应的理论基础，从哲学层面发现其内在规律，从理论层面研究其影响机制，旨在通过研究回答社会对高铁建设运营的普遍关切，探究未来高铁发展之路。

如今我们欣喜地看到，高铁网络极大地缩短了时空距离，让旅途不再漫长；极大地改善了出行品质，让百姓出行有了更多的幸福感；拉动了文化旅游井喷，稀缺独特的旅游资源得到充分开发；促进了铁路装备升级改造，高铁动车组等高端装备制造业快速发展，强劲带动了上下游相关产业链的全面升级；改变了经济资源配置格局，城市综合经济竞争力得到了大幅提升，区域产业经济结构得到了优化调整，区域经济一体化进程进一步加快。高铁网络创造出了比别的经济体更多的时间，承载了更为宏观的经济意义，以更高的速度赋能一切生产要素，以更高的质量和效率不断放大着“乘数效应”。作为新经济学革命的高铁经济已成为中国经济增长的新引擎，正构建着中国经济发展的新版图。中国高铁今天历史性的成就就是对中山先生、小平同志最好的告慰！

“雄关漫道真如铁，而今迈步从头越”。党的十九大确立了习近平新时代中国特色社会主义思想，作出了建设交通强国的重大决策部署。在不到半年的时间里，习总书记两次“点赞”“复兴号”，这既充分体现了党中央对高铁发展成果的充分肯定，更指明了中国高铁的前进方向。中国高铁将始终坚持以人民为中心，进一步构建更安全、更高效、更智能、更绿色、覆盖率更高的高铁网络，持续创新引领世界铁路发展，让全国各族人民共享铁路发展改革的成果，满足人民在新时代的需求，让人民从高铁发展中有更多的获得感、幸福感、安全感！

高铁发展需要全社会的关心和爱护。这套“中国高铁丛书”对讲好中国高铁故事、传承勇往直前的高铁精神，汇聚高铁发展共识、凝聚高铁发展正能量，弘扬新时代主题、追逐民族复兴梦想必将产生积极的作用。热切希望这套图书能与广大读者尽快见面，更真诚期望能有更多的专家、学者关注中国高铁，走近中国高铁，宣传中国高铁，支持中国高铁，关爱中国高铁，以促进中国高铁的健康可持续发展！

2019 年 1 月

前言

2008年起，合宁、武广、甬温等一批高铁开通，京津城际高铁以350公里/小时运营。

这是昨天。

2017年底，中国“四纵四横”高铁网已经建成，“八纵八横”高铁网正在中国大地延展，中国高速铁路运营里程达到2.5万公里，占全世界高铁运营里程总量的66.3%以上，“复兴号”奔驰在祖国广袤的大地上。

这是今天。

2025年，以高铁为代表的先进轨道交通装备，作为“中国制造2025”十个重点领域之一，在中国从制造业大国走向制造业强国的国家战略中，持续创新，研制安全可靠、先进成熟、节能环保的绿色智能谱系化产品，建立世界领先的现代轨道交通装备产业体系，实现全球化运营发展。

这是明天。

中国高铁——近代以来中国在制造业取得的最为重要的成就之一，它代表着今日中国之新形象，代表着勇往直前的中国速度，世界把对中国高铁的惊叹转为对中国的赞叹，高铁成为中国面向世界的“名片”。

随着国家“一带一路”建设的推进，作为高端装备制造业代表的中国高铁，正按着线路图不断延展……

中国高铁的发展跌宕起伏，众多中国高铁从业者不管是昨天、今天还是明天，始终拥有一种荣辱不惊、执着于心、勇于创新的精神，这样的精神加之殚精竭虑的付出，铸就中国高铁今天的成就，更将成就中国高铁未来的卓越地位。

高速列车作为高铁系统的核心，集机械工程学、电气工程学、电子学、材料科学、计算机科学、人机工程学等当代高新技术之大成，体现了一个国家的综合科技实力。我国高速列车技术发展之路历经五个阶段：原始积累、引进消化吸收、自主提升、全面创新、持续创新。五个阶段让中国高铁完美地实现从时速200公里到时速350公里，从“和谐号”CRH系列到“复兴号”CR系列，步步为营，持续进步。

截至2018年8月，我国高铁在线运营列车已达2 714列，安全运营里程超过56亿公里，运送旅客超过70亿人次。在世界高铁最繁忙的京沪线，在运营里程最长的京广线，在运营条件最复杂的兰新线……中国高速列车在复杂环境考验中不断淬炼，持续创新发展技术，已跻身世界先进行列。

中国高速列车技术的过去、现在和未来是本书所要讲解的内容。从认识高速列车出发，系统阐述了中国高速列车从萌芽到梦想成真、至今仍永无止境发展的追梦之旅；详尽介绍了中国高速列车大家族、高速列车关键技术以及对高速列车未来的展望，深入浅出，全面又充满趣味，力求为众多火车迷、高速列车爱好者提供权威、专业和系统的读本。

本书由高铁行业专家与高校教师联合编写，在编写中得到了中车青岛四方机车车辆股份有限公司陶桂东、中车长春轨道客车股份有限公司邓海等人大力支持。在编写过程中，上述单位技术人员及同济大学年悦等博士硕士研究生为本书资料搜集、整理、编写工作付出了辛勤劳动，在此一并表示衷心感谢。本书参考了国内外文献资料，参阅了许多专家的研究成果，在此谨向文献资料作者、译者及出版单位表示衷心感谢。

高速列车技术发展速度很快，加之内容广泛，编者学识有限，有失误及不当之处敬请各位技术专家及广大读者提出批评、指正。

目录

序　一

序　二

前　言

第一章　走近高速列车 1

一、高速列车初印象 ...3

二、高速列车基本知识 ...5

三、高速列车分类 ...12

四、高速列车组成 ...16

五、国外高速列车 ...19

六、高速磁悬浮列车 ...26

第二章　中国高铁

——追梦之旅 33

一、中国高铁之梦——萌芽 ...37

二、中国高铁之梦——追梦 ...41

三、中国高铁之梦——梦想成真 ...46

1．多方引进 ...47

2．再创新 ...48

3．全面创新 ...50

4．多元化发展 ...54

四、“九层之台，起于垒土” ...55

第三章　中国高速列车群英谱 59

一、中国高速列车家族 ...62

二、CRH 家族 ...63

1．CRH1 型动车组 ...65

2．CRH2 型动车组 ...70

3．CRH3 型动车组 ...76

4．CRH5 型动车组 ...78

5．CRH6 型动车组 ...82

6．CRH380 系列动车组 ...83

三、CR 家族（中国标准动车组）...93

1．“复兴号”CR400 技术特点 ...93

2．CR400 系列动车组性能参数 ...96

3．CR300 系列动车组 ...96

第四章　高速列车关键技术 99

一、矫健的“身躯”——车体 ...111

1．流线型车头与外形 ...111

2．车体结构 ...124

3．车外设备 ...129

4．旅客界面及设施 ...136

二、神奇的“飞毛腿”——转向架 ...155

1．安装位置和外观 ...155

2．主要功能 ...157

3．运行性能 ...167

4．我国客车转向架发展历程 ...177

三、“跑”与“停”尽在掌控——牵引与制动系统 ...180

1．牵引供电系统 ...180

2．牵引传动系统 ...181

3．辅助供电系统 ...190

4．制动系统 ...193

四、智慧的“大脑”——列车网络控制系统 ...202

1．列车网络系统主要功能 ...203

2．列车网络控制系统关键技术 ...206

第五章　未来高速列车 209

一、绿色节能 ...211

二、智能化 ...213

三、人性化 ...215

四、标准化 ...216

五、更高速度 ...217

六、自动变轨距高速列车 ...220

第一章

走近高速列车

一、高速列车初印象

二、高速列车基本知识

三、高速列车分类

四、高速列车组成

五、国外高速列车

六、高速磁悬浮列车

当你走进高速列车的车厢，开始一段舒适、快捷的旅程之时，你是否有过一些对高铁列车的好奇和疑问，下面就让我们用尽量通俗的描述，将我国高速列车的发展历程及相关技术特点展现给大家，并解答一些常见的问题。

高速列车作为一种高速陆地交通工具，始于日本，发展于欧洲，今又兴于中国，至今已有五十多年的历史。高速列车作为高速铁路系统的重要部分，不仅体现了一个国家的综合科技实力，也反映出一个国家大系统工程的实现能力，与我国其他载运工具相比，它是诸多交通载运技术创新的典型代表。

比起世界主要高铁发达国家，我国的高速铁路技术起步晚，高速列车技术发展也充满了曲折和艰难。但是近些年来我国高铁取得了长足进步，高速铁路路网规模不断壮大，“四纵四横”高铁路网基本成形，“八纵八横”的蓝图也正在逐步建设中；“和谐号”CRH系列（后称“和谐号”）、“复兴号”CR系列高速动车组（后称“复兴号”）陆续投入运营，现今已经飞驰在中国的广袤大地上，驶入了百姓日常生活，也在世界打响了中国高铁品牌。

随着高铁的迅猛发展，高速列车已成为我国近年来的热门话题。作为高铁的运输载体，高速列车已广为人知，但人们对高速列车的内在了解还有限。今天带着科普的思路，让我们共同走近高速列车，揭开高速列车的神秘面纱。

一、高速列车初印象

“高铁”是高速铁路系统的简称，高速列车是高铁的核心部分。人们所看到的动车组、线路、车站、隧道、桥梁、接触网都是高铁的一部分。那么高铁这个“大象”整体到底是个什么样子呢?

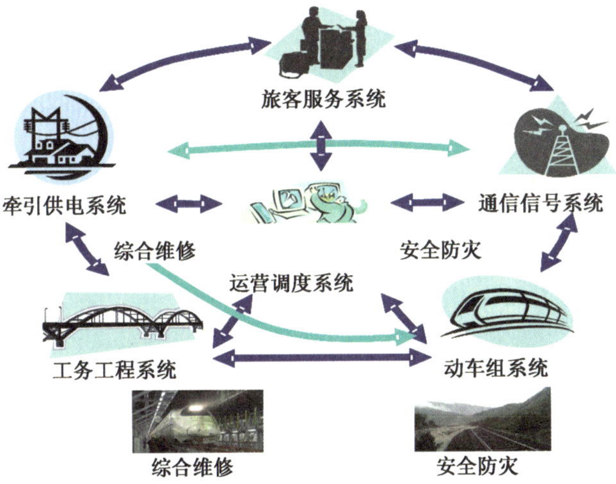

图 1.1　高速铁路系统构成

如图 1.1 所示，高速铁路是一个庞大的系统工程，从专业角度来说，它包括工务工程、通信信号、牵引供电系统等基本建设设施，以及高速列车、运营调度、旅客服务、综合维修和安全防灾等其他组成部分。其中，高速列车是高速铁路的核心移动装备，也是乘客最关注的部分；工务工程是重要的地面固定基础设施，我们所看到的线路、桥梁、车站、隧道等都属于工务工程；通信信号系统扮演着高速列车控制导航者的角色，确保列车按照规则或指令运行，有我们看得见的信号灯、应答器等实物，也有我们看不见的轨道电路、无线控车信号等系统，像一只无形的大手在控制着列车安全行驶；牵引供电系统提供给高速列车以源源不断的能量，保障高速列车的高速运行，大家容易看到的部分是悬挂在线路上方的接触网，列车行驶时车顶的受电弓升起与之接触获得电能，除此之外牵引供电系统还有变电所、SCADA（supervisory control and data acquisition，数据采集与监视控制系统）、电力供电等子系统；运营调度、旅客服务、综合维修等是列车运营的保障与管理系统，指挥列车按照运行图准时安全运行，为旅客提供完善的出行服务，保障高速列车保持良好的健康状态。总之，高速列车运行脱离不开其他系统，只有与其他系统共同构成有机整体、协同运作，才能高效保障高铁的正常运营。

什么样的列车才算是高速列车？世界各国有不同的认定标准。高速列车与高速铁路的线路是紧密相关的，不同等级的线路，列车运行的速度不同，对于高速列车的定义往往与线路速度等级一同描述。例如：国际铁路联盟（UIC）将新建设计速度达到 250 公里 / 小时以上的铁路，铁路线路经升级改造（直线化、轨距标准化）其设计速度达到 200 公里 / 小时，甚至达到 220 公里 / 小时的铁路，认定为高速铁路。与之相适应，将在高速铁路上商业运营速度最小达到 200 公里 / 小时的列车定义为高速列车。欧盟和联合国欧洲经济委员会也提出了定义标准，但在部分定义上与国际铁路联盟存在差异。另外，日本、美国等各国对“高速铁道机车车辆”也给出了各自的定义。

在中国，根据《铁路安全管理条例》第一百零七条：本条例所称高速铁路，是指设计开行时速 250 公里以上（含预留），并且初期运营时速 200 公里以上的列车客运专线铁路。因此，我们将在高速铁路上商业运营时速 200 公里以上的列车定义为高速列车。

如图 1.2 所示，作为高速铁路的“主角”，高速列车以长大流线型“身材”，或硬朗或秀丽的“脸庞”，在铁路线上风驰电掣，赢得亿万人瞩目。

高速列车之所以能够在时代发展中留下自己的印迹，能够在时间里得到沉淀，能够在我国得到快速发展，这与它先天的

图 1.2　飞驰的高速列车

优势密不可分。它具有单次运量大、速度快、安全、舒适、快捷、环境适应性强的特点，因而成为解决我国交通运输面临的“一票难求”“城市交通拥堵”等突出矛盾的最优选择，也成为当下最为时尚、最为绿色环保的大众出行首选工具。

以“复兴号”列车为例，列车最高运营时速 350 公里，从北京到上海只需 4.5 小时即可到达，十分快捷；单次运输量大，一列车可承载 556 名乘客；全天候运行，除台风等特殊天气降速运行外，基本不受大雾天、雨雪天、雷电天气影响；列车运行平稳，当 1 名旅客将烟卷、硬币甚至鸡蛋放在窗台或茶桌上可以保持直立不倒时，你会禁不住感叹高速飞驰的列车究竟有多稳；舒适性好，车厢环境温湿度适宜，噪声也小；专线运行，准点率高。另外，高速列车还具有节约土地、能耗低、环境污染小以及经济社会效益高等优点。

二、高速列车基本知识

作为高速铁路的主角，高速列车许多专业名词和术语还不太为人所熟知。为了便于读者理解，本小节专门来介绍一下与高速列车相关的一些基本知识和术语。

1）**动车**（motor car，M 车）

带动力的车辆被称为动车，是指设置有牵引电机，可以驱动轮轴旋转从而驱动列车向前运行的车辆。

对动力集中型高速列车来说，牵引电机和牵引变流器等设备设置在头车（一端或两端），其他车辆是拖车。对于动力分散型高速列车来说，牵引电机和牵引变流器等设备可以设置在任意一节车辆下方，列车设置多个动车，一起提供驱动力。需要说明的是，动力分散型高速列车头车不一定是动车，也可能是拖车。

2）**拖车**（trailer car，T 车）

没有动力的车辆被称为拖车，是指在车下无牵引电机和牵引变流器等设备的车辆。

3）**编组**

编组是指把一节一节车厢编成一列完整的列车，并配备必要的列车标志，用以执行运输任务。对于高速列车来说，不采用传统的车厢编挂操作方式，而是采用固定编组、灵活编组、重联编组等形式。现在我国在线运营的高速列车都是固定编组或重联编组，灵活编组高速列车编组形式会更丰富。每列车一般包括多个车辆种类，如一等座车、二等座车、商务座车、餐车等，详细配置与具体车型有关。

4）**编组形式**

指一列完整的列车当中，动车和拖车的数量比例，如某 8 编组列车可采用 T＋M＋M＋M＋M＋M＋M＋T 编组，其编组形式就是 6 动 2 拖或称 6M2T。目前我国高速动车组主要以 8 辆为基数，设 8 辆短编组和 16 辆长编组两种模式，见图 1.3 和图 1.4。

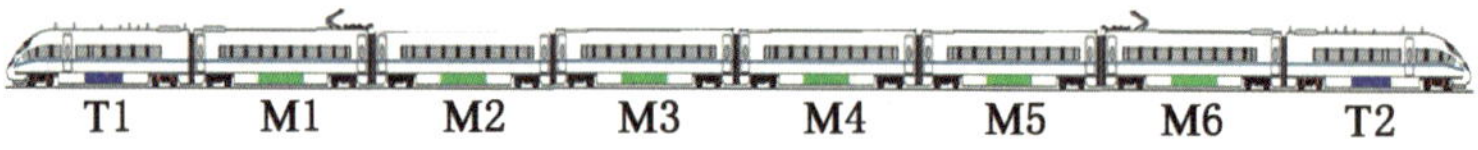

图 1.3　8 辆短编组高速动车组

图 1.4　16 辆长编组高速动车组

5）固定编组

固定编组是指车厢数量、位置、顺序均不能自由变更的列车编成，一般在生产厂家及检修段内完成编组设定。比如一列“复兴号”CR400 型高速列车，如果将其 8 辆编组中的各车厢标记上顺序号，即 T1 + M2 + T3 + M4 + M5 + T6 + M7 + T8，则每节车厢在编组中的位置是固定不变的。

6）灵活编组

指由几个单元联挂在一起，在设计阶段被定义且能在运营期间灵活连接的列车编组，可实现快速联挂和解编。

7）动车组（multiple units）

我国高速列车普遍采用动力分散、固定编组模式，即由若干动车（带动力的车辆）和若干拖车（不带动力的车辆）固定编组而成，可两端操控、双向行驶，如图 1.5 所示。

图 1.5　动车组列车示意图

8）重联编组

将日常运行的、具有互联互通功能的短编组列车通过车端连接装置联挂在一起开行，如图 1.6 所示。短编组列车可以“头尾相接”的重联方式编组运行，用来扩充单次运能，目前我国通常以两列 8 编组列车进行重联运营。

图 1.6　中国标准动车组重联

9）速度

关于速度的概念主要有以下几个：

（1）速度等级：速度等级概念一直没有很明确的定义，“和谐号”动车组一般按照时速200～250公里、时速300～350公里划分为两个速度等级。现在国内“复兴号”CR系列高速动车组对速度等级进行了重新定义和划分，将速度等级划分为：时速100～200公里等级、时速200～300公里等级和时速300～400公里三个速度等级，分别标记为CR200、CR300和CR400。

（2）最高运营速度：是指动车组正常运行时所允许的持续最高速度。例如“复兴号”高速动车组的最高运营时速为350公里。

（3）最高试验速度：是指动车组试验时的最高走行速度，是用来评价高速动车组速度能力及安全裕度的指标。此指标在初始设计时以最高运行速度为基础再增加裕量进行考虑，按照相关标准规定，在型式试验中最高试验速度通常为最高运营速度的1.1倍，在专项试验中则根据试验大纲要求确定。例如“复兴号”CR400高速动车组在大西线型式试验中的最高速度达到385公里/小时，在郑徐线的最高试验速度达到422公里/小时。

（4）临界速度：蛇行运动是车辆运行的固有属性，蛇行运动的稳定性直接影响车辆的运动性能；随着速度的提升，车辆蛇行运动会出现失稳现象，此时车辆运行的速度被称为“蛇行失稳临界速度”，简称临界速度。临界速度是列车的极限速度，如果列车运行速度接近临界速度，会出现剧烈晃动现象，严重时会导致脱轨。以“复兴号”高速动车组为例，新造动车组临界速度达到时速550公里以上。

（5）旅行速度 = 运行距离 /（运行时间 + 中途车站停车时间）。

以上几种速度中，真正与乘客的时间利益切身相关的其实是旅行速度，因为旅行速度的快慢直接反映了乘客从出发车站到目的地站所需时间的长短。要想提高旅行速度、缩短旅行时间，实际上需从提高列车最高运营速度、曲线通过速度、道岔通过速度、减少车站停车时间和合理制定列车运行图等多方面下功夫才行。

10）**车辆种类**

立足大众化运输需求，并结合多样化、个性化需要，我国高速列车设一等座车、二等座车、餐车、商务车、卧铺车等车辆种类。我国车种代码是以车种名称的两位或三位大写汉语拼音缩写来表示的，具体参见表 1.1。比如车辆种类代码 ZYS 表示一等 / 商务座车。

表 1.1　我国高速动车组车种标识

序号	车种代号	车种名称	英文
1	ZY	一等座车	First Class Coach
2	ZE	二等座车	Second Class Coach
3	WR	软卧车	Soft Sleeper Coach
4	WY	硬卧车	Hard Sleeper Coach
5	CA	餐车	Dining Coach
6	SW	商务车	Business Coach
7	ZEC	二等座车 / 餐车	Second Class/ Dining Coach
8	ZYS	一等座车 / 商务车	First Class/ Business Coach
9	ZES	二等座车 / 商务车	Second Class/ Business Coach
10	ZYT	一等 / 特等座车	First Class/Premier Coach
11	ZET	二等 / 特等座车	Second Class/ Premier Coach
12	JC	检测车	High Speed Comprehensive Inspection Train

以 CR400AF 为例，列车设置 1 号车为一等座车（带商务座）ZYS，2、3、4、6、7 号车为二等座车 ZE，5 号车为餐车 + 二等座车 ZEC，8 号车为二等座车（带商务座）ZES。如表 1.2 所示。

表 1.2 CR400AF 动车组车种标识

	车外标识	车内环境
商务座车	一等 / 商务座车 First Class/Business Coach ZYS XXXXXX 二等 / 商务座车 Second Class/Business Coach ZES XXXXXX	
一等座车	一等 / 商务座车 First Class/Business Coach ZYS XXXXXX	
二等座车	二等座车 Second Class Coach ZE XXXXXX 二等 / 商务座车 Second Class/Business Coach ZES XXXXXX	
餐车	二等座车 / 餐车 Second Class/Dining Coach ZEC XXXXXX	

秉承着为人民服务的精神，卧铺动车组也在横向卧铺动车组的基础上添加了纵向卧铺动车组，两种卧铺动车组相得益彰，大大提高了长途乘客的旅途品质。如表 1.3 所示。

表 1.3　卧铺动车组车外环境及车内环境

动车组	车外环境	车内环境
横向卧铺动车组		
纵向卧铺动车组		

11）**其他基本知识**

关于高速列车，还有一些其他基本知识如下：

（1）定员：列车额定的载客人数。

（2）轮对总成：两个车轮、制动盘和轴箱等部件牢固地压装或安装在同一根车轴上的总装配体组成，我们称之为轮对总成。轮对是转向架的重要部件之一，直接与线路轨道相接触，可引导车辆在轨道上运行和转向，并承受来自车辆和轨道的多种作用力。

（3）轴重：指车轴允许负担的包括轮对自身在内的最大总质量。轴重的选择与线路、桥梁及车辆走行部的设计标准有关。

（4）铁路限界：铁路限界由机车车辆限界和建筑限界两者共同组成，两者互相制约与依存。机车车辆限界均指在平直线路上两者中心线重合时的一组尺寸所构成的极限轮廓。

三、高速列车分类

高速列车从出现以来，在世界各国得到了不同的发展从而各具特色。一般来说，高速列车可以按照图 1.7 所示原则来进行划分：

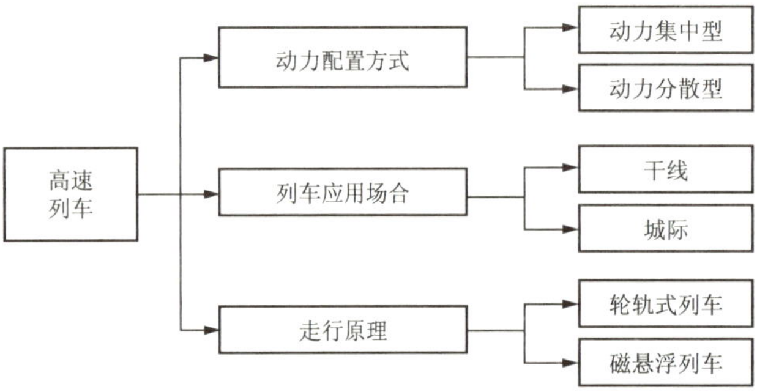

图 1.7　高速列车分类依据

1）按照**动力配置方式**分类，可以将高速列车分为动力集中型列车和动力分散型列车，如图 1.8 所示。

（1）动力集中型高速列车

俗话讲，“火车跑得快，全靠车头带”。这说的就是动力集中型列车。动力集中型是传统列车的主要牵引组成方式，是指将动力装置集中安装在列车的一端或两端的动力车上。动力车轮对有电机驱动，可以驱动列车向前运行，也就是我们常说的火车头，而其他轮对无电机驱动。动力车一般不载客，非动力车辆只能载客而不具备牵引能力。

动力集中型高速列车受流、牵引变流器、牵引电机等动力装置全部集中在动力车，其他均为无动力装置的普通车辆，车辆维护量少，车辆数量调整方便；但由于动力过于集中，受到线路黏着等条件限制，列车的运行能力也受到限制。作为头车的动力车由于要安装许多大型设备而使其轮重相对较大，这对线路带来的磨耗、冲击等都相对较大，会使线路的维护成本提

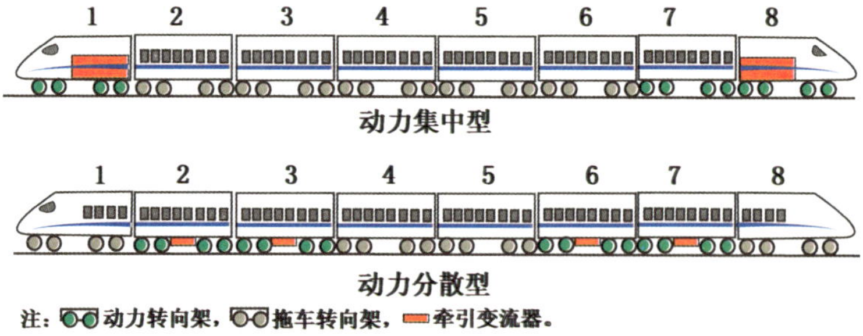

图 1.8　动力集中型和动力分散型高速列车示意图

高，但相对于动力分散型高速列车，其造价成本要低一些。

（2）动力分散型高速列车

动力分散列车动力则不局限于头车，其他车也可配置有动力。不带动力的车辆称为“拖车”，带动力车辆称为“动车”。动车车下安装有牵引电机和牵引传动系统其他装置（如变流器、变压器等），由牵引电机驱动轮对推动列车行驶，动力分散型高速列车的动力轮对分散分布到车辆或者部分车辆上，这种动力配置方式就称为动力分散方式。

我们以“复兴号”CR400 动车组为例，该列车采用动力分散动力布置模式，其编组形式为 8 辆固定编组（即一列车由 8 节车厢组成），如图 1.9 所示。在这 8 辆车中，有 4 辆为动车（M 车），4 辆为拖车（T 车）。动车组采用三相异步电动机牵引，8 辆编组的列车共有 16 台牵引电机，这 16 台电动机分散安置在 4 辆动车的转向架上，也就是说，每辆动车安装有 4 台牵引电机。列车运行时，每台电机负责驱动一条轮对，这 16 台牵引电机通力合作让列车高速奔跑起来。

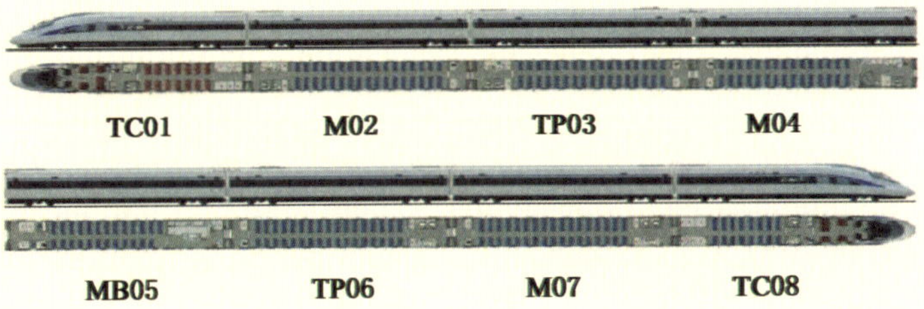

图 1.9 “复兴号”CR400 编组示意图

图中 TP 车是指带有受电弓的拖车，TC 车是指带有司机室的拖车，MB 车是指带有餐车的动车。

动力分散型高速列车动力装置分布在多节车辆上，每辆车的动力设备小型化、轻便，多轮对分散驱动，黏着利用率好，提高了列车启动、运行、制动能力。动力分散型高速列车虽然造价相对高些，但对线路的损伤较小，从全寿命周期来看，维护成本低。

两种类型的高速列车都具有自身的特点和发展过程。从其产生和发展历史来看，某个国家或某条高速铁路采用什么类型的高速列车，与它们的运用条件、运用经验和传统技术有关。因此在选择和比较它们的优劣时不能一概而论。只有详细分析它们的技术特性，结合具体的运用要求和使用条件才能得出比较明确的结论和选型方案。这里就动力集中型与动力分散型高速列车的特点进行分析，结果见表 1.4。

表 1.4　两种类型的动车组比较

比较项	动力集中型	动力分散型
综合成本	与传统的机车牵引列车相似，便于按习惯进行运行管理和维修管理。	与传统运营、维修管理体制和习惯不适应，必须建立一套新的维修保养体系。
	动力车轴重大，对线路结构要求高，但列车造价成本相对较低。	造价成本相对较高，但对线路的损伤较小，从全寿命期来看，维护成本低。
运营特点	动力头车不能载客，相对减少了载客量。	动力车可以容纳旅客，增加动车组载客量。
	设备集中在头车，占用空间大，但便于设备监测和技术保养，系统冗余性相对较差。	动力设备安装在车下，要求体积小；但动力设备数量多，系统冗余性好。
	动力设备与载客车厢相隔离，对载客车厢内动力噪声、振动影响较小。	客室地板下部需要安装各类设备，振动和噪声会影响车厢内的乘坐舒适度。
技术特点	动力头车集中了全部动力设备，轴重较大。	将动力设备分散到各个车辆负担，轴重较小。
	动力集中在头车，轴重大才能产生足够大黏着牵引能力，不利轻量化。	牵引力分散在各个动力车厢，黏着利用条件好，有利发挥更大牵引能力。
	由于动力轴数量少，在大编组高速运行时牵引、动力和制动能力受到黏着的限制。需要拖车分担部分制动功率，不能充分利用电制动力，能量回收效率较低，不利于节能。	动力轴数量多，黏着利用率高，可以充分利用动力制动功率，制动性能较好，能量回收利用效率高，有利于节能。

图 1.10　整装待发的 CRH 系列动车组

2）按照**应用场合**分类，可以将高速列车分为干线高速列车和城际高速列车。

（1）干线高速列车

铁路干线是指在铁路网中起骨干、联络或辅助作用，区别于支线、专用线的铁路。干线高速列车一般运营时速在 200 公里及以上，主要运营在国铁线路。在我国主要的干线高速列车包含 CRH1 型、CRH2 型、CRH3 型、CRH5 型、CRH380 型及 2017 年推出的 CR400 型系列动车组。如图 1.10、图 1.11 所示。

（2）城际高速列车

城际高速列车是为了城际间的快速运输需求应运而生的一种高速列车。在国外有许多该类高速列车，例如德国西门子（Siemens）公司在 2016 年全新研制的 ICE-4 列车、法国阿尔斯通（Alstom）公司研制的 Coradia 系列高速列车。伴随国内经济的快速发展，国内城市群发展迅速，为提高城际间的运输效率，促进国内主要城市圈建设，在充分调研市场需求的前提下，2012 年，原南车青岛四方机车车辆股份有限公司（现为中车青岛四方机车车辆股份有限公司）以高速动车组技术为基础，成功研制了我国首列时速 200 公里 CRH6A 型城际高速列车，填补了国内城际高速列车技术空白。

3）按照**走行原理**，可以分为轮轨式列车和高速磁悬浮列车。

目前，针对不同的走行原理，高速列车除了轮轨式列车外还包括高速磁悬浮列车。

由于高速磁悬浮列车并未广泛应用，本书仅对其做简要

图 1.11　CRH6F 型城际动车组运行在长株潭城际铁路上

介绍。高速磁悬浮列车主要包含常导型和超导型，分别运用“异极相吸”和“同极相斥”的原理，利用电磁系统产生的电磁力使整个列车悬浮在导轨上方，利用电磁力进行导向，并利用直线电机将电能直接转换成列车运行的牵引力，从而推动列车高速运行。简单地说，高速磁悬浮列车就是凭借电磁力来进行悬浮、导向和驱动的列车。由于车、轨不接触，所以没有轮轨摩擦阻力，适用于超高速运行，速度可达 600 公里 / 小时以上。高速磁悬浮列车具有能源消耗小、安全性高、无污染、利于环保、运行平稳、旅客舒适性好等优点，但是磁悬浮交通系统与既有的铁路系统不兼容，投资费用较高，实现的相关技术如线路等要求也非常高，因此一定程度上降低了深入发展的可能性。但随着社会的发展，人们对出行速度的要求越来越高，需要一种新型的交通方式来填补高铁和航空旅速之间的空白，发展高速磁浮交通或将是完善我国未来大交通系统的可选方案。图 1.12 为时速 430 公里的上海常导型磁悬浮车辆。

图 1.12　时速 430 公里的上海常导型磁悬浮车辆

四、高速列车组成

高速列车与普通列车类似，由多节车辆构成，而每节车辆又由多个系统或部件组成。以“复兴号”高速列车为例，其系统基本组成如图 1.13 所示。

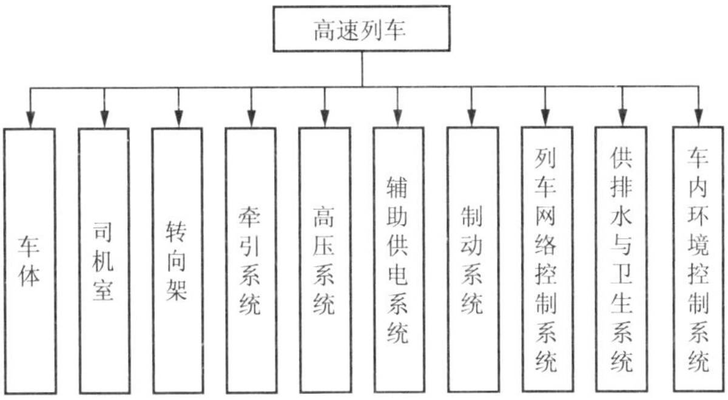

图 1.13　高速列车基本组成

1）车体：是容纳乘客和设备的空间，分为带司机室的头车车体和中间车体两种。狭义意义上的车体一般指钢结构或者轻金属结构组成，广义上的车体还包含车内装饰及车内外相关服务或辅助设施，如车门、车窗、行李架、窗帘、洗脸间、卫生间、风挡等，本书后续章节主要从广义上的车体进行介绍。

2）司机室：司机室是为列车驾驶操控员所提供的专属空间，配置有驾驶操作相关的显示与控制操作设备，并设置操纵台与驾驶座椅，为司机提供作业条件。

3）转向架：转向架是高速列车的走行机构，相当于人的腰和腿，专业叫法是“走行部”。我国高速列车每节车厢都设有两台转向架，安装在车体两端下部，既对车厢起支撑作用，又能够牵引引导车体沿两条平行轨道行驶。

4）牵引系统：高速列车牵引系统作用是在牵引工况下将电能转化为机械能来牵引列车行驶，在制动时将机械能转化为电能反馈给供电的电网。该系统一般包括牵引变压器、牵引变流器、牵引电机等部件。

5）高压系统：高速列车从接触网受流获取电能，由于接触网电压高达 25 千伏，须经一系列高压设备将电能传递至牵引变压器，牵引系统才能开始工作。高压系统作用是将接触网的电能进行高压隔离，从而保证乘客安全。其主要部件有受电弓、真空断路器、车顶隔离开关、电流互感器、电压互感器等。

6）辅助供电系统：辅助供电系统主要由辅助变流器、充电机和蓄电池设备等组成，主要功能是为空调、通风机、空气压缩机、蓄电池、网络控制系统、照明及影视广播等辅助用电设备供电。另外，作为辅助供电的应急补充，充电机向蓄电池充电并向低压负载供电，紧急时可由蓄电池供电。

7）制动系统：制动是指使列车减速，俗称“刹车”；制动系统是保证列车安全运行的关键系统之一，用于列车的减速与调速控制。制动系统在列车正常运行时提供减速及停车所需的制动力，并在意外故障发生时或其他紧急情况下，能够保证列车在规定的紧急制动距离内安全停车。

8）列车网络控制系统：列车网络控制系统（TCMS）通过车载计算机来实现列车上各个系统之间的信息交换，对车辆运行状态和车载设备信息进行集中管理，为司机和乘务员的操作提供有效的指导，对列车状况进行监测和诊断，确保列车高速运行的安全，为设备的维修保养和乘客服务提供支持。

9）供排水与卫生系统：顾名思义，该系统为卫生间及水阀等用水部件供水且用于收集污物与废水，主要包含给水装置、温水器、开水器以及排污系统等，它是与乘客生活息息相关的车载生活配套设施。

10）车内环境控制系统：该系统功能是通过对客室的空气质量、温度与湿度、微风速等进行控制调节，以及车内外压差控制，为旅客提供一个良好的空气环境。该系统通常由空调控制器、通风系统、制冷系统、供热系统、加（减）湿系统以及车内外压差控制系统等组成。

为了读者便于理解，本书在后续章节内容进行了集成和简化，将车体、司机室、供排水与卫生系统、车内环境控制系统融为一章，按照广义车体进行介绍；将牵引系统、高压系统、辅助供电系统、制动系统统一为牵引与制动系统进行介绍，以便于读者系统地了解；转向架和网络控制系统由于其技术的专业性，仍保留单独成章。

五、国外高速列车

从世界范围来看，高速铁路进入人们的视线始于日本。1964 年 10 月 1 日，日本建成的世界上第一条高速铁路——东海道新干线投入运营，列车允许的最高运营速度为 210 公里 / 小时。此后，法国、德国、意大利等国家开始研究高速列车。1981 年 9 月法国设计制造的 TGV 高速列车开始在欧洲第一条高速铁路（巴黎—里昂）上运行，列车速度达到 270 公里 / 小时。如今，许多国家都已经开通高速铁路，各国铁路根据本国国情和运输需求也研发了各种系列与型号的高速列车，大家熟知的除了日本新干线列车，德国 ICE、法国 TGV 和 AGV 也已经广为人知。

1）日本新干线

日本是世界上最早建设高速铁路的国家，早在 1964 年东京奥运会期间，日本就有了时速可达 210 公里的高速列车。为满足日本人口稠密和大运量的运输需求，新干线的高速列车普遍采用大编组模式，每列车的定员可达 1 000 人以上。四十多年来，日本成功研制了 0 系、100 系、200 系、300 系、400 系、500 系、700 系、800 系、N700 系和 E1、E2、E3、E4、E5、E6 等多种高速列车系列。如图 1.14 所示，另外最新 E7 /W7 系列车由 JR 东日本及 JR 西日本联合开发。而提到新干线高速列车，大家也许会想到造型丰富的子弹头列车运行在富士山脚下的美丽画面，日本将新干线和富士山巧妙地融合在一

图 1.14　日本“E6”系新干线列车

起。但是日本高速列车的头型并非全是子弹头，因为新干线列车受到线路弯道半径和结构、隧道截面面积等因素的限制，要求列车轴重轻，对列车头型也有特殊的要求。

JR 东日本 2005 年研制了 FASTECH360 试验列车，进行关键技术的多方案比较后，最新车型 E5 系（如图 1.15）、E6 系列车分别是在 FASTECH360S 和 FASTECH360Z 试验列车的基础上开发的，分别于 2011 年和 2012 年投入运营。FASTECH360 试验列车在追求更高速度（360 公里 / 小时）、用头型减少阻力和隧道空气压力波、永磁牵引电机以及空气阻力制动各方面都下了很多功夫，其特点主要是采用了很多新技术和新部件，初期使用了头型多方案设计，对曲线超高也采用了新的对策。

图 1.15　日本“E5”系新干线列车

如今，日本的高速列车时速最高 320 公里。新干线作为世界高速铁路技术的先驱者，主要特点包括线路中桥和隧道的比重较大、线路标准较高（均为修建的新线）、修建各试验段；车体以铝合金结构为主（轻量化），轴重轻；列车运行密度高、定员多、旅客输送量大；安全性高、准时准点；服务设施人性化以及换乘便利等。

2）法国 TGV 和 AGV

法国是欧洲最早研发高速铁路的国家，自 1978 年研制出第一代 TGV-PSE 高速列车以来，在短时间内大力发展高铁技术，研发出了以 TGV-A、TGV-R 等为代表的第二代高速列车，以 TGV-2 N 和 TGV-POS 等为代表的第三代高速列车和第四代 AGV 高速列车，如图 1.16 所示。TGV 的头型以方形设计为主，外观比较简洁粗犷，是力量感、时尚感和技术感的结合。TGV 列车采用了特殊的铰接式转向架、钢结构车体、同步牵引系统等技术。法国 TGV 列车除了在高速线上运营外，更多是在既有线运营，2001 年法国高速铁路的运营里程为 1 576 公里，但 TGV 运营的路网范围达到 5 900 公里。

法国还是最早出口高速列车的国家，于 1996 年将 TGV 技术出口至韩国和西班牙等国家。现今法国 TGV/AGV 的最高运营速度为 320 公里 / 小时。法国高速列车的特点主要为车辆铰接式连接、整体性能优良、稳定性和舒适度高、空气动力学性能好。TGV 列车采用独具特色的动力集中配置（AGV 列车为动力分散配置），密封性和舒适性好；轻量化、运量也相对较小；电流制式和信号系统多样化，可靠性和可维修性高，线路为旅客列车专用，部分修建新线、部分改造旧线等。

另外法国 TGV 还有个骄傲的纪录，曾于 2007 年 4 月 3 日以 TGV-V150 试验列车创造了 574.8 公里 / 小时的速度，打

图 1.16　法国 TGV-PSE 和高速试验列车

破了 1990 年同样由法国 TGV 创下的 515.3 公里 / 小时的世界纪录。TGV-V150 试验列车由两辆 TGV-POS 动力车与 3 节动力分散 AGV 双层车组成。

第四代新型 AGV 高速动车组依然采用铰接式转向架，但是与 TGV 的动力分散配置不同，编组十分灵活，为长度可变的铰接式编组，2012 年开始在意大利米兰—那不勒斯投入运营，最高运营速度 300 公里 / 小时，已投入运营 25 列。AGV 可满足欧洲通用标准的要求，单层列车在长度相同的条件下，定员增加 15%，采用了永磁牵引电机，适应四种不同供电制式的先进牵引动力系统，完全可适应欧洲不同供电制式的运营，并符合碰撞被动安全标准，安全性高。

3）**德国 ICE**

德国 ICE 是 Inter City Express 的缩写，即城际快车，在 20 世纪 80 年代开始研发，于 1991 年投入运营，有 ICE-V、ICE-1、ICE-2、ICE-3、ICE-M、ICE-4、ICE-T 和 ICE Sprinter 等车型。ICE 的头型设计比日本新干线少很多，特点是方中带圆而趋向于流线型，其中 ICE-3 的头型比 ICE-1 和 ICE-2 更加圆润，流线型也更加突出。如图 1.17a、图 1.17b 所示分别为德国 ICE-1 和德国 ICE-4 高速列车。

图 1.17a　德国 ICE-1 型高速列车

图 1.17b　德国 ICE-4 型高速列车

德国代表性的列车主要包括 Velaro 系列列车和 ICE-4 列车。ICE-3 使用西门子公司的 Velaro 系列列车，为铝合金车体。如今的第四代车型 Velaro D 具有快速联结和重联运行功能，可实现 7 到 16 辆的大编组；适应在 4 种不同牵引供电制式下运行；采用铝管框架结构与外形设计表层结构相分离的头部结构，更好地满足碰撞被动安全的要求，也能简化生产制造；抬高了的车顶内安装了受电弓、空调机组、电阻制动装置和其他一些部件，受电弓和转向架部位的布置都进行了优化，从而实现空气动力学的整体优化；集中电缆装置设计增加了列车的可靠性和可维修性，并降低了维修成本；每列的定员在 500 人以上。ICE-4 列车为钢结构车体，采用可变编组，即所有动力设备均安装在一节车厢，可编组 5 到 14 节不等的车厢，现有五种不同类型的车厢。该灵活编组形式可根据客流情况进行车厢数量搭配，从而降低运营成本，也可以单独对故障车进行修理，降低维修成本。

目前 ICE-4 成为德国高铁主力车型，将逐步取代 ICE-1 和 ICE-2。ICE-3 最高运营速度 320 公里 / 小时，ICE-4 最高运营速度 250 公里 / 小时。德国高速铁路主要特点为高铁线路与改造后的既有线连接成网，旅客列车及货物列车混用；大量采用高新技术如“三相交流传动技术”“计算机控制的机车牵引及列车控制技术”“轻型车体结构”“低能耗噪声空气动力学”以及“列车自动诊断系统”等；列车运行控制系统更安全、牵引控制技术更成熟、车辆密封性更好；注重旅客体验、车内设施档次较高及模块化标准高等。

4）**西班牙 AVE 和 Talgo**

西班牙高速列车分为 AVE 型列车和由 S252 型电力机车牵引的 Talgo 摆式列车两种，如图 1.18 所示。AVE 型列车是通过技术转让从法国引进的，原型为 TGV-A，但西班牙重新设计了列车的外部和内部形状，对编组、牵引系统、接触网以及车内设备等均进行了修改，更好地适应了西班牙的运营要求。AVE 在西班牙语里面是“鸟”的意思，列车时速可达 300 公里（186 英里）。AVE 型列车于 1992 年 4 月投入运营，首条开通线路连接了西班牙首都马德里和当时正在举办世博会的塞维利亚两座城市。AVE 型列车具有高质量、准时、快捷舒适、安全及环保等诸多优点。

Talgo 由 5 个西班牙字缩写而成，意为轻型结构铰接联结式列车组，是一种随曲线情况而控制车体倾斜的旅客列车，由 S252 型电力机车牵引使用。1997 年，Talgo 摆式列车在马德里—塞维利亚限速 270 公里 / 小时的高速线上试运行，其最高运行时速达到了 333 公里。被动式 Talgo 摆式列车的特点是自然侧摆、重心低、安全性及稳定性好。

图 1.18a　西班牙 AVE 型高速列车

图 1.18b　西班牙 TGV 高速列车

值得一提的是，由于西班牙高速铁路线路轨距为1 435毫米，与普通铁路线轨距1 667毫米不同，西班牙Talgo高速列车具有变轨距功能，完全可以在两种不同轨距的线路上运行。

图 1.19　意大利 ETR500 高速列车

5）**意大利** ETR

通常认为意大利于1970年开始修建第一条高速铁路，即罗马—佛罗伦萨高铁，但是到1992年才完成最终工作。意大利研发过ETR450、ETR460、ETR470、ETR480等摆式高速列车和非摆式高速列车ETR500和ETR500P等，如图1.19所示为意大利ETR500高速列车。

现今ETR的最高运行速度为300公里/小时。其特点主要表现在：客货混运、利用原有线路和车站以及根据不同线路选择不同车型的列车。曲线较多且曲线半径较小的线路选用摆式高速列车，反之用非摆式高速列车。

6）**韩国** KTX

图 1.20　韩国 KTX“山川号”高速列车

韩国KTX是Korea Train Express的缩写，始建于1994年，中间经历亚洲金融危机后得以重振，于2004年4月开通。KTX采用法国TGV-A型推拉式高速动车组，由法国阿尔斯通和韩国共同制造（如图1.20所示）。

韩国的高速列车的时速设定为每小时350公里，实际运营速度最高可达每小时 300 公里。

另外瑞典、土耳其等少数国家也有相应的高速列车，此处不再赘述。

六、高速磁悬浮列车

我们的高速动车组可以跑 350 公里 / 小时，天上的飞机可以飞 700 ～ 800 公里 / 小时，那有没有一种交通工具的速度可以介于二者之间呢？答案是高速磁悬浮列车。人们也在探讨让高速磁悬浮列车运行在真空或亚真空管道中，具有和飞机相近或更优的运行阻力环境，高速磁悬浮列车的运行速度甚至可以媲美飞机。

磁悬浮列车是一种现代高科技轨道交通工具，它通过电磁力实现列车与轨道之间的无接触的悬浮和导向，再利用直线电机产生的电磁力牵引列车运行或制动。早在 1922 年，德国工程师赫尔曼·肯佩尔（Hermann Kemper）便提出了电磁悬浮的原理，并申请了磁悬浮技术相关专利。随后的几十年，世界各国的工程师从悬浮原理、磁性材料、运行控制等各方面不断寻求突破，完善磁浮列车设计，其中以德国的常导磁浮列车、日本的超导磁浮列车最具代表性。中国于 2003 年建设完成上海磁悬浮示范运营线，该线路引进德国常导高速磁浮列车技术，是当时世界上唯一一条商业运营的高速磁悬浮列车线路。

图 1.21　德国磁悬浮列车（左）和日本磁悬浮列车（右）

• **磁悬浮列车的基本原理**

什么是磁悬浮列车？磁悬浮列车是怎么浮起来的？磁悬浮列车是怎么转弯的？磁悬浮列车是怎么驱动的？这里将通过对磁悬浮列车一些基本原理的讲解给出答案。

磁悬浮列车与传统轮轨列车的核心区别在于悬浮、导向、牵引的方式及原理不同（见图 1.22）。传统轮轨列车：车辆的重量直接通过转向架轮对，垂直作用在与轮对接触的钢轨上；导向功能则通过有斜度的轮对踏面和钢轨轨面相互接触产生的力来实现；驱动力则来源于转向架上安装的牵引电动机，电动机输出的扭矩通过齿轮传动装置作用在轮轴上，轮轴将此牵引扭矩传递到轮对上，轮对与轨道面间相互接触而存在的黏着力便成为列车前进的驱动力。所以轮轨列车的驱动能力，完全依赖于轮、轨间的黏着条件，在冰雪、湿滑等轨面条件下，牵引、制动能力受影响较大。

磁悬浮列车的支撑、导向、驱动则完全通过电磁力实现。对于悬浮系统，目前有吸力悬浮和斥力悬浮两种方案。吸力悬浮主要应用在德国研发的常导磁悬浮系统中，车辆悬浮架采用“怀抱”式结构，在悬浮架上安装电磁铁，轨道面朝下安装定子铁芯。当电磁铁通电后，便于铁芯相互作用产生吸引力，实现列车的悬浮。其悬浮能力取决于间隙及电磁铁电流大小，与

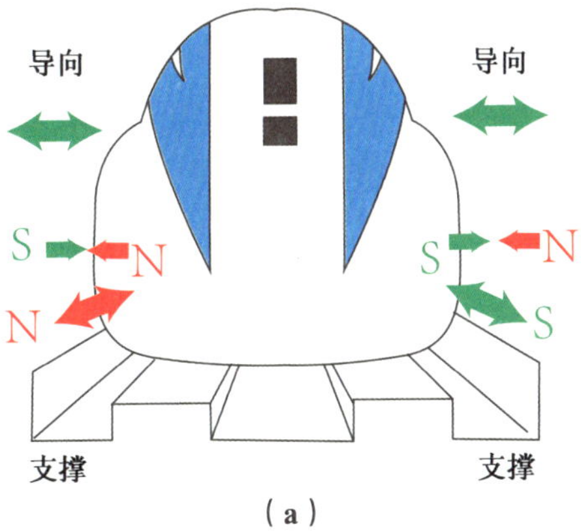

（a）

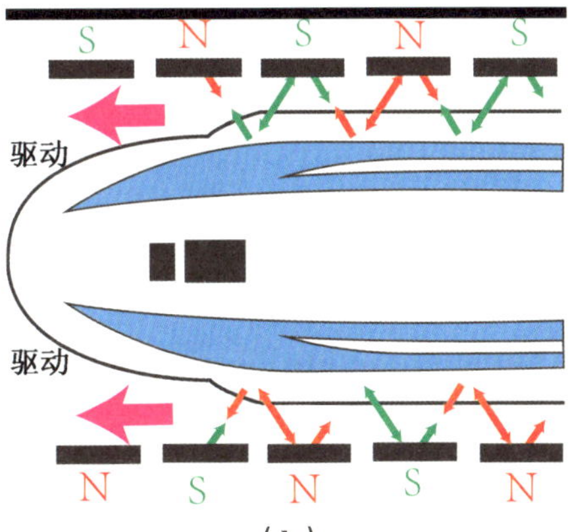

（b）

图 1.22　轮轨列车与磁悬浮列车的支撑、导向、驱动方式比较

车速无关。斥力悬浮则是通过在车辆侧安装超导磁铁，轨道侧安装“8”字线圈。当车辆达到一定运行速度后，线圈中的感应磁场与车辆超导磁铁相互作用便会产生相互的排斥力，从而完成车辆的悬浮与导向功能。

• **磁悬浮交通系统组成**

磁悬浮交通系统主要包括磁悬浮列车、运控通信系统、牵引供电系统和线路轨道系统。磁悬浮列车需要通过精确控制列车和轨道之间的电磁力作用，实现车辆的悬浮、导向、牵引和制动。磁悬浮是一个车辆、轨道、控制、通信强耦合相关的复杂交通系统，如图 1.23 所示。

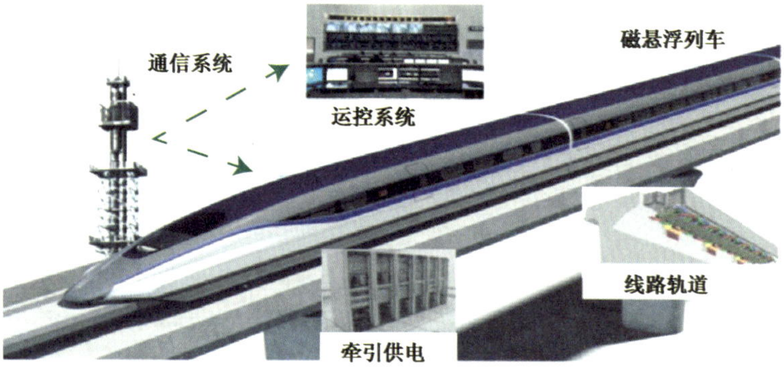

图 1.23　磁悬浮交通系统

• **磁悬浮列车分类**

根据悬浮机制，磁悬浮列车可以分为电磁悬浮型和电动悬浮型两大类。

电磁悬浮型（EMS，electromagnetic suspension）：车载电磁铁和置于轨道下方的电磁铁通励磁电流，产生磁场形成相互吸引力，将列车向上吸起，悬浮间隙一般为 10 毫米左右。列车通过气隙传感器来检测列车与线路之间的悬浮间隙大小，控制励磁电流的大小改变

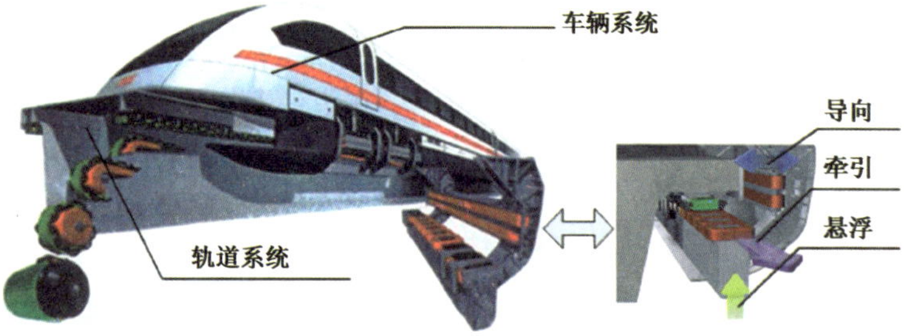

图 1.24　高速磁浮牵引悬浮导向示意图

悬浮间隙。磁悬浮列车以长定子直线电机驱动，运行速度通常在 300 ～ 500 公里 / 小时范围内，适合于城际及市郊的交通运输。国际上德国的 Transrapid 就是这种车型，上海的磁悬浮列车也是这种车型。该系统由线路轨道、车辆、牵引供电和运行控制四部分构成。

电动悬浮型（EDS，electrodynamic suspension）：利用超导磁铁和低温技术来实现列车与线路之间悬浮运行，其悬浮间隙大小一般在 100 毫米左右。低温超导磁浮技术是排斥式电动磁浮，即当列车运动时，车载超导磁体产生强磁场与导轨电磁线圈相互切割，出现感应电流。轨道“8”字形线圈下半部的磁极与超导磁铁的磁极相同，上半部则与之相反，且超导磁铁在“8”字形的线圈中心以下经过；“8”字形线圈下半部的磁通量改变比上半部大，超导体内产生感应电流，形成磁力使列车悬浮。同时电导槽两边的推进线圈输入交流电，产生相反的磁极，对车载超导磁铁造成拉力和推力，使列车加速。这种磁悬浮列车低速时并不悬浮，当速度达到 100 公里 / 小时时才悬浮起来，而且其建造技术和成本要比常导吸引型磁悬浮列车高得多。代表车型为日本的 MLU 型车，2015 年“L0”系列新型磁悬浮列车在山梨试验线，速度达到 603 公里 / 小时，创下当时地面交通速度的最高世界纪录。

- **高速磁悬浮列车在中国**

我国从 1991 年开始发展磁浮技术，铁道部科技研究院、国防科技大学、西南交通大学和中科院电工所都进行了大量研究工作，部分研究成果处于国际先进水平。其中，国防科技大学磁浮研究工作始于 1980 年，1995 年成功研制磁浮列车转向架系统。西南交通大学从 1986 年开始研究工作，1994 年成功研制我国第一辆可载人常导磁浮车及其试验线，2000 年研制成功一辆高温超导磁悬浮车的模型车。

2000 年 6 月，我国与德国磁浮国际公司合作进行中国高速磁浮列车示范运营线可行性研究。同年 12 月，中国决定建

图 1.25　上海磁悬浮列车

设上海浦东龙阳路至浦东机场高速磁浮示范线。2001 年 3 月 1 日正式开工建设。2002 年 12 月 31 日实现单线试运行。2003 年 9 月开始双线试运行，最高试验速度 501.5 公里 / 小时。2003 年底全线完成考核验收。2004 年 5 月，上海示范线正式投入商业试运营。如图 1.25 所示，作为世界上第一条磁悬浮列车示范运营线，上海磁悬浮列车从浦东龙阳路站到浦东国际机场，全长 29.863 公里的路程只需 8 分钟。截至 2009 年 12 月底，磁浮上海示范运营线每天始终以 430 公里 / 小时的最高速度稳定运行，已安全运行逾 2 558 天，超过 715 万公里，载客 2 270 万人次，运行计划兑现率为 99.87%、列车正点率为 99.65%。该线运行期间经历了台风、雨雪冰冻等恶劣气候的考验，未发生任何伤害旅客和职工的安全事故。上海示范线充分展现了高速磁浮交通技术的安全性和可用性。由于高速磁浮线路建造成本高，载客能力有限，经济效益始终成为其发展的制约。德国于 1994 年批准建造柏林到汉堡的磁浮线计划，由于技术的原因以及经济效益达不到预期目标，项目最终于 2000 年 2 月下马。上海示范线至今仍然是唯一的商业运营线。

2016 年 5 月 6 日，中国首条具有完全自主知识产权的中低速磁悬浮商业运营示范线——长沙磁浮快线开通试运营。长沙磁浮快线线路全长 18.55 公里，设计速度为每小时 100 公里。长沙也成为继上海之后，中国第二个开通磁悬浮的城市。

现在，我国启动了磁浮交通系统关键技术项目，由四方股份有限公司牵头，主要目的是攻克中高速磁浮交通系统悬浮、牵引与控制核心技术，具体包括时速 200 公里的中速磁浮项目（中车株洲电力机车有限公司牵头）和时速 400 公里、时速 600 公里（中车青岛四方机车车辆股份有限公司）的高速磁浮项目。经过多年的科技攻关，我国在高速磁浮交通的轨道、车辆、牵引、运行控制 4 项核心技术以及系统集成技术方面都已基本突破，国内外同行对我国为世界磁浮交通技术所做出的突出贡献给予了认可和高度评价。但应清醒地认识到，我们距离完全具备自主发展高速磁浮交通系统技术并达到工程应用的水平，尚存在一定的距离。

现在世界上还没有哪个国家能像我国这样在磁悬浮列车研制中做到大投入、系列化、同步发展，实现高速及中低速车型全能全覆盖，且目标明确，路线图清晰，措施落实到位并始终把安全、可靠列首位。相信我国一定会在可持续发展中不断改进和完善城市交通，争取良好的经济效益和社会效益。

【知识链接】"G"开头的"高铁"与D开头的"动车"有什么区别呢？

在国内，许多人常把"高铁"和"动车"混为一谈，所以这里有必要作适当说明。

首先，乘客们错误地理解了"高铁"和"高速列车"的概念。高铁是指高速铁路系统，包含了高速列车，但是因为高速列车作为主要的移动装备和直接旅客体验载体，使许多乘客只注意到列车本身的存在，在一定程度上忽略了线路、接触网、通信信号、运营调度和运营维护等，导致这些系统成了"幕后英雄"。准确的说法是"高速动车组"，即在高速铁路线上运行的高速列车。

另外，人们习惯于依据车票车次的首字母“G”或“D”说自己乘坐的是“高铁”或“动车”。首字母“G”和“D”代表的是两种运输服务。从线路和列车的角度讲二者的区别在于：G字头的车次表示全部或大部分运行线路时速是300～350公里，也可能跑一段速度为200～250公里/小时的线路，相应采用设计时速350公里的列车；而D字头的车次表示全部或大部分运行线路时速是200～250公里，相应采用设计时速200～250公里的列车。从乘客的角度讲，G字头比D字头旅行时间短，价格高。

高速动车组与高速列车是同一回事吗？

首先，列车分为非固定编组和固定编组两种，动车组只是指由多节车辆以固定的方式联挂在一起的列车。

非固定编组列车常见于干线铁路，例如大家熟悉的绿皮车、红皮车和蓝皮车，车头由内燃机车或电力机车作为动力车运行，后面为旅客列车，旅客车厢可根据需要编挂，常见为十几节车厢。

固定编组列车，主要特征为各车厢相对位置不可变、车厢数量固定、两端驾驶、可不掉头往返行驶，解编一节或几节车厢会丧失部分或全部功能的列车编组，常见于地铁和铁路动车组列车。

其次，我国把时速200公里以上动车组归为高速动车组，把时速低于200公里的动车组归到中低速动车组。

一是动车组≠高速列车，例如我国地铁基本采用动车组形式，由于运营速度较低，因此不能称之为“高速列车”。

二是高速列车≠高速动车组，高速列车有非固定编组和固定编组两种，只有固定编组的高速列车被叫作高速动车组。现今我国线路上运行的高速列车普遍采用动车组模式，行业内一般称为“高速动车组”。

第二章

中国高铁
——追梦之旅

一、中国高铁之梦——萌芽

二、中国高铁之梦——追梦

三、中国高铁之梦——梦想成真

四、“九层之台，起于垒土”

在古代，人们往往依靠步行、骑驴、骑马、坐船等方式出行，如图 2.1a、2.1b、2.1c 所示，出远门是一件十分辛苦的事情，对此人们往往用“风尘仆仆”“舟车劳顿”等词语来形容，人类也一直在探索快速便捷的出行方式。18 世纪时欧洲爆发第一次工业革命，蒸汽动力替代人力、畜力，催生了铁路运输的诞生。世界最早的蒸汽机车是由英国矿山技师理查德·德来维西克于 1804 年制造的，时速仅为 5 ～ 6 公里。据说第一次运行时，煤矿居民看到蒸汽机车行驶时，烟囱直往外喷火，就给它取名字叫“火车”。1825 年，英国史蒂芬森建造了世界第一条运营铁路，开启蒸汽机车牵引铁路时代。历经 190 余年，如今旅客列车运营时速由 15 公里提升到 300 公里以上，试验时速更是高达 574.8 公里，速度的不断提升促进了高速铁路的进步与发展。

列车是铁路的核心装备，其发展进步源于技术变革，尤其历经三次工业革命，伴随蒸汽机、内燃机、电气化、信息化等

图 2.1a　中国古代的各种交通方式——船舶

图 2.1b　中国古代的各种交通方式——马车

图 2.1c　中国古代的各种交通方式——骑马

技术的发展，列车成为人们出行的重要交通工具。列车经历了由马车、蒸汽机车、内燃机车发展到电力机车、高速列车的更新换代过程。高速铁路诞生较晚，世界公认的第一条高速铁路为日本 1964 年开通的东海道新干线，投入运营的“0”系新干线列车成为高速列车的鼻祖，至今已走过了五十多个年头。

20 世纪 50 年代末至 90 年代初，世界高速铁路兴起，日（新干线）、法（TGV）、德（ICE）分别具有了自己的高速铁路及列车品牌。20 世纪 90 年代初至 90 年代末，意大利、西班牙、英国等欧洲国家也相继开始发展高铁，高速铁路及高速列车开始向世界范围推广。21 世纪初以来，更多国家和地区发展高铁，如中国、韩国、中国台湾地区等，中国高速列车开始影响世界。

目前世界高速铁路已经形成多个体系，如日本新干线、法国 TGV 和 AGV、德国 ICE、中国 CRH 和 CR、西班牙 AVE、韩国 KTX 等，现阶段有能力进行高速列车成套技术与装备制造的国家主要有中国、德国、法国及日本等。

一、中国高铁之梦——萌芽

由于过去封建社会的闭关锁国、近代西方列强与日本帝国主义的侵略，也由于国外技术封锁和国内发展时间较短，如图 2.2 所示，我国铁路列车发展一直处于落后状况。

图 2.2　中国与国外铁路列车诞生时间对比

中华人民共和国成立以后，经过多年自力更生和艰苦奋斗，我国基本建立了完善的铁路系统工业体系，通过自主研发形成了较为完整的机车车辆产品系列。但是我国铁路运营与技术水平和国外发达国家相比较为落后，旅客列车运营速度缓慢，运能严重不足，“一票难求”现象十分突出。

1978 年我国开始实行改革开放政策，随之带来的经济活跃使人们的出行需求越来越多，人们对旅行速度的要求也愈加提高，而当时旅客列车的最高运营速度都不超过 120 公里 / 小时，远远不能满足。1990 年铁道部决定将广深线作为提速试点，围绕着广深线提速开展了关键技术的科研攻关和新型机车车辆的研发，大功率柴油机、机车空心轴转向架、客车新型转向架、新型制动机、防滑器和制动盘形等，一大批科研成果的收获保证了“东风 11”内燃机车和 25 型客车以优异的性能满足了广深线提速的要求，并成为以后既有线大提速的主力车型。

1994 年 12 月时速 160 公里准高速列车投入运营，初始采用东风 11 型内燃机车牵引，如图 2.3 所示。

图 2.3 时速 160 公里准高速列车

从 1997 年 4 月 1 日开始，我国共进行了六次大提速。其中第六次是引进动车组技术之后进行的，后面会单独进行介绍，此处只写前五次大提速，如表 2.1 所示。

表 2.1 中国高铁五次大提速

大提速	起始时间	主 要 内 容
第一次	1997.04.01	京沪、京广、京哈三大铁路线批量上线“夕发朝至”列车以及快速客运列车。
第二次	1998.10.01	京沪、京广、京哈三大铁路线提高最高运营速度至 160 公里 / 小时； 广深准高速铁路开通最高运营速度为 200 公里 / 小时的旅客列车； 大幅增开快速列车和“夕发朝至”列车。
第三次	2000.10.21	针对陇海、兰新、浙赣等东西向铁路及京九线进行提速，形成“四纵两横”提速网络； 全国铁路联网售票，400 个较大车站可异地售票。
第四次	2001.10.21	对前三次进一步延伸和完善，提速线路延展至 1.3 万公里。
第五次	2004.04.18	京沪、京广、京哈等铁路线增开“Z”字头直达特快列车； 京沪、京广、京哈少部分路段最高运营速度达到 200 公里 / 小时； 25T 铁路客车上线运营，最高运营速度为 160 公里 / 小时。

五次大提速完全依靠我国自主研发的机车车辆，使我国机车车辆的技术水平上了一个新台阶。与此同时，为满足各个铁路局对提速的不同需求，国内各大主机厂在提速技术的基础上陆续研发了一系列动车组产品，“庐山号”“南昌号”“北海号”“北亚号”“神舟号”“罕露号”“大白鲨”“金轮号”“中原之星”等国产动车组如雨后春笋一般冒出来。国内运营时速主要涵盖 120 ～ 160 公里 / 小时。中低速动车组的初始运营探索积累了许多经验，为后续发展奠定了良好的基础。

1）“庐山号”

如图 2.4 所示，“庐山号”内燃双层动车组是原唐山机车车辆厂于 1998 年为南昌铁路局研制开发的，是我国自行研制开发的首列动车组。列车采用 4 辆编组即 2 动 2 拖，交—直流电传动系统，最高运营速度为 120 公里 / 小时，动车组定员为 540 人，并于当年 6 月在南昌—九江间投入运行。此车的试制成功，填补了中国铁路运输工具的一项空白。

图 2.4　“庐山号”双层内燃动车组

2）“南昌号”

如图 2.5 所示，“南昌号”内燃动车组由原四方机车车辆厂制造，列车采用 6 辆编组即 2 动 4 拖，首列车于 1999 年 2 月在南昌—九江投入运营。四方基于此车型，还继续研发了系列动车组产品，例如哈尔滨铁路局的“北亚号”、内蒙古集通铁路有限责任公司采购用于集宁—通辽线的“罕露号”、北京铁路局太原分局和临汾分局定购的“晋龙号”，广西地方

图 2.5　“南昌号”内燃动车组

图 2.6 “大白鲨”电动车组

铁路定购的“北海号”。

3）“大白鲨”

如图 2.6 所示，“大白鲨”高速电动车组由原株洲电力机车厂、长春客车厂、四方机车车辆厂、唐山机车车辆厂、南京浦镇车辆厂及株洲电力机车研究所等单位于 1999 年联合研制成功。该列车为动力集中式高速动车组，7 辆编组，1 动 6 拖；6 辆拖车中有 1 辆双层二等座车、1 辆单层一等座车、3 辆单层二等座车和 1 辆带司机室的二等座车，最高速度为 200 公里 / 小时。

图 2.7 “蓝箭号”动车组

4）“蓝箭”

如图 2.7 所示，“蓝箭号”动车组由原株洲电力机车厂、株洲电力机车研究所和长客厂等共同研发，于 2000 年 9 月正式完成编组，型号为 DJJ1，属于动力集中型电动车组。“蓝箭”的名字来源于一篇童话散文《蓝箭》里一列玩具火车的名字，代表着“传递幸福的列车”。

“蓝箭号”出厂后在线路上试验达到了时速 236 公里的优异记录，并与瑞典的 X2000 一起被命名为“新时速”列车而飞奔在广深铁路。由于存在着结构设计制造的问题，“蓝箭号”逐渐退出大众视野，于 2012 年 11 月正式退役。

二、中国高铁之梦——追梦

既有线的提速满足了广大群众出行对速度的需求，然而铁路运能与社会需求相差甚远，尤其是作为最繁忙铁路主要干线的京沪线运能的矛盾更为突出，扩建新线、客货分运是根治矛盾的最佳解决方案，建设京沪高速铁路的论证由此拉开了序幕。高速列车作为高速铁路的重要组成部分，首先从高速铁路总体技术的系统性出发对列车总体技术条件进行论证，并开展了对高速列车关键部件的科研攻关。

我国高速列车科研起始于“八五”国家科技攻关计划，“九五”期间成功研制列车核心零部件，完成了总体技术及方案研究。“八五”“九五”期间，国家科技攻关重点项目首先安排了高速列车总体技术条件编制，以及高速转向架、轻量化（铝合金）车体、交流传动与牵引传动系统、车载计算机及列车网络系统、微机控制制动系统、高速列车空气动力学的研究和部件研发。

1990 年 3 月，铁道部正式报文《关于“八五”期间开展高速铁路技术攻关的报告》，高速列车技术随即开始了前期研究。“八五”国家重点科技攻关计划中包括“高速动力车车体和转向架的研究”“高速客车转向架的研究”“高速客车车体轻量化的研究”等课题，铁道部根据“八五”国家重点项目制订了科研计划，立项开展高速列车关键技术研究，分别由西南交大和大同厂、长客厂、长沙铁院、铁科院等单位承担了高速动力转向架、高速客车转向架、高速轻量化（铝合金）客车车体、高速列车外形及起动性能、高速制动技术的研究和样机研制等工作。

1995 年，“九五”国家重点科技攻关计划项目对高速列车技术开展了全面的研究。列入计划的项目有：“高速列车总体技术条件的研究”，由铁科院承担，项目最终完成了我国高速列车的技术条件编制，制定了高速列车限界、动力学、结构强度等规范，为系统开展高速列车和部件研制打下基础；“高速列车制动系统关键部件的研制”“高速列车司机室布置及人机工程的研究”“高速万向轴式动力车转向架的预研究”“高速试验型铰接式车体转向架及连接结构的研究”“高速列车控制、诊断、监测系统的预研究”等一大批关键部件的研制项目也相继开展。与“九五”国家重点科技攻关项目相配套，铁道部制订的1995年铁路科学技术发展计划针对高速列车技术立项共计25个课题，全面开展关键技术的研究和部件的设计、研制和试验。1999年，铁道部根据“八五”“九五”国家重点科技攻关项目，完成了我国首个高速列车铝合金车体研制，其强度满足规范要求；完成了高速动力转向架、客车转向架样机的研制，进行了滚动台台架试验和参数优化，在滚动试验台的最高试验速度达到400公里/小时；完成交流传动牵引系统的研制，轴功率达到1 250千瓦，并成功应用在电力机车上；完成微机控制制动系统、列车网络和微机控制系统的样机研制及实验室运行调试。至此，我国完成了高速列车总体和关键部件的科技攻关，系统掌握了其核心技术。这些科研项目取得的阶段成果为整车的研制奠定了基础。

在完成高速列车关键技术研究的同时，中国铁路还建立起机车车辆整车滚动振动试验台、列车气动、撞击行车安全试验台、列车线路运行综合检测系统等一批高速列车试验平台和手段，确保了高速列车研究的科学性。

1997年国家计委、科委批复将“200公里/小时动力分散交流传动电动车组研制”列入“九五”国家重点科技攻关计划，铁道部1997年铁路科技研究开发计划据此开展了相关的项目，在我国首次开展动力分散高速列车的研制。

2000年铁道部在汇总“八五”“九五”科技攻关项目成果的基础上报送了《〈270公里/小时高速列车产业化〉可行性研究报告》，国家计委于当年12月底批复同意该项目列入

“国家高技术产业化发展项目”计划。

1）“先锋号”

200 公里 / 小时动力分散交流传动电动车组，由浦镇厂牵头，铁道科学研究院、上海铁道大学、株洲电力机车研究所、长客厂、大同厂和永济厂等单位共同承担。项目的科技攻关课题包括动力分散电动车组总体设计和研制、空心车轴动力转向架和非动力转向架、高速齿轮箱和联轴节、微机控制制动系统、牵引电动机、牵引变压器、控制及列车网络系统、交—直—交牵引传动系统、列车辅助系统研制等。

如图 2.8 所示，“先锋号”为我国首列采用动力分散型的交流传动电动车组，列车采用 6 辆编组即 4 动 2 拖，总定员为 424 人，最高运营时速为 200 公里，最高试验速度大于时速 250 公里。列车采用了从国外采购的 IPM 三点式变流机组，牵引功率 4 800 千瓦；首次采用了自主的列车微机控制网络系统、微机控制的空电联合控制的制动系统、空心车轴及高速转向架等新技术。2001 年 5 月，中国首列动力分散交流传动电动车组在浦镇厂下线，命名为“先锋号”，随后在北京环行试

图 2.8 “先锋号”电力动车组

验线和广深线进行了大量列车运行科研试验，通过列车及其关键部件的型式试验，广深线最高试验速度达到249.6公里/小时。在广深线进行载客试运营，运行里程6万余公里，输送旅客15万余人。同年8月，“先锋号”电动车组调往秦沈客运专线参加综合试验，最高试验速度达到292.0公里/小时，“先锋号”动力分散高速列车的研制成功，为京沪高速铁路列车选型与技术方案的论证以及300公里/小时高速列车的研发提供了可靠的试验数据，并成为后来我国高速列车发展的依据。

2）“中华之星”

国家批复的项目目标是研制一列高速列车，并形成小批量生产能力。列车最高运营速度270公里/小时，最高试验速度300公里/小时。项目由3个课题12个专题组成，中车南方、北方公司及其所属株洲厂、大同厂、长客厂、四方厂、株洲所、戚墅堰所、四方所，以及铁科院、西南交大、中南大学等单位联合承担。2002年9月，动车组各车送抵北京环行试验线进行编组调试，定型为DJJ2型，命名为“中华之星”。动车组随后调至秦沈客运专线参加综合试验，完成了列车的全部型式试验。11月27日，以两辆动力车和三辆客车的短编组“中华之星”在新建的秦沈客运专线试验段运行，最高试验速度达到321.5公里/小时，创造了当时的中国铁路第一速度。2003年1月至2005年初，“中华之星”持续在秦沈客运专线进行不载客线路运行考核，总运行里程达到53.6万公里。随后，该车正式配属沈阳铁路局在秦沈客运专线投入载客运营。“中华之星”动车组为动力集中式交流电动车组，编组为2动9拖，定员726人，最高运营速度270公里/小时，牵引持续功率2×4 800千瓦。列车总体采用集成化、模块化设计，集“八五”以来的高速科研成果，采用国产化GTO水冷变流机组，1 225千瓦大功率异步电动机；采用微机控制直通电空制动系统、六连杆二级空心轴转向架、中空型材铝合金车体；并采用分布式微机网络控制系统、车辆级MVB总线和列车级 WTB 总线，实现了全列车的网络控制、逻辑控制和自诊断功能。

如图 2.9 所示，“中华之星”是“和谐号”CRH 系列动车组诞生前最有名的高速列车，是 10 年科研攻关的结晶，是我国自行设计、拥有完全自主知识产权的高速电动车组。该列车采用了外形酷似“鸭嘴兽”的双拱流线型机车头，列车密封性能良好，气动性能良好，代表了当时国内最高水平。

图 2.9 “中华之星”电动车组

“中华之星”由原四大机车车辆厂（株洲电力机车厂、大同机车厂、长春客车厂和四方机车车辆厂）、原四大研究所（铁科院、株洲所、四方所和戚墅堰所）和两大高校（西南交通大学、中南大学）共同研制，也被称为“442 工程”。“中华之星”的研制，为以后进一步发展 300 公里 / 小时高速列车奠定了坚实的基础。

“八五”以来科技攻关所取得的成果，使我们对高速列车从一无所知到掌握了核心技术，在此基础上，2001 年由铁道部高速办组织铁科院完成了“京沪高速铁路高速列车选型与技术方案”，方案所提出的主要技术方案和指标后来都成为我国高速列车发展的基础。

在科研攻关取得阶段性成果的同时，在高速列车及核心部件的设计、制造、检验、试验等各方面锻炼和培养了一支完整的人才队伍，这些人才成为中国高速列车持续发展的技术骨干；掌握了核心技术，为交流传动牵引系统、微机控制制动系统、铝合金车体、高速齿轮箱、密接车钩、空气簧等核心部件产业化奠定了基础；建立了一整套高速列车试验检测装备，检测技术达到世界先进水平。

三、中国高铁之梦——梦想成真

中国高速铁路及高速列车发展堪称世界奇迹，但是在这奇迹背后有其成功的必然，即与多年的自我探索积累、借用“他山之石”、勇于创新、科学研发流程、凝聚优势资源等因素是分不开的。在前期大量的科研基础上，我国通过科学谋划，采用多步走的策略，将高速铁路及高速列车技术一步步推向新的台阶。如图 2.10 所示为 2004 年起中国高速铁路及高速列车发展图。

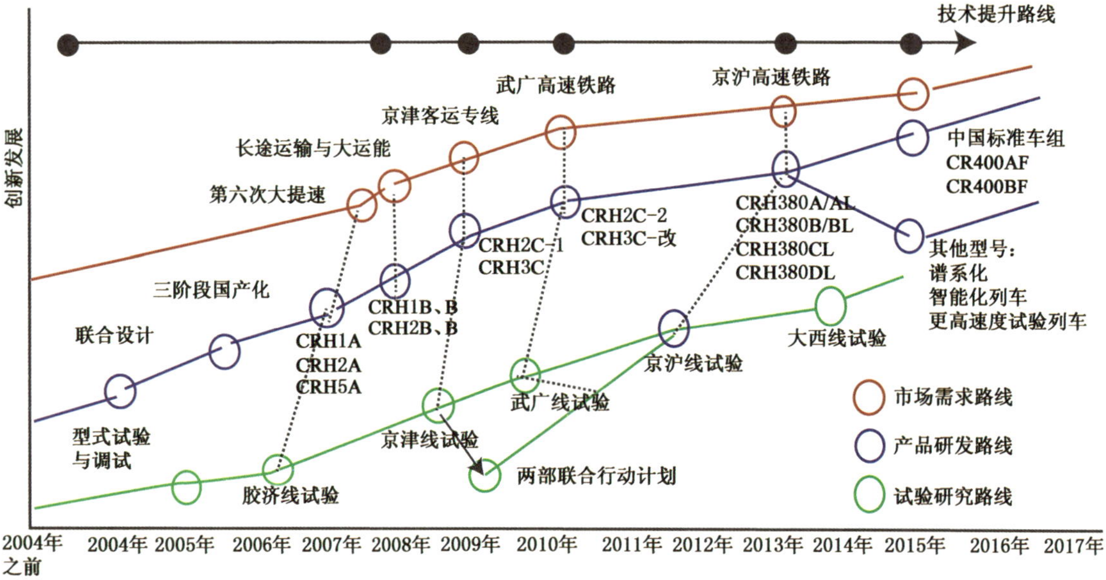

图 2.10　2004 年起中国高速铁路及高速列车发展图

1. 多方引进

2004年按照“引进先进技术、联合设计生产、打造中国品牌”总体要求，我国开始引进了日本川崎重工、法国阿拉斯通、德国西门子等国外高速列车技术，分别由原南车集团所属青岛四方股份公司、北车集团所属长客股份公司及唐山公司实施技术承接，并在一次性引进200～250公里/小时动车组制造技术的基础上，分阶段实施了国产化。

我国在引进动车组的技术基础上针对中国线路特点进行了改进设计：先是进行了轮轨关系、弓网关系的匹配，确定了轮对内侧距、踏面型式和弓网受流性能；然后为了保证良好的乘坐舒适性，对运用及维护界面进行了适应性改进，掌握了200～250公里/小时动车组的制造技术，构建了动车组产品制造平台，为自主创新奠定了基础。

我国在引进技术的基础上通过实施分阶段国产化并消化吸收，掌握了时速200公里动车组制造技术，打造了“和谐号”CRH1A、2A、5A型高速列车家族，运营速度200～250公里/小时。2007年我国实施既有线第六次大面积提速，速度达到200～250公里/小时的高速动车组首次上线运营，如图2.11a、2.11b、2.11c所示。从2005年开始，基于我国大运能和长途运输的特殊需求，针对特定线路环境和出行人群特点，我国研发了时速250公里、16辆编组、长编组座车CRH2B，长编组卧铺车CRH1E、CRH2E等型号高速动车组。其中长编组卧铺车进行了诸多技术创新，舒适、新颖、噪声控制良好的卧铺车设计成为技术创新的亮点，动车组于2008年9月下线并投入运营。

2005年铁道部再次分别从日本和德国引进了300公里/小时动车组，以满足武广、郑西客运专线开通运营的需要。铁道部与四方厂和日本川崎重工公司签订采购60列

图 2.11a　CRH2A

图 2.11b　CRH5A

图 2.11c　CRH1A

300公里/小时级别的高速动车组合同，并定型为CRH2C型；铁道部与唐山厂和德国西门子公司正式签订合同，采购60列300公里/小时级别动车组，并最终定型为CRH3C型。

根据京津城际铁路、武广高速铁路、郑西高速铁路等特定环境运营的需求，通过研究突破复杂地质和气候条件、长大距离、高密度、隧道及明线交会、短时或持续以350公里/小时的速度运营等带来的诸多技术挑战问题，我国改良的300～350公里/小时速度等级的CRH2C型、CRH3C型及其改型高速动车组，先后于2008年投入了京津城际铁路，于2009年投入了武广高速铁路、郑西高速铁路等线路并以350公里/小时速度运营。

2008年新建的高速铁路陆续开通，如图2.12所示，北京奥运会前夕，京津城际客运专线以350公里/小时速度开通运营，是世界首条运营时速达到350公里的高速铁路，中国高速铁路运输进入新的时期。

图2.12　京津城际高速铁路开通运营

2. 再创新

随着京津城际、武广高铁、郑西高铁等线路的开通运营，我国高速铁路发展进入快速发展期。

在高速铁路装备方面，在国家科技部、原铁道部主导下，并依托科技部“十一五”国家科技支撑，集中国内优势资源，共同推动了 CRH380 型新一代高速列车的研制。针对京沪高速铁路高密度、高速度、大运量、长短途结合、跨线运行等特殊运输需求和气候差异大、地质条件复杂等特定环境特点，对引进技术消化吸收再创新，在引进的技术平台上研发了如图 2.13a、2.13b 所示的 CRH380A/AL、CRH380B/BL 等多种型号高速列车，速度指标为持续运营速度 350 公里 / 小时，最高试验速度 420 公里 / 小时以上。新一代高速列车在确保运营速度、舒适性、环保节能及安全可靠性等顶层技术指标领先的前提下，取得了多方面的技术创新。

图 2.13a　CRH380A/AL 型高速动车组（L 代表长编组动车组）

图 2.13b　CRH380B/BL 型高速动车组（L 代表长编组动车组）

CRH380A 型列车于 2010 年 4 月底首先下线，2010 年 12 月 3 日在京沪高铁先导段 CRH380AL 创造了 486.1 公里 / 小时的中国铁路运营试验的最高速纪录，引起了国内以及世界的巨大反响。

CRH380 型高速动车组研制成功以及京沪高速铁路开通运营，表明我国高铁技术发展进入了一个新的阶段。京沪新一代高速动车组通过国内研发团队的一致努力成功实现了消化吸收后的再创新，提升了中国高速列车的技术水平，并带动了机械、电子、信息等相关产业的发展，通过突破围绕速度提升带来的一系列重大关键技术问题，进一步整合了国内相关优势科技资源和优势产业资源，形成了高速列车技术装备产业链，提升了我国高速铁路自主创新能力。如图 2.14 所示为京沪高速铁路开通运营，见证了我国高速铁路发展的新阶段。

3. 全面创新

2017 年 1 月 3 日，国家铁路局向中车青岛四方机车车辆股份有限公司、中车长春轨道客车股份有限公司颁发了中国标准动车组型号合格和制造许可证，并正式将中车四方设计生产

图 2.14　京沪高速铁路开通运营

的“中国龙”（曾用名“蓝海豚”）命名为CR400AF，中车长客设计生产的“金凤”（曾用名“金凤凰”）命名为CR400BF。为了体现实现中华民族伟大复兴中国梦的决心，2017年6月，中国标准动车组被正式命名为“复兴号”。

“复兴号”高速动车组的研发成功，具有重大的历史意义：首先，“复兴号”完全是中国的！也就是说“复兴号”源于正向设计，全部核心技术都具有完全的自主知识产权，摆脱了核心技术受制于人的局面；其次，“复兴号”是完全适合中国高铁运输系统的，从各方面试验数据分析，“复兴号”总体技术达到世界先进水平，在互联互通等方面处于世界领先水平；最后，“复兴号”的成功研制和运营，确立了我国高速列车具有完全自主的知识产权技术平台，在这个平台上，可以进一步发展不同速度等级和各类环境条件下所需求的高速动车组系列产品，也为我国高铁走出去战略的落地实施奠定了坚实的基础。

- **中国标准动车组的由来**

2004年以来的技术引进提升了我国高速列车的制造水平，然而受到引进技术平台的限制，其核心技术依然掌握在外商手中。由于引进技术的来源不同，众多参数指标、标准规范存在差异，这些都给运输及列车应用、维修带来困扰，亟待解决。

为落实国家创新驱动发展战略，实现铁路运输持续发展，确保我国高铁移动装备技术创新能力和产品水平保持世界先进水平，立足世界先进行列，满足铁路“走出去”的迫切需要，铁道部在国家支持下开展了350公里/小时中国标准动车组（简称标动）的研制。

标动的研制目标是全面提升中国高速铁路动车组设计和制造水平，打造适合中国国情、路情的高速动车组设计制造平台，实现中国高速铁路动车组自主化、标准化和系列化，实现相同速度等级动车组互联互通，形成规模化生产能力，建立中国高速列车标准体系，创建中国品牌。自2013年以来，在中国铁路总公司（前期为铁道部）主持下，由中国铁道科学研究院牵头，中车集团设计主导，充分利用国内相关资源，开展了中国标准动车组设计研制工作。

中国标准动车组的主要研制原则为坚持正向设计，不受外方技术限制，拥有自主知识产权；通过产学研结合全面掌控核心技术，软件完全自主，硬件原则自主；不同工厂研制的标动实现简统化，对司乘操作、旅客界面、运用维护等进行简统化设计，能够互联互通，实现重联运营；满足运输需求，经济安全，节能环保，降低全寿命周期运营成本。自主化、简统化和互联互通：自主化指的是自主进行整车及关键系统、零部件开发，形成自主知识产权；简统化指的是对司乘操作、旅客界面、运用维护等进行简统化设计；互联互通指的是不同厂家生产的相同速度等级标准动车组能够重联运营，不同速度等级动车组能够相互救援。

- **中国标准动车组的研制历程**

2013 年，原铁道部科技司立项研究“动车组前瞻性技术研究”课题。2013 年 3 月，铁道部改制，中国铁路总公司组建成立后，铁总科技司、运输局召开中国标准动车组推进工作会议，加强标动发展的顶层设计，由中国铁道科学研究院牵头，全面启动标准动车组技术条件编制工作，组织四方股份公司和长客股份公司开始研制时速 350 公里中国标准动车组。

2015 年 6 月 30 日，具有自主知识产权的时速 350 公里中国标准动车组正式下线，在中国铁道科学研究院环形试验基地正式开展试验工作，研制工作取得重要阶段性成果。图 2.15 所示为停放于环形试验基地的两列样车。

图 2.15　正式下线的“蓝海豚”和“金凤凰”

该系列动车组分别由中国中车青岛四方机车车辆股份有限公司和中国中车长春轨道客车股份有限公司研制，两列样车的外观造型生动别致，分别被广大高铁爱好者亲切地称作“蓝海豚”和“金凤凰”。该动车组的运营时速为350公里，是中国自行设计研制的最新的两款动车组。

2015年10月，两列标动调到大西线，结合发改委战略新兴产业示范工程，在太原到原平间完成了型式试验和应用考核；11月18日，中国标准动车组在大西客运专线完成385公里/小时动力学试验，各项性能指标均达到优秀水平。2016年7月15日，“蓝海豚”和“金凤凰”以超过420公里/小时的速度在郑徐线上“擦肩而过”，在世界上首次实现了相对速度超过840公里/小时的交会运行，交会全程不超过2秒。

“复兴号”的研制过程科学严谨，经历设计方案评审、试验评审、试用评审、运用考核评审和技术评审等过程，并且完成了一系列完整复杂的型式试验、空载运营考核以及载客运营考核。2017年1月3日，国家铁路局向中车青岛四方机车车辆股份有限公司、中车长春轨道客车股份有限公司颁发了中国标准动车组型号合格和制造许可证。

2017年2月25日，由中国标准动车组执行载客任务的G65次列车驶出北京西站，“蓝海豚”和“金凤凰”的CR400AF和CR400BF两个型号的样车采用重联的方式，首次上线运营。

2017年6月26日，批量生产的10列时速350公里“复兴号”（AF和BF各5列）首次在京沪高铁正式载客运营。

图2.16 “复兴号”高速列车

2017年9月21日，“复

兴号”在京沪高铁上以最高时速350公里运营，为沿线各大城市之间的市民出行提供了更多选择，满足其对不同速度等级高铁运输的需求。

目前时速350公里的“复兴号”列车已奔驰在祖国广袤的大地上，主要运用于京沪、京广、京津等线路。

中国标准动车组是对中国动车组实行的标准化（统一化以互联互通）设计开发，实现了动车组牵引、制动、网络控制系统的全面自主化，标志着我国已全面掌握高速铁路核心技术，高速动车组技术实现全面自主化，400公里等级的中国标准动车组统一型号为CR400。

“复兴号”的成功研制和批量生产投入运营是我国高速列车发展的一个里程碑。它创建了我国高速列车持续创新发展的技术平台，形成了我国高速列车完整的标准体系，真正拥有了高速列车和核心技术的知识产权，并锻炼培养出世界一流的产学研用结合的创新团队。这些将确保我国高速列车技术持续发展，处于世界先进行列。

4．多元化发展

我国在高速铁路方面的发展并未止步，路网规模不断扩大，装备体量不断增加，多样化需求和个性化需求日益增长。

为持续完善高速列车产品谱系，以运营安全性、装备自主化、发展可持续、运营高效率为目标，以更高速度条件下安全可靠运行、绿色节能、智能化等为目标，重点围绕提升临界速度、提高牵引能力、降低牵引能耗、降低阻力、智能化等方面，对系统集成、头型、车体、转向架、牵引、制动等系统进行了创新研究。此阶段的典型产品主要有更高速度等级高速试验列车

图2.17　更高速度试验列车

（如图 2.17）、智能化列车、基于永磁驱动的高速动车组、高寒防风沙动车组、城际 / 市域动车组以及 CIT400 综合试验列车等产品。

此阶段标志着我国高速铁路进入平稳发展阶段，技术创新进入大丰收时期，更多更好的产品得以开发或上线运营。

2012 年，探索时速 500 公里以上更高速度试验列车已经下线，中国以未来发展需求为风向标，在开发新型高速动车组产品、探索新型高速交通方式创新路上将走得更快、走得更远。

四、“九层之台，起于垒土”

回顾我国铁路发展一路走来，之所以取得今天的成就，得益于国家社会经济发展所形成的综合国力，无论是经济实力、工业基础、科技水平，都为铁路大发展提供了良好的条件保障；得益于中央政府的英明决策，为铁路加快发展创造了极为有利的政策环境，使我国铁路迎来发展的重大黄金机遇期；也得益于铁路行业几代人多年不懈的努力、奋斗与创新，攻克技术难关，克服诸多困难与挑战，才谱就了我国高速铁路发展的新篇章。

中国高速列车技术跻身世界先进行列，成为国家高端装备制造业自主创新的范例，其创新发展离不开成长土壤，用《老子》中“合抱之木，生于毫末；九层之台，起于垒土；千里之行，始于足下”表达较为贴切。总结起来说，我国高速列车技术发展一步步走来，能够取得成功主要有以下几方面原因。

- **“集中力量办大事”**

我们之所以能办成一些其他国家做不到的事情，一个重要原因就在于充分发挥了我国社会主义制度优势，这个制度优势就是集中力量办大事。这是我们成就事业的法宝。“集中力量办大事”这一社会主义制度的内在优势是在长期实践中得来的：无论是从中华人民共和国成立初期为国家发展打下坚实基础奠定地位，还是改革开放后推动社会主义现代化建设取得巨大成就，到现在将科学实践活动上升到国家层面才有了中国高铁的“走出去”。

- **持之以恒的科研攻关**

高速列车取得当今的成功，是中国铁路人长期努力奋斗积累的结晶，是坚持自主科研攻关的结果。在既有线大提速过程中，完全依靠我们自己科技攻关的成果研发了提速机车车辆，“东风 11”内燃机车、韶山 8/9 电力机车、25 型客车等大批国产装备在提速中表现出优异的性能，满足了铁路运输大提速的需求。

从“八五”高速铁路科技攻关开展以来，上百个攻关项目组织我国铁路领域技术专家对高铁技术进行探索，攻克了高速列车关键技术，完成了动力集中和动力分散样车的研制。在后续的高速列车技术创新过程中，针对新产品研发所面临的复杂运营环境、地理气候条件和技术挑战，开展了大量的科技研发、工程实践和线路试验，为高速列车技术持续进步与发展奠定了良好的基础。

- **顶层设计**

顶层设计是指统筹考虑项目各层次和各要素，追根溯源，统揽全局，在最高层次上寻求问题的解决之道。中国高速铁路能够发展得如此之快之惊人，离不开国家针对人民对缩短旅行时间的需求等具体国情所做出的正确规划。国家于 2004 年 1 月批复《中长期铁路网规划》，确定铁路网要扩大规模，完善结构，提高质量，快速扩充运输能力，迅速提高装备水平。至此，长客、四方和唐山厂等各高铁主机厂积极配合，为中国高速铁路的中长期发展做足了充分的准备。

- **适合我国的技术路线**

“闭门造车”“全盘照搬”都是不正确的，为了快速提升我国高速铁路技术水平，中央政府提出了“技术引进消化吸收再创新”的发展途径。大家都明白“他山之石，可以攻玉”的道理，在技术上我们可以通过技术引进少走弯路，但这并不意味着去生搬硬套，而是要灵活运用。技术引进提供了学习国外先进技术和经验的机会，让我们对多种先进技术内涵有了深入的了解，在此基础上，通过学习融合多家技术之长，结合我国国情路情，立足自主技术创新，“取其精华，去其糟粕”，从而实现我国高速列车产品与技术的升级蜕变。

- **完善的技术体系保障**

我国铁路起步较晚，且步履蹒跚，中华人民共和国成立后，通过自力更生和自主创新，设计研发了第一台蒸汽机车、内燃机车和电力机车，发展了 21 型、22 型和 25 型系列客车，至 20 世纪 80 年代末，逐步建立了我国较为完整的铁路工业体系和技术体系，奠定了轨道交通行业发展的良好基础；自 20 世纪 90 年代，特别是进入 21 世纪以来，伴随我国科技水平、工业水平大幅提升和国民经济快速增长，历经多年艰苦探索和自主创新，轨道交通工业体系和技术体系不断升级和壮大，在此基础上进一步发展了高速列车技术体系，为高速列车技术创新发展提供了坚实的后盾。

- **系统集成优势**

高速铁路整体性能的发挥，不仅取决于各子系统水平，很大程度上依赖各大子系统间的系统匹配，这就需要采用系统集成的创新思维。系统集成包括顶层目标选取、顶层技术指标设定、子系统划分与优化、接口识别与边界设计、多指标系统综合评价等过程，其目的是从系统角度出发，强调系统的完整性、交互性和匹配性。以中国标准高速动车组为例，针对持续运营速度更快、区域跨度大、气候与地质条件复杂、路网复杂、运输组织难度大、舒适节能环保问题突出等挑战，开展对轮轨关系、弓网关系、流固耦合的深入研究；突破轮轨间相互作用加剧、轮轨磨耗、运行稳定性和脱轨安全性等技术，解决高速带来的气动阻力、升力、交会压力波、横向力等气动行为，高速牵引与制动可靠性，高速受流稳定性，振动与噪声等技术难题，并通过综合仿真、综合试验、科学研究等对子系统间的匹配性进行分析和验证，实现大系统整体性能的优化与提升。

- **“产学研用”创新模式**

采用“产学研用”创新模式，以用户需求为驱动，以项目为依托，凝聚主机厂、科研院所、高校、配套商等各方优势研发资源，充分发挥各自专业优势和集成放大效应，提升创新效率和效果。以中国标准高速列车研制为例，在国家铁路总公司主持下，由中国铁道科学研究院牵头，以长客和四方主机厂为主导，聚集知名科研院所、高校、核心技术配套商等相关科研单位共同参与，从启动研发到产品下线，到线路运行试验，再到正式投入运营，用了四年半的时间使中国标动达到世界先进水平。

- **科学的研发流程**

高速列车成功的经验在于建立了科学的研发流程，以产品全寿命周期为主线，以接口识别与边界设计为黏合剂，以综合仿真、地面试验、型式试验、联调联试、运营考核为验证手段，对大系统进行整体性能优化。以中国标准高速动车组为例，按照概念设计、方案设计、技术设计、工艺设计、施工设计、样车试制、试验验证、设计改进、批量生产的流程开展各项工作，并通过仿真计算、台架试验、线路试验的试验验证手段获取数据对设计过程提供支撑。另外，通过运营跟踪、持续改进，实现产品研发闭环优化管理。

- **高水平的科研队伍与人才**

人才，是强国之本，振业之基。创新的根基是人才，团队和人才对于创新探索、科技研究、协同创新至关重要。从提速高速，我国机车车辆历经几代铁路人的艰辛努力，依托国家支持和行业发展，通过加强科技创新人才服务体系建设、多层次人才培养、选人用人机制优化、人才激励等工作，我国逐渐打造了一支轨道交通技术领域高水平的研发团队，并培育了一批高端科技人才，使之成为高速列车自主技术创新的中坚力量。

第三章

中国高速列车群英谱

一、中国高速列车家族

二、CRH 家族

三、CR 家族（中国标准动车组）

中国的高速列车发展晚于日本及各欧洲国家，于 20 世纪 90 年代才开始研究高速铁路车辆技术，但自 2004 年起，这十多年来的发展之迅速令人觉得不可思议。目前，批量运营的中国高速列车主要有 CRH 系列和 CR 系列，其中 CRH 是 China railway high-speed 的缩写，即中国高速铁路；CR 是 China railway 的缩写，即中国铁路。如今，中国高速铁路无论里程和时速都排在世界前列，如图 3.1a、3.1b 所示为运营中的高速动车组。

中国高速列车批量运营源于 2002 年 12 月建成的秦沈客运

图 3.1a　运营中的高速动车组

图 3.1b　广州南站出发的高速动车组

专线，运营速度为200公里/小时。2007年4月18日第六次大提速，当时最高运营速度达到250公里/小时。2008年8月1日京津城际高速铁路开通运营，创造了350公里/小时的世界最高运营速度纪录。目前，历经十余年的创新发展，各式各样的高速列车群英荟萃，我国已建立了自己的高速列车家族。

中国高铁以“和谐号”为主，中国近十多年来相继推出CRH1型、CRH2型、CRH3型、CRH5型和CRH380型等高速列车型号。2017年上线的“复兴号”则采用不同的速度等级，与“和谐号”相得益彰，使中国的铁路技术装备水平驶入一个崭新的时代。

一、中国高速列车家族

中国高速列车主要分为两个系列：CRH“和谐号”系列和CR“复兴号”系列（又称中国标准动车组），如图3.2所示。

中国铁道部（铁路总公司）将所有引进国外技术、消化吸收再创新生产的动车组车辆均命名为“和谐号”（CRH）动车组。CRH是原铁道部对中国高速铁路系统建立的品牌名称，包括CRH1、CRH2、CRH3、CRH5、CRH6及CRH380型动车组。

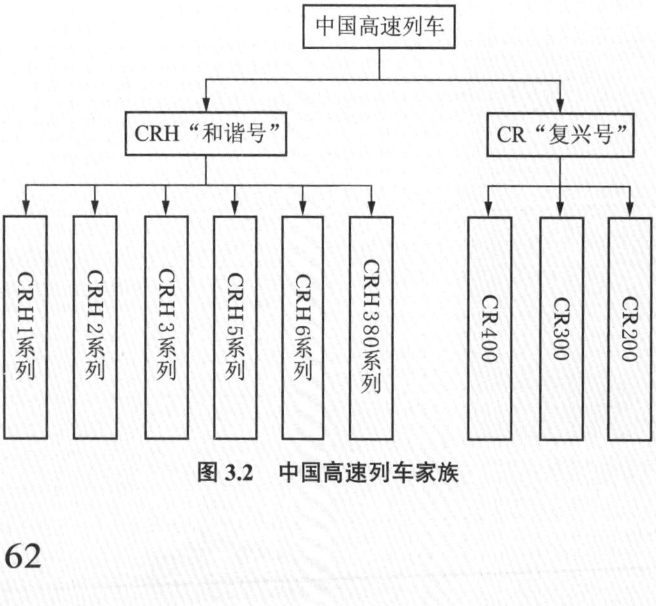

图3.2 中国高速列车家族

“复兴号”是中国标准动车组的中文命名，是由中国铁路总公司牵头组织研制、具有自主知识产权、达到世界先进水平的动车组。CR是China railway的缩写，即“中国铁路”，三个级别为CR400/300/200，数字表示最高时速，持续运营时速分别对应350公里、250公里和160公里，适用于我国高速铁路（高铁）、快速铁路（快铁）、城际铁路（城铁）等不同的运输需求。目前已定型的“复兴号”包括两个型号，分别为 CR400AF 和 CR400BF。“复兴号”CR400 代表运营时速 300 ～ 400 公里速度等级，最高运营时速 350 公里。“A”和“B”为企业标识代码，代表两个型号拥有的生产厂家，A 代表中车四方股份、B 代表中车长客股份；F（分）为技术类型代码，表示动力分散。

二、CRH 家族

CRH 动车组家族族谱庞大，现有的 CRH 系列高速动车组主要分为 6 种型号：CRH1、CRH2、CRH3、CRH5、CRH6 和 CRH380，涵盖了时速 200 ～ 350 公里速度等级短编组座车、长编组座车、长编组卧铺车、高寒车和检测车等各种车型。主要生产厂家有青岛四方—庞巴迪铁路运输设备有限公司（以下简称 BST）、中车青岛四方机车车辆股份有限公司（以下简称四方股份）、中车唐山机车车辆有限公司（以下简称唐车公司）和中车长春轨道客车股份有限公司（以下简称长客股份）。BST 为中车四方车辆有限公司与加拿大庞巴迪合作的中外合资企业，主要生产制造 CRH1A、CRH1B、CRH1E、CRH1A-A 以及 CRH380D 等型号高速动车组；四方股份公司主要生产制造 CRH2A、CRH2B、CRH2C、CRH2E、CRH2G、CRH2J、CRH380A/AL/AJ/AM、CRH6A/6F 等型号高速动车组；唐车公司主要生产制造 CRH3C 等型号高速动车组，后期由原中国北车主导，长客股份公司和唐车公司联合研制 CRH3A、CRH380B/BL 型动车组；长客股份公司主要生产制造 CRH5A、CRH5E、CRH5G、CRH5J、CRH380B/BL、CRH380CL、CRH380BG 等型号高速动车组。

主要车型如图 3.3 所示。

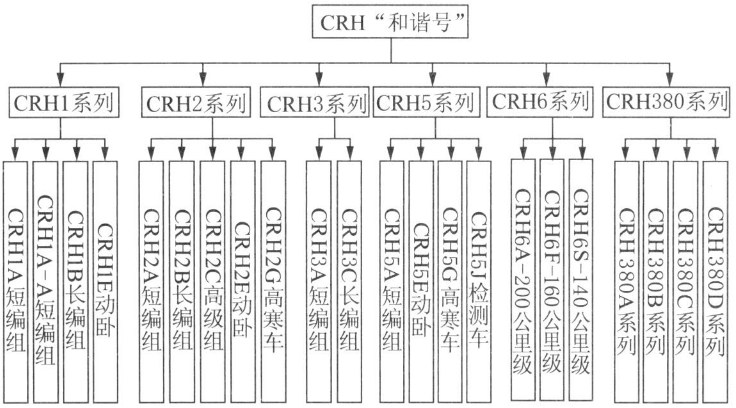

图 3.3　CRH 成员类型一览图

现有的CRH系列各型动车组的主要技术参数见表3.1和表3.2。

表3.1 CRH系列（1～5）动车组主要技术参数

序号	车型	列车总长（米）	编组	速度等级（公里/小时）	试验速度（公里/小时）	牵引功率（千瓦）	车轮直径（毫米）	车体材质	车体宽×高（毫米）
1	CRH1A	213.5	5M3T	200～250	250	5 500	915/835	不锈钢	3 330×4 040
2	CRH1B	426.3	10M6T	200～250	275	11 000	915/835	不锈钢	3 330×4 040
3	CRH1E	428.9	10M6T	250	275	11 000	915/835	不锈钢	3 330×4 040
4	CRH1A-A	213.5	5M3T	250	275	5 500	915/835	铝合金	3 358×4 160
5	CRH2A	201.4	4M4T	200～250	275	4 560	860/790	铝合金	3 380×3 700
6	CRH2B	401.4	8M8T	200～250	275	9 120	860/790	铝合金	3 380×3 700
7	CRH2E	401.4	8M8T	200～250	275	9 120	860/790	铝合金	3 380×3 700
8	CRH2C	201.4	6M2T	300～350	385	7 728	860/790	铝合金	3 380×3 700
9	CRH2G	201.4	4M4T	200～250	275	5 480	860/790	铝合金	3 300×3 860
10	CRH2J	201.4	4M4T	200～250	275	4 800	860/790	铝合金	3 380×3 700
11	CRH3A	209.75	4M4T	250	275	5 500	920/830（动） 920/860（拖）	铝合金	3 300×3 900
12	CRH3C	200.67	4M4T	300～350	385	8 800	920/830（动） 920/860（拖）	铝合金	3 257×3 890
13	CRH5A	211.5	5M3T	200～250	275	5 500	890/820	铝合金	3 200×4 270
14	CRH5E	418.3	10M6T	250	275	11 000	890/820	铝合金	3 300×3 900
15	CRH5G	211.5	5M3T	200～250	275	5 500	890/820	铝合金	3 200×4 270
16	CRH5J	211.5	5M3T	200～250	275	5 500	890/820	铝合金	3 200×4 270
17	CRH6A/6F	201.4	4M4T	160～200	220	5 520	860/790	铝合金	3 330×3 860

表3.2 CRH380型高速动车组技术参数

序号	车型	列车总长（米）	编组	速度等级（公里/小时）	试验速度（公里/小时）	牵引功率（千瓦）	车轮直径（毫米）	车体材质	车体宽×高（毫米）
1	CRH380A	203	7M1T	350	385	11 760	860/790	铝合金	3 380×3 700
		203	6M2T	350	385	9 120	860/790	铝合金	3 380×3 700
2	CRH380AL	403	14M2T	350	385	21 560	860/790	铝合金	3 380×3 700

（续表）

序号	车型	列车总长（米）	编组	速度等级（公里/小时）	试验速度（公里/小时）	牵引功率（千瓦）	车轮直径（毫米）	车体材质	车体宽 × 高（毫米）
3	CRH380AJ	203	7M1T	350	385	11 760	860/790	铝合金	3 380 × 3 700
4	CRH380AM	153.5	6M	350	385	8 800	920/850	铝合金	2 950 × 3 650
5	CRH380B	200.67	4M4T	350	385	9 200	920/830（动） 920/860（拖）	铝合金	3 257 × 3 890
6	CRH380BL	399.27	8M8T	350	385	18 400	920/830（动） 920/860（拖）	铝合金	3 257 × 3 890
7	CRH380BG	200.67	4M4T	350	385	9 200	920/830（动） 920/860（拖）	铝合金	3 257 × 3 890
8	CRH380BJ-A	202.95	4M4T	350	385	9 200	920/830（动） 920/860（拖）	铝合金	3 257 × 3 890
9	CRH380CL	400.47	8M8T	350	385	19 200	920/830（动） 920/860（拖）	铝合金	3 257 × 3 890
10	CRH380D	215.3	4M4T	350	385	10 000	920/850	铝合金	3 358 × 4 160

1．CRH1 型动车组

CRH1 型动车组主要有 CRH1A、CRH1B、CRH1E 以及 CRH1A-A 四种型号高速动车组产品。

1）CRH1A

CRH1A 以庞巴迪公司生产的瑞典 Regina 动车组为原型，8 辆编组，5 动 3 拖，持续运营速度为 200 ～ 250 公里 / 小时，最高试验速度达到 275 公里 / 小时，总定员为 668 人 /611 人 /646 人 /631 人 /635 人。CRH1A-200 动车组设计适用环境温度为零下 40℃至 40℃，CRH1A-250 动车组设计适用环境温度为零下 25℃至 40℃，同型号两列动车组可重联运行。该动车组功率强劲，爬坡能力强，是同速度等级下噪声最低的动车组之一，于 2007 年 4 月 18 日投入运营。如图 3.4 所示为 CRH1A 型动车组。

2）CRH1B

CRH1B 是以 CRH1A 为基础扩编至 16 辆长编组的高速列

司机室

一等座

二等座

通过台

餐车

图 3.4　CRH1A 型动车组

车，10 动 6 拖，持续运营速度为 200 ～ 250 公里 / 小时，最高试验速度达到 275 公里 / 小时，总定员为 1 299 人，设计适用环境温度为零下 40℃至 40℃。该动车组满足了铁路客运长距离的运营要求并提高了载客量，从 2009 年 4 月 24 日开始投入运营。如图 3.5 所示为 CRH1B 型动车组。

外观

司机室

一等座

二等座

通过台

餐车

图 3.5　CRH1B 型动车组

3）CRH1E

CRH1E 卧铺动车组是基于 CRH1A 和 CRH1B 设计开发的 16 辆长编组卧铺动车组，10 动 6 拖，持续运营速度为 250 公里 / 小时，最高试验速度达到 275 公里 / 小时，总定员为 618 人 / 642 人，设计适用环境温度为零下 40℃至 40℃。该型动车组适应了铁路客运长距离的运营要求，满足不同乘客的乘坐需求，提高了乘客舒适度。该动车组于 2009 年 11 月 4 日开始上线运营。如图 3.6 所示为 CRH1E 型动车组。

图 3.6　CRH1E 型动车组

4）CRH1A-A

CRH1A-A 是以 CRH1A 的成熟运用经验和可靠技术为基础，借鉴 CRH380D 动车组的先进技术而设计制造的。该动车组为 8 辆编组，4 动 4 拖，持续运营速度为 250 公里 / 小时，最高试验速度达到 275 公里 / 小时，总定员为 613 人 /596 人 /588 人，设计适用环境温度为零下 25℃至 40℃。同型号的两列动车组可重联运行。该动车组具有良好的气密性和旅客乘坐舒适度，于 2016 年 2 月正式载客运行。如图 3.7 所示为 CRH1A-A 型动车组。

外观

司机室

一等车

二等车

通过台

餐车

图 3.7　CRH1A-A 型动车组

2. CRH2 型动车组

CRH2 型动车组主要有 CRH2A、CRH2B、CRH2C、CRH2E、CRH2G 和 CRH2J 等型动车组，涵盖了时速 200 ～ 250 公里速度等级短编组座车、长编组座车、长编组卧铺车、高寒车和检测车各种车型。

1）CRH2A

CRH2A 以日本“E2”系动车组为原型，按照中国铁路标准而做出了相应的改动。该动车组为 8 辆编组，5 动 3 拖，持续运营速度为 250 公里 / 小时，最高试验速度达到 275 公里 / 小时，总定员为 613 人，设计适用环境温度为零下 25℃至 40℃。同型号的两列动车组可重联运行。CRH2A 于 2007 年 1 月 28 日投入运营，是 2007 年铁路第六次提速的主力车型。如图 3.8 所示为 CRH2A 型动车组。

外观

司机室

一等座

二等座

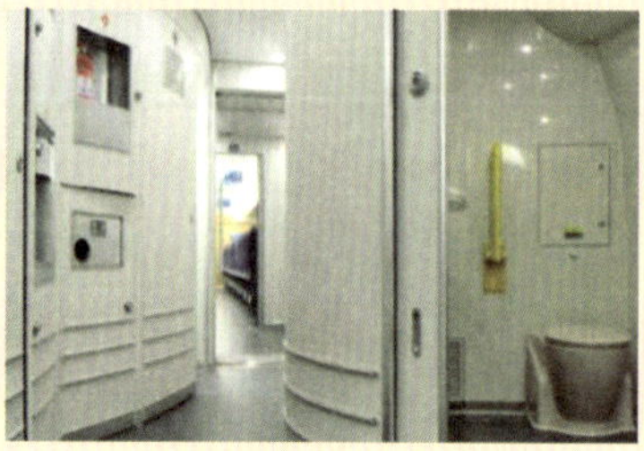

通过台

餐车

图 3.8　CRH2A 型动车组

2）CRH2B

CRH2B是在CRH2A基础上扩编至16节车厢的大编组高速列车。该动车组为16辆编组，8动8拖，分别设置有3节一等座车、12节二等座车和1节餐车。其持续运营速度为250公里/小时，最高试验速度达到275公里/小时，总定员为1 230人，设计适用环境温度为零下25℃至40℃。相对于CRH2A来说，CRH2B采用双受电弓受流，同时改进了空调通风系统，提高了乘坐舒适性。CRH2B于2008年8月在京沪线投入运营。如图3.9所示为CRH2B型动车组。

外观

司机室

一等座

二等座

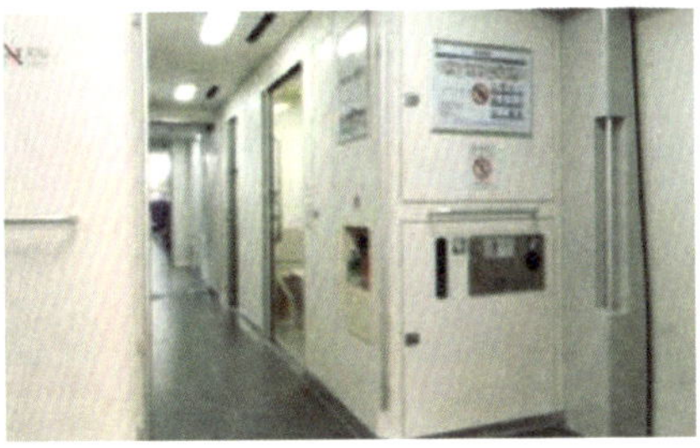
通过台/VIP

餐车

图3.9　CRH2B型动车组

3）CRH2C

2005年9月，铁道部与四方厂和日本川崎重工公司签订采购60列时速300公里级别的高速动车组合同，并定型为CRH2C型；第二阶段提升了牵引功率后，最高运营速度提高到350公里/小时。

CRH2C采用8辆编组，6动2拖，持续运营时速为300公里。该型动车组于2008年在京津城际铁路上首次实现了时速383公里的最高试验速度，打破了“中华之星”高速电动车组时速321.5公里的纪录。总定员为610人，设计适用环境温度为零下25℃至40℃，同型号两列动车组可重联。2008年8月起，CRH2C以最高时速350公里正式投入京津城际铁路运营，直接服务于2008年北京奥运会，向世界展示了我国高速列车的风采。2010年2月开始，CRH2C又陆续在郑西线和武广线投入运营。总的来说，CRH2C已经是比较成熟的时速350公里高速动车组，其研制和运营具有划时代的意义，其优秀成果也为后来研制CRH380A型高速动车组提供了良好基础。如图3.10所示为CRH2C动车组。

外观

司机室

一等座

二等座

内端

餐车

图3.10　CRH2C型动车组

4）CRH2E

CRH2E 为 16 辆长编组卧铺动车组，8 动 8 拖，持续运营速度为 200 公里 / 小时，最高运营速度 250 公里 / 小时，由 13 辆卧铺车、2 辆二等座车和 1 辆餐车组成，总定员为 630 人，设计适用环境温度为零下 25℃至 40℃。CRH2E 是世界上首列高速卧铺动车组，主要在编组形式、动力配置、列车控制和管理系统以及旅客界面等方面进行了创新。卧铺包间设有个性化影视节目选播、应急呼唤服务、火灾检测设备、空调风量调节装置，为人们出行提供了更为舒适的选择。于 2008 年 12 月正式在京沪线投入运营。如图 3.11 所示为 CRH2E 型动车组。

图 3.11　CRH2E 型动车组

5）CRH2G

CRH2G是以CRH2A为技术平台，满足兰新客运专线运营条件和需求，兼顾国内东北、西北、青藏等高寒运行条件，自主研发的时速250公里的高寒防风沙动车组，能在零下40℃至40℃、11级大风等极端气候环境下安全运行。CRH2G型动车组攻克了耐高寒、抗风沙、耐高温、适应高海拔、防紫外线老化五大技术难题，对车体、转向架、牵引高压、制动、空调等主要系统进行了适应性设计，解决了车下电气设备通风冷却滤砂、空调通风滤砂、弓网受流稳定性、车窗防紫外线等问题。其科技创新成果达到国际领先水平。CRH2G原为CRH2H，后来G/耐高寒、H/耐风沙及高寒两种子型号统一成G，于2015年投入运营。如图3.12所示为CRH2G型动车组。

外观

司机室

一等座

二等座

通过台

兰新高铁上的CRH2G

图3.12　CRH2G型动车组

6）CRH2J

CRH2J 是在 CRH2A 型动车组为技术平台设计生产的时速 250 公里高速综合检测列车。高速综合检测列车是对铁路基础设施，如轨道、接触网、信号系统、通信系统等进行综合检测的关键技术装备，对高速铁路的安全运用和维修养护提供技术支撑。CRH2J 动车组采用 8 辆编组，4 动 4 拖，与 CRH2A 列车编组、动拖比、速度等级、主体结构、轴重、牵引功率、设计结构一致。根据综合检测的需求，设置检测车、生活车、会议室等车辆，配备轨道检测系统、轮轨力监测系统、弓网检测系统、通信检测系统、综合系统动力学响应检测系统等设备。

其设计适用环境温度为零下 25℃至 40℃，最高检测速度为 250 公里 / 小时，于 2015 年 5 月 8 日出厂。如图 3.13 所示为 CRH2J 型动车组。

外观

司机室

生活车

检测机柜

会议室

工作台

图 3.13 CRH2J 型动车组

3．CRH3型动车组

CRH3代表车型有CRH3C和CRH3A型动车组。

1）CRH3C

2005年11月，铁道部与唐山厂和德国西门子公司正式签订合同，采购60列时速300公里级别动车组，并最终定型为CRH3C型。CRH3C以西门子公司的ICE-3动车组为原型，为8辆编组，4动4拖，牵引总功率为8 400千瓦，总定员为556人，设计适用环境温度为零下25℃至40℃。同型号两列动车组可重联运行。该动车组简洁明快、现代感强，以最高试验速度达到394.3公里/小时的高速度而走在世界前列，于2008年8月1日投入运营。如图3.14所示为CRH3C型动车组。

外观

司机室

一等座

二等座

通过台

餐车

图3.14　CRH3C型动车组

2）CRH3A

CRH3A 以 CRH380B 技术平台为基础，8 辆编组，4 动 4 拖，牵引总功率为 5 500 千瓦，持续运营速度为 250 公里 / 小时，最高试验速度达到 275 公里 / 小时，总定员为 613 人，设计适用环境温度为零下 25℃至 40℃。同型号两列动车组可重联运行。该动车组借鉴了 CRH380BL、CRH380CL 和 CRH5 型动车组的优点，充分考虑了中国复杂的地理气候条件、运营环境等而为中国高速铁路量身打造，于 2017 年正式投入运营。如图 3.15 所示为 CRH3A 型动车组。

外观

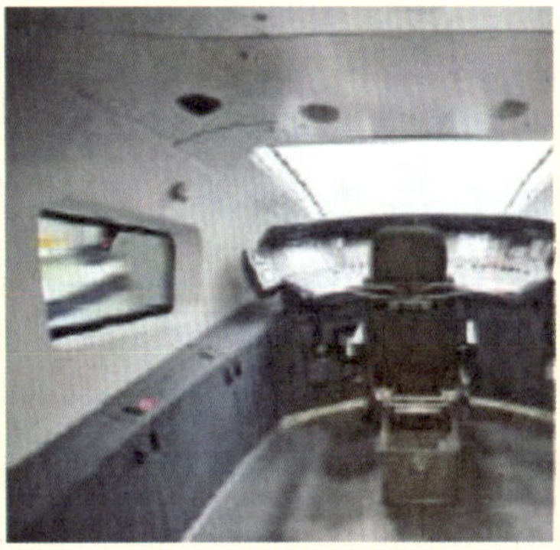
司机室

一等座

二等座

通过台

餐车

图 3.15　CRH3A 型动车组

4. CRH5 型动车组

CRH5 型动车组主要有 CRH5A、CRH5G、CRH5E 和 CRH5J 等型动车组。CRH5 型动车组车体相对较高，正面看“憨厚”笨重，被戏称为“驴子”。以 CRH5A 为基础，CRH5G 去掉了“驴子”的“舌头”；CRH5J 因具有较高辨识度的颜色而被戏称为“黄医生”；CRH5E 则采用了与前三种完全不同的车型设计，由于外形而被车迷亲切地称为“熊猫”。

1）CRH5A

CRH5A 动车组以阿尔斯通在意大利的 Pendolino 动车组为原型，为 8 辆编组，5 动 3 拖，持续运营速度为 250 公里 / 小时，最高试验速度达到 275 公里 / 小时，总定员为 586 人 /622 人，设计适用环境温度为零下 25℃至 40℃。同型号的两列动车组可重联运行。该动车组功率强劲，爬坡能力强，于 2007 年 4 月 18 日投入运营。如图 3.16 所示为 CRH5A 型动车组。

外观

司机室

一等座

二等座

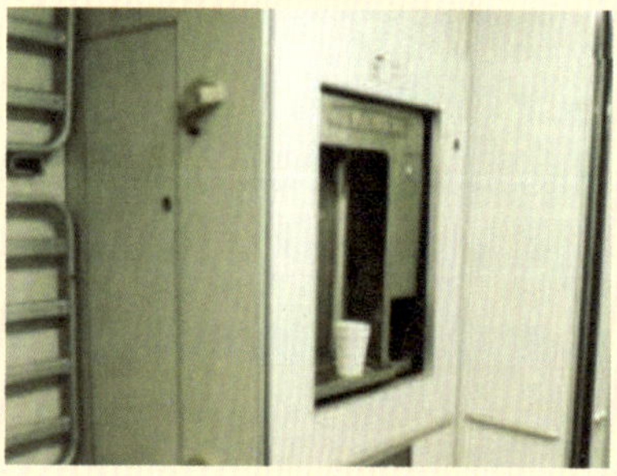
通过台

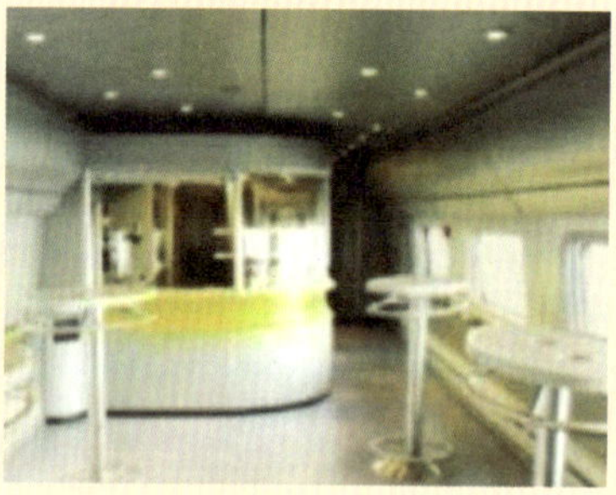
餐车

图 3.16　CRH5A 型动车组

2）CRH5G

CRH5G 型动车组以 CRH5A 为技术平台，编组、动力单元、持续运营速度、最高试验速度等参数均与 CRH5A 型动车组一致，总定员为 613 人，设计适用环境温度为零下 40℃至 40℃，最高海拔可达到 3 600 米。与 CRH5A 动车组可重联运行。该动车组具有高寒车的深厚底蕴，在冷凝水防治、冰雪适应性等方面性能优良，也具有抗风沙的独特设计，可适应兰新线高寒、高温、高海拔、强风沙、强紫外线等运用条件，于 2014 年 12 月 26 日投入运营。如图 3.17 所示为 CRH5G 型动车组。

外观

司机室

一等座

二等座

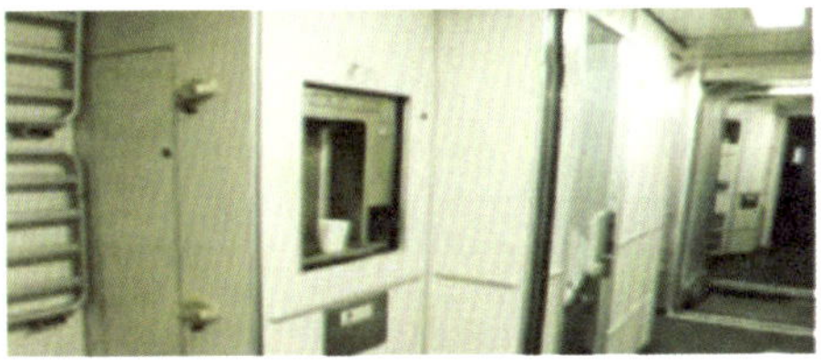
通过台

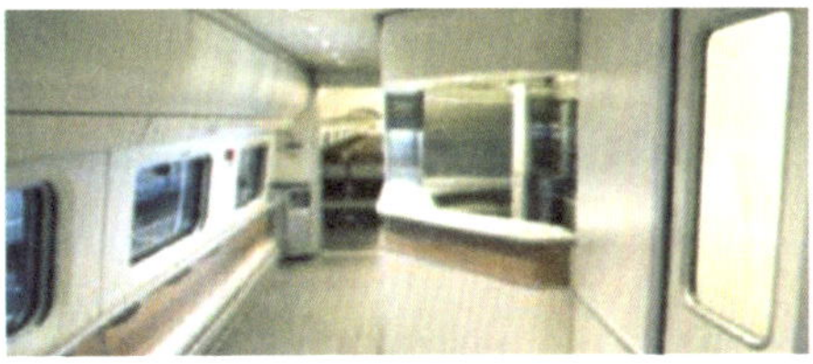
餐车

图 3.17　CRH5G 型动车组

3）CRH5E

CRH5E 型卧铺动车组以 CRH5A 为技术平台，16 辆编组，10 动 6 拖，牵引总功率 11 000 千瓦，持续运营速度为 250 公里 / 小时，最高试验速度达到 275 公里 / 小时，卧席定员为 532 人，全列车以卧代座时的定员 908 人，设计适用环境温度为零下 40℃至 40℃。该动车组具备座、卧两用功能，可实现夜间卧车、白天座车两种运营模式，以满足 2 500 公里长交路运行的要求，于 2016 年 7 月完成整车型式试验。如图 3.18 所示为 CRH5E 型动车组。

外观

司机室

包间

大走廊

通过台

餐车

图 3.18　CRH5E 型动车组

4）CRH5J

CRH5J 型动车组是以 CRH5A 型为基础开发的时速 250 公里综合检测车，8 辆编组，5 动 3 拖，最高检测速度为 250 公里 / 小时，最高试验速度达到 275 公里 / 小时，设计适用环境温度为零下 25℃至 40℃。该动车组车辆种类包含通信信号检测车、会议车、接触网检测车、数据综合处理车、轨道检测车、餐车、卧铺车和信号检测车，是一列集办公、检测、生活为一体的高速铁路动态智能化检测列车。该动车组名为“0 号高速综合检测列车”，编号 CIT001，车身为黄色。“0 号高速综合检测列车”的检测范围包括了轨道、轮轨力、接触网、通信和信号系统等，于 2008 年 6 月 6 日出厂。如图 3.19 所示为 CRH5J 型动车组。

外观

司机室

综合分析室

操作室

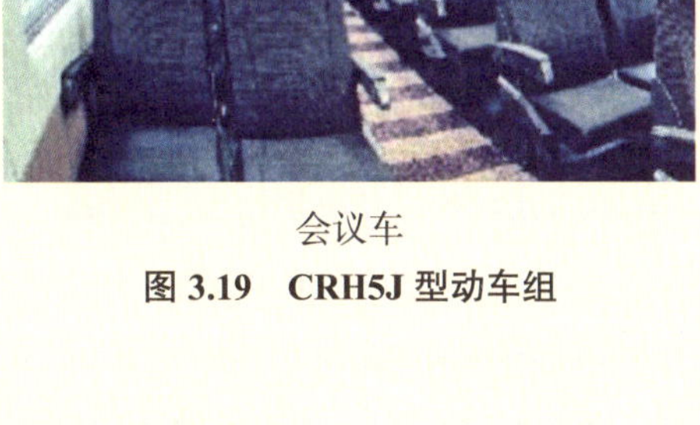
会议车

生活车

图 3.19　CRH5J 型动车组

5. CRH6 型动车组

CRH6 型城际动车组具有快起快停、快速乘降、大载客量及需高速持续运转等特点，目前有 CRH6A、CRH6F、CRH6S 三种型号。严格来说，CRH6F 和 CRH6S 已经不属于高速列车的范畴。

CRH6 型动车组是城际轨道交通的核心技术装备，主要用于中短途城市之间、区域城郊之间的通勤和商旅。CRH6 型车解决了随经济快速发展，城市群等经济发达及人口稠密地区内的旅客快速旅行的需求，填补了中国轨道交通客运装备领域的一项空白。

CRH6A 最高运营速度为 200 公里 / 小时，于 2014 年 2 月 12 日起正式起跑于成灌铁路，其外观及内饰如图 3.20 所示。CRH6F 最高运营速度为 160 公里 / 小时，于 2016 年 12 月起在长株潭城际铁路正式投入运营。CRH6S 于 2014 年 11 月亮相柏林展会以及北京展会，其最高运营速度为 140 公里 / 小时。

外观

司机室

座车

头车全景

通过台

座车餐桌

图 3.20　CRH6A 型动车组

6. CRH380 系列动车组

CRH380 系列高速动车组主要包含 CRH380A/AL/AJ/AM 型、CRH380B/BL/BG/BJ 型、CRH380CL 型和 CRH380D 型高速动车组。CRH380 系列高速动车组问世前就备受大家关注和喜爱，CRH380A/AL 头型设计灵感来自长征火箭，车头狭长，中部为银色涂装。CRH380AM 车头像一把宝剑，给人一种沉稳大气的观感，该车在试验台上创造了每小时 605 公里的速度纪录。CRH380B/BL 车头圆长，与 CRH3 型车车头有些相似。CRH380CL 型车头部分采用了更为细长的流线型铝合金，车灯比 CRH380B 更靠边，造型更加呆萌。CRH380D 型车侧边的蓝色线条更贴近中部，车灯造型也与前三种完全不同，整体看来时尚动感。

1）CRH380A

CRH380A 是在 CRH2C 的基础上研制的，以其最高运行时速命名的新一代高速列车。该型车为 8 辆编组，6 动 2 拖，持续运营时速为 350 公里，最高运行时速为 380 公里，最高试验时速可达到 420 公里以上，总定员为 556 人，设计适用环境温度为零下 25℃至 40℃。CRH380A 型动车组在 2010 年 9 月 28 日沪杭客运专线试运行时创下了时速 416.6 公里的纪录。CRH380A 型高速动车组于 2010 年的“十一”黄金周初次投入沪宁城际高速铁路运营，2010 年底投入武广高速铁路运营。如图 3.21 所示为 CRH380A 型动车组。

2）CRH380AL

CRH380AL 型高速动车组（如图 3.22 所示）为 16 节编组，是 8 节编组 CRH380A 型的加长版，14 动 2 拖，由带 VIP 座席的商务车（SW）2 辆、一等座车（ZY）2 辆、二等座车（ZE）11 辆和餐车（CA）1 辆组成。该型车持续运营时速为 350 公里，最高运行时速为 380 公里，最高试验时速可达到 420 公里以上，总定员为 1 028/1 061 人，设计适用环境温度为零下 25℃至 40℃。CRH380AL 于 2010 年 10 月底下线，高速测试时创

外观

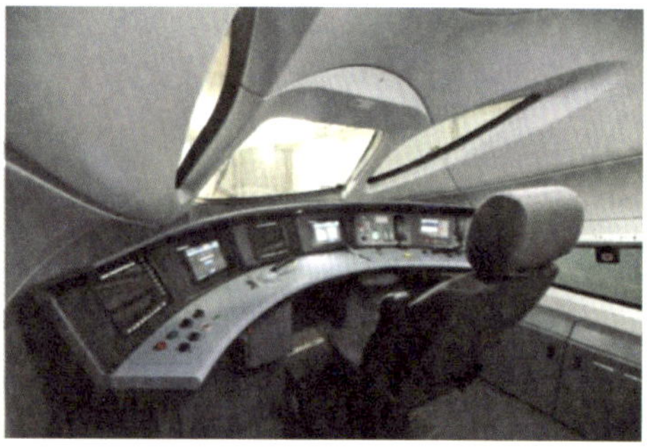

司机室

一等座

二等座

VIP 座

餐车

图 3.21　CRH380A 型动车组

外观

司机室

一等座

二等座

VIP 座

餐车

图 3.22　CRH380AL 型动车组

下了 486.1 公里 / 小时的纪录，同时刷新了 CRH380A 的 416.6 公里 / 小时的高速纪录。CRH380AL 型动车组头型与司机室同 CRH380A。

3）CRH380AJ

CRH380AJ 以 CRH380A 动车组技术平台为基础，进一步提升了牵引能力，同时借鉴了 CRH2010A、CRH2061C 及 CRH2068C 检测列车的成熟经验，根据检测系统安装接口要求对设备布置进行了调整。列车为 8 辆编组，7 动 1 拖，设计时速 400 公里，也能够对时速 400 公里及以下速度级铁路进行检测。如图 3.23 所示为 CRH380AJ 型动车组。

2011 年 3 月，该动车组下线投入到京沪高铁，对线路状态进行一系列检测，以确保京沪高速铁路的安全可靠运营。

外观

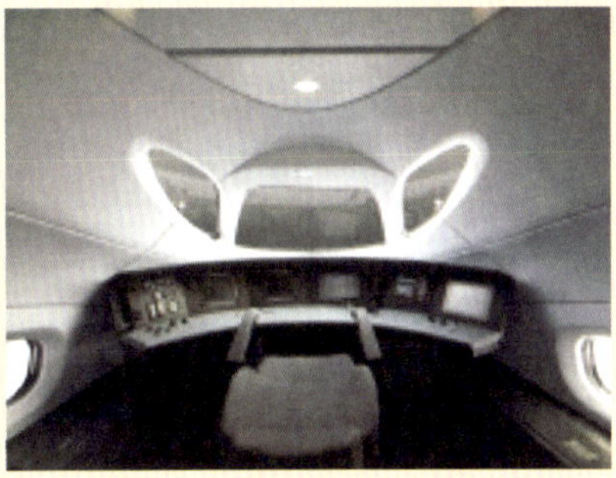

司机室

休息室

会议室

工作台

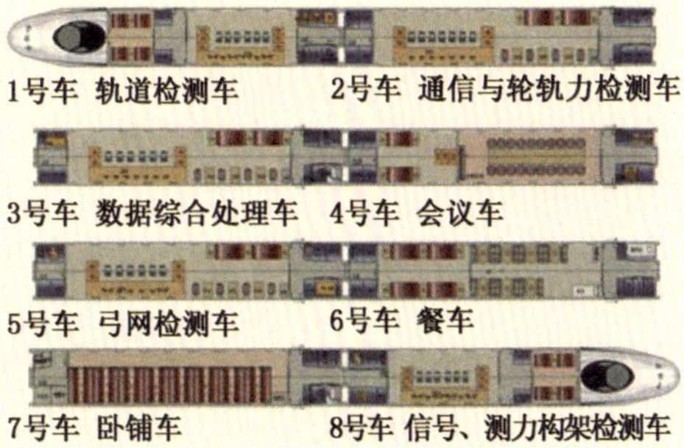

车内布局示意图

图 3.23　CRH380AJ 型动车组

4）CRH380AM

CRH380AM（原 CIT500），被称为更高速度试验列车或者 500 公里试验列车。列车 6 辆编组，全动车配置。该列车设计时速为 500 公里，曾在实验室滚动台上跑出了 605 公里 / 小时的速度纪录。CRH380AM 是集轨道检测、弓网检测和通信信号检测等功能为一体的综合检测车，于 2011 年 12 月 25 日下线。如图 3.24 所示为 CRH380AM 型动车组。

司机室

工作台

会议室

二等座

实验设备与仪器

图 3.24　CRH380AM 型动车组

5）CRH380BL

CRH380BL 型高速动车组是在 CRH3C 型高速动车组的基础上研制的。该型车为 16 辆编组，8 动 8 拖，牵引总功率为 18 400 千瓦，持续运营速度为 350 公里 / 小时，最高运行速度为 380 公里 / 小时，最高试验时速达到 400 公里以上，总定员为 1 043 人 /1 053 人，设计适用环境温度为零下 25℃至 40℃。该动车组采用欧洲的设计标准，安全、可靠、舒适、稳定，其运营速度、牵引功率、网络控制、制动安全和旅客界面设计等方面也达到世界先进水平，于 2010 年 12 月 31 日投入京沪高铁运营。如图 3.25 所示为 CRH380BL 型动车组。

外观

司机室

二等座

一等座

VIP 座

餐车

图 3.25　CRH380BL 型动车组

6）CRH380BG

CRH380BG 型高速动车组是在 CRH380BL 型高速动车组和 CRH5A 型高速动车组的基础上研制的，为 8 辆编组，4 动 4 拖，牵引总功率为 9 200 千瓦，持续运营时速为 350 公里，最高试验时速为 380 公里，总定员为 551 人 /556 人，设计适用环境温度为零下 40℃至 40℃。同型号两列动车组可重联运行。该动车组隔热性能好，其抗冰雪性能优良，是适合低温多雪、长交路、大区域跨度的高寒型动车组，于 2012 年 1 月 26 日投入运营。如图 3.26 所示为 CRH380BG 型动车组。

图 3.26　CRH380BG 型动车组

7）CRH380CL

CRH380CL 型高速动车组在 CRH380BL 型高速动车组的基础上研制，16 辆编组，8 动 8 拖，牵引总功率为 19 200 千瓦，最高运营时速 350 公里，最高运行时速为 380 公里，总定员为 1 053 人，设计适用环境温度为零下 25℃至 40℃。该动车组采用了低阻力流线型车头，车辆节能效果优良，还采用了新型网络控制系统，车辆主动安全和被动安全可靠性高。另外，该动车组自动化程度高、维修成本低，于 2013 年 7 月 11 日投入运营。如图 3.27 所示为 CRH380CL 型动车组。

图 3.27　CRH380CL 型动车组

8）CRH380B

CRH380B型高速动车组是在CRH380BG型高速动车组的基础上研制的。编组、动力配置、牵引总功率、持续运营速度、最高运行速度及总定员为551人/556人等参数与CRH380BG型高速动车组一致，仅适用环境温度不同，为零下25℃至40℃。同型号两列动车组可重联运行，于2014年3月29日投入运营。如图3.28所示为CRH380B型动车组。

图3.28　CRH380B型动车组

9）CRH380BJ-A

CRH380BJ-A 型高速动车组在 CRH380BG 型高速动车组的基础上研制，为 8 辆编组，4 动 4 托，牵引总功率为 9 200 千瓦，最高检测时速为 350 公里，最高试验时速为 380 公里，设计适用环境温度为零下 40℃至 40℃。列车包括信号检测设备车、接触网检测车、通信信号综合检测车、轨道轮轨力动态响应检测车、餐车、卧铺车和接触网检测会议车，是适用于高寒地区的集办公、检测和生活为一体的高速铁路动态智能化高寒综合检测列车，于 2017 年 12 月 18 日交付。如图 3.29 所示为 CRH380BJ-A 型动车组。

外观

司机室

通信检测室

休息室

综合检测室

餐车

图 3.29　CRH380BJ-A 型动车组

10）CRH380D

CRH380D 高速动车组以德国庞巴迪 ZEFIRO 动车组为技术平台，在 CRH1 型动车组的设计、生产和运用基础上研制开发。2013 年 4 月，CRH380D 高速动车组试运行于宁杭甬高铁，试验时最高时速达 387 公里。2015 年 5 月 19 日起，CRH380D 正式开始上线运营。如图 3.30 所示为 CRH380D 型动车组。

外观

司机室

一等座

二等座

通过台

餐车

图 3.30　CRH380D 型动车组

三、CR 家族（中国标准动车组）

CR 动车组即中国标准动车组。这个系列对广大旅客来说或许有些陌生，因为这个家族是我国高速列车群英谱中的后起之秀，但提起“复兴号”，相信大家一定耳熟能详，它是目前唯一以 350 公里 / 小时速度运营的高速列车。如图 3.31 所示。

图 3.31 整装待发的“复兴号”高速动车组

1．“复兴号”CR400 技术特点

时速 350 公里的“复兴号”高速动车组构建了体系完整、结构合理、先进科学的技术标准体系。动车组基础通用、车体、走行装置、司机室布置及设备、牵引电气、制动及供风、列车网络标准、运用维修等十多个方面均达到国际先进水平。

与“和谐号”CRH 系列动车组相比，“复兴号”CR400 系列高速动车组具有以下七大特点。

（1）自主研发

“复兴号”采用全新自主设计，车辆总体设计以及车体、转向架、牵引、制动、网络等关键技术均为自主研发，具有完整的自主知识产权。“复兴号”大量采用中国国家标准、行业标准、中国铁路总公司企业标准等技术标准，同时采用了一批国际标准和国外先进标准，具有良好的兼容性能。在 CR400 系列中国标准动车组研制过程中针对车体、转向架、牵引制动、网络控制、人机界面等关键技术形成了一批新专利，共申请受理发明专利 31 件，实用新型专利 39 件，外观专利 12 项。

（2）**性能更优**

“复兴号”针对适应中国地域广阔的特点研发，不仅能够适应高温、高寒和高原等极为复杂的运用环境，还能适应大运量、长距离等特有的运输需求。“复兴号”进行了 60 万公里运用考核，试验结果证明，“复兴号”整车性能指标实现了较大提升。“复兴号”主要承载结构按 17 吨轴重设计，主体结构设计寿命大于 30 年，而“和谐号”高速动车组的主体结构设计寿命是 20 年。

（3）**绿色节能**

“复兴号”采用全新低阻力流线型头型，车体采用平顺化设计，使车型看起来线条更优雅，跑起来也更节能。以 CR400 为例，坐过“复兴号”的朋友都会发现，车顶有个“鼓包”，那其实是受电弓和空调机组的安装区域；该车的空调机组、受电弓均采用了下沉式安装方式，使车顶外形变得更加平顺。另外还通过优化车窗、车门安装结构，实现了车体侧身的平顺，这样列车不仅看起来颜值更高，运行阻力也比既有 CRH380 型高速动车组降低 7.5% ～ 12.3%，350 公里时速下运行时人均百公里能耗相比 CRH380A 下降 17% 左右。

（4）**容载能力强**

以 CR400 为例，相比“和谐号”CRH380，从外面看，“复兴号”体形更为庞大了，登车后，旅客还会惊异于内部空间更大，而且有心的乘客还会发现，座位间距更为宽敞。列车高度从 3 700 毫米增高到了 4 050 毫米。列车定员也由 556 人增加到 576 人。

（5）**人性化与智能化**

如果你是高速动车组的常客，会发现乘坐同一速度等级的任意一辆“复兴号”，车厢内的旅客界面，如座位排布、餐车、开水炉、卫生间、乘客信息显示等，都是一致的。而座位信息系统，使乘客可以清楚座位的售票情况。图 3.32 中，红灯表示已售，黄灯表示未售，绿灯表示预售。所有的已售、未售、预售均以当前站为基准，已售表示当前站已售，未售表示当前站未售，预售表示当前站没人，下一站有人。

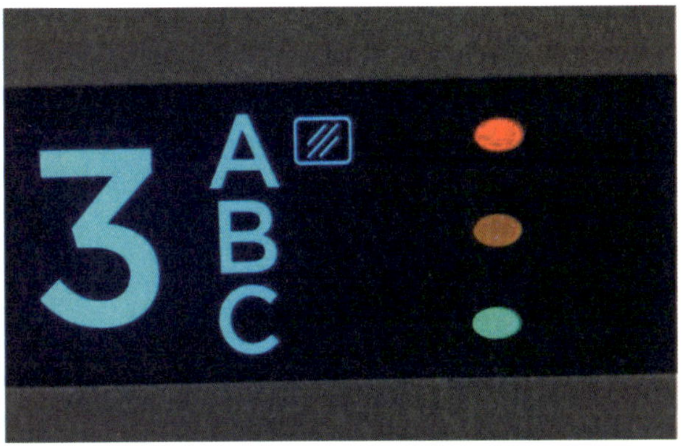

图 3.32　车内座位信息灯

“复兴号”为旅客提供了更为舒适和人性化的环境。座椅间距统一调大，座椅色彩搭配更有特色、时尚活泼，且每个座椅都配有插座，车内随时充电；空调系统的设计充分考虑减小车外压力波的影响，使乘客不会在列车通过隧道或两车交会时感到耳部不适；列车设有多种照明控制模式，可根据旅客需求提供不同的光线环境。当然更值得开心的是，车厢内实现了 Wi-Fi 网络全覆盖，乘客在环境舒适的旅途中无论是上网办公，还是休闲娱乐，都不会觉得漫漫路途无聊乏味了。

（6）**运维便利**

“复兴号”可以互联互通，重联运营。互联互通是指不同厂家生产的相同速度等级动车组能够重联运营、不同速度等级的动车组能够相互救援。司机操作界面、乘务员操作界面、机械师操作界面统一，司机主要操作及其功能实现统一，因此重联运行时能够完全一致地控制操作。

“复兴号”的运用、维护更加便利。通过对主要系统零部件进行统型，实现了不同厂家生产的统型零部件可以互换，能够节省大量的运营维护费用。

（7）全寿命周期安全保障技术

应用速度、加速度、应力、压力、电压、电流、温度等现代传感技术，实现全寿命周期内故障在线诊断、预警、处置，保障列车行驶安全。列车设置模拟量检测点约 585 点，状态开关量检测点约 2 688 点，监控范围涵盖牵引、制动、转向架关键部件及列车网络等主要子系统。

2．CR400 系列动车组性能参数

“复兴号”CR400 系列高速动车组包括 CR400AF 和 CR400BF，其顶层设计指标一致，编组形式、平面布置、旅客界面、司乘操作模式、性能标准、外部接口、检修维护体系保持一致，仅外观和内饰风格不同。该系列动车组采用 8 辆编组，4 动 4 拖。CR400 系列动车组主要性能参数见表 3.3。CR400AF、CR400BF 外观及内装见图 3.33 和图 3.34。

表 3.3　CR400 系列动车组主要性能参数

列车总长（米）	编组	速度等级（公里 / 小时）	最高试验速度（公里 / 小时）	牵引功率（千瓦）	车轮直径（毫米）	车体材质	车体宽 × 高（毫米）
209	4M4T	350	385	10 000	920/860	铝合金	3 360 × 4 050

3．CR300 系列动车组

在时速 350 公里中国标准动车组成功研制的基础上，为满足时速 250 公里的线路和客流需求，中国铁路总公司自 2016 年开始推进时速 250 公里中国标准动车组的研制立项，2017 年 9 月底，中国铁路总公司下发了《时速 250 公里中国标准动车组暂行技术条件》（铁总科技〔2017〕234 号），全面启动了 CR300 系列时速 250 公里中国标准高速列车组的研制工作。2018 年 3 月 31 日至 4 月 2 日，在中国铁路总公司组织下完成了时速 250 公里中国标准列车组设计方案评审。

外观

司机室

一等座

二等座

VIP 座

餐车

图 3.33　CR400AF 型动车组

外观

司机室

一等座

二等座

VIP 座

餐车

图 3.34　CR400BF 型动车组

CR300系列高速动车组将与CR400系列高速动车组在技术体系、运用体系、供应商体系、制造体系等方面实现系列化，并兼顾未来高寒、卧铺、双层等标准动车组平台扩展需要。CR300系列高速动车组样车于2018年9月份下线，然后开始进行整车型式试验、运营考核等工作，产品研制、验证成功后，将进行批量生产，投入正式运营。由于CR300系列高速列车具有完全自主知识产权，可以满足更多不同速度等级运输的需求，为我国高速列车走向世界创造更加有利的条件。

第四章

高速列车关键技术

一、矫健的“身躯”——车体

二、神奇的“飞毛腿”——转向架

三、“跑”与“停”尽在掌控——牵引与制动系统

四、智慧的“大脑”——列车网络控制系统

高速列车的运行，离不开其各项关键技术的发展。高速列车技术体系十分复杂，涵盖机械、冶金、电力电子、化工、材料、信息等多个技术领域，为了便于理解，通常可总结为“九大关键技术”和“十大配套技术”。“九大关键技术”（见图4.1）和“十大配套技术”是高速列车系统的技术核心，对于读者深入了解高速列车将大有帮助。

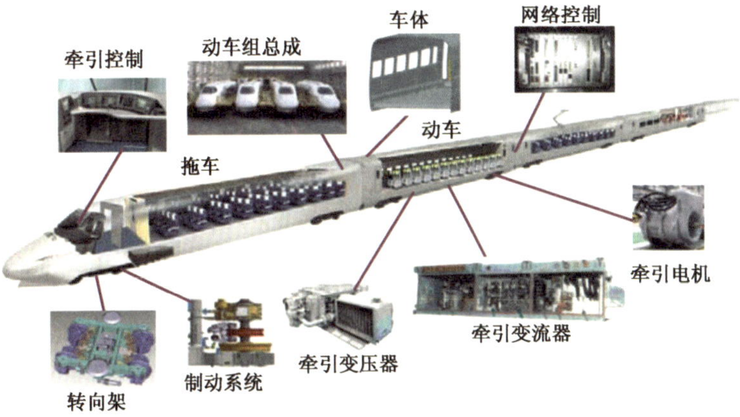

图 4.1　高速列车九大关键技术

1）九大关键技术

归纳起来，高速列车的关键技术主要包括如下 9 个方面：动车组总成（系统集成）、转向架、车体、牵引变压器、牵引变流器、牵引电机、牵引控制、网络控制、制动系统等。

（1）动车组总成（系统集成）

动车组总成是高速列车从自身系统顶层角度出发，通过确定顶层技术指标和总体方案，对动车组车体、转向架、牵引传动系统、制动系统和列车控制网络系统等设计参数进行合理选择和优化，使动车组满足牵引、制动、车辆动力学、列车空气动力学、舒适性和安全性等设计性能指标要求。系统集成是高速列车从高速铁路大系统角度来说的，主要是基于高速铁路总体要求，确定高速列车与其他子系统的系统匹配，如确定基于速度、安全性、舒适性、节能环保等顶层指标需求的各子系统匹配设计，重点解决子系统间的接口关系，如车轮与轨道之间的关系接口、受电弓与接触网之间的关系接口、气流与列车之间的流固耦合关系接口等，使动车组实现与工务工程、牵引供电、通信信号等其他子系统之间的系统匹配和性能最优。

（2）转向架

高速列车跑得快不快、稳不稳，都与转向架有直接关系。转向架具有牵引、制动、承载、导向和减振作用，即转向架不仅要支撑来自车辆的重量，而且通过转向架驱动轮对带动高速列车自动沿轨道高速行驶和拐弯，并实现列车高速运行时能够快速停车；同时，通过减振设计，在列车高速行驶时能够保障车厢内旅客得到平稳、舒适的乘坐体验。因此，高速列车转向架必须要保证在高速运行工况下具有足够的强度和刚度，以及要有高的运动安全性、运行稳定性和平稳性，这需要确保转向架有良好的结构设计和悬挂参数优化选配。

图 4.2　动车组转向架

（3）车体

我国高速列车车体主体基本都是采用薄壁筒形、大型中空铝合金型材结构。一般来说，车体要有高的结构强度、气

图 4.3 铁路牵引供电系统

密强度和气密性，还要有良好的气动外形。这是由于车体是载运的主体，需要考虑乘客载重、车体自重、整备重量以及车体所受到的外部载荷作用，车体空间骨架设计要具有足够的安全强度；另外，列车高速运行时，气动效应显著，通过流线外形和相关设计，以解决高速行驶或经过隧道或列车交会所带来的空气动力学问题，如空气阻力、交会压力波、气动噪声、气动安全等，以保障车体具有良好的气动性能。

（4）牵引变压器

高速列车电源来源于接触网。我国高速铁路接触网采用交流 25 千伏供电，由于电压太高不能直接用于列车牵引，牵引变压器的作用就是将来自于接触网的供电进行降压，达到相对安全、较低的电压后，再进行使用。牵引变压器是一种特殊电压等级的电力变压器，是高速列车牵引系统的前端设备。牵引变压器有着“心动力”的称号，作为高速列车的核心部件，不仅因为其作用重要，也因为其技术难度较大，特别是需要克服高速牵引功率大、负荷变化剧烈等特殊因素带来的系列技术难题。

（5）牵引变流器

我国高速列车采用“交直交”（交流变直流，直流再变交流）传动技术。牵引变流器作为“交直交”变换技术的核心部件，其作用是将牵引变压器转换输出的单相交流电压，通过“交直交”电力变换，输出可变电压、可变频率的交流电，实现对牵引电机的变频调速，从而驱动齿轮箱（也就是变速箱），带动轮对旋转，驱动高速列车可变速运行。中国标准高速动车组牵引变流器采用了大功率半导体器件 IGBT，并将牵引变流器与辅助变流器进行了一体化集成设计。

图 4.4　变流器模块

（6）牵引电机

我国高速列车大多采用三相交流异步牵引电机，与直流电机相比，它具有重量轻、功率大、结构简单、运用可靠、寿命长、维修简便的特点。牵引电机的作用是将电能转化为机械能，并通过齿轮箱带动轮对旋转，从而驱动列车前进或后退，实现“牵引”的功能。牵引电机转速、正转或反转由牵引变流器输出进行控制。

（7）牵引控制

高速列车牵引控制系统按照牵引控制特性和主要电气性能指标的要求，利用实时检测的牵引电气系统状态和参数，通过采用合适的控制策略和算法，产生电气系统中接触器开关、断路器开关和电力电子器件通断动作的控制信号，以实现电能的传输和变换功能。换言之，牵引控制就是牵引系统的灵魂。牵引传动控制策略由最初的转差特性控制发展到矢量变换控制，近年又实现了电机转矩控制的新技术：直接转矩控制（DTC）。

（8）制动系统

列车高速运行时具有相当大的运动能量，制动系统作用就是在轮轨黏着允许的条件下，采用制动技术，实现高速列车的降速或可靠停车。目前，我国高速列车主要采用电空复合制动技术，即电制动和机械制动相结合的制动技术：基础制动装置产生机械摩擦力，再生制动装置产生电制动力，由制动控制装置根据制动指令通过运算后进行制动力协调分配控制，实现高速列车减速或停车。

图 4.5　内燃机车制动阀

（9）网络控制

列车网络控制系统是列车的“大脑”，其结构分为列车级通信和车辆级通信两种：列车级通信是实现动车组内不同网络单元间信息（整车速度、牵引指令等）的相互传输，而车辆级通信是实现同一网络单元内各设备间信息（设备反馈状态等）的相互传输。列车控制网络系统对于高速列车安全运行起着重要的作用，主要作用为运行监控、故障检测与诊断以及网络通信。

图 4.6　铁路控制室

2）十大配套技术

十大配套技术包括：空调系统、集便装置、车门、车窗、风挡、车钩、受电弓、辅助供电系统、车内装饰材料和座椅（见图 4.7）。

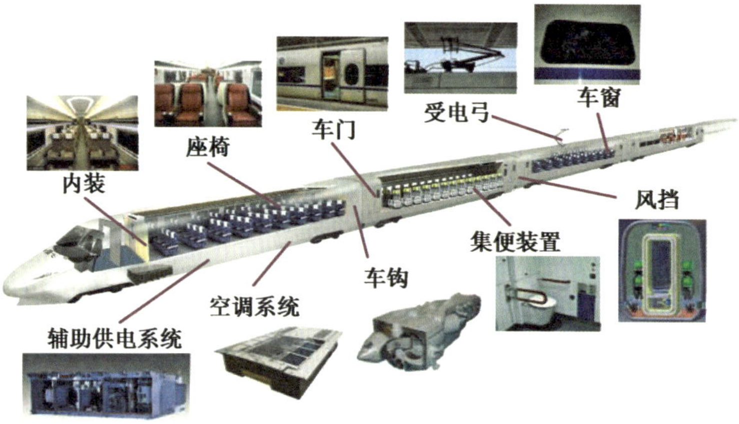

图 4.7　高速列车十大配套技术

（1）空调系统

空调系统主要提供制冷、供热、新风、废排、回风、压力保护、紧急通风等功能，确保车内空气清洁度、新风量、温度、湿度、微风速和应急通风量等空气指标控制在适宜范围以内，需要克服高速运行时的热传递、车内外压力变化、新风供给等所带来的系列挑战，解决客室范围内均匀送风、回风与废排问题，为乘客创建一个适宜的空气环境。

（2）集便装置

高速列车采用全封闭式集便系统，其功能是将便器的冲洗污物、污水等通过系列操作控制沿排污管路排入污物箱，实现集中收集。该系统可以隔绝污物箱与车内的联通，防止臭味或细菌进入客室，并在列车到站停车或进入动车检修基地后，定时对污物箱的污物进行处理，实现线路无污染排放。我国高速列车大多采用真空式集便系统，其原理是利用真空泵产生的真空抽取污物污水，它具有清洁卫生、节约用水、无环境污染、使用可靠和维修方便等优点。

图 4.8　动车组厕所

（3）车门

高速列车车门包括车厢外侧的侧拉门和客室内部两端的内端门等形式。侧拉门功能是便于乘客登乘列车，作用是将列车车厢与外界隔离，列车运行时车内保持良好的气密性；侧拉门一般除开门、关门、防挤压、安全锁闭等动作和要求外，还要结构坚固结实，以及具有良好的气密性和隔声隔热要求；侧拉门一般由司机室统一操作，特殊紧急情况下可以开启紧急装

图 4.9　高速列车车门

置，手动打开。内端门主要功能是保持客室形成一个相对独立的乘客乘坐封闭空间，起到一定的隔热隔声效果。为了便于乘客通行，内端门基本都采用自动感应电动式滑动门，不需要乘客触摸或按压按钮。为了防止乘客误触动，一般设有警示标识。

（4）车窗

高速列车车窗包括司机室前窗、客室侧窗等形式。前窗玻璃为司机提供足够的驾驶视野。一般前窗玻璃采用复杂曲面造型并保持一定的斜度，这是列车气动外形设计的需要；同时为了防止飞鸟或异物侵入产生高速碰撞，前窗玻璃须具有足够的耐撞击性能以及防止破碎飞溅的要求；另外还要具有良好的隔热隔声和透光性能。

（5）风挡

图 4.10　高速列车车窗

高速列车风挡分为内风挡和外风挡。内风挡位于列车两节车厢之间，形成旅客往来车厢的通道。由于车厢间的伸缩和扭转运动，内风挡通常采用折叠结构和伸缩结构，常见的为双层折棚风挡；另外，为了降低车端噪声对客室的影响，内风挡要有良好的密封性和隔音性能。外风挡安装在车厢车端，采用半包或全包封闭方式，在两节车厢之间形成外形包络，主要作用是保持列车顺滑的流线外形、降低空气阻力等；由于两节车厢之间存在相对运动，外风挡还需要具有良好的抗扭转、挤压和摩擦性能，通常采用橡胶风挡。

（6）车钩

车钩是高速列车车厢之间实现机械连接的装置。两节车厢相对运动碰撞，即可完成车钩连接，实现两节车厢的自动连挂，但需要手动操作解锁装置方可解钩，实现两节车厢分离。高速列车车钩一般采用自由间隙很小的密接式车钩，并设置钩缓装置，以缓冲高速运行时车厢之间通过车钩传递的冲击力。车钩因为需求不同，头车、中间车会采用不同形式的车钩，救援时列车备有过渡车钩以实现与救援机车之间的连接。

图 4.11　高速列车车钩

（7）受电弓

高速列车采用电力牵引，须通过受流装置不间断地从接触网上获取电能，并将电能由接触网顺利导入高速列车内部变压设备等电气装置。高速列车受流装置叫作“受电弓”，安装在车顶，列车在停运停放、无电检修作业等情形时，将受电弓降下，与接触网脱离接触；列车投入使用需通电时，将受电弓升起，与接触网保持接触。受电弓需要具有高速稳定受流性能，良好的受流质量依赖于弓网系统的动态稳定和跟随性，以及弓网之间的机械接触和电气接触状态，保证弓网间良好的接触；还要考虑结构强度、气动噪声、风致振动等安全运行性能要求。

（8）辅助供电系统

辅助供电系统一般从牵引变压器三次绕组、辅助变流器或牵引变流器中间直流环节取电，服务于空气压缩机、冷却通风机、油泵 / 水泵电机、空调系统、采暖设备、照明设备、旅客服务设备、应急通风装置、诊断监控设备和维修用电等设备。

（9）内装

“内装”是列车车厢内部装饰的简称。一般来说内装不仅仅指地板、墙板、顶板等装饰件，通常将车厢内乘客界面结构、设备都纳入内装范畴，如行李架、灯带、窗帘等。内装通常十分注重基于人机工程的人性化设计理念，充分考虑人的行为动作、客室空间运用、结构造型、美工色彩和灯光效果等需求，并采取减振、隔声降噪等措施，通过结构的轻量化、模块化以及材料的环保与防火设计，保障列车的轻量化及旅客乘坐的舒适性。

图 4.12　高铁座椅

（10）座椅

客室座椅是提供旅客乘坐舒适性的重要设施。旅客在车厢内旅行的大部分时间都是在座椅上度过的，因此，座椅对于乘客来说十分重要。座椅构造充分考虑人机工程学的相关参数，缓解乘客乘坐疲劳。高速列车根据多样化和个性化需求，不同车厢设置不同配置的座椅，常见的有一等车座椅、二等车座椅和 VIP 商务车座椅。高速列车座椅大多都具有旋转功能，使旅客始终面朝列车行驶方向乘坐，以适应乘客乘坐习惯和舒适性。

本章将以乘客乘车体验中候车、出发、到站的顺序，分别介绍高速列车的车体、转向架、牵引传动系统、制动系统以及列车网络控制系统等各项关键技术。

一、矫健的“身躯”——车体

1. 流线型车头与外形

当我们手持高铁票在站台望着高速列车缓缓驶来，优美的流线型车身总能抓住众人目光，长长的车头尤其特别。这个时候你有想过高速列车的头型和车身为什么会这样设计吗？美丽身形背后又有哪些科学道理呢？今天，就带领大家来看一看高速列车流线型车头与外形背后的科学技术。图 4.13 展示了高速列车进站时的情景。

图 4.13　高速列车进站

日常生活中我们的车跑得越快，感觉到的风就越大、油耗越高，听到的车外噪声也越大，公路上也经常见到“注意横风”的标志，这些都是汽车与周围空气相互作用而引起的问题。同样高速列车运行过程中也会遇到这些问题，它们都是列车空气动力学这门学科研究的内容。一般来说阻力与速度的平方成正比，气动噪声与速度的六次方正相关，高速列车的运行速度达到 350 公里 / 小时，气动阻力和气动噪声都会达到令人无法承受的水平，因此需要在高速列车的设计过程中采用各种措施来提高列车空气动力学性能，降低高速运行时空气对列车安全、能耗和舒适性等的影响。

下面我们将从几个方面的问题着手，如在正常行驶过程中，列车周围的空气是怎样流动的、列车表面的压力如何分布；两列列车交会瞬间，我们为何会感受到列车很明显的晃动；列车经过隧道时，我们怎么会有耳鸣等不适的感觉；列车在大风环境（尤其在西北地区的高铁线路上，例如兰新高铁线路等）行驶时的安全怎样保障等等。一边了解列车空气动力学，一边来看看这些问题的答案！

列车周围的空气是怎样流动的以及列车表面压力如何分布?

大家都知道由于水的黏性作用，河流沿岸水流速度小，河中心水流速度高。同样空气也存在黏性，列车正常行驶时，列车表面附近的空气运动速度基本与列车相同，距离列车越远，空气速度越低。列车表面附近的空气流动状态和表面压力比较稳定，在外形突变的地方会产生气流分离（像平静的河水中出现的旋涡）。从整列车来看，在列车头型前端，气流向上沿流线型头型分流，向下沿开闭罩和排障器向地面分流，向左右沿列车外形分流，并且局部形成了气流分离，在车头曲面造型和车身的交界处出现第二次气流分离；然后气流沿车身表面的流速渐趋稳定，比较平稳地通过列车表面，进而到达列车尾部。

高速列车驶过，周围空气必然会被列车排挤开，以便列车通过，正如鱼儿在水中游动一般。此时，在列车表面会产生垂直于列车表面的压力，被称为列车表面空气压力。列车的头车正对来流方向，鼻尖及排障器凹槽内因气流被滞止，气流速度几乎为零，在整个流场中压力最大。从此处向上及向两侧，正压逐渐减小变为负压，在车头向车身过渡处的顶部与侧顶圆弧处，负压达到最大值。如图 4.14 所示。

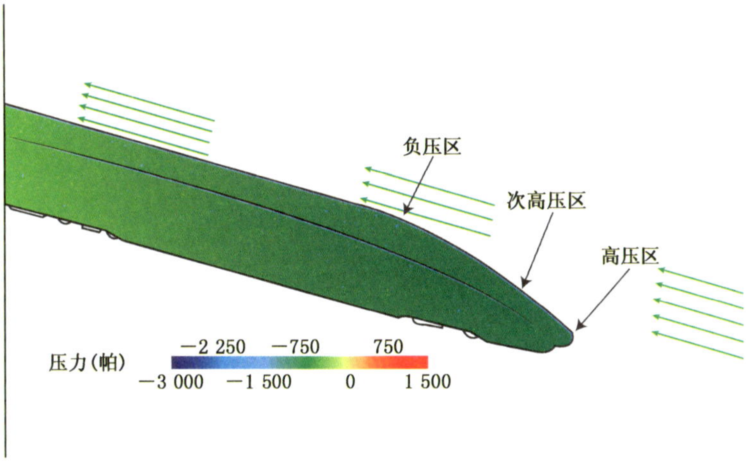

图 4.14　高速列车头部表面压力分布

为什么会出现这种分布呢？分析其原因，由于列车头型向车身过渡发生明显的曲率变化，使得流体绕流速度加快，造成这一区域的压力急剧降低；从曲率变化较大的部位向后表面又变得光顺，空气流速降低，列车表面的负压也迅速减小，并稳定为很小的负压，到达与下节车连接处车间外风挡位置，因外形突变又将上升为数值较小的正压。

中间车与头尾车客室的车顶及侧墙表面压力系数十分接近，基本上为很小的负压值，靠近车厢中端较小；靠近车厢两端的地方，由于车厢连接处绕流的影响，稍大一些。

高速列车尾车车身到尾车头部变截面处为较大的负压，由于空气黏性的作用和尾部旋涡影响，尾车头部最大负压远小于头车头部对应处的最大负压。高速列车纵向剖面压力分布如图 4.15 所示。

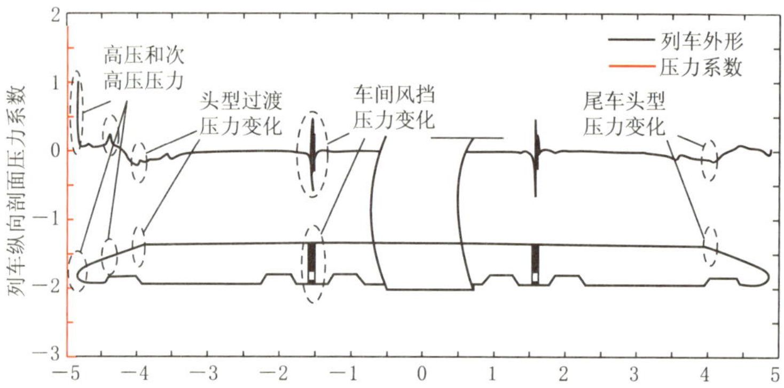

图 4.15　高速列车纵向剖面压力分布

两列列车交会瞬间，为什么会感受到列车很明显的晃动？

列车交会一瞬间，由于两列车之间的空气在极短时间内被迅速压缩，导致此时两列车之间空气压力急剧增大，空气在列车交会侧产生一个向外的巨大推力，这个力甚至能达到 30 千牛；但是列车交会的时间又极短，头车交会后列车交会侧的空气又被迅速膨胀，形成一个很大的负压力，产生一个指向交会侧的巨大拉力，能够达到 −30 千牛左右，一推一拉，导致列车发生明显的晃动。这样在极短时间内交替出现正、负压力的峰值，此时的瞬间压力冲击称为列车交会瞬态压力波。图 4.16 为高速列车明线交会时侧向力的变化曲线。

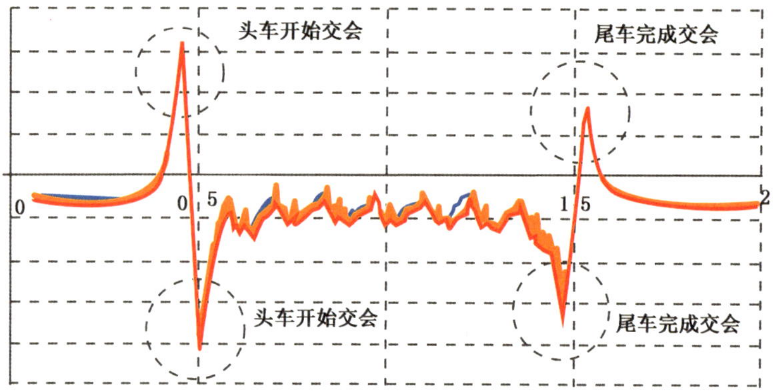

图 4.16　高速列车明线交会时侧向力的变化

列车经过隧道时，为什么会有一些耳鸣等不适的感觉？

首先产生耳鸣等不适的原因是由于车内压力变化过快，导致耳膜无法及时适应环境压力的迅速变化，打破了中耳和外界的压力平衡，从而产生了耳鸣等不适。列车高速通过隧道运行的情况类似于活塞进出气缸：列车进入隧道时，气流受到隧道壁面的限制被阻滞，隧道内部静止的空气被剧烈压缩，使空气压强瞬间增大，形成压缩波（产生正压力），并以音速在隧道内迅速向四周传播，从隧道出口反射回隧道内又形成膨胀波（产生负压力）；当尾车进入隧道时，尾部空气状态与列车前端相反，在尾部形成膨胀波，也是以音速迅速向四周传播、反射。高速列车虽然有各种压力保护措施，但无法做到完全密封，这些压缩波和膨胀波相互叠加后，会传到列车内部，引起车内压力的快速变化，超过人体耳膜的适应能力后就会引起不适，轻者压迫耳膜，重者头晕恶心。这种情况与飞机起降时类似，给旅客乘坐舒适性带来严重影响。

高速列车一般以人体建立中耳和外界的压力平衡的时间 3～4 秒内的压力变化进行考核，目前动车组均能满足小于 800 帕 /3 秒的要求。

列车在大风环境下，行驶时的安全怎样保障？

在强侧风情况下，高速列车空气动力性能恶化，会同时受到强大的升力和推力作用：升力相当于减轻了列车的重量，而推力则是力争将列车推翻。强侧风环境下列车受到这两个作用力的同时作用，会影响列车的横向稳定性，极端情况下将导致列车倾覆。

目前，大风环境下的行车安全保障体系已逐渐建立，主要包括：设置挡风墙；确定大风环境下列车的安全运行速度限值；建立大风监测预警与行车指挥系统等等。当大风监测系统发现风速超过限值时会提前向在此区域运行的列车发出预警信息，指导其降速甚至停驶，以保证乘客安全。

了解了一些列车空气动力学的知识，现在就要将其应用在

图 4.17　飞机的流线型设计

图 4.18　汽车的流线型设计

高速列车的外形设计上了。

早期的列车空气动力学研究及列车外形设计的首要目的是降低列车运行时的气动阻力。研究表明，流线型物体在流动中运行时受到的阻力最小。流线型常表现为平滑而规则的表面，没有大的起伏和尖锐的棱角，以水滴的形状为典型代表。流体在流线型物体表面主要表现为层流，没有或很少有湍流，进而可以保证物体受到较小的流动阻力。因此，对于在空气中高速运行的交通工具，如飞机、汽车、列车等，通常都需要进行流线型设计，如图 4.17、图 4.18 所示，以提升其空气动力学性能。

通过流线型外形设计可以尽可能地降低列车运行时的气动阻力。然而，随着列车运行速度的增加，除气动阻力急剧增大外，还出现了许多影响行车安全和周围环境空气动力学的问题，如铁路机车车辆所特有的交会压力波及隧道压缩波、大风运行稳定性、气动噪声等问题。对高速列车进行流线型外形设计时，要求综合考虑列车行驶时的空气阻力、升力、列车风和会车时的气流冲击、横风安全性能、空气压力分布、进入隧道时的气动性能等因素，还要尽量降低高速运行时产生的气动噪声。

为此，高速列车气动外形设计一般从流线型头型和流线型表面两个方面进行整车气动外形的优化设计。

1）**流线型头型设计**

头型方面需要对流线型头型的纵向剖面形状、横向剖面形状、鼻尖形状、导流槽等进行精细化设计，还需要针对车体表面不同凹凸部位的具体特点，进行详细的流线设计。因此，设计出既美观漂亮又符合空气动力学性能要求的流线型车头及外形可不是一件容易的事情。

工程师们的很多发明创造都是从大自然中获得灵感，高速列车的头型设计也利用了仿生学，例如海豚的流线型身形以及翠鸟的喙等，见图 4.19、图 4.20、图 4.21。

图 4.19　海豚的流线型身形

图 4.20　翠鸟的喙

图 4.21　仿生学头型设计

海洋中由于海水的阻力较大，为了减小阻力，海豚的身体进化成了流线型，鼻尖细长，光滑过渡到身体，最后缓慢收尾。翠鸟觅食时，从空中一下子扎入水中，却不会溅起水花，这主要归功于其特殊形状的喙。工程师们由此得到灵感，设计出不同的列车外形，解决了高速列车运行过程中的一系列问题。

（1）技术要素

典型的头车外形可以有鸭嘴（扁楔）形、椭球形、梭形、钝头形等多种形式，头型的外形通过不同的外形控制参数进行控制。主要的控制参数有流线型头型长度、水平剖面形状、截面变化率等，这些参数对列车的各项气动性能、气动外形的造型影响重大。但是列车头型的设计还有定员、设备等众多限制条件，需要根据不同的侧重点进行头型设计。

头型长度对气动性能影响：随着动车组流线型长度的增加，气动阻力会显著降低，有效地减小头尾车气动升力，特别是对尾车的气动升力改善明显（见图 4.22）。但是头车的长度是一定的，头型越长，头车的裁员也就越少，在头型设计中需要综合考虑。

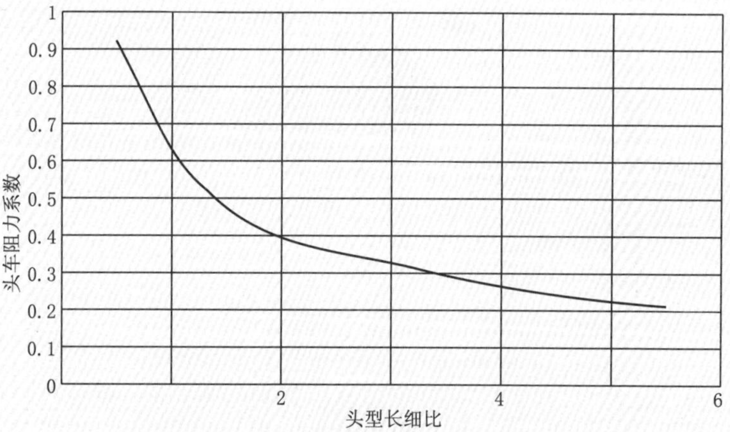

图 4.22　头型长度和列车气动阻力的关系

头型水平断面形状对气动性能影响：列车头部形状从宽到

尖（如图 4.23 所示），头车空气阻力、空气升力绝对值均顺次减小，尖梭形的流线型头部对改善气动力性能非常有效。同样过尖的头型影响列车定员的同时也会使鼻尖处的开闭机构等设备无法安装。

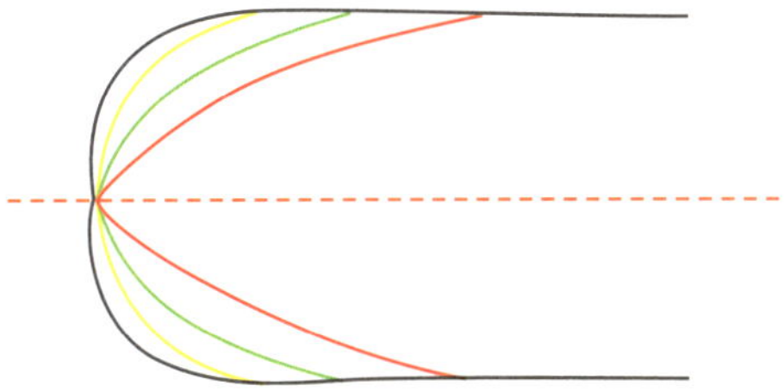

图 4.23　不同水平断面形状设计

驾驶舱倾角：驾驶舱倾角主要影响视窗部位的流场，从而对表面压力分布及司机室气动噪声造成较大影响。驾驶舱倾角较大，则司机视野较好，司机室内部净空间较大，但将影响整车气动性能，气动阻力及噪声较大；驾驶舱倾角较小，则气动性能改善，但司机视野受影响，容易形成曲光现象，内部空间较小。综合分析国内外流行的高速列车，驾驶舱倾角建议取值 22° ～ 35°。

图 4.24　中国“复兴号”

（2）文化要素

人们赋予交通工具拟人或拟物化的特征，来自人类与之无法割舍的联系。图 4.24 和图 4.25 分别为中国“复兴号”和“欧洲之星”高速列车的外形照片。高速列车头型具有强烈的脸部特征，如同动物或人类的脸，这些形象会令观看者印象深刻，它们也具备人类能够理解的形象、表情和性格，这些形象同时体现了东西方文化、国与国文化的差异。

图 4.25　“欧洲之星”

高速列车就像当代汽车领域的设计一样，从基于传统技术的设计到基于品牌战略的设计，都表现为对品牌的一种打造，从法国的“TGV”到德国的“ICE”；从日本的“新干线”到西班牙的“AVE”，再到意大利的“ETR”，各国围绕高速列车的竞争也日趋白热化。而高速列车的

“品牌形象特征”作为一种延续品牌“生命力”的设计要素，也正成为高速列车的核心竞争力之一。

（3）高速列车外形设计

高速列车气动性能涉及多个方面，需要解决不同气动性能与设计参数之间的匹配问题，同时要考虑到空间结构对外形设计的限制，并兼顾民族文化传统的要求。高速列车的气动设计是在一定的限制条件下，系统分析气动性能指标与设计变量的相关性，遵循设计目标最优化的原则，采用仿真和试验相结合的方法开展设计。

流线型头型设计主要包括四个阶段，即概念设计、方案设计、技术设计和施工设计。在技术性能和文化特性分析基础上，通过系统创新，设计大量的流线型头型初步方案，如图 4.26 所示。通过初步评估气动性能及造型美观和新颖性，优选出系列流线型头型，进行空气动力学性能的仿真分析，从中找到若干气动性能优良又具有强烈文化特征的方案；通过风洞模型试验，进一步考察其空气动力学性能。通过对一系列仿真分析和模型试验综合分析，从中优选出一种高速动车组头型技术方案进入施工设计阶段，完成施工图纸设计，利用 1:1 车体模型进行结构和空间关系的验证；通过样车试制，验证设计的工艺性能及结构强度，并试制一列样车，进行头型方案的气动性能实车试验，验证并优化头型设计方案，以便最终定型。

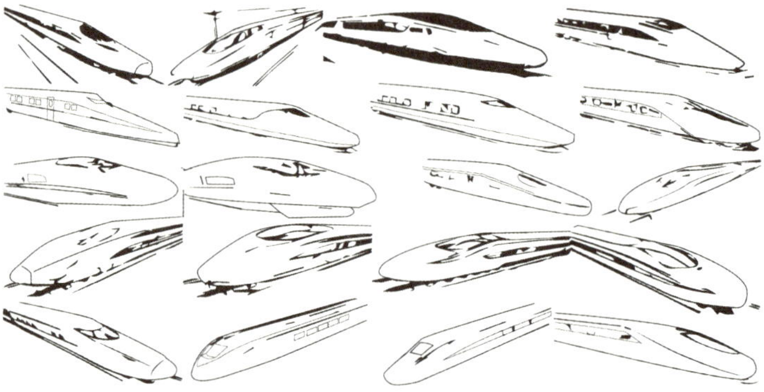

图 4.26　流线型头型设计方案

流线型头型造型优化达到相当程度后，车体表面的平顺化设计对综合气动性能的影响变得显著。高速列车车体表面平顺化设计主要从受电弓区域、转向架区域、车端风挡、排障装置等部位进行流线化、平顺化处理，从而降低阻力、减小噪声。

国内大部分高速列车的头型研发均遵循这一方法和流程，同时兼顾头型性能优良、体现文化内涵等要求，得到了大众的认可和喜爱。

中国标准动车组 CR400 系列高速列车头型外形设计过程充分借鉴了前期头型设计的经验，在工业设计、空气动力学和生物仿生学等诸多方面均有突破，最终形成具有中国特色的自主知识产权的高速列车流线型头型设计方案，并形成中国标准动车组头型造型设计、结构设计、工业设计、空气动力学设计等一系列行业标准，全面掌握 350 公里 / 小时以上等级的高速列车头型设计技术，建立了完善的高速列车头型的工程制造平台，具备各种新方案的快速研制能力和多方案的批量生产能力。

在中国标准动车组的设计研发过程中，进行了充分的流线化头型优化设计，形成标准动车组最终定型方案，即“复兴号”CR400 系列头型方案。CR400AF 头型（见图 4.27）简洁明朗、张弛有度，纵断面为单拱形、水平断面为长椭圆形，鼻锥为扁宽形二维设计，截面积呈二段式变化，后段平缓，前段线性，头型区域截面积变化较快，具有很好的综合气动性能。

2）**列车流线型外形设计**

除了流线型的头型外，列车表面也要进行流线型设计，避免表面有凹坑和突起等，这对列车的气动阻力、气动噪声等影响很大。以 CR400 型列车为例，从车顶高压系统、车外风挡等方面进行了大量的表面流线型优化，在降低气动阻力、减少

图 4.27　CR400AF 高速列车头型

气动噪声等方面对提高整车的空气动力学性能也做出了很大的贡献。

（1）气动减阻设计

车顶高压系统如受电弓、绝缘子等设备突兀于车顶之上，同时两节车之间的车端间隙也是气动阻力主要来源之一。在CR400型列车设计时采用了海量的表面流线型减阻方案，如表面减阻、设置导流罩、车顶高压系统下沉等不同的减阻方案。以车顶高压系统平台下沉为例，设计了大量的下沉平台造型方案，目的只有一个，在保证可以工程化的前提下，实现高压系统平台的气动减阻。方式有多种多样，例如倾斜光滑的立面可以保证气流顺畅、直立的立面可以减少进入高压平台的气流、前端导流结构可以控制冲击到高压系统的高速气流等等。图4.28为部分高压系统平台方案的仿真和试验验证。

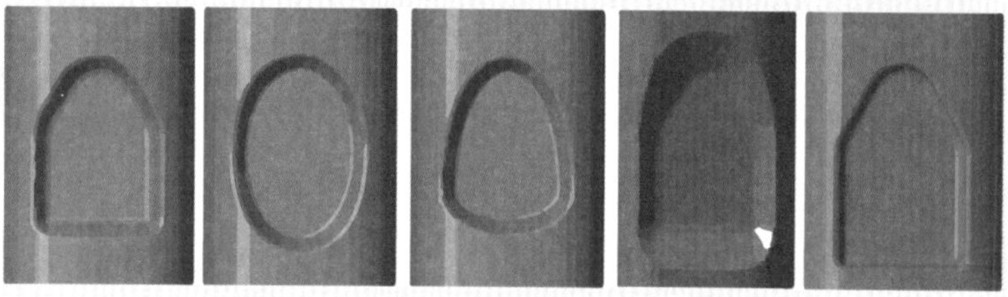

图4.28　部分车顶高压系统平台方案

最终得到的性能最优的方案，作为一个下沉的平台在野外运用环境中还需要面对冰风雪雨的考验。在两侧设置排水口，将雨水排出车外，在淋雨试验中，暴雨工况也不会在平台内产生明显积水。图4.29

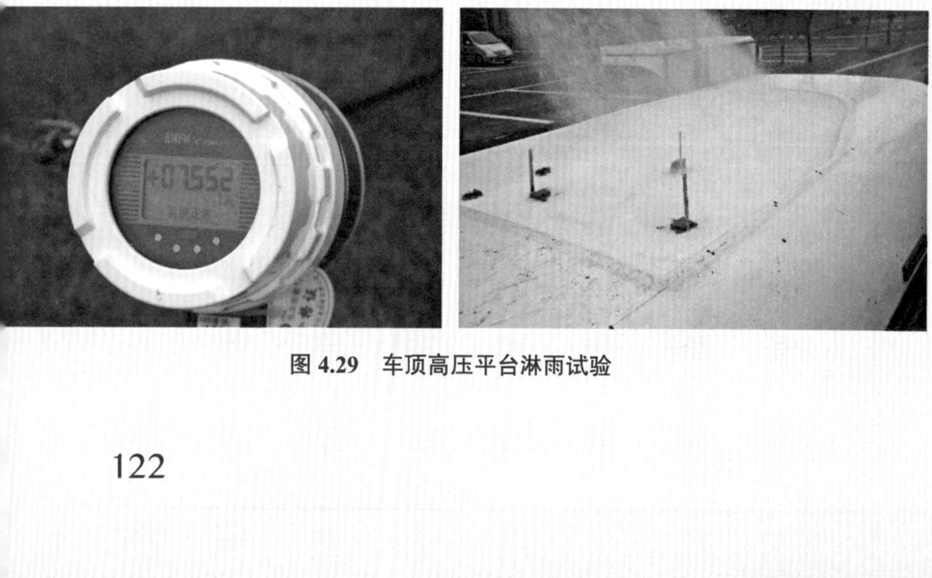

图4.29　车顶高压平台淋雨试验

为车顶高压平台淋雨试验。

在 CR400 动车组设计过程中采用数值仿真、模型试验等研究方法，大量验证了车顶高压系统优化方案，从而得到了最优的近似流线型外形，有效提升了整车的各项气动性能。图 4.30 为 CR400AF 动车组车顶高压平台。

图 4.30　CR400AF 动车组车顶高压平台

（2）气动降噪设计

一般来说，低阻力的气动外形，其气动噪声水平不会差。这是为什么呢？还要从高速列车气动噪声的产生原理来解释。高速列车气动噪声主要由偶极子声源产生，偶极子声源来源于气流与列车相互作用时产生的不稳定的反作用力，低阻力的气动外形使得空气在列车表面的流动较为平顺，降低了气流与列车相互作用的不稳定特性，起到改善列车气动噪声的效果。偶极子声源因气流速度较高、遇到小物体而形成，因此列车表面凸出物会产生较为显著的偶极子声源。在 CR400 型列车设计时，制订了大量的气动降噪设计方案，尽可能减少列车表面凸出物，如：车顶空调完全下沉，空调顶面与车体顶面齐平；车顶高压设备完全下沉，高压设备舱与车体顶面齐平；车门 / 车窗全新设计，使其与车体表面无高度差，列车侧墙表面完全平顺；车顶天线采用内置式安装；车端风挡连接更为平顺，减少气流扰动等等。通过这些措施，降低列车表面偶极子噪声源强度，改善了列车气动噪声性能。这些表面流线型措施都有助于提升列车的空气动力学性能。图 4.31 为 CR400AF 动车组噪声源分布。

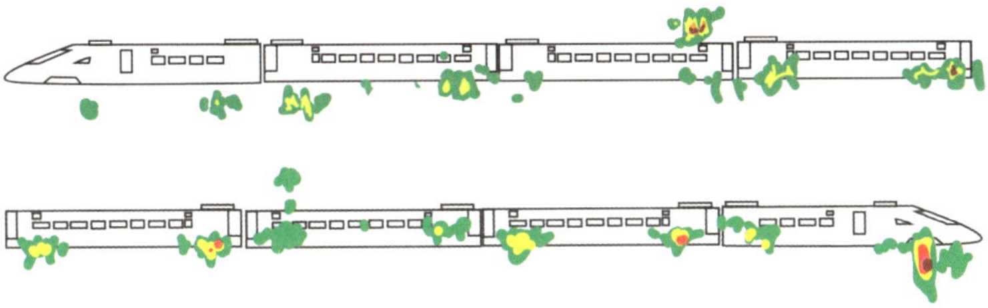

图 4.31　CR400AF 动车组噪声源分布

图 4.32　CR400AF“复兴号”标准动车组

最终中国标准动车组 CR400AF（图 4.32）整车气动阻力系数较 CRH380A 减少 15.7%，尾车升力系数接近于零，侧风下头车升力系数较 CRH380A 降低约 6%，气动噪声降低 1.0 分贝（A）。

2. 车体结构

高速列车不仅需要携带众多必需的设备，更需要承载全部乘客的重量。即便是空车情况，8 辆编组高速列车的重量一般也超过 400 吨，是三百多辆汽车的总和。以中国标准动车组为例，车体结构承载重量达 470 多吨。如何能够保证列车在 350 公里的时速下安全舒适运营 30 年？列车运行速度达到 350 公里 / 小时，隧道运行时车外压力变化剧烈，达到近 6 000 帕，怎样才能保证乘客的舒适性？列车运行中的安全性如何保证？这些都要求车体结构不能虚有其表，还必须质量过硬。所以，在高速列车美丽的外表下，车体结构是如何承受如此大的重量和众多冲击的呢？今天，我们就来一探究竟！

1）车体结构介绍

高速列车车体结构一般采用长大中空铝合金挤压型材组焊而成，为薄壁筒形整体承载结构，主要由底架、侧墙、车顶、端墙、司机室（仅头车）和车体附件组成。车体附件包括排障装置、头罩开闭机构、碰撞吸能装置和车下设备舱等。头车车体结构如图 4.33 所示，中间车车体结构如图 4.34 所示。

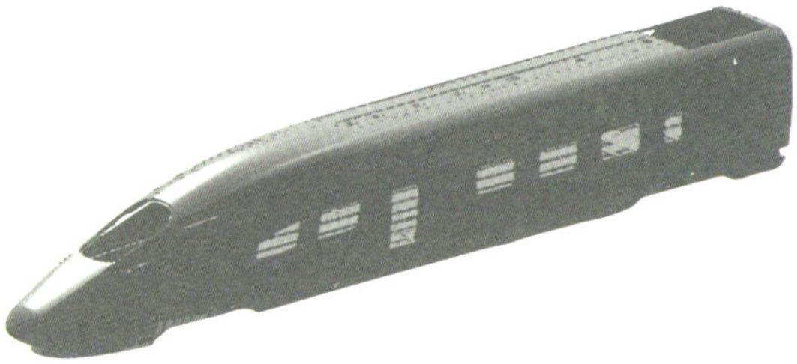

图 4.33　头车车体结构

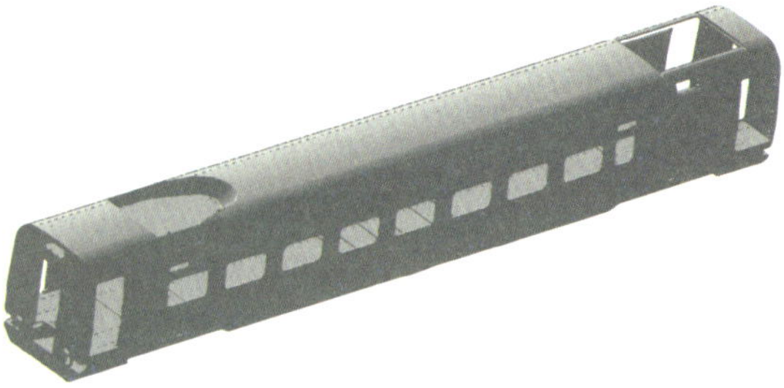

图 4.34　中间车车体结构（带受电弓车）

其中司机室采用承载型材弯梁 + 板梁 + 蒙皮的结构形式，如图 4.35 所示。为满足碰撞要求，除采用小板梁插接的方式布置外，设置了纵向以及在车体断面上的型材弯梁，可以有效抵抗由于碰撞而带来的司机室变形。并且，在前窗以及侧窗的开口薄弱位置均形成了框架结构，提高了其刚度和强度。

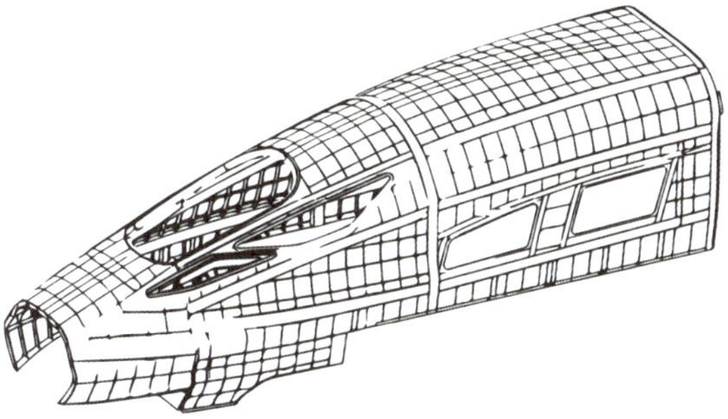

图 4.35　司机室结构

2）车体结构各项功能的实现

通过车体结构的介绍，我们已经了解了高速列车的主要结构，高速列车正是通过这样的结构实现了在大负载情况下长期高速安全运行，保证运行中具有良好的舒适性、安全性。下面我们逐一讲解。

（1）安全可靠的车体保证列车能够长期、高速安全运行

安全、可靠是高速动车组车体设计的基本目标，车体结构设计必须在满足现代车辆设计标准规定的条件下，对车体强度、刚度和自振频率加以综合协调。

为实现这一设计目标，采用分层次分模块的等强度柔性化设计理念。车体主体结构采用大断面、超薄、通长中空铝合金挤压型材焊接的整体承载结构。为了提高车体刚度和气密强度，侧顶部位轮廓采用较大圆弧，侧顶型材采用较大断面并进行变截面设计，以减少应力集中，提高承载能力。车体断面图见图 4.36。

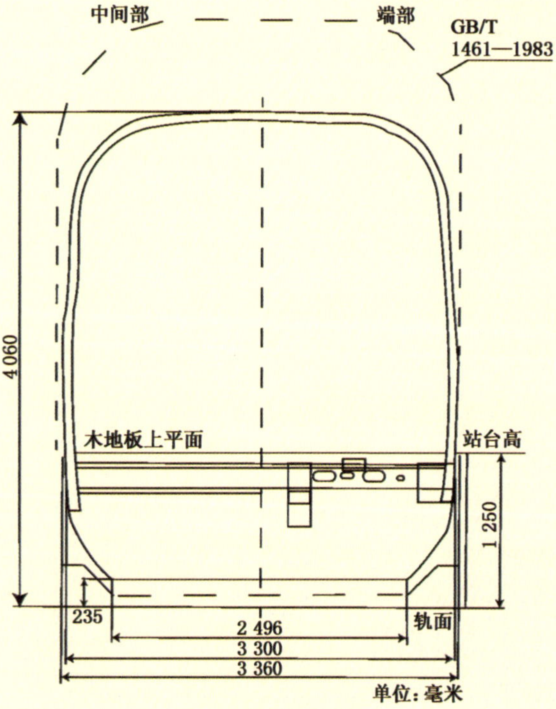

图 4.36 车体断面

合理匹配车体的局部刚度和质量分布，车顶、侧墙、地板和端墙采用中空型材结构，侧顶型材变截面设计，底架边梁桁架化，底架与侧墙间采用了高刚度连接结构，保证车体整体和局部刚度。

根据承载和振动特性，合理匹配车体局部与整体模态参数，优化车体局部与内装连接刚度，合理配置减振材料，避免车体局部颤振的发生。

（2）车体良好的气密性和隔声性能保证了乘客的舒适性

乘客舒适性一般通过车内压力变化率进行考核，通俗来说就是让乘客的耳膜感受不到车内压力的变化，从而避免耳鸣、耳痛等不适的出现。可是这谈何容易！列车在隧道中运行速

度达到 350 公里 / 小时时，车外压力的剧烈变化达到了 3 000 帕 / 秒以上，这样的压力变化一般人是无法承受的，只有通过车体良好的气密性和隔声性能来保证。这是如何实现的呢?

车体结构各大部件连接焊缝均为密封焊接，所有开口均做了良好的密封处理。

车体结构中侧墙、车顶和地板均采用大断面中空型材，既提高了车体强度和刚度，又提高了车体的减振隔音性能。另外在型材内部填充减振隔声材料，车体内部及下部喷涂阻尼浆，增加了结构的阻尼，提高了车体的减振隔音性能。

（3）优良的行车安全系统构成保护乘客的最后一道屏障

高速列车行驶速度非常快，如果发生碰撞，后果不堪设想。为尽可能保障乘客和乘务员的安全，在头车前端设置有被动安全系统，主要由前端自动车钩、防爬器和主吸能元件等组成。前端自动车钩设有大容量缓冲器，防爬装置采用双压溃管型式，在碰撞过程中吸能的同时还能有效抑制爬车，主吸能元件可实现高力级时稳定高效吸能。被动安全系统采用分级吸能理念，实现长行程、大吸能功能，有效保护乘客区安全。被动安全系统结构如图 4.37 所示。

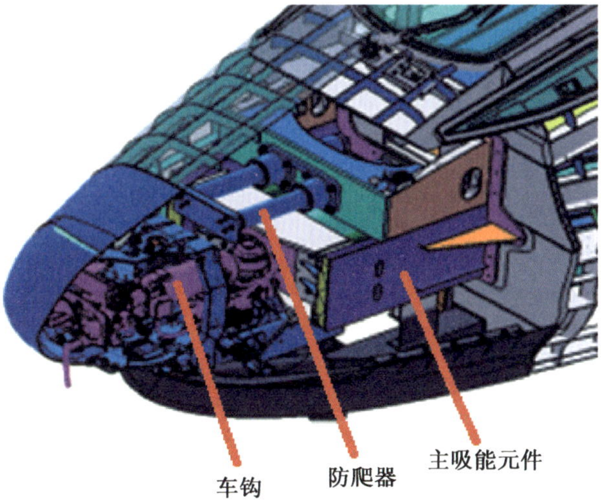

图 4.37 被动安全系统结构

头车最前面下方装有排障装置，由导流板、排障板和排障橡胶等组成，主要功能是排除运行前方轨道上小型、低矮障碍物，如图 4.38 所示。导流板外形设计良好，既具有良好的空气动力学性能，也能保证障碍物只向两侧排出，不会向上或向下抛出而影响行车安全。

图 4.38 排障装置

列车下部装有设备舱，由裙板、底板、骨架和端板等组成，可避免雨、雪和杂物的进入，同时也能抵挡列车运行中沙砾、石子等异物冲击，起到保护车下设备的作用。设备舱结构如图 4.39 所示。

图 4.39 设备舱组成

（4）轻量化的车体结构为列车绿色运行提供支持

高速列车的轻量化设计不仅可以减少用材，降低制造成本，更重要的是通过减小机械阻力，达到提高牵引加速能力和节能环保的目的。此外还可以减小轮轨的相互作用，降低车辆和轨道的维护成本。材料的选择和结构优化是轻量化最主要和最有效的途径。

车体主要材料有高强度耐候钢、不锈钢和铝合金。碳钢车体是应用较早的种类，其生产成本相对较低，重量较重。不锈钢车体具有高耐蚀性、美观和强度高等特点，同样重量较重。

中国标准动车组采用的中空薄壁挤压型材的双壳结构，轻量化程度高、重量轻、焊接量少，且使用寿命到期后可回收利用，维护成本低，对环境影响小。

新材料研究运用是轻量化发展的后续目标，目前在高速动车组车体上进行应用的新材料主要有铝蜂窝、碳纤维复合材料等。

碳纤维复合材料是一种力学性能优异的新材料，在高速列车的开闭罩、车下设备舱等部位已开始运用，同时，碳纤维车体也在研制中。

3. 车外设备

当站在高速列车外面，我们可以看到列车的车门、车窗等设备。高速列车车外设备的设计也是很有讲究的，安全、美观、结实一样都不能少。今天，就让我们一起来探一探里面所包含的奥妙。

1）客室侧门

客室侧门是旅客上下车的通道，供旅客安全快速地上下动车组。高速动车组的客室侧门到底有什么与众不同的呢？

与普通铁路客车不同，高速动车组运行速度快，承受着较高的车内外空气压力差，车外侧噪声大，这就对车门设计提出了挑战。首先，车门要有牢固的锁闭措施和强度，以保证在高速运行时车门的安全锁闭；其次，要保证车门良好的密封性能，不能因为车门关闭不严而导致在高速运行时产生漏风甚至风吹起来的啸叫声音，同时能隔断削弱车外侧的噪声；再次，动车组高度智能化，车门的控制和监控完全自动化，并能够自我诊断和监控。

高速动车组侧门门扇采用多层复合结构，由骨架、蒙皮和高性能芯材组成，有优良的强度和隔音等性能。为保证客室侧门的锁闭安全，侧门采用多重锁闭装置，各约束点分布在门扇的不同部位，门前侧用楔形块约束，后侧一个主锁、两个辅助锁，将门扇紧紧压向楔形块，见图 4.40。主锁是一个机械装置，在锁闭到位后实现自锁，即使承受反作用的载荷也能保持安全锁闭。同时在门扇关闭后，通过门锁的作用可将门扇与门框压紧密贴，门扇上设置的密封胶条被压缩后保证了车门良好的密封性能。

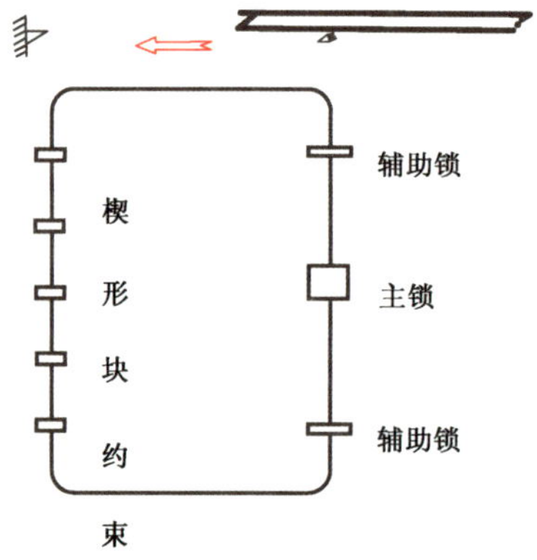

图 4.40　客室侧门锁闭装置示意图

客室侧门可以承受 6 000 帕左右的均布载荷和作用在门板中心 800 牛的集中力，以保证在如此大的载荷下车门不发生任何异常变形和损坏，保证系统的安全。车门关闭后的密封性可以到什么程度呢？下面通过一个直观的验证方法来了解一下：在一个体积大约为 8.5 立方米的密封“房间”里，在洞口安装上车门，将车门关闭后向“房间”充气，在内部压力达到 6 000 帕时，在门口涂抹肥皂水不会有连续的气泡产生；停止充气后，内部压力会自然缓慢下降，下降到 4 000 帕时开始计时，至 1 000 帕时停止计时，时长可达到 200 多秒。时间越长说明密封性能越好。

高速动车组高度自动化和智能化，乘务人员较少，车门的控制均为自动控制，在收到开关门指令后，车门在门控器的控制下自动实现开关。通过门系统设置的检测开关和传感器，车门可用自己的“大脑”对自身的状态进行监控诊断，如果发现车门系统存在异常或故障，则通过网络系统向驾驶室内的工作人员和列车值班室内的值班员报告故障信息，提醒工作人员采取相应的处理措施，保证动车组的运行安全。比如：为防止车门关闭时夹住乘客或行李物品，车门设有障碍返回功能，在关门过程中遇到障碍物，车门能停止关闭并打开，然后尝试再次关门；如果仍旧检测到障碍物，车门再次打开，重复三次仍旧无法关闭时，车门保持在打开位置，需要随车工作人员现场检查处理。

车门能检测的最小障碍物尺寸为 30 毫米 ×60 毫米。碰到障碍物时的最大峰值力小于等于 300 牛，第一次关门过程时的有效力小于等于 150 牛，在后续进一步关门时的平均有效力小于等于 200 牛，防止夹到乘客或行李物品时造成伤害和损坏。

2）外端拉门

火灾是大家谈之色变的灾害，高速动车组发生火灾的后果更是严重，我们必须要考虑发生意外的情况，并采取措施去应对！

在车厢内发生火灾后，为防止火势蔓延至相邻的车厢，在每辆车的端部均设置有外端拉门，外端拉门的主要作用是在发生火灾的情况下隔断火势蔓延，同时可将端部车外噪声进行隔离。为起到隔火作用，门扇的玻璃采用耐火玻璃，在高温灼烧时能够保证完整不破碎，门扇之间以及门扇与车体之间的缝隙处设置有防火胶条，在受到高温灼烧时防火胶条膨胀，堵塞缝隙后防止火势通过缝隙蔓延，从而达到隔断火势的作用。外端拉门的耐火完整性大于 15 分钟，发生火灾时保护相邻车厢不受火灾影响，以便工作人员及时采取相应的处理措施。

3）**司机室前窗**

如果把高速列车比作一个人，司机室前窗（图 4.41）就好比是一个人的眼睛，司机室前窗给司机提供一个清晰开阔的视野，同时起到防护作用。高速列车运行速度快，在前方有飞鸟、石子等冲击时，虽然冲击物体质量不大，但由于速度快，对前窗的冲击破坏力是十分大的，前窗玻璃的抗冲击性能直接影响到司机的安全！因此，司机室前窗的设计必须考虑各种冲击物体的影响，确保在承受高速冲击时玻璃不被穿透。那前窗究竟是怎么做到如此高的抗冲击性能的呢？

首先，前窗玻璃不是单纯的一层玻璃，而是像“千层饼”一样，有很多层玻璃复合在一起构成，在每层玻璃之间通过有机聚合物薄膜黏合在一起，既能保证各层玻璃相互黏合牢固，又能提高玻璃组成后的强度。而且每层玻璃都进行了化学离子交换方式的钢化处理，提高了玻璃的表面硬度，增强了抗击打能力。

■ 用质量为 1 千克的前部带半球尖的铝合金圆柱体，以

图 4.41　司机室前窗

580 公里 / 小时的速度冲击前窗玻璃，玻璃不会发生穿透现象。

■ 用质量为 20 克的铝弹，以 440 公里 / 小时的速度冲击前窗玻璃，玻璃不发生破裂、损坏。

■ 模拟使用 1.8 千克的“鸟”，以 420 公里 / 小时的速度冲击前窗玻璃，玻璃不发生破裂、损坏。

其次，作为冗余安全措施，在前窗玻璃的最内侧，设置有一层有机材料制成的贴膜，通俗的叫法是“防飞溅膜”。从它的名字不难看出它的作用，就是在玻璃破碎时能将碎渣粘在上面，不会飞溅到司机室内部。同时该膜也能承受冲击力，在玻璃破碎后，可以阻挡冲击物体穿透前窗玻璃而伤害到司机。

为了保证司机视野舒适，前窗玻璃有优异的光学性能，对光畸变、副像偏离等各项性能指标进行严格控制，可保证驾驶人员视觉要求。为防止在冬季运行中起雾影响司机视野，前窗玻璃通过在中间层排布极细的电热丝，在确保不影响视野的前提下，实现前窗玻璃的快速防冰、除霜、除雾。

4）客室车窗

乘坐高速列车时，坐在宽敞的座椅上，欣赏着窗外的美丽风光，享受旅途的快乐，这正是宽阔的车窗给你带来的美好体验。

在保证车体结构强度的前提下，在高速列车上设计尽量多、尽量大的车窗，可以给乘客提供宽敞、明亮的乘坐环境。虽然车窗这么大、运行速度这么快，乘客坐在车窗旁边一点也不用担心玻璃是否牢固、会不会破碎，因为我们的玻璃是经过特殊处理的。

一个 50 千克的软物体（沙袋），从 1.5 米的高度自由落在车窗玻璃上，玻璃完全可以承载而不发生穿透脱落；20 克的铝弹，以 220 公里 / 小时的速度，垂直射向玻璃表面，玻璃也不会破碎。

为了适应高速运行时的气压载荷、异物击打，隔断高速运行时车外的噪声，车窗玻璃采用多层复合中空玻璃，以中

图 4.42　列车车窗玻璃破碎

空层为界分为外侧玻璃和内侧玻璃，内外侧玻璃均为夹层玻璃结构（根据不同的强度要求，内侧玻璃也可采用单层玻璃）；构成夹层玻璃的单片均进行了钢化处理，在两片钢化玻璃之间夹了一层或多层有机聚合物中间膜，保证了玻璃的强度。因为有中间膜的存在，即使玻璃碎裂，碎片也会被黏在薄膜上，破碎的玻璃不会飞散，表面仍保持整洁光滑，整片玻璃仍旧保留在窗口上，如图 4.42 所示，有效防止了被碎片扎伤或穿透坠落事件的发生，确保了人身安全。

根据安全要求，在特殊情况下能够从车窗处逃生，每辆车均设有紧急窗（图 4.43）。紧急窗的玻璃经过了特殊设计，对内部的有机聚合物薄膜进行了断口处理，使用应急锤击打玻璃上的带夜光功能的敲击点，可将玻璃打碎，玻璃便可与窗框整体分离，用力推开后形成逃生通道。从开始敲击到推出形成逃生出口，操作时间不超过 45 秒，以满足快速逃生的需求。

图 4.43　紧急窗示意图

5）内风挡

当我们在动车组内部从一节车厢走到另一节车厢时，在两节车厢之间能够看到层层叠叠的橡胶折棚，这就是内风挡，如

图 4.44。

两个车厢连挂时靠内风挡将车厢内部通道连接起来，以便旅客可以在动车组内自由通行。动车组在直线运行时，两个车厢端部是平行的，车厢间的距离也是固定的；但在过弯道时两个车厢之间会发生偏移，车厢间的距离不再平行，在动车组实际运行中内风挡会经常发生压缩、拉伸、扭转，同时还要保证旅客安全通过，那么内风挡是如何实现以上要求的呢?

我们先从内风挡的结构来看。内风挡主要由两大部分组成，一是我们看到的折棚组成，另一部分就是我们脚底下、供我们通行的渡板。

图 4.44　内风挡

折棚由一圈一圈的柔性棚布组成，棚布制作成圆弧状，像手风琴的风箱，可以适应一定的拉伸和压缩，各圈棚布通过铝框组装在一起，达到一定的长度后两端被螺栓安装在车体上，便可将两辆车连接起来，见图 4.45。根据动车组在曲线上的参数计算出两个车厢在曲线上的最大拉伸、压缩量，通过合理设计棚布的圈数和圆弧的尺寸，在曲线时内风挡棚布正常连接两个车厢。内风挡可以在半径 R 为 180 米的 S 形曲线上顺利通过，各处无干涉。同时双层棚布的结构可以保证风挡具有良好的隔音性能，不低于 38 分贝，减小车端部位的噪声对车内的影响，提高舒适性。

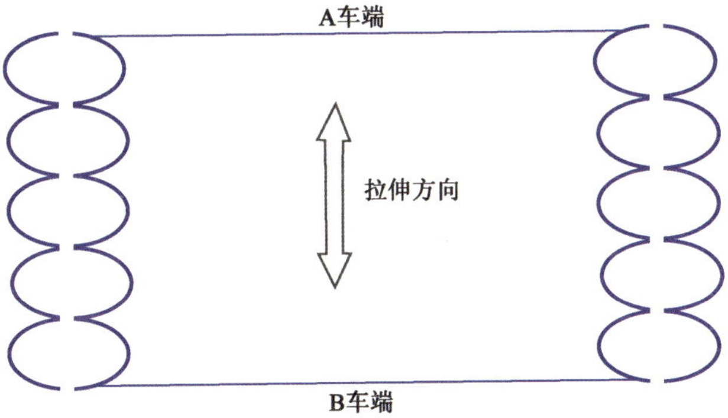

图 4.45　折棚示意图

下面再说一说我们踩在脚底下的渡板。渡板像折棚组成一样也是可以拉伸和压缩的，其是由多个相互插接在一起的框架组成，见图 4.46，型材之间可以有 *XY* 两个方向的相对移动，从而满足通过曲线时的拉伸和偏移需求。渡板的两端分别搭在两个车端上，渡板能承受 5 500 帕的载荷，可以承载人站在上面的重量，即使在曲线通过过程中也不会产生影响。

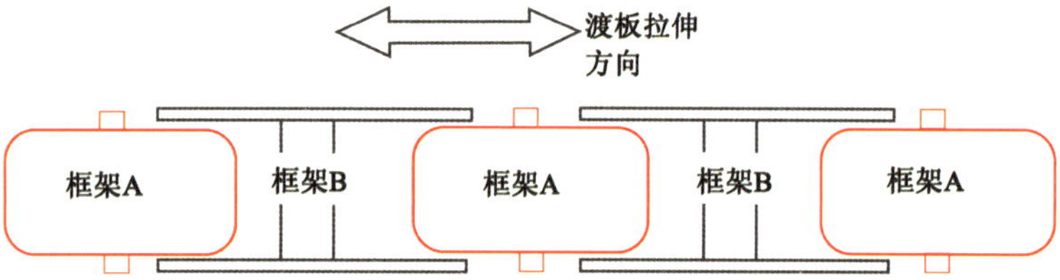

图 4.46　渡板断面构造

4. 旅客界面及设施

除了美丽的外表，高速列车的内饰也是令人啧啧称赞的，不仅满足了乘客们的各种要求，还达到了安全、美观和舒适的目的。平时我们乘坐高速列车，一般都是坐在自己的座位上，活动范围并不是很大，也有很多看不到的地方，而今天，就带领大家在列车上好好转一转，领略一下高速列车内部的“美景”。

1）舒适的乘车环境

高速列车载客众多，旅客总是期望在旅途中得到环境舒适、功能设施齐全、服务周到的乘车体验。为此在高速列车设计初期就要根据振动、噪声、照明等因素对人体的影响确定相对舒适的指标，进而通过结构设计营造出一种舒适的乘坐环境。

振动控制：高速列车运行时，外部激扰导致车体振动进而引起车内设备和装饰界面振动，长期处于这种振动环境容易疲劳，为此要进行减振设计。通过设计悬挂系统，减小轮轨振动向车体传递；通过流线型车体和平顺化设计，减小气动压力；通过模态匹配设计，避免车体产生共振。采取上述措施达到隔断一定频段振动或降低振动强度的目的。网络上流传的硬币在时速300公里时保持8分钟站立的视频和中央电视台《挑战不可能》中挑战者韩遂宁在“复兴号”时速350公里的运行速度下完成“双层棕榈叶平衡术”（图4.47）都非常直观地向我们证明了目前我国高速列车的减振技术。

图4.47　高速列车平稳性视频截图

降噪设计：高速列车运行时噪声包括轮轨噪声、气动噪声、受电弓噪声、设备噪声等，这些噪声经结构振动、空气透射传入车内，经多次反射形成内部声场。噪声易对人的心理产生影响，使人烦躁，若长时间处于85分贝（A）以上环境还会影响人的听力。为此高速列车设计时通过等隔声设计、分频段设计，采用隔声、吸声、阻尼技术手段降低车内噪声。经过噪声控制设计，目前高速列车以350公里/小时速度运行时客室噪声值仅为66～69分贝（A），低于办公室的噪声值。

照明设计：高速列车作为新时代的交通工具，照明设计对乘坐品质的改善和提高有着非常重要的关系。好的照明设计可以给人以美的享受，减轻长途旅行所带来的疲劳感。从节能和健康的角度，目前通常选用LED照明，除满足照明功能外，通过主光源照明、辅助光源照明、装饰光源照明相配合，针对不同区域，采用不同色温、照度营造出不同风格而又舒适的照明环境。

舒适的乘车环境，就像一个人美好的内在品质一样，一旦与之相处，身处其中，我们就会有深切的体会。

2）区域划分和设施配置

高速列车室内界面及设施的设置以司乘、旅客需求为导向。“火车跑得快，全靠车头带”，高速列车的“车头”指的是头尾车的司机室。除司机室区域外，按照旅客使用区域划分为乘坐区域、端部服务区域、餐饮服务区域，在这些区域配置功能完善的服务设施、安全和应急设施。目前常见 8 编组动车组按照不同区域，服务设施的配置分为二等车、一等车、商务车和带二等座的餐车。在每个车厢端部服务区域设置卫生间、垃圾桶、开水炉、行李室等服务设施和配电柜等车辆设施，另外还设无障碍乘坐区、无障碍卫生间。CR400 整列编组空间布局如图 4.48 和表 4.1 所示。

（1）司机室区域

司机室对于普通乘客们来说，是一个很“神秘”的地方，今天我们就来揭开它神秘的面纱，看一看它到底是什么样子。

司机室分别设置在每列编组的两端，由前端司机室实施控制，后端司机室处于非工作状态。两个司机室结构与功能相同。司机室设计为单人模式，操纵台在中央。司机室内布置了

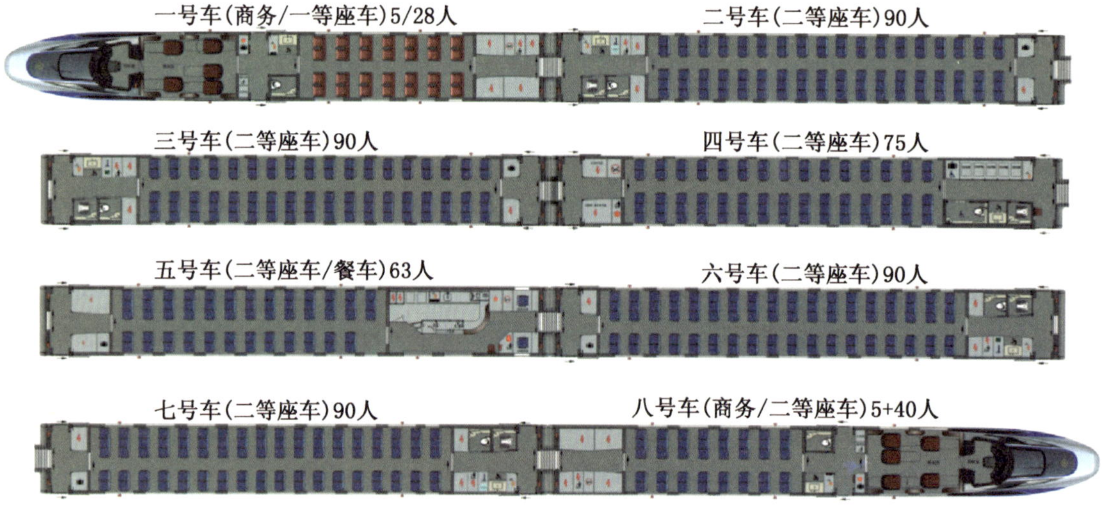

图 4.48　CR400 整列编组空间布局

表 4.1　CR400 整列编组布局

顺号	1 号车	2 号车	3 号车	4 号车	5 号车	6 号车	7 号车	8 号车
车种	一等（带商务座）	二等	二等	二等（带无障碍卫生间）	餐车 + 二等	二等	二等	二等（带商务座）
定员	33（商务座 5 个）	90	90	77	63	90	90	45（商务座 5 个）
卫生间	1 座	1 蹲，1 座	1 蹲，1 座	1 残疾人 + 1 蹲	无	1 蹲，1 座	1 蹲，1 座	1 蹲
座椅	商务座：（1 + 1）+（1 + 2）一等座：（2 + 2）	2 + 3	2 + 3	2 + 3	2 + 3	2 + 3	2 + 3	商务座：（1 + 1）+（1 + 2）二等座：（2 + 3）

注 1：体现人文关怀，考虑残障旅客上下车、上厕所等需要，CR400 动车组 4 号车为二等座车配备残障人士设备，设有无障碍卫生间、轮椅置放区、轮椅固定绑带等设施。

注 2：5 号车为二等座车 / 餐车，客室设有 2 + 3 布置的二等座椅，餐饮区设厨房和吧台，能为旅客提供餐饮服务。

动车的主要操控设备，对全车进行牵引、制动控制，同时控制全车的空调、车门和广播等设备，检测列车运行信息并进行故障诊断。

我们在车外可以看到高速列车的头型很长，那司机室是不是很大呢，司机是不是可以有很大的活动范围呢？当然不是啦，其实司机的活动范围还是很小的。司机室分为三个区域：设备舱、操控区和电气柜（图 4.49）。

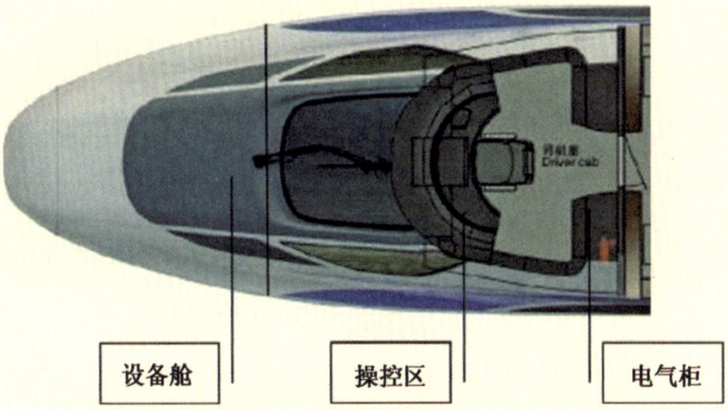

图 4.49　CR400AF 司机室区域划分图

图 4.50　CR400AF 司机室后端门

我们要先通过司机室后端门（图 4.50）进入司机室。司机室后端门为手动折页结构，非常牢固，可以隔音、防火、防爆。作为司机重要的专属区域，门板中上部还有“猫眼”功能的观察窗，通过观察窗司机能看到外部而外部人员看不到司机室内部，能够有效地保证私密性，避免了外界干扰，为司机提供了安静、安全的环境。

司机室内设计采用简约风格，重点关注司机操控的方便性和视野。司机只能在操控区活动，操控区位于前窗玻璃的正下方，只有操纵台和司机座椅两部分。

操纵台是司机对动车组的主要操控平台。在动车组运行过程中，司机根据线路信号状态和周边情况，操作相应的设备，完成动车组启动、加速、减速、制动和停车；同时根据运行需要，控制全车的空调、车门和广播等设备。

在操纵台上布置了司机需要操作或查看的各种显示屏、仪表、指示灯、话筒、开关按钮及司机控制器等，如图 4.51 所示。

图 4.51　CR400AF 司机室操控区

在司机正前方有 3 个显示屏。中间的显示屏为列车运行控制（ATP）显示屏，主要显示地面信息和 ATP 设备的控制状态；司机在注视前方的同时，通过显示屏或者前方线路状况来操作司机控制器，控制列车的加速、减速。两侧的显示屏为车辆信息控制系统（TCMS）与司机之间的主要人机交互界面，检测列车自身的运行信息并进行故障诊断，互为冗余。在司机右前方冗余设置一个 ATP 显示屏。另外，在司机左前方有一个显示屏及话筒，可以实现动车组调度及车内联络通信的功能。

在司机右前方设置各种仪表及指示灯可以显示动车组的“健康状态”，同时设置主控钥匙和方向选择开关，好比汽车的驾驶钥匙和前进后退挡位选择。

在司机右手侧轮盘形状的是司机控制器，可以控制动车组的加速和减速，就像汽车的“油门”和“刹车”一样。

在司机左右两侧设置控制全车开关门的开关，红色为开门，绿色为关门。

（2）旅客乘坐区域

旅客乘坐区域俗称“客室”。不同的交通工具客室内风格各异。高速列车旅客乘坐区域设计考虑乘坐舒适、功能齐全，体现当今科技发展水平。全列不同客室风格保持一致，又各具特色。

二等车客室服务大多数旅客，在满足舒适前提下，载客量是一重要衡量指标。在布置座椅时，尽量减小座椅间距，增加座椅数量。根据对旅客调研数据统计，座椅间距在 850 ~ 950 毫米时，旅客坐姿下身体可以比较舒适，靠窗位置乘客起身、通过也不会对邻座造成影响；目前高速列车座椅通常面向列车前进方向，座椅间距还要留出旋转空间。走廊的宽度要考虑两人相向而行可以侧身通过，携带 24 寸拉杆行李箱可以自由通过。客室高度应在 2 米以上而不会感到压抑。因此二等客室普遍配置 2 + 3 形式座椅，考虑到座椅靠背角度可调，目前高速列车座椅前后间距为 980 毫米，走廊宽度 530 毫米，这样布置单车最多可乘坐 90 人。客室高度 2.2 米，在人员较多环境应采用高照度、冷色温照明，营造出一种宽阔、通透的环境。顶部两侧主照明配以中间椭圆形灯照明，可以营造出这样的氛围。

一等客室（图 4.52）定位少数群体，在客室整体空间不变的条件下，因载客量减少，乘坐空间更加宽敞，在客室设计时可以配置功能设施更加完善的一等座椅，座椅间距加大到 1 070 毫米，旅客调整座椅斜躺后身体可以完全伸展；灯光设计以低照度、暖色调为主，营造出一种温馨、安静、舒适的环境。

图 4.52　CR400AF 一等座

商务座区域设计需满足个性化、商务出行的需求，体现高档、舒适和现代科技感。商务出行途中旅客经常处于商务办公、休息或休闲状态，为此配置商务座椅、地毯、贴近自然的高光木纹装饰板体现高档、舒适元素；座椅间距、人均占有空间更大，旅客可以平躺而不会相互干扰；电子座号、旅客信息显示等电子产品应用体现现代科技；围绕座椅配置多功能边柜、呼叫服务，空调送风、影视、广播、照明、信息显示等系统可以独立控制体现个性化特点。

旅客在整个旅程中有 90% 以上的时间都是在座椅上度过。可以说座椅的“好坏”决定着旅途的质量，直接影响乘客对车辆的整体评价。设计座椅时首先根据人体尺寸保证座宽、座深、靠背能够支撑人体乘坐；根据不同坐姿下人体受力情况，对坐垫、靠背进行造型，使人体腿部、臀部、腰部、肩部等受力位置与座椅贴合，减少集中受力避免疲劳；根据不同乘坐时长，合理确定坐垫、靠背硬度。另外座椅的选材还应具有良好的透气性；蒙面选择应该耐磨、耐污，颜色和花纹与整车风格一致，具有装饰作用。

二等座椅，靠背角度从 0° ～ 24.5° 自由调节和锁定，靠背的倾斜不会干扰到后面的活动空间，靠背后部还配有小桌板，旅客可用来放置食品、水杯等物品。座椅扶手处还配有电源插座，方便旅客为手机、笔记本电脑等电子产品充电。一等座椅功能与二等座椅相似，但座椅宽度、座深更大，靠背角度可手动控制从 8° ～ 30° 自由调节和锁定，乘坐更加舒适。

商务座椅体现宽敞、舒适、高档的座位空间。与航空座椅类似，商务座椅采用高档真皮蒙面，可坐、可躺，角度可以任意调节。为营造私密空间，避免外界干扰，座椅还带有宽大的私密罩壳。同时商务座椅还配有小桌板、电源插座、阅读灯等配套设备。商务座椅可以满足乘客旅途休息、娱乐、就餐及办公等需求，为旅途提供一个温馨、舒适的个性化乘坐环境。

进入客室，我们拿着车票怎么找到自己的座位呢，随身携带的行李放哪里？首先我们看到座椅侧上方的行李架上有一排发光的数字和字母，这就是我们的座号，根据车票对号入座即可。随身携带的行李很自然地就放到座椅上方的行李架上，通常行李架的隔板采用透明玻璃或 PC 板，这样可以很容易看到而不易遗失。行李架最大能盛放 24 寸行李箱，超过这个尺寸只能放到端部的大件行李柜了。由于商务座区域空间宽敞、旅客普遍携带小型行李，因此商务座区域很少有行李架，主要配置行李柜或挂衣柜。CR400 电子座号牌和行李架如图 4.53 所示。

图 4.53　CR400 行李架

客室乘坐区域两端还安装有内端门（图 4.54），是乘客进入客室的必经之处。通过内端门将客室乘坐区域与端部服务区域分开，起到隔声、隔热和避免端部乘客活动影响客室人员的作用。一、二等车内端门为感应式，旅客接近时自动打开，商务座区为避免外部人员打扰，门通过电动按钮控制开、关，按一下门自动打开，通过后自动关闭。出于安全考虑，门系统有防挤压功能，碰到障碍物自动退回，避免特殊情况下对人员产生挤压伤害。门打开后净空间尽量增大以方便快速通过，避免拥挤，目前普通门全开时宽度 800 毫米，残疾人区域门宽 900 毫米，全车人员 1 分钟左右时间即可全部通过。内端门上部通常设置列车信息显示装置，显示车速、厕所有无人、车内外温度、到站信息等，方便旅客及时获

图 4.54　CR400AF 客室内端门

取乘车信息。

(3) 端部服务区域

“生命在于运动”，处于久坐状态，我们都想找个地方舒展一下筋骨，活动一下腰肢。这时端部服务区域绝对是一个很好的去处。为此本着“将最大空间留给旅客的原则进行设计”，高速列车端部活动空间小到 4 平方米，大到 7 平方米，通道宽阔，你可以在这里完成身体伸展动作，这也是部分旅客超过 3 小时长途旅行会选择高铁或动车而不选择飞机的原因之一。除了珍贵的活动空间外，车厢两端的区域考虑到旅客的需求还要配置完善的服务设施，包括服务台、大衣柜、大件行李柜、垃圾箱、电开水炉、盥洗室、卫生间等，同时还配置存放随各车备品的空间，为旅客提供完备服务的同时，为乘务人员提供一个便捷、舒适的工作环境。CR400AF 高速列车端部服务设施如图 4.55 所示。

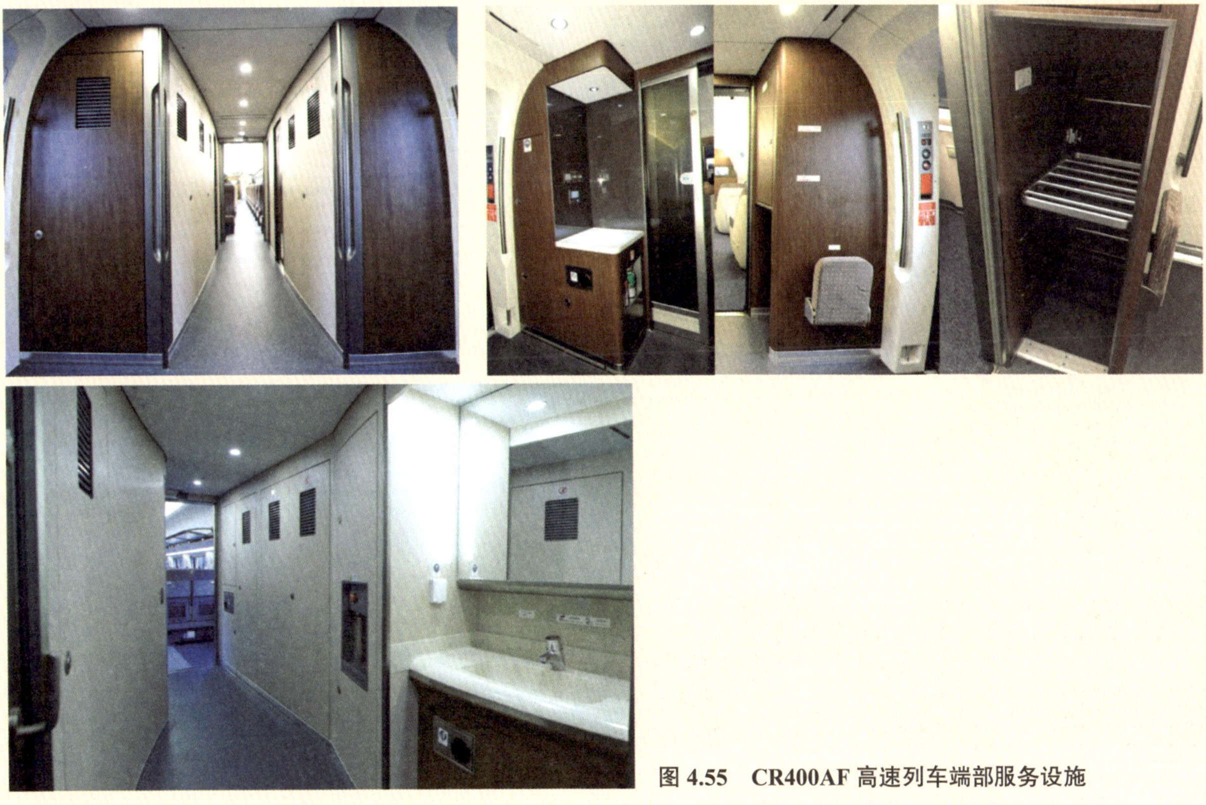

图 4.55　CR400AF 高速列车端部服务设施

(4) 餐饮服务区域

为方便旅客在旅途过程中用餐，高速列车都配置整套的厨房供餐设施。相对于家庭厨房，高速列车为封闭车厢，烹饪会产生大量的油烟，储存食材会占用车内空间，高峰用餐也无法及时供给，因此高速列车厨房普遍不提供烹饪食品，而是同航空一样提供类似加热后冷链食品（盒饭等），售卖方便面、面包、水果、干果等食品和矿泉水、果汁等饮料。为保证食品卫生安全，高速列车售卖的餐食由地面专门机构提供。日常熟食在冷藏状态不易变质，加热到60℃以上容易散发出香味。因此设计高速列车厨房时，通常配置2℃～8℃可调的冷藏柜和60℃～110℃可调的保温柜，两个柜子物理距离上完全分开。我们在车上享用的餐食平时放置在厨房的冷藏柜中，餐车服务人员会在用餐时间前利用保温柜加热到100℃后批量售卖，针对少量旅客的餐食也可用微波炉加热。为方便饮料、水果售卖，还会在厨房显眼位置设置类似超市用的商品展示柜。高速列车厨房内各设备数量及容量依据列车定员进行设置，可以满足一半人员用一餐的需求。目前，在高速列车上还可以点外卖，旅客使用12306APP点餐，约定站点送达，非常方便。

图 4.56　带餐厅的高速列车餐车

图 4.57　不带餐厅的高速列车餐车

高速列车供餐系统除了半敞开式厨房，部分车还设置餐厅和休闲区，设置餐桌、餐椅，方便旅客集中就餐；休闲区设置办公桌、靠吧、电视等设施，为旅客提供享用饮料、零食的空间。不带餐厅的厨房，通过吧台售卖商品或通过送餐小车向各个车厢送餐，旅客在各自乘坐区域利用座椅小桌用餐。带餐厅的高速列车餐车如图4.56所示，不带餐厅的高速列车餐车如图4.57所示。

（5）安全设施

视频监控保证旅客安全，每节车的端部车门附近设置 1 台全景网络摄像机，客室顶板对角线位置设置 2 台半球网络摄像机，对车厢内公共区域进行无死角监视。图 4.58 为 CR400AF 列车上部分视频监控设施。采集的视频信息实时存储，只有采用专用外接授权设备才能进行查询、回放及下载，在保护车内人员安全同时兼顾隐私保护。

图 4.58　CR400AF 视频监控设施

高速列车内部全程禁烟，在存在吸烟可能的客室，卫生间区域和端部电气柜、司机室、厨房等用电设备可能产生烟的区域安装火灾探测器，实时监测区域内的烟雾浓度和温度，保障安全。当检测的温度或烟雾浓度超过设定值会在司机室、机械师室报警，车内工作人员会非常迅速地到达报警位置确认情况，司机根据实际规程要求决定是否停车。

当我们在车厢内发现特殊、紧急情况时怎么办呢？在客室两端设置有紧急拉闸（图 4.59），出现紧急情况时，车内人员可以轻易破坏防护罩，拉下拉手触发紧急停车，司机根据规程要求确定是否停车或停车位置。

图 4.59　CR400AF 紧急拉闸

另外各车端部设置两台灭火器（干式、湿式各一台）、安全锤、紧急渡板、安全绳等设施，应对异常情况。

看到这里，您对我们的整车旅客界面和设施是不是已经非常了解了。

3）供排水及卫生系统

水，是我们平时生活中必不可少的，而当我们乘坐高速列车时，饮用水和生活用水也能够得到满足。那高速列车的供排水及卫生设施都有哪些功能呢？水从哪里来？盥洗室、卫生间都有什么特点，盥洗废水、便器污物去哪里了？下面为读者进行简单的介绍。

（1）给水装置

高速列车的设备用水是从哪里来的？这就是列车的给水装置的功劳。高速列车装有水箱，通过供水管路将水输送到开水炉、盥洗室、卫生间等设施。根据水箱安装位置和供水原理分为车下水箱（或车上水箱）水泵压力供水（图 4.60）、车上水箱重力供水、车下水箱压力供水到车上水箱再利用车上水箱重力组合供水三种方式。水箱的容积在满员条件下应能够运行最小注水间距 1 320 千米，一般情况下水箱满水可使用 10 小时。

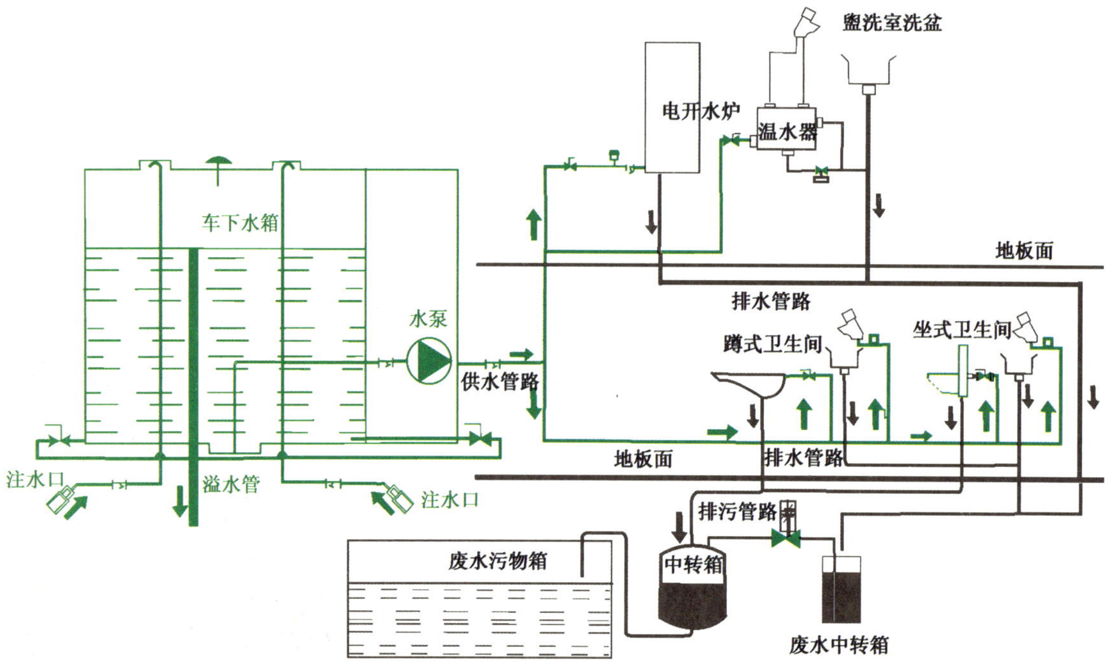

图 4.60　CR400AF 车下水箱水泵压力供水装置结构

高速列车运行前需进行整备，通常在车站或动车基地通过车体两侧的注水口（图 4.61）将水箱注满水，水箱内水通过供水管路流到开水炉、盥洗室、卫生间等设施。水箱有溢流管和液位指示灯（图 4.61），注满水时会从溢流管流出并且 100% 液位指示灯亮，工作人员可以很容易地判断水箱是否注满。运行过程中当水箱的水位低于 25% 时，会向车内工作人员提示报警，工作人员可以根据实际情况联系后续车站，在停车期间补充注水。

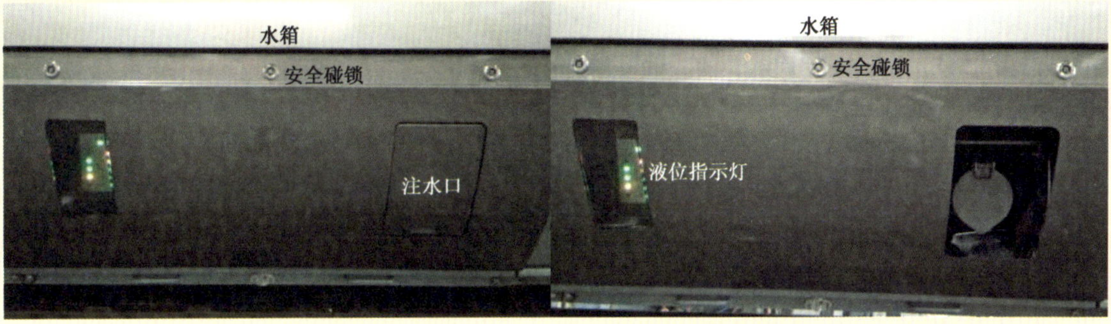

图 4.61　CR400AF 车下水箱注水口及液位指示灯

水箱（图 4.62）通常由不锈钢板焊接而成，高速列车加、减速或过弯道时水位波动会对水箱体造成冲击，为降低水位波动通常会在箱体内部横向或纵向设置防波板。水箱外侧通常贴敷保温层避免形成冷凝水，车下水箱还设置电加热器，这样在 −25℃低温环境下可以正常使用。另外水箱还设置排水阀，冬季列车停放或长期存放时排空内部存水。

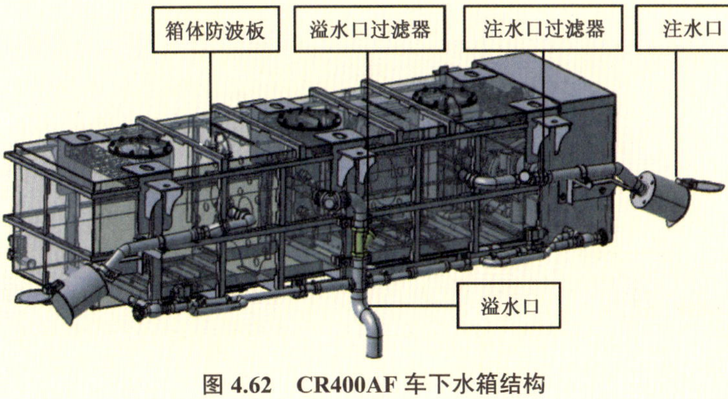

图 4.62　CR400AF 车下水箱结构

水箱、供水管路作为供水设施，保证存水不受污染尤为重要。为此水箱体采用食品级 SUS304 不锈钢材质；注水口装有防尘罩，阻挡尘土、脏水污染注水口；注水口后端还有过滤器避免水源中泥沙、颗粒固体进入水箱；溢水口也设置过滤器阻挡昆虫通过溢水管爬入水箱内；另外供水管路通常采用具有杀菌作用的铜管。在使用时，列车返回动车库后，工作人员会排空水箱内存水，重新注入新鲜水，而且会定期用柠檬酸液浸泡水箱后用清水冲洗。采取以上措施可保证旅客喝到的水达到饮用水卫生安全标准。

（2）饮水设施

国人普遍习惯饮用热水，或有泡茶、泡面、为婴儿冲奶粉的需求，为此高速列车在各车端部和餐车设置电开水炉。为保证饮用水卫生安全，为乘客连续提供开水，我们对此进行了细心周到的设计。

原材料保障：电开水炉与水接触部件采用食品级 SUS304 不锈钢制作，不会释放有害物质。

水质口感改善：电开水炉进水口设置过滤器和活性炭净水器，净化水质、改善口感。

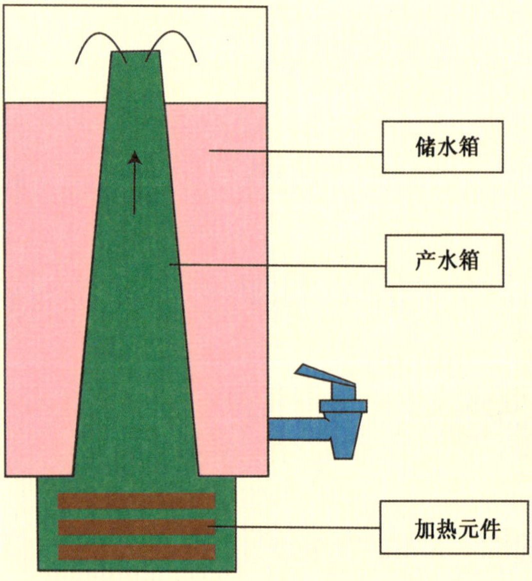

图 4.63　电开水炉结构原理图

出水温度保障：电开水炉水箱分产水箱（或烧水箱）和储水箱，采用沸腾翻水式原理，电开水炉结构原理见图 4.63。产水箱（或烧水箱）内水沸腾后从翻水膨胀筒上部翻出到储水箱，生水与开水完全分开。为避免开水冷却后反复烧开俗称“千沸水”，当储水箱开水到达顶部液位时，开水炉停止加热自动进入保温状态，每 3 分钟加热 8 秒，出水温度保持在 95℃以上。当旅客取用热水或储水箱的水位较低时，再次进行加热烧水。首次上电时，如果储水箱内水温低于 70℃时，会自动把存水排空，重新补充新鲜水加热，如此即可让旅客喝到 95℃以上的热水。

接水安全保障：目前儿童随大人乘坐高速列车出行的机会越来越多，为避免旅客、儿童误碰出水按钮被热水烫伤，我们在接水面板上（图 4.64）设置安全解锁按钮。直接按压出水按钮，开水不会流出；需要先按压解锁按钮后在 3 秒内按压出水按钮，这时开水才会流出。

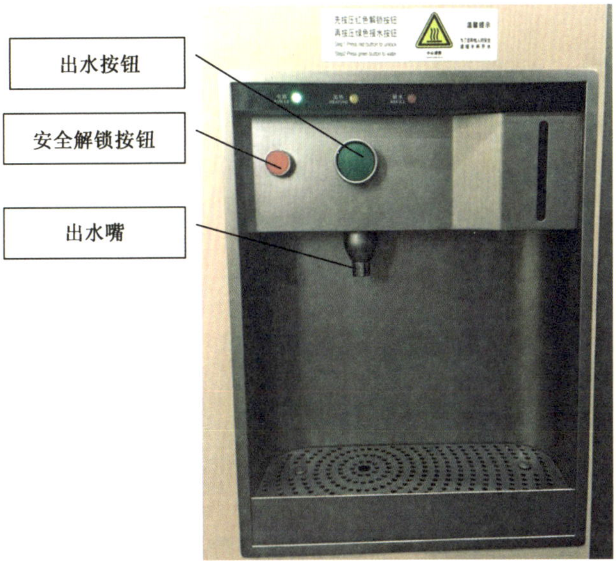

图 4.64　电开水炉接水面板

看了这一部分的介绍，各位是不是可以放心地享用列车上供应的热水了。

（3）盥洗设施

爱美人士有照镜子的习惯，尤其女士还经常化妆、盥洗，这时列车端部的盥洗室（俗称洗脸间，见图 4.65）就有了用武之地。明亮的灯光、宽大整洁的镜子，让你很清晰地欣赏到镜中的自己。洗手、洗脸时造型优美的洗盆配上冷热水可调的节水阀，让你得到舒适的体验，而且皂液、抽纸随时供应，搁物架、衣帽挂钩、电源插座的配置更体现出细心周到。

图 4.65　盥洗室

(4)卫生间设施

除了座椅，旅客用得最多的就是卫生间了（图 4.66a、4.66b）。针对不同旅客使用习惯，我们配置了符合中国国情的蹲式卫生间、坐式卫生间。卫生间设计应注重环境整洁易于打扫，空气清新，功能设备齐全，方便使用。

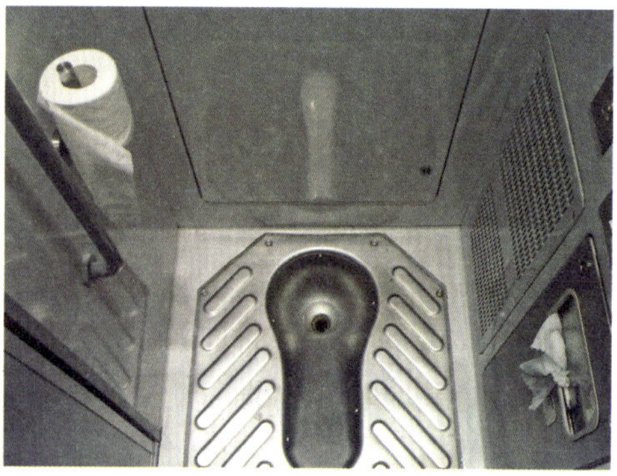

图 4.66a　蹲式卫生间

图 4.66b　坐式卫生间

明亮的灯光、整面带装饰灯的镜子加以带木纹装饰板的点缀，整体营造出一种整洁、贴近自然的风格。

卫生间内空气的质量直接影响使用的舒适性。高速列车卫生间内夏天供凉风、冬天吹热风，还有废排装置及时将异味气体排走，即使在这样相对封闭空间内，旅客也会感受到舒适的温度，呼吸到新鲜的空气。而且卫生间内气压相对走廊、客室为负压，内部气体也不会溢到外部影响其他旅客。

卫生间材质应该防潮、耐腐蚀、易清理。目前卫生间墙壁通常采用聚酯玻璃钢材质，洗手台及洗盆为色理石，表面光滑不易积存污垢。衣帽钩、便纸盒、垃圾箱、扶手，还有为坐式卫生间配置的坐垫纸盒等设施想你所想，一应俱全。

蹲式便器、坐式便器是卫生间内最重要的设备，功能与家庭便器基本相同，最大的区别为高速列车采用真空集便器，利用真空原理，将污物吸到车下的污物箱内。家用便器用大量水将污物冲到排污管。蹲式便器便盆为光滑表面，坐式便器便盆敷有特氟龙涂层，用水量 0.5 升，仅为家用便器用水量的十分之一，非常节水。污物箱与便器之间装有气控阀，只有当便器冲洗时气控阀才会打开，这样污物箱内异味就不会返到卫生间内。为避免异物卡滞气控阀影响便器正常使用，旅客用后的卫生纸用品最好扔到旁边的垃圾箱内。

为体现人文关怀、方便行动不便人士，每列车还配置残疾人卫生间（图 4.67）。轮椅可以在内部旋转，除配置普通卫生间的设施外，在便器、洗盆区域设置醒目的专用扶手和 SOS 按钮；考虑到带婴儿的旅客，还设置了婴儿换尿布台。

图 4.67　残疾人卫生间

（5）污水污物收集

列车用水设备废水、便器污物去哪里了呢？是通过污水污物收集装置，去了车下的污物箱。

CR400AF 高速列车采用中转式真空污物收集系统，污物箱设在车下设备舱内，利用真空发生器将中转箱抽成负压，将盥洗废水、便器污物吸到中转箱。当便器冲洗达到设定次数或中转箱达到设定液位时，利用正压将中转箱内污水、污物排到污物箱内。在满员条件下，污物箱容积应能满足列车至少运行一天的要求。中转箱工作流程如图 4.68a、4.68b 所示。

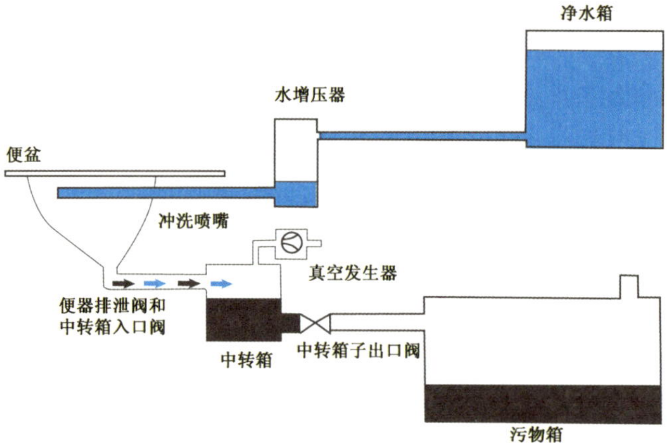

图 4.68a　中转箱工作流程（1）

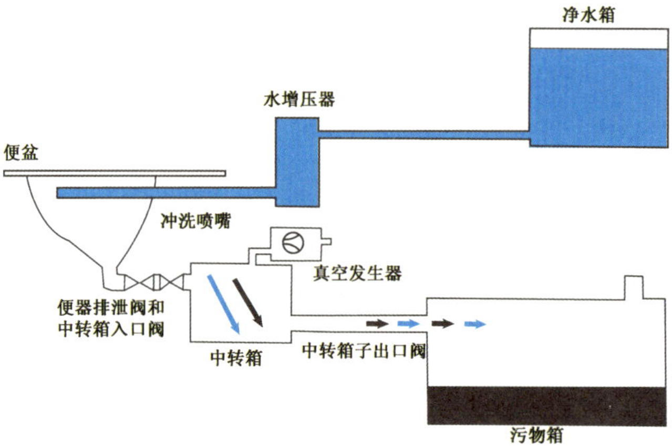

图 4.68b　中转箱工作流程（2）

车辆运行结束，在动车库或站台用地面真空设备，通过污物箱内吸污口（图 4.69）将储存在污物箱内的污物吸出，至此供排水及卫生系统一天的工作结束，整备后迎接崭新一天的到来。

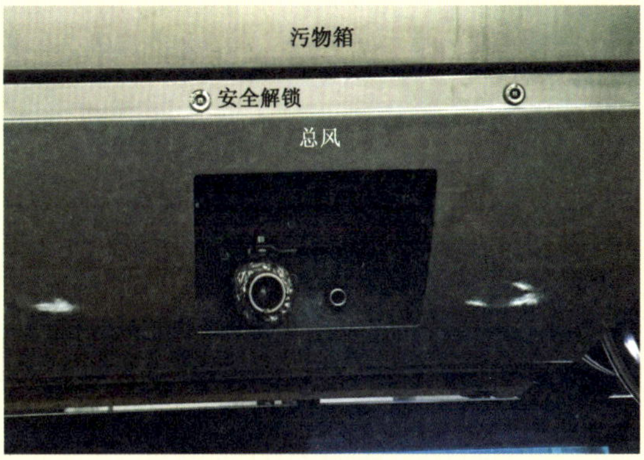

图 4.69　污物箱内吸污口接口

【知识链接】我怎么才能知道高速列车的型号呢？

可以通过看车外标记来分辨。

车体外部设有列车车型车号、车辆车种和编号、速度等级、列车长度、顶车位、自重载重定员和制造厂铭牌等标记，如图 4.70 所示。中国标准动车组车外标记设置于动车组的车头、侧墙和端墙上。

图 4.70　车外标记

二、神奇的“飞毛腿”——转向架

1．安装位置和外观

随着“噗”的一声，车门关闭，高速列车也缓缓地驶离站台，并逐渐加速奔向下一个目的地，一路快速而又平稳。

高速动车组可以跑得又快又稳，与它拥有一个性能优良的“下盘”——转向架有很大的关系。如果把列车比作一个人，转向架就好比是人的两条腿。高速列车每节车厢一般都有两个转向架，分别位于高速列车的两端下部，这是世界上各型高速列车最常用的方式。但也有例外，例如法国有的TGV高速列车转向架与这种方式不同：它的转向架位于两辆车厢之间，由两辆车厢共享一个转向架，称作“铰接式”转向架。从图4.71可以了解到转向架在高速列车上的常见安装位置。

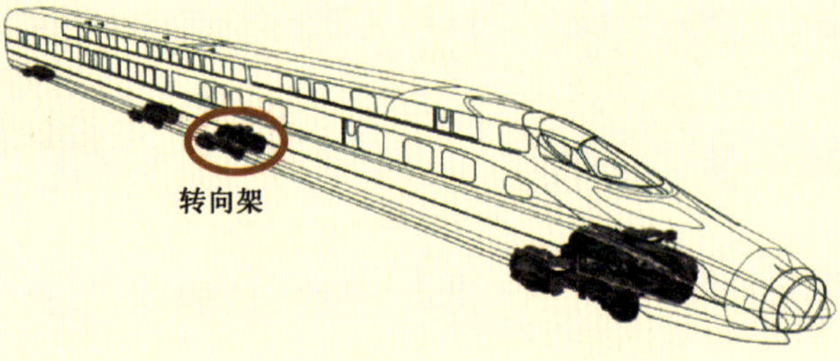

图 4.71　转向架的安装位置

转向架是高速列车跑得快的主要功臣之一，从速度来看，它确实是名副其实的“飞毛腿”。而实际上，它不仅要跑得快，还要承受高速列车车厢和旅客重量，并且事关旅客出行安全和乘坐舒适度，从这个角度来说，转向架被认为是高速列车最核心的部件。由于转向架平时都躲在车厢下面，所以普通乘客很少看到转向架长什么模样。那转向架真实面貌究竟是怎样的呢？图4.72展示了两种常用转向架实物。

高速列车转向架通常分为动力转向架与非动力转向架两种，下部装有动力转向架的车辆称为动车，装有非动力转向架的车辆称为拖车，故动力转向架通常也被称为动车转向架，非动力转向架通常被称为拖车转向架。它们的主要区别是动车转向架有驱动装置，能够为高速列车提供牵引动力，同时具备在列车制动时发挥再生制动的作用；而拖车转向架无驱动装置，无法提供动力，在制动时仅能发挥机械制动的作用。为保证列车的高速特性，高速列车的转向架设计结构与普通列车转向架是有所区别的，在确保运行安全的前提下转向架质量越轻越好。因此，高速列车转向架通常采用两轴配置且轻量化简洁布置。

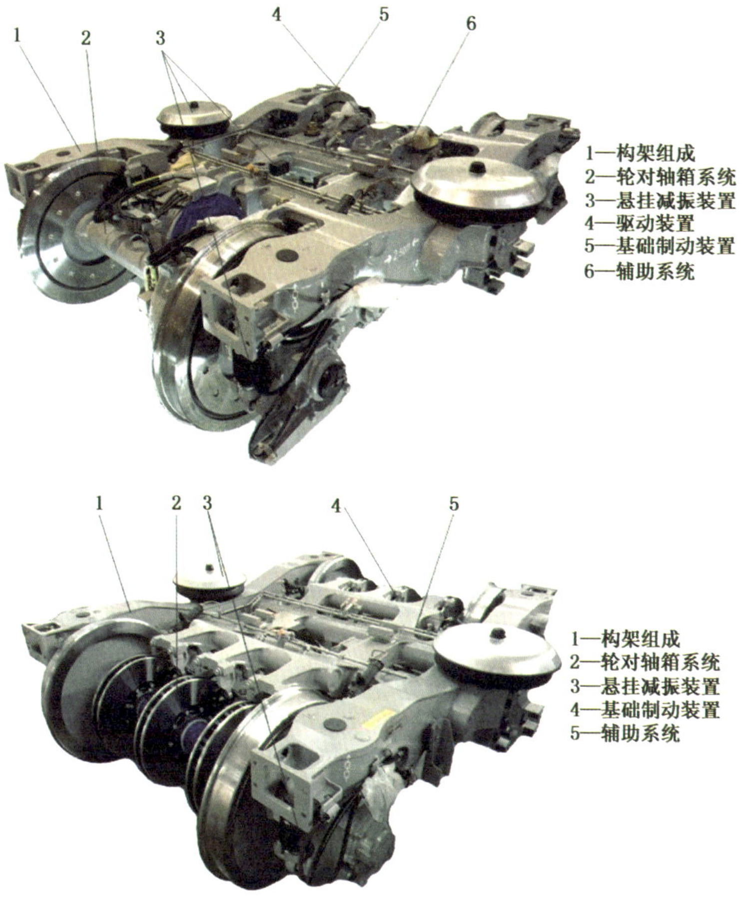

图 4.72　动车转向架（上）和拖车转向架（下）

2. 主要功能

在高速飞驰的列车上，转向架处于轨道和车体之间，它的任务就是承载车体和乘客的重量，引导列车沿着轨道运行，并把加速力和减速力传递给车体，保证列车高速状态下依然具备良好的稳定性和安全性，同时尽可能降低轨道和车轮传递给车体的动态激扰，提高旅客的乘坐舒适度。因此，从专业角度来说，转向架主要具有导向、承载、牵引和制动、减振和缓冲等多种功能。

1）导向

大家都知道，轨道车辆是没有方向盘的，那么，作为列车

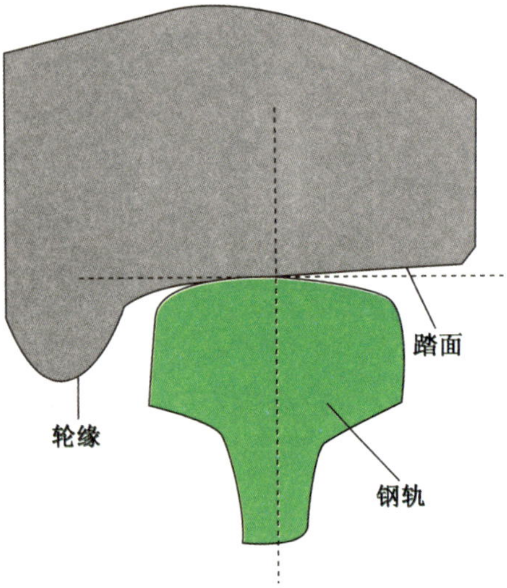

图 4.73 “斜的”踏面和轮缘

的“飞毛腿”，转向架是如何完成导向并沿着已经铺设好的轨道线路行驶的呢？

这就和轮对的绝妙设计有关了。轨道车辆实现导向需要具备基本三个条件：一是车轮踏面不是平的，而是有一定斜度的；二是具有合适的轮缘；三是左右车轮通过车轴连接为一体。图 4.73 中车轮和轨道断面图展示了车轮踏面的斜度和轮缘的位置。具备了以上三个条件，转向架是如何导向的呢？下面将做进一步解释。

（1）直线上如何导向？

在直线上的自导向，可以用木桶在倾斜轨道向下滚动加以形象的解释。在图 4.74 中的木桶结构为两端细、中间粗，当左右摇摆偏离轨道中心时，重力产生的回复力能够把木桶拉回轨道中心，如此木桶就具备自动对中功能，能够很好地沿两条直线轨道向前运行。

类比来看，从图 4.75 中可以看出木桶和轨道接触

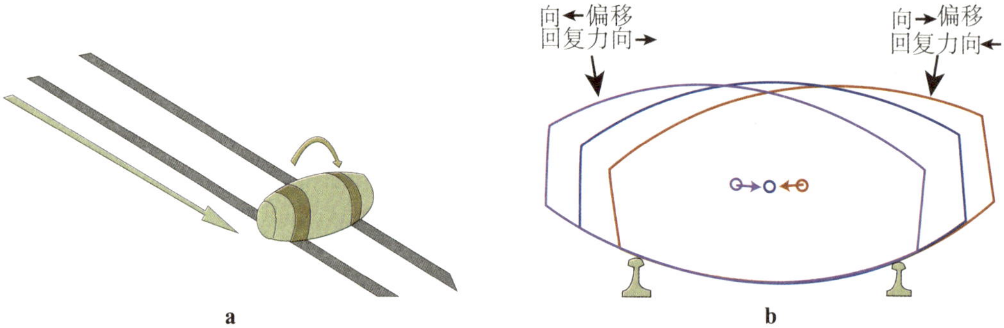

图 4.74 木桶滚动图

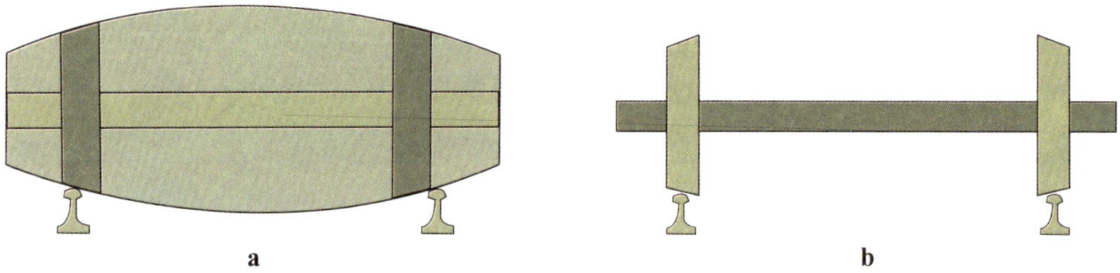

图 4.75 木桶和轮对的等效

的部位是带有斜度踏面的车轮，而木桶本身把这两个车轮连接在了一起，可以等效为车轴。这样，具有斜度踏面的轮对天生就具备了直线上自导向、自对中功能。

（2）转弯时如何导向？

当转向架转弯时，两条钢轨的曲线半径是不同的。顺利转弯的理想情况是大半径钢轨上的车轮走得快些，小半径钢轨上的车轮走得慢些。但两侧车轮由同一根车轴固定组成为一个部件，同一个部件的转动速度怎么能有快有慢呢？这同样和踏面斜度有根本性的关系。如图 4.76 所示，当车辆转弯时，在离心力的作用下轮对向外轨方向（离心方向）产生一定的横向移动，由于车轮踏面具有一定斜度，这时外轨上的车轮与钢轨接触点的车轮半径（也就是滚动半径）变大，走过的距离就变长，内轨上的车轮接触点的车轮半径变小（也就是滚动半径），走过的距离变短。理想情况下实现内外侧车轮走的距离和对应钢轨的距离一致，这样转向架就可以顺利通过曲线。

而如果转的弯比较大，比如半径小于 600 米的曲线，这时车辆以一定速度开始进入曲线，轮对的外轮轮缘与外侧钢轨的内侧面接触，互相挤压产生导向力，并由导向力产生导向力矩，使转向架相对线路产生转动。这时主要是轮缘充当了曲线导向的角色。

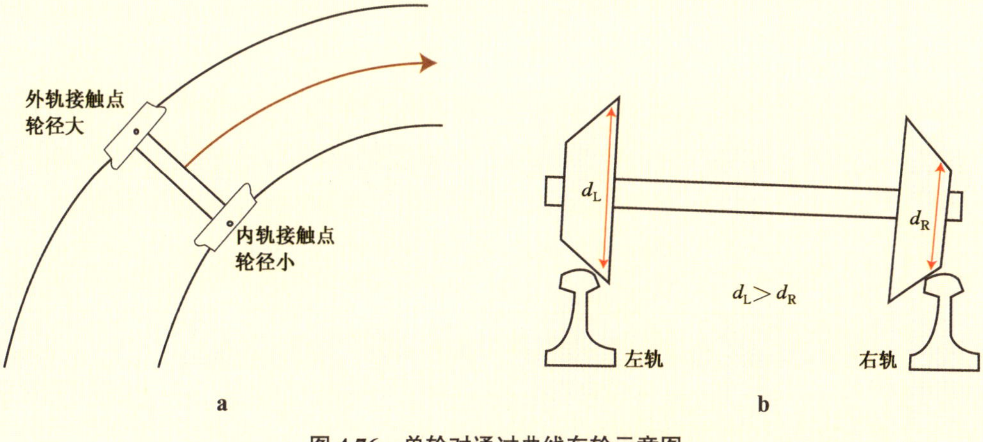

图 4.76　单轮对通过曲线车轮示意图

（3）完成导向功能的主要部件——轮对

完成导向功能最主要的零部件为轮对，图 4.77、4.78 展示了两种常用轮对。每个转向架包括两条轮对，每条轮对由两个车轮和一根车轴组成一体。动力轮对的车轴上安装有齿轮箱，而非动力轮对的车轴上安装有制动盘。如上所述，踏面外形轮廓和导向功能息息相关。为了更好地导向和轮轨匹配，车轮踏面形状并不是简单的斜线，而是由一系列不同半径的曲线组合而成的旋转曲面，我们称之为踏面。车轮内侧突起部分称之为轮缘，可以阻止车轮滑出轨道。

图 4.77 动车轮对

图 4.78 拖车轮对

2）承载

转向架第二个功能就是承载，完成此功能的核心部件是轮对和构架。转向架承担的载荷更细一步分为上部载荷、下部载荷和外部载荷。上部载荷是车体自重（达到几十吨）、旅客载重和车体振动产生的动态载荷；下部载荷为从轨道传递上来的载荷，高速列车的运行速度越快，车轮受到轨道的激扰力就越大。外部载荷主要是牵引和制动对转向架的作用力，故需要采用先进的材料和精巧的结构，确保轮对和构架不断裂失效，以保证行车结构安全。

（1）车轮为什么不用橡胶轮?

自行车、汽车等常用交通工具为了减小振动以提高乘坐舒适性，一般采用充气轮胎，而高速列车等大多数轨道列车由于载重大，每个车轮承受的重量远大于汽车或自行车，同时为了较高运行速度，要求较小的摩擦阻力，因而不适宜采用充气轮胎，而选用钢质车轮。

轮对必须具有足够的强度和使用寿命，这样高速动车组在高速和最大载重运行的时候，才不会出现问题。在结构安全性得到保证的前提下，设计轮对时还要考虑具备以下优良的性能：轻量化、有一定弹性、阻力小、耐磨性高。轻量化主要从高速运行方面考虑，要尽量降低轮对的重量，只有脚步更加轻盈，车辆才能跑得更加快；具有一定的弹性是为了减小轮轨之间的相互作用力，优化轮对承载条件，降低轮轨噪声；阻力小主要从较高的运行速度和能量节约方面考虑；而耐磨性则是保障轮对长期高速旋转，减少车轮摩擦损耗、延长轮对的使用寿命的必要条件。

（2）构架如何保证安全承载?

构架是最能充分体现转向架专用特色的一个主要部件。来自于车厢的重量被分解到高速列车下部的转向架上，直接承载的部件是构架。构架是转向架的骨架，它将转向架的各个零部件组成一个整体，并承受和传递各种载荷。车辆载荷传递路径、转向架各个功能部件布局及接口形式决定了构架的主体结构形式。高速列车构架的外形类似于英文字母“H”，因此常被称为“H”形构架。如图 4.79 展示了两种典型构架。动车构

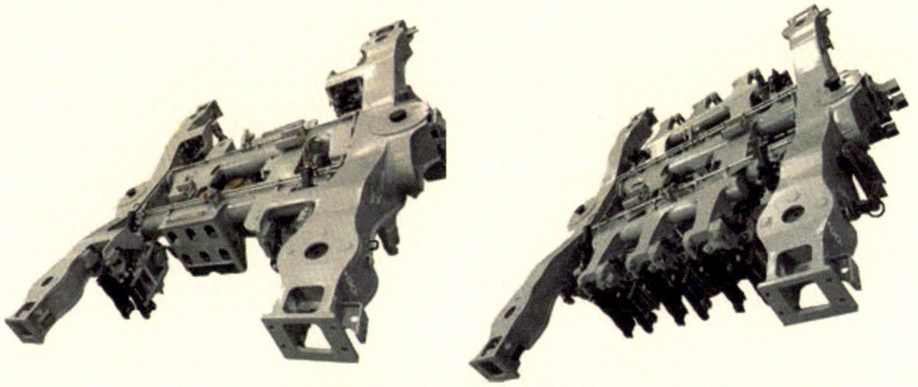

图 4.79 动车构架（左）和拖车构架（右）

架和拖车构架具有相同的主体结构，构架主要包括侧梁、横梁、小纵梁、各种吊座等。

构架作为承载部件，结构需要足够结实强壮，在性能上称为具有充足的“强度”，更要考虑车辆长期运营的动态力对构架的影响，确保在其寿命周期内不产生疲劳损坏和损伤，具有足够长的使用寿命。现代高速列车的构架通常采用焊接结构，局部结构采用锻造或铸造件，一般来说选择的钢板越厚，尺寸越大，转向架的强度就越高；但结构尺寸还受制于车辆运行时的外部限界、轨道条件和转向架上安装部件的种类和形状等多种因素，故不能设计得太过庞大。因此，构架的结构设计就是在强度和空间尺寸两者间寻求最佳平衡点的过程。考虑到空间关系初步确定构架结构方案后，进行强度和疲劳寿命仿真计算，根据计算结果查找强度不满足设计要求的部分，进行结构局部调整，再重新开展强度计算，循环优化设计。图 4.80 展示了构架强度计算时的应力分布图。依据强度仿真计算结果确定的结构方案，是否真正满足了产品级强度要求，还需要通过静载荷试验、疲劳试验、气密性试验和实际线路试验等层层考验，经过千锤百炼后，才可以说转向架满足了结构强度的要求。

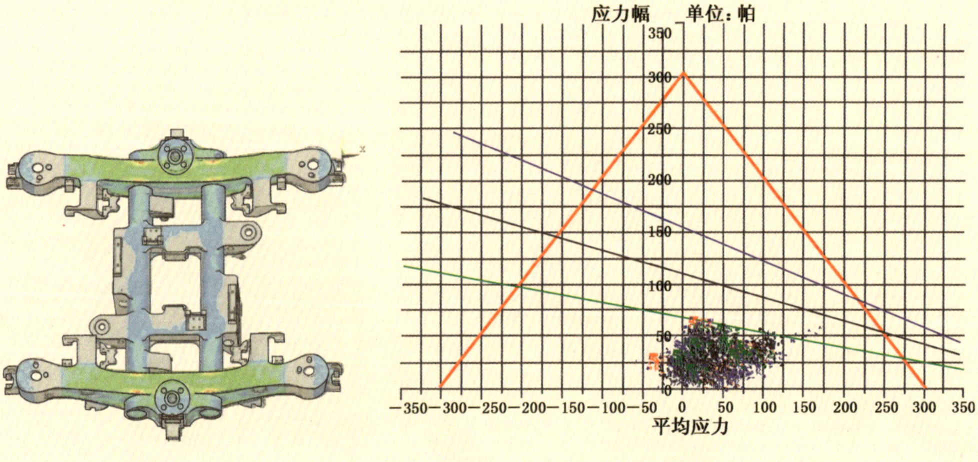

a　　b

图 4.80　构架强度仿真计算

3）减振缓冲

（1）没有橡胶轮胎如何减振？

车辆运行时，由于轨道不平顺等原因，必然会引起各种周期性或非周期性的振动冲击。高速列车要跑得安全和平稳，需要对各种振动、各种线路激扰等因素产生的影响进行有效控制。如上所述，因载重过大等原因，高速列车的车轮不能使用橡胶轮，一般选择耐磨性能好及摩擦系数小的钢质轮，不能像汽车一样在车轮部分增加减振措施。这就需要在转向架其他部位安装复杂的衰减振动和缓和冲击的弹簧减振装置，改善旅客乘坐的舒适性。

高速列车转向架通常采用两级减振系统，逐级降低来自线路及外部环境的激扰影响，确保列车安全平稳运行。图 4.81 展示了高速列车两级悬挂装置——一系悬挂及二系悬挂。一系悬挂主要安装在构架与轮对轴箱之间，用来缓和线路不平顺对车辆的冲击；二系悬挂作用于构架与车体之间，进一步降低线路对车厢的振动影响。

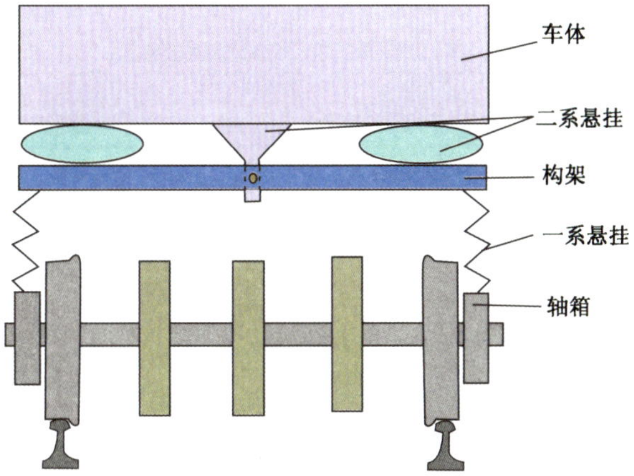

图 4.81　一系悬挂和二系悬挂示意图

一般来说，构架比轮对的振动幅度要低十倍左右，而车体上的振动比构架的振动幅度再低十倍。一流的高速转向架，搭配一流的高铁线路，就有了我们在飞奔的高速列车上看到的“杯水不晃”“立币不倒”的场景。

（2）悬挂系统配置

正如图 4.82 所展示的，一系悬挂系统中，轴箱体是连接构架与轮对的活动关节，内部安装轴承，允许轮对相对构架有垂向、横向、纵向和旋转的运动。轴箱体上部通过弹簧、减振器与构架连接，使轮对适应轨道不平顺等条件，衰减车轮振动。此外，通过橡胶定位节点连接轮对和构架，实现弹性定位作用，在保证轮对相对构架可以有一定的相对运动同时还能传递纵向力和横向力。

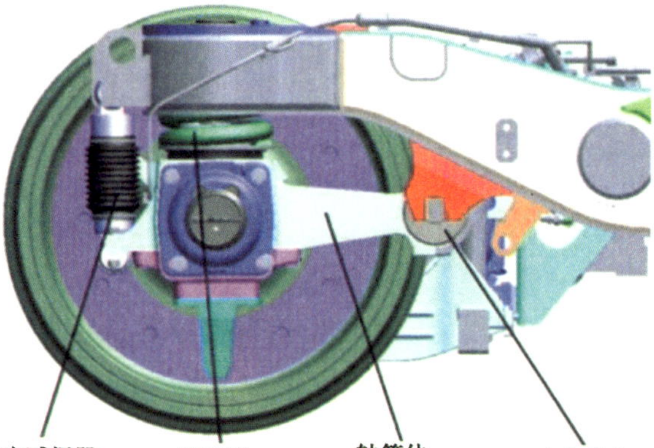

图 4.82　一系悬挂及轴箱定位装置

图 4.83 展示了二系悬挂装置，主要由空气弹簧、抗侧滚扭杆、二系横向油压减振器、抗蛇行减振器、自动高度调整阀、

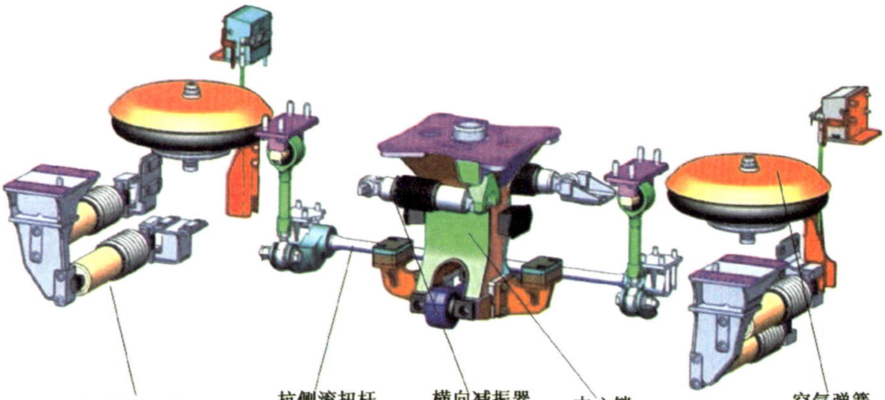

图 4.83　二系悬挂装置

水平杠杆、调整杆、调整垫等组成。二系悬挂主要传递车体与转向架间的垂向力、纵向力和横向力，衰减从构架向车体传递的振动能量。同时使转向架与车体之间实现横向弹性连接，允许车体相对于转向架转动，以满足转向和曲线运行的要求。

4）牵引和制动

高速列车要跑得快，离不开牵引传动系统，牵引时要保证必要的车轮与钢轨之间的摩擦力，并把车轮钢轨接触处产生的轮周牵引力传递给车体、车钩，牵引列车前进；此外，在列车到达车站时能够从最高速度快速制动停车，需要制动系统的良好作用，制动时产生必要的制动力，使车辆在规定的距离内减速或停车。转向架同时作为列车牵引和制动系统的机械执行部分，重要性不言而喻。

（1）动车组是怎么高速运行的?

动车组是怎样又快又舒适地运行起来的呢？这和安装在转向架上的传动系统有关。最早的牵引电机为抱轴式，将电机的一端放在车轴上，用电机的驱动轴直接驱动车轴，如图 4.84 所示。

但是这种悬挂方式的缺点是不适合高速运行，而且舒适性也较差。为了解决这个问题，将牵引电机固定在构架上，动力从牵引电机传递到驱动装置，驱动装置驱动轮对，带动列车前进。这样实现了簧下质量的轻量化，牵引电机体积小型化，列车可更容易实现高速行驶。最常见的方式如图 4.85 所示。

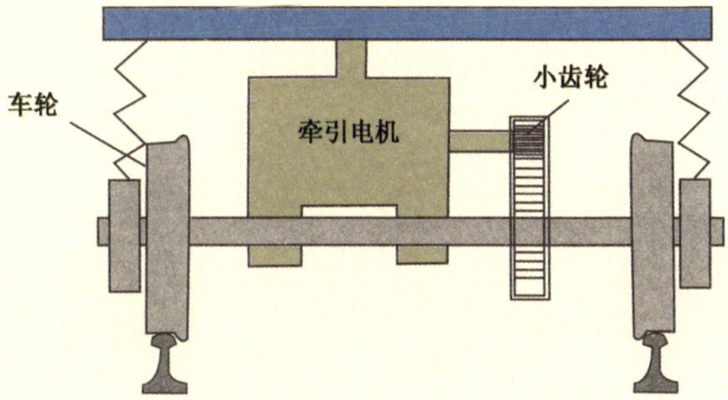

图 4.84 牵引电机抱轴式吊挂示意图

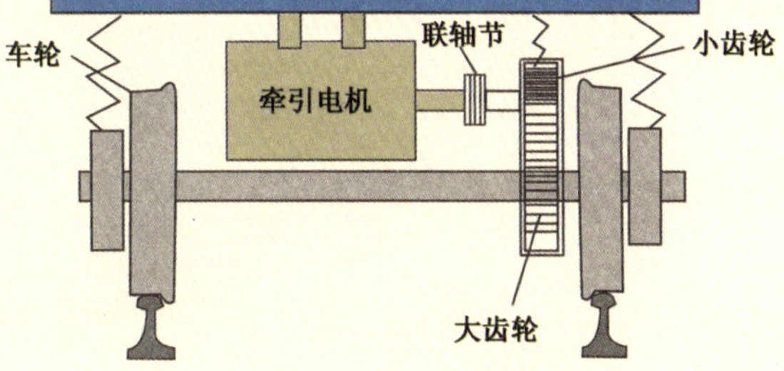

图 4.85 牵引电机架悬式示意图

牵引电机的小型轻量化能够保证高速运行，其转速得到提高，但在功率不变的情况下，输出力就有所降低了（功率等于转矩乘以转速）。但高铁运行需要较大的力才能驱动列车，所以需要变速装置，将电机输入转速降低，保证能够给车轮输出足够的牵引力。

这个变速装置通常称为齿轮箱，它主要由小齿轮、大齿轮和箱体构成。齿轮箱一端通过从动齿轮安装在动车车轴上，另一端通过垂直吊挂悬挂在转向架构架上。吊挂连接处均设有橡胶，以减小齿轮箱与构架之间的动态载荷。图 4.86 展示了齿轮箱在转向架上的安装位置和内部结构。

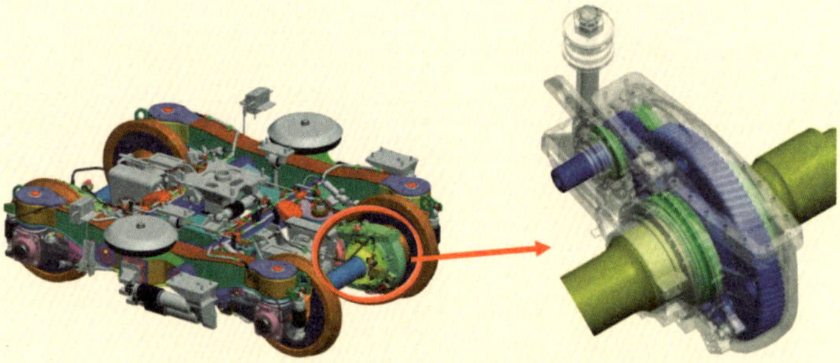

图 4.86　齿轮箱位置及组成示意图

在齿轮变速箱主动轴和牵引电机之间，使用一个神奇的部件——联轴节进行连接，图 4.87 展示了联轴节的外形。它通常由两个对称的半联轴节构成，通过鼓形齿等复杂的内部结构实现了传递转矩的同时还允许电机与轮对相对运动。

图 4.88 为联轴节变位的示意图。联轴节鼓形齿的齿顶被加工成球面形，以实现列车空重车变化或运行时引起的牵引电机与齿轮箱之间的轴向、径向、角向位移补偿。

图 4.87　联轴节外形

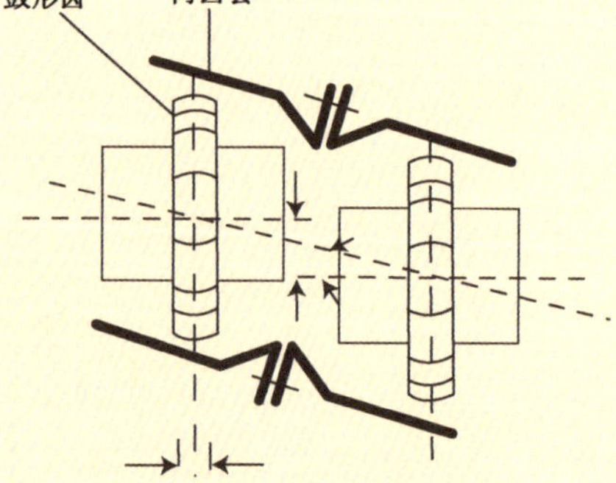

图 4.88　联轴节变位示意图

（2）动车组是如何刹车的？

与汽车不同，铁路车辆的特点是钢轮和钢轨接触运行，两者间的摩擦系数相对较小。因此为使高速运行的列车快速刹车，需要各种方法和技术，包括电机制动、再生制动以及机械制动。关于电机制动在下一节会有详细介绍，这里主要介绍转向架的机械制动。

转向架上的机械制动主要的制动方式包括踏面制动和盘形制动。制动盘热容量较大，所以在高速列车上常用的方式为盘形制动。这种方式是夹钳将制动缸压力增大若干倍以后传给闸片，使其压紧制动盘，对车辆实施制动，如图 4.89 所示。

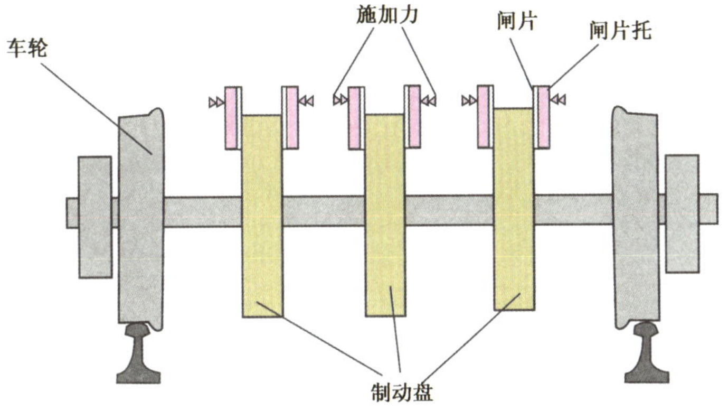

图 4.89　基础盘形制动系统示意图

制动夹钳和制动盘的实物图如图 4.90 所示。一般来说拖车转向架通常每轴配置 3 ～ 4 个轴盘，而动车转向架车轴上因为有齿轮箱，所以制动盘通常配置在车轮上。

图 4.90　制动夹钳（左）和制动盘（右）

3. 运行性能

人们评价载客交通车辆的性能时，往往会问这三个问题：这个车型最高能跑多少速度？运行的过程中安全吗？乘坐是不是舒服？其实这三个问题涉及了典型的运行性能：稳定性、安全性和平稳性。

高速列车运行性能的好坏与转向架轮轨关系、悬挂参数匹配等内在作用机制息息相关。解决好高速列车转向架在高速运行过程中和各种复杂工况条件下相关的运动和力学问题，是高速列车设计师需要考虑的重要内容。

1）**稳定性**

稳定性就是指转向架稳定的程度，通常来说，列车的速度越高，转向架就越容易出现“蛇行运动”这种不稳定的振动形态。刚刚出现蛇行运动的速度称为临界速度，也可以理解为极限速度。中国标准动车组 CR400 列车，在滚振试验台上的最高试验速度 600 公里 / 小时时仍然稳定。图 4.91 中展示的是两列 CR400 列车交汇试验，两车在最高试验速度 420 公里 / 小时时运行情况依然优良。

图 4.91　两列 CR400BF 列车 420 公里 / 小时交汇试验

列车稳定性就是以出现蛇行运动的临界速度高低来衡量的，临界速度越高，列车的稳定性越好。那么问题来了，什么是蛇行运动呢？

（1）什么是蛇行运动？

转向架出现类似于蛇爬行的特殊现象，我们称之为“蛇行运动”。蛇行运动是安装了踏面斜率为正的轮对的转向架运行过程中的固有属性。以单轮对蛇行运动为例，从图 4.92 中可以看到轮对在两条轨道间运行过程中，轮对左右移动，轨迹像蛇一样以曲线前进。

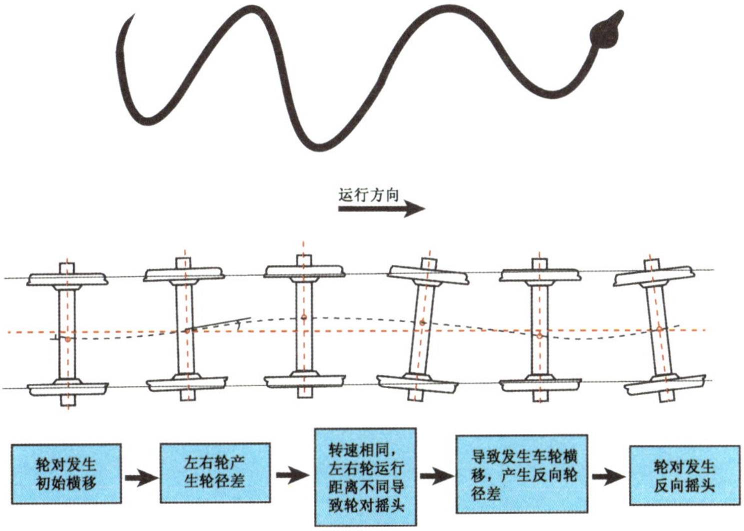

图 4.92　单轮对蛇行运动示意图

（2）蛇行运动的原理

转向架的蛇行运动为什么会发生呢？蛇形运动的“幕后制造者”正是带有正斜度的车轮踏面。因为轨道不平顺等原因，轮对在向前滚动时会发生向左或者向右偏移一点的现象，这样左右车轮在钢轨上的接触点就会发生变化。由于车轮踏面有一定的斜度，左、右车轮滚动圆的半径大小会不一致，滚动半径大的车轮速度快，另一侧的车轮向前运行速度相对慢一些，从而导致车轴的横向运动方向发生变化：车轮一会儿向左运动、一会儿向右运动，并按照一定的振幅向前运行，轮对前行的轨迹就像一条蛇在向前蠕动。只要车轮踏面形状有一定斜度，如果没有任何措施，蛇行运动肯定就会发生。

（3）蛇行运动的危害

蛇行运动是转向架运动的主要不稳定因素，速度越高，蛇行运动越剧烈，如果蛇行运动不能得到抑制，则转向架会出现失稳现象，称之为“蛇行失稳”。随着列车运行速度提升，列车受到的激励越大，就越容易发生蛇行运动。一旦出现蛇行运动，无论列车速度是进一步提高还是维持不变，蛇行运动的振幅不会衰减反而会逐渐加大，车轮边缘和钢轨会发生剧烈碰撞，线路和车轮会遭到严重破坏，乘坐舒适度急剧恶化，严重时就会发生脱轨的危险。

（4）提升稳定性的措施

为减小转向架的蛇行运动，高速动车组转向架设置有回转阻尼装置，在转向架发生蛇行运动、转向架相对车体转动时，回转阻尼装置会抑制转向架和车体间的相对转动，减小危险的蛇行运动，防止蛇行失稳的发生。只要我们把蛇行运动的临界速度设计到高于列车的最高运行速度并保留一定裕量即可保证高速列车在运行过程中不发生大幅度蛇行失稳。提升稳定性的措施要综合考虑结构和悬挂参数两方面。一般来说，减小车轮踏面斜度，加大车轮直径和转向架轴距，提高轴箱的定位刚度，使用大的回转阻尼减振器等措施均能够提升列车稳定性。值得注意的是，这些单一的措施组合起来对稳定性的影响还需要综合评判。

2）安全性

（1）脱轨定义

高速列车在轨道上运行，对安全性影响最大的情况就是脱轨。如图 4.93 所示，根据车轮脱离轨道的方式，脱轨通常分为跳轨脱轨、爬轨脱轨、滑轨脱轨和掉轨脱轨。如何提高列车安全性，避免脱轨事故发生，是轨道车辆设计首先需要考虑的问题。

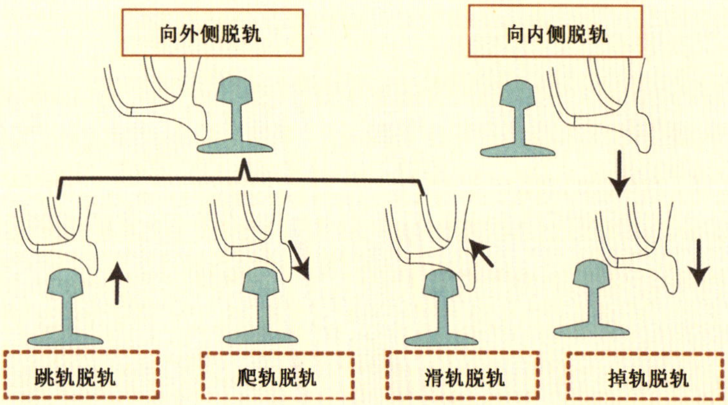

图 4.93　脱轨分类

（2）轮轨匹配

轨道交通最大的特点就是车轮和钢轨间的相互作用，这种特有的作用关系直接影响着列车的安全性。反映安全性最直接的指标是轮轨作用力，它的大小与车轮和钢轨的几何形状、材料、列车的运行速度密切相关。

车轮踏面廓形在匹配既有钢轨条件、降低轮轨作用力方面至关重要。车轮在运行过程中，由于和钢轨间的摩擦，踏面会发生磨损，踏面形状逐渐发生变化。一般来说，车轮在使用初期磨损较快，但经过一定走行距离之后，踏面形状变化缓慢并且达到相对稳定状态。基于这种踏面磨耗规律，不少国家铁路相关部门把磨耗后的车轮踏面形状定为标准型，以减轻踏面磨耗。图 4.94 为中车四方股份高速动车组使用的踏面外形之一。

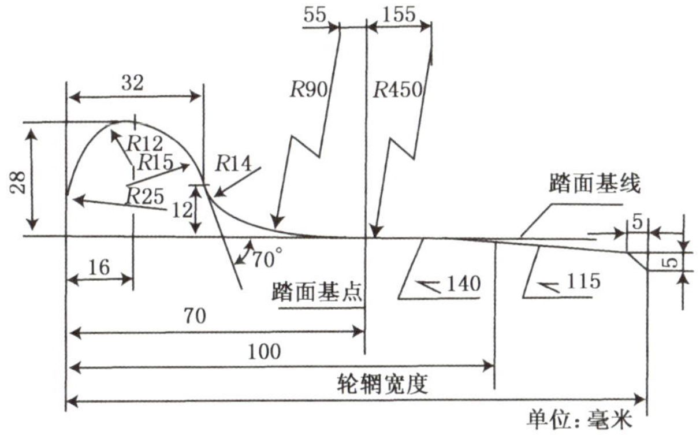

图 4.94　LMA 标准踏面外形

随着运行时间的增加，在踏面形状变化积累到一定程度后，高速动车组的性能也会受到较大的影响。因此，在高速动车组运营里程达到一定数值后，铁路运营公司会对轮对踏面进行镟修，将形状镟修为原来的形状。车轮每镟修一次轮对直径均会减小，因此在镟修几次踏面后，轮对直径减小到一定限值后，轮对直径就不再满足运行条件，轮对就会报废，因此耐磨的轮对踏面会为车辆的维修节约很大的成本。图 4.95 为车轮镟修的工作图。

图 4.95 踏面镟修

有很多人有疑问，高铁的轮子和钢轨都是钢的，而且一辆几十吨重的车在那么高的速度下，车轮为什么没有打滑呢？这要从接触斑说起。如图 4.96 展示，轮对和钢轨相互接触为面接触，接触区域通常称为“接触斑”，它的形状近似为椭圆形，面积约为指甲盖大小。虽然轮轨间的摩擦系数低于汽车橡胶轮胎和大地的摩擦系数，但是因为高速列车的轴重很大，一般为十几吨，所以相对较小的摩擦系数也会在接触斑上产生很大的摩擦力。目前的高速列车在正常启动和制动的过程中，施

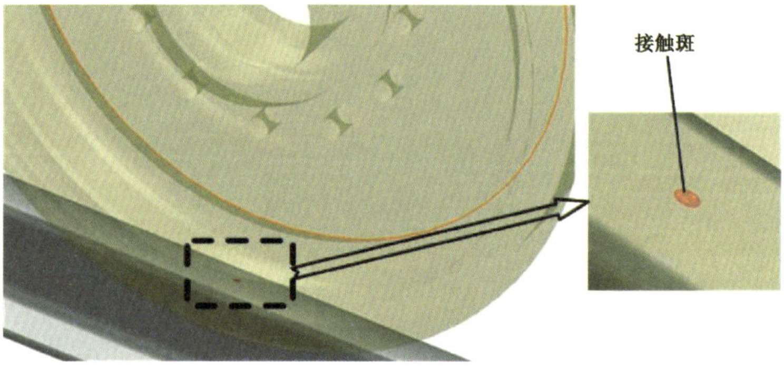

图 4.96 接触斑示意图

加在轮对上的力要低于接触斑内摩擦力，所以才没有出现大家所想象的车轮打滑的现象。

良好的踏面廓形匹配还应该具有如下特性：平缓地通过道岔的岔心，减少多点接触；曲线通过时，较大的内外侧车轮的轮径差，减少轮轨间滑动；较小的轮轨磨耗磨损；良好的防脱轨性能。此外，高速列车的轮轨匹配还需要与悬挂参数进行关联设计，比如踏面形状需要和一系定位刚度、抗蛇行减振器阻尼进行良好匹配，然后经过大量的计算及试验才能保证列车运行的稳定性和安全性。

（3）提升安全性的措施

在曲线上的轮轨作用力比直线大，因此要首先考虑曲线通过时的安全性。一般来说，踏面锥度越高，转向架通过小半径曲线的导向性能越好；一系轴箱定位节点的刚度和二系悬挂回转阻尼越低，列车抗脱轨安全性能越高。

（4）稳定性和安全性的平衡

设计列车运行性能的技术难点在于既要考虑车辆能很好地通过小半径曲线，还要兼顾防止列车高速运行时的异常振动——蛇行运动问题。二者是相互矛盾的，设计人员只能尽量平衡两者的“利害”关系，寻找最佳平衡点。实现这一点并不容易，从结构优化到尺寸设计、从踏面廓形匹配到悬挂参数优化，都是高速铁路转向架设计人员不断探索的问题。

日本新干线初期的列车的踏面形状是传统的圆锥形，而后来采用的是圆弧形，既防止了蛇行失稳，又能提高曲线通过能力。

图 4.97 展示的，是以一系刚度确定为例。从稳定性角度考虑，如果选择了刚度非常大的一系定位节点，临界速度是比较高的，稳定性特别好；但在车辆通过曲线时，因为大刚度的约束作用，转向架导向转弯的能力有所下降，这时在曲线上的安全性指标比如脱轨系数、轮重减载率会有所增加，轮轨间的磨耗相对严重。所以，在悬挂参数的选择时，需要在稳定性

和曲线通过安全性之间选取一个折中的数值，既要保证车辆具有一定裕量的临界速度，也要使车辆具备优良的曲线通过性能。

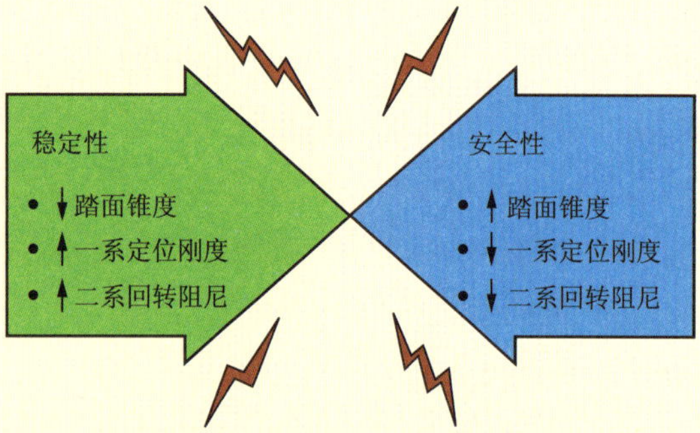

图 4.97　稳定性和安全性的矛盾

3）平稳性

（1）外部激励

钢轨并不是理想的平直状态，左右两钢轨相对于理想平直状态常常存在高低或者水平方向的某种波状变化，这就是钢轨不平顺。图 4.98 展示了轨道的各种不平顺。

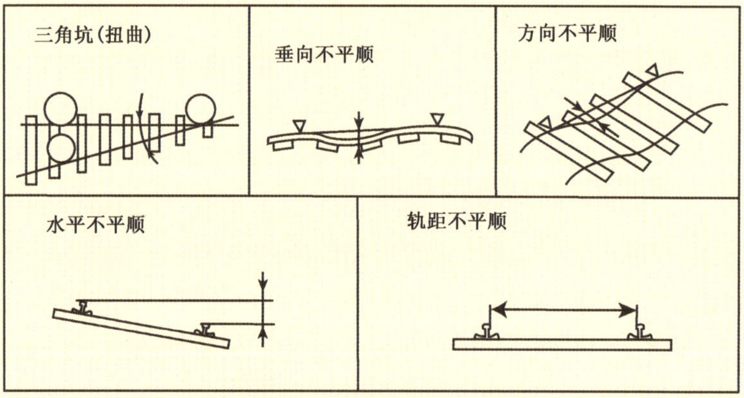

图 4.98　钢轨不平顺

列车在轨道上运行时，由于线路存在着钢轨不平顺，道岔、钢轨磨耗以及车轮踏面斜度、擦伤、不圆和轮轴偏心等原因，以及轨道接头、扣件、桥梁支点等结构尺寸特征，列车将会受到各种周期性和瞬时性振动和冲击。在外部激励作用下，转向架的运动比较复杂，根据平动和旋转的六个自由度，运动形式可分解为：伸缩、横摆、浮沉、侧滚、点头和摇头。伸缩就是沿行进方向的前后运动，横摆是左右运动，浮沉是上下运动，侧滚是绕前后方向的轴的转动，点头是绕左右方向的轴的转动，摇头是绕上下方向的轴的转动，结合图 4.99 所示，这几种运动比较形象易理解。实际转向架运动时，运动不是单独发生的，一般都是几种形式同时发生的。

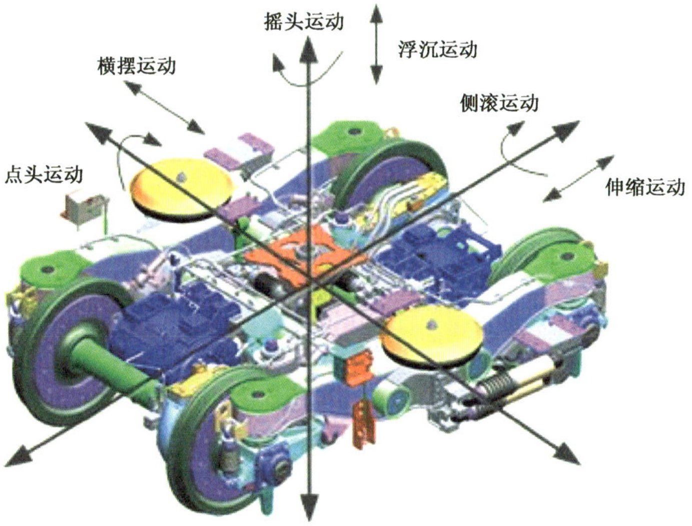

图 4.99　转向架六种运动形式

（2）提升平稳性的措施

车辆本身是一个振动系统，钢轨不平顺通过车轮对车辆产生外部激励，尤其当速度较高时，这种激励的效果更加明显。如果不采取合适的措施，动车组上的乘客会感觉到特别不舒服，甚至有可能导致车辆结构的损坏。在保证稳定性和安全性的前提下，需要提升列车平稳性能。如何降低外部激励对客室振动的影响，提高乘坐舒适度，这就是车辆的平稳性问题。动车组在轮对轴箱和构架之间安装有钢弹簧和垂向减振器，构架和车体间安装有横向减振器、空气弹簧，这些悬挂元件的设置大大衰减了来自轨道的振动，保证动车组具备良好的运行平稳性。其中空气弹簧是提升高速列车平稳性能的一个非常重要的部件，它的应用降低了转向架的重量，实现了转向架轻量化设计。同时，空气弹簧与高度阀的配合能够保证空重车地板面的高度是一致的，而且其刚度随着车重的变化而变化，从而保证车体的振动频率基本一致，保证了列车良好的平稳性。

正如图 4.100 展示的，当稳定性不足时，列车的平稳性能主要受到稳定性的影响；如果列车稳定性能良好，在临界速度以下运行，平稳性能主要受到二系悬挂参数的影响。一般来说，二系刚度越小、阻尼越大，列车的平稳性越好。

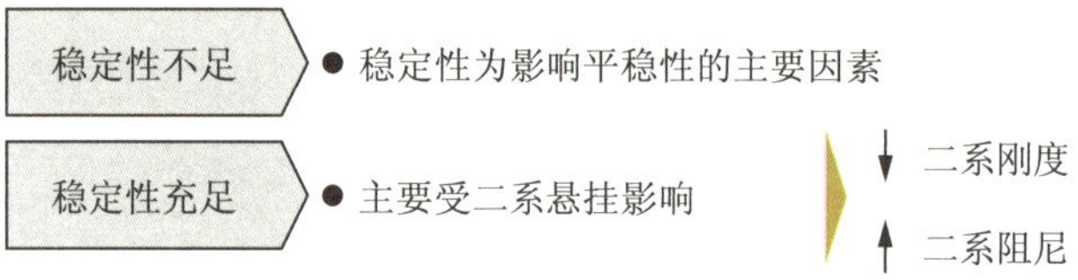

图 4.100　影响平稳性因素

4）综合性能保证措施

高速列车要达到优良的稳定性、安全性和平稳性，需要设计师发挥聪明才智，综合考虑各方面因素。在完成前面介绍的结构设计、轮轨匹配和悬挂参数优化后，设计师们还要通过如图 4.101a ～ c 所示的成百上千种工况的动力学仿真计算、台架试验，以及 60 万公里实际线路运营考核试验的验证，各方

图 4.101a　动力学仿真

图 4.101b　台架试验

图 4.101c　线路试验

面运行性能达到标准要求才会最终交付运营使用。

4．我国客车转向架发展历程

图 4.102 展示了我国客车转向架的发展有以下几个阶段。

1）普速客车转向架

20 世纪 50 ～ 90 年代，这个时期我国的客车主要使用普速转向架。我国于 20 世纪 50 年代首次开始自行设计 101、102、103、202、206 等型转向架，构造速度是 100 ～ 120 公里 / 小时，从开始的结构复杂、笨重，到后期的结构相对简单紧凑，运行性能逐渐变好。

2）准高速客车转向架

1994 年，四方厂、长客厂、浦镇厂相继研制出了 206WP、206KP、CW-2、209HS 转向架，在广深线动力学试验中最高时速达到了 174 公里。这些转向架的研制成功，标志着我国客车转向架技术上了一个新台阶。后来四方厂还在 206KP、206WP 转向架的基础上研制了适用于 160 ～ 200 公里 / 小时的 SW-160 转向架；浦镇厂在 209PK 转向架的基础上研制 209HS 转向架，构造速度为 160 公里 / 小时；长客厂在吸收进口英国样车的 T10-1 转向架技术后研制了 CW-1、CW-2 型准高速转向架。

3）高速转向架

1998 年起，各工厂相继推出了自己的高速转向架，例如浦镇厂的 PW-200 转向架，长客厂的 CW-200 转向架，四方厂的 SW-200、SW-220K 转向架等。

动车组引进工作开始后，各主机厂开始生产制造 CRH 系列 200 ～ 250 速度等级的转向架。CRH1 型动车组转向架是以庞巴迪 AM96 转向架为原型进行设计的，后者在中国和欧洲都用在高速运行的列车上，符合 UIC518 规定的运行品质和高可靠性要求；CRH2 型转向架在原川崎重工生产的动车转向架 DT206 和拖车转向架 TR7004B 基础上改进发展而来，国产后型号分别为 SKMB-200 和 SKTB-200 型；CRH3 型高速动车组所采用的转向架以德国高速列车 ICE-3 使用的 SF500 型转向架为基础，为适应中国 CRH3 型动车组项目宽车体的要求而改进的转向架，由国际著名的 SGP 公司和安达（adtranz）公司联合设计完成；CRH5 型动车转向架是阿尔斯通（alstom）公司向长客股份公司转让的时速 200 公里的 Pendolino 摆式列车转向架。

在消化吸收 200 公里速度级转向架技术的基础上，国内主机厂又研制了 300～350 速度等级的高速转向架。CRH380A 转向架是由中国中车青岛四方机车车辆股份有限公司设计团队自主研发的 CRH 系列高速动车组转向架；CRH380B 型电力动车组转向架由中国中车唐山机车车辆有限公司、长春轨道客车股份有限公司在 CRH3C 型电力动车组基础上自主研发的

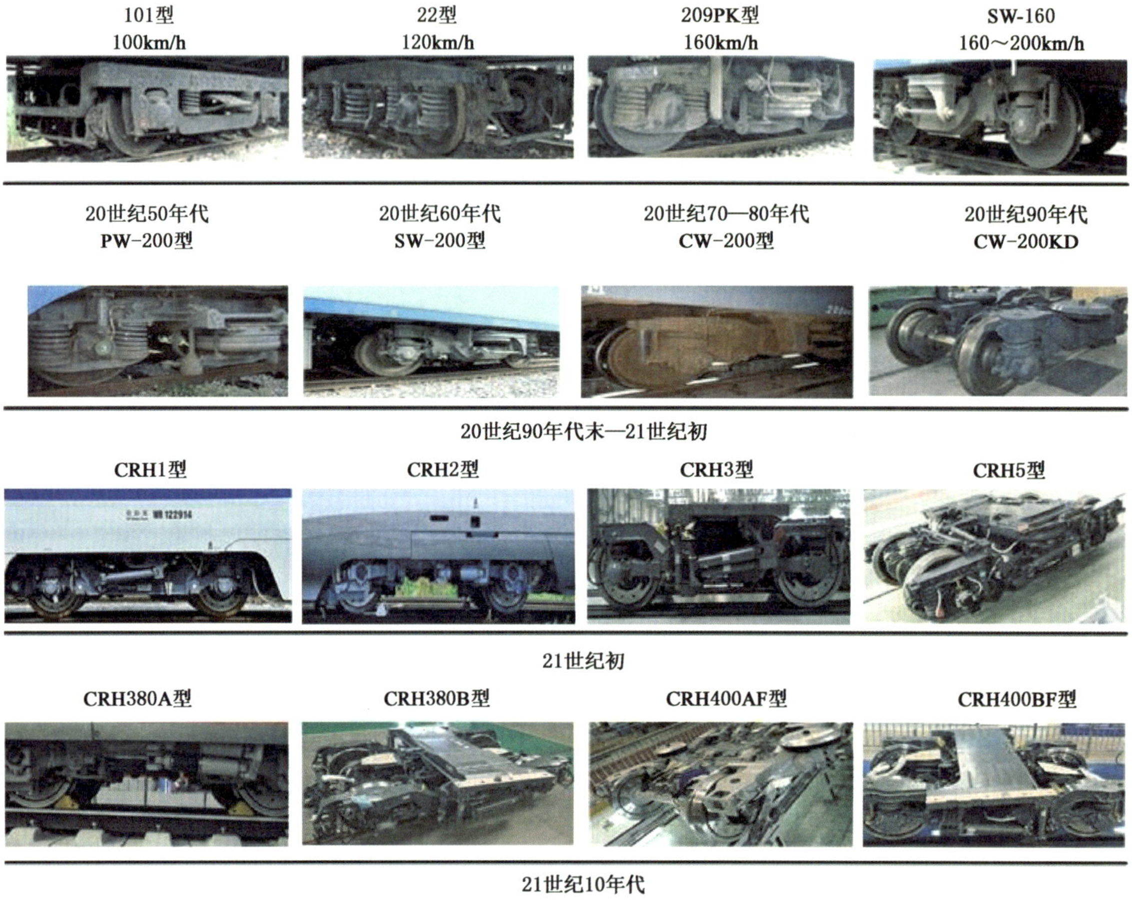

图 4.102　我国转向架发展历程

CRH 系列高速动车组转向架。

近两年新研发的 CR 系列中国标准动车组转向架是采用中国自主标准的新一代转向架，速度等级达到 300 ～ 400 公里。目前主要包括 CR400AF 与 CR400BF 两种，已经在京沪线的“复兴号”动车组上运营使用，最高运营速度达到了 350 公里 / 小时。

从 20 世纪 50—90 年代，40 年时间我国客车转向架基本在 120 公里 / 小时速度级徘徊。到了 90 年代，在既有干线提速 160 公里 / 小时，并研发生产了多系列 200 公里 / 小时速度级转向架，推动了我国客车转向架的技术快速发展，为 21 世纪初大规模引进消化吸收工作打下了坚实基础。正是多年的沉淀和积累，才能在 21 世纪 10 年代，引进吸收世界上优秀转向架设计理念，并在此基础上制造出中国完全自主化的时速 250 公里 / 小时、350 公里 / 小时高速列车转向架。

一路走来，客车转向架的设计理念不断发展进步，从以往比照设计到使用先进的三维软件模块化设计，从手工计算到采用国际上先进的有限元计算和多体动力学计算方法，保证优良的转向架性能。制造工艺、结构强度、运行安全性舒适性等方面采用标准与国际接轨，采用更加严格的评判限值。构架结构形式从铸钢构架到钢板焊接构架；一系悬挂从双圆簧托盘式到顶置单圆簧式并增设液压减振器，从摩擦导柱式轴箱定位到转臂弹性定位；二系悬挂，从有摇动台到无摇动台，从有摇枕到无摇枕，从钢圆簧到空气弹簧，从不设置减振器到增设横向减振器、抗蛇行减振器和主动减振器，承载方式从心盘承载、旁承承载到空气弹簧直接承载；基础制动从踏面制动到盘形制动……中国高速列车转向架技术取得了长足的进步和举世瞩目的成就。

目前，客车转向架技术仍然在不断向前发展，一些新结构、新材料、新技术、新工艺会逐步应用到转向架上。相信在不久的将来，可变轨距转向架、自适应转向架、智能转向架等面向不同环境的定制化客车转向架产品会逐一面世。

三、“跑”与“停”尽在掌控——牵引与制动系统

生命不息，运动不止。正如人体运动需要心脏提供动力，高速动车组要实现高速奔跑也需要一颗强大的“心脏”，而这颗“心脏”就是高速动车组的牵引传动系统。当然，让高速动车组“跑起来”后我们必然要考虑如何让它“停下来”，此时，制动系统就显得尤为重要。

对于大多数普通乘客来说，由于牵引与制动系统的多数组成部分都安装于车下，所以乘客在乘坐高速列车时可能没有机会看到其“真面目”。为此，以下的内容将引领读者进一步了解高速列车的牵引与制动系统。

1. 牵引供电系统

高速列车牵引动力来源主要有电力、内燃动力及混合动力等，目前最普遍的高速列车是以电力作为动力源。图 4.103 展示了电力牵引高速列车牵引传动系统的主要构成及电能的流

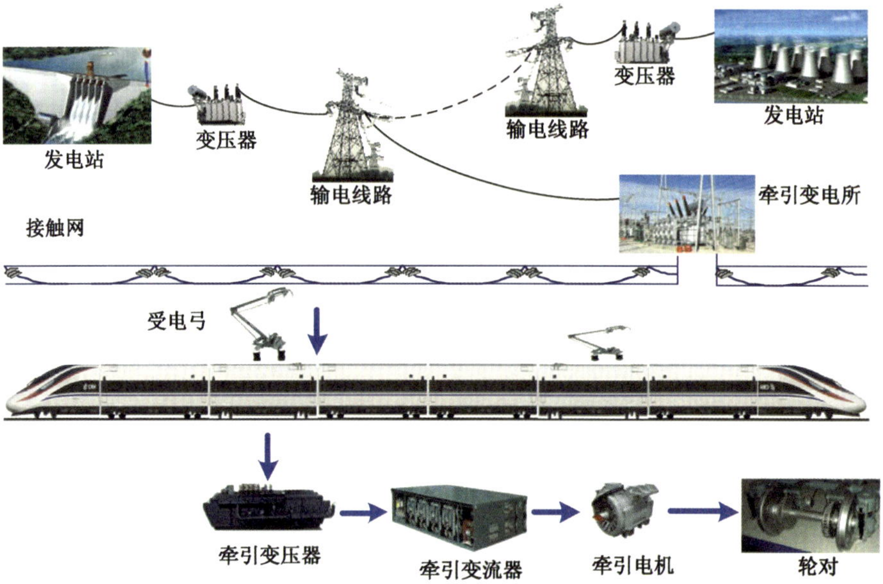

图 4.103　牵引供电与传动系统示意图

动方向。从图中可以看出电力牵引高速列车的能量与家用电能一样都来自发电站，不同的是电力牵引高速列车电能需要由专用的牵引变电所及接触网供电。

牵引变电所的作用是将电力系统的电能转换为列车电力牵引所适用的电能。我国的电力系统是一个三相交流系统，而我国电气化铁路采用的是单相工频 25 千伏交流制。虽然三相供电制比单相供电制整流逆变得到的电源质量高，但由于实际中在线路上方架设三根接触网线的做法不太经济，且三相受流较为复杂，故铁路系统中的接触网采用的都是单相交流制。从电力系统的三相交流电变换得到接触网中的单相交流电，需要经过牵引变电所来实现电压等级变换和相数变换，牵引变电所中完成这一转换的主要电力设备是变压器。

接触网是电气化铁路牵引供电系统中的主要供电设备，它的功能是向走行在铁路线上的动车组不间断地供应电能。接触网看上去和乡镇街道两旁的输电线路相似，但实际上二者是有明显不同的。接触网必须架设在铁路线路的正上方，以便动车组利用顶部的受电弓与接触网接触而获得电能。因此，在电力动车组走行的线路上都必须架设接触网。由于接触网是露天设置，直接暴露在环境中，所以接触网的性能容易受到各种恶劣气象条件的影响。此外，接触网的工作状态亦随着动车组的运行而变化，而且一条铁路线路接触网只有一条，没有备用，因而接触网的工作条件非常复杂，对它的要求也因此非常严格。人们日常用到的大多数电器在工作时位置基本都保持不变，而与此不同的是，动车组是一个一边受流一边行驶的移动负荷。为了保证不间断地供给动车组电能，就必须使动车组的受电弓与接触网的接触导线在动车组行驶时有良好的接触。

2. 牵引传动系统

目前世界上通过电力进行牵引的高速列车牵引传动系统主要都是由受电弓、牵引变压器、牵引变流器、牵引电机等设备组成。

下面以“复兴号”CR400型动车组为例介绍高速列车的牵引传动系统。图4.104所示为CR400型动车组牵引传动系统示意图，全列车为8节编组，牵引传动系统设备主要分布在2～7号车。

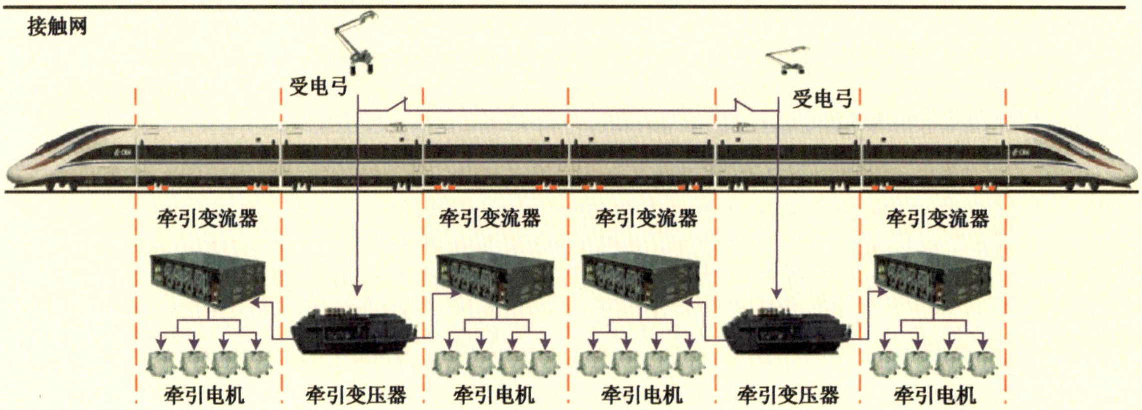

图 4.104　牵引系统的主要组成

考虑到高速列车大功率、轻量化以及再生制动等需求，一般使用交流传动系统。异步牵引电机相对体积较小、重量轻，在转向架的有限安装空间内可以设置较大的功率；可以在静止状态下发出满转矩，具有较好的启动性能；对运用环境适应性较好，减小维修费用；具有陡峭的机械特性，有利于空转以及滑行的抑制；另外，交流传动可以通过改变异步电动机的转差符号，完成电动机到发电机的转变，实现再生制动，达到节能以及减少制动闸片磨耗的效果。

丹麦国家铁路有一段有趣的统计，在使用三相交流传动机车前，每年消耗8.5万片闸瓦，而在30台三相交流传动机车投入使用后，年消耗闸瓦锐减至3万块。

图4.105清楚地显示了动车组电能到动能的传递过程：25千伏/50赫兹单相交流电源从接触网经受电弓接入动车组主供电电路中，通过牵引变压器将25千伏高压电降压后供给牵引变流器，牵引变流器将牵引变压器输入的单相交流电转换为驱动电机旋转的三相交流电，牵引电机旋转带动车轮齿轮旋转从

而使列车运行。当然，以上是车辆在前进时电能转换为机械能的传递过程。在车辆制动减速时，牵引电机将动车组运行的动能转化为电能，通过牵引变流器反馈到电网上。

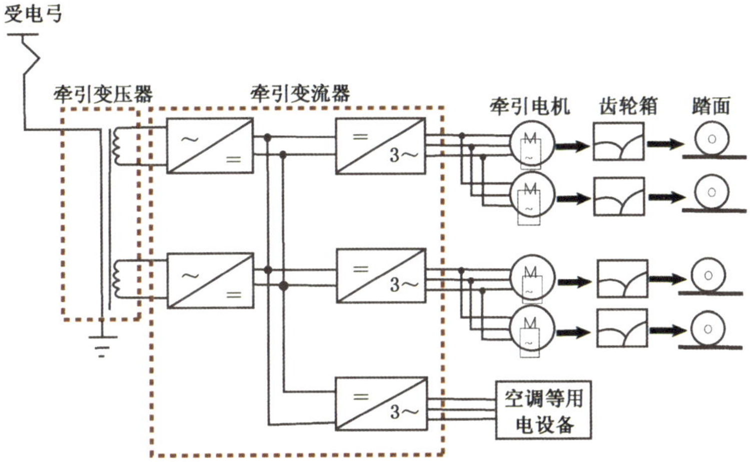

图 4.105　牵引传动系统工作原理图

高铁之所以能快，是因为有着强劲的动力，并且这个动力还能精确控制。以一列 8 节车厢编组的 CR400 型“复兴号”动车组为例，安装了 4 台牵引变流器对 16 台牵引电机进行直接转矩控制，整车牵引功率 10 000 千瓦，相当于 62 台 2.8 升排量的奥迪 A6 最大输出功率之和，可以让列车以 350 公里 / 小时持续运行。正是这多颗“心脏”团结合作力量大，源源不断输送给列车飞奔的能量。

1）**受电弓**

安装在动车顶部将电源从接触网引入车辆的设备称为受电弓。常见的受电弓的结构形式如图 4.106 所示。高速列车的受电是通过受电弓与接触网的接触导线紧密接触而实现的，因而受电是否正常直接取决于接触网—受电弓系统的技术状态。受电弓工作可靠是确保高速动力车良好取流、

图 4.106　列车受电弓

稳定运行的根本条件。

“复兴号”动车组降下状态的受电弓的升降是由气囊组成的平衡系统控制的，气囊的压力空气由气动控制单元提供。在压力空气作用下气囊伸长产生扭矩，通过凸轮及弹性连接轴作用在下臂铰链处，从而使受电弓升起。

2）**牵引变压器**

牵引变压器的作用是把接触网上获取的25千伏高电压降至供低压电气设备使用的低电压。和常见的变压器一样，牵引变压器也主要由铁心和线圈构成。

受电弓从接触网取电后，在牵引变压器的原边绕组中产生交流磁通，通过电磁感应，在次边（即牵引绕组）中感应出相应大小的电压。我们通过控制原边和次边的线圈匝数比来控制牵引变压器输出的电压和电流值。从接触网直接下来的25千伏高压电是无法直接传给变流器使用的，必须经过这一级转换，才能作为变流器输入为车辆提供牵引用电。“复兴号”次边绕组电压是1 900伏。

以图4.107所示“复兴号”为例，牵引变压器除铁心、线圈等外，还包括了油箱冷却装置、温度传感器和温度继电器、压力释放阀等部件，这些部件对牵引变压器的正常工作起到了不可忽视的作用。

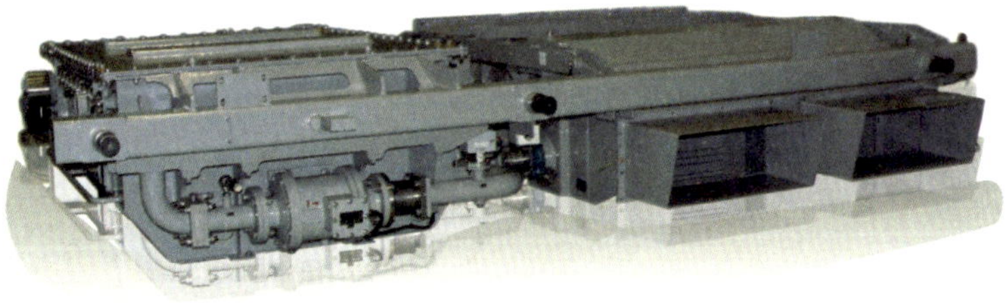

图4.107 “复兴号”牵引变压器外观图

对于电气设备，我们应该都有这样的印象：当电器连续工作较长时间后，发热会很严重。所有的电器，小至智能手机，大至电脑电视，都不可避免地存在这个发热的问题。如果电气设备工作产生的热量没有得到及时处理，电气设备将很有可能异常工作，这是人们不希望看到的。牵引变压器在工作时也会产生热量，其产生的热量要比手机充电时发出的热量大上千倍，因此为了保证牵引变压器不会因为发热出现安全等问题，对变压器进行冷却及温度检测是必需的。变压器冷却主要通过油冷却器、电动油泵及散热风机实现，通过油循环起到散热作用。变压器油温检测主要通过温度传感器及温度继电器实现，当检测到的变压器油温过高时，将产生油温报警信号或实现自动保护。压力释放阀的作用是防止变压器油箱内部因某种故障，使压力急剧增大进而导致油箱破裂或爆炸。当油箱内部压力达到标定值时，压力释放阀能迅速开启释放，从压力释放阀排出的气体和油流排到车下；当恢复正常时，阀口关闭。

3）**牵引变流器**

牵引变流器是将牵引变压器转换输出的单相交流电压进行整流，逆变为牵引电机所需要的电源装置，为高速列车提供动力源和动力控制装置，是高速动车组牵引系统的“心脏”。

因为运营的高速动车多采用动力分散配置，对于动力的控制难度就会更大，它要求各车的牵引变流器步调统一地执行司机的操作，实现牵引功能。作为牵引系统的控制核心，牵引变流器需要实现以下功能：同步执行司机的操作命令，及时做出响应；保证牵引变流器之间的牵引力控制精度，保证整列车的步调一致，以及高速运行过程中的平稳舒适；车辆进行合理的黏着控制，防止空转发生，并且控制牵引力施加的速率，车辆的瞬间加速度不会过大，不会产生过冲；实现牵引系统的各项保护功能；实现过分相发电以及无火回送发电功能；响应网络控制的恒速功能；在实现以上功能的同时，需要确保车辆的电磁兼容性能。

具体到单台牵引变流器，以图 4.108 所示“复兴号”牵引变流器为例。牵引变流器由将单相交流电变为直流电的整流器部分，将直流电变为三相交流电以驱动电机的逆变器部分，吸收电压波动获得直流定压的中间直流电路部分，将直流电变为三相交流以供辅助设备使用的辅助逆变器部分等构成。每台牵引变流器包括 2 个整流模块，2 个牵引逆变模块，1 个辅助逆变模块，1 个传动控制单元。其中“复兴号”将辅助逆变单元集成于牵引变流器内部，辅助逆变单元的作用主要是为高速列车提供辅助电源，这部分我们将会在下文详细介绍。

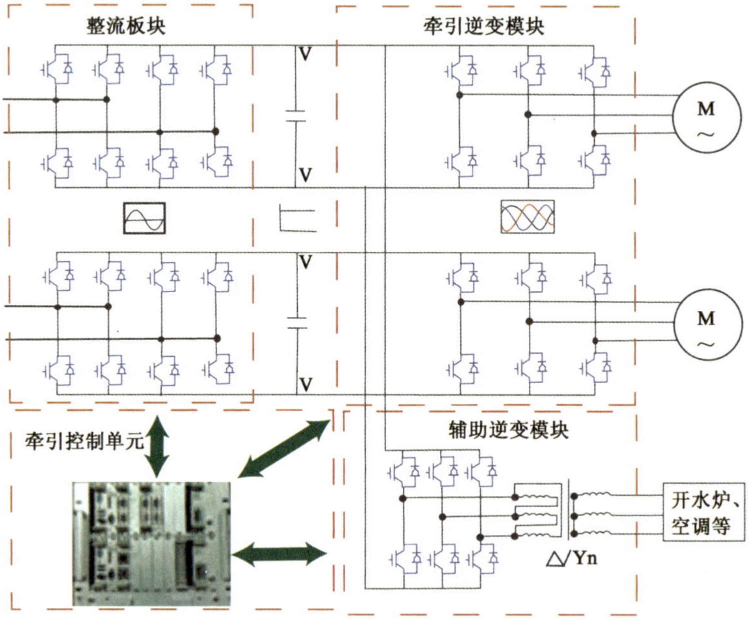

图 4.108　牵引变流器原理

牵引控制单元则相当于牵引变流器的“大脑”，它根据列车网络系统发出的控制指令控制了整流、逆变模块中的 IGBT 连续处于打开、关断的状态，实现能量由变压器二次侧到电机、辅助负载的“搬运”，实现最基本的车辆牵引、调速以及再生制动等功能。同时对牵引变流器各个部分的工作状态进行监控，在异常工作情况下进行自动保护等。

整流模块和牵引逆变模块本质是一组开关，变流器的“大脑”——传动控制装置根据不同的工况需求，控制这一系列开关组以不同的组合开通或者关断，来改变输出电压以及频率，控制牵引电机输出不同大小的牵引力以及转速，从而实现车辆调速的目的。

牵引变流器整流模块主要将牵引变压器二次绕组侧输出的AC 1 900伏/50赫兹电压，整流为牵引变流器中间回路直流电压。它可以控制能量双向流动：动车组牵引运行时，将牵引变压器二次侧绕组输出的单相交流电转换成直流，在工作的过程中要保证中间直流环节电压值恒定和网侧功率因数近似为1，减小对电网的干扰和周围的电磁污染；在动车组再生制动时，将中间直流环节的直流电压变换成电压、频率、相位满足要求的单相交流电，通过牵引变压器反馈到电网。

牵引逆变模块主要将中间直流回路电压逆变为三相交流电。牵引逆变器的输出电源电压与频率都是可变的，电压与频率的大小决定了电机转速的大小从而决定了高速列车奔跑的速度；单台逆变模块可以给1台转向架上的2台电机供电，也可以给2台转向架上的4台电机供电或者只给单台电机供电，分别称为架控方式、车控方式和轴控方式。“复兴号”部分采用架控方式，相比车控方式，架控方式具有冗余程度高、空转抑制性能好、轮径差影响小等优点。逆变器的控制对轮径的偏差有一定的适应性，在一定范围内，可以通过轮径对输出的牵引力校正，确保输出牵引特性的一致。另外，通过逆变器控制以及控制牵引电机的一致性，可以确保在轮径相同情况时，同一逆变器供电的牵引电机功率发挥不均匀度不超过5%，整列动车组牵引电机功率发挥不均匀度不超过8%，确保各车的牵引力发挥的一致性。

除了前面提及的主要组成部分之外，和牵引变压器一样，牵引变流器也配备了冷却装置。牵引变流器的冷却系统为水冷系统，经过进水管将冷却水送入需要冷却的水冷板，经过出水管将冷却后的水送回水冷装置冷却。

在实现基本的调速功能之外，我们还需要考虑其他的一些因素，如模块高频率开关时产生的对外干扰，是否会对周围通信设施产生影响；车辆大功率用电，经过开关器件的作用之后，会产生大量的高次谐波，需考虑如何减小对接触网电能质量的影响。

理论上当模块的开关频率提升时，可以减小谐波的产生，而受制于开关器件的性能约束，无法无限制提高开关频率：因此当多台变流器并联使用时，将每台整流器工作的相位错开，多台整流器均分正弦波的 360° 的相位角。比如 8 台整流模块控制时相互之间错相 45°，可以等效地提高开关频率，使网侧的电流波形接近正弦。目前高速列车均采用多变流器错相控制的方式减小谐波的产生。

此外高铁列车还有先进的恒速控制，类似于汽车的定速巡航，当列车加速至目标速度按下恒速按钮，列车就以设定的速度前进，速度偏差在 ±2 公里 / 小时以内，大大降低了司机操作的劳动强度，也提高了乘客乘坐的舒适性。

针对主辅一体的牵引变流器，还有“自发电”功能：当列车以惯性的方式通过线路上的无电区时，牵引电机会转为发电机状态，与前面的列车再生制动工作原理相同，此时变流器进入微制动状态，通过再生制动维持中间电压恒定，车辆的辅助供电系统可以不断电，为车上的空调、照明提供电源；另外，当动车组出线故障工况需要救援时，列车在被救援拖动的过程中，首先通过车载蓄电池升压给变流器建立起一定大小的中间电压，然后给牵引电机励磁之后，电机进入再生制动状态，变流器也能保持辅助供电不断。列车的“自发电”大大提高了乘坐舒适性。

4）牵引电机

牵引电机的作用是将电能转化为机械能，并通过传动机构带动车轴旋转，从而带动列车前进，实现“牵引”的功能。电机由牵引变流器中的逆变器模块供电。

表 4.2 列出了部分车型的牵引电机相关参数。值得注意的是，表 4.2 所列车型中，CRH5A 的每个动力转向架只有一根动轴，而其余车型的每个动力转向架都配置了两根动轴。

表 4.2　不同车型的牵引电机相关参数

车型	电机牵引功率 / 千瓦	动力配置方式	总牵引功率 / 千瓦	最高运营时速 /（公里 / 小时）
CRH1A	265	5M3T	5 300	250
CRH2A	300	4M4T	4 800	250
CRH2B	300	8M8T	9 600	250
CRH2C	300	6M2T	7 728	350
CRH3C	550	4M4T	8 800	350
CRH5A	550	5M3T	5 500	250
CRH380A	400	6M2T	9 600	380
CRH380AL	365	14M2T	21 560	380
CR400	625	4M4T	10 000	350

从表 4.2 我们不难看出，随着高速列车运行速度的提高，应用在列车上的牵引电机的功率也有逐渐增大的趋势。可见，列车的高速运行，离不开“强而有力”的大功率牵引电机。

无论是 CRH 系列还是“复兴号”CR 系列，它们使用的牵引电机类型都是三相异步电机。电机安装于转向架上，能适应列车运行时的雨、雪、风、沙、冰雹及气温改变等气候条件，具有较强的抗腐蚀能力。同前面提及的牵引变压器、牵引变流器等大功率电气设备一样，牵引电机也有一套专属的冷却系统。图 4.109 展示了“复兴号”牵引电机外形，图 4.110 为其在转向架上的安装及冷却系统。可以看出同一台转向架上的两台牵引电机通过一台冷却风机进行散热。

图 4.109　“复兴号”牵引电机

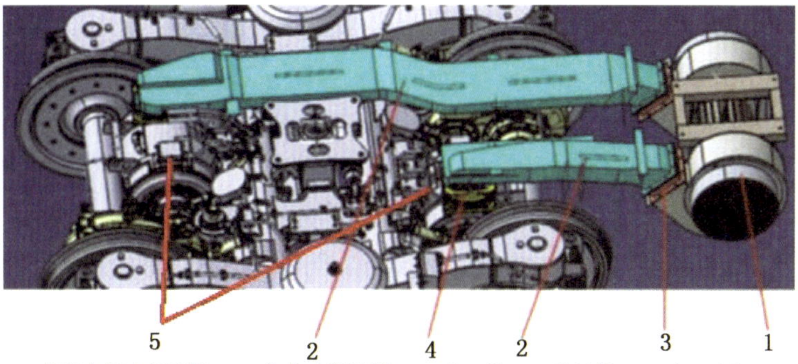

1—牵引电机冷却风机；2—主电动机风道；3—软风道；4—伸缩管；5—牵引电机

图 4.110　牵引电机安装位置及冷却系统构成图

即便配置了专用的冷却系统，对电机温度的实时监测也是必不可少的，为此，牵引电机上安装了温度传感器。此外，在每台电机的非传动端，还分别安装了一个速度传感器。速度传感器电缆通过电连接器与车上相关装置连接，为列车速度控制、通信等功能提供速度反馈信号。

牵引电机输出的转矩，并非直接作用在列车轮对上，而是需要经过机械驱动装置实现电能到机械能的转换，这里所说的机械驱动装置即为前文中介绍的联轴节和齿轮箱。如图 4.111 所示，牵引电机通过联轴节与齿轮箱的小齿轮连接，小齿轮与大齿轮啮合从而带动车轮旋转，轮轨间产生向前的摩擦力带动车辆向前运行。在牵引系统中，因为转速和转矩乘积是基本不变的，大齿轮比小齿轮的转速低，所以大齿轮转矩更大，黏着利用率高。联轴节是传递牵引电机、齿轮箱的扭矩和旋转运动的一种装置，它可通过滑移运动对所联两轴线间相对的轴向、径向、角向位移实现补偿。

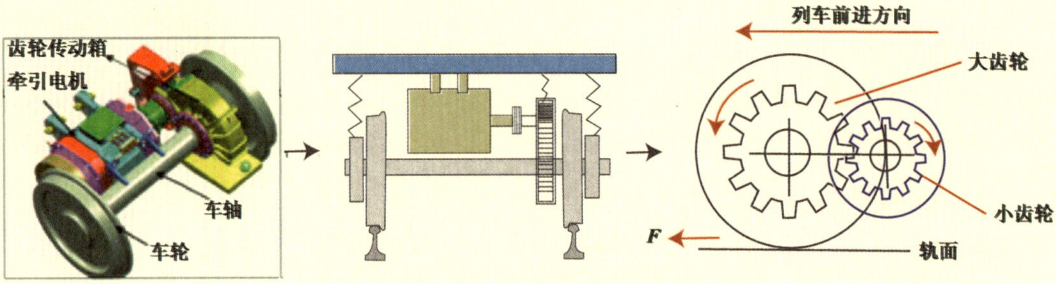

图 4.111　牵引传动示意图

3. 辅助供电系统

辅助供电系统主要为列车辅助负载如冷却风机、空调、照明、列车控制系统等提供电源。目前高速动车组辅助供电电源主要有两种，一种来源于牵引变压器三次绕组，如图 4.112 所示，代表车型有 CRH2、CRH380A 等；另一种则是如前述“复兴号”一样，辅助电源由牵引变流器中间直流回路供电。

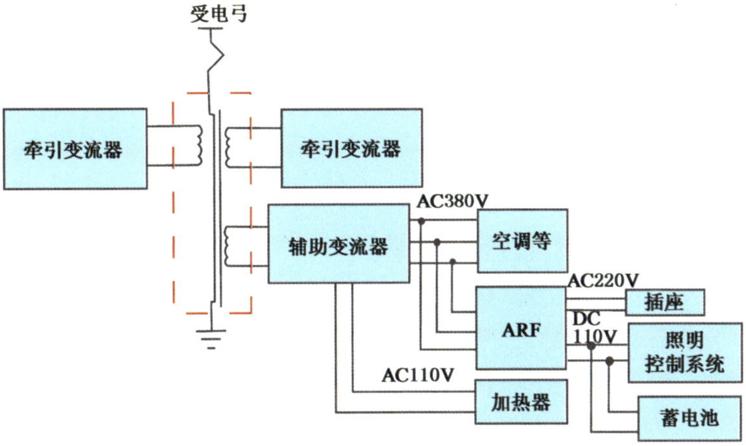

图 4.112　来自变压器三次绕组的辅助供电原理

图 4.113 展示的是“复兴号”辅助供电系统的主电路供电原理。如前所述，辅助变流器集成于牵引变流器内部。辅助逆变器从牵引变流器中间直流环节取电，输出三相工频交流 380 伏电，为充电机、空调设备以及牵引冷却风机等供电。

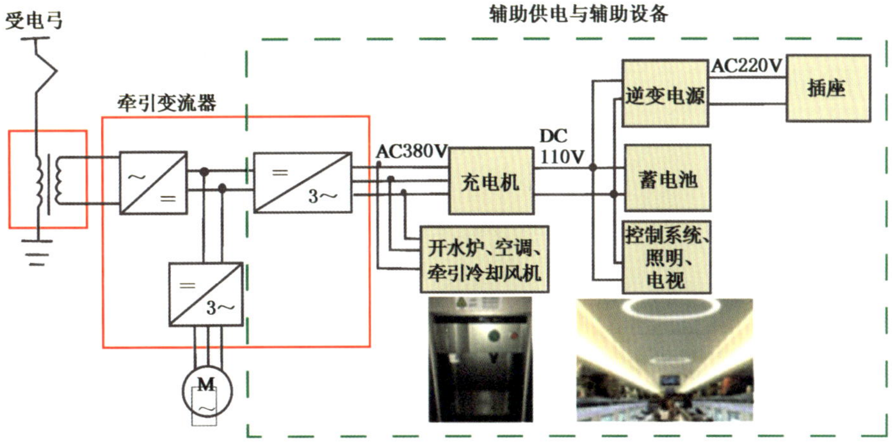

图 4.113　“复兴号”辅助供电系统

“复兴号”CR400 型动车组共有 4 台辅助变流器，在所有辅助变流器都可以正常启动时它们的启动过程类似“站队”，启动过程如下：

（1）车辆的“大脑”网络系统依次向每台辅助变流器发送

“你准备好了吗”的询问指令；

（2）第一台辅助变流器准备好以后给车辆的“大脑”发送“我准备好了”的指令；

（3）“大脑”随即给辅助变流器发送“你可以启动了”的指令；

（4）第一台辅助变流器正常启动；

（5）其余三台根据“大脑”指令依次启动，其输出电压相位向第一台启动的辅助变流器看齐。

“复兴号”进行了合理的辅助供电冗余设计，如果有辅助变流器不能正常工作时，进行减少相应负载的控制。当一台辅助变流器不能正常工作时，不需要减少负载，所有辅助负载都可以正常工作；当两台不能工作时减少空调等负载功率；当三台不能正常工作时还可以实现通风及维持一个牵引单元正常运行。

充电机则是将辅助逆变器输出的三相工频交流380伏经过整流、降压和滤波后输出直流110伏电源，为蓄电池充电的同时也为车辆控制系统、照明、影视广播、逆变电源等辅助负载设备提供电源。

如果接触网停电了高速列车上还有电吗？答案是肯定的。从图4.113中可以看出，接触网停电以后牵引电机没有了供电电源，列车不能运行并且充电机也不能对外供电，这个时候蓄电池将开始发挥作用，它代替充电机为相关负载供电。但是，正如手机用一段时间就需要充电一样，列车蓄电池的容量也是有限的。目前“复兴号”蓄电池能够使列车应急通风至少90分钟，其余应急用电如应急照明、应急显示、维修用电、通信及其控制等辅助设备在120分钟时间内保持运行。

这里要特别介绍下与我们每名乘客息息相关的插座供电电源。所有座椅上插座的电源都是由每节车上专用的逆变电源提供的，逆变电源将充电机输出的直流110伏电源转换为与家用插座电源相同的单相工频交流220伏电源。

4. 制动系统

通俗地说，制动系统也可以看作是高速列车的刹车装置。制动系统的作用是使行驶中的列车按照既定的距离、时间要求进行安全可靠且精准的减速及停车。列车在进站停车、通过曲线以及遇到紧急情况时，都需要依靠制动系统来完成减速动作。制动系统对于列车而言是其运行安全性的有力保障，是不可缺失的重要组成部分。

高速列车的制动系统是电制动和空气制动组成的一种复合制动系统。图 4.114 所示为“复兴号”制动系统的主要组成示意图，整个制动系统由制动控制系统、风源系统、基础制动装置组成。

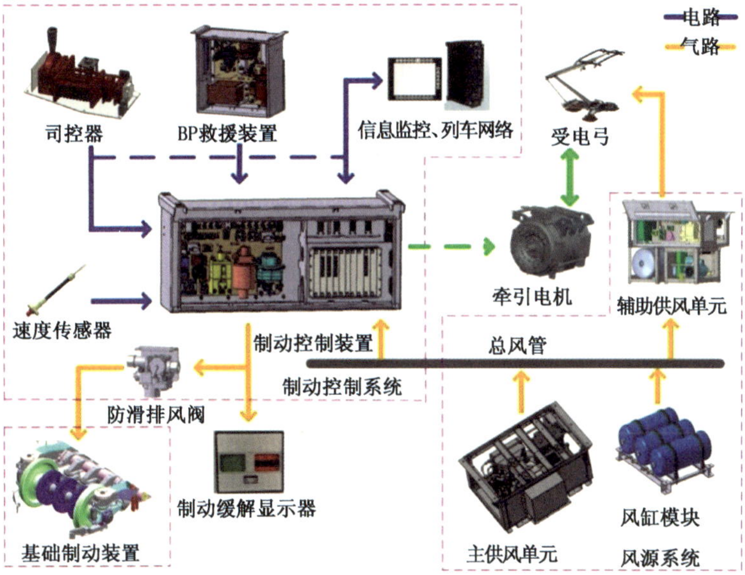

图 4.114　“复兴号”制动系统组成

制动控制系统为微机控制的电空直通式制动系统，负责接收司机、列车自动控制系统的制动指令，进行空气制动和电气动力制动力的管理和分配，制动压力驱动转向架上的基础制动动作产生制动力或发出精确的电气制动指令，使牵引系统发挥电制动能力。系统具备常用制动、紧急制动 EB（电空复合紧急制动）、紧急制动UB（纯空气紧急制动）、保持制动、停放制动、清洁制动等制动模式。制动过程中，优先利用再生制动力，再生制动力不足时，由空气制动补充，有效减低了基础制动的磨耗。

基础制动单元是用来传递制动原动力并产生制动力的装置，主要由制动盘、制动夹钳、闸片等组成，安装在每辆车的转向架上。对应于不同的盘形制动方式，高速列车上的基础制动单元包括轮装盘和轴装盘基础制动单元，一般拖车采用轴装制动盘，动车采用轮装制动盘。

需要指出的是，在我国铁路行业，人们习惯将压缩空气称为“风”，正因为此，风源系统的主要作用是提供压力空气以驱动基础制动单元动作，从而实现列车制动。

1）**制动方式**

随着高速列车速度的不断提高，对制动技术提出了严峻的挑战，因为列车的动能与速度的平方成正比，速度越高，所需要吸收的制动能量就越大，而在固定的制动距离条件下，让列车安全停车，就要吸收巨大的制动能量。普通低速列车所吸收的制动能量较低，制动一般采用空气制动，依靠转向架上的制动盘和闸片之间的摩擦制动力进行降速，由于速度低，制动盘与闸片的磨耗较少。高速列车运行速度高，需要吸收较大的制动能量，仅依靠闸片与制动盘之间的摩擦制动，将会大大增加制动盘与闸片磨耗，增加维护成本。因此，高速列车一般采用微机控制的电空直通式制动系统，复合制动方式，即空气制动+电制动，制动时优先采用无磨耗的电制动，当电制动力不足时，空气制动进行补充。

电制动和空气制动均属于黏着制动方式，黏着制动以车轮与轨道之间的摩擦力为基础进行制动。我们可能都有过这样的经历：在雨、雪天驾驶汽车时，汽车容易发生打滑，那是因为车轮与地面之间的摩擦力变小了。同样，列车轮轨间的摩擦力也受到了列车速度、雨霜雪等气候条件、车轮踏面的状态

（生锈、黏附的油脂或尘埃所造成的污垢和踏面的粗糙度等）的影响，存在摩擦力变小的情况，导致列车车轮相对于轨道可能发生滑行，严重的情况甚至会形成抱死。车轮抱死后，若不及时进行防滑控制，车轮摩擦面将发生异常磨损并形成平面，不仅会造成车轮擦伤，也会使得乘客的乘坐舒适感降低，且滑行对轨道有不利影响。因此，当车轮和轨道开始发生相对滑行时，要在尽早监测到滑行的同时进行防滑、防抱死控制，使滑行轴速度尽快恢复到列车速度，避免车轮擦伤。

接下来将带领大家认识列车上所应用的各种制动方式。

（1）空气制动

说到空气制动，就不得不提闸瓦制动。闸瓦制动，即踏面制动，是自有铁路以来使用最广泛的一种制动方式。图 4.115 给出了闸瓦制动的示意图。制动时，闸瓦紧压着车轮踏面，从能量的角度来看，列车的动能在闸瓦和踏面之间的摩擦作用下转化热能，并最终消散于大气。你一定已经发现，列车的闸瓦制动和自行车的“刹车”系统竟是如此的相似。

然而，根据前文的简单介绍，我们已经知道中国标准动车组上使用的空气制动方式并非闸瓦制动而是盘形制动。这样的选择又有什么讲究呢？

图 4.115　闸瓦制动（左）与盘形制动（右）

还是让我们先来认识一下盘形制动。盘形制动和闸瓦制动的基本原理类似，不同之处是在盘形制动方式下，闸瓦不是作用在车轮踏面上而是作用在专门安装在车轴或车轮辐板侧面的制动盘上。

相信你已经想到了盘形制动相对闸瓦制动的优点了。

首先，车轮踏面的热负荷和机械磨耗可以大大减轻；其次，制动盘的材料可以根据实际需要合理选取，而在闸瓦制动方式下，车轮的材料一般是不可变动的；最后，实际使用表明，盘形制动时列车制动平稳，噪声小。

（2）再生制动

顾名思义，再生制动涉及一个“能量再生”的概念。在制动时，牵引电机处于发电工况，将车轮的机械能转化成电能，通过逆变器的转换，将电能回馈到电网，从而实现能量的再生，反馈到电网的电能由正在牵引的动车组利用。很显然，再生制动具有很强的经济性优势。再生制动的简易示意图如图 4.116 所示。

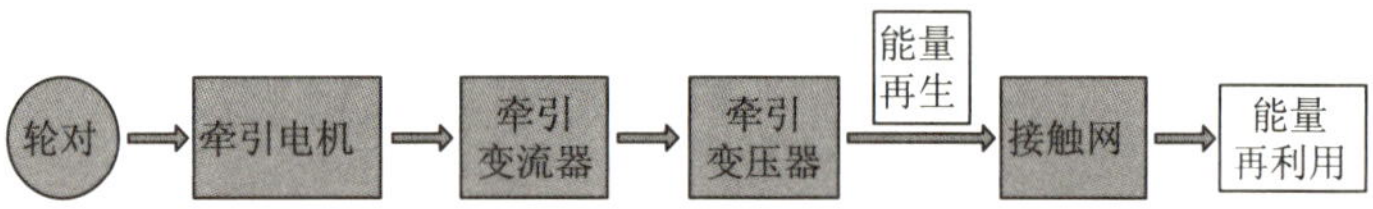

图 4.116　再生制动示意图

2）制动模式

动车组设有多种制动模式，司机可据不同的实际需要，采用不同的制动模式，以保证列车运行的安全性和经济性。

为方便司机在行车过程中的调速，动车组设置了常用制动，司机可以方便地通过司控器手柄增加或减小列车的制动力，常用制动采用电空复合制动，有效降低了制动盘和闸片的磨耗；为保证列车安全，动车组设置了紧急制动，当司机遇到紧急情况，需要立即停车时，可施加紧急制动使列车在最短的距离内停车；为防止车辆停车时发生溜车事故，动车组设置了停放制动和保持制动；当乘客在客室内发现险情需停车时，乘客可通过乘客紧急制动设施，使动车组施加紧急制动停车。

下面将以“复兴号”为例，介绍高速列车上配置的各种制动模式。

（1）常用制动

正常情况下司机用来调控列车速度的制动模式称为常用制动。在司机操纵台上安装有司控器手柄，上面设有 1 ～ 7 级常用制动，供司机选择使用。常用制动优先由再生制动负担，当再生制动力不能满足列车所需制动力时，空气制动力再作为补充，以维持编组列车上所需要的制动力，有效减少制动盘与闸片间的磨耗。

（2）紧急制动 EB

司机操纵台上的司控器手柄设置有紧急制动 EB 位，当司机发现紧急情况需要快速降速时，可通过司控器手柄施加紧急制动 EB。实施紧急制动 EB 时，采用电空复合制动，空气制动与再生制动自动配合。在平直轨道上，动车组以初速度 350 公里 / 小时运行时，紧急制动距离小于 6.5 公里；以初速度 300 公里 / 小时运行时，紧急制动距离小于 3.8 公里。

（3）紧急制动 UB

紧急制动 UB 可由司机操纵台上设置的紧急制动按钮触发，也可由紧急制动安全环路失电自动触发。正常情况下，紧急制动安全环路常得电，直接作用于各车紧急制动电磁阀，安全环路失电后，各车紧急电磁阀失电，产生纯空气紧急制动力。紧急制动 UB 的制动距离要求与紧急制动 EB 制动距离要求相同。

（4）乘客紧急制动

如图 4.117 所示，在动车组每节车的明显位置处设手动乘客紧急制动设施。如果乘客触发乘客紧急制动设施，将在司机室中产生声光报警信号并可显示具体车辆位置。乘客紧急制动手柄设有电开关，拉动它将使得乘客紧急制动环路断开，同时使得列车自动触发紧急制动 EB。该紧急制动可由司机按下乘客紧急报警复位开关进行忽略。

图 4.117　乘客紧急制动设施

（5）停放制动

为保证动车组在停车或长期户外存放时的驻车，在拖车车轴配有带有弹簧储能功能的停放制动缸，使动车组在无压缩空气、无电的条件下，仍具有足够的停放制动力使列车安全停放在 20‰的坡道上，防止动车组溜车。

（6）保持制动

动车组保持制动功能和汽车自动驻车的使用场景类似。保持制动在动车组停车时自动施加，动车组启动后自动缓解，不需要司机的干预，方便司机操作，有效防止了动车组停车时溜逸的发生。

（7）清洁制动

在雨雪及潮湿天气下，路面的积雪和雨水容易附着到制动盘和闸片之间，使盘片间空气制动力降低。为了恢复冰雪潮湿天气下制动盘和闸片间的制动力，司机可以操作操纵台上的清洁制动按钮，在制动盘和闸片之间施加一较小的空气制动力，除去制动盘和闸片之间的雨雪，恢复盘片之间的制动力。

（8）增黏控制

有效利用轮轨间的黏着是制动系统设计时需考虑的重要方面。轮轨间黏着降低时，动车组容易产生滑行，增加制动距离。因此，在轮轨间黏着降低时，需尽快改善轮轨间黏着。在黏着改善方面，一般采用设置踏面清扫器或撒砂的方法增加轮轨黏着力。

• **踏面清扫装置**

每个车轮设置一个踏面清扫装置，在动车组速度 30 公里 / 小时以上或者检测到车轮空转、滑行时，动车组自动控制踏面清扫装置间歇性地摩擦车辆踏面，改善轮轨黏着。

• **撒砂控制**

制动过程中，当各车 BCU 检测到车轮有滑行现象时，将自动输出撒砂请求信号，使动车组在轮轨间进行撒砂，增加轮轨间的黏着，抑制车轮滑行现象。在司机操纵台上设有撒砂按钮，当司机感觉到轮轨间黏着降低时，可进行手动撒砂。

3）**故障导向安全**

故障导向安全是指动车组发生故障时，能向着安全方向发展，保证制动系统作用的可靠性和安全停车。当动车组制动系统发生故障时，可以自动导向安全，制动停车。下面将以“复兴号”为例，介绍制动系统故障导向安全的工况。

“复兴号”动车组自动检测到以下情况时，自动进行紧急制动停车，在列车完全停止前不能缓解紧急制动。

• 由列车保护系统 ATP 自动发出紧急制动请求指令；

• 列车分离；

• 列车控制电源失电；

• 运行过程中，停放制动意外施加；

• 紧急制动 EB 过程中检测到制动力不足，自动触发紧急制动 UB。

4）**滑行控制**

根据轮轨间黏着关系，随着速度的提高，轮轨间的黏着系数逐渐降低。制动过程中，特别在雨雪天气，高速制动过程中比较容易产生滑行，若不进行防滑控制，滑行轴车轮转动速度急剧减小，发生车轮被“抱死”的现象，导致车轮踏面擦伤。

踏面擦伤后，不仅降低了乘车的舒适性，也会给转向架零部件带来附加的冲击力，使其寿命缩短，并影响列车安全平稳性能。

高速列车装有高性能防滑控制装置，制动过程中，防滑控制装置对从速度传感器传来的各个车轴的速度脉冲频率信号进行处理、计算，得出用于滑行检测的指标值，与预定的控制逻辑比较判断，确定是否发生了滑行。当检测到空气制动滑行时，防滑控制装置通过控制防滑排风阀的保压排风动作来减小滑行轴的制动力，使滑行轴的速度得以恢复。当防滑控制装置检测到电制动滑行时，通过减小电制动模式（电制动请求）信号，使牵引变流器（CI）消减电制动力来减小制动滑行，以恢复轮轨间的黏着。

【知识链接】

动车组在运行时遇到供电故障时如何实现电力供应？

动车组设置有蓄电池，运行过程中接触网发生供电故障时，由蓄电池为必要的控制、制动、列车广播、应急通风、应急照明、无线装置等设备供电。在这种情况下，运营部门会组织机车对动车组进行救援，救援机车可通过救援连接器为被救援动车组提供 DC 110 伏电源。另外，中国标准动车组具备自发电功能，当运行速度超过 55 公里 / 小时时，牵引电机作为发电机开始发电维持牵引辅助变流器中间直流电压，辅助变流器能够启动，为列车空调、照明、娱乐系统、信息显示等辅助负载提供电源。

既然电力动车组的运行依赖牵引供电系统，为什么铁路线路上还要设置“无电区”呢？在“无电区”动车组的电力供应又是如何实现的？

铁路沿线不同区段接触网的电力是由不同牵引变电所提供的，而不同变电所提供的电力相位不同，所以在变电所与变电所之间的接触网中设置有无电压区间。为了防止机车车辆设备的损坏，车辆以惯性方式通过该无电压区间。即在进入无电压区间前，停止牵引，断开真空断路器，依靠惯性在无电压区间行驶，待驶出无电压区间后，接入真空断路器，再进行牵引行驶。我们称动车组的这一过程为“过分相”。动车组配置了过分相自动检测系统以实现自动控制。图4.118给出了过分相结构示意图。

在动车组过无电区时，辅助变流器利用牵引变流器的再生工况可以实现供电保持状态，从而为列车的控制设备、网络系统、应急负载供电。

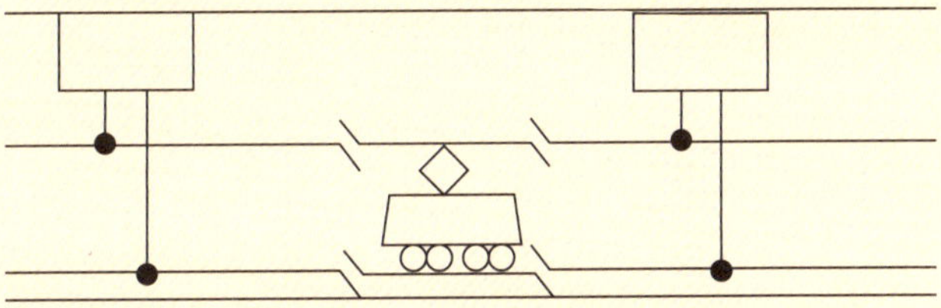

图4.118　过分相结构示意图

为什么高铁座椅上没有设置安全带?

和飞机、汽车座椅不同，高速列车座椅上并没有设置安全带，总结起来，主要有三个原因。

第一，高铁对稳定性的控制极其严格。高速列车在制动时的减速度变化率被设计控制在了一定的范围以内，以避免乘客摔倒或产生不适感。研究发现，当减速度的变化率不高于0.6米每三次方秒时，乘客不会产生不适感；当减速度的变化率在0.6～0.75米每三次方秒之间时，乘客基本可以接受；当减速度的变化率超过1米每三次方秒时，乘客就会有摔倒的危险。为此，我国动车组规定的减速度变化率的限值为0.75米每三次方秒，该限值远低于乘客摔倒的危险临界值1米每三次方秒，动车组降速和停车过程中，乘客在车厢内没有明显的感觉。

第二，铁路线路比较平直，每条线路的坡度、转弯半径都有严格的规定，加上两根钢轨的限制，列车在铁路上行驶平稳，不会出现大幅横向和垂向震动现象。

第三，轨道的平顺性、列车牵引和制动时的精确控制，保证了乘客的乘坐安全性和舒适性。并且高铁空间宽敞、运行平稳，人们习惯在车厢里面自由活动，很少有人愿意乘坐高铁时系上安全带。

四、智慧的“大脑”——列车网络控制系统

当大家乘坐高速列车时，有没有想过司机的操作是如何精确地转化为动车组的起停？列车如何自动控制车内的设备、如何将列车状态信息服务于各位乘客的呢？列车的上述这些功能，均是通过列车的大脑——列车网络控制系统来实现的。

列车网络控制系统是一个安装在列车上的计算机局域网络系统，负责对整列车各部分信息的采集与传递，对整列车进行控制、监测、诊断以及为旅客提供信息服务。它以计算机网络为核心，把计算机技术、控制技术、设备故障诊断技术、网络通信技术紧密结合起来；将整个列车微机控制系统的各层次及各层次各单元之间相连接，作为系统信息交换和共享的渠道，实现全列车环境下的信息交换。列车通信网络的应用，使得列车控制系统真正成为一个分布式控制系统，并为列车系统的信息化打下了基础。另外，列车网络控制系统还可以为司机和乘务员的操作提供有效指导，为设备的维修保养和乘客服务提供支持。如图 4.119 所示。

图 4.119　列车网络控制系统

1．列车网络系统主要功能

列车在高速飞驰时，需要网络控制系统全程保驾护航，其主要功能包括信息传输、运行控制、状态监视、故障诊断等。下面就为大家系统介绍这些功能是如何实现的。

1）信息传输

提起信息传输，读者们可能会有疑问，列车的网络和平常家里使用的网络有什么区别呢？

1999 年，国际电工委员会发布了专门用于列车网络的 IEC61375 标准，规定了 TCN（train communication network）网络的组成。它具有两级总线的层次结构，即用于连接各节可动态编组的车辆的绞线式列车总线 WTB（wire train bus）和用于连接车辆（或固定编组的车辆单元）内部各种设备的多功能车辆总线 MVB（multifunction vehicle bus）。如图 4.120 所示。

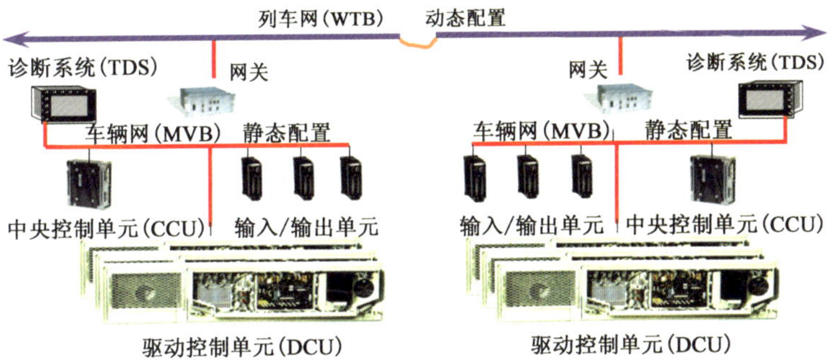

图 4.120　网络控制系统结构

目前国内正在运行的大部分高速动车组以及刚上线的“复兴号”中国标准动车组均采用 TCN 网络。为了适应列车的运行环境，TCN 网络信息的传输方式、传输速率、数据的解析方式都是根据高速列车独有的特点专门设计的。

列车总线和车辆总线这两套不同网络之间的连接，就像我们要经过一道门才能从一个房间进入另外一个房间。连接这两套不同网络的门就是网关，它能够实现列车总线与车辆总线之间的双向信息交换。

2）**列车运行控制**

动车组能够在铁路上平稳有序地行驶，离不开网络控制系统对行车信息的采集和处理。而网络控制系统中实现列车控制的核心部件便是中央控制单元，如图 4.121 所示。它是整个列车网络控制系统的指挥中心，对各项信息进行统筹管理、快速响应。中央控制单元承担的主要任务包括：

（1）对列车总线和车辆总线进行控制与管理，按照通信协议完成数据的组织和转发，实现列车所有信息的传输。

（2）对指令信息进行收集和逻辑判断，形成控制命令发送给动车组上的其他系统执行，如控制受电弓的升降、列车的走停、设备的切除、运行状态的保护和空调温度的设定等。

（3）对各系统反馈的信息进行诊断，当检测出总线或网络设备出现故障时，采取必要的措施保证列车的安全运行。

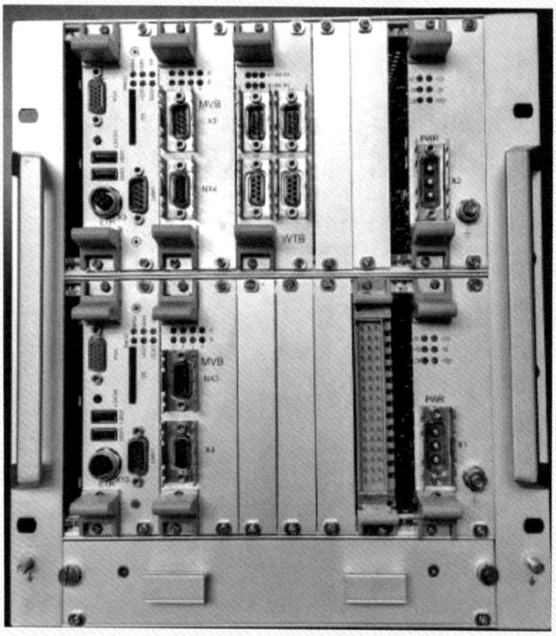

图 4.121　中央控制单元

例如，司机在驾驶室控制列车的运行时，网络控制系统通过输入输出模块采集司机的各项操作指令，经过总线将采集的指令信息发送给中央控制单元；中央控制单元对指令信息进行综合判断和逻辑运算，转换成可执行的信息再通过总线发送给各执行机构；最后由各执行机构完成列车的运行动作。

3）列车状态监视

列车网络控制系统能够对列车及其重要部件的运行状态进行实时监测和报警，确保列车的运行安全。监测范围包括牵引、制动等系统工作状态，司机操作情况，车上用电系统状态，车门状态等。通过系统状态监测，我们能够提前发现事故隐患，以便进行及时维修。列车的监控和诊断数据可以实时地通过司机显示屏显示，为驾驶员安全驾驶提供支持。

作为操作交互和列车信息显示的平台，司机室和机械师室分别设有人机接口显示屏，如图 4.122 所示。人机交互显示界面提供司机模式、机械师模式、维护模式等多种工作模式，主要功能有：（1）显示列车的速度、网压、温度、牵引制动系统状态等列车运行状态信息；（2）进行列车故障显示和记录；（3）实现车辆编组编号、时间等参数设置。

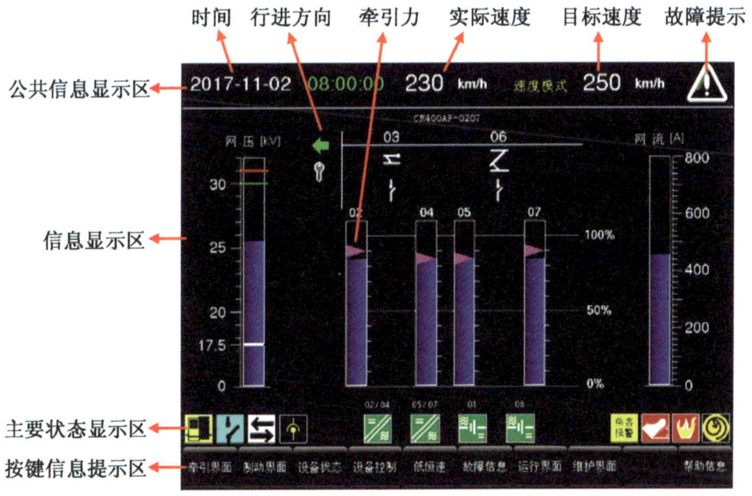

图 4.122　显示界面示例

4）诊断功能

列车网络控制系统能够对车载各个部件的状态信息进行采

集、分析、转储，故障信息可以通过人机接口显示屏进行显示和报警。列车各部件的状态信息还可以通过车载无线传输装置进行记录并通过移动网络下载到地面维修和服务中心，如图4.123所示。

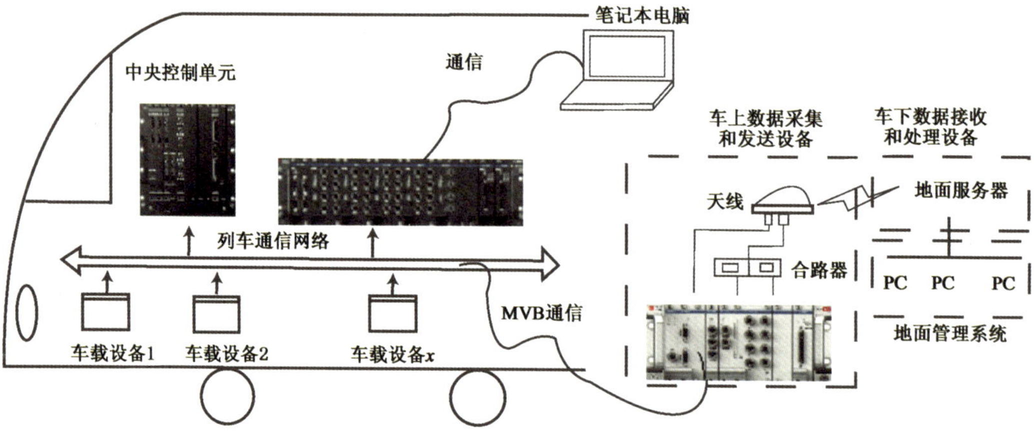

图 4.123 信息采集和传输示意图

列车运行状态历史数据和实时数据的获得对于深入进行大数据分析具有重要价值。该部分信息内容主要包括：（1）牵引、制动以及控制系统的状态；（2）乘客安全相关设备的状态；（3）影响列车运行和使用的其他设备状态；（4）列车自诊断信息，包括设备通信状态、轴承温度等。

2. 列车网络控制系统关键技术

列车网络控制系统作为列车的神经中枢，在列车控制、信息传输、人机交互和故障诊断等方面起到重要作用，因此，高速列车技术的发展有赖于不断升级的车载网络。下面就从列车的运行安全保障和智能化提升方面介绍列车控制网络设计时涉及的关键技术。

1）列车运行安全保障技术

当列车高速运行时，整个系统对安全可靠性的要求非常高。在列车的网络控制系统方面，安全性的保障主要通过冗余技术和导向安全的设计原则来实现。

（1）网络冗余技术

为了避免网络通信故障对车辆正常运行造成影响，列车网络控制系统线路和关键部件均采用冗余设计。这样，一条线路或某个设备发生故障时，另外一条热备冗余线路或设备仍可使网络系统正常工作。例如，列车头车设有两个互为冗余的中央控制单元（CCU），两个设备相互监控对方状态，当从 CCU 发现主 CCU 通信异常时，能够快速实现主从切换；同样，列车司机室设有两个互为冗余的人机接口显示屏，当主显示屏故障时，从显示屏能够完全接替主显示屏的工作。另外，对于一些关键控车信号或状态信息，列车控制网络也是通过两个挂接在不同 MVB 网段的输入输出模块实现冗余采集，从而进一步提高了动车组的可靠性。

（2）导向安全设计

动车组的功能设计采取安全导向原则，列车网络控制系统具有司机警惕、限速保护等主动防护功能。并且，列车能够根据故障的轻重程度采取主动封锁牵引、断主断或者降弓的保护动作，提高了列车运行控制和状态实时监控的可靠性。

2）**智能化运维支持技术**

智能化运维正成为未来高速列车发展的主要趋势，高速列车智能化水平的提升需要不断升级的列车网络控制系统来支撑。

（1）车地无线传输和远程监控

车地无线传输功能通过车载 WTD 实现，该装置采集、分析和处理各种数据信息，实现车辆的实时监控和数据的本地存储。利用 WWAN 网络（包括 4G、3G 等）、WLAN 网络和 GSM-R 网络等无线数据传输通道，WTD 将传感系统信息传输到地面大数据中心服务器、主机厂及车辆运用部门，地面维护检修人员和远程诊断专家对列车故障和状态数据进行综合分析，诊断故障发生的原因，制定故障处理和预防措施。

（2）以太网技术应用

列车智能化的基础是快速地获取并传递大量列车状态信

息，该功能的实现依托于高效的信息传输通道。作为当前应用最为广泛的网络，以太网具有传输快、可靠性高等诸多优点，能够满足列车网络对实时监控和智能化应用拓展的需求，成为当今车载网络系统发展的方向。当然，以太网技术的应用需要对其安全风险进行严格控制，包括子系统设备异常风险控制和安全接入风险控制等。“复兴号”已经布设了车载以太网网络，用于动车组的系统维护，同时为以太网进行控制数据传输打下基础。

【知识链接】

什么叫作车载计算机？

车载计算机，也叫车载电脑，是一种高科技的压缩技术集成化的多用信息处理中心。目前动车组均配备了功能相似的智能车载计算机，其主要功能包括信息的管理、数据的处理和对故障的专业诊断。

列车控制网络为保障列车的运行安全采用了哪些技术手段，试举例说明？

在列车的网络控制系统方面，安全性的保障主要通过冗余技术和导向安全的设计原则来实现。列车网络控制系统线路和关键部件均采用冗余设计，能够根据故障的重要程度采取主动封锁牵引、断主断或者降弓的保护动作。例如，列车头车设有两个互为冗余的中央控制单元（CCU），两个设备相互监控对方状态，当从 CCU 发现主 CCU 通信异常时，能够快速实现主从切换。

第五章

未来高速列车

一、绿色节能

二、智能化

三、人性化

四、标准化

五、更高速度

六、自动变轨距高速列车

在同一个地球大家庭环境下，越来越多的人希望能在更短的时间内抵达更远的旅行目的地，而高速列车独有的安全、舒适品质，更是得到了众多旅客的偏爱，这种刚性的需求将会永远存在，并将与时俱进。由此可以预见，在未来，人们对高速列车的依赖还会长期存在，高速列车产品也必将随着人们生活水平的不断提高而向着更低能耗、智能化、人性化和标准化等目标进一步发展。

一、绿色节能

未来高速列车在朝着更高速度发展的同时，降低能耗、满足环保要求也将会成为追求的目标。因此在提升速度的同时还将注重速度与能耗之间的协调，在满足提速对牵引动力需求的同时，还要对提高能源效率、降低能源消耗进行研究。

一是列车的牵引变流器通过采用效率更高的电力电子器件，提升列车牵引传动系统的能源转换效率。如 SiC（碳化硅）、GaN（氮化镓）等材料在高速列车牵引变流器中的应用将会在高耐压、大容量、低损耗、小体积等多方面带来技术提升；SiC 器件的导通电阻、门槛电压、一次开关损耗等关键技术参数都明显小于目前的 Si 基功率器件，这些都决定了 SiC 器件在效率方面将会有明显的提升。有关研究表明 SiC 器件的开关损耗只有传统 Si 基功率器件的 25% ～ 15%，自身能耗约占传统 Si 基功率器件的 50%，体积将会比原来降低一半以上。通过采用 SiC 器件实现列车牵引传动系统的高效和小型化已经在众人的期待之中。

二是采用高效牵引传动装置和低能耗电气设备，以降低列车能源消耗。如在牵引系统中采用永磁同步牵引电机，由于无需转子励磁，所以没有转子励磁损耗和无功输出；且噪声小、散热需求小，可使系统效率平均提高 3% ～ 5%。开发以永磁电机为核心的牵引传动系统、实现传统异步传动系统的替代升级正在成为世界高速铁路技术竞争的焦点之一。目前德、日、法等国都在积极研制以永磁电机为核心的牵引传动系统；我国的大功率永磁电机牵引系统已完成样机研制，性能试验结果良好，这为我国高速列车的能源效率、动力品质等指标达到世界先进水平奠定了基础。

三是通过列车的轻量化设计，减低列车运行中的自身能耗。高速列车的轻量化主要通过结构优化、新材料和新装备应用等途径进行减重。结构优化是利用有限元和优化设计方法设计更合理的车体和转向架结构，使零部件薄壁化、中空化、复合化，如中空车体型材、空心化车轴等结构；新材料应用也是实现轻量化的重要手段，国内外在高速动车组上进行应用研究的新材料主要有镁合金、铝蜂窝、纸蜂窝、碳纤维、泡沫铝等。随着科技的进步，加工设备的大型化、高效化、智能化发展，新材料、新结构以及新型轻量装备在高速列车的应用会越来越广泛，特别是通过采用碳纤维等新型轻质材料替代传统的金属材料的创新设计，能够使列车零部件的自重得到明显的降低。

四是通过减小列车的运行阻力，降低列车能耗。高速列车的低阻力技术主要通过气动减阻实现，气动外形优化技术、表面减阻技术和流动控制技术的探索应用是目前低阻力技术的主要发展方向。根据高速列车双向运行、大长细比、尾部有较大气流分离区等特点，研究仿生沟槽表面减阻、涡流发生器、附面层控制等最新技术在高速列车上的工程化应用，也是目前高速列车低阻力技术的研究热点。通过仿真及风洞试验等先进技术手段，可以发现并解决高速列车在运行中可能出现的空气动力学问题，并有针对性地优化列车外部造型及其表面涂装材料。这些技术的发展都将会给高速列车的减阻降耗带来新的研发成果。

以上这些新技术和新产品的应用，将会系统性地降低高速列车的能耗指标。如德国正在设计研究的新一代高速铁路（NGT），目标是将运营速度提高到 400 公里 / 小时，而其能耗将降低至原先的一半。下一阶段，中国的高速列车也将探索提速到 400 公里 / 小时，并在节能降耗、智能安全等方面做进一步技术提升。

马斯克的超级高铁构想还从另外一种角度提出了高速列车的能源解决方案。他设想让超级高铁系统能够自己补充能量：通过在系统中安装太阳能电池板和能量存储设施，使之在满足高铁系统能量消耗的同时将多余的能量储存起来，以便在太阳能电池板不工作的情况下仍能使系统正常运行，这将会是一种更加绿色环保的能源供给方案。

二、智能化

未来，高速列车的发展将会不断提高列车的智能化水平。现阶段高速列车的各类服务包括司机、乘务员等，都需要大量的人员投入，所以免不了会出现人为因素导致的失误。为了减少此类失误的发生，发展智能化高速列车将会是未来高速列车的一个重要发展方向。

智能化高速列车是依托高速动车组技术平台，以全息化列车状态感知和动态数字化运行环境为基础，以信息智能处理为支撑，实现新兴的物联网技术、传感网技术在大型交通运输装备上的工程化应用，形成高速列车的自检测、自诊断、自决策能力。其中实现物联网、传感网、列车控制网络、车载传输网络的多网融合是智能化列车的关键技术。

（1）智能化技术应用。基于传感网、物联网、卫星通信、大数据等信息技术，构建列车及运行环境感知系统、高速数据交换和海量信息处理系统，实现列车的安全预测、运行管理、智慧旅服、智能维保等智能应用，实现列车的高安全性、高舒适性、高可靠性和高效能。

（2）车载 Wi-Fi 技术应用。为了打破“信息孤岛”，需要创建移动互联网接入、部署无线局域网，以满足旅客在乘车过程中的网络接入需求，同时构建信息服务平台，使乘客可以享受到及时、准确、周到、个性化的信息服务。

（3）基于大数据平台的故障预测与健康管理技术。需要建立高速列车关键部件运行状态监测数据库，建立关键部件状态—寿命映射模型，对实测状态数据进行动态数据反演分析，评价列车运行过程中的健康状况，实施关键部件健康评估、故障预测，给出维修决策，实现高速列车主动运维。

京张高铁是 2022 年北京冬奥会的重要保障工程，设计时速 350 公里，正线全长 174 公里。该条铁路线的目标是成为智能京张线，即初步实现智能建造、智能装备、智能运营。

图 5.1 智能京张高铁实体样车展出

中国对智能高铁的展望将从智能高铁设计、建造到运营全产业链成套技术，逐渐转变为向自主控制升级、全面自主控制的方向发展。构建基于信息物理系统（CPS）的智能高铁大脑，建造自学习、自适应和全面感知的智能装备，建立全方位智能的保障体系和运行开行方案在未来都不是梦。

智能高铁是铁路发展的未来，人机物三元融合的世界将展现未来无限的可能。中国铁路愿与世界各国携手，加强创新能力开放合作，加快重大创新突破，共商共建共享，共同创造世界铁路美好未来。

图 5.2　内部设计效果图

三、人性化

未来，高速列车将加强人性化设计，为乘客营造更加良好的乘车环境。从人机工程学、舒适性等出发，对高速列车进行研制。

1）**乘车便捷**

乘车便捷性将会充分考虑旅客乘车时的方便和舒适性感受，包括高速列车出入口与站台的对接方式和列车内部通道的畅通，既要充分考虑到乘客以及乘客携带的随身物品的大小，还要考虑旅客上下车时的方便性以及特殊人群上下车时间的充裕性。

图 5.3　双层列车美工图

2）**空间宽敞**

车厢内部空间设计将会充分利用列车现有内部空间，提高其利用率，如图 5.2 ～ 5.4 所示。例如：部分中间车设计为双层列车，优化列车内部空间，配置餐饮区、休息区，为残疾人提供实用周到的设施条件；还可以在端部车厢增加快递包厢，利用信息化、自动化手段让高速列车在快递业务中发挥其“快速”的特长。或许有一天，旅客可以坐在列车上用手机等搜索沿途的美味和特产，并可方便地在旅途中下单和收件。

图 5.4　休息厅效果图

3）乘坐舒适

车辆的舒适性主要体现在座椅或卧铺的舒适性、列车运行的平稳性、车内噪音、车内温度、车内光线、旅客界面等多个方面，这些旅客在乘坐高速列车时所能直接感受到的舒适性指标都将会随着高速列车技术的不断发展而得到进一步提升。人机工程学、主动悬挂技术、主动降噪技术、智能空调和智能光线控制等技术的推广应用，以及能够满足旅客旅途实际需求的友好性旅客界面都将为高铁旅客带来更加良好的旅途体验。

四、标准化

未来，世界各国的高速列车必将进入一个标准化的时代。目前，全球轨道标准还呈现着多样化，世界范围内存在米轨、标准轨、宽轨等不同形式，各国铁路的供电条件也不尽相同，每个国家都在根据各国国情进行设计研制。但是随着世界高速铁路网的形成和洲际列车的开通，区域内高速列车互联互通成为必然。目前，欧洲最新研发的高速列车普遍符合 TSI 标准，中国标准动车组也已初步实现了中国国内的高速列车互联互通设计，世界其他新兴高铁市场也将面临与既有铁路兼容或与区域内高铁互通，洲际或区域内将逐步形成统一的高速列车互联互通标准体系。

高速列车互联互通标准体系的形成还将推动高速列车产品的设计与制造向标准化、模块化发展，列车关键零部件的接口标准将会逐步趋向统一。未来，高速列车的生产过程都将是基于平台化、模块化的，整车有其自己的设计平台，同时各个子系统也有其自己的模块化设计规范，如此一来，开发商就可以基于某个平台，根据客户的个性化要求实现模块化组装设计、生产，并且有利于列车的升级换代。

目前，阿尔斯通已设计出了一种适用于所有高速列车内部装修的模块化设计方案，并应用到了法国第四代高速列车

AGV 上；西门子公司设计的 Velaro 平台，能够针对每个用户的需求安排不同的配置；德国也正在对其新一代高速列车 NGT 通过模块化和系统集成进行设计制造。所有这些尝试，都为高速列车产品的功能细分和模块搭建做出了贡献，也为这些模块逐步走向标准化奠定了基础。

五、更高速度

目前，我国的高速列车最高运营速度已经达到了时速 350 公里，下一步将要探索实现运营时速 400 公里的可行性。但是从高速列车轮轨关系研究以及对高速列车进一步提升速度的经济性分析可以看出，想要依靠现有高速列车的结构形式实现大幅度速度提升的可能性已经不大，因此对高速列车更高速度的追求可能会逐渐转移到非轮轨关系的高速铁路技术发展方向上。

磁悬浮列车就是一种非轮轨关系的交通工具，日本研制的高速磁悬浮列车试验时速已经达到 600 公里以上，如果再将磁悬浮铁路放置到一个足够大的真空管道中，则列车在没有空气阻力的条件下，将会达到时速 1 000 公里以上的超高速运行。

图 5.5 上海磁悬浮

世界上第一条高速磁悬浮铁路的商业运行线是2001年3月1日开工建设的上海磁悬浮列车示范线，线路全长29.9公里，设计最高运行速度为430公里/小时，仅次于飞机的飞行时速，由中德两国合作开发。2002年12月31日全线试运行，2003年1月4日正式开始商业运营，全程只需8分钟。经过十几年的长期运行考验，上海高速磁悬浮列车在速度、安全等多方面都展示出了明显的优越性。

我国于2016年开始，由中车四方股份公司研发600公里/小时的常导高速磁悬浮列车商业运营系统。列车设计为3～8辆编组，设计最高运营速度550公里/小时，最高试验速度大于等于600公里/小时，最大加速度1.16米每二次方秒，试验线可达2.0米每二次方秒，设计寿命30年，定员超过400人。

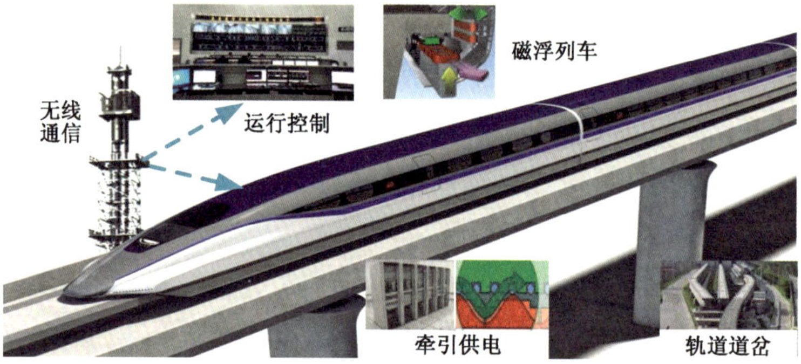

图5.6 时速600公里/小时高速磁浮系统示意图

常导高速磁浮系统主要由车辆、牵引供电、运控通信、线路轨道四大系统构成，为满足600公里/小时高速运行要求，各系统均进行了全面的创新升级。

车辆对于由速度提升带来的高速空气动力学、车体结构强度、振动噪声、气密强度、悬浮导向控制等一系列问题提出了诸多创新的解决方案，如全新的气动外形设计用以获得高速工况下优良的空气动力学性能，主动减振降噪技术为乘客提供更舒适的乘车环境，高性能的悬浮导向控制器及创新的悬浮导向控制策略用以获得良好的悬浮导向稳定性等。同时，车辆在车体轻量化方面进行了大量优化工作，引入碳纤维复合材料车体及零组件工艺技术，用以提高系统牵引加速能力、降低悬浮损耗、提高悬浮控制动态响应特性。

为了让车辆的运行速度更快，牵引就需提供更多的能量，我国的常导磁浮牵引供电设计容量达到96兆伏安。如此大容量的供电需求，传统轮轨的弓网受流方式已无法满足要求，从而采用了基于大功率IGCT变流器的地面牵引供电方式，相应的高性能电机控制系统也设置在地面，实现列车的速度、位置自动闭环控制。

对于高速磁浮系统，列车的牵引、制动、进站、出站等命令均由位于地面的运行控制系统发出，包括中央控制系统、分区控制系统及车载控制系统。为实现高速运行的列车与地面控制之间能够有效通信，磁浮采用了高速无线通信系统。

磁浮的轨道是磁浮系统与传统轮轨系统区别的一个主要特征。磁浮的轨道全线铺设了长定子线圈，兼具实现了磁浮列车支承、导向和牵引的功能。高速运行的系统对轨道的精度提出了更高的要求。同时，为满足长大干线救援逃生需求，提出了新型梁上板式轨道梁结构。

我国的高速磁浮工程化系统尚处于起步阶段，但基于“十一五”“十二五”前期的技术积淀，现正以高昂的姿态快速发展。当前的系统同时兼顾了低真空管道的应用。相信不久的将来，我国的高速磁浮列车必将如我国高铁一样，引领新一代中国轨道交通技术走向世界。

“真空管道运输”的想法最初是由机械工程师达里尔·奥斯特在20世纪90年代提出来的，而1997年他获得了这项技术的专利。2013年，有着“科技狂人”之称的美国电动汽车公司特斯拉（tesla）CEO艾伦·马斯克（Elon Musk）对“真空管道运输”概念进行了发展，提出了如图5.7所示的“超级高铁”的理念，对这种运输概念贡献了更多的设计细节，而美国科技公司ET3公司的真空管道运输项目，也是在这种想法的基础上设计的，他们将其命名为“胶囊”列车。两家公司所研制的超级高铁所采用的原理均基于“超级回路”（hyperloop），它采用的磁悬浮技术使列车处于一种没有摩擦力的环境中，马斯克认为这将有可能使真空管道中的列车达到时速1 200公里以上的超高速。无论这些设想是否都能够真正实现，至少这些概念的提出及试验探索都已让高速列车的速度追求者们感到振奋。

图5.7 美国特斯拉公司超级高铁概念图

六、自动变轨距高速列车

在全球铁路还未实现标准化的情况下，由于一些国家铁路以及与邻国之间的铁路轨距存在差异（如西班牙国内之间以及与法国、中国与俄罗斯），给高速列车实现跨线直通带来了困难。目前铁路上列车的跨国互通大多采用了在两国边境口岸车站更换不同轨距的转向架的方式来实现。更换转向架的过程较复杂，所需的时间也较长，这与高速列车的快速特征难以匹配。

要想实现列车跨国互联直通运营，就必须要适应各国不同的铁路轨距，这就会用到自动变轨距技术。目前自动变轨距技术已在部分欧洲国家的铁路上得到了成熟应用。其主要原理是在地面专用设施的配合作用下，使车轴上的车轮能从锁定状态自动转变为解锁状态，并随着地面设施的引导，改变两个车轮之间的距离，然后再自动锁定轮距。尽管这一过程是在列车以较低的速度通过地面引导设施来实现的，但比起传统的更换转向架的变轨距方式就显得既快又方便。所以，采用轮距可变的转向架（变轨距转向架）将有可能成为高速列车实现跨国直通联运的一种新手段。